Da Chen

Die Farben des Berges

造

Da Chen
Die Farben des Berges

Eine Kindheit in China

Aus dem Amerikanischen
von Katharina Volk

Schneekluth.

Die amerikanische Originalausgabe erschien 2000 unter dem Titel
Colors of the Mountain
bei Random House, Inc., New York.

Besuchen Sie uns im Internet:
www.schneekluth.de

ISBN 3-7951-1827-1

Ein Verlagsimprint der Droemerschen Verlagsanstalt
Th. Knaur Nachf. GmbH & Co., München
Umschlaggestaltung: ZERO Werbeagentur, München
Umschlagabbildung: Marc Riboud / Magnum
Gesetzt aus der Bembo 11/13,5 Punkt
Druck und Bindung: Ebner & Spiegel, Ulm
Printed in Germany 2003

Meinem Großvater, für deine lächelnden Augen;
meiner Großmutter, für deinen großen Löffel;
meiner Mutter: Du bist alles, was schön ist;
und meinem Vater: Du bist ewig.

An die hölzerne Tür des alten Herrenhauses der Chens hatte mein Großvater mit kräftigen Pinselstrichen einen nostalgischen Vers geschrieben:

Die Farben des Berges liegen auf ewig vor unserer Tür
Die Klänge des Flusses tönen auf ewig in unseren Ohren

Der Berg Ching mit seinen beständig wechselnden Farben war seine Hoffnung, und der Fluss Dong Jing mit seinem Flüstern, seinem brüllenden Tosen oder – manchmal – einfach seinem Schweigen war seine Inspiration.

造

I

Ich wurde 1962 im Süden Chinas geboren, in einem Ort namens Gelber Fels. Man nannte es das Jahr der Großen Hungersnot. Der Vorsitzende Mao hatte sich mit den Sowjets überworfen, und nun wollten sie all ihre Darlehen zurückgezahlt haben, ansonsten würde Blut fließen, und zwar in Strömen.

Mao geriet in Panik. Er befahl seinen Bürgern, den Gürtel enger zu schnallen und zu hungrigen Helden zu werden, damit er die Schulden bezahlen konnte. Die abergläubischen Bewohner von Gelber Fels sahen noch lange danach die darbenden Geister derer, die in jenem Jahr gestorben waren; am Vorabend des Qingming-Festes, einer Art »Frühjahrsputz« der Ahnengräber, irrten sie umher und bettelten schluchzend um Essen.

In jenem Jahr herrschte auch eine entsetzliche Dürre, unter der die Felder Chinas Risse bekamen und aufplatzten wie alter Lack. Zum allerersten Mal sahen die Menschen in Gelber Fels den trockenen Grund des Dong-Jing-Flusses. Die Reispflanzen wurden gelb und verdorrten.

Vater wollte mir den Namen Han geben, das bedeutet Dürre. Aber ebenso gut hätte man einen Jungen aus Hiroshima Atombombe nennen können. Und da die Chinesen glauben, dass der Name das Schicksal bestimmt, wäre ich vermutlich in irgendeiner

Wüste gelandet, um dort verzweifelt nach Wasser zu graben. Also nannte Papa mich Da, das heißt Wohlstand, Gedeihen.

Das unglückselige Jahr meiner Geburt prägte meinen Charakter dauerhaft: Ich war immer hungrig. Ich sehnte mich permanent nach Essen. Ich konnte unentwegt über Essen sprechen, daran denken, davon träumen. Als Kleinkind aß ich schon mit einem großen Löffel, wie die Erwachsenen. Ich riss den Mund weit auf, und man schaufelte Brei hinein. Meine Großmutter sagte immer, sie habe noch nie ein Baby erlebt, das so leicht zu füttern sei.

Unsere Familie war groß, und mein Platz war ganz unten. Über mir standen eine ganze Menge Leute; an der Spitze mein kahlköpfiger, bärtiger Großvater und meine Großmutter mit ihrem breiten Gesicht und dem kräftigen Körperbau. Mein Vater kam größtenteils nach Großmutter, aber er hatte Großvaters lächelnde Augen. Mama wirkte neben meinem breitschultrigen Vater geradezu winzig. Meine älteste Schwester Si war ein großes Mädchen, das sowohl in ihrem Aussehen als auch in ihrem Charakter ganz nach meinem Vater schlug. Jin, mein Bruder, hatte Mamas elegante Gesichtszüge; wir sind immer noch nicht dahintergekommen, wem denn nun meine mittlere Schwester Ke ähnlich sieht. Huang, die ein Jahr älter ist als ich, wuchs zu einem großen, schlanken Mädchen heran, einer echten Schönheit mit riesigen Augen.

Wir wohnten in einem alten Haus an der einzigen Straße des Städtchens Gelber Fels. Von unserem Hinterhof aus gelangte man an den klaren Fluss Dong Jing, der sich wie ein Drache in vielen Windungen durch das Land schlängelte. Jenseits der Reisfelder erhob sich der Ching-Berg wie ein uralter Riese mit einem spitzen Hut und runden Schultern, den Kopf sanft schlummernd zur Brust geneigt.

Wir spielten kaum jemals außerhalb des Hauses, weil Mama sagte, dass es da draußen viele böse Menschen gebe, die nur darauf warteten, uns wehzutun. Wenn ich doch hinausging, um im

Laden der Volkskommune ein paar Ecken weiter Lebensmittel zu kaufen, dann immer wohl behütet in der Mitte; flankiert von meinen drei Schwestern marschierte ich eilig hin und wieder zurück. Manchmal warfen Nachbarsjungen mit Steinen nach uns, schnitten Grimassen und beschimpften uns. Ich fragte mich oft, warum sie das taten. Das geschah ganz gewiss nicht nur aus Spaß. Meine Schwestern weinten oft, wenn wir dann wegrannten, uns duckten und schließlich die Haustür hinter uns zuschlugen.

Einmal wollte ich zur Hintertür hinausschleichen, um mit den anderen Kindern auf der Straße zu spielen, doch Si packte mich beim Arm und zerrte mich zurück, obwohl ich schrie und strampelte. Sie verpasste mir eine Tracht Prügel dafür, dass ich dem Bleibt-zu-Hause-Befehl nicht gehorchen wollte. Als ich Mama fragte, warum wir uns immer in unserem dunklen Haus verstecken mussten, erklärte sie mir, dass wir Großgrundbesitzer seien und die Leute da draußen arme Bauern, die uns Haus, Ländereien und Läden weggenommen hätten. Nun ließen sie uns dafür büßen, dass die politischen Führer alle schlecht seien. Für uns gebe es keine Gerechtigkeit. Wir müssten uns ruhig verhalten, jedem Ärger aus dem Weg gehen und besserer Zeiten harren.

Wann kommen die?, fragte ich sie oft. Eines Tages, wenn du groß bist, antwortete sie dann. Das ist aber noch lange hin, erwiderte ich. Darauf nickte Mama stets und betrachtete mein Gesicht, als suche sie selbst nach einer Antwort. Dann nahm sie mich in die Arme und summte ihr Lieblingslied – eine schlichte Weise, die einen Jungen gemahnte, mehr zu essen und schneller groß zu werden, damit er seinem Vater beim Pflügen helfen und die Ernte einbringen konnte.

Solcherart ans Haus gefesselt, schlüpfte ich oft leise in Großvaters rauchgeschwängertes Zimmer und übte mit ihm Kalligraphie. Manchmal, wenn meine Schwestern in der Schule waren und Mama zu beschäftigt war, um mich im Auge zu behalten, schlich ich mich hinaus und raufte mit den Nachbarsjungen. Das war sehr lustig, und wenn ich schmutzig und staubig wieder hereinkam, erzählte ich Mama, ich sei hingefallen; dann musste ich mich immer umziehen.

Eines Tages, als ich etwa sechs Jahre alt war, stand ich am Straßenrand und sah einer Parade der Roten Garden zu, die ihre Gewehre und roten Fahnen zur Schau trugen und Parolen brüllten. Plötzlich, ohne ersichtlichen Grund, schlug mich eines der Nachbarskinder ins Gesicht und trat mich, als ich hinfiel. Ich rappelte mich auf und stürzte mich auf den grinsenden Angreifer. Als er zu Boden ging, setzte ich mich auf ihn und schlug ihn kräftig ins Gesicht und gegen den Hals. Keine halbe Stunde später stürmte der Parteisekretär, ein kleiner, dünner Mann, mit der Mutter des Kindes durch unsere Haustür. Er schrie meine Mama an und verlangte, meinen Vater zu sprechen, doch der war fort, im Arbeitslager. Ich versteckte mich hinter einem großen Stuhl.

»Was hast du deinen Kindern beigebracht – dass sie gegen die ganze Welt kämpfen sollen? Gegen den Kommunismus?« Er drohte meiner zierlichen Mama mit der Faust. »Ich kann dich auch ins Arbeitslager stecken lassen, wenn du zulässt, dass eines deiner Kinder je wieder so etwas tut. Hast du verstanden?«

Mama war zu sehr damit beschäftigt, zu weinen und sich zu fürchten. Sie antwortete nicht sofort, und das fasste der Funktionär als Beleidigung auf. Er schlug ihr ins Gesicht, so dass sie in die Ecke flog. Ich wollte hinter dem Stuhl hervorspringen und auf ihn einprügeln, doch die Angst hielt mich zurück. Ich konnte es mir nicht leisten, der Familie noch mehr Ärger einzubringen. Nachdem der Mann einen Batzen dunklen Schleim auf unseren makellosen Fußboden gespuckt hatte, stürmte er wieder hinaus. Mama saß da und weinte. Den ganzen restlichen Tag lang sah ich zu, wie sie sich ein feuchtes Tuch ans Gesicht hielt, wo sich der demütigende Abdruck seiner Hand abzeichnete. Sie schwieg. Sie brauchte mir nichts mehr beizubringen über die Grausamkeit dort draußen.

Großvater, der gern einen Schluck trank – um seine Knochen zu beruhigen, wie er sich ausdrückte –, sah für uns keine Zukunft. In der Schule saßen meine Schwestern ganz hinten, obwohl sie der Größe nach eigentlich in die Mitte gehört hätten. Sie durften nicht im Chor mitsingen. Sie durften nicht bei den Theateraufführungen der Schule mitspielen. Die anderen Kinder konnten sie verprügeln, auf sie spucken, ohne dass die Lehrer ein Wort darüber verloren. Großvater wünschte sich, bald zu sterben, denn er hoffte, dass sie uns dann vielleicht besser behandeln würden. Vater hielt das für Unsinn. Uns ginge es doch ganz gut.

Aber es ging uns nicht gut. Man hatte uns unseren gesamten Besitz weggenommen. Vater war aus seiner Stelle als Lehrer entlassen worden, so dass eine neunköpfige Familie ohne Einkommen dastand. Wir waren vollkommen abhängig von der Lebensmittelzuteilung, die von Jahr zu Jahr schwankte, je nachdem, wie die Ernte ausfiel. Eine Dürre konnte die Rationen eines halben Jahres auslöschen, und ein verregnetes Frühjahr die jungen Reispflanzen auf dem Feld verrotten lassen. Dann hatten wir Monate lang nichts zu essen außer Baumrinde und Wurzeln wild wachsender Pflanzen. Selbst eine gute Ernte brachte uns nur acht oder neun Monate lang durch. Die restlichen Monate des Jahres nannte man »die Zeit, in der Gelb und Grün sich nie begegnen«. Während dieser Monate zog Vater los, flehte um Zahlungsaufschub für ein altes Darlehen und versuchte verzweifelt, irgendwo noch mehr Geld zu leihen, damit er die alten Schulden bezahlen konnte und sie uns nicht noch Tisch und Stühle wegnahmen. Die hölzernen Türen und Türrahmen aus dem Inneren des Hauses hatte er bereits weggegeben, um dafür Essen zu kaufen. Die Türen hatte er provisorisch mit verrotteten Brettern ersetzt. Doch es verging kein Tag, an dem Mama uns nicht predigte, dass wir im Angesicht der

Not unsere Würde bewahren mussten. Dann zeigte sie uns wieder, welche Grundstücke und Läden einmal uns gehört hatten, und wir waren insgeheim stolz darauf.

In jenen langen Monaten, in denen es keine Lebensmittel mehr gab, aßen wir einfach alles, was auf den Tisch kam. In einem Jahr aßen wir vier Monate lang dreimal täglich schimmelige Süßkartoffeln. Bruder Jin hatte die Lage genau erkannt: »Ich kann den Yams nicht mehr sehen, aber ich habe Angst, er könnte uns ausgehen.« Wir lernten, mit ganz wenig zu leben und mit dem zufrieden zu sein, was wir hatten. Selbst bei matschigen Süßkartoffeln wurde an unserem Tisch viel gelacht, wenn alle versammelt waren. Doch meist war Vater im Arbeitslager, oder Großvater saß im kommunalen Gefängnis in Erwartung einer weiteren öffentlichen Demütigung auf dem Marktplatz, wo man ihn vor aller Augen zusammenschlagen würde.

Mama lehrte uns, Buddha um Schutz und Beistand zu bitten. Das war noch leichter zu lernen, als brav ins Töpfchen zu machen. Man musste sich nur ganz gründlich waschen, wieder ordentlich anziehen, auf die Knie sinken und dann vor dem verborgenen Schrein des großen, dicken, lächelnden Buddha mit dem Kopf auf den Boden schlagen. Wendet euch mit jeder Frage, jeder Bitte an ihn, und ihr werdet eine Antwort erhalten, erklärte Mama.

Ich folgte ihr jeden Tag zum Schrein – der war auf dem Dachboden hinter einem Vorhang versteckt, weil im kommunistischen China Religion nicht erlaubt war. Ich kniete hinter Mama und schlug laut mit dem Kopf auf den Boden, während ich ihm meine kleinen Bitten zuflüsterte. Meine Liste wurde immer länger. Ich bat darum, dass Papa nicht von den Roten Garden geschlagen werden möge, dass Großvater nichts geschehe und dass Mama nicht mehr so viel weinen müsse. Meine letzte Bitte war immer Essen – mehr, bitte.

2

Großvaters Lebenswandel glich dem einer Wildkatze. Er stand im ersten Mondlicht auf und nickte auf seiner kleinen, roh gezimmerten Bettstatt ein, wenn die Sonne aufging. Um Mitternacht schlich er sich immer in die Küche, kochte einen Kessel Wasser und machte sich grünen Tee. Er behauptete, er gebe sich Mühe, keinen Lärm zu machen, doch er führte laute Selbstgespräche und ließ oft einen Teller oder eine Tasse fallen, wenn er so im Dunkeln herumhantierte. Und wenn er sich irgendwo stieß, konnte man ihn fluchen hören wie einen Fischer, dem gerade der große Fang durchs Netz geschlüpft ist. Außerdem war da noch sein Husten. Der faulige, billige Tabak ließ seine Lunge kreischen, und ich musste mir die Ohren zuhalten, bis sein unerträglicher Husten abklang.

Um Mitternacht genehmigte er sich seine erste Pfeife, und dann war er bereit, sein heimliches Leben wieder aufzunehmen, wie einer, der kein Licht, sondern nur Dunkelheit verdient.

Seit Beginn der Kulturrevolution hatte der Kader der Volkskommune, der für die Umerziehung der ehemaligen Grundbesitzer zuständig war, folgende Regeln erlassen: Großvater durfte seine Freunde nicht besuchen, die Stadt nicht ohne vorherige Genehmigung verlassen, und er musste ein detailliertes Tagebuch über sein Leben führen. Diese Berichte waren einmal pro Woche einzureichen. Er war nirgendwo in der Öffentlichkeit willkommen, durfte sich an keinerlei politischen Diskussionen beteiligen und musste den Blick senken, wenn jemand ihm ins Gesicht spuckte. Wenn die Spucke sein Gesicht verfehlte, musste er sie vom Boden aufwischen. Es gab noch mehr Regeln, aber Großvater hatte ein paar schon vergessen, als er nach Hause kam und uns davon erzählte.

Eines Tages wollte er einfach nur über die Straße gehen, doch Nachbarskinder bewarfen ihn mit Steinen, und er kam mit zerschundenem Gesicht nach Hause gerannt. Vater war wütend auf ihn, weil er sich so leichtsinnig verhielt. Man hätte ihn totschlagen können, und niemanden hätte es gekümmert. Von da an erwachte Großvater erst des Nachts, schlich sich hinaus auf die menschenleere Straße und genoss den Duft der Freiheit im Dunkeln. Er hätte tanzen, Rad schlagen oder Kung Fu üben können, ohne dass es jemand merkte. Vor Sonnenaufgang kehrte er dann zurück und erzählte uns von seinen Abenteuern. Er sprach davon, dass die Lius ihren Hinterhof erweitert hatten, von einem Kampf mit dem bösen Hund der Dengs oder den köstlichen Früchten an den Bäumen der Changs. Nicht eben der übliche Lebenswandel eines Großvaters.

Im selben Jahr starb unsere Oma an Eierstockkrebs. Großvater war danach ganz verändert. Er konnte nicht verstehen, warum Buddha zuerst sie dorthin geholt hatte, wo die Toten eben hinkamen. Er hatte geplant, vor Großmutter zu gehen, und ihr sogar gesagt, was er sich für seine Beerdigung wünschte. Verbrennt mich, sagte er, und bringt die Asche als Dünger auf die Felder aus. Es gab kein Testament, kein Erbe. Er konnte es kaum erwarten, diese Welt ebenfalls zu verlassen. Er hoffte immer noch darauf, sich im Jenseits wieder seinen Freunden beim Glücksspiel anzuschließen.

Er war wie eine schwache Kerze, die im Wind flackert. Er schlief nur noch sehr wenig, döste hie und da. Und etwas in ihm veränderte sich. Er wurde waghalsiger, weniger furchtsam.

Das Tagebuch, das er abgeben sollte, war zunehmend zynisch und sarkastisch, voller komplizierter Wortspiele und Metaphern, die der Kader nicht verstand, weil er nie zur Schule gegangen war. Der Kader befahl ihm, diese Mätzchen zu lassen, woraufhin Großvater vorschlug, wenn der Kader nicht lesen könne, was bei ihm eingereicht wurde, sollte das vielleicht lieber jemand anders tun. Der Kader schlug ihm ein paar Mal ins Gesicht und warf ihn hinaus. Großvater kam nach Hause und erzählte uns lachend davon, wobei er sich das Gesicht mit einem nassen Handtuch kühlte. Für ihn kam das einem Sieg gleich.

Einmal schlüpfte er aus dem Haus, als wir gerade nicht aufpassten, und ging zum Marktplatz, um ein paar Bananen zu kaufen. Er schlenderte herum, von einem Obst- und Gemüsestand zum nächsten, und amüsierte sich prächtig. Er fürchtete sich vor gar nichts mehr. Die Leute hatten ihm schon oft ins Gesicht gespien. Lächelnd hatte er die Spucke abgewischt. Sie hatten ihn geschlagen, und er war wieder aufgestanden und hatte noch mehr verlangt.

Schließlich kam er an einen Stand mit Bananen und fischte zwanzig Fen für zwei Bananen aus der Tasche. Als er gerade bezahlen wollte, stand plötzlich der Kader hinter ihm.

»Was machst du denn hier, du dreckiger alter Landbesitzer?«, fragte der Kader.

»Oh, Sie sind es. Ich tue genau dasselbe wie Sie.« Großvater lächelte.

»Dann wollen wir doch mal sehen, ob du jetzt immer noch genau dasselbe tun kannst wie ich«, sagte der Kader und versetzte Großvater einen so kräftigen Schlag, dass er in den Schlamm fiel. Er wälzte sich im Schmutz und wollte sich auf die Knie hochrappeln, doch er rutschte immer wieder aus. Der Kader sah wortlos zu. Eine Menschenmenge hatte sich gebildet, doch niemand half dem alten Mann. Sie warfen mit verfaultem Gemüse und Steinen nach ihm. Mit meinem Großvater hatten sie weniger Mitgefühl als mit einer Ratte, die von einem wüsten Haufen Kinder gequält wird.

Als Großvater sich endlich aufgerichtet hatte, trat der Kader ihm gegen den Kopf, so dass er wieder hinfiel. Diesmal blieb er still liegen. Sein dünner, zusammengekrümmter Leib rührte sich kaum. Er streckte die Hände aus. Er wollte aufstehen, doch er schaffte es nicht. Er stöhnte schwach und starrte in die Menge. Die Leute gingen wieder ihrer Wege, und der Kader stolzierte davon, als habe er eine Heldentat vollbracht.

Eine gütige alte Frau kam zu uns nach Hause und erzählte meinem Vater, was vorgefallen war. Er sammelte Großvater auf und trug ihn huckepack nach Hause. Großvater musste zwei Wochen lang das Bett hüten, und noch bevor er sich völlig erholt hatte, befahl ihm der Kader, nachts auf einer Baustelle das Holzlager zu bewachen. Jeden Abend um neun hüllte Großvater sich in seine zerschlissene Jacke, nahm einen Rohrstock in die eine und eine Laterne in die andere Hand. Ich stand in der Tür und blickte ihm nach, wenn er in der Dunkelheit verschwand. Wir machten uns alle Sorgen um ihn, doch er war fröhlich wie ein Äffchen. Er konnte es kaum erwarten, zur Arbeit zu gehen. Er wollte neues Terrain erobern, die Sterne funkeln sehen und den Sonnenaufgang genießen.

Als er eines Morgens heimkehrte, humpelte er schrecklich. Großvater war keiner, der sich krank stellte. Er war über einen Stein gestolpert und böse hingefallen, als er ein paar Herumtreiber verscheuchte, die Holz stehlen wollten. Ein Arzt schrieb ihn krank, und der Kader befreite ihn vorübergehend von der nächtlichen Arbeit.

Als der Sommer kam, wurde Großvater abgestellt, um die Vögel, Tausende von Vögeln, von den frisch eingesäten Feldern zu vertreiben. Mittlerweile wurde er von Tag zu Tag schwächer. Seine Lunge wollte nicht mehr, seine Nieren streikten und seine Leber ebenso.

An einem schlechten Tag, als er jedes einzelne Organ im Leibe spürte und auch der Schnaps die Schmerzen nicht mehr betäuben konnte, bat Großvater meinen Vater, ihm eine Entschuldigung zu schreiben; damit rannte ich dann zum Büro des Kaders. Der warf einen Blick darauf und fragte mich dann, wie ernst es sei. Ich sagte, Großvater könne sterben. Der Kader schlug mit der Faust auf seinen Schreibtisch, worüber ich sehr erschrak, und sagte dann, ich könne ja an seiner Stelle hingehen. Ich sagte, das werde ich gern tun. Und so war es abgemacht.

Am nächsten Tag wartete ich an der Haustür auf Großvaters Freund, ebenfalls ein ehemaliger Landbesitzer, der mich abholen sollte. Herr Gong war gar kein richtiger Großgrundbesitzer gewesen. Vater sagte, er habe nur ganz wenig Land gehabt, aber durch einen unglücklichen Zufall sei er zum Landbesitzer abgestempelt worden. Er hatte im Gefängnis gesessen und sah aus wie ein Skelett mit hohen Wangenknochen, einer großen Stirn und einem schwarzen Bart. Sein Blick war freundlich, aber unstet; Vater erklärte mir, das käme davon, dass er ständig Angst habe. Als er kam, folgte ich ihm mit zehn Schritten Abstand. Ich wollte nicht mit einem Landbesitzer gesehen werden. Ich war doch erst sieben und hatte noch ein langes Leben vor mir. Die Kinder könnten wieder mit Steinen werfen. Sie konnten tun, was sie wollten, und niemand würde uns beschützen. Grundbesitzer waren Freiwild. Wir gingen getrennt und stumm am Straßenrand entlang.

Das Feld, das wir bewachen sollten, lag fast acht Kilometer außerhalb von Gelber Fels. Der Dong Jing glitt wie eine Schlange die Felder entlang. Die Berge am Horizont flimmerten in der sommerlichen Hitze. Insekten zirpten vor sich hin, gut versteckt zwischen den Reispflanzen. Die Erde roch nach Sommer. Die Samen lagen mitten im Nirgendwo über zwölf Morgen Acker verstreut. Die Volkskommune pflanzte hier Reis für die nächste Saison an – sobald der Reis geerntet und das Feld gepflügt worden war, brachte man die nächste Saat aus.

Herr Gong bat mich, die südliche Hälfte zu übernehmen. Er würde die Nordseite bewachen. Als wir ankamen, staunte ich über die riesigen Scharen von Spatzen, die die Samen aufpickten. Sie genossen ein reichhaltiges kostenloses Frühstück und ließen sich von zwei Menschen nicht weiter stören. Aus einem Versteck im Gebüsch holte Herr Gong einen riesigen bronzenen Gong hervor und zwei lange Bambusstäbe mit roten Stoffstreifen an den Enden. Ich betrachtete sie zweifelnd.

Zur Abwechslung beschloss ich eine drastische Aktion. Ich nahm den Gong und schlug darauf, während ich durch das Feld rannte. Die Vögel stoben wild hoch und flogen davon, und ich baute mich vor Herrn Gong auf und erwartete ein Lob für meine jugendliche Energie und Tatkraft. Er lächelte und fragte mich, wie lange ich wohl weiter so rennen könne. Ich sagte, alle zehn Minuten eine Runde. Er schüttelte nachsichtig den Kopf und war überhaupt nicht beeindruckt. Er sagte, dass die Landarbeiter von vornherein zehnmal so viel Saatgut streuten wie notwendig – sie hatten schon an die Vögel gedacht und wussten auch, dass wir nicht ewig so herumrennen konnten.

Ich fragte ihn also, was wir sonst tun sollten. Er deutete auf den nahen Fluss und fragte mich, ob ich ein wenig angeln wolle, um mir die Zeit zu vertreiben. Ich fragte, ob das auch wirklich in Ordnung sei. Siehst du hier irgendwen, der es dir verbieten sollte?, fragte er zurück. Der Kader konnte kaum hier herauskommen und nachzählen, wie viele Samenkörner fehlten. Herr Gong würde die

Straße im Auge behalten, und wenn ich den Gong dreimal schlagen hörte, sollte ich schnell aus dem Wasser kommen.

An jenem ersten Tag schwamm ich drei Stunden lang, zwei weitere verschlief ich. Dazwischen lärmte ich zum Spaß mit dem Gong herum. Am zweiten Tag war mir langweilig, also setzte ich mich zu Herrn Gong und unterhielt mich mit ihm über die Schule. In den langen Pausen spielte ich mit seinem Bart. Am dritten Tage begann er zu reden, und ich konnte ihn gar nicht mehr zum Schweigen bringen. Er redete von der Sprache und davon, wie sehr er die Schönheit der Worte liebte. Er hatte früher Gedichte und auch Prosa geschrieben. Seine Frau hatte sich seiner Schriften wegen in ihn verliebt, an einer Universität im Norden. Sein Vater hatte ein wenig Land besessen, also war er nach der Universität mit seiner Frau heimgekehrt, um selbst das Land zu bestellen. Seine Frau war zornig und verbittert gestorben, doch er war sehr stolz auf seine Söhne, denn sie waren alle Schriftsteller und schrieben sogar noch besser als er. Er setzte große Hoffnungen in sie und sah sie schon als echte Poeten. Dann rezitierte er ein paar ihrer Lieblingsverse, die ihn manchmal zu Tränen rührten. Ich vergaß die glühende Sonne und die langweiligen, stillen, verlassenen Felder, wo man nur ab und an einen Fischer in seinem Boot vorübersegeln sah.

Ich wurde so braun, dass Herr Gong mich liebevoll einen »kleinen Aal« nannte. Wir fanden einen angenehmen Tagesablauf: Morgens angelte ich, mittags machte er ein Nickerchen. Dann schlief ich zwei Stunden. Danach rannte ich eine halbe Stunde herum und verscheuchte die Vögel, und dann unterhielten wir uns, betrachteten den Sonnenuntergang und warteten, bis der letzte Vogel davongeflogen war. Bald gingen wir nicht mehr getrennt die Straße entlang. Auf dem Weg zur Arbeit und zurück lief ich unmittelbar hinter Herrn Gong, wie sein Schatten, denn ich fürchtete mich nicht länger davor, mit ihm gesehen zu werden.

Wir scherzten und lachten. Sein rastloser Blick blieb stets wachsam, und wir verfielen in wissendes Schweigen, sobald Leute in der Nähe waren.

Als meine Zeit als Ersatz für Großvater vorüber war, vermisste ich das Schwimmen im kühlen Wasser, die Nickerchen in der unendlichen Stille der Reisfelder und unsere Gespräche während der herrlichen Sonnenuntergänge. Ich wünschte, ich wäre auch ein Dichter wie Herr Gong und könnte diese Augenblicke mit meinen Worten unvergänglich machen.

Die Grundschule von Gelber Fels lag gut einen Kilometer die Straße hinunter. Das Gebäude war ein alter konfuzianischer Tempel mit schrägen Dächern und zahllosen Holzschnitzereien an den Wänden. Uralte Bäume schirmten es gegen die Sonne ab, und es gab einen Teich voller Lotosblüten.

Als der Tag der Einschreibung für das neue Schuljahr kam, stand ich ganz früh auf und begutachtete mein Äußeres in einer Scherbe, die vom größeren Spiegel meines Bruders abgebrochen war. Ich war rabenschwarz und dünn wie ein Schilfrohr. Mein Bürstenschnitt, von Mutter selbst gemacht, war ziemlich schief und zerfurcht, wo die rostige Schere und die nicht allzu geübte Hand Spuren hinterlassen hatten, als habe ein ungeschickter Arbeiter ein Feld gepflügt. Das machte mir nicht viel aus. Die Haare würden wieder wachsen, und das scheußliche Ziepen ausgerissener Haare unter der stumpfen Schere war bald vergessen. Meine Schwestern schnitten sich gegenseitig das Haar, und meine Mama kümmerte sich um die vier Männer der Familie. Auf diese Weise sparten wir viel Geld. Das einzige Mal, dass ich meine Haar vom Friseur geschnitten bekam, war an dem Tag, als meine Großmutter starb.

Die Haut an meiner Stirn schälte sich wie bei einer Schlange, die sich im Frühjahr häutet. Ich rubbelte kräftig daran herum und zupfte die größten Stücke ab, doch schließlich gab ich es auf. Meine verbrannte Haut würde schon wieder verblassen, wenn der sengende Sommer den milden herbstlichen Brisen wich, dem tiefblauem Himmel und den dünnen weißen Wölkchen, die einander nachstellten wie Liebende.

Ich zog ein weißes Hemd an – eines, aus dem Jin herausgewachsen war – und rannte zur Schule. Auf dem roten Plakat im Schulhof stand, dass Herr Sun unser neuer Lehrer sein sollte. Die Schulgebühr betrug drei Yuan, für die Verhältnisse der Familie Chen eine Schwindel erregende Summe. Ich las alles zweimal durch, schrieb es für Mama auf, und dann stellte ich mich ans Fenster und beobachtete die Eltern, die ihre Kinder an die Hand nahmen und fröhlich zu den Lehrern hineinmarschierten, um sie anzumelden. Ein einfaches Geschäft, alles in bar. Sie kamen lachend wieder heraus, und die Kinder hüpften fröhlich mit einem Stapel neuer Schulbücher in den Armen voran. Die hatten es leicht, aber ich musste irgendwie die Mittel für meine Schulbildung auftreiben. Ich wusste nur zu gut, dass uns in wenigen Wochen Reis und Süßkartoffeln ausgehen würden. Papa war fort, im Lager, und die Essensration fiel täglich spärlicher aus. Mama sparte jeden Fen für Lebensmittel. Es war kein Geld für die Schule da. Für die drei Yuan, die ich brauchte, bekämen wir zehn Pfund Reis oder hundert Pfund Süßkartoffeln. Wie viel Wissen konnte man damit kaufen?

Ich ging nach Hause und hatte einen Kloß im Hals. Ich kannte diese Szene schon auswendig. Ich würde zu Mutter gehen und ihr von dem Schulgeld erzählen. Sie würde mir sagen, wie viel Geld noch für die ganze Familie übrig war, höchstens noch ein paar Yuan. Sie würde mir sagen, ich solle hingehen und darum bitten, dass man mir die Gebühren stundete oder ganz erließ. Dann würde ich meinem neuen Lehrer gegenübertreten und ihn auf Knien anflehen müssen. Selbst wenn man mir eine längere Frist einräumte, würde der Lehrer die noch nicht bezahlten Schulgebühren jeden Tag im Unterricht erwähnen, damit alle erführen, wie arm ich war. Vielleicht behielt er mich sogar nach der Schule da und hielt mir Vorträge darüber. So war es meinen Geschwistern ergangen, und dabei waren sie noch die ganze Zeit ohne Bücher in die Schule gegangen. Freundliche Mitschüler ließen sie aus ihren Büchern abschreiben. Und nun war ich damit an der Reihe.

Ich ging nach Hause und fühlte mich mutlos, arm und jämmerlich. Mama wusste, warum. Sie wischte sich die Hände an der Schürze trocken, gab mir fünfzig Fen und sagte mir, dass schon diese Summe eine große Belastung für die Familie sei. Das hätte sie mir nicht zu erzählen brauchen. Ein armes Kind weiß, was es heißt, arm zu sein. Wir erbaten nie viel für uns, und manchmal baten wir gar nicht erst.

Sie sagte, ich solle um einen Aufschub bitten. Ich fragte sie, welche Frist ich nennen solle. Sie sagte, bis die Ferkel herangewachsen und an den Käufer aus dem Süden verkauft worden seien. Das war immerhin etwas, worauf man hoffen konnte, doch das Mutterschwein war noch trächtig. Schweren Herzens nahm ich das Geld. Es riss ein großes Loch in die Finanzen der Familie, machte aber nur einen Bruchteil des Schulgeldes aus.

Ich heftete die fünfzig Fen innen in meine Jacke, damit ich sie ja nicht verlor, und rannte zur Schule zurück. Wieder postierte ich mich unter dem Fenster und sah mir den Lehrer genau an. Er war schmal und hatte dünnes, gelocktes Haar, das wie Federn aussah. Er wirkte wie jeder gewöhnliche langweilige, steife junge Erzieher, der ein paar Bücher gelesen hat. Er schüttelte den Eltern meiner Mitschüler die Hände, lächelte und scherzte.

Deprimiert lehnte ich mich an die Wand. Die Welt war so ungerecht. Alle anderen in meiner Klasse hatten offenbar junge, wohlhabende Eltern. Sie plauderten, lachten und schlossen Bekanntschaft mit dem neuen Lehrer. Ihr Auftreten war gewandt, ihre Kleider waren hübsch. Dies war ein großer Tag für sie und ein Meilenstein im Leben ihrer Kinder. Einige der Eltern waren in dem kleinen, ärmlichen Städtchen Gelber Fels so einflussreich, dass man als Lehrer ihrer Kinder mit vielen Gefälligkeiten unter der Hand rechnen durfte.

Zum Beispiel dieser dicke Metzger der Volkskommune mit seinem dicken Sohn, der eben jetzt beim Lehrer saß. Er war so reich, dass er ein dickes Bündel Geldscheine hervorholte und ganz beiläufig zwei große Scheine herauszog. Der Lehrer musste praktisch seine gesamte Kasse ausräumen, um das Wechselgeld herauszugeben. Ich konnte mir gut vorstellen, wie sie sich unterhielten.

Netter Junge.

Danke, aber er ist ein wenig ungezogen.

Wird schon nicht so schlimm sein.

Braucht einen guten Lehrer wie Sie, damit er Disziplin beigebracht bekommt.

Kein Problem, ich kümmere mich schon darum. Ach, übrigens, in welcher Branche sind Sie tätig?

Oh, ich bin Fleischer. Kommen Sie doch mal vorbei. Ich gebe Ihnen einen hübschen Braten, unter der Hand, versteht sich.

Abgemacht.

Der Metzger streckte seine fettige Hand aus, und der Lehrer ergriff sie. Zweifelsohne würde es der dicke Junge in seiner Klasse sehr gut haben. Er würde sich aufführen wie ein verzogener Bengel, mit dem Segen des Lehrers. Er war derjenige mit dem Fleisch-Papa, also würde er jedes Mal gewinnen. Und für den Lehrer gab es feines Fleisch, an Feiertagen, zu Neujahr und anderen besonderen Gelegenheiten. Der Lehrer würde es sehr bedauern, wenn der dicke Junge die Schule schließlich abgeschlossen hatte. So lief das.

Und was hatte ich zu bieten? Nichts. Großvater lag sterbenskrank im Bett. Der Arzt sagte, mit den richtigen Medikamenten könne er noch ein paar Monate leben. Pech. Medikamente waren teuer. Kein Geld, kein Leben. Vater buddelte irgendwo in den Bergen herum und kampierte in einem verfallenen, zugigen Tempel. Und ich hatte nur fünfzig Fen in kleinen Scheinen. Ich sah unmöglich aus – ein Kürbiskopf in einem zehn Jahre alten, geflickten Hemd. Und ich persönlich hatte seit dem Neujahrstag kein Fleisch mehr zu essen bekommen.

Diese Gedanken quälten mich, ich wand mich vor Scham und Demütigung, doch ich musste den Tatsachen ins Auge sehen. Der Lehrer konnte mich mit hochmütigem Schnauben hinauswerfen. Das ging schon in Ordnung, ich hatte ein dickes Fell. Ein armes Kind konnte sich ein dünnes Fell nicht leisten. Nur reiche Jungen und wohlhabende Mädchen mit niedlichen Schmetterlingsspangen im Haar konnten sich ein dünnes Fell leisten.

Ich zog meinen Gürtel hoch, überzeugte mich, dass mein Hosenstall nicht offen stand, und betrat vorsichtig das Büro des Lehrers. Ich würde da hineingehen und betteln, wie er es noch nie erlebt hatte, aber ich war auf das Schlimmste vorbereitet. Das Fenster schien groß genug zu sein, und das weiche Gras davor würde meine Landung polstern.

»Du bist also Chen Da«, sagte er zu meiner Überraschung.

»Ja, Herr Lehrer. Ich habe da ein Problem.«

»Wer nicht?«

»Wie bitte?«

»Ich wollte damit sagen, wir alle haben unsere Probleme.« Er lächelte.

»Ja, also, wissen Sie, ich habe nur fünfzig Fen für das Schulgeld …«

»Und du willst dich einschreiben?«

»Wenn das möglich wäre.«

»Was kannst du anbieten?«

»Wir warten, bis die Ferkel groß sind.«

»Wir groß sind sie denn jetzt?«

»Klein.«

»Wie klein?«

»Noch nicht geboren.« Ich wartete darauf, dass er mich am Kragen packte und aus dem Fenster warf.

»Also gut, gib mir das mit den Schweinen schriftlich, dann schreibe ich dich ein.«

Ich starrte ihn ungläubig an. Mein Herz schwoll an vor Dankbarkeit. Ich wollte auf die Knie sinken und ihm die Füße küssen. Es gab doch einen Buddha irgendwo da oben im weiten Himmel. Ich nahm seinen Füller und schrieb mein Versprechen auf einem Blatt Papier nieder.

»Aber die Schulbücher kann ich dir noch nicht geben. Das erlaubt die Schule nicht.«

»Ist schon gut. Ich kann aus den Büchern der anderen Kinder abschreiben.«

»Also, wenn es dir nichts ausmacht, dachte ich, ich gebe dir vielleicht meine Bücher vom letzten Jahr, aber die sind ganz vollgekritzelt, ich habe überall etwas hineingeschrieben.«

Wenn es mir nichts ausmachte? Wer war dieser Kerl? Ein Heiliger, gesandt von Buddha persönlich?

Ich war so überwältigt, dass ich nicht wusste, was ich sagen sollte. Ich hielt den Blick auf meine Zehen gerichtet. Ich hatte innerlich geprobt, wie ich aus dem Fenster geworfen, ignoriert oder ausgelacht wurde, aber Güte? … Mit Güte hatte ich nicht gerechnet. Ich nickte hastig und rannte davon, nach einem Dankeschön von ganzem Herzen und einer so tiefen Verbeugung, dass ich mir beinahe die Nase an den Knien gestoßen hätte.

Herr Sun, der neue Lehrer, kam aus einem Dorf am Fuße des Ching-Berges. Er hatte ein sonniges Gemüt und hielt sich gern im Freien auf. Morgens wässerten er und seine Frau die Gemüsebeete, dann ging er zu Fuß zur Schule. Bald lief ich allmorgendlich hinter ihm her, unausweichlich wie sein Schatten. Während dieser gemeinsamen Wege erzählte er mir viele Geschichten.

Er übertrug mir besondere Aufgaben in der Klasse, eine politisch gewagte Entscheidung, und zu Beginn jeder Stunde ließ er mich die Revolutionslieder anstimmen. Ich war die Ausnahme, die die harten Regeln unseres Lebens bestätigte. Ich sollte niemals zum Anführer unter meinen Mitschülern werden. Ich war mit einem politischen Makel geboren, den niemand je auslöschen konnte. Doch ab und an ließen sie einen Knochen für uns vom Tisch fallen, an dem wir dann begeistert herumnagten. Ich war dankbar für diesen Knochen. Ich spielte damit, stieß ihn mit der Schnauze an und genoss jeden Augenblick der Verlockung, bis ich schließlich die Zähne in das schönste Stück schlug.

Ich kam immer ganz früh mit dem Lehrer zur Schule und machte mich über die Bücher her. In meiner Freizeit gab ich den langsameren Schülern Nachhilfe. Ich war der Kapitän der Basketballmannschaft und ein gefürchteter Konkurrent bei den Gesangswettbewerben der Schule. Einmal sang ich so laut, dass ich danach drei Tage lang heiser war. Ich las in der Klasse Geschichten und klassische Literatur vor, während der Lehrer hinten im Schulzimmer saß und Hausaufgaben korrigierte, wobei er ab und zu innehielt und wohlwollend nickte.

Spätnachmittags drängten mich meine neuen Freunde – Jie, Ciang und ein paar andere –, ihnen noch mehr Geschichten zu erzählen. Wir kletterten immer über eine Mauer hinter der Schule und ließen uns in einen uralten Obstgarten fallen. Das war unser kleines Paradies.

Unser Treffpunkt war ein riesiger Lychee-Baum mit tief hängenden Ästen. Jeder von uns hatte seinen Lieblingsplatz. Meiner hatte sozusagen eine Rückenlehne und einen kleineren Ast davor, für die Füße. Solcherart bequem sitzend, ließ es sich gut erzählen. Manchmal rieb Jie meine Fußsohlen, was ihnen weitere zwanzig

Minuten Erzählung einbrachte. Und jedes Mal, wenn ich drohte, ich würde jetzt aufhören, bettelten sie wieder um mehr, so dass ich mir wirklich etwas einfallen lassen musste, eine kurze Geschichte ausschmückte und eine lange unendlich ausdehnte.

Niemand stellte meine Beliebtheit in Frage, bis eines Tages ein Junge mit großen Augen in der Tür stand, der sich noch nachträglich anmelden wollte. Ich gab es nur ungern zu, aber er sah gut aus. Er war noch keine fünf Minuten im Klassenzimmer, da kicherten die Mädchen schon über sein niedliches Lächeln und sein grässliches Zwinkern. In der Pause saß ich auf meinem Platz und bebte vor Wut und Verachtung für diesen unerwarteten Eindringling. Ich erwog, welche Maßnahmen ich ergreifen sollte. Ich überlegte, ob ich nicht hinübergehen und mich als Führer dieser Klasse vorstellen sollte. Dies war schließlich mein Revier, und ich durfte wohl ein gewisses Maß an Höflichkeit und Respekt von ihm erwarten. Man kann schließlich nicht einfach so reinmarschieren und alles kaputtmachen. Wenn er ein anständiger Mensch war (ich hatte ihn während der vergangenen Stunde genau beobachtet und hielt das für unwahrscheinlich), dann würde ich ihm meinen Segen geben, ihm meinen Schutz anbieten und ihm helfen, hier bei uns heimisch zu werden. Schließlich war ich ein netter Junge mit einem großen Herzen. Ich hieß jeden klugen Mann als meinen Freund willkommen, aber ich würde auf keinen Fall einfach zu ihm gehen und ihm die Hand geben. Er war umringt von Bewunderern, und alle bestaunten offenbar irgendetwas, das er trug. Die Mädchen schlenderten besonders langsam vorbei und kicherten. Keine Spur mehr von Ruhe und Ordnung.

Während ich noch vor Eifersucht kochte – ein negatives Gefühl, das ich als Führer zu unterdrücken versuchte –, bahnte sich der tolle Hecht einen Weg durch die Menge und kam zu mir herüber. Er sah mich mit diesen sympathischen, intelligenten Augen geradeheraus an. In diesem Moment vergaß ich meinen Zorn.

Kein Wunder, dass die Mädchen den Verstand verloren hatten. Auch mich beeindruckten die Klarheit und zielstrebige Entschlossenheit in diesem Blick, diese gerade Nase, so wohlgeformt und fein, und das kräftige, scharf geschnittene Kinn. Wäre er ein General gewesen, ich wäre ihm in jede Schlacht gefolgt und hätte bis zum bitteren Ende für ihn gekämpft.

Ich kratzte einen Rest Würde zusammen, stand auf und ergriff seine ausgestreckte Hand. Da sah ich die Gürtelschnalle. Am Gürtel um seine Taille hing dieses glänzende Koppelschloss, so groß wie eine Männerfaust. Fünf Sterne zeichneten sich darauf ab. Die Schnalle glitzerte in der Morgensonne, offensichtlich das Ergebnis hingebungsvollen Polierens durch eine stolze Hand.

»Wie ich höre, bist du der Tau-Ke.« Der Große Mann. Er hatte eine originelle Art, sich auszudrücken.

»Na ja, na ja.« Solch hohes Lob verlangte nach einer bescheidenen Antwort, aber ich war dennoch geschmeichelt.

»Ich glaube, der würde dir sehr gut stehen.« Er nahm seinen Gürtel mitsamt der Schnalle ab und reichte ihn mir, einfach so.

»Nein, nein. Trag du ihn.«

»Ich trage ihn schon, seit mein Vater aus dem Vietnamkrieg zurück ist.« Die Kunst, beiläufig große Namen fallen zu lassen, beherrschte er perfekt.

»Dein Vater hat in Vietnam gekämpft?«

»Klar, er hat massenweise Medaillen und war in Ho-Chi-Minh-Stadt. Weiße Amerikaner. Okay, okay, okay.« Er sprach sogar Englisch.

Er studierte die Schnalle bedächtig. Eine ganze Reihe Klassenkameraden hatte sich hinter mir versammelt und beobachtete diese Begegnung.

»Dieser Gürtel hat auch seine Geschichte«, fuhr er fort.

»Was für eine Geschichte?«

»Mein Vater hat ihn im Krieg getragen. Der Gürtel ist ein paar

Mal getroffen worden, aber er ist so dick und fest, dass man nicht mal eine Delle davon sieht. Und ich rede hier von der Supermunition aus den amerikanischen Waffen.«

Ich war sofort hin und weg. Er wurde mein bester Freund, und wir nannten ihn »Koppelschloss«. Mit diesem Spitznamen fühlte er sich sehr wohl.

Ich zeigte ihm die finsteren Ecken des Ortes, etwa den überwucherten Friedhof, wo die Geister herumspukten, erklärte ihm, bei welchen Hunden er vorsichtig sein musste, und warnte ihn vor den Plätzen, die er lieber meiden sollte. Ich wies ihn auf Obstbäume hin, von denen man gefahrlos stibitzen konnte, und half ihm bei den Hausaufgaben, denn das gehörte zu meinen Pflichten als Klassenordner. Er wiederum ließ mich seine Gürtelschnalle tragen. Dann fing er an, morgens in der Uniform seines Vaters bei uns zu Hause vorbeizukommen, so dass wir vor der Schule die Kleider tauschen konnten. Ich trug seine grüne Jacke mit den kleinen Patronentaschen, die viel zu großen Stiefel seines Vaters und eine wunderbare Soldatenmütze. Ich stolzierte damit durch die Schule wie ein Idiot und kam mir ganz toll vor. Ich imitierte die nasale Sprechweise eines Generals, mit hoch erhobenem Kopf und den Händen lässig am Gürtel. In den nachmittäglichen Geschichten im Obstgarten ging es bald nur noch um den Vietnamkrieg. Es war so viel leichter, sich eine Geschichte auszudenken, wenn man die passende Kostümierung dazu trug. Ich erzählte die Geschichte, sprach die Dialoge und spielte zugleich die Handlung nach. Meine Freunde, darunter auch Koppelschloss, lachten, weinten und kreischten, bis sie sich beinahe in die Hose machten.

Doch ich war immer noch ein klein wenig eifersüchtig. Er war der einzige Junge, der es wagte, diese unsichtbare Grenze zu überschreiten und offen mit den Mädchen in der Schule zu sprechen. Sie wanden sich förmlich, wenn er ihnen gegenüberstand. Sie waren sehr gern in seiner Nähe, wurden dann aber schüchtern, ein eindeutiges Anzeichen dafür, dass er großen Eindruck machte. Doch während wir uns immer enger anfreundeten, wuchs auch meine Bewunderung für ihn. Ich achtete genau auf alles, was er tat. Im Unterricht blickte er meist gelangweilt drein, und er hatte so eine Art, einem tief in die Augen zu sehen, wenn er mit einem sprach. Er ging sehr aufrecht und blickte stur geradeaus. Er strahlte Selbstsicherheit aus. Wenn er lächelte, riss er nicht gleich den Mund von Ohr zu Ohr auf wie ein Trottel, sondern gönnte einem nur ein kurzes Aufblitzen weißer Zähne. Wenn man ihm eine Frage stellte, zog er die Brauen zu einem intelligenten Stirnrunzeln zusammen. Er hätte ein Buch über wirksam eingesetzte Körpersprache schreiben können.

Eines Tages lud mich Koppelschloss ganz offiziell ein, ihn zu Hause zu besuchen. Ich trabte ihm hinterher und stand plötzlich auf der Schwelle eines prächtigen Hauses in der Nähe des Hospitals. Sein Vater war ein ehemaliger Kriegsheld, der nun Parteisekretär des Krankenhauses war und schon in recht jungen Jahren den Helden-Ruhestand genoss. Plötzlich öffnete sich die Haustür, und da stand Koppelschloss senior. Groß und gut aussehend, ein Alpha-Tier. Er hatte ein herzliches Lächeln, große Augen und buschige Brauen, ein Held wie aus dem Bilderbuch. Es war sonnenklar, wem der Sohn sein gutes Aussehen zu verdanken hatte.

»Komm nur herein, Da.« Der Vater kannte sogar meinen Namen.

»Danke.« Ich streckte ihm die rechte Hand hin, doch er ergriff sie nicht. Stattdessen lächelte er und sagte: »Tut mir Leid, aber ich habe keine Hand mehr, die ich dir reichen könnte. Wie wär's, schüttel mir doch einfach die Schulter.« Er beugte sich vor, so dass seine zwei leeren Ärmel vor der Brust baumelten, und wartete darauf, dass ich seine breite Schulter schüttelte.

Ich war so entsetzt, weil er keine Arme hatte, dass ich nur reglos dastand.

»Ist schon gut, Papa. Ich glaube nicht, dass Schulterschütteln in Gelber Fels üblich ist.«

»Na, dann. Überspringen wir den förmlichen Teil und holen uns ein paar Kekse.«

»Papa, wir sind doch keine kleinen Kinder mehr. Lass mich ihm alles zeigen, okay? Ich glaube, von dir hat er vorerst genug gesehen.«

So flogen zwischen Vater und Sohn Scherze hin und her wie unter Saufkumpanen, während ich noch immer zutiefst schockiert war. Um Buddhas willen, der Superheld hatte keine Arme. Mir blutete das Herz. Wie eine verlorene Seele folgte ich Koppelschloss durch sein Zuhause und das Krankenhaus. Er wollte mir alles zeigen, aber ich konnte immer nur an diese leeren Ärmel denken. Ich hatte gar keinen Appetit, als ich nach Hause ging. Meine Eifersucht war verschwunden. Fortan wachte ich insgeheim über Koppelschloss.

Nur allzu bald sagte Herr Sun uns traurig Lebewohl. Er sollte in ein Umerziehungslager für Lehrer. Ich schenkte ihm zum Abschied ein kleines Notizbuch. Ab jetzt würden uns Männer der Miliz und Frauen aus der Kommune unterrichten. Auf Anweisung der Zentralregierung sollten ab sofort alle Schulen von armen Bauern geleitet werden; alle Lehrer – eine Klasse von gefährlichen, dreckigen Intellektuellen – würden umerzogen und gründlich mit revolutionärem Gedankengut geimpft werden, bevor sie wiederkommen und Chinas jüngere Generationen unterrichten durften.

Die Schule war nicht mehr dieselbe. Unser neuer Lehrer war ein schläfriger junger Mann, ein entfernter Verwandter des Parteisekretärs der Volkskommune Gelber Fels. Er hatte nicht einmal die Grundschule abgeschlossen; er schrieb selbst die einfachsten Wörter falsch, und seine Aussprache war so schlecht, dass es sich kaum noch nach Chinesisch anhörte. Am ersten Tag trat er zitternd vor die Klasse, und es gab immer wieder längere Pausen, während er in seinen Notizen herumblätterte und überlegte, was er sagen sollte. Am Abend saßen diese Bauern herum, spielten Karten und tranken, an demselben Tisch, an dem die richtigen Lehrer früher Hausaufgaben korrigiert hatten. Der Zoo wurde nun von den Tieren selbst geleitet.

Ich war enttäuscht, um das Mindeste zu sagen. Ich suchte außerhalb der Schule nach Büchern, um mich zu beschäftigen, und konnte es kaum erwarten, dass die Bauern endlich verschwanden und die richtigen Lehrer wieder aus dem Lager zurückkamen. Obwohl es frühestens im folgenden Jahr so weit sein konnte, glaubte ich doch fest daran; so, wie man fest daran glaubt, dass der Frühling kommt.

3

Im September 1971 kam ich in die dritte Klasse. Vater war aus dem Lager auf dem Berg zurückgekehrt und gleich in ein weiteres Umerziehungslager fünfzehn Kilometer von zu Hause geschickt worden. Sie ließen ihn von morgens bis abends Gräben ausheben für ein Bewässerungssystem, das schließlich doch nicht funktionierte, und versuchten weitere Geständnisse zu erpressen über meinen Onkel in Taiwan, Chinas Erzfeind.

Manchmal durfte ich Vater besuchen und ihm etwas zu essen bringen. Dann stand ich am Rande des Geländes und suchte meinen Vater unter den etwa hundert weiteren Leuten, die hier »umerzogen« wurden. Müde, neugierige Gesichter sahen mich an, die Nachricht lief durch die Reihen, und dann kam schließlich mein Vater aus einem Graben geklettert. Aufrecht, den Kopf hoch erhoben, ein strahlendes Lächeln für seinen Sohn im Gesicht, wischte er hastig den Staub von seiner zerschlissenen Kleidung. Ich wusste nie, was ich sagen sollte, und starrte nur auf seine Hände voller Blasen, während er sich nach der Familie erkundigte und mich nach der Schule fragte. Dann war es Zeit, wieder zu gehen; wenn ich zu lange blieb, verjagte mich der Brigadeführer mit seinem Rohrstock.

Großvater hatte jetzt ständig Schmerzen. Teure Medikamente

wurden gekauft, die ihm helfen sollten, doch er wurde sehr zornig, als er den Preis erfuhr; er wusste, dass für dieses Geld die ganze Familie einen Monat lang gut zu essen bekommen hätte. Trotz seines geschwächten Zustands wurde er immer noch jeden Tag auf die Reisfelder geschickt, um die Vögel zu verscheuchen. Nach einer Nacht, in der es ihm besonders schlecht gegangen war, brachte ich eine weitere Bittschrift vor. Der Kader riss sie vor meinen Augen in Fetzen.

»Dieser dreckige Hundesohn!«, kreischte er und spuckte auf den Boden. »Sag deinem nichtsnutzigen Großvater, er soll endlich aufwachen. Ich habe ihm schon die leichteste Arbeit zugeteilt, und er weiß es immer noch nicht zu schätzen. Was will der eigentlich, den ganzen Tag in seinem warmen Bett liegen und Rachepläne gegen unser kommunistisches System schmieden? Na, das kann er vergessen, solange ich hier zuständig bin.« Er schlug sich auf die Brust. »Hast du verstanden? Und was dich angeht, du kleiner Scheißer, dich will ich hier nicht mehr so oft zu Gesicht kriegen. Eines Tages gerätst du noch selbst in Schwierigkeiten, wenn du dauernd den Laufburschen für deine miese Familie spielst.«

Ich rannte wütend nach Hause und sagte Großvater, die Antwort sei Nein.

Meine älteste Schwester Si hatte die Mittelschule abgeschlossen. Bruder Jin hatte ein Jahr vor dem Abschluss von der Schule abgehen müssen, und Ke und Huang legte man noch in der Grundschule nahe, die Schule zu verlassen. Die Rotgardisten übernahmen die Schulzimmer und veranstalteten mit einem der Lehrer eine Demütigungsparade. Sie hatten den Kindern und Enkeln der Landbesitzer das Leben zur Hölle gemacht. Sis Klassenkameraden hatten ihr Haar mit Scheren verunstaltet, so dass sie nun aussah wie eine Irre, und als Jin noch zur Schule gegangen war, hatten seine Kameraden ihn unablässig gehänselt und geschlagen.

Eines Tages bekamen wir einen Brief von der örtlichen Schulverwaltung. Darin stand: »Aufgrund des Platzmangels in unserem Schulsystem hat die Kommunistische Partei beschlossen, dass die Kinder von Landbesitzern, Kapitalisten, reichen Bauern und gemäßigten Linken ab sofort nicht mehr direkt an die weiterführenden Schulen übergehen werden. Diese neue Richtlinie ist sofort umzusetzen, zum Wohle Tausender armer Bauern.« Diese knappe Mitteilung erklärte keinesfalls die Logik einer solchen Anordnung. Doch uns war klar, dass sie uns als den Feind betrachteten, als Gefahr für ihre Welt. Bildung konnte unserer Sache nur dienlich sein, während sie die ihre bedrohte.

Und so wurde ich zum letzten Schüler in der Familie. Jeden Morgen vor der Schule flüsterte Mama mir zu, dass ich diese kostbare Chance sehr schätzen sollte. Ich sollte hart arbeiten und ein guter Schüler sein, sonst würde ich wie meine Geschwister der Schule verwiesen, und dann müsste ich Bauer oder Tischler werden, ohne Hoffnung auf eine bessere Zukunft. Sie sagte, je lieber sie dich los sein würden, desto mehr solltest du dich bemühen und ihnen zeigen, wie gut du bist. Sie ermahnte mich, mich anständig zu betragen und ihnen keinen Grund zu geben, mich hinauszuwerfen.

Dieser Druck lastete schwer auf mir. Die Vorstellung, den Rest meines Lebens als Landarbeiter zu verbringen, unablässig bei jedem Wetter auf den Feldern der Kommune zu arbeiten, ließ mich erschauern. Ich sah, wie meine Geschwister, die doch noch so jung waren, vor dem Morgengrauen aufstanden, damit sie im Dunklen den Reis ernten konnten, bevor die stechende Sonne die Arbeit unerträglich machte. Im Mondlicht kamen sie dann nach Hause, nach einem langen Tag harter Arbeit, den Rücken krumm und schmerzhaft verkrampft, mit zerschnittenen Fingern und Blasen an den Händen. Manchmal wurden sie auch noch gedemütigt, weil die älteren, erfahreneren Landarbeiter der Kommune sie büßen ließen, wenn sie einmal einen Fehler machten. Und manchmal kamen sie auch wütend nach Hause, weil man sie die schwerste Arbeit tun ließ, wie in die Latrinengruben zu springen und Jauche zu schaufeln. Abends lagen meine Schwestern oft weinend in Mamas Armen. Sie waren keine Kinder mehr.

Ich sah die Schule in einem neuen Licht. Sie war immer noch lustig und nett, aber nun bedeutete sie mir viel mehr. Sie war der Schlüssel zu einer strahlenden Zukunft. Ich wusste, wenn ich es irgendwie schaffen könnte, in der Schule zu bleiben, würde ich mein Glück machen. Es gab noch Hoffnung. Ich kam jeden Morgen ganz früh zur Schule und wischte freiwillig die Tafel. Ich schaffte es trotzdem noch, mit meiner morgendlichen Pflichtlektüre fertig zu sein, bevor die anderen kamen, so dass ich Zeit zum Spielen hatte oder anderen Kindern helfen konnte, die damit nicht zurechtkamen. Aber den neuen Lehrer beeindruckte das überhaupt nicht. Manchmal spürte ich förmlich seine Blicke im Rücken, wenn ich allein im Schulzimmer saß und arbeitete. Er war kühl und kurz angebunden, und anscheinend widerte dieser kleine Junge ihn an, der sich so anstrengte, es ihm recht zu machen.

Mein Lehrer in der dritten Klasse war ein junger Mann von etwa fünfundzwanzig Jahren. Er hatte eiskalte, hervorquellende Augen und schmale Lippen, die die Worte langsam und bedächtig herauspressten. Seine Nase war spitz, und aus beiden Nasenlöchern wucherten lange schwarze Haare; sein fliehendes Kinn ging fließend in den langen Hals über. Er hatte die Angewohnheit, sein Spiegelbild im Fenster zu betrachten, sich hin und her zu wenden und noch einmal das Haar zu kämmen, bevor er das Schulzimmer betrat. Sein Name war La Shan.

La Shan lud viele seiner Schüler in seine Wohnung auf dem Schulgelände ein, wo sie nach der Schule noch lange Schach spielten und sich unterhielten. Er organisierte auch Basketballspiele für die Schüler, doch ich durfte nie mitmachen. Ich stand in einiger

Entfernung und sah zu, wie sie mit dem lebhaften jungen Lehrer spielten, lachten und schrien. Wenn ich manchmal leise danach fragte, was sie denn in seinem Wohnheimzimmer machten, erzählten meine Freunde Jie und Ciang, dass sie spielten und La Shan zuhörten, wenn er über Politik sprach, über Dinge wie den Klassenkampf und was man mit schlechten Menschen wie Landbesitzern und amerikanischen Spionen tun sollte.

Ich wurde in seinem Unterricht still und beteiligte mich nicht mehr so aktiv. Er behandelte mich weiterhin wie Luft, und ich wurde zunehmend isoliert, doch ich arbeitete stolz und fleißig weiter und schrieb immer die besten Noten. Ich vermisste meinen Lehrer, Herrn Sun, ganz schrecklich.

Hinten im Klassenzimmer stand eine weitere Tafel, auf der die besten Gedichte oder Aufsätze der Schüler ausgestellt wurden. Es war eine Ehre, wenn eine eigene Arbeit dort gezeigt wurde, und von mir erschien dort jede Woche etwas. Die jahrelange Übung unter Anleitung meines Großvaters hatte mich zum besten Kalligraphen der ganzen Schule gemacht, und ich hatte in Wettbewerben schon viel ältere Schüler geschlagen. Doch seit ich La Shan als Lehrer hatte, hingen meine Arbeiten nicht mehr aus. Er nahm mir auch die Aufgabe weg, die Gedichte mit Kreide an die Tafel zu schreiben, dabei durften das immer nur Schüler mit der besten Schönschrift machen.

Ich war auch nicht mehr Klassensprecher. An meine Stelle trat der Sohn des ersten Parteisekretärs der Kommune Gelber Fels, des meistgefürchteten Mannes der ganzen Stadt. La Shan ernannte ihn auch zum Anführer der Schülerorganisation, der Kleinen Roten Garden. Ich war der Einzige in der Klasse, der dort nicht Mitglied werden durfte. Ich beneidete die anderen um die hübschen roten Armbinden und wollte auch beitreten, doch La Shan sagte nur, ich müsse mich mehr anstrengen, er sei nicht überzeugt, dass ich mich mit ganzem Herzen dem Kommunismus verpflichtet fühle wie die

Kinder aus anständigen Arbeiterfamilien. Wenn eine Versammlung der Kleinen Rotgardisten stattfand, wurde ich hinausgeschickt. Dann lungerte ich allein auf dem Schulhof herum, bis sie fertig waren.

Mein ganzes Leben schien von den anderen fortzudriften. Das machte mir zu schaffen, ich konnte nicht schlafen und starrte nur auf mein Moskitonetz. Ich sagte meiner Familie nichts von diesen Veränderungen; sie hatten auch so schon genug Sorgen. Zu Hause gab ich mich fröhlich und erzählte allen, wie gut ich mich in der Schule mache. Einmal erwähnte mein Cousin meinem Bruder gegenüber, dass ich nichts mehr auf die Tafel abschrieb. Ich erfand eine Ausrede und erklärte meiner Familie, dass ich mal etwas anders machen und meinen Mitschülern eine Chance geben sollte.

Weil ich ehrgeizig war und weiterhin auf meine Fähigkeiten vertraute, arbeitete ich noch härter und meldete mich freiwillig für noch mehr Aufgaben vor und nach dem Unterricht. Es war, als rannte ich mit dem Kopf gegen die Wand. Je mehr ich mich bemühte, desto weniger mochte mich der Lehrer. Er kritisierte mich sogar vor der ganzen Klasse, weil ich so übereifrig nach seinem Lob heische. Das verwirrte und bedrückte mich. Was sollte ich denn sonst noch tun, um wieder den Platz innezuhaben, der mir früher so lieb gewesen war?

Meine erste echte Auseinandersetzung mit La Shan kam, als er die Hausaufgaben vom Wochenende einsammelte. Wir hatten einige Zitate des Vorsitzenden Mao abschreiben sollen, doch auf dem Schulweg war meine Arbeit ganz durchweicht worden, also hatte ich das verschmierte, nutzlose Papier weggeworfen und mir vorgenommen, sie nachmittags noch einmal zu schreiben. Als er feststellte, dass ich nichts abzugeben hatte, rief La Shan die Klasse zusammen. »Liebe Schüler, Chen Da hat seine Hausaufgabe nicht gemacht, obwohl er wusste, dass er den Text unseres Großen Vorsitzenden Mao abschreiben sollte. Damit hat er unseren großen Führer absichtlich beleidigt.«

»Ich habe die Hausaufgabe gemacht, genau wie immer«, protestierte ich laut, »aber im Regen ist sie ganz nass geworden.«

Die ganze Klasse sah mich stumm an.

La Shan wurde rot, und die Muskeln in seinen Wangen zuckten. Er hatte das Gesicht verloren, weil ich ihm widersprochen hatte.

»Was hast du damit gemacht?«, fragte er.

»Ich habe sie auf dem Schulweg in eine Latrine geworfen, weil sie so verschmiert war.« Die Schüler lachten.

»Was hast du gesagt?«

»Ich sagte, ich habe sie in eine Latrine geworfen«, schrie ich zurück. Ich wusste, dass ich mich unvernünftig aufführte, aber ich konnte nicht anders.

»Du hast die Worte des Vorsitzenden Mao in eine stinkende Latrine geworfen?« Sein Gesicht war flammend rot, und mit jedem Wort sprühten kleine Tröpfchen aus seinem Mund. »Ist dir bewusst, welch ernstes Verbrechen du da begangen hast?«

Tödliche Stille senkte sich über die Klasse. Alle sahen mich an und warteten auf meine Reaktion. Im Bruchteil einer Sekunde erkannte ich, welche schlimmen Schwierigkeiten er mir bereiten konnte, wenn er wollte. Mamas Worte klangen mir in den Ohren: »Komm ja nicht in Schwierigkeiten.«

Mir war schwindlig, als hätte ich einen Schlag auf den Kopf bekommen. Schon bereute ich meine Handlungsweise und hätte am liebsten alles zurückgenommen, doch es war zu spät, der Schaden war schon angerichtet. Ich dachte an Mama und Papa und die schwierige Lage, in die ich meine Familie vielleicht gerade gebracht hatte, falls der Lehrer dies hier an die große Glocke hängte. In meinem Kopf hämmerte es.

»Es tut mir sehr Leid, ehrenwerter Lehrer. Ich werde meine

Hausaufgabe noch einmal machen und sie so bald wie möglich nachreichen.«

Er starrte mich mit eiskalten Augen stumm an wie ein Wolf, der eben ein Kaninchen in einer Falle entdeckt hat.

»Du glaubst wohl, du könntest einfach so davonkommen?« Er schüttelte langsam den Kopf. »Herhören!« Seine Stimme klang wie ein Peitschenknall. »Wir stimmen ab. Diejenigen, die dafür sind, Da aus dem Klassenzimmer zu werfen, heben die Hand.«

Einen Augenblick lang war es still. Dann hob der Sohn des Parteisekretärs langsam die Hand. Einige weitere Hände aus dem La-Shan-Fanclub reckten sich in die Luft. Dann erhob die ganze Klasse die Hand wie ein Mann, selbst meine Freunde Jie und Ciang.

Ich fühlte mich gefangen. Ich fühlte mich halb tot. Es war mir unbegreiflich, wie selbst meine besten Freunde gegen mich stimmen konnten.

»Bitte, ich möchte die Klasse nicht verlassen. Ich würde gern bleiben.«

»Wir werden ja sehen. Der Unterricht ist für heute beendet«, sagte La Shan, knallte sein Buch zu und ging hinaus, gefolgt von seinen Anhängern.

Ich ging nach Hause wie durch dichten Nebel. Niemand sprach mit mir. Ich machte meine Hausaufgabe noch einmal und gab sie sofort ab. Ich wartete darauf, dass La Shan mich aus der Schule warf, aber nichts geschah. Ich saß allein ganz hinten in der Ecke. Niemand redete mit mir, nicht einmal meine Freunde. Ab und zu warf La Shan mir einen angewiderten Blick zu. Am schlimmsten war es, wenn er mich verächtlich »diese Person da in der Ecke« nannte, ohne mich anzusehen. Warum nahm er die ganze Sache so persönlich, als hätte ich das Grab eines seiner Ahnen geschändet?

Dann, eines Tages, rief La Shan während der morgendlichen Turnpause meinen Namen auf und hielt mich zurück, als die anderen lärmend aus dem Raum strömten.

»Ich habe Berichte über dich erhalten«, sagte er und ging vor den Bänken auf und ab. »Wirklich schlimme Berichte.«

Mein Herz begann zu rasen. »Was denn für Berichte?«

»Du hast antirevolutionäre und antikommunistische Dinge zu deinen Klassenkameraden gesagt, nicht wahr?«

»Nein, habe ich nicht.« Er versuchte mich als Konterrevolutionär hinzustellen, genau wie bei Yu Xuang aus der fünften Klasse, den sie zur weiteren Untersuchung ins kommunale Gefängnis gesperrt hatten. Dies war eine gefährliche Situation.

»Ich habe so etwas nie getan! Das wissen Sie doch!«, sagte ich, die beste Verteidigung, die ein Neunjähriger zustande bringen konnte.

»Ich habe die Berichte hier« – er wedelte mit einem dicken Stapel Papier herum – »und ich kann diese Leute bitten, gegen dich auszusagen, falls es nötig sein sollte.«

»Die Leute, die diese Berichte geschrieben haben, lügen. Ich habe niemals etwas gegen unser Land oder die Kommunistische Partei gesagt.«

»Sei still! Du hast kein Recht, dich zu verteidigen, nur die Chance, zu gestehen und zu bereuen«, giftete er. Seine Stimme wurde tiefer. »Ist dir klar, in welchen Schwierigkeiten du jetzt steckst?«

»Ich habe nichts zu gestehen!« Ich verlor schon wieder die Beherrschung. Meine Kehle war ganz trocken und meine Arme begannen zu zittern.

»Sei still, hab ich gesagt! Du hast bis morgen Zeit, ein Geständnis zu verfassen, all die verräterischen Dinge niederzuschreiben, die du gesagt hast, warum du das getan hast und wer dir gesagt hat, dass du diese schrecklichen Dinge sagen sollst. Zum Beispiel dein Vater, deine Mutter oder deine Landbesitzer von Großeltern.«

Er versuchte meine Familie mit hineinzuziehen. Sie würden meinen Vater ins Gefängnis werfen. Sie würden Großvater hinaus auf die Dorfstraße zerren und ihn zu Tode prügeln.

»Sie haben mir nicht befohlen, etwas Schlechtes über die Partei zu sagen! Wirklich nicht!«, rief ich. Auf keinen Fall durfte meine Familie da hineingezogen werden. Ich hatte Angst und begann hilflos zu schluchzen. Der Himmel war soeben eingestürzt, und ich hatte das Gefühl, niemand konnte mir jetzt noch helfen. Ich würde ein junger Konterrevolutionär sein, ein verbannter Junge, im ganzen Land verhasst. Man würde mich für den Rest meines Lebens in einer finsteren Gefängniszelle verrotten lassen. So war es Shi He ergangen, einem älteren Schüler, den man erwischt hatte, als er ein antikommunistisches Radioprogramm aus Taiwan hörte und, schlimmer noch, die Liebeslieder der verbannten Teresa Deng. Er wurde zu zwanzig Jahren Gefängnis verurteilt.

Ich weiß nicht mehr, wie lange ich an jenem Tag weinte. Als ich in der nachmittäglichen Dämmerung nach Hause ging, spürte ich schon das Gewicht der Fesseln an meinen Fußknöcheln.

Ein verurteilter Verbrecher, mit neun Jahren! Geständnis bis morgen! Die Gedanken wirbelten in meinem Kopf herum.

Als ich nach Hause kam, erzählte ich Mama, was geschehen war, und sie begann zu schluchzen, schlug sich ins Gesicht und auf die Brust und raufte sich die Haare. Sie nuschelte hysterisch vor sich hin, in abgerissenen Sätzen, dass ihre Generation einen Fluch über ihre Nachkommen gebracht habe. Nach einer Weile setzte sie sich ruhig hin, schwach und apathisch wie ein verängstigtes Tier. Schließlich stand sie auf und schickte Si und Jin zu Vaters Arbeitslager, um seinen Rat einzuholen. Sie durften nur mit ihm reden, weil sie wieder mit der Ausrede ankamen, Mama sei schwer krank.

Es war schon nach Mitternacht, als sie atemlos zurückgerannt kamen. Ich saß immer noch in meinem Zimmer und starrte auf ein leeres Blatt Papier. Ich hatte nichts gegessen. Zum ersten Mal in meinem Leben hatte ich überhaupt keinen Appetit.

Die Nachricht von Papa war schlicht und einfach: Es gibt nichts zu gestehen. Geh morgen in die Schule und sag ihnen das, ordnete er an. Was sollen sie dir schon antun? Nichts, wenn du nicht gestehst. Alles, wenn du es tust. Wenn es dir in der Schule zu viel wird, geh nicht mehr hin. Vaters Worte flößten uns Mut und Kraft ein, selbst aus der Ferne, und ließen mich hoffen, dass alles wieder in Ordnung kommen würde. Doch in jener Nacht träumte ich vom Gesicht meines Lehrers und roch den feuchten Mief einer dunklen, nassen Zelle.

Am folgenden Tag schleppte ich mich die gepflasterte Straße entlang, den Blick auf den Boden geheftet, und wünschte, ich wäre so klein wie eine Mücke. Als ich das Klassenzimmer betrat, starrten die anderen Kinder mich wortlos an. Wir nahmen Bruchrechnen durch, doch ich konnte mir nichts merken. Immer wieder kehrten meine Gedanken zu dem Blatt Papier zurück, das ich dabeihatte. Was würde der Lehrer sagen? Was würden sie mir antun? Der Unterricht kroch quälend langsam dahin. Ich konnte es nicht erwarten, das Geständnis abzugeben und nach Hause zu meiner Familie zu laufen.

Endlich war der Schultag vorüber. Meine Klassenkameraden gingen hinaus, während ich meine Bücher in die Tasche packte und mich dafür wappnete, dem Lehrer gegenüberzutreten.

»Du willst doch nicht etwa gehen, oder?«, fragte La Shan streng, ohne von den Hausarbeiten aufzublicken, die er korrigierte.

»Das wollte ich Ihnen gerade geben.« Ich zog das Blatt hervor. »Darf ich an Ihren Tisch treten, bitte?«

»Du hast dein Geständnis da?«, fragte er scharf und zog die Brauen hoch.

»Ich habe lange und gründlich nachgedacht, und alles, was ich zu sagen habe, steht hier drin, ehrenwerter Lehrer.« Ich legte das »Geständnis« auf den Tisch und wandte mich zum Gehen.

»Halt!« Seine Stimme war so voller Wut und Abscheu, dass ich zusammenzuckte. Ich blieb mit gesenktem Kopf stehen und fürchtete mich davor, ihn anzusehen.

»Du hast nichts gestanden?« Er schrie mich an. »Haben deine Eltern dir gesagt, dass du das hier schreiben sollst?« Er knüllte das Blatt zusammen und warf es nach mir.

»Nein, das ist alles von mir, und es ist die Wahrheit. Ich schwöre bei den Gräbern meiner Ahnen, dass ich unschuldig bin.« Tränen liefen mir übers Gesicht. Ich war so nervös, dass mein Kopf sich schon wieder ganz heiß anfühlte. Verzweifelt merkte ich, wie mir Ruhe und klares Denken entglitten.

»Du bist ein Lügner, Chen Da! Ich werde dem Rektor und dem Parteisekretär der Schule von deinen konterrevolutionären Umtrieben berichten. Ich hätte deinen Fall gern unter uns abgehandelt, aber du bist nicht kooperativ, also zwingst du mich dazu, höhere Stellen einzuschalten.«

Seine Drohungen verfehlten ihre Wirkung nicht. Meine Beine zitterten. Ich wollte vor ihm niederknien und ihn anflehen, es nicht dem Rektor zu melden, der zugleich Parteisekretär der Kommune war. Heute war ich nur ein Ausgestoßener in diesem Schulzimmer, doch morgen würde die ganze Schule davon wissen. Ich wäre erledigt.

»Bitte!«, rief ich. »Können Sie mir nicht einfach verzeihen, ehrenwerter Lehrer Shan? Ich habe solche Angst. Bitte helfen Sie mir.«

»Dir helfen? Wie kann ich dir helfen, wenn du mir nicht hilfst?« Sein Ton wurde sanfter. »Hier, nimm dieses Blatt wieder mit und versprich mir, dass du etwas Brauchbares draufschreiben und morgen abgeben wirst.«

Ich sah das als eine gütige Geste. Dankbar hob ich das zerknüllte Blatt Papier auf und verließ rasch die Schule. Sobald ich nach Hause kam, fragte Mama: »Warum hast du das denn immer noch?«

Ich erzählte ihr, dass der Lehrer sich hatte erweichen lassen und mir eine zweite Chance gab, anstatt meinen Fall vor den Rektor zu bringen.

»Er legt dich schon wieder rein, diese Schlange!« Mama begann zu schluchzen. »Tu, was dein Vater gesagt hat. Gestehe nichts! Willst du ins Gefängnis kommen? Willst du, dass deine ganze Familie ins Gefängnis kommt?«, schrie sie mich an, um mir klar zu machen, wie viel auf dem Spiel stand. Doch ich konnte all die Tricks, Drohungen und taktischen Feinheiten nicht begreifen. Obwohl ich mich verloren fühlte, vertraute ich auf die Weisheit meiner Eltern und schwor, ihnen zu gehorchen.

In jener Nacht lag ich im Bett und starrte an die Decke, während ich verzweifelt wünschte, meine Eltern wären arme junge Landarbeiter, die keine politische Bürde mit sich herumschleppten, sondern sich einfach darüber ereifern konnten, wie schlecht man ihren Jüngsten behandelte. Dann hätten sie mit mir zur Schule gehen und dieser Schlange von einem Lehrer die Zähne einschlagen können, ihn zu Boden werfen und auf ihn eintreten, bis er um Gnade winselte und schwor, mir nie wieder ein Haar zu krümmen. Doch Vater steckte selbst in politischen Schwierigkeiten, meine kleine Mama war nicht in der Verfassung, so etwas zu tun, und meinen Landbesitzer von einem Großvater würde man ins Gefängnis werfen, wenn er auch nur an so etwas dachte.

Es war tatsächlich ein Trick gewesen. Als ich am darauffolgenden Tag zur Schule ging, hielt der Lehrer mich im Flur auf und schleifte mich höchstpersönlich vor den Rektor.

Ich dachte daran, hinaus in die Felder zu laufen, mich in den Wäldern zu verstecken und diesem verdammten Ort auf ewig den Rücken zu kehren, doch ich besaß nicht genug Willenskraft, um irgendetwas zu unternehmen. Sie würden mich wieder einfangen und auf der Stelle ins Kittchen werfen. Ich beneidete die Schüler, an denen wir vorbeikamen; sie waren so sorglos, lachten und scherzten. Für sie begann gerade ein weiterer Tag der Freude und des Lernens, während ich zu einem politischen Verhör abgeführt wurde – es fehlten nur noch die Handschellen.

Der Lehrer brachte mich ins Büro des Rektors und ging. Der Schulleiter würdigte mich keines Blickes. Er räumte seinen riesigen Schreibtisch auf und ließ mich nervös in der Ecke stehen.

Der Rektor, Herr Gao, war ein Frosch von einem Mann. Er hatte krumme Beine und wiegte sich beim Gehen ulkig in den Hüften. Obwohl er einen Schnurrbart trug, wirkte sein Gesicht weichlich. Er war ungefähr fünfzig, und zusätzlich zu seinem Amt als Schulrektor hatte man ihn kürzlich auch noch zum Parteisekretär befördert. Ältere Mitschüler hatten mir einmal erzählt, dass er gern die Hände und Schultern kleiner Mädchen betatschte und sich spätnachts in seiner Wohnung von den jungen Lehrerinnen die Wäsche bügeln ließ, während er ihnen seine ausgereiften politischen Weisheiten zuteil werden ließ. Er war ein inbrünstiger Gegner von Romanzen zwischen den jungen Lehrkräften, denn, so hieß es, er konnte es nicht ertragen, wenn irgendwer anders auf seine Kosten kam. Seine Frau rauchte wie ein Schlot, sie hatte gelbe Zähne und hässliche Falten im Gesicht. Die beiden passten gut zusammen.

Er stellte mir alle möglichen Fragen und drängte mich erneut, ein Geständnis abzulegen. Ich erklärte ihm nur immer wieder, ich sei unschuldig.

Die ganze folgende Woche lang musste ich Herrn Gao täglich aufsuchen, entweder in den Pausen oder nach der Schule. Er nuschelte immerzu auf mich ein, gab mir Ratschläge und drohte damit, mich endgültig von der Schule zu werfen. Während dieser Sitzungen verhielt ich mich still, viel bedachter und wachsamer als meinem Lehrer gegenüber. Obgleich Herr Gao der oberste Chef war, machte er mir irgendwie nicht so viel Angst. Er murmelte und nuschelte, und er redete recht unzusammenhängend. Er begann zu argumentieren und verlor dann den Faden, bis er mich offen fragen musste: »Wo waren wir gleich?«

Anfangs sagte ich ihm noch, bei welchem Thema wir stehen geblieben waren. Dann behauptete ich immer öfter, ich wüsste es auch nicht mehr, und er starrte mich stumm an und kratzte sich am Kopf. Unsere Sitzungen, die nirgendwohin führten, schienen ihn allmählich zu langweilen. Ich gestand nur geringfügige Verstöße, harmlosen Blödsinn, wie etwa Kreide stehlen, Klassenkameraden die Hausaufgaben abschreiben lassen oder Obst von den Bäumen der Nachbarn klauen. Eines war während dieser Woche der Befragungen ganz deutlich. Er stellte viele Fragen über meine Familie. Ich war sehr auf der Hut, nichts Dummes zu sagen, das sie da hineinziehen könnte. Die versuchten wirklich alles, um meinen Vater dranzukriegen.

Eines Tages schließlich sagte er: »Wenn du nicht gestehst, bringe ich deinen Fall vor die Volkskommune und die Polizei.« Diesmal war seine Miene todernst. »Du lässt mir keine andere Wahl. Der Polizeichef hat sich neulich schon nach dir erkundigt und sich dafür ausgesprochen, dich mit Yu Xuang auf das Schandpodest zu stellen, wenn er vor der ganzen Schule sein Geständnis ablegen wird.«

Bei der Erwähnung von Yu Xuang bekam ich große Angst. Er hatte gestanden, konterrevolutionäre Reden geschwungen zu haben, und war bereits dazu verurteilt worden, die schmutzige Straße von Gelber Fels zu fegen. Manchmal schickten sie ihn auch in dasselbe Umerziehungslager wie meinen Vater.

Das war das Ende für mich. Neben Yu Xuang auf dem Podest Hunderten von Schülern gegenüberzustehen, die mir drohten und mit Ziegelsteinen nach mir warfen, würde mir die Zukunft endgültig verbauen, sofern ich die Anklagezeremonie überlebte. In den Augen der Leute wäre ich als Konterrevolutionär gebrandmarkt, wie Yu Xuang. Ich könnte ebenso gut tot sein.

Trübsinnig machte ich mich auf den Heimweg und hoffte, es möge irgendeinen Gott geben, der die Welt mit einem Schlag verändern könnte, der mir einen neuen, strahlend bunten Tag schicken würde, doch es war hoffnungslos. Familien waren bei einer bestimmten Kommune registriert. Man konnte nicht einfach irgendwohin umziehen, außer, man wurde von der Regierung einer anderen Volkskommune zugeteilt. Es gab kein Entrinnen.

Als der Tag näher rückte, an dem Yu Xuang an den Pranger gestellt werden sollte, sagte Mama ganz ruhig zu mir: »Pack deine Sachen. Du gehst morgen fort.«

»Wohin denn?«

»Zu Wen Qui.« Das war ein entfernter Cousin, der in Ding Zhuan lebte, einer kleinen Ortschaft gut dreißig Kilometer westlich von Gelber Fels.

»Sie werden mich kriegen.«

»Nein, niemand wird dich verfolgen. Das sind nur leere Drohungen.«

»Was wird mit der Schule?« Es ging um meine Zukunft.

»Darum können wir uns später Gedanken machen. Du wirst immer noch der Beste in der Klasse sein, auch wenn du ein paar Stunden versäumt hast.«

Ich fiel ihr in die Arme. »Ich habe Angst.«

»Das brauchst du nicht.« Sie drückte mich an sich. »Wen Qui ist schon heimlich benachrichtigt worden, dass du kommst.«

Am nächsten Tag im Morgengrauen schlich ich zur Hintertür hinaus, überquerte die hölzerne Brücke, die im Wind schwankte und knarzte, und begann meinen Fußmarsch, der einen halben Tag dauern würde. Ich trug eine Tasche mit meinen Kleidern, einen Beutel getrockneten Yams als Beitrag für Wen Quis Haushalt, und zwei Stück süßen Reiskuchen; das war meine liebste Nascherei, und Mama war extra lange aufgeblieben, um sie für mich zu backen. Sobald ich den Dong Jing überquert hatte, befolgte ich genau Mamas Anweisungen: Ich duckte mich und verschwand rasch in den üppigen, riesigen Zuckerrohrfeldern, damit mich niemand sah. Die scharfrandigen Blätter, die mir Gesicht und Arme zerkratzten, waren noch vom Tau geküsst.

Hinter dem Zuckerrohrfeld führte ein schmaler Pfad in die Berge. Obwohl ich diesen Weg mit der wundervollen Aussicht schon ein paar Mal gegangen war, kam er mir so früh am Morgen unheimlich still vor, also sang ich laut oder pfiff vor mich hin, während ich rannte und das Bündel auf meinem Rücken auf und ab hüpfte. Auf halber Strecke setzte ich mich an einen großen Teich, um ein wenig zu rasten. Ich lehnte mich an eine alte Pinie und packte das erste Stück Reiskuchen aus. Als ich die Zähne in den klebrig süßen Reis schlug, wurde ich einmal mehr daran erinnert, wie schön das Leben sein könnte, wenn man nicht als politischer Flüchtling um sein Leben lief.

Ich zog die Schuhe aus, watete ins seichte Wasser am Rande des Teichs und schöpfte eine Hand voll von dem klaren Quellwasser, um zu trinken. Es schmeckte so süß wie der Berg selbst. Alles um mich war so friedvoll, dass ich nicht anders konnte, als ein paar flache Steine übers Wasser flitzen zu lassen und zuzusehen, wie sich kleine Kreise auf der Oberfläche ausbreiteten. Ich erinnerte mich daran, wie Vater und ich hier an diesem Teich um die Wette geworfen hatten, um zu sehen, wer seinen Stein am weitesten über das Wasser flitzen lassen konnte. Ich hatte einen mit solcher Kraft geworfen, dass ich ausrutschte und in den weichen, jungen Weizen fiel, und nun konnte ich wieder Papa hören, wie er herzlich darüber lachte.

Ich erreichte das Haus der Quis zur Mittagszeit. Wens Schwester war die Frau meines Onkels. Man hatte die Familie gezwungen, in dieses kleine Bergdorf weit weg von Gelber Fels zu ziehen, weil sein Vater ein wohlhabender Tuchhändler gewesen war. Wen hatte einmal gesagt, dass sein Vater die Qualität eines Stoffes beurteilen konnte, indem er ihn blind hinter seinem Rücken befühlte. Die Quis wohnten im Haus eines ehemaligen Landbesitzers, dessen gesamte Familie von den Kommunisten exekutiert worden war.

Wen war erst achtundzwanzig, und es war immer sehr lustig mit ihm. Er spielte die »er hu«, ein zweisaitiges Instrument, das sich anhörte wie eine Geige, und außerdem noch Bambusflöte. Er sang sehr schön und schrieb wunderbare Prosa. Er war ein gut aussehender, sorgloser, romantischer Künstler, den man zur Landarbeit in einem Dorf verdammt hatte. Er war auch der erste Mann, den ich je kennen lernte, der seine Ehefrau nicht durch eine Ehevermittlerin gefunden, sondern sie sich selbst gesucht hatte. Ich hatte seine Brautwerbung vor einigen Jahren miterlebt, als er noch unser Nachbar in Gelber Fels gewesen war. Er und seine zukünftige Frau spielten und sangen immer zusammen im Mondschein hinter seinem Haus. Seine Hochzeit war die traurigste, die ich je gefeiert hatte. Die Braut war von ihrer eigenen Familie ans Bett gefesselt worden, um die Zeremonie zu verhindern, weil sie aus einer Arbeiterfamilie stammte, einer politisch guten Familie, und außerdem einem entfernten Verwandten versprochen war, einem reichen Geschäftsmann aus Hongkong. Wen kam aus einer politisch schlechten Familie. Brüder und Vater der Braut schnappten sich Wen und richteten ihn furchtbar zu. Doch später am Abend konnte die Braut sich in Wens Haus flüchten, und sie heirateten im Schein einer Kerosinlampe, umgeben von einigen wenigen engen Verwandten, und zur Feier des Tages gab es nur gebratene Nudeln.

Wen und seine bildschöne Frau kamen mir an der Tür entgegen und baten mich herein.

»Da, dies ist jetzt dein Zuhause. Wir möchten, dass es dir hier gefällt«, sagte Wen und nahm mir das Bündel ab. »Hier brauchst du keine Angst zu haben.«

»Danke«, sagte ich. »Glaubt ihr, sie finden mich?«

»Nein«, erwiderte seine Frau bestimmt. »Wir lassen nicht zu, dass dir etwas geschieht. Du bist doch noch ein Kind. Was sind das bloß für üble, herzlose Menschen?«, rief sie mit Tränen in den Augen aus. »Sie werden dich nicht finden. Wenn sie hier nach dir suchen, verstecke ich dich an einem sicheren Ort. Mir können sie nichts anhaben. Ich bin die Tochter eines Arbeiters, schon vergessen?« Sie lachte und wischte sich die Tränen fort. »Außerdem ist Wen der persönliche Buchhalter und Wahrsager des Parteisekretärs unserer Volkskommune. Er würde nie etwas unternehmen, ohne vorher Wens Rat einzuholen.«

Sie gaben mir zu essen und einen Stapel Bücher zum Lesen. Abends wurden sie wieder zu denselben hoffnungslosen Romantikern, die ich von früher kannte. Sie lasen einander Gedichte vor, betrachteten alte Fotografien und sangen, während die Kerzen in der Brise flackerten, die von den Bergen zum Fenster hereinwehte. Wens Eltern, die im oberen Stockwerk wohnten, bezeichneten sie als verrückt, doch ihre Liebe wärmte mir das Herz in diesem einsamen, entlegenen Dorf so weit weg von zu Hause.

Ich blieb eine ganze Woche dort, bevor sie meinten, ich könne jetzt getrost wieder nach Hause gehen. Das restliche Semester lang ging ich nicht zur Schule. Ich hatte gehört, dass Yu Xuang bei der öffentlichen Anklagezeremonie zu vier Jahren Umerziehungsarbeit in einem Jugendgefängnis verurteilt worden war. Nachdem man ihn vom Schandpodest gestoßen hatte, war er bewusstlos geschlagen worden. Niemand hatte nach mir gefragt. Mama erzählte mir später, dass sie den ganzen Tag lang vor Buddha auf den Knien gelegen und für meine Sicherheit gebetet habe.

造

4

Nachdem ich aus meinem Versteck in den Bergen zurückgekehrt war, ging ich nicht mehr zur Schule. Ich rechnete täglich damit, dass der Lehrer, der Rektor oder der Polizeichef auftauchen und mich festnehmen würden. Ich fragte Jie und Koppelschloss, die ab und zu noch mit mir redeten, ob in nächster Zeit irgendeine öffentliche Zeremonie an der Schule geplant sei. Sie sagten nein.

Jeden Morgen um halb neun stieg ich zum Dachboden hinauf, dem höchsten Punkt des Hauses, setzte mich aufs Fensterbrett, schaute aus dem großen Fenster und lauschte der fernen Melodie der Schulglocke. »Ding-dong, ding-dong«. Der Unterricht begann. Ein dürrer Lehrer mit dem Spitznamen »Äffchen« hängte sich mit seinem gesamten Gewicht an das Seil, um die gewaltige Glocke in Bewegung zu setzen; bei jedem Schlag grinste er wie ein Clown.

Ich vermisste die Schule schrecklich und fragte oft Koppelschloss, was sie gerade durchnahmen und wer jetzt an meinem Platz saß. Doch ganz tief drinnen verachtete ich mich dafür, ein so schwacher Mensch zu sein. Wenn Papa gewusst hätte, dass ich mit solcher Nostalgie an einem Ort hing, wo man mich wie den letzten Dreck behandelt hatte, würde er mich für einen Schwächling halten.

Eines Tages bekam Papa frei; er kam nach Hause und setzte sich mit mir zusammen. »Vielleicht solltest du eine Lehre anfangen, als Zimmermann oder Schmied«, sagte er. »Davon kann man ganz ordentlich leben. Aber man schuftet sich die Eier ab.« Ich erinnerte mich daran, wie ich einmal die Eier unseres Schmieds gesehen hatte; sie baumelten aus seiner losen, kurzen Hose hervor, während er auf seinen Amboss einschlug. Ich lächelte über den Scherz meines Vaters, der mich aufheitern sollte, doch ich war von diesen Aussichten nicht begeistert. Das war nichts für mich. Ich hatte schon Zimmerleute auf Baustellen beobachtet, wie sie gefährlich an Dachstühlen hingen. Schmiede verdienten gut, aber ich wollte nicht unbedingt den Rest meines Lebens damit zubringen, an einem sengenden Feuer einen schweren Hammer zu schwingen.

»Wie wäre es, wenn ich Flöte spielen lerne oder so?«, schlug ich vor.

»Musiker ist ein schöner Beruf«, stimmte er zu, »aber dazu müsstest du auf die Musikschule gehen, und ich bezweifle, dass sie jemanden aus einer Landbesitzerfamilie aufnehmen würden.«

Ich nickte einsichtig.

Er spürte meine mangelnde Begeisterung. Er schlug vor, noch eine Weile abzuwarten, bevor er mich in eine Tischlerei irgendwo in den Bergen schickte, wo junge Lehrlinge nicht nur die niedrigsten Arbeiten verrichten, sondern auch noch ihrem Meister die Füße waschen, Tee kochen, seine kleinen Kinder füttern und ein saftiges Lehrgeld zahlen mussten. Am Ende der dreijährigen Lehrzeit musste man dann noch ein weiteres Jahr lang umsonst für den Meister arbeiten.

Ich verbrachte den nächsten Monat damit, die Süßkartoffelfelder zu jäten, in unserem Hinterhof eine Lehmmauer zu errichten, meinen Geschwistern auf den Feldern mit einem Bambuskörbchen auf dem Rücken Essen zu bringen und das Heu zum Trocknen auszubreiten, damit es abends eingelagert werden konnte. Überall kroch Ungeziefer herum, und von den messerscharfen Rändern des feuchten Heus juckte meine Haut fürchterlich.

Während ich mich an dieses Leben als Helfer in der Landwirtschaft gewöhnte, starb ein Teil von mir. Ich fühlte mich alt und abgeschoben. Die Menschen, mit denen ich zu tun hatte, waren alle ältere Bauern, die für die Arbeit auf den Feldern nicht mehr taugten. Einer war zahnlos und stumm und schrie mich mit tierischen Lauten an, machte hinter dem Rücken junger Frauen obszöne Gesten und lachte wie eine Hyäne, wenn ich ihm seine eigenen Gesten vormachte.

Ich spielte auch nicht mehr draußen auf der Straße. Ich war früh alt geworden, ein Ausgestoßener. Inzwischen kannten alle den Grund, weshalb ich nicht mehr zur Schule ging. Manchmal brüllten Kinder vor unserem Haus herum, nannten mich den »kleinen Konterrevolutionär« und forderten, ich solle herauskommen und mich mit ihnen schlagen, wenn ich mich traue. Dann stellte ich mich mit einem scharfkantigen Spaten hinter die Tür und hielt Wache, falls sie hereinstürmen und auf uns losgehen wollten. Ein paar Mal flogen Steine in unsere Fenster. Eines Morgens fand Mama einen toten Vogel auf dem Hinterhof, ohne Kopf. Ich verdächtigte den Lehrer, diese Bande auf mich gehetzt zu haben. Wenn Mama mich bat, ihr rasch etwas Sojasoße kaufen zu gehen, spähte ich erst auf die Straße hinaus, ob die Luft rein war, und rannte dann so schnell wie möglich zum Laden und zurück. Das Letzte, was ich wollte, war, noch mehr Ärger zu machen.

Doch jeden Abend vor dem Schlafengehen schrieb ich in mein Tagebuch, damit ich die Wörter nicht vergaß, die ich gelernt hatte. Für die, die ich nicht kannte, dachte ich mir viele Zeichen aus. Es gab nichts Schönes, worüber ich hätte schreiben können. Oft ertappte ich mich dabei, dass ich ein Bild von La Shan zeichnete, diesem kinnlosen Wiesel, und ihm ein großes Einschussloch auf die Stirn malte. Irgendwann einmal würde ich mich für alles rächen, was er mir angetan hatte. Vielleicht, wenn ich erwachsen war oder wenn die Welt sich doch noch änderte.

Dann schaute eines Tages ein gutherziger Lehrer aus der Nachbarschaft mit Namen Herr Lan bei uns zum Tee vorbei. Ganz nebenbei erwähnte er, dass er mit der Schule einen Handel geschlossen habe, damit ich in Gruppe acht die vierte Klasse besuchen könne. Er sagte lächelnd: »Das ist immerhin besser als Landarbeit, und echte Perlen glänzen auch im Dunkeln.«

An diesen Satz sollte ich noch lange denken.

Mit gemischten Gefühlen von Freude, Angst, Neugier und Argwohn staubte ich meine Bücher ab und wappnete mich für die Furcht einflößende Tortur, eben jenen Leuten gegenübertreten zu müssen, die ich so sorgsam gemieden hatte.

Am Montagmorgen überkam mich Entsetzen, als ich das Klassenzimmer der berüchtigten Gruppe acht betrat. Die Kinder begrüßten mich mit schallendem Hohngelächter. Ich merkte erst nach ein paar Sekunden, dass die Sitzordnung ganz anders war als in den anderen Klassen. Die Tische waren in zwei Ecken zusammengerückt. Eine Tischgruppe vorn war für die acht Mädchen. Die andere in der hinteren Ecke für die Jungen. In dem großen, leeren Raum dazwischen stapelten sich Abfall und Papierflieger.

Der Lehrer wies mit seiner Zigarette in Richtung der Jungen und sagte geistesabwesend: »Such dir da drüben einen Platz.«

»Welchen soll ich denn nehmen?«, fragte ich. Aus der Jungenecke starrten mich schmutzige Gesichter bedrohlich an.

»Irgendeinen, hab ich gesagt.« Der Lehrer, dessen Name sich als Herr Chu herausstellte, wedelte wiederum mit dem Arm in die ungefähre Richtung der Jungen.

Nervös überquerte ich die Leere in der Mitte des Raumes und setzte mich ganz an den Rand der Gruppe neben einen fetten, hässlichen kleinen Kerl.

»Was machst ’n du hier, du Streber?«, rief mein neuer Sitznachbar und streckte die Ellenbogen aus, um sein Territorium auf unserem gemeinsamen Tisch zu markieren. Irgendwie hatte ich den Eindruck, sie alle wussten, dass man mich aus Gruppe eins hinausgeworfen hatte, wo all die guten Schüler und die bevorzugten Kinder saßen.

»Warum ham sie den zu uns geschickt?«, fragte ein weiterer Schlaukopf den Lehrer. »Wir sind doch nicht der Mülleimer der Schule.« Die ganze Klasse brach in Gelächter aus wie ein Haufen Betrunkener in einer schäbigen Bar.

Herr Chu hatte ein aufgedunsenes Gesicht und dicke Tränensäcke unter den Augen. Sie schienen so schwer zu sein, dass sie seine Lider herabzogen.

»Ruuuhe«, kreischte er. »Ihr kleinen Halunken habt nichts Besseres verdient, und nur zu eurer Information, das hier ist der Mülleimer.«

Gelächter.

»Und …?«, neckten ein paar Jungen.

Er nahm einen tiefen Zug von seiner Zigarette, atmete schwer und fuhr fort, als trete er in einem Theaterstück auf. »Nein, nein, nein! Ihr seid schlimmer als Müll. Ihr seid eine Horde von Tieren, die in den Zoo gehören! Ihr habt keinerlei Disziplin …«

»Und …«, rief die Klasse im Chor.

»Keine Willenskraft …«

»Und …«

»Keinen Verstand …«

»Huh … und …«

»Keine Manieren, keinen Begriff von Reinlichkeit …«

»Und …«

»Ihr sollt mich nicht ständig unterbrechen!« Er stampfte auf den Boden und warf ein hölzernes Lineal nach den Jungen. Es landete auf dem Haufen Papierflieger. »Und keine Zukunft!« Endlich war er mit seiner Schimpftirade fertig. Mein Nachbar, der fette Kerl, hob das Lineal auf und warf es zurück.

»Na, na, na, Herr Chu. Übertreiben Sie's mal nicht«, sagte eine ruhige, tiefe Stimme hinter mir. Ich drehte mich um und sah einen älteren Jungen mit einem breiten, eckigen Gesicht, einer Nase wie einer fetten Knoblauchzehe und einer hässlichen Narbe auf der Stirn. Seine Augen blitzten schalkhaft. Ein boshaftes Lächeln breitete sich über sein Gesicht. »Mein Vater würde das gar nicht gern hören, von wegen keine Zukunft für mich. Passen Sie lieber ein bisschen auf.«

»Wage es ja nicht, noch einmal deinen Vater zu erwähnen. Vor dem habe ich keine Angst.«

»Ach ja? Wenn das so ist, warum waren Sie dann gerade nicht da, als er letztes Mal hier aufgetaucht ist und so böse auf Sie war?«

»Er hatte noch Glück, dass ich an diesem Tag nicht hier war. Ich kann deinen Vater und dich verhaften lassen, wenn er mir Ärger macht. Also schlagt jetzt Seite zwanzig auf, genug Zeit verschwendet.«

Wieder Gelächter und Murren. Der Unterricht schleppte sich dahin wie ein alter Güterzug, der bergauf schnauft. Herr Chu brüllte und kreischte die ganze Zeit über, während die Schüler weiter lachten und Späße trieben. Es war wie in einem Zirkus, wo es nur Clowns gab. Selbst die Mädchen fluchten wie bösartige alte Weiber, wenn die Jungen sich zu weit auf ihr Gebiet vorwagten.

In der zweiten Stunde konnte ich achtzig Prozent der Mathematikaufgaben richtig beantworten, und in der dritten Stunde hatte die Klasse einen neuen Star. Am Ende des Schultags kam der große Junge mit der hässlichen Narbe, der »der König« genannt wurde, zu mir herüber, klopfte mir auf die Schulter und verkündete: »Von jetzt an kannste neben mir sitzen und meine Hausaufgaben machen, wenn mir danach ist.«

Ich fühlte mich geschmeichelt und willigte sofort ein. Ich hatte auch gar keine andere Wahl. Der Junge war einen Kopf größer als ich und von all seinen Adjutanten umgeben, einer teuflischer als der andere. Das schien die Klassen-Mafia zu sein. Später erfuhr ich, dass er seit drei Jahren in die gleiche Klasse ging und dass sein Vater, hinter dem er sich so oft versteckte, ein hoher Offizier der chinesischen Marine war, Kapitän eines riesigen Schiffes, das im Pazifik kreuzte, um uns vor der taiwanesischen Invasion zu schützen. Er trug in Gelber Fels stets eine Pistole bei sich, sogar auf Heimaturlaub.

Unsere Schule war genau wie in jeder anderen Kleinstadt. Sie hatte ihre schmucken Seiten und ihre schäbigen Ecken. Unsere Seite des Pausenhofs war der Wilde Westen, mit Rowdys und Gangstern und allem Drum und Dran, wo die stärkste Faust regierte und Kerle wie der König sich geschmeidig und locker wie Panther bewegten und das Sagen hatten. Das war eine ganz andere Welt als der intellektuelle Elfenbeinturm der Gruppe eins. Die Fenster auf unserer Seite waren zerbrochen und wurden jahrelang nicht repariert, Unkraut hatte längst alle Blumen erstickt; vor der Tür des Klassenzimmers war es immer matschig, als bevorzuge die Natur selbst die andere Seite, indem sie den Boden ein wenig neigte, so dass wir den ganzen ekligen Schlamm abbekamen, wenn es regnete. Dennoch war ich stolz darauf, dieses Neuland zu erobern. Für mich war es ein Anfang, nicht das Ende. Unter diesen raueren, aber schlichteren Kindern konnte ich freier atmen. Alle meine neuen Freunde mussten ihrer Familie bei der Landarbeit helfen, sobald sie nach Hause kamen. Die meisten stammten aus entfernteren Dörfern, wo es keine Schule gab, und mussten eine Stunde hin- und wieder zurückmarschieren, um nach Gelber Fels zu gelangen.

Hier lernte ich auch zum ersten Mal richtig, wie man seine Fäuste gebrauchte. Eines Tages saß ich an meinem Tisch und machte Hausaufgaben, als mein Nachbar Yian, der fette, hässliche

Junge, vorbeirannte und sich meinen Flummi schnappte. Ich jagte ihn durch das ganze Klassenzimmer und verlangte, er solle ihn mir zurückgeben. Um mich noch mehr zu ärgern, schob er sich den Gummiball vorn in die Hose. Alle Jungen lachten, während die Mädchen sich angewidert abwandten. Ich wollte mich auf ihn stürzen, verfehlte ihn jedoch. Plötzlich blieb er stehen. »Schlag mich doch, schlag mich doch«, höhnte er. Sein feistes Gesicht sah aus wie ein Fleischklops, als er mich mit seiner stämmigen Brust schubste. Dieser enge Körperkontakt machte mich nervös und wütend, aber ich fürchtete mich zu sehr davor, ihn zu schlagen. Das hatte ich noch nie gemacht. Seine Nase kam meiner immer näher. Er schubste mich.

»Wehr dich, sonst spreche ich nie wieder ein Wort mit dir«, flüsterte der König mir ins Ohr.

Ich schloss die Augen, um mich zu beruhigen, und versuchte meine Angst davor zu überwinden, wieder aus der Schule geworfen zu werden. Ich musste es tun. Ich holte aus und schmetterte die Faust in sein Gesicht. Das fühlte sich gut an. Er fiel hintenüber und rollte bis in die Ecke. Ich ließ die Knöchel knacken und wartete in gebeugter Stellung auf ihn. Sobald er wieder auf den Beinen war, stürmte er auf mich los wie ein Büffel. Ich wich aus und verpasste ihm einen Tritt in den Hintern. Die Menge johlte begeistert. Nun war alle Angst verflogen. Ich wollte einfach nur weiter auf ihn einschlagen, bis jemand es offiziell beendete.

Plötzlich richtete er sich auf, hob die Arme und sagte: »Ist ja gut, du hast gewonnen. Kannst deinen Flummi wiederhaben.« Dann lachte er und klopfte sich den Staub von den Kleidern.

Ich hatte das Gefühl, in der Luft zu hängen, betrogen worden zu sein. Ich wollte weiterkämpfen. Wie konnte er mit einem Kampf so lässig umgehen, wie mit einer Tasse Tee, die er aufheben oder abstellen konnte, wie er gerade wollte? Es schien ihn nicht weiter zu berühren.

»Du hast gewonnen. Jetzt setz dich wieder hin, bevor der Lehrer dich erwischt«, sagte der König. »Das war gar nicht so übel. Ich sollte mehr solche Kämpfe organisieren. Am Ende gefällt es dir noch.« Er lachte, klopfte mir auf die Schulter und drückte mich dann auf meinen Stuhl nieder. Ich schüttelte seine Hand ab, warf meine Bücher in die Tasche und ging früher nach Hause.

»Du kommst schon drüber weg, du kleine Jungfrau«, sagte der König, und sein Lachen klang mir den ganzen Heimweg lang in den Ohren.

Eines Tages kam eine Ansage über den knackenden Lautsprecher der Schule. Die gesamte Schule musste sich auf dem Hof versammeln. Eine neue Direktive sollte verlesen werden. Als ich aufstand, um mit den anderen hinauszugehen, hielt Lehrer Chu mich zurück und sagte: »Auf Befehl des Rektors hast du hierzubleiben.«

»Warum?«

»Wegen dem Inhalt des Dokuments. Du bist dafür politisch noch nicht bereit.«

»Wenn sich alle anderen das anhören können, warum dann nicht ich?«

»Du bist nicht wie die anderen«, sagte er.

Ich war beleidigt und verletzt und wollte fragen: »Was ist das hier für ein Drecksladen?« Doch ich wurde wieder von der Angst vor Isolation und Strafe gepackt. Wann würde dieser Unsinn endlich aufhören? Hätte ich in diesem Moment eine Bombe bei mir gehabt, so hätte ich sie auf die Tribüne gebracht und den verdammten Rektor, Lehrer La Shan und seine dämlichen Anhänger in die Luft gejagt.

Ich blieb im Klassenzimmer zurück, traurig und enttäuscht. Als die anderen wiederkamen, warfen sie mir fragende Blicke zu und ließen mich den Rest des Tages in Ruhe. Ich betete darum, dass meine neuen Freunde mich nicht so schnell fallen lassen würden wie die alten. Doch, Buddha sei Dank, das taten sie nicht. Die ganze Sache war schon am nächsten Tag vergessen. Ich war immer noch des Königs geschätzter Ratgeber in akademischen Fragen, und ich glaube wirklich, ich habe keine geringe Rolle dabei gespielt, dass er endlich die vierte Klasse schaffte. Obwohl er die Fragen auf seinem Blatt nicht direkt beantwortete, konnte sein wichtiger Marine-Papa stolz auf ihn sein, wenn schon nicht auf die Leistungen des Königs, dann wegen seines Geschicks, andere die Arbeit für ihn machen zu lassen.

Für mich kam es einer Tragödie gleich, dass Gruppe acht am Ende des Schuljahres aufgelöst wurde. Eine Schule, die für die Kinder aus den Dörfern näher lag, wurde wieder eröffnet, also kehrten sie bereitwillig wieder an ihre eigene Schule zurück. Ich wurde nun Gruppe zwei zugeordnet, direkt neben dem Klassenzimmer mit den verhassten Gesichtern, die ich auf ewig aus meinem Gedächtnis löschen wollte. Jeden Tag rannte ich so schnell wie möglich an den Türen von Gruppe eins vorbei, denn ich fürchtete, mit einem von denen zusammenzutreffen und wieder in Schwierigkeiten zu geraten. In der neuen Gruppe war ich bald allgemein als der beste Schüler anerkannt. Ab und an hörte ich sogar ein gutes Wort von ein paar Lehrern. Aber eine Clique von Schülern in meiner neuen Klasse hatte sich gegen mich verschworen. Ihr Anführer war ein gemeiner Kerl namens Han, dessen Vater sich mit meinem Vater zerstritten hatte, weil eine gemeinsam aufgebaute Bienenzucht fehlgeschlagen war. Die anderen in seiner Bande waren Quei, der Sohn eines Lokalpolitikers, und Wang, dessen Vater Zimmermann war und mit einigen Leuten verfeindet, die gute Freunde meines Vaters waren.

Im Klassenzimmer dachten sie sich alberne Spottliedchen über meine Familie aus, kramten die alten Vorwürfe wieder hervor und hielten die anderen davon ab, sich mit mir anzufreunden. Nach der Schule spionierten sie mir nach und dachten sich die Geschichte aus, ich habe einen teuren Kugelschreiber gefunden und ihn nicht der Schule übergeben, sondern eingesteckt. Das trug mir vier Stunden Befragung in jenem Direktorat ein, das für mich die Hölle auf Erden war. Währenddessen grinsten sie draußen vor dem Fenster und schnitten Grimassen. Am nächsten Tag ging ich mit einem rostigen Spaten auf Han los, als er auf dem Heimweg an unserem Haus vorbeikam. Ich drosch immer weiter auf seinen Kopf und Rücken ein, bis ein Passant mir Einhalt gebot. Han weinte und verpetzte mich bei unserem Lehrer, Herrn Lan. Aber ich hatte bereits meine Version dieser Geschichte aufgeschrieben und eingereicht, und der Lehrer glaubte mir.

Was mich wirklich wütend machte, waren jene Kinder, die von mir verlangten, ich solle sie die Hausaufgaben abschreiben lassen, ansonsten jedoch alles taten, um mir das Leben zur Hölle zu machen. Am Anfang gab ich nach, weil ich glaubte, ich könne sie mir zu Freunden machen, indem ich ein wenig mit ihnen teilte. Stattdessen fielen sie mir in den Rücken und erzählten Lehrer Lan davon. Der hielt mir natürlich einen langen Vortrag, und zur Strafe musste ich eine Woche lang die Tafel wischen. Später rächte ich mich dafür, indem ich ihnen absichtlich falsche Antworten zum Abschreiben gab und das dann meinerseits dem Lehrer meldete. Diesmal saßen sie in der Falle, und Han hatte für dieses Jahr die Chance vertan, der beste kommunistische Schüler zu werden.

Während dieser Zeit starb langsam mein Großvater. Er war siebenundsiebzig Jahre alt. Beinahe jeden Tag fand ich in der Schule an der Tafel beleidigende Gemeinheiten über ihn vor.

Als er gestorben war, transportierten wir ihn noch am selben Tag mit einer Schubkarre beinahe dreißig Kilometer weit in die Stadt Putien zur Einäscherung. Ich trug ein weißes Hemd und verteilte Geldscheine auf den Brücken, über die wir kamen, und ich sagte Sprüche wie »friedlicher Übergang« für die imaginären Krieger auf, die die Brücken bewachten. In der Menge, die der Prozession zusah, erkannte ich die drei hässlichen Visagen von

Han, Quei und Wang, die mitleidslos und ohne jede Anteilnahme lächelten. Ich biss mir auf die Lippen und bemühte mich, meine Trauer und meinen Hass zu zügeln. Die Tränen strömten, während eine laute Stimme in mir nach Rache schrie. Ich wischte die Tränen fort und ging mit meiner Familie weiter. Wir mussten Großvaters Leichnam noch zwei Stunden lang über den unbefestigten Weg nach Putien schieben.

Als wir dort eintrafen, ließen wir Großvater von vier jungen Mönchen den Berg hinauf zu der Bestattungsstelle tragen. Ich kniete brav mit meiner Familie vor seinem Leichnam und nahm schluchzend Abschied, als ein uralter Mönch den Holzstoß unter Großvaters ärmlichem Sarg in Brand steckte. Flammen loderten hoch in den Abendhimmel. Mein geliebter Großvater war nicht mehr.

造

5

Selbst im Winter war Gelber Fels vom Grün der Weizen- und Saubohnenfelder umgeben. Gelbe Wildblumen waren über diesen grünen Teppich verteilt wie einsame Seelen, die ihre Bestimmung noch nicht gefunden hatten. Die Wasser des Dong Jing wirkten ruhig und versonnen, als träumten sie still vom nahenden Frühling.

Bauern strömten zum Marktplatz, denn das Neujahrsfest stand bevor. Die schmale Straße von Gelber Fels wimmelte von Mauleseln, beladen mit Lebensmitteln. Fahrräder ächzten unter der Last zweier Passagiere, und lärmende Traktoren kämpften sich den Weg frei zwischen Trauben von Menschen, die Säcke voller Waren schleppten.

Eines Morgens suchte Lehrer Lan uns zu Hause auf, um uns das Ergebnis der ersten landesweit vereinheitlichten Prüfungen mitzuteilen. Ich hatte in allen vier Bereichen einhundert Prozent der Punkte erreicht. Er und Mama hörten gar nicht mehr auf zu lächeln, und meine Schwestern drängelten sich, um auch einen Blick auf das Zeugnis zu erhaschen.

»Nur zwei Schüler im ganzen Bezirk Putien haben das geschafft«, erklärte Lan strahlend, denn meine hervorragende Leistung hatte ihn zu einem der Lehrer des Jahres gemacht.

Ich war sofort der neue Star der Nachbarschaft. Es gab ein paar freundlichere Blicke und nettere Begrüßungen für mich. Das war eine Erleichterung, doch es stieg mir auch ein wenig zu Kopf. Ich fühlte mich als strahlender Sieger. Ich war nicht länger nur einer von vielen hoffnungslosen Nachkommen der alten herrschenden Klasse, der schließlich doch nur Tischler, Schmied oder ein Niemand wurde, begraben unter der Schuld und Schande der Väter. Mein Licht leuchtete, trotz all ihrer Bemühungen, es zu löschen.

Großvaters Tod bestärkte mich nur noch in meinem Willen, es zu etwas zu bringen, obwohl alles gegen mich sprach. Ich wollte diesem Mann Ehre machen, der arm, traurig und gebrochen gestorben war. Das Bild seines zusammengesunkenen Körpers, achtzig Pfund gelbe Haut und alte Knochen, der in dieser groben hölzernen Schubkarre lag wie ein nutzloses totes Tier, würde mich auf ewig begleiten. Er selbst hatte sich die Einäscherung gewünscht, weil er wusste, dass wir uns ein richtiges Grab nicht leisten konnten; nicht einmal für seinen winzigen Leichnam, der in ein extra für diesen Anlass geschneidertes schwarzes Gewand aus grobem Stoff gehüllt war. Meines Vaters Worte, als er Großvaters Asche nach Hause trug, klangen mir noch immer in den Ohren: »Jetzt kannst du wieder mit deinen Freunden einen trinken und auf ewig zocken«, sagte er und legte das tränennasse Gesicht an die Urne.

Es wurde beschlossen, dass ich mit meiner Cousine Yan auf die Insel fahren sollte, wo sie unterrichtete; ich würde ein paar Tage dort bleiben und fürs Neujahrsfest Fisch und Garnelen mit nach Hause bringen. Diese Reise sollte mich vor allem von den Nachbarskindern und möglichem Ärger fern halten, doch ich freute mich riesig darüber. Ich hatte das Meer schon immer geliebt, mit seinen blauen Wellen und langen weißen Stränden. Segelboote glitten übers Wasser. Eine Million Möglichkeiten lagen in den

Tiefen des Ozeans verborgen, von den Geschichten alter Seeleute zu schillerndem Leben erweckt.

Als Yan mich fragte: »Kannst du einen ganzen Tag lang laufen, ohne zu jammern?«, nickte ich eifrig.

Fünfzehn Kilometer vom Festland entfernt, lag Milon wie ein Saphir inmitten des blauen Pazifik. Um vor Sonnenuntergang dort anzukommen, brachen wir früh am Morgen auf und gingen den ganzen Tag einen gewundenen Pfad entlang. Wir kamen an mehreren Bächen vorbei, trabten endlose Saubohnenfelder entlang und unter unzähligen Bäumen hindurch, bis die Sonne im Westen allmählich tiefer sank. Lange bevor wir die Küste erreichten, wurde das Land immer flacher und weiter. Das Gras wurde spärlicher und verschwand schließlich ganz. Kilometerlang war keine menschliche Behausung zu sehen, so weit das Auge reichte, nur hier und dort eine einsame Windmühle, die monoton vor sich hin quietschte und mahlte, wenn der Wind in ihre Segel fuhr.

Als wir uns der Küste näherten, frischte der Wind auf und duftete nach Salz und See. Ich hielt meinen Strohhut an der Krempe fest, damit er nicht weggeweht wurde. Das Land unmittelbar an der Küste erstrahlte weiß und glitzerte im Licht der untergehenden Sonne. Yan erzählte mir, dies seien die Salzfelder. Die Salzbauern pumpten Meerwasser in große Flächen an der Küste, bauten kleine Dämme, damit es nicht wieder abfloss, und dann ließ die Sonne alle Feuchtigkeit darin verdunsten, so dass man ein Feld voller Salz erhielt. Dieses Meersalz wurde in viele Länder exportiert; unser Salz zu Hause kam auch von hier.

Ich kniete mich hin und füllte eine Hand voll glänzendes Salz in meine Tasche, als Yan gerade nicht hinsah, und rannte los, um endlich die Küste zu sehen.

Plötzlich lag vor uns der Ozean. Zuerst war er nur ein breites Band dunkelblauen Wassers, auf dessen Oberfläche blinkende Sternchen tanzten. Doch als ich aufgeregt näher rannte, wurde das

Meer immer breiter und gewaltiger, bis es schließlich das kleine Stück Land, auf dem ich stand, ganz zu umschließen schien. Vor der unermesslichen Weite des Ozeans fühlte ich mich klein und schwach wie ein Grashalm im Wind.

Als Yan mich einholte, winkte ein gebrechlicher alter Mann uns zu und rief meine Cousine beim Namen.

»Das ist der Bootsmann, der die Fähre zur Insel betreibt«, sagte Yan. »Er heißt Alter Berg.«

»Alter Berg?« Ich lachte.

»Das findest du lustig, wie?« Ihre Augen blitzten vergnügt. »Warte, bis du meine Schüler kennen lernst.«

Wir gingen zu einem einsamen, knirschenden Bootssteg, wo nur zwei kleine Segelboote im Wasser dümpelten. Unsere Fähre war klein, und das Segel sah aus wie eine löchrige Flickendecke, von der Fetzen herabhingen und im Wind flatterten. Sie sah nicht gerade beeindruckend aus, doch sie schaukelte robust unter unseren Füßen, als wir vorsichtig über eine Planke balancierten und an Deck gingen. Wir waren die einzigen Passagiere. Alter Berg hatte noch einen dürren jungen Gehilfen. Minuten später waren wir unterwegs.

Ich hielt mich gut am Mast fest. Manchmal schlugen Wellen bis zu uns an Deck, doch die alte Fähre blieb aufrecht im Wasser und flog mit straffem Segel vorwärts. Im Zwielicht war das Meer so beängstigend wie eine dunkle Nacht ohne Sterne. Yan erzählte mir, dass die Inselbewohner sehr abergläubisch seien und man auf einem Boot nichts Böses erwähnen dürfe, also saß ich den ganzen Weg über still da und warf nur ab und zu einen Blick auf Alter Berg, der zusammenhanglos vor sich hin pfiff und mit zusammengekniffenen Augen in die Ferne blickte.

Eine halbe Stunde später half Yan mir von der Fähre herunter, und wir verabschiedeten uns von Alter Berg und seinem Gehilfen. Über die Insel Milon waren kleine Häuser verstreut. Auf dem geschäftigen Dock wurden wir plötzlich von einem Dutzend begeisterter, lärmender Mädchen und Jungen umringt, die etwa in meinem Alter zu sein schienen. Sie schnappten sich unser Gepäck, gaben uns die Hand und nahmen mir sogar den Hut ab, als sei er zu schwer für mich. Die Mädchen hatten fast alle ein Baby auf den Rücken geschnallt; die Jungen trugen an diesem warmen Wintertag nur kurze Hosen. Alle waren barfuß.

»Das sind meine Schüler«, erklärte Yan mir stolz und wandte sich an die Kinder. »Hallo, ich möchte euch meinen Cousin vorstellen. Er heißt Da.«

»Guten Tag, Daaa…«, erklang es wie aus einem Munde, als wiederholten sie etwas im Unterricht. Darauf wurde viel gekichert.

»Was ist denn so lustig?«, fragte ich.

Ein Mädchen mit großen Augen und langem Haar antwortete mir lächelnd, während die übrigen Kinder mich nur schüchtern musterten.

»So einen Namen haben wir noch nie gehört. Das klingt wie ein Name für einen Erwachsenen.«

»Für einen Erwachsenen? Warum?«, fragte ich meine Cousine.

»Keines der Kinder hier bekommt einen richtigen Namen, bis es ins heiratsfähige Alter kommt, ungefähr mit fünfzehn. Dann gibt man ihm einen Namen. Bis dahin wird es nach einem Tier oder einem Gegenstand benannt. Das hier zum Beispiel ist Schweinchen, das ist der Kleine Aal, und der Junge, der deinen Hut trägt, heißt Austernschale, und das hübsche Mädchen mit den langen Haaren wird Heller Mond gerufen.« Jedes der Kinder errötete, als sie seinen Namen nannte.

»Wie bekommen sie denn solche Namen?«, fragte ich.

»Der Vater benennt sie nach dem Ding, das er nach der Geburt des Kindes als erstes sieht.«

Ich schüttelte den Kopf und dachte an Alter Berg. Der arme

Vater musste wohl direkt nach der Geburt den Bauch seiner Frau gesehen haben.

»Gehen wir«, sagte Yan.

Lachend schleppten und zogen sie unser Gepäck mit, als wir die steilen Stufen erklommen, die aus unebenen Steinplatten bestanden, an denen manchmal noch Austernschalen klebten. Vor uns lagen wohl an die hundert Stufen.

»Die Schule ist gleich da drüben.« Yan deutete auf ein kleines Gebäude, das hoch oben auf dem Hügel lag. Mir wurde ein wenig schwindlig, als ich den Kopf danach reckte.

Die Sonne war schon am Horizont versunken, als wir endlich die kleine Schule erreichten, die auf den Felsen errichtet war. Sie hatte Wände aus Stein und ein graues Dach aus Lehmziegeln. Die umgebende See war dunkel und bedrohlich, doch auf der ganzen Insel blinkten hell erleuchtete Fenster. Die Kinder verabschiedeten sich eines nach dem anderen von uns und rannten nach Hause. Wir waren beide erschöpft und gingen früh schlafen.

In dieser Nacht lag ich in dem fremden Bett und dachte über all die aufregenden Sachen nach, die ich am nächsten Tag vorhatte. Ich starrte durch ein großes Oberlicht in die Sterne und lauschte dem einschläfernden Rauschen des Meeres. Sein Rhythmus erinnerte an einen alten Mann, der eine uralte Legende erzählt, während die Wellen gemächlich auf dem Strand auslaufen. Ich lauschte der Geschichte, bis ich in traumlosen Schlaf sank.

Die Morgensonne explodierte in meinen Augen. Ich stand auf und schlich vorsichtig ins Nebenzimmer, wo ich zu meiner Überraschung eine große Gruppe Mädchen um meine Cousine versammelt sah, die auf einem hohen Stuhl saß. Sie verteilte gerade bunte Kämme, Schmetterlings-Haarnadeln aus Plastik und kleine Bänder, die sie in Gelber Fels gekauft hatte. Sie las die Namen von ihrer Liste ab, damit sie auch jedem Mädchen das richtige Geschenk gab. Ein Lächeln von Autorität und Zufriedenheit lag auf ihrem Gesicht. Auf dieser Insel mit ganzen vierzig Häusern war Lehrerin Chow, wie die Bewohner sie respektvoll ansprachen, eine Frau mit Bildung, Weisheit, Stil und Vermögen. Vermutlich hatten sie noch nie zuvor einen Menschen kennen gelernt, der schon das Paris Asiens gesehen hatte, die große Stadt Shanghai, und zwar nicht nur ein- oder zweimal, sondern jedes Jahr, wenn sie ihre Eltern besuchte.

Die Frauen der Insel fragten sie bei allem um Rat – von Kleidung und Hochzeiten bis hin zu Ernährung und Kindererziehung. Ihre Schüler würden nie etwas zustimmen, das Lehrerin Chow nicht ganz zu gefallen schien. Unglückliche Ehefrauen kamen oft mit ihren Klagen zu ihr. Wie eine Richterin ging Lehrerin Chow dann zu ihren Männern und rückte ihnen den Kopf zurecht.

Yan war eine starke Persönlichkeit und füllte diese Rolle aus, doch die hatte auch ihre Schattenseiten. In China wurde gerade die staatlich kontrollierte Familienplanung durchgesetzt. Ihr einziger Kollege, ein fünfundvierzig Jahre alter Mann, beneidete sie wegen ihrer Beliebtheit und erzählte den Regierungsleuten auf dem Festland, sie sei für einige Eheschließungen zwischen fünfzehnjährigen Kindern verantwortlich. Es stimmte, dass es auf der Insel üblich war, in so jungen Jahren zu heiraten. Fünfzehn war reif, achtzehn schon verrottet, so lautete dort ein Sprichwort.

Während der fünf Jahre, die sie nun dort angestellt war, hatte sie eine besonders unangenehme Erfahrung gemacht. Ein jüngerer Sohn des Parteisekretärs der Inselkommune hatte über eine Ehevermittlerin um ihre Hand angehalten. Er war drei Jahre jünger als sie und einen Kopf kleiner. Obgleich seine Familie im prächtigsten Haus der Insel wohnte, aus Stein und mit zehn Zimmern, und obwohl ihr Verehrer ein guter Maurer war, interessierte Yan sich nicht für ihn und wies seinen Antrag zurück.

Diese Zurückweisung verärgerte den Parteisekretär, der daraufhin höchstpersönlich in die Schule kam. Er schlug mit der Faust auf Yans Pult und drohte unverhüllt mit Konsequenzen für ihre Zukunft. Sie weinte Tag und Nacht, allein, und fand einfach keine Lösung. Schließlich suchte sie meinen Vater auf, der ihr eine riskante Strategie vorschlug.

Am nächsten Tag marschierte sie direkt zu dem Parteisekretär. »Ich bin bei meinem Onkel aufgewachsen, der leider ein sehr armer und sehr geiziger alter Mann ist«, sagte sie. »Er betrachtet mich als seine Tochter und behandelt mich auch so. Er sagte, er hätte nichts dagegen, mich mit Ihrem lieben Sohn zu verheiraten, wenn Sie das hier bezahlen.« Yan zeigte dem begierigen Vater ein Papier in Vaters Handschrift. Er las es ungläubig, ließ sie stehen und belästigte Yan nie wieder.

Später erzählten sie mir, dass auf dem Zettel eine lange Liste teurer Geschenke und Bedingungen stand. Im Voraus waren erst einmal zwanzigtausend Yuan zu zahlen. Vater hatte tatsächlich zusammengezählt, wie viel er über die Jahre in Yan investiert hatte, und dann errechnet, was sie ihm dafür ihr restliches Leben lang zurückzahlen sollte. Vater nannte diese Strategie »zwischen Regen und Traufe wählen lassen«.

Eines Morgens erschien ein muskulöser Mann am Eingang der Schule, lächelte herzlich und brachte mich zu seinem Fischerboot unten am Dock. Der Mann, Ar Piao, war Anfang vierzig und der Vater des Schülersprechers. Während wir schweigend die steilen Stufen hinabstiegen, hatte ich den Eindruck, dass er mir gern die Insel zeigen wollte, sich aber nicht gut ausdrücken konnte. Wenn er etwas sagen wollte, lief er knallrot an. Doch je schweigsamer er wurde, desto mehr Fragen stellte ich ihm, denn seine gebräunte, wettergegerbte Haut verriet mir, dass er sehr viel über das Meer wusste. Da war eine Geschichte, eine gute Geschichte, irgendwo in ihm versteckt. Er antwortete einsilbig, mit einem Nicken,

Lächeln oder Kopfschütteln. Offenbar hatte die See dafür gesorgt, dass er mehr nachdachte und weniger sprach.

Der Ozean war ruhig und blau und die Sonne mild. Der subtropische Winter schmolz an einem solchen Morgen dahin. Ar Piaos Boot war neu und mit großen Segeln und zahlreichen Netzen überall behängt. Sein Sohn, den er »Affe« genannt hatte, winkte mir mit einem breiten Lächeln zu und half mir an Deck. Ar Piao sagte, das Boot sei mit einem Motor ausgestattet, und er könne gegen den Wind segeln, wenn er wolle. Bald ließen wir das quirlige Dock hinter uns und flogen mit einer frischen Brise im Rücken über das Wasser, um vor einer anderen winzigen Insel zu fischen. Ich lehnte mich an die Reling und sah zu, wie die Wellen sich in unserem Kielwasser teilten.

Affe war zwölf und schon ziemlich muskulös. Er hatte die freundliche Miene eines einfachen jungen Mannes – ganz wie sein Vater –, doch seine Augen tanzten vor Begeisterung und Neugier, als er mich genau musterte. Ich merkte, dass er mit mir reden wollte, aber nicht sicher war, ob sein schweigsamer Vater ihn nicht für vorlaut halten würde. Er warf mir immer wieder Blicke zu.

»He, ihr habt ja wirklich ein ziemlich gutes Boot«, sagte ich zu ihm und strich mit der Hand über den Mast.

»Gefällt es dir?«, fragte er, wobei er das »es« fast verschluckte. Affe und sein Vater waren einfache Leute. Redegewandtheit und korrekte Aussprache waren ihnen nicht wichtig. Affe lächelte und enthüllte zwei Zahnlücken. »Ich zeige dir nachher die Skelette auf der Insel.«

»Diesmal keine Skelette«, sagte sein Vater.

»Was für Skelette?« Dieses Thema fand ich äußerst interessant.

»Ein paar Leute haben auf der kleinen Insel übernachtet«, sagte Affe.

»Und sind da gestorben?«, riet ich.

Er schüttelte den Kopf und warf einen verstohlenen Blick auf seinen Vater, der mit den Segeln beschäftigt war. »Dieses Wort darf man auf See nicht sagen, aber du hast Recht.«

»Vielleicht können wir sie uns nächstes Mal anschauen. Ich freue mich auch, wenn wir nur fischen, danke.« Ich mochte ihn schon recht gern.

»Wie sieht es in deiner Stadt aus? Viele hohe Häuser?«, fragte er.

»Ich komme gar nicht aus einer großen Stadt. Nur ein größeres Dorf als deines, mehr nicht.«

»Gibt's da ein Kino?«

»Ja, und auch Theater.«

»Ich liebe Kino, aber hier gibt's das nur einmal im Jahr.« Er blickte schweigend in die Ferne.

»Warst du schon mal auf dem Festland?«, fragte ich.

Er schüttelte den Kopf. »Aber eines Tages will ich auf dem Festland leben wie ein Mann aus der Stadt.«

»Was möchtest du denn mal werden?«

Er dachte kurz nach. »Ich würde gern Sachen bauen.«

»Dann solltest du mich mal besuchen kommen«, sagte ich. Er lachte. Er war ein mutiger Träumer, und ich bewunderte seine Offenheit. Diese Insel war viel zu klein für ihn.

Eine halbe Stunde später erreichten wir eine verlassene Insel, überwuchert von üppiger Vegetation. Es war keine Spur menschlicher Behausung zu sehen. Das Boot wurde langsamer.

Ar Piaos große Hände rollten das Netz zu einem dicken Strang zusammen. Er warf es ins klare Wasser hinaus, ging vor Anker, kramte eine Pfeife hervor und begann zu paffen.

»Was fangen wir denn heute?«, fragte ich.

»Makrelen«, antwortete Ar Piao und blies einen dicken Ring aus Rauch.

»Toll, die mag ich.«

Er nickte und sah nach dem Netz.

»Und Sie?«, fragte ich.

»Was glaubst du?«, erwiderte er, ohne aufzublicken.

»Vielleicht können Sie sie nicht ausstehen«, gab ich zurück.

»Warum das denn?« Ein Lächeln zuckte um seine Mundwinkel.

»Ich kenne einen Metzger, der nie das Fleisch isst, das er zerlegt.«

Mit der Pfeife im Mundwinkel gluckste er leise. »Du bist ein kluges Kerlchen, genau wie sie gesagt haben.«

»Klug?«

Er nickte. »Ich möchte, dass mein Sohn mal genau so wird wie du, dass er ein sehr guter Schüler wird und vielleicht eine Zukunft hat, damit er diese kleine Insel verlassen und sich gute Arbeit suchen kann. Mein Leben ist vorüber. All meine Hoffnung gilt jetzt meinen Söhnen.«

Ich war überrascht, dass er so viel auf einmal sagen konnte. Hier draußen auf See fühlte er sich wohl. »Ihr habt ein gutes Leben hier«, sagte ich aufrichtig.

»In deinen Augen vielleicht. Der Junge kennt nur das Boot und die See, weiter nichts.« Er betrachtete Affe nachdenklich, der schüchtern unser Lächeln erwiderte. »Ich möchte, dass er viel mehr kennen lernt. Er sollte Naturwissenschaften lernen, Kunst und vielleicht Wirtschaft.«

»Aber er weiß doch viel mehr als wir, nur eben andere Sachen«, sagte ich aus Respekt vor seinem Sohn, »und er hat einen Traum.«

»Allerdings. Ich wünschte nur, er könnte an einem besseren Ort aufwachsen, das ist alles.« Er betrachtete seinen Sohn und rauchte schweigend.

»Papa, es ist so weit.«

Ar Piao fuhr hoch, klopfte den unverbrauchten Tabak aus der Pfeife und begann, das Netz einzuholen. In der Mitte sank es tief ein unter dem Gewicht der Makrelen, die sich am Boden des Netzes tummelten. Es war spannend zuzusehen. Ar Piao und Affe kippten den Fang auf dem Boot in einen großen Bottich mit Wasser, und er warf das Netz erneut aus. Das waren bestimmt über fünfzig Pfund Fisch. Ich durfte Ar Piao dabei helfen, die zappelnden Fische aus dem tropfenden Netz zu holen, aber das Netz wieder auswerfen durfte ich nicht. Er sagte, ich würde dem Netz hinunter ins Meer folgen, weil ich mich damit nicht auskannte.

Mittags vertäute er das Boot an der winzigen Insel. Wir kochten unser Essen an Deck.

»Willst du Fisch?«, fragte Ar Piao.

»Klar.«

»Dann hol dir welchen.«

Ich beugte mich über den Bottich und schnappte mir drei. Sie zappelten, um sich zu befreien. »Müssen wir die nicht erst ausnehmen?«

»Wir benutzen auf dem Boot keine Messer.« Er nahm die Fische, tauchte sie in einen Eimer mit frischem Wasser, warf sie dann lebendig in den Kochtopf und schloss ihn rasch mit einem schweren Deckel. Er hielt ihn noch ein paar Sekunden lang fest zu und sagte dann: »Jetzt sind sie still.«

»Sie meinen, totgekocht.« Schon wieder war mir ein falsches Wort entschlüpft.

»Wir sagen dieses Wort nicht auf dem Boot.«

»Tut mir Leid.«

»Schon gut. Komm her, mein Sohn.« Er winkte Affe, der sich daraufhin näher zu ihm setzte. »Sieh dir diesen Jungen gut an. Ich will, dass du von ihm lernst und auch die volle Punktzahl in der Schule erreichst, damit du nicht den Rest deines Lebens mit Fischen zubringen musst. Hast du verstanden?« Liebevoll kniff er seinen Sohn ins Ohr und umarmte ihn kräftig. Affe kicherte glücklich.

Das Lob war mir ein wenig peinlich. In meinem Herzen hätte ich alles darum gegeben, in einer so freundlichen Umgebung zu leben wie dieser, ohne den täglichen Kampf, den ich zu Hause ausfechten musste. All meine Feinde in der Schule – Han, Quei, Wang, der Rektor und La Shan – erschienen mir hier so weit entfernt und unbedeutend. Ich hätte für immer auf dieser Insel bleiben und nur die Seeluft genießen können.

»He, Essen ist fertig«, verkündete Ar Piao. Er reichte mir Essstäbchen und sagte: »Chi ba.« Hau rein.

Als er den Deckel abnahm, stieg ein verlockender Duft nach gekochtem Fisch und Ingwer auf. Die drei Makrelen sahen saftig und zart aus. Mein Magen knurrte. »Wie isst man die?«

»Ihr Stadtmenschen legt Wert auf Manieren und all das Zeug. Mit so was geben wir uns hier auf dem Meer nicht ab.« Er nahm mit seinen Essstäbchen einen Fisch heraus und packte mit der linken Hand den Kopf. Dann drückte er die Stäbchen von beiden Seiten fest ins Genick und zog die hölzernen Stöckchen langsam den ganzen Fisch entlang. Die säuberlich abgetrennten Filets fielen ihm gehorsam auf den Teller. Kopf und Gräten wurden ins Meer geworfen. Er nahm ein paar Stücke zwischen die Stäbchen, tunkte sie in Sojasauce und ließ es sich schmecken. Ich tat es ihm gleich. Der Fisch war himmlisch und schmeckte nach Meer; er war weiß und zart und zerging auf der Zunge. Als ich fertig war, leckte ich mir die Finger ab wie Ar Piao und Affe. Obwohl ich pappsatt war, hätte ich noch mehr essen können, so gut war der Fisch.

Die nächsten paar Tage verbrachte ich beim Spielen mit Affe und seinen Freunden. Sie kannten ein Spiel, das »Piraten« hieß und bei dem sie sich barfuß auf dem Sandstrand jagten und zu Boden warfen. Wir erzählten einander von unseren jeweiligen Dörfern. Ein paar der Kinder machten sogar Halsketten aus großen, bunten Muscheln und schenkten sie mir. Als ich schließlich wieder abreisen musste, sagte ich Affe, seinen Freunden und der Insel traurig Lebewohl. Ich hätte sie am liebsten mit nach Hause genommen, damit sie für immer meine Freunde sein könnten.

造 6

»Du hast dich wohl versteckt, was?«, fragte mein Feind Han, der mit wütendem Gesicht vor unserem Haus auf und ab lief, während ich auf der vorderen Veranda saß. Ich war erst an jenem Morgen von der Insel zurückgekehrt.

»Das geht dich nichts an«, erwiderte ich ärgerlich. Ich stand auf und packte meinen Stuhl. »Verschwinde von unserem Grund und Boden!« Ich hatte gerade sehnsüchtig an Affe und seine Freunde gedacht, und Han erschien mir wie eine lästige Fliege, die einem das Essen verdirbt. Ich schwang drohend den Stuhl.

»Hör auf!« Mama kam zu mir herausgerannt. »Was geht hier vor?«

»Dieser Hurensohn belästigt mich.« Ich zeigte mit dem Finger auf Han, der von seinen Kumpanen Quei und Wang flankiert wurde. Beim Anblick des Stuhls waren sie einen Schritt zurückgewichen.

»Schau mal, wen wir da haben«, sagte Han höhnisch – damit meinte er meine Mutter.

»Die liebe Mami.« Wangs hässliches, feistes Gesicht verzog sich zu einer spöttischen Grimasse. Alle drei lachten.

»Verschwindet hier!«, schrie ich, so laut ich konnte. Mein Herz raste, und ich merkte, dass ich die Beherrschung verlor.

»Aufhören!«, rief Mama wieder und zog mich an der Jacke zurück.

Sie waren reichlich großspurig, denn sie glaubten, mich ungestraft bedrängen zu können. Ich hatte mich in der Vergangenheit nie gewehrt. Doch nun waren Schulferien, und diese bösartigen Jungen ließen mich immer noch nicht in Ruhe, nicht einmal zu Hause. Was sollte ich tun? Ich wollte diese drei hässlichen Visagen zu Brei schlagen. Ich ignorierte Mama, hob den Stuhl hoch und warf ihn mit aller Kraft. Sie erschraken und wollten weglaufen, doch der Stuhl erwischte Han am rechten Fuß. Er jaulte wie ein gebissener Hund, der mit eingezogenem Schwanz davonrennt, während er humpelnd seinen Freunden nachlief. Der Stuhl war zerbrochen.

Zu meiner Überraschung war Mama nicht wütend auf mich, und sie erwähnte diesen Vorfall nie wieder. Wir sammelten die Trümmer des Stuhls ein und schlossen die Haustür. Jahre später erzählte sie mir, dass sie in diesem Moment erkannt habe, dass ich ein starker Junge war, der auf eigenen Beinen stehen konnte.

Später am Abend kamen Hans Eltern zu uns nach Hause und beschuldigten mich lauthals, ihren Sohn verletzt und ihm fast den Knöchel gebrochen zu haben.

»Er hat doch damit angefangen!«, rief ich erbittert. »Ihr Sohn hat mir in der Schule das Leben zur Hölle gemacht. Er hat mich geschlagen, beschimpft und alle seine Freunde gegen mich aufgehetzt, aber ich musste ihm trotzdem bei den Hausaufgaben helfen. Fragen Sie ihn doch mal, wie oft er mich gezwungen hat, ihn die Hausaufgaben bei mir abschreiben zu lassen.« Seine Eltern waren schockiert von meinem Ausbruch. Ich schluchzte laut.

»Aber du hättest nicht mit dem Stuhl auf ihn losgehen dürfen«, schalt Hans Vater. »Ich bin Tischler, ich weiß, wie schwer so ein Stuhl ist.«

»Dann sollten Sie lieber Ihrem Schläger von Sohn sagen, dass er mich nicht mehr verprügeln soll«, erwiderte ich; diesmal redete ich, während meine Familie nur zuhörte.

»Sag das nicht«, mischte Mama sich ein.

»Aber er ist ein gemeiner Schläger!«, schrie ich. »Du weißt ja gar nicht, was für schlimme Dinge er tut. Er kauft sogar Sachen, mit denen er seine Freunde besticht, damit sie gegen mich sind.«

»Er kauft Sachen? Mit welchem Geld denn?«, fragte sein Vater.

Rasch schätzte ich das Ausmaß seiner Überraschung ab. »Er hat ziemlich viel Geld. Er kauft Zigaretten und raucht sie mit seinen Freunden.«

»Viel Geld, und er raucht?«, wiederholte sein Vater fassungslos.

»Wo hat er nur das Geld her?«, fragte seine Mutter. »Weißt du das?«

»Von zu Hause, habe ich gehört«, antwortete ich, immer noch weinend.

»Die kleine Ratte!« Seine Eltern brachen überstürzt auf.

Ich wusste, dass ich diese Runde gewonnen hatte. Es würde Han ganz gut tun, wenn er zu Hause eine Tracht Prügel bekam und am eigenen Leib erfuhr, was Petzen so alles anrichten konnte.

Normalerweise hätte meine rechtschaffene Familie mich gescholten, mir erklärt, dass Gewalt keine Lösung sei, und mich in eine Ecke verbannt. Doch an jenem Abend taten sie das nicht. Beim Abendessen hinter verschlossener Tür lachten und schwatzten alle fröhlich. Es lag stillschweigende Vergebung, ja sogar leiser Triumph in der Luft. Sie hörten sich meine Geschichten vom Fischfang und meine Version des Lebens auf der Insel an. Ich führte ihnen die »richtige Art« vor, eine Makrele zu essen, und sie lachten und genossen den vielen Fisch, den ich mitgebracht hatte.

Doch später im Bett dachte ich daran, was mir während dieser Neujahrsferien noch bevorstand. Die Dreierbande würde mich nicht in Ruhe lassen. Ich konnte mich nicht an den Plätzen sehen lassen, wo die Kinder normalerweise spielten, noch konnte ich wieder die Stadt verlassen. Ich musste es einfach irgendwie überstehen und mich durchbeißen. Ich kuschelte mich ins Bett, dachte noch ein wenig an die Insel und die Kinder dort und schlief dann lächelnd ein.

Am Abend vor dem Neujahrsfest bekamen die Kinder traditionell Geld geschenkt, in kleinen roten Umschlägen, so genannten »hon baos«, also roten Täschchen. Die braven Kinder gaben das Geld für Spielsachen, Süßigkeiten, Kino- oder Theaterbesuche aus. Die bösen versammelten sich in illegalen Spielhöllen unter freiem Himmel, wo sie mogelten und betrogen in der Hoffnung, genug Geld zu gewinnen, um sich ein schönes Leben voll schlechter Angewohnheiten leisten zu können. Rauchen, Trinken und Frauen, darum drehten sich ihre Gedanken. Ich bekam fünf Yuan geschenkt und überlegte, was für Waffen ich damit für meine Verteidigung anschaffen sollte.

Ganz früh am Neujahrsmorgen half ich Mama, vor unserem improvisierten Schrein für diverse Götter alle möglichen Opfergaben vorzubereiten. Da gab es Buddha, seinen Küchen-Gott, den Erd-Gott, Reis-Gott, Wasser-Gott und alle unsere Ahnen. Das sei ganz ähnlich aufgebaut wie in der Politik, erklärte Mama. Da gab es lokale Götter, Provinzgötter und ganz oben den großen Buddha. Sie hatte für jeden Gott einen Platz vorgesehen, mit verschiedenen Nahrungsmitteln als Opfergaben. Es gab Huhn, Fisch, Garnelen, Muscheln, Krabben, ganze Ferkel, rot angemalt, fette Enten, gefärbte Eier, Wein, Pfirsiche, Birnen, Bananen, Reis und jede Menge Räucherwerk und Geldscheine zum Verbrennen.

Mit Räucherstäbchen in den Händen kniete Mama nieder und sprach die Gebete. Ich stand neben ihr und verneigte mich fünfzig- bis hundertmal vor jedem Gott, denn ich machte auch Kotaus für meine Geschwister mit. Ich wusste gar nicht mehr, wie ich dazu gekommen war, das für sie zu tun. Ich wusste nur, dass ich etwas religiöser war als sie. Ich hatte mich schon immer vor Geistern gefürchtet und an die Macht guter Götter geglaubt. Ich betete wie ein Mönch, und es machte mir nichts aus, mich auf meinen mageren Knien so oft zu verbeugen, wie Mama es für angemessen hielt, und sie hielt meist die Hundert für ihre Glückszahl.

Obwohl mir am Ende der Zeremonie Rücken und Knie wehtaten, war ich doch innerlich zufrieden bei dem Gedanken, dass ich mir für das kommende Jahr bei Göttern aller Dienstgrade eine Rückversicherung erworben hatte. Ich erzählte meinen Schwestern und meinem Bruder, dass ich auch an ihrer Stelle Gebete verrichtet hatte, und ließ mich von ihnen dafür bezahlen. Sie waren immerhin gläubig genug, mir je fünf Fen zu geben.

Für das Frühstück am Neujahrstag wurden lange, dünne Nudeln von Hand gemacht, in feinen Schüsseln serviert und dekoriert mit Spiegelei, mariniertem Fleisch, gebratenen Erdnüssen, Austern, saftigem Seetang und leicht blanchierten, knackigen Zuckerschoten. Lange Nudeln versprachen ein langes Leben. Das Wort für Austern bedeutete in unserem Dialekt auch »lebendig«. Eier waren rund und vollkommen. Erdnüsse standen für zahlreiche Nachkommen, und wenn man das Wort für »Seetang« ein wenig anders aussprach, klang es ganz ähnlich wie das für »Glück«.

Ich schlang die langen Nudeln hinunter, zog eine neue Jacke an, die Mama selbst geschneidert hatte, und rannte los, um unseren Nachbarn meine Neujahrsgrüße zu entbieten. Ich legte die Hände zusammen, neigte den Kopf und wünschte als Erstes dem knollennasigen Liang Qu Glück und Wohlstand; er war ein alter Mann mit sieben Söhnen, und er lebte von den Zigaretten, die er heimlich und mit ungeheurem Gewinnaufschlag an Kinder verkaufte. Er wischte sich die große, triefende Nase und warf mir eine Zigarette aus dunklem Tabak zu. »Danke, und ein frohes neues Jahr, mein Kleiner. Hier hast du was zu rauchen«, sagte er.

»Das ist aber keine von den vergammelten, oder?«, neckte ich ihn, als ich die Zigarette einsteckte. Er war bekannt dafür, dass er den Kindern verdorbene Ware andrehte. Da seine Kunden heimlich rauchten, beklagten sie sich nie. Nur am Neujahrstag konnte ich mir einen solchen Scherz erlauben.

Ich überquerte die Brücke, um den weißhäuptigen Landarzt zu grüßen, der durch dicke Brillengläser auf mich herabspähte und überlegte, wer ich wohl sein mochte. »Ich bin der jüngere Sohn der Chens«, sagte ich.

Er nickte, wies mit seinem Gehstock auf den freien Platz neben ihm und bot mir Tee an. Ich erklärte ihm höflich, ich hätte gerade erst gefrühstückt. Er erkundigte sich nach meinem Großvater. »Er ist von uns gegangen«, sagte ich. Ich konnte kaum glauben, wie vergesslich der Arzt war. Erst vor einem halben Jahr hatte er uns erklärt, dass Großvater nicht mehr lange zu leben habe.

»Oh, das tut mir Leid. Aber das Leben muss weitergehen, nicht wahr?«

»So ist es, Herr Doktor. Frohes neues Jahr.«

Er nickte schweigend und sah mir nach, als ich den Feldweg hinunterrannte.

Am Neujahrstag sollte man traditionell so viele Leute grüßen, wie man konnte, denn das brachte Glück. Für mich war das der einfachste Weg, mich ein bisschen beliebt zu machen, denn an diesem Tag waren alle bester Laune und ausgesprochen wohlwollend. Bis zum Mittag hatte ich nicht weniger als fünfzig Leuten ein frohes neues Jahr gewünscht.

Als ich zum Mittagessen nach Hause kam, hatte sich unser Wohnzimmer bereits mit Besuchern gefüllt. Vater hielt Hof, schenkte eifrig Tee aus und zündete die Wasserpfeife an.

Ich dachte oft, wenn Vater nicht unglückseligerweise als Sohn eines Landbesitzers geboren worden wäre, so hätte er es vermutlich zu einem hohen Tier in der kommunistischen Regierung gebracht. Er war ein stattlicher Mann, der aller Aufmerksamkeit auf sich zog, sobald er einen Raum betrat. Vater lachte gern und konnte einen um den kleinen Finger wickeln, doch wenn er zornig war, tobte er wie ein Gewitter, und seine Zunge wurde gnadenlos scharf. Er war ein geborener, ein dramatischer Anführer in einem so verschlafenen kleinen Ort wie Gelber Fels.

Die Führer der Volkskommune erniedrigten ihn, wo sie nur konnten; böse Nachbarn und ignorante Milizionäre spuckten in seine Richtung, wenn er ihnen auf der Straße begegnete. Doch die Bewohner der umliegenden Dörfer und ferneren Gehöfte suchten noch immer seinen Rat in allen möglichen Fragen. Sie kamen in Gruppen von fünf oder zehn Leuten zu uns und behandelten Vater, als sei er noch immer der Sohn einer alteingesessenen Familie, die einmal zu den vornehmsten in der Gegend gehört hatte.

Er verfasste überzeugende Bittbriefe für Leute mit wohlhabenden Verwandten in Singapur, Hongkong oder Malaysia und half ihnen damit, ihren reichen Familien ein wenig Geld abzupressen. Schutzlose Witwen baten ihn um Hilfe, wenn sie eine Beschwerde einreichen wollten gegen Nachbarn, die sich ihr Land unter den Nagel rissen, oder gegen Familien, die sich nicht ordentlich um sie kümmerten. Sie bezahlten Vater mit Geld, einem Sack Reis oder Süßkartoffeln. Aber viele gute Ratschläge wurden auch umsonst gegeben, mit einem Lächeln obendrein.

Allmählich verbreitete sich Vaters guter Ruf immer weiter, und nun kamen täglich Leute aus den Dörfern vorbei, wenn sie zum Einkaufen in der Stadt waren. Sie besuchten uns auf eine Tasse Tee, ein paar Züge an der Wasserpfeife oder einfach nur, um sich ein wenig auszuruhen. Wenn Vater nicht gerade in einem Umerziehungslager steckte, versammelten sich in unserem Wohnzimmer jeden Vormittag die verschiedensten Leute. Papa fühlte sich in dieser Rolle sehr wohl und kümmerte sich um ihre Angelegenheiten, als arbeite er für die Wohlfahrt. Die einzige Regel lautete, dass niemand auf den sauberen Boden spucken durfte, den Mama täglich schrubbte.

An diesem besonderen Tag drängten sich all die vertrauten, freundlichen Gesichter in unserem sonnigen Wohnzimmer. In einer Ecke saß der Maurer. Sein Sohn arbeitete in einer Mine in den hohen Fujian-Bergen; der Maurer war Analphabet, deshalb half ihm mein Vater, jeden Monat einen Brief an seinen Sohn zu schreiben. Neben ihm saß »Klinge«, der diesen Spitznamen seinem besonderen Scharfsinn verdankte. Er war einer dieser Dorfbewohner, die nie zur Schule gegangen waren, aber alles zu wissen schienen. Er vergötterte Vater. Klinge konnte viele traditionelle chinesische Musikinstrumente spielen, schöne Prosa schreiben, komponieren und bei Theaterstücken Regie führen, wie mein Vater, aber er brauchte seine Hilfe, um an Auftritte zu kommen.

Am Neujahrstag war mir nach etwas mehr Festlichkeit und Geselligkeit zumute, doch ich konnte nicht viel unternehmen. Meine Feinde Han, Quei und Wang konnte ich förmlich vor mir sehen, wie sie sich mit einer Zigarette im Mundwinkel in der Menge herumdrückten, während sie Rachepläne gegen mich schmiedeten. Und heute durfte ich mich nicht prügeln, das würde mir Pech einbringen.

Mama in ihrer neuen Schürze rief mich wieder in die Küche. Ich schlüpfte aus dem Wohnzimmer und aß eine große Schüssel Reis mit etwas köstlichem Fleisch und Fisch. Ich hatte noch nie so viel gutes Essen auf einmal in unserer Küche gesehen, aber ich wusste, dass es nicht lange vorhalten würde. Daher holte ich mir noch eine Schüssel Reis und zwei weitere Stücke von Mamas berühmter gerösteter Schweinshaxe.

Nach dem Mittagessen, als mein Bruder Jin Poker spielte und meine Schwestern längst schon kichernd mit ihren Freundinnen aufgebrochen waren, um zu tun, was Mädchen eben so machen, da erklärte ich Mama, ich ginge jetzt zu einem Basketballspiel an der Schule.

»Ich habe gar nichts von einem Spiel dort gehört«, sagte Mama.

»Ach? Na ja, es geht jetzt bestimmt bald los«, log ich und flitzte zur Tür hinaus. Vorsichtig folgte ich dem schmalen Pfad zwischen den Weizen- und Zuckerrohrfeldern und hielt mich vom Gedränge auf den Straßen fern, die schier überquollen vor Dorfbewohnern, die zum Neujahrstag in die Stadt gekommen waren. Dies war das traditionelle Yu Chun, eine Art Frühlingsspaziergang. Sie kamen in Grüppchen von Jungen und Mädchen, hübsch anzusehen in neuen, bunten Kleidern. Sie sangen, lachten, flirteten und beäugten einander. Der Frühling reifte heran, mit Blumen und Blüten, und er schien in den jungen Leuten eine namenlose Erregung zu wecken und der Welt noch zusätzlichen Glanz zu verleihen. Ich beneidete sie um ihr einfaches Leben. Warum war meines so verdammt kompliziert?

Bald war ich ganz allein und suchte mir eine Abkürzung zu den geheimen Plätzen der Glücksspieler irgendwo im hohen Zuckerrohr. Die Kinder in meinem Alter sprachen im Flüsterton davon und schwärmten jedes Mal vom Heldenmut der großen Gewinner, wenn auf rätselhafte Weise doch einmal Neuigkeiten zu uns durchsickerten. Doch niemand wagte sich auch nur in die Nähe. Ein paar wirklich schlimme ältere Jungen aus meiner Nachbarschaft verbrachten angeblich die gesamten Neujahrsferien dort.

Wenn ich mich schon nicht an den üblichen Orten amüsieren konnte, so war ich wild entschlossen, mir etwas anderes zu suchen, entweder bei den Glücksspielen zuschauen oder sogar den Laufburschen für diese üblen Gesellen spielen. Ich hatte nur einen halben Yuan mitgebracht, denn falls sie wollten, dass ich mitspielte, hatte ich auf diese Weise nicht allzu viel zu verlieren. Ich hatte mich auch darauf eingestellt, möglicherweise ziemlich grob behandelt zu werden.

Ich blickte über die Schulter zurück, um sicherzugehen, dass mir niemand folgte, dann schlüpfte ich in das Zuckerrohrfeld. Die Blätter waren dick und scharfkantig. Ich duckte mich und ging unter ihnen hindurch auf die Mitte des Feldes zu.

Nach zehn Minuten vernahm ich leise, undeutliche Stimmen. Plötzlich sah ich Lampen und eine Lichtung vor mir. Etwa zwanzig Quadratmeter Zuckerrohr waren abgeschnitten und niedergetrampelt worden, und da saßen mindestens zwei Dutzend junge Leute an Tischen und auf dem Boden, oder sie standen in kleinen Gruppen über die Lichtung verteilt.

Ich sprang hervor, und alle erstarrten. Zornig und vorwurfsvoll glotzten sie mich an, als habe ich ihre Gastfreundschaft bereits jetzt überstrapaziert. Einzig der Zigarettenqualm bewegte sich noch in kleinen Spiralen über ihren Köpfen. Es war ein gelungenes Gruppenbild der hiesigen kriminellen Elite in voller Aktion.

»Was zum Teufel willst du denn hier, du kleines Aas? Ich dachte, du bist ein braves Muttersöhnchen. Du hast hier nichts verloren«, herrschte Mo Gong, der Sohn des Schusters, mich an. Seine Sprechweise war ungehobelt, sein Tonfall drohend. Seine Nasenflügel bebten, als er eine Zigarettenkippe nach mir warf. »Verschwinde.«

In der Hierarchie der hiesigen kriminellen Elite stand er fraglos an der Spitze. Einmal fügte er einem Gegner eine schwere Schnittwunde an der Schulter zu, mit einem scharfen Messer, das eigentlich zum Zuschneiden von Schuhsohlen gedacht war.

»Ja, verpiss dich, sonst kriegst du einen Tritt in den Arsch, dass du tagelang nicht scheißen kannst«, grölte ein weiterer großer Ganove.

Ich legte schützend die Arme um den Kopf wie ein Kriegsverbrecher, der sich ergeben hat, und schlich langsam um den Rand der Lichtung herum.

Mo Gong war mit wenigen Schritten bei mir und warf mich auf

den federnden Boden aus niedergetrampeltem Zuckerrohr. Er setzte sich auf mich, verdrehte mir die Arme hinter dem Rücken und verlangte zu wissen: »Wer hat dich hergeschickt?«

»Niemand, ich wollte nur mal sehen, was hier so läuft.« Meine Nase wurde an seinen schmutzigen Lederstiefeln platt gedrückt.

»Wer hat dir gesagt, dass wir hier sind?«

»Ich habe den Weg ganz allein gefunden.«

»Du lügst!« Er drückte meinen Kopf noch fester auf die Erde. Der Boden stank nach Schweinemist, mit dem die Felder gedüngt wurden.

»Warte, Mo Gong, lass ihn los«, hörte ich über mir eine ruhige Stimme sagen. Das klang nach Sen, dem Sohn des Bankiers, der hinter sämtlichen lokalen Skandalen der jüngeren Geschichte unseres Ortes steckte. Mo Gong tat, was man ihm gesagt hatte, jedoch nicht, ohne mir vorher noch einmal kräftig in den Hintern zu treten.

Ich stand auf und klopfte den Schmutz von meiner neuen Jacke. Sen packte Mo Gong und zog ihn beiseite.

»Tu ihm nicht allzu sehr weh, sonst sagt er's dem Führer der Kommune, und dann kriegen wir Ärger«, hörte ich Sen flüstern. Dann drehte er sich um und hielt mich an der Schulter fest.

»Du darfst bleiben, aber nur, wenn du morgen nicht schon wieder auftauchst und niemandem von diesem Ort erzählst. Sonst lasse ich dich von Mo Gong zum Krüppel schlagen«, warnte er mit eindringlichem Blick.

»Ich will nur zuschauen, weiter nichts.«

»Sei still! Und ich will nicht, dass du dein Maul noch einmal aufmachst, solange du zuschaust, verstanden?«

Ich schwieg dankbar und stellte mich weit weg von den Spielern auf. Sen setzte sich wieder an seinen Platz am Kopfende eines Tisches. Dort spielten sie Poker, zwei gegen zwei. Der Mindesteinsatz betrug einen halben Yuan – ich hatte also nur einen Versuch, falls ich doch würde mitspielen dürfen.

Nach zwei Minuten begannen Sen und sein Partner Mo Gong, Grimassen zu ziehen, sich zu schnäuzen und die Fingerknöchel knacken zu lassen. Sie spielten gegen zwei Dorfjungen, die ihre Zeichensprache nicht kannten. Bald verloren diese beiden Dörfler und wollten aussteigen.

»So läuft das hier aber nicht.« Mo Gong legte eine schmutzige Hand auf ihr Geld.

»Und wer sagt das?« Die beiden Dorfjungen waren ein bisschen größer als ihre Gegner. »Ihr spielt nicht fair. Wir hauen hier ab«, sagte einer der Dörfler, schlug Mo Gongs Hand fort und schnappte sich das Geld.

»Wir haben euch doch am Anfang gesagt, dass das Spiel erst vorbei ist, wenn ihr blank seid. Und ich glaube nicht, dass ihr schon blank seid«, sagte Sen kühl. »Setzt euch wieder hin.«

»Was soll denn das? Wollt ihr uns vielleicht zwingen, dazubleiben?« Die Dorfjungen stellten sich Rücken an Rücken auf.

Sen und Mo Gong standen nun ebenfalls. Ich sah, wie Sen eine Grimasse zog, und dann stürzten er und Mo Gong sich auf sie. Schlägereien schienen hier an der Tagesordnung zu sein, denn die Leute an den anderen Tischen drehten sich nicht einmal nach ihnen um. »Ruhe da drüben. Macht nicht so 'n Lärm«, riefen sie nur.

Die vier wälzten sich ineinander verschlungen auf dem Boden. So rangen sie noch gute fünf Minuten lang miteinander, bis das ganze Geld überall um sie her verstreut lag. Jedes Mal, wenn Sen sich so hinrollte, dass er mich sehen konnte, zwinkerte er mir zu, deutete auf das Geld und kämpfte weiter.

Endlich begriff ich, was er wollte. Ich sah mich um und schob dann die Geldscheine mit dem Fuß in kleine Lücken im zertrampelten Zuckerrohr, um sie unter den dichten Blättern zu verstecken. Als die Dörfler ihre Schuhe verloren, hob ich sie auf und warf sie weit hinaus ins Feld, als sie gerade nicht hinsahen.

Es war erst vorbei, als sie nicht mehr konnten. Die beiden Dorfjungen taumelten benommen herum und suchten nach ihrem Geld und ihren Schuhen, doch sie fanden nichts. Schimpfend und fluchend räumten sie das Feld, ohne sich noch einmal umzudrehen.

Sobald die beiden außer Sichtweite waren, brachen Sen und Mo Gong in Gelächter aus. Ihre Gesichter waren schmutzig, blutig und zerschrammt; ihre Kleider waren zerrissen. Sie krochen über den Boden und suchten nach den versteckten Geldscheinen. Gut vierzig oder fünfzig Yuan sammelten sie ein.

»Hier, für dich.« Sen drückte mir ein paar kleinere Scheine in die Hand.

»Ich will nichts davon.«

»Schön, dann kriegst du auch nichts.«

»Ihr seid völlig gewissenlos«, sagte ich.

»Fick dich und deine Ahnen, du kleine Ratte«, erwiderte Sen mit einem gutmütigen Lächeln und zog mich am Ohr. »He, du warst auch nicht schlecht. Ich hab gesehen, wie du das Geld versteckt und die Schuhe weggeworfen hast.«

»Ich hab's auch gesehen«, sagte Mo Gong. »He, Da, wie wär's mit einer Zigarette? Du heißt doch Da, oder?« Er wühlte in seiner Hosentasche und fand nichts. »Hast du noch welche, Sen?«

»Ja, aber die sind ganz zerdrückt.« Sen hielt eine zerknitterte Schachtel hoch.

»Mann, nach dieser Prügelei würd ich wirklich gern eine rauchen«, sagte Mo Gong.

»Ich auch.« Sen zündete nur so zum Spaß ein Streichholz an.

»Ich hab eine.« Ich holte die Filterzigarette aus meiner Jackentasche und zeigte sie ihnen. Ein Lächeln breitete sich über ihre schmutzstarrenden Gesichter.

»Na, sieh mal einer an. Sogar mit Filter.« Mo Gong schnappte sie sich, steckte sie sich zwischen die Lippen und wollte sie gerade anzünden.

»Warte, die teilen wir uns.« Sen stibitzte die Zigarette aus Mo Gongs Mund, und sie jagten einander immer im Kreis herum. Schließlich riss Sen den Filter ab und brach die Zigarette in zwei kurze Stummel, die sie begeistert rauchten.

Ich verabschiedete mich von ihnen. Sen nickte und lächelte mir verschwörerisch zu.

Mo Gong grinste und sagte: »Denk dran, Da, nächstes Mal mehr mit Filter.«

Auf dem Heimweg merkte ich plötzlich, dass ich lächelte. Diese Jungs waren grob, aber liebenswert. Sie waren ungekünstelt und geradeheraus, verbargen nichts. Ich wollte lernen, wie man raucht, trinkt und spielt, und ihr Freund werden. Ich konnte mir gut vorstellen, was für Gesichter meine Feinde dann machen würden. Neben diesen Jungs würden sie aussehen wie feige kleine Muttersöhnchen.

7

Nach meiner ersten Begegnung mit dem Zocker-Duo Sen und Mo Gong musste ich mich sehr beherrschen, um nicht gleich am nächsten Tag wieder zu ihnen hinauszugehen. Wenn ich mich schon so bald wieder dorthin wagte, würde meine Familie Verdacht schöpfen, und dann würde mein Abenteuer ein frühes Ende finden. Ich schaute aus dem Fenster im oberen Stock, ob ich vielleicht von dort aus die Spielhölle im Zuckerrohr entdecken könnte, doch ich sah nur, wie der kalte Wind die Zuckerrohrblätter tanzen ließ wie Meereswellen.

Mama und Papa wünschten sich, dass wir zu perfekten Kindern heranwüchsen, damit wir auf diese Weise das hässliche politische Mal tilgen konnten, mit dem wir geboren waren. Sie hofften, dass all die politischen Führer eines Tages aufwachen und sagen würden: »He, ihr seid ja wirklich tolle junge Leute. Also los, schicken wir euch zur Schule und bieten euch gute Arbeitsplätze.« Wenn wir gegen diese Überzeugung ankämpften, hielt uns Mama stets das Beispiel eines Mädchens aus dem Nachbarort vor. Li Jun stammte auch aus einer Landbesitzerfamilie, doch sie war kürzlich von der Volkskommune zur Arbeit in einer Konservenfabrik auserkoren worden, ein echter Bombenjob, für den jedes Kind aus einer guten Familie über Leichen gehen würde. Sie verließ die

Stadt auf dem Traktor des Kollektivs; mit einer großen Papierblume auf der flachen Brust ratterte sie triumphal die Hauptstraße von Gelber Fels entlang. Niemand, der sie gesehen hatte, vergaß die Freudentränen und das glückliche Lächeln auf ihrem hübschen Gesicht. Sie war die eine unter Tausenden, die die kommunistischen Herrscher dazu benutzten, ihre wohlwollende Haltung uns gegenüber zu demonstrieren. Die Botschaft lautete: Wenn du brav bist, fällt vielleicht auch für dich eine Zukunft ab.

Wir wussten alle, was das für ein Humbug war, deshalb ging uns diese Geschichte zum einen Ohr herein und zum anderen wieder hinaus. Kinder wie wir wurden immer noch in der gesamten Kommune verprügelt und aus der Schule geworfen. Selbst jene, die vor der Kulturrevolution eine gute Stellung gefunden oder ein Stipendium an der Universität erhalten hatten, wurden zur Umerziehung wieder auf die Dörfer zurückgeschickt. Manchmal kamen sie sogar ins Gefängnis, wenn sie sich gegen die dörfliche Ignoranz auflehnten. Zhu Eng, der Sohn eines Konterrevolutionärs, wurde an einer Universität in Shanghai in ein Gebüsch gezerrt und von seinen Kommilitonen zu Tode geprügelt. Alles, was seine Familie bekam, war eine Urne mit seiner Asche und eine amtliche Erklärung, in der stand, er habe sich selbst das Leben genommen und somit die Investition der Regierung in seine Ausbildung vergeudet.

Mama führte immer noch ein strenges Regiment. In unserer Familie wurde Zynismus nicht geduldet. Sie war überzeugt davon, dass wir mehr leisten und weniger verlangen sollten. Wenn die Leute dich anspucken, sieh einfach weg. Wenn sie dich beschimpfen, stell dich taub. Sie hätte mich mindestens drei Tage lang weggesperrt, wenn sie dahinter gekommen wäre, dass ich die Glücksspieler besucht hatte.

Doch Langeweile und meine Sehnsucht nach neuen Freunden waren stärker. Am nächsten Tag nahm ich ein paar Zigaretten aus Vaters Schublade und schlich mich wieder ins Zuckerrohr hinaus.

Mo Gong und Sen empfingen mich kühl, als hätten sie schon vergessen, wie gut wir zusammengearbeitet hatten. Doch sie rauchten meine Zigaretten und ließen mich ihre probieren. Das war das erste Mal, dass ich mit den großen Jungs rauchte. Mo Gong zeigte mir, wie ich inhalieren konnte, ohne dass es allzu wehtat. Zuerst kleinere Züge, sagte er. Ich spürte, wie mir ein Rauschen zu Kopf stieg, betäubend und beruhigend zugleich. Bevor ich nach Hause ging, spülte ich mir den Mund mit ein paar Hand voll Flusswasser aus. Zu Hause angekommen, sagte ich kein Wort, bis ich etwas Knoblauch, ein paar Zwiebeln und sehr viel Suppe gegessen hatte, um den ekligen Geruch zu überdecken.

Am zweiten Tag durfte ich neben Sen sitzen, um ihm Glück zu bringen, und er zeigte mir, wie man mit Karten umging. Ich war von seinem Vertrauensbeweis so geschmeichelt, dass ich in einem fort nickte und so tat, als hätte ich keine Ahnung vom Spiel.

Am dritten Tag wollte Mo Gong, dass ich neben ihm saß, und er ließ mich sogar den Einsatz bestimmen. Während der restlichen Zeit brachten sie mir ihre Zeichensprache bei. Sie ließen mich am Tisch stehen, bei ihren Freunden Yi und Siang, wo ich mich am Kopf kratzte und mir in der Nase bohrte, um ihnen die Karten ihrer Gegner zu verraten. Sie gewannen am laufenden Band.

Am vierten Tag kam ich erst spät ins Zuckerrohr.

»Wo zum Teufel hast du gesteckt?«, fragte Sen. »Komm, setz dich zu mir. Ich verliere zu viel Geld, wenn du nicht da bist.« Er strubbelte mir über den Kopf, warf mir eine ganze, noch nicht mal angebrochene Schachtel Zigaretten zu und ließ mich die Karten abheben, das sollte ihm Glück bringen. Als ich mir die erste Zigarette des Tages anzündete, lächelte ich. Es war ein tolles Gefühl, von diesen Rabauken vermisst zu werden.

An jenem Abend, nachdem die vier ihr Geld aufgeteilt hatten, ging ich nach Hause, packte ein paar von Mamas süßen Reiskuchen ein und teilte sie mit meinen neuen Freunden. Sie balgten sich darum wie hungrige Hunde und aßen mit schmutzigen Fingern. Danach wischten sie sich den Mund mit dem Jackenzipfel ab und fuhren sich mit den fettigen Händen durch das zerzauste Haar, damit es glänzte.

»Egal, wie toll deine Haare glänzen, du siehst immer noch beschissen aus, Sen«, scherzte Mo Gong.

»Und du noch beschissener«, gab Sen zurück und griff sich an den Kopf.

»Okay, okay, ihr seht beide beschissen aus.« Siang lachte.

Sie begannen eine freundschaftliche Keilerei. Yi packte mit seinen fettigen Händen meine Haare, und wir balgten uns ein wenig. Später spazierten wir zum Marktplatz, am Theater vorbei, und kauften mit dem gewonnenen Geld Süßigkeiten und noch mehr Zigaretten. Wir lachten, redeten und frotzelten bis Mitternacht. Dann erklärte ich ihnen widerstrebend, ich müsse jetzt nach Hause gehen. Bei uns war schon längst Schlafenszeit, trotz der Neujahrsfeiertage. Sie schubsten mich gutmütig herum, und Siang nahm mich sogar auf die Schultern. Dann sagten sie gute Nacht.

Ich lag im Bett und konnte lange nicht einschlafen. Ihr Lachen, ihre Gesichter, ihre Ausdrucksweise und ihre Art, mich wie einen richtigen Freund bei sich aufzunehmen, all das sah ich immer wieder vor mir wie einen farbenprächtigen Film. Sie hatten nicht einmal die Tatsache erwähnt, dass ich aus einer Landbesitzerfamilie stammte. Sie nannten mich »kleiner Scheißer«, weil ich drei oder vier Jahre jünger war, zwanzig Pfund leichter und einen Kopf kleiner. Aber sie bedachten jeden mit solchen Schimpfworten, auch sich selbst. Bei ihnen fühlte ich mich frei, zu sagen und zu tun, was immer ich wollte, ohne mir Sorgen zu machen, sie könnten mich bei den Lehrern verpetzen. Meine Feinde in der Schule wirkten dagegen harmlos und lächerlich. Wenn die sich für schlimme Jungs hielten, dann sollten sie erst mal diesen Kerlen begegnen. Schließlich sank ich in tiefen Schlaf und hoffte, der Morgen möge recht bald kommen.

Als die Ferien zu Ende gingen, war es auch mit der feiertäglichen Zockerei vorbei, denn all das Neujahrsgeld war gewonnen, verloren und verprasst. Wir fünf hockten nun an den üblichen Treffpunkten zusammen. Ihr Lieblingsplatz war die steinerne Brücke, an der unsere schmale Straße über den Dong Jing führte. Der aufmerksame Architekt hatte entlang der Brücke eine Reihe von Sitzplätzen eingebaut, wo wir uns abends niederließen, quatschten und dem Kommen und Gehen der Bewohner zusahen. Mo Gong und Sen warfen vorübergehenden Frauen unverschämte Bemerkungen zu und lachten sich dann schier kaputt, wenn die Frauen sie Grobiane schalten, die man am besten einsperren sollte. Meine Freunde hatten anscheinend an allem Spaß, das ein wenig Aufregung versprach, und auch daran, sich zum Narren zu machen.

Bald lernte ich sie besser kennen, und die Rangordnung innerhalb der Gruppe. Sen, fünfzehn Jahre alt, war der Leitwolf. Er besaß Grips und Mut. Er war der mittlere von fünf Brüdern, die sich zu Hause tagtäglich prügelten. Sein Vater arbeitete bei einer Bank, in einer weit entfernten Stadt nahe der Salzfabrik an der Küste, schickte einmal im Monat Geld und kam nur alle drei Monate zu Besuch. Sens Mutter musste die fünf Jungen praktisch allein großziehen. Jeden Tag sah man sie mit einem langen Stock einen ihrer ungebärdigen Söhne jagen, wobei sie ihre Ahnen dafür verfluchte, dass sie ihr diese Dämonen aufgebürdet hatten, um ihr das Leben schwer zu machen. Sie musste oft auf den Feldern arbeiten, so dass das Kochen für die Familie Sens ältestem Bruder oblag. Der aß oft das meiste Essen selber auf, und wer zu spät nach Hause kam, bekam überhaupt nichts mehr ab.

Ein weiterer Grund für die vielen Rangeleien zu Hause war, dass sich die fünf Brüder ein einziges großes Bett teilten. Jeden

Morgen rollte der eine oder andere von der Bettkante und landete auf dem kalten Boden. Sen hatte das Leben zu Hause nicht mehr ausgehalten, die Schule geschmissen und trieb sich nun auf der Straße herum; so hatte er Mo Gong kennen gelernt, bei dem er manchmal übernachtete. Ab und zu ging Sen auch nach Hause und stahl dort etwas, und dann rannte seine Mutter mit dem Stock hinter ihm her. Inzwischen klaute er auch andere Dinge, wie Hühner und Enten, und verkaufte sie auf dem Markt, um sich von dem Geld ein uraltes Fahrrad zu kaufen, das er bei Mo Gong unterstellte.

Gelegentlich fuhr er mit diesem Fahrrad für ein paar Fen Leute herum, denn in unserer Gegend gab es keine öffentlichen Transportmittel. Wenn man reisen wollte, musste man schon die eigenen Füße gebrauchen. Doch meistens radelte er spätnachts mit Mo Gong zu den Dörfern hinaus und stahl Reis aus einer Mühle oder Geflügel. Wenn das Obst reif wurde, fuhren sie zu den Obstgärten. Dann wartete einer von ihnen an der Straße, während der andere auf die Bäume kletterte und das Obst herunterschüttelte. Sie betrachteten das gar nicht als Diebstahl, sondern eher als Notwendigkeit und Mutprobe. Mo Gong forderte Sen zu irgendetwas heraus, dann schlossen sie Wetten ab und stürzten sich ins Abenteuer. Es ging immer um irgendeine Wette und darum, wer der Mutigere war.

Einmal wurde Sen von der Polizei kassiert, weil jemand ihn beschuldigt hatte, die kleine Hütte eines Obstgartenwächters in Brand gesteckt zu haben. Als der Polizist zu seiner Mutter kam, um ihr Bescheid zu sagen, damit sie ihn abholte, sagte sie: »Er ist nicht mein Sohn. Machen Sie mit ihm, was Sie wollen.« Dann knallte sie dem Polizisten die Tür vor der Nase zu. Der arme Beamte, der der Mutter eine lange Predigt hatte halten wollen, zog verwirrt und enttäuscht wieder ab. Sie ließen Sen unversehrt wieder laufen.

Mo Gong, ebenfalls fünfzehn, hatte sich dadurch hervorgetan, dass er im Alter von dreizehn Jahren beinahe jemanden mit einem großen Messer umgebracht hatte. Noch Jahre später waren die Leute entsetzt über die schiere Größe dieser Waffe. Er kam aus einer Unternehmerfamilie. Seine Eltern stellten heimlich Schuhe her und verkauften sie auf dem Schwarzmarkt. Mo Gong war der geborene Rabauke und steckte eigentlich immer in Schwierigkeiten. Seinem Mund entschlüpften die falschen Worte, und er konnte einfach die Hände nicht still halten. Er hatte andauernd das Bedürfnis, Sachen anzufassen und zu zerschlagen. Sosehr seine Eltern sich auch bemühten, ihn zu bändigen, nichts funktionierte. Sie ließen ihn an den Handgelenken aufhängen, sperrten ihn ein und peitschten ihn aus, bis sein Hintern ganz rot und geschwollen war. Er war nicht von seiner schiefen Bahn abzubringen. Er stahl zu Hause Geld und kaufte damit Zigaretten, Schnaps und Essen.

Einmal konnte er kein Bargeld finden, also nahm er die illegal hergestellten Schuhe und verkaufte sie zum Schleuderpreis am Straßenrand. Als sein Vater dahinter kam, wurde er so wütend, dass er schwor, er werde Mo Gong die Hände abhacken. Seine Onkel mit den buschigen Augenbrauen retteten ihn vor diesem Schicksal.

Ein andermal brachte Mo Gong einen Jungen beinahe um, der auf seinem kleinem Bruder herumgehackt und an dessen kleinen Penis einen Frosch gebunden hatte. Mo Gong schnappte sich ein Messer und verfolgte den Übeltäter. Als er ihn erwischte, fügte er ihm eine schlimme Schnittwunde an der Schulter zu, trennte das Fleisch fast bis auf den Knochen ab. Mo Gong sagte später, das sei eine Beleidigung der Männlichkeit aller Männer der Familie Mo gewesen, dass sein kleiner Bruder hätte sterben können und dass der andere Junge zu fühlen bekommen musste, wie sein eigenes Blut floss, damit er den Schmerz nachempfinden konnte.

Wenn seine Eltern tagelang fort waren, um in einem anderen

Bezirk Schuhe zu verkaufen, machten seine Freunde es sich bei ihm zu Hause gemütlich. Sie tranken auch noch den letzten Schluck Kochwein aus und zockten auf dem Esstisch. Bei ihrer Rückkehr warfen seine Eltern ihn jedes Mal raus und schworen, er sei nicht mehr ihr Sohn.

Sen und Mo Gong hatten einen so schlechten Ruf, dass sie bei jedem Diebstahl oder Feuer stets als Erste verdächtigt wurden. Ihre Alibis waren üblicherweise wenig glaubwürdig, und oft lastete man ihnen etwas an, das sie gar nicht getan hatten. Dann wurden sie sehr wütend auf die Leute, die sie beschuldigten, und fügten deren Namen ihrer langen Racheliste hinzu. Bald stand die halbe Stadt auf dieser Liste. Sie ließen sich Zeit mit ihrer Rache – Kleinigkeiten hier und da, wie ein verschwundenes Huhn oder ein zertrampelter Gemüsegarten. Sie hinterließen nie einen Beweis für ihre Schuld. Das war ihre Art zu sagen: »Leck mich«, und sich dafür Luft zu machen, dass sie sich ständig ungerecht behandelt fühlten.

Siang wurde eher aus Versehen ihr Freund. Er war ein gut aussehender Vierzehnjähriger aus wohlhabendem Hause. Sein Großvater war ein Revolutionär der ersten Stunde, der den Kommunisten bei der Besetzung Putiens geholfen hatte. Nun bekam er ein riesiges Gehalt dafür, dass er gar nichts tat. Unter anderem hatte er sich damit ein gewaltiges, dreistöckiges Haus gebaut. Seine Mutter arbeitete in einem nahe gelegenen Krankenhaus als Krankenschwester, und sein Vater leitete als Kader eine Schuhfabrik.

Siang hasste die Schule und liebte das Glücksspiel. In einem Jahr verlor er so viel Geld an Sen und Mo Gong, dass sie ihren Gewinn eintreiben wollten, indem sie ihm die teuren Klamotten vom Leib rissen. Er hatte um Gnade gefleht und versprochen, seine Schulden abzustottern, indem er sie ein Jahr lang mit Zigaretten versorgte. Sie wurden dicke Freunde, als Siang von seinen Eltern rausgeworfen wurde und Mo Gong ihn bei sich aufnahm. Eine

Woche lang schliefen sie im selben Bett, bis Siang genug Geld zusammen hatte, um sich eine Fahrkarte nach Fuzhou zu kaufen; dort wohnte seine Großtante, die Präsidentin des Frauenverbandes der Provinz Fujian.

Dann war da noch Yi, ein kleiner Fünfzehnjähriger, der mit zwölf schon Schreiner war. Er hatte Glubschaugen und O-Beine. Seine Eltern waren jung verstorben, und sein Großvater hatte ihn mit zehn Jahren in die Lehre geschickt. Yi erzählte, dass er von seinem Meister als Erstes gelernt habe, wie er die Tabakblätter für ihn zurechtzuschneiden und zu perfekten Zigaretten zu rollen hatte. Sein Meister drängte ihn zum Rauchen und behauptete, während des langen Arbeitstages würde neben dem Pinkeln nur das Rauchen ihm die Ausrede für eine Pause verschaffen.

Des Weiteren lernte er dort sehr früh, wie man während der Arbeit ununterbrochen reden konnte, weil man damit die eigene Langeweile vergessen und die anderen gleich mit unterhalten konnte. Zu seinen zahlreichen endlosen Monologen gehörte die Geschichte, wie er einmal frisch gefällte Stämme bearbeitet hatte, aber sehr ungleichmäßig. Sein Meister hatte ihn von oben bis unten gemustert und dann gefragt: »Spürst du, wie deine Dinger da unten mitschwingen, wenn du Holz hackst?«

»Was für Dinger?«

»Deine Eier.«

Yi sagte, bei ihm sei das eingeschlagen wie ein Blitz; plötzlich ergab alles einen Sinn. Seine Eier. Seit damals war er sich immer seiner Eier bewusst, wenn er mit der Axt arbeitete. Wenn sie bei jeder Bewegung gleichmäßig mitschwangen, leistete er gute Arbeit. Diese Geschichte mochte recht fragwürdig sein, aber sie war interessant. Er erzählte, wie die Tochter des Meisters sich allmählich immer öfter in seiner Nähe aufhielt und der Meister zunehmend häufiger Bemerkungen fallen ließ, dass er doch nach Beendigung seiner Lehre weiter bei ihnen bleiben könnte. Dagegen hatte Yi nichts einzuwenden gehabt. Der strenge Meister war wie der Vater, den er nie gehabt hatte, und das Mädchen erblühte vor seinen begierigen Augen wie eine Blume. Tagein, tagaus sorgte er dafür, dass seine Eier rhythmisch schwangen, und freute sich darauf, den wohlgeformten Hintern der Tochter schwingen zu sehen.

Dann starb der Meister plötzlich, und Yi musste seine Lehre zwei Jahre zu früh abbrechen. Sein Großvater holte ihn nach Hause und richtete ihm eine kleine Werkstatt ein; seither war er dort tätig.

Er rauchte bitteren Tabak, trank Unmengen starken Tee und konnte stundenlang vor sich hin quatschen, ohne sich selbst zu langweilen. Er stellte alle möglichen Möbelstücke für die Nachbarschaft her. Doch er war schließlich immer noch ein Junge, und mit dem Herzen eher draußen auf der Straße. Sen und Mo Gong besuchten ihn oft, um Tabak zu schnorren, wenn sie kein Geld hatten und die Sucht sie umtrieb. Dafür mussten sie dann dem einsamen Tischler bei seiner Arbeit Gesellschaft leisten und sich anhören, wie Yi dieselben Geschichten zum hundertsten Mal erzählte. Doch das war eigentlich kein schlechter Tausch. Wenn sie auf der Flucht vor ihren Eltern oder dem Gesetz waren, bot Yis bescheidene Werkstatt ihnen alles, was sie brauchten. Sie lag abseits, in einer Seitengasse, von der Decke hingen Tabakblätter zum Trocknen, Schnaps war in Yis Werkzeugkiste stets zur Hand, und Essen kam aus Großvaters Küche. Sie konnten sogar in einer abgewetzten Decke auf den weichen Sägespänen schlafen. Gelegentlich diente die Werkstatt auch als Spielhölle. Yi verbrachte immer mehr Zeit mit seinen Freunden, arbeitete weniger und war dafür mehr auf der Straße. Die Freundschaft blieb bestehen.

Bevor ich wieder zur Schule ging, wurde ich ein festes Mitglied dieser nun fünfköpfigen Bande. Als die Schule wieder anfing, hingen die anderen auf dem Marktplatz herum, belästigten die Händler und kauften Süßigkeiten und Zigaretten. Dann kletterten sie über die niedrige Mauer hinter meiner Schule und signalisierten ihre Ankunft mit einem Pfiff. Sobald die Glocke ertönte, rannte ich zu unserem Treffpunkt, wo sie mich erst einmal hochhoben und drohten, mich in den Teich zu werfen. Wir sprangen über die niedrige Mauer hinaus, zündeten uns Zigaretten an und machten Pläne für den restlichen Tag.

»Wo gehen wir heute hin?«, fragte ich nach einem tiefen Zug an meiner Zigarette.

»Zur Mittelschule«, sagte Siang.

»Was läuft da?«

Alle lächelten Sen geheimnisvoll an. Zum ersten Mal sah ich Sen erröten, und er kicherte nervös.

»Da ist ein Mädchen, das er mag. Müssen wir uns mal ansehen«, sagte Mo Gong begierig.

»Wer ist sie?«, fragte ich.

»Die Tochter von Herrn Huang, dem Sportlehrer. Die riskiert echt gern mal einen Blick«, erklärte Sen immer noch kichernd.

»Sie wirft dir Blicke zu?«, fragte ich nach.

»Na ja, die Sache ist die, sie schaut immer nach unserem Haus, wenn sie vorbeigeht. Neulich hat sie mich sogar ein bisschen angelächelt«, erzählte Sen.

»Und er ist fast in Ohnmacht gefallen.« Mo Gong lachte.

»Weiber. Die wissen doch nie, was sie wollen. Ich kenne eine vornehme Dame, von damals, als ich bei meinem Meister war …« Schon fing Yi wieder mit einer seiner alten Geschichten an. Wir wussten schon, wovon er sprach; er hatte sie uns schon oft erzählt. Das Erstaunliche an ihm war, dass er dieselbe Geschichte immer wieder erzählen konnte, und zwar ganz genau so wie beim ersten Mal. Formulierungen, Pausen und Ausdruck variierten nie.

Wir kickten Steine herum, brachen Zweige ab, die uns im Weg waren, und machten uns auf zur alten Schule meiner vier Freunde, wo sie nicht unbedingt geglänzt hatten.

Sen war aufgeregt und nervös. Er rauchte eine nach der anderen. Wir zogen ihn mit seinem Haar auf, das ihm gerade vom Kopf abstand. Ich schöpfte eine Hand voll Wasser aus einem nahen Teich und spritzte es auf seinen Schopf. Er schlug nach meinen Händen, fuhr sich aber fröhlich mit den Fingern durch die Haare und betrachtete dann sein Spiegelbild im Teich.

»Gar kein so übler Anblick«, stellte Sen fest.

Wir brachen in schallendes Gelächter aus.

Wir standen an die Mauer der Mittelschule gelehnt und beobachteten aus sicherer Entfernung das Zimmer von Sportlehrer Huang, als ein zierliches Mädchen von knapp zwanzig mit einem Eimer Wasser heraustrat. Sie war ein hübsches Ding, mit wunderschönen Augen und glänzendem schwarzem Haar, das ihr bis zur Hüfte reichte. Ihr Kleid war mit einem schlichten Blümchenmuster bedruckt. Sie erinnerte mich an ihren gut aussehenden Vater, der einmal die Provinzmeisterschaft im Speerwerfen gewonnen hatte.

Sie beugte sich vornüber, um den Eimer auszuschütten, blickte dabei in unsere Richtung und hielt inne, als sie fünf dunkle Gesichter über die Mauer lugen sah. Verlegen duckten wir uns. Langsam wandte sie ihren schlanken Leib um und ging anmutig zurück ins Wohnheim. Wir blieben noch lange mit klopfenden Herzen stehen und machten uns dann still auf den Rückweg.

»Wie findet ihr sie?«, fragte Sen, der sich unseres Urteils nicht sicher war.

»Bis gerade eben hatte ich ja keine Ahnung, wie viel Geschmack du in puncto Frauen hast«, sagte ich.

Sen gab mir einen Klaps auf die Schulter. »Hast du das gesehen? Ich glaube, sie hat gespürt, dass ich da war, und deswegen hat sie aufgeblickt.«

»Ich glaube, sie hat nur deine ungewaschenen Haare gerochen, weiter nichts«, scherzte Siang.

Auf dem Heimweg bestritt Sen die Unterhaltung allein, so aufgeregt, als habe er gerade einen gewaltigen Adrenalinstoß bekommen. »Sie ist echt ein hübsches Mädchen, und diese Figur! Und diese seidigen Haare! Wenn ich die nur mal anfassen dürfte. Mann, ich hätte nichts dagegen, Lehrer Huang für den Rest meines Lebens ›Vater‹ zu nennen.«

»Vielleicht solltest du wieder zur Schule gehen, damit du ihr nahe sein kannst«, schlug ich vor.

»Das ist eine gute Idee«, stimmte Siang zu.

»Und nur Lehrer Huangs Stunden besuchen«, fügte Yi hinzu. »Wenn er dich mag, mag dich irgendwann auch die Tochter.«

Wieder Gelächter. Nach dieser Begegnung waren wir alle bester Laune. An jenem Tag kam es uns so vor, als schiene die Sonne heute besonders warm.

Als das Wetter milder wurde und die Gänse am Himmel unter lautem Geschnatter zum Südchinesischen Meer zogen, um sich an jungen Fischen zu laben, kamen wir überein, uns abends immer beim Hafen am Fluss zu treffen. Der Dong Jing war ein großer Strom, auf dem die Flößer Holz aus den Bergen flussabwärts transportierten. Dann ruderten sie flussaufwärts zurück und brachten Reis, Salz und Stoffe aus dem reichen Flussdelta mit. Jede Nacht waren dort mindestens zehn flache Boote mit geflochtenen Aufbauten vertäut und warteten geduldig darauf, dass es am nächsten Tage weiterging, nachdem ihre Besitzer sich in der Stadt betrunken und vor der einwöchigen Rückreise noch mal richtig ausgeschlafen hatten.

In einer mondhellen Nacht fanden wir uns wieder einmal am stillen Hafen ein. Yi war ein Meister in der Kunst, Boote loszumachen. Ein paar Bewegungen seiner rauen, schwieligen Hände, und die dicken Knoten lösten sich ganz leicht. Wir sprangen ins Boot und schoben es mit zwei langen Bambusstangen vom Ufer ab.

Alles war so still und friedvoll. Ich saß am Bug und lauschte dem leisen Plätschern des Wassers, das sich vor uns teilte. Frösche und Insekten aus den Weizen- und Bohnenfeldern am Ufer quakten und zirpten im Hintergrund. Yi steuerte das Boot, und wir saßen Rücken an Rücken da, um uns zu wärmen. Der Mond am klaren Himmel schien mit uns dahinzuziehen.

In jener vollkommenen Nacht erzählte ich ihnen meine liebste Liebesgeschichte, »Früher Frühling im Februar«.

»Ein gut aussehender Student namens Shi aus Shanghai verließ seine reiche Kapitalistenfamilie und trat in die Kommunistische Partei ein. Er bekam eine Stelle als Lehrer in einer armen Dorfschule, inmitten einer herrlichen Landschaft mit Wildblumen, Obstgärten, Flüssen und endlosen grünen Feldern.

Er war bescheiden und romantisch. Jeden Tag bezauberte Shi seine Schüler mit seinen Versen und brachte ihnen wunderschöne Lieder bei. Seine Gelehrsamkeit war grenzenlos, und seine Stimme ein sanfter, kehliger Bariton. Am frühen Morgen sah man ihn unter den blühenden Pfirsichbäumen vor seiner Staffelei sitzen und den scheidenden Frühling malen. Des Nachts erklang seine Geige, rührend und traurig. Manchmal erschaute man ihn auch, wie er traurig am Fluss entlangspazierte, wo er dann für einen ganzen Tag verschwand. Niemand wusste, wohin er ging. Die anderen Lehrer beobachteten, dass er sein Essen mit armen Schülern teilte.

Eines Tages lud der Rektor der Schule Shi zu einem Festessen der Familie ein, um den achtzigsten Geburtstag seines Vaters, eines reichen Grundbesitzers, zu feiern. Bei diesem Bankett begegnete er Jun, der kleinen Schwester des Rektors.

Jun war ein wunderschönes, schüchternes Mädchen, das in seiner Gegenwart errötete. Ihre großen Augen waren so dunkel wie geheimnisvolle Seen, und ihre Haut so zart wie Seide. Sie erschien ihm wie ein Traum, als sich ihre Blicke in jener verzauberten

Nacht in einem duftenden Garten zum ersten Male trafen. Mit einem Schlag war die Einsamkeit des jungen Lehrers vergessen.

Sie unterhielten sich lange im Mondlicht, wie alte Bekannte. Sie erzählte ihm, dass sie Klavier spielte und Chopin mochte, und er sagte, er möge Mozart und spiele Geige.

›Ich habe gehört, dass Sie auch ein Dichter sind‹, sagte Jun.

›Woher wissen Sie das?‹ Shi war überrascht.

›Wie könnte mir das entgehen, wo doch das ganze Dorf davon spricht.‹

Sie war wie ein Sonnenstrahl in der Düsternis, ein Hafen, in dem er endlich anlegen konnte. Shi selbst hätte einer der Romanzen entstammen können, die Jun oft las. Er sah gut aus, war edel und kultiviert, doch zugleich grüblerisch und einsam, und verlieh seinen Gedanken nur in Poesie und Musik Ausdruck. In jener Nacht verliebten sie sich …«

»Warte, Moment mal«, unterbrach Mo Gong. »Ich muss pinkeln.«

»Halt die Klappe«, sagte Sen. »Jetzt kommt doch gerade der beste Teil. Was ist dann passiert?«

»Ich kann's nicht mehr halten.« Mo Gong stellte sich an den Rand des Bootes, knöpfte die Hose auf, und ein Strahl bog sich auf den Fluss hinaus.

»Die Geschichte war so gut, dass wir das Rauchen ganz vergessen haben. Hier.« Siang zauberte eine neue Packung Flying Horse hervor und zündete zuerst mir eine an. »Also gut, weiter.«

»Komm schon, Mo Gong, wir warten auf dich«, sagte Yi ungeduldig von der Schifferstange her.

Das Boot trieb nun auf einem breiteren Abschnitt des Flusses, gut sechs Kilometer entfernt von Gelber Fels. Die Lichter des Städtchens blinkten in der Ferne, und es schien, als seien wir die einzigen lebenden Menschen zwischen dem seidigen Wasser und dem silbrigen, mondhellen Himmel.

Yi legte die tropfende Stange weg, kroch zu uns und setzte sich neben mich. Das Boot lag reglos da, als harre es ebenso ungeduldig der Fortsetzung meiner Geschichte.

»Jeden Tag wartete Jun vor der Schule auf Shi und pflückte Blumen«, fuhr ich fort. »Sobald er mit seinem Buch erschien, flog sie in seine Arme. Sie lachten und gingen spazieren und unterhielten sich. Abends spielte er auf seiner Geige, und sie begleitete ihn am Klavier. Seine Gedichte lagen in ihrer Hand, wenn sie einschlief. Seine Musik klang immer fröhlicher. Jun hatte nie geglaubt, dass Liebe so süß und wunderbar sein konnte. Sie hätte alles für ihn getan. Sie sagte ihm, sie würde überall mit ihm hingehen und ihn auf ewig lieben.

Doch die Zeit verging, und manchmal wartete Jun enttäuscht auf Shi, bis es dunkel wurde. Wenn sie ihn fragte, wo er geblieben sei, wurde er wortkarg und sagte, es sei nichts weiter, doch sie machte sich Sorgen, denn er wurde wieder trübselig und schwermütig. Stundenlang saß er nur da, Jun in seinen Armen, und seufzte schwer.

›Was hast du?‹, fragte Jun, voll Angst, ihren Geliebten zu verlieren.

›Nichts‹, sagte Shi. ›Ich liebe dich nur so sehr, und das macht mir Kummer.‹

Jun war überrascht. ›Weshalb sollte dir das Kummer bereiten?‹

Shi schloss daraufhin ihren Mund mit einem langen, leidenschaftlichen Kuss, so dass sie in der Glut seiner Liebe förmlich dahinschmolz ...«

»He, rück mir nicht so auf die Pelle.« Sen schubste Mo Gong von seinem Nacken fort; Mo Gong geiferte förmlich, den Kopf beinahe auf Sens Schulter gelegt.

»Willst du vielleicht auch einen Kuss? Bitte sehr.« Sen schmatzte einen nassen Kuss auf Mo Gongs Stirn.

»Lass den Scheiß«, protestierte Mo angewidert. »Erzähl weiter, Da. Was kommt dann?«

»Ja, was kommt dann?«, echote Yi.

»Gib mir noch eine Zigarette«, erwiderte ich.

»Oh, ich bitte um Vergebung, Herr. Bitte lasst keine Geschichte unerzählt«, neckte Siang und zündete mir eine Zigarette an. »Haben sie dann miteinander geschlafen?«

»Sei kein Schmutzfink.« Sen kniff ihn ins Ohr und versetzte ihm einen Tritt.

»… Und dann, eines Tages, kam der junge Lehrer zu Jun gerannt und fiel vor ihr auf die Knie. Er rief: ›Ich muss es dir sagen … ich muss es dir sagen.‹

›Was hast du?‹ Jun war entsetzt über seinen Zustand.

›Ich werde Lin Li heiraten. Es tut mir Leid‹, sagte Shi unter Tränen.

›Wie bitte?‹ erwiderte Jun mit zittriger Stimme und schwachen Knien. ›Wer ist Lin Li?‹

›Sie ist die Frau eines Kommilitonen, der in die Kommunistische Partei eingetreten ist. Er wurde soeben von den Nationalisten verhaftet und zum Tode verurteilt. Ich habe während der vergangenen Monate öfter seine Frau und seine drei Kinder zu Hause besucht. Wenn ich einfach verschwunden bin, weißt du?‹

Jun sank auf ihren Stuhl nieder.

›Fehlt dir etwas?‹, fragte Shi und sank neben ihr auf die Knie.

Sie schüttelte traurig den Kopf und sah in sein hübsches Gesicht. ›Sprich weiter.‹

›Sie leben in unvorstellbaren Umständen, und seine Frau war sehr krank. Ich habe ihnen von meinem Essen und meinem Geld abgegeben. Doch gestern teilte mir ein Bekannter mit, dass mein Studienfreund im Gefängnis heimlich hingerichtet wurde. Als ich seiner Frau diese Nachricht überbrachte, verlor sie den Verstand und erlitt einen Anfall. Ihre Lage wird immer schlimmer. Sie ist noch im Delirium und ruft ständig nach ihrem Mann. Ich habe mich heute Abend dazu entschlossen, sie zu heiraten. Ich konnte es nicht ertragen, ihre Familie dem sicheren Untergang zu überlassen. Verstehst du das?‹

›Nein. Liebst du sie?‹

Er schüttelte den Kopf. ›Ich liebe nur dich, Jun.‹

Jun begann zu weinen und rannte aus dem Haus, ohne sich noch einmal umzudrehen. An diesem Abend packte Shi seine Sachen zusammen und verließ die Schule, um die Frau seines Freundes zu heiraten und sich um seine Kinder zu kümmern …«

Meine vier Freunde waren ungewöhnlich still. Sie blickten auf das Wasser, in dem sich der Mond spiegelte. Niemand drängte mich, weiterzuerzählen. Es war, als wollten sie noch ein wenig im Nachhall dieser tragischen Liebe verweilen.

Lange Sekunden verstrichen. »Und dann?«, fragte Mo Gong und warf mir einen sorgenvollen Blick zu.

»Die Wahrheit ist die«, sagte ich, »an dieser Stelle in dem Buch war ich so enttäuscht, dass ich es weggeworfen und nie zu Ende gelesen habe.«

»Na, das war ja mal was. Ich kann diesen jungen Lehrer nicht verstehen. Glaubst du, Jun ist in einen der Flüsse gesprungen?«, fragte Sen verträumt.

»Vielleicht.«

Es war schon Mitternacht, als wir wieder nach Hause kamen. Mama fragte, wo ich gewesen sei, und ich antwortete, bei Freunden.

»Ich weiß, mit wem du zusammen warst«, sagte sie, »und du riechst immer noch nach Zigaretten.«

»Diese Jungen haben ein gutes Herz«, verteidigte ich sie.

»Gute Jungen oder böse, du darfst nicht rauchen. Hast du verstanden?«

»Aber mein Bruder raucht doch auch.«

»Er ist älter und Landarbeiter. Du bist Schüler. Also benimm dich entsprechend.«

»Heißt das, ich darf nicht mehr mit meinen Freunden spielen?«, fragte ich.

Sie machte eine kleine Pause. »Es liegt ganz bei dir, welche Freunde du dir aussuchst. Du bist jetzt ein großer Junge, ich kann nicht jede Sekunde auf dich aufpassen. Aber egal, wer deine Freunde sind, vergiss nicht, wer du bist.«

Bei ihr hieß das Ja. Sie war klug genug, die Veränderung in meinem Leben zu bemerken. Ich war fröhlicher geworden. Doch das größte Kompliment, das in dieser taktisch geschickten Erlaubnis lag, war ihr Vertrauen darauf, dass ich stark und gut bleiben würde. Liebe und Dankbarkeit für ihre Weisheit wallten in mir auf.

In der Schule war ich heiterer und selbstsicherer. Die Ergebnisse der landesweiten Prüfung im vergangenen Semester bewiesen, dass ich der beste Schüler der vierten Klassen war und selbst die Gruppe eins und La Shans Lieblinge sich vor mir schämen mussten. Auf den Gängen warfen die Kinder aus Gruppe eins mir immer noch böse Blicke zu.

Einmal kam ich am Sohn des Parteichefs vorbei, und er sagte: »Noten sind doch gar nichts. Du bist immer noch der Sohn eines Großgrundbesitzers.« Dann lachte er, wobei er die Zähne zeigte wie ein bösartiges Tier.

Mein Lehrer, Herr Lan, nahm mich beiseite und sagte mir genau dasselbe. »Dass dir die guten Noten bloß nicht zu Kopf steigen.«

Bald ging mir auf, dass es eine Sünde war, so gute Noten zu schreiben und dadurch Aufmerksamkeit auf mich zu ziehen. Nun erntete ich zusätzlich zu der üblichen Verachtung auch noch Neid. Was ich auch tat, es war verkehrt. Doch ich machte mir nicht mehr so viel daraus. Nach dem Unterricht würde ich ja meine Freunde wiedersehen und die Schule ganz vergessen. Ich blieb nicht mehr nächtelang wach, um Rachepläne zu schmieden. Han, Quei und Wang waren noch immer abscheulich, doch jetzt waren sie nur noch ein geringfügiges Ärgernis, lästige kleine Schmeißfliegen.

造

8

In den frühen siebziger Jahren wurde Pingpong der große Renner im Lande, weil Zhuan Zhe Don die Weltmeisterschaft für China gewonnen hatte. Im Sportunterricht rannten und hüpften wir nicht mehr auf dem staubigen Platz herum, sondern saßen stattdessen im Klassenzimmer und hörten uns im Radio die Live-Berichterstattung der laufenden World-Cup-Spiele an. Jedes Mal, wenn ein chinesischer Spieler einen Punkt gegen einen westlichen Spieler erzielte, trommelten wir auf unsere Pulte und jubelten. Wenn das Spiel vorbei war, sangen wir alle: »Der Ostwind weht, und die Kriegstrommeln dröhnen. Wer fürchtet wen in der Welt von heute? Wir haben keine Angst vor den russischen und amerikanischen Imperialisten. Sie sind es, die sich vor uns fürchten.«

Der Erfolg dieser Pingpong-Diplomatie ließ uns vor Stolz anschwellen wie Heißluftballons. Endlich einmal gewannen wir etwas auf dem internationalen Parkett.

Die Schule ließ zwei Pingpongtische zimmern. Eine Steinplatte diente als dritter Tisch. In den Pausen versammelten sich Hunderte von Kindern um die drei Tische und wechselten sich daran ab. Wir spielten ein Drei-Punkte-Spiel. Gute Spieler konnten sich lange am Tisch halten. Schlechte schieden schnell wieder aus, kaum dass sie an der Reihe waren. Ich war so begeistert davon, dass ich sogar nach der Schule zu Hause übte. Allmählich wurde ich zu einem der besseren Tischtennisspieler der Schule.

Eines Tages sagte ich zu Sen und Mo Gong, die mich an der niedrigen Mauer erwarteten: »Wir sollten heute Pingpong spielen gehen. Ich habe drei Schläger, sogar mit Gummibeschichtung.«

»Ach, ich weiß doch gar nicht, wie das geht«, sagte Sen.

»Ja, weil du ein dämlicher Reaktionär bist«, erwiderte Mo Gong. »Klingt doch lustig. Also los.« Wir hüpften wieder über die Mauer und marschierten auf einen der Tische zu.

Dort hatte sich bereits eine kleine Menge versammelt, darunter auch meine drei Erzfeinde. Han schien das Spiel zu dominieren.

»Ich glaube, hier sollten wir lieber nicht mitspielen«, sagte ich und spürte Queis Blick auf mir ruhen.

»Warum nicht?«, fragte Sen.

»Weil meine Feinde da sind«, antwortete ich. »Gehen wir woanders hin.«

»Wen meinst du?«, fragte Sen.

»Han und seine Jungs.« Ich nickte in ihre Richtung.

»Ich gehe nirgendwo hin. Ich würde diese Jungs gern mal näher kennen lernen«, erwiderte Mo Gong.

»Da, wir spielen genau hier«, sagte Sen. »Erzähl mir nicht, dass du vor denen Angst hast.«

Als die beiden Berühmtheiten zum Kopfende des Tisches schlenderten, teilte sich die Menge vor ihnen. Mo Gong hüpfte vor Hans Nase auf die Tischplatte.

»Mach Schluss, nimm deinen Ball und verzieh dich. Lasst mal ein paar richtige Männer ran, ihr Kinderchen.« Mo Gong ahmte die Stimme eines alten Mannes nach. Er schubste Han vom Tisch weg.

Han durchbohrte mich mit Blicken. »Du Sohn eines Landbesitzers, du wirst es noch bitter bereuen, dass du diese Rabauken hierher gebracht hast. Das erzähle ich sofort dem Lehrer!« Er trat beiseite und starrte Sen und Mo Gong finster an.

»Na, na, na, du kleiner Hosenscheißer. Wen nennst du hier einen Rabauken, und was hast du gegen den Sohn eines Landbesitzers?« Mo Gongs Augen funkelten. Er ging auf Han zu. »Du bist genau wie dein jämmerlicher Papi. Den hab ich noch nicht von meiner Liste gestrichen.« Dann stieß er Han zu Boden und versetzte ihm ein paar Fußtritte.

»Gehen wir. Um den kümmern wir uns später«, sagte Sen. Er hatte Recht. Aus den Augenwinkeln konnte ich den Rektor auf uns zukommen sehen.

»Lauft, der Frosch kommt«, drängte ich sie. »Lauft, sonst kriegt ihr Ärger.«

»Scheiße, zu spät«, sagte Sen. »Mo Gong, ganz ruhig bleiben und nicht vor dem Frosch fluchen, klar? Lass mich das machen. Wenn wir weglaufen, sehen wir aus wie dreckige Diebe.«

Der Rektor stand eine Minute später atemlos vor uns. Seine dicke Brille war beschlagen, so schwitzte er.

»Was habt ihr hier zu suchen?«, herrschte er fast blind Sen und Mo Gong an.

»Nichts, wir wollten nur mal wieder vorbeischauen«, antwortete Sen treuherzig. »He, Mo Gong, sieh dir nur diesen Pingpongtisch an. So einen guten habe ich schon lange nicht mehr gesehen.« Er strich über die raue Tischplatte.

»Wie ich höre, habt ihr eben Han verprügelt. Stimmt das, Mo Gong?«

»Das ist nicht wahr. Wo ist dieser kleine Scheiß…«

»Klappe«, sagte Sen. »Hören Sie, Herr Rektor. Ich weiß, dass es nicht leicht ist, so eine Schule zu leiten. Wenn unser Besuch Ihnen nicht willkommen ist, gehen wir jetzt wieder.«

»Moment mal«, befahl der Frosch, »da kommt Han. Ich will es von ihm selbst hören.«

Han humpelte mit Tränen in den Augen auf den Frosch zu. »Mo Gong hat mich zu Boden gestoßen und mich getreten. Sie sind mit Da gekommen, diesem Sohn eines Großgrundbesitzers.«

»Und was hast du dazu zu sagen?«, fragte der Frosch. Er warf mir einen kurzen Blick zu, der bedeuten sollte: Wir sprechen uns noch.

»Han ist ein gemeiner Lügner, Herr Rektor«, antwortete Sen. »So jemandem kann man nicht trauen. Seine ganze Familie besteht aus Lügnern. Als Han seine Familie das letzte Mal bestohlen hat, hat er seinen nichtsnutzigen Eltern erzählt, ich hätte es getan. Dabei bin ich an diesem Tag rein zufällig an seinem Hinterhof vorbeigekommen.«

»Ich kann dich nicht verurteilen, aber die anderen Schüler und ich haben gesehen, wie du ihn misshandelt hast. Ich warne dich, ich könnte dich verhaften lassen, weil du an der Schule Unruhe gestiftet hast. Ich bin sicher, für euch beide ist das Gefängnis nichts Neues.« Das aufgedunsene Froschgesicht war ganz rot. »Und jetzt macht, dass ihr wegkommt.«

Ich sah, wie Sen das Blut ins bleiche Gesicht schoss, als er das Wort Gefängnis hörte. Er knirschte mit den Zähnen, um seine Wut zu zügeln. Er sah, dass Mo Gong den Frosch schlagen wollte, und zerrte ihn rasch beiseite.

»Gehen wir lieber.« Sen starrte den Frosch und Han mordlüstern und unerschrocken an und wandte sich dann zum Gehen.

»Da, hast du diese zwei hierher mitgebracht?«, fragte der Frosch nun mich. Sen und Mo Gong blieben stehen.

»Ja.«

»Nein, hat er nicht«, widersprach Sen. »Wir wollten ganz von allein herkommen. Er hat uns nur den Weg erklärt. Es ist doch wohl nichts Schlimmes daran, wenn man jemandem den Weg erklärt, oder? Noch mal, bei allem gebührendem Respekt, Herr Rektor, ich würde diesem Han nicht trauen. Er ist ein Lügner.«

Mit dieser Warnung verabschiedeten sie sich, und ich folgte ihnen zur Mauer.

An jenem Abend versammelten wir uns in Yis Werkstatt und pafften trockene Tabakblätter.

»Es wird Zeit, dass wir ein paar Speichen an Froschs neuem Fahrrad lockern«, bemerkte Mo Gong.

»Das sollten wir nicht gleich machen, aber ich hätte nichts gegen einen Spaziergang durch Hans Garten«, erwiderte Sen. »Los, gehen wir.«

Bald standen wir vor dem üppigen Garten voller Lauch und zarter Schalotten und anderem Gemüse, das ich in der Dunkelheit nicht genau erkennen konnte. Wir sahen uns gründlich um, ob auch niemand in der Nähe war, und sprangen dann über den Zaun. Ich zögerte, ängstlich und nervös.

»Was ist denn mit dir los? Er hat dir in der Schule das Leben zur Hölle gemacht. Hast du das schon vergessen?«, flüsterte Sen mir ins Ohr. Das half. Ich spürte, wie mir das Blut heiß in den Kopf stieg und die alte Wut in mir fauchte wie ein wildes Tier. Ich sprang auch hinüber und tanzte ausgelassen herum, als sei jede Pflanze, die ich zertrat, Hans Kopf. Bald war der ganze Garten verwüstet, als sei ein Taifun darüber hinweggefegt. Wir flohen schnurstracks zurück zu Yi und suchten in der Küche seines Großvaters nach Essbarem. Er gab uns ein paar geröstete Erdnüsse.

Es war Sens Einfall gewesen, dass wir uns bei Yis Großvater sehen lassen sollten, der sich dann morgen vor die Leute hinstellen und in aller Aufrichtigkeit erklären konnte, dass die Bande bei ihm zu Hause gewesen sei und nicht in Hans Gemüsebeet.

Am nächsten Morgen, als Hans Mutter auf der Straße herumkreischte wie ein angestochenes Schwein und die Bande beschuldigte, diese Ungeheuerlichkeit begangen zu haben, war Yis Großvater prompt zu unserer Verteidigung zur Stelle. Er arbeitete im Krankenhaus und war ein angesehener alter Mann. Er schwor, dies sei nur eine weitere ungerechtfertigte Anschuldigung, sie habe es auf die falschen Kinder abgesehen. Diesmal zeigte die glühende Verteidigungsrede des Großvaters Wirkung. Die Leute glaubten ihm. Wir verhielten uns sehr still und rauchten friedlich unsere Zigaretten.

Am darauffolgenden Tag fing der Rektor mich an der Tür zum Klassenzimmer ab. Hinter ihm standen Han und seine Kumpane.

»Da, in mein Büro, auf der Stelle«, sagte der Frosch wütend. Er hatte mir noch nie Angst eingejagt; ich fürchtete ihn auch jetzt nicht. Ich starrte meine Erzfeinde böse an, bis sie stumm den Blick abwandten. Dann folgte ich dem Frosch in sein Büro.

»Wo waren wir gleich?«, fragte er.

»Das habe ich vergessen.«

Er blickte auf, wie immer ein wenig verwirrt. »Mir ist zu Ohren gekommen, dass du dich jetzt mit diesen Rabauken herumtreibst.«

»Das sind Freunde von mir aus der Nachbarschaft«, erklärte ich bestimmt.

»Das ist kein guter Umgang für dich.«

»Zumindest verprügeln und beschimpfen sie mich nicht ständig, wie meine Mitschüler Han, Quei und Wang.«

Er schwieg kurz. Dann schien er etwas sagen zu wollen, tat es jedoch nicht, weil er schon wieder vergessen hatte, was es war.

»Wenn ich dich noch einmal mit denen auf dem Schulgelände erwische, werfe ich dich endgültig raus. Verstanden?«

Ich nickte. »Aber wenn sie von sich aus herkommen, kann mir das niemand vorwerfen.«

»Keine Haarspalterei. Pass bloß auf. Du vergisst, wer du bist. Du glaubst wohl, ein paar gute Noten machen dich zu was Besserem? Da irrst du dich.« Das war ein unerwarteter Ausbruch.

Auf dem Weg zurück ins Klassenzimmer dachte ich an die

Speichen seines Fahrrads, die Sen und Mo Gong unbrauchbar machen wollten. Ich wollte wirklich gern mit ansehen, wie er mit dem feisten Gesicht voran auf dem Boden landete.

Ich erwartete Beleidigungen und Beschimpfungen von Han und seinen Kumpanen, als ich verspätet in den Unterricht kam. Sie wussten, dass man mich ausgefragt hatte. Früher hätten sie einen Kriegstanz um mich herum aufgeführt und wie die Hyänen gelacht, um mich vor der ganzen Klasse bloßzustellen. Doch heute wichen sie meinem Blick aus und blieben still sitzen. Ich marschierte erhobenen Hauptes hinein. Vor meinem inneren Auge lächelten meine Freunde mir von zu Hause aus zu.

An einem Wochenende erfuhren wir, dass in der Kreisstadt Putien, gut dreißig Kilometer entfernt von Gelber Fels, ein neuer Film gezeigt wurde. Das war ein verflixt weiter Weg über Berg und Tal, vor allem, wenn man ihn selber bewältigen musste. Der junge Traktorfahrer der Volkskommune hatte den Film schon gesehen, weil er öfter Brennholz in die große Stadt lieferte. Es gab einen kleinen Menschenauflauf, als er erzählte, wie gut der Streifen war. Als er zur Beschreibung der Hauptdarstellerin kam, hielt er inne und sah uns an, als wolle er uns auf eine echte Sensation vorbereiten, und dann zeichnete er mit den Händen ein paar üppige Kurven in die Luft und pfiff viel sagend.

»Ist sie wirklich so schön?«, flüsterte jemand.

Der Fahrer nickte. »Einfach unbeschreiblich. Seht sie euch selbst an.« Wir waren schon überzeugt.

Sen holte sein altes Fahrrad hervor, wusch es mit einem Eimer Wasser und schickte einen kleinen Jungen zu mir nach Hause, der respektvollen Abstand zu meiner strengen Mutter wahrte.

»Deine Freunde haben dir einen kleinen Boten geschickt«, sagte Mama. Offensichtlich hatte er ihr unsere Pläne verraten. »Sei schön vorsichtig in Putien. Dort ist sehr viel Verkehr.« Zu meiner großen Überraschung gab sie mir sogar einen halben Yuan für diesen Ausflug.

Sens Fahrrad war museumsreif. Es klapperte, wo es nicht hätte klappern dürfen, und blieb stumm, wo Geräusche angebracht gewesen wären. Aber es war mit einem extra langen Rücksitz ausgestattet. Wir waren zu fünft; es wurde eine akrobatische Fahrt. Einer trat in die Pedale, zwei saßen auf dem verlängerten Gepäckträger und einer rittlings auf dem Lenker, so dass der Fahrer kaum etwas sehen konnte. Der Fünfte rannte hinterdrein und half, die schwere Last bergauf zu schieben. Alle drei Kilometer wechselten wir die Positionen, so dass der Strampler und der Läufer sich auch einmal ausruhen konnten. Das alte Fahrrad ächzte erbärmlich unter unserem Gewicht und kroch mit beinahe platten Reifen über die unebene, matschige Straße.

Wir brauchten gute drei Stunden bis nach Putien. Wir waren schweißgebadet und mit einer dicken Staubschicht bedeckt, als wir an der Brücke abstiegen, die wie der Eingang zu dieser uralten Stadt wirkte; den Rest des Weges gingen wir zu Fuß. Hätte ein Polizist unsere halsbrecherische Fahrerei gesehen, hätte er uns vom Rad gestoßen, weil wir im dichten Verkehr solche gefährlichen Mätzchen machten. Vielleicht hätte er uns das Fahrrad sogar weggenommen, denn Sen hatte nie die Papiere dafür besorgt.

Während wir im Gänsemarsch die belebte Straße entlangmarschierten, erzählte ich ihnen, wie mein Bruder mich hier einmal verloren hatte, als ich fünf war. Ich hatte per Anhalter nach Hause fahren müssen. Als mein Bruder viel später als ich schluchzend nach Hause kam, machte er sich beinahe in die Hose, als er mich entdeckte. Meine Freunde schlugen mir auf den Kopf und traten mich in den Hintern, weil ich schon in so jungen Jahren so ein böser Junge gewesen war, und wir lachten laut und fröhlich.

Siang zückte eine neue Packung Zigaretten. Hier, in dieser

großen Stadt, wo uns keiner kannte, liefen wir mit dem Glimmstängel im Mundwinkel herum wie Erwachsene.

»Beeilt euch«, drängte ich, »für so einen tollen Film kriegen wir bestimmt nicht so leicht Karten.«

»Keine Angst, wir können immer noch zu unserem alten Freund Dreikäsehoch gehen, wenn wir am Schalter keine Karten mehr kriegen«, sagte Siang.

»An dem haben wir einen Narren gefressen. Er hat einfach alles, was wir wollen«, erklärte Mo Gong.

»He, warum kenne ich ihn dann noch nicht?«, fragte ich.

»Vielleicht müssen wir sowieso zu ihm«, klagte Sen.

»Ich habe gehört, dass gestern die Schlangen für die heutige Vorstellung endlos lang waren und dass sogar alle Stehplätze ausverkauft sind«, sagte Siang.

Bald standen wir vor dem größten Kino der Provinz, voller Stolz und Vorfreude. Wir starrten auf die hohen schmiedeeisernen Zäune, die dicken Säulen, und die schick gekleideten jungen Leute mit ihren langen, fettglänzenden Zöpfen und den oben hautengen Schlaghosen. Die Mädchen trugen farbenfrohe Nylonröcke, die über ihren cremeweißen Knien flatterten, wenn der frische Seewind über den staubigen Boden fegte. Da die meisten Frauen in China sonst die gleichen blauen Standardhosen trugen wie die Männer, war dies ein seltener Anblick.

»Mo Gong hat es ja die Sprache verschlagen. Ich möchte wetten, dass ihm diese weißen Strumpfhosen sehr gefallen«, neckte Siang, der bekannte Kosmopolit, der schon oft und weit gereist war. Mit der Handkante schlug er Mo Gong an den Kopf.

»Da hast du absolut Recht, Siang. Am liebsten würde ich den Rest meines langen und langweiligen Lebens damit verbringen, jeden Zentimeter dieser weißen Beine abzulecken«, sagte er, ohne die Augen von einem besonders großen, langbeinigen Mädchen zu lassen. »Sag uns, wer diese Engel sind, Siang.«

Siang nahm einen tiefen Zug von seiner Zigarette, kniff die Augen zusammen wie ein alter Seebär und sagte: »Das sind chinesischstämmige Leute, die in die Heimat zurückgekehrt sind, nachdem man sie anderswo rausgeworfen hat, aus Malaysia, den Philippinen oder Indonesien, als sich diese Länder gegen die Chinesen gewandt haben. Alle diese fremden Länder sind antichinesisch. Könnt ihr euch das vorstellen?

Jetzt wohnen sie in einer Landkommune, die die Regierung extra für sie eingerichtet hat, mit einem ganz besonderen Laden. Das sind reiche Leute, mit reichen Verwandten in ihren Heimatländern, die ihnen jeden Monat Geld schicken. Ein Briefträger, der dort die Post austrägt, hat mir erzählt, dass er zum Neujahrsfest das Geld in großen Säcken zu denen rausgetragen hat.«

Wir standen herum und bewunderten die vielen Jugendlichen, die auf schicken Motorrollern herumsausten, während ihre Freundinnen sich an ihre Taillen klammerten. Das schien kein übles Los zu sein.

»Und in der Kommune herrscht freie Liebe«, bemerkte Siang noch beiläufig.

»Freie Liebe?«, rief Mo Gong aus.

»Was ist freie Liebe?«, fragte ich.

»Du bist zu jung für so was.« Siang gab mir einen Klaps auf den Kopf. »Ich glaube nicht, dass es deiner Mama gefallen würde, wenn wir dir Sachen wie die freie Liebe beibringen.« Sie lachten.

»Freie Liebe heißt, dass man nichts dafür bezahlen muss«, sagte Mo Gong ein wenig nachdenklich.

»Quatsch. Freie Liebe ist, wenn man seine Verlobte vor der Hochzeit vögelt, bevor die Kommune die Eheerlaubnis ausgestellt hat«, widersprach Sen.

»Freie Liebe heißt, dass man jemanden bumsen kann, ohne dass man dafür als Perverser beschimpft und ins Gefängnis gesteckt wird«, sagte Yi nach langem Schweigen.

»Nein, ihr habt alle keine Ahnung«, erklärte Siang. »Freie Liebe heißt, dass man's sowohl mit den Menschen als auch mit den Tieren auf dem Hof treiben darf.«

Das war geschmacklos. Wir warfen Siang zu Boden und traten auf ihn ein, bevor wir ihm wieder auf die Füße halfen. Selbst danach kicherte er noch über seinen Witz.

»Ich bin sicher, dass ein paar von denen die Tiere auf ihrem Hof ficken. Denk doch mal nach, da sind viel mehr Männer als Frauen. Was sollen sie denn sonst machen?«, fragte Mo Gong.

»Deswegen treiben sie's ja mit verschiedenen Leuten, nicht mit nur einem festen Partner. Das ist der wahre Gemeinschaftsgeist, es wird einfach alles geteilt.« Yi hatte es so gut zusammengefasst, dass wir applaudierten.

»Scheiße! Die Karten«, erinnerte uns Siang. Wir standen vor dem verlassenen Kartenschalter. Auf einem großen Schild stand: KARTEN FÜR *Die Herrin der See* FÜR DIE NÄCHSTEN 3 TAGE AUSVERKAUFT.

»Ich hab euch doch gesagt, dass sie bestimmt ausverkauft sind. An diesen Kartenschaltern herrscht die reinste Korruption«, erklärte Siang. »Achtzig Prozent der Karten gehen an die Kader, die Provinzverwaltung und andere hohe Tiere, zum Beispiel bei den Stromgesellschaften, oder an Fleisch- oder Gemüsehändler und Kaufhäuser. Das ist ein heißer Film mit begrenzten Vorstellungen. Der läuft hier nur ein paar Tage, und dann geht's in einer anderen Stadt weiter. Die Leute mit Verbindungen sorgen schon füreinander.

Und was uns betrifft, wir sollten uns hier schleunigst verziehen, bevor die Polizei uns auf die Pelle rückt. Wir sind doch für die nur ein paar fremde Rowdys ohne Karten.«

Wir sahen eine blaue Uniform in unsere Richtung kommen und machten uns davon.

»Ein Glück, dass du dich so gut auskennst, Siang«, sagte ich dankbar.

»Das ist doch gar nichts. Du solltest mal nach Fuzhou gehen. Das ist wirklich eine große Stadt«, erwiderte Siang.

Wir nickten zustimmend; keiner von uns war jemals dort gewesen.

»Gehen wir lieber gleich zum Dreikäsehoch, bevor es zu spät für die Drei-Uhr-Vorstellung ist«, schlug ich vor.

Sen fuhr allein auf seinem Fahrrad, und wir rannten hinter ihm her, denn in der Stadt durfte man nicht mal zu zweit auf einem Rad sitzen.

Keuchend blieben wir vor einem winzigen Laden stehen, in einer Sackgasse, die so eng war, das zwei fette Kerle nebeneinander darin steckengeblieben wären. Hühner rannten gackernd herum und scharrten im Kies.

So also lernte ich den berüchtigten Dreikäsehoch kennen, den größten Geschäftemacher in der Geschichte Putiens. Es wäre stark untertrieben, wollte man behaupten, dass er an seinen gewaltigen Ruf körperlich nicht heranreichte. Er war kaum mehr als drei Ellen lang, ein Zwerg mit einem riesigen Kopf wie eine Wassermelone. Ich brauchte ganze drei Minuten, bis ich endlich den Mund wieder zubekam, der mir bei seinem unglaublichen Anblick offen stehen geblieben war. Yi trat mir auf den rechten Fuß, damit ich nicht mehr so dumm guckte.

»Na, was kann ich für euch tun, Jungs?«, ertönte hinter dem Tresen eine hohe, dünne Stimme. Der Zwerg lächelte geschäftsmäßig, denn er wusste, dass niemand seinen schäbigen Laden umsonst aufsuchte. Man sagte, dass er mit seinen Überredungskünsten selbst neugierige Passanten in willige Käufer verwandeln konnte.

»Wir möchten Karten für *Die Herrin der See«,* sagte Siang nonchalant.

»Aha, hab ich's doch gewusst. Was für eine wunderschöne Frau. Ich habe den Film schon dreimal gesehen, und sie wäre es wert, ihn sich ein viertes Mal anzuschauen, ha, ha, ha.« Der kleine Mann bebte und krümmte sich vor Lachen auf seinem Stuhl.

»Mein Sohn ist mit ihr im selben Schwimmbad schwimmen gewesen, als sie den Film in der Nähe seines Trainingslagers gedreht haben. Mein Söhnchen ist nämlich einer der Schwimm-Champions unseres Landes, müsst ihr wissen.« Er deutete auf ein gerahmtes Foto hinter dem Tresen, das einen kleinen Kerl in tropfender Badehose mit einem goldenen Pokal in der Hand zeigte.

»Fangen Sie doch nicht schon wieder von Ihrem Sohn an«, protestierte Siang. »Immer, wenn ich herkomme, muss ich mir Geschichten über ihn anhören. Letztes Mal haben Sie mir erzählt, dass unser Ministerpräsident Chow ihm die Hand gegeben hätte, und jetzt behaupten Sie, dass er mit dem schönsten Filmstar im selben Schwimmbad gewesen ist.«

»Aber es ist wahr, es stimmt. Er war mit ihr da drin, ich schwöre es.«

»Schon gut, schon gut. Was wollen Sie für die Drei-Uhr-Vorstellung?«

»Psst … nicht so laut. Ihr wisst doch, beim letzten Mal musste ich meinen Sohn im Trainingslager anrufen, damit er den Parteisekretär von Putien anruft, der wiederum die Handelskammer angerufen hat, damit ich wieder freikam. Ist wirklich ganz schön hart hier draußen. Ich schwöre, in meinem nächsten Leben gebe ich mich nicht mit solchen Geschäften ab, das heißt, wenn ich dann ein wenig größer bin und auch ein paar Muskeln habe, so wie ihr. Ich könnte Geiger werden oder sogar Professor …«

»Wir hätten jetzt wirklich gern die Karten«, unterbrach Siang ihn wieder.

»Ich weiß nicht recht, ob ich noch welche habe.«

»Wenn nicht, gehen wir wieder«, sagte Sen barsch.

»Moment mal, nicht so schnell, junger Mann. Wozu denn die

Eile? Beweist mir erst mal, dass ihr überhaupt Geld habt«, erwiderte der Zwerg.

Siang holte drei Zehn-Yuan-Noten hervor und legte sie mit großer Geste auf den Tresen.

»Ein junger Mann mit Geld, bewundernswert, wirklich bewundernswert. Zufällig habe ich gerade noch fünf Karten für euch, und kommt doch mal hier rein, dann zeige ich euch noch andere Sachen, die euch vielleicht gefallen. Ich habe Kassetten mit Liebesliedern aus Hongkong und noch viel mehr. Wirklich scharfe Sachen.«

»Was kosten die Karten?«, fragte Sen.

»Für euch nur zwei Yuan pro Stück«, antwortete er, wobei sein Lächeln blitzartig erlosch.

Meine Hoffnung sank wie ein nasser Sandsack. Das war der reinste Diebstahl. Ursprünglich kosteten die Karten nur zehn Fen.

»Ich höre ja gar nichts? Das hier sind die letzten Karten in der ganzen Stadt für diese Vorstellung. Ich würde sie um nichts in der Welt verpassen wollen. Was für ein wunderschönes Gesicht. Noch jetzt träume ich jede Nacht von ihr, wenn ich mit einer meiner Frauen im Bett liege. Ihr jungen Männer solltet euch mal ansehen, was wirkliche Schönheit ist, bevor ihr ein hässliches Weib heiratet. Dann werdet ihr das gleiche Problem haben wie ich, nämlich immer weiter heiraten müssen, wenn ihr eine Bessere findet. Und wisst ihr was? Es wird nie besser, immer nur schlimmer. Jetzt wohnen sie alle unter demselben Dach, und was herrscht dort für ein Lärm! Es macht mir gar nichts aus, den ganzen Tag hier in meinem Laden zu verbringen.« Er machte eine kurze Pause. »Ja oder nein?«

»Einen Yuan pro Stück«, feilschte Siang.

Ich merkte, dass Sen Siang anstieß, damit er schwieg. Er deutete auf die Uhr. Es war Viertel vor drei. In zehn Minuten würde uns der Zwerg auf Knien anflehen, ihm die Karten abzunehmen.

»Ich denke, wir warten lieber auf die nächste Vorstellung«, sagte Sen.

»Na ja, hört mal, Kinder, einen Yuan, weil's Buddha gefällt. Ich würde mich wirklich freuen, wenn ihr den Film sehen könntet, also, wie wär's?«

»Wir können warten.« Sen schob uns zur Tür, als er sah, dass der Händler nachgeben wollte.

»Wartet, geht nicht. Zwingt einen armen alten Mann nicht, euch auf Knien anzubetteln.« Mit diesen Worten glitt er flink vom Stuhl und stand, keinen jämmerlichen Meter groß, zu unseren Füßen. Er klammerte sich an unsere Beine und begann zu weinen. »Geht nicht, ihr könnt sie ja haben, nennt mir einfach einen Preis.«

»Zehn Fen pro Stück«, sagte Mo Gong.

»Ihr bringt mich um. Verdoppelt das, und ich werde euch alle ehrerbietig Großvater nennen.« Kaum hatte er das gesagt, schon kniete er vor uns und sprach uns mit Großvater an, um sich vor uns zu erniedrigen.

»Nun gebt sie ihm schon.« Mir tat der kleine Mann Leid, der auf dem Boden kniete und uns seine Ahnen nannte.

»Der ist mit allen Wassern gewaschen, Da.« Sen warf mir einen kühlen Blick zu.

»Fünfzehn Fen.«

»Abgemacht, meine Großväter«, sagte er. Er kletterte wieder auf seinen Stuhl, nachdem er sein tränennasses Gesicht an unseren Hosenbeinen getrocknet hatte.

Wir kramten alle nach Kleingeld. Er nahm es, lächelte und sagte: »Wie wäre es mit fünf Fen mehr, dafür, dass ich euch auf Knien meine Großväter genannt habe. Lasst mich doch einfach das Wechselgeld behalten.« Mo Gong packte die zwergenhafte Faust und bog sie auf, bis er sich seine fünf Fen Wechselgeld wiedergeholt hatte.

Als wir das Theater erreichten, war es von Rauchschwaden vernebelt und die Gänge voller Leute, die nur Stehplätze ergattert hatten. Kinder hingen in den Fenstern, um besser sehen zu können. Auf der Bühne stand eine breite Leinwand, mit Lautsprechern zu beiden Seiten. Hinter der Leinwand saßen Kinder und starrten hinauf. Sie wollten sich den Film sogar verkehrt herum ansehen. Wir mussten schieben und schubsen, um andere Gäste von unseren Plätzen in der letzten Reihe zu vertreiben.

Im Theater war es heiß wie in einem Backofen, und es stank nach Schweiß, doch es war die Mühen mehr als wert, die wir dafür auf uns genommen hatten. Die Handlung des Films folgte dem üblichen Strickmuster, ein weiterer Streifen über die Kulturrevolution. Schauplatz war ein Dorf am Meer. Ein Großgrundbesitzer schmiedete ein Komplott gegen die lokale Organisation der Kommunistischen Partei, deren Führerin die göttliche Schönheit mit der kurvenreichen Figur war. Am Ende war der Großgrundbesitzer erledigt, und die Guten hatten gewonnen. Während des gesamten Films stießen Mo Gong und Sen bei jeder Nahaufnahme des Stars ein entzücktes Ah und Oh aus. Siang war schließlich von der Geschichte und der wunderschönen Göttin so gefesselt, dass er seine Zigarette ganz vergaß und sich die Finger verbrannte.

Als wir wieder ins Licht des Nachmittags hinaustraten und mit der übrigen Menge auf der kalten Straße standen, sagte Sen nachdenklich: »Irgendwie finde ich das traurig. Neben der sehen wir alle hässlich aus.«

»Du bist doch auch so schon hässlich«, erwiderte Mo Gong. »Eines Tages, Jungs, da werde ich genau so eine Frau heiraten.« Er schüttelte den Kopf und steckte sich eine Zigarette zwischen die Lippen.

»In deinen feuchten Träumen«, gab Siang zurück.

»Ich verstehe gar nicht, warum du mich ständig runtermachen musst, Siang. Ich weiß, dass ich keinen revolutionären Großvater habe, so wie du. Du glaubst, du könntest sehr wohl so eine heiraten, oder?«

»Kann sein.« Siang grinste frech, nur um Mo Gong zu ärgern.

»Dann schau dir doch mal dein Spiegelbild im Fluss an. Du hast eine hässliche Nase, ein großes Maul und die Augen ständig überall, wo sie nicht hingehören. Die meiste Zeit siehst du aus wie ein Vollidiot.«

»Immer mit der Ruhe, ihr zwei.«

»Ja, immer mit der Ruhe. Ich dachte, wir wollten den Film sehen, damit wir uns gut fühlen. Also warum streiten wir hier rum?«

»Du hast doch damit angefangen.«

»Nein, du.«

Während wir nach Hause radelten und rannten, sah ich Han auf dem Gepäckträger des nagelneuen Fahrrads seines Vaters. Er versuchte, sein Gesicht hinter einem Papierfächer zu verbergen, als sein Vater uns auf dem holprigen Weg überholte. Ich saß gerade auf dem Rücksitz und klammerte mich an Mo Gongs Taille, während ich auch noch Sen eine Zigarette anzündete, der mit Strampeln dran war. Ich hoffte, dass Han mich nicht dabei gesehen hatte. Es war ja schon ziemlich dunkel. Ich hoffte eigentlich, dass er uns überhaupt nicht erkannt hatte, aber eine akrobatische Sensation wie wir war auf der menschenleeren Straße kaum zu übersehen. Die alte Angst flackerte kurz in mir auf, bevor die Wärme der Gemeinschaft mit meinen neuen Freunden sie verdrängte; aus Freunden waren schon beinahe Brüder geworden. Diesmal würde ich mir von dieser Schmeißfliege nicht die Laune verderben lassen, nicht an diesem Nachmittag, an dem ich mit eigenen Augen das schönste Wesen der Welt erblickt hatte.

Wir kamen um neun Uhr abends nach Hause, hungrig und erschöpft. Mama hatte einen Topf köstlicher Nudeln mit Gemüse gekocht und für mich warm gestellt. Mit ihrer Erlaubnis brachte ich ihn zu Yis Werkstatt und teilte ihn mit meinen Freunden. Zuerst waren alle überrascht, dass meine Mama das gestattet hatte, und dann gab es ein wildes Gerangel, während meine hungrigen Freunde sich die Schüsseln füllten. Als wir satt und entspannt die Essstäbchen beiseite legten, breitete sich zwischen uns ein warmes Gefühl der Zusammengehörigkeit aus, wie bei einer Familie. Wir ließen den schönen Tag mit lauten, langen Rülpsern ausklingen und lachten, bis uns der Bauch wehtat. Obgleich wir beim Schein einer flackernden Öllampe in einem ärmlichen Schuppen saßen, hatten wir im Herzen das Gefühl, uns gehörte die ganze Welt.

造

9

»Mach deine Schultasche auf«, verlangte Lehrer Lan.

»Warum, Herr Lehrer? Da sind doch nur Bücher drin«, protestierte ich, während ich die Blicke von Han, Quei, Wang und der restlichen Klasse in meinem Rücken spürte wie die sengende Mittagssonne.

»Du bist außerhalb der Schule beim Rauchen gesehen worden«, sagte Lehrer Lan. »Ich glaube, du hast Zigaretten in dieser Tasche.«

Ich klammerte mich an meine Tasche und warf Han einen langen, eiskalten Blick zu. Der saß da, mit den Füßen auf dem Tisch, und lächelte wissend. Seine Kumpane zu beiden Seiten grinsten und zeigten ihre ungepflegten Zähne.

Lehrer Lan riss mir die Tasche aus der Hand. Ganz unten drin lag eine noch ungeöffnete Packung Flying Horse. Ich hatte sie für den halben Yuan, den Mama mir gegeben hatte, bei Liang, dem Zigarettenhändler, auf dem Schulweg gekauft. Ich hatte vorgehabt, sie in Yis Werkstatt bei einer guten Geschichte mit meinen Freunden zu teilen.

»Was ist das?« Lehrer Lan wedelte vor der ganzen Klasse mit der Schachtel herum. »Ich habe dir geholfen, damit du wieder zur Schule gehen und große Fortschritte machen kannst, und jetzt willst du alles wegwerfen, was du schon erreicht hast. Du bist unglaublich dumm. Du weißt ja gar nicht, was die Leute über dich denken. Manche würden dich immer noch liebend gern von der Schule werfen. Gerade hast du ihnen einen guten Grund dafür geliefert, und um ehrlich zu sein, allmählich verstehe ich sie. Diese Rabauken werden dich wieder zu Abschaum machen, du wirst noch tiefer sinken als zuvor. Ist dir das klar? Zu Abschaum.« Er warf die Zigaretten auf den Boden, spuckte darauf und zertrampelte sie.

Ich hatte den sanften, schüchternen Herrn Lan noch nie so wütend erlebt, und ich war entsetzt. Er wusste alles über mich und meine Freunde. Es zerriss mich innerlich beinahe vor Schmerz, als unsere wunderbare Freundschaft vor meinen Schulkameraden und Feinden derart in den Schmutz gezogen wurde. Mein Kopf war mit einem Mal ganz leer, meine Schläfen pochten, doch statt der alten Angst empfand ich diesmal Wut, Wut auf meine Feinde, die noch immer jede Gelegenheit nutzten, mich zu schikanieren, deren einziges Ziel im Leben meine völlige Vernichtung zu sein schien.

Sie hatten ja keine Ahnung, welche großartige, ehrliche Freundschaft mich mit diesen »Rabauken« verband, und würden niemals begreifen, wie sehr wir uns einander verbunden fühlten. Ebenso wenig wie Lehrer Lan. Er wusste nicht, welche Hölle ich jahrelang in der Schule durchlitten hatte. Ich wollte zurückschreien und es ihm begreiflich machen, doch er war schon an sein Pult zurückgekehrt und hatte sein Buch aufgeschlagen. Der Unterricht begann.

Während meine Wut zu einem Rinnsal dumpfen Schmerzes verebbte, versuchte ich zu verdauen, was Lehrer Lan mir hatte sagen wollen. Es gab Leute, die es immer noch auf mich abgesehen hatten. Warum ließen sie mich nicht einfach in Ruhe, warum durfte ich nicht ein Kind sein wie alle anderen? Und wer waren »sie«?

Ich verließ die Schule wie unter einer finsteren Wolke und ging direkt zu meiner Bande in Yis Werkstatt. Sie halfen gerade Yi dabei, mit riesigen Sägen voller langer, hässlicher Zähne neue Stämme zu zerteilen. Ihre Gesichter waren mit Sägemehl bedeckt.

»Wir haben Arbeit für dich, Meisterschüler.« Sen wischte sich den Schweiß von der Stirn. »Übernimm hier für mich, dann schneide ich uns ein bisschen Tabak. Du siehst übrigens ziemlich jämmerlich aus.«

»Was ist denn los?« Yi legte seine Säge nieder. »Du bist so still.«

»Wo sind meine guten Zigaretten?«, wollte Mo Gong wissen.

»Tut mir Leid, mein Lehrer hat sie zertrampelt«, erwiderte ich düster.

»Was?«

»Und er hat mich vor allen anderen so richtig abgekanzelt.«

»Warum denn?«

»Weil ich mit euch rumziehe.«

»Dieser Mist von wegen schlechter Einfluss, oder?«

Sie verstanden mich, obwohl ich nicht einmal nickte.

»Das war alles meine Schuld. Ich habe euch da mit reingezogen«, sagte ich.

»Wieso denn deine Schuld?«

»Wegen meiner Familie und dem, was mir in der dritten Klasse passiert ist.«

»Moment mal. Wird das hier die Tut-mir-Leid-und-auf-Nimmerwiedersehen-Rede?«, fragte Sen.

Ich fühlte mich elend, weil sie das auch nur denken konnten. »Nein, überhaupt nicht. Ich bin doch hier, oder nicht? Ihr seid meine Brüder«, sagte ich.

»Wir sind also keine schlechten Äpfel, die den ganzen Korb verderben?«, fragte Mo Gong ruhig.

»Ihr seht in mir also mehr als nur den Sohn eines stinkenden Landbesitzers?«, fragte ich zurück.

Sie sahen einander an und lachten, als sei das ein Witz. Siang hob mich auf seinen Schoß, und alle kitzelten mich, bis wir komplett mit Sägemehl eingestaubt waren.

»He, seht mal, was er da hat«, sagte Siang, als er in meiner Jackentasche auf etwas Eckiges stieß. Er griff hinein und zog eine neue Packung Flying Horse hervor.

»Du Schlange, du hast das mit dem Lehrer nur erfunden«, scherzte Siang.

Es war egal, wo die Zigaretten herkamen. Meine Freunde balgten sich darum.

»Na, mal im Ernst, wo hast du die her?«, fragte Sen.

»Auf Kredit von Liang gekauft.«

»Das gefällt mir, kleiner Bruder!« Sen legte einen Arm um mich und den anderen um Mo Gong. »Wir müssen uns was überlegen, wie wir es diesem Han gründlich heimzahlen können. Ich bin sicher, da steckt er dahinter.«

»Wie denn?«, fragte ich.

»Wir lassen verlauten, dass er bald was erleben wird, und dann lassen wir ihn im eigenen Angstschweiß schmoren.«

Ich stellte meine Schultasche ab, hob eine Säge auf und ging mit Feuereifer ans Werk. Ich hatte ein gutes Augenmaß und konnte ganz gerade sägen.

Der Zwischenfall mit den Zigaretten zog außerhalb des Klassenzimmers keine Konsequenzen nach sich. Obwohl Han und meine übrigen Feinde ein paar Mal riefen: »Der Raucher ist da!«, als ich das Schulzimmer betrat, schafften sie es diesmal nicht wie sonst, die gesamte Klasse hinter sich zu bringen. Eines Tages kam sogar der Kleinste meiner Klassenkameraden auf mich zu und sagte nervös: »Da, ich hatte mit dieser Zigarettensache nichts zu tun. Ich hoffe, du und deine Freunde, ihr wisst das und lasst mich in Ruhe.«

Das überraschte mich sehr. Der kleine Kerl trottete normalerweise brav meinen Erzfeinden hinterher. Ich hörte die Angst in seiner Stimme, als er sich von seinen Anführern zu distanzieren versuchte. Er wollte sich zum Gehen wenden, da packte ich ihn und zerrte sein Gesicht beinahe Nase an Nase zu meinem empor. »Sag deinem Anführer, dass die Ganoven ihn und seine Freunde nicht vergessen haben.«

Der Junge wich entsetzt zurück und rannte davon, als sei ein Geist hinter ihm her.

In den nächsten Tagen wurde mir Platz gemacht, wenn ich die schmalen Flure entlangging, und meine Klassenkameraden starrten mich schweigend an. Dieser Blick war normalerweise älteren Jungen vorbehalten, Männern mit einer seltsamen Krankheit, Alkoholikern oder prügelnden Ehemännern. Es war ein Blick, der offen zu verstehen gab: »Du machst mir Angst, bleib mir vom Leib.« Ich genoss ihn und hatte es überhaupt nicht eilig, den Mythos zu entkräften, der mich umgab. Bald stolzierte ich herum, die Jacke bis zum Bauch aufgeknöpft. Ich sprach weniger und zwang mich, ganz langsam von einem Punkt zum nächsten zu blicken. Gelegentlich holte ich laut keuchend Atem, als leide ich an einem furchtbaren Verlangen nach bitterem Tabak. Lehrer Lans öffentliche Schelte arbeitete, ganz gegen seine ursprüngliche Absicht, eher für denn gegen mich. Jetzt war ich der rauchende Kumpel der Rabauken, und meine Feinde wirkten wie Kaninchen in der Schlinge.

Eine Tages kam der kleine Kerl nach der Schule im Gang zu mir gerannt und sagte: »Hör mal, deine Feinde haben mir nicht geglaubt, als ich deine Nachricht überbracht habe. Sie haben mich hier rübergeschickt, damit du es selber bestätigst.«

Ich sah meine Feinde uns aus zehn Meter Entfernung beobachten.

»Was soll ich tun?«

»Lächle sie an, das ist das Zeichen dafür, dass ich die Wahrheit gesagt habe. Bitte tu es, sonst verprügeln sie mich und sagen, ich hätte sie angelogen«, flehte er.

Ich drehte ihn herum, so dass er die drei sehen konnte, und reckte langsam und unmissverständlich einen Finger in die Höhe. Dann lächelte ich.

Das fiese Grinsen schwand aus ihren Gesichtern.

»Seht ihr, ich habe nicht gelogen, die Rabauken haben's wirklich auf euch abgesehen«, schrie der Kleine und rannte auf sie zu. Doch da waren meine Feinde schon verschwunden.

Sie wussten, dass ihnen bittere Rache drohte, und erwarteten sie voller Angst. Jeden Tag beobachteten sie mein Kommen und Gehen und steckten flüsternd die Köpfe zusammen. Ich blieb in meiner Ecke und warf ihnen manchmal einen kurzen Blick zu, begleitet von einem erhobenen Mittelfinger. Dann schauten sie rasch weg. Ich fand es eigentlich scheußlich von mir, den Einfluss meiner Freunde auszunutzen, um mir die Schule erträglich zu machen, aber es war einfach zu schön, meine Feinde mit solchen Spielchen zu quälen. Und ich empfand nicht das kleinste bisschen Reue, nach allem, was sie mir angetan hatten. Es waren ihre Gesichter, die ich in meinen Albträumen sah. Ich sagte mir, dass die eigentliche Rache ja erst noch bevorstand. Es war nur eine Frage der Zeit.

Eines Abends brachte ich eine Tüte frisch gebratener Saubohnen zu meinen Freunden in Yis Werkstatt. Schon beim Hereinkommen fiel mir auf, dass Sen sich etwas merkwürdig benahm. Er summte vor sich hin, grinste von einem Ohr zum anderen, schaute ständig in eine Spiegelscherbe, die über Yis Kohlenofen hing, und zupfte an seinen störrischen Haaren herum.

»Was ist denn mit dem los?«, fragte ich die anderen. Sie taten dasselbe wie immer, schnitten Tabakblätter zurecht, kochten Tee und machten es sich für einen netten Schwatz gemütlich. Als ich die Bohnen auf den Tisch stellte, sprang Mo Gong von seinem

Stuhl auf, schnappte sich eine Hand voll und verbrannte sich beinahe die Finger.

»Die sind aber heiß!« Genüsslich probierte er.

»Er hat sein Mädchen heute wiedergesehen«, sagte Yi mit vieldeutigem Zwinkern.

»Und jetzt kann er von nichts anderem mehr reden«, fügte Siang hinzu und nahm sich ebenfalls eine Hand voll Bohnen.

»Was war denn, Sen? Wir wollen alle Einzelheiten wissen.« Ich freute mich für ihn.

Sen drehte sich um, noch immer albern grinsend. »Na ja, also, ich bin heute Nachmittag mit meinem alten Fahrrad zum Marktplatz gefahren.«

»Auf der Straße?«, fragte ich.

»Nein, auf dem Feldweg am Fluss.«

»Und?«

Er strahlte unablässig. »Und es war sonst niemand in der Nähe.«

»Die Geschichte klingt jedes Mal besser«, sagte Mo Gong mit dem Mund voll Bohnen. »Nur weiter, Sen.«

»Und plötzlich steht sie da, wie aus dem Nichts.« Sen kniff die Augen zusammen, als könne er ihre Silhouette immer noch vor sich sehen, und senkte die Stimme. »Die Haare, offen bis runter zur Taille, wehen im Wind. Sie hat wieder dieses Kleid mit den Blümchen an, ganz eng obenrum.« Er griff sich an die Brust. Wir lächelten, und er wedelte ärgerlich mit einer Hand durch die Luft.

»Ich bin ziemlich nervös geworden, als ich immer näher kam, weil der Weg so schmal war, dass wir nicht aneinander vorbei konnten, ohne uns zu berühren.« Sein Grinsen wurde breiter.

»Berühren!«, rief ich aus. »Hast du sie berührt?«

»Wart's doch ab. Ich hatte Angst, ich könnte das Gleichgewicht verlieren und in den Graben fallen, also bin ich abgestiegen und habe mich ganz an den Rand gestellt, um sie durchzulassen.«

»Also du und sie, und das Rad zwischen euch?«, fragte ich.

»Nein, ich war zwischen ihr und dem Rad«, berichtigte er.

»Du Hund, du«, sagte ich und klopfte ihm auf die Schulter.

»Mein Herz hat natürlich gehämmert, und mein Gesicht war bestimmt rot wie eine Lychee. Ich konnte kaum noch atmen …«

»Ganz normale Empfindungen während eines sexuellen Kontakts.« Yi streute ein paar Perlen aus den guten alten Tagen bei seinem Meister ein.

»Diesen Teil musst du ganz langsam erzählen, Sen«, drängte Siang. Mo Gong und ich vergaßen zu kauen und warteten mit offenen Mündern auf die Fortsetzung.

»Sie hat sich zu mir umgedreht, und ihre Brust hat meine ganz leicht gestreift. Das war … ach, wie soll ich das sagen … ein prickelnder Augenblick. Ich kann immer noch ihren zarten Duft riechen und ihre Brust an meiner spüren. Fühlt mal, mein Herz klopft jetzt noch ganz schnell, wenn ich an ihren sündhaft schönen Körper denke.« Sen packte meine Hand und ließ mich sein Herz spüren. Es fühlte sich an, als trete ein ungeborenes Baby gegen seine Rippen.

»Dieser Augenblick erschien mir so lang und so süß. Ich dachte, ich müsste sterben, und war völlig zufrieden mit dem beschissenen Leben, das ich gelebt habe.« Er schloss die Augen und schüttelte ehrlich gerührt den Kopf. »Dann, während ich sie von hinten bewunderte, drehte sie sich nach mir um und lächelte mich unglaublich sexy an. Mein Kopf explodierte. Es war eine heiße Welle. Diese Augen trafen mich mitten ins Herz. Sie wusste, dass ich ihr nachschaute, und sie hatte nichts dagegen. Nein, nein, ganz und gar nicht. Ihr Lächeln sagte mir, dass es ihr sogar gefiel, sonst hätte sie mich bestimmt angeschrien und mich einen nichtsnutzigen Rabauken genannt.«

»Das hätte sie trotzdem machen sollen«, witzelte Mo Gong. Sen warf mit einer Bohne nach ihm.

»Das ist wahre Poesie!«, sagte ich träumerisch. »Ich kann es nicht fassen, dass du ihre Brust berührt hast. Jeder andere wäre in Ohnmacht gefallen und im Graben gelandet.«

»Bin ich auch beinahe«, sagte Sen.

»Ich glaube, sie hat mit dir geflirtet. Das ist ein gutes Zeichen. Sie mag dich«, erklärte Yi.

»Ich glaube, ich muss da was unternehmen, sonst drehe ich noch durch«, sagte Sen atemlos. Dann hielt er inne, plötzlich ernüchtert. »Aber ich habe kein Geld, kein Hirn, keine Arbeit, keine Zukunft. Am Ende heirate ich bestimmt irgendeine dämliche Jungfrau aus den Bergen, die watschelt wie eine Ente und redet wie ein Mann.«

»Du machst wirklich nicht viel her«, sagte Siang im Spaß. »Eher kriegt der Frosch im Brunnen den Schwan am Himmel, als dass du die zur Frau bekommst.«

Diesmal fand Sen seine Scherze gar nicht komisch. Er wurde ganz bleich, als er sich zu seinem gut aussehenden Freund Siang umdrehte und sagte: »Scheiß auf dich. Du findest dich hübsch? Schau dir nur mal deine Knollennase an und diese geschwollenen Lippen.«

»Also gut. Sollen unsere Freunde das beurteilen«, forderte Siang ihn heraus. »Der Verlierer kauft Zigaretten für die nächsten drei Tage, einverstanden?« Es ging wie immer ums Wetten und Gewinnen.

»Ich muss mich ja für euch schämen, Jungs. Was soll das? Ihr wollt, dass wir die Jury für euren Hässlichkeitswettbewerb spielen?«, warf Mo Gong angewidert ein. »Das könnt ihr vergessen.«

»Es ist echt nicht nett von dir, so was zu sagen, Siang«, bemerkte Yi. »Er hat seinen Traum, und der macht ihn glücklich. Es ist doch egal, bei wem er am Ende landet, er kann trotzdem von der kleinen Huang träumen, selbst wenn er neben einer anderen Frau im Bett liegt. Männer träumen immer.« Yi redete schon wieder wie ein Alter.

»Klar, genauso wie du davon träumst, deine ›Miss Gelber Fels‹ zu heiraten, Siang«, sagte Sen. »Glaubst du wirklich, du hättest da Chancen? Ich hab doch die großen, kräftigen Basketballspieler gesehen, die ihr Bruder immer mit nach Hause bringt. Meinst du nicht, dass die mehr Aussichten bei ihr haben als du?« Siangs Schwarm wohnte zufällig direkt nebenan, die Tochter eines Zahnarztes namens Ping, was Lotosblüte bedeutet. Pings gesamte Familie war schön. Kürzlich hatte sie den Titel »Miss Gelber Fels« von ihrer Schwester geerbt, die einen studierten Ingenieur geheiratet hatte.

»He, lass meine Ping da raus«, sagte Siang. »Ich habe zu diesem Thema nichts mehr zu sagen.«

»Du hättest schon früher deine Klappe halten müssen«, bemerkte Mo Gong.

»Warum schreibst du ihr nicht?«, schlug ich Sen vor, denn ich erinnerte mich an die Geschichten, die meine Schwester aus ihrer Zeit an der Mittelschule erzählte. »In der Schule gibt es für jeden ein Fach, da kann man sich Briefe und Postkarten hinschicken lassen.«

»Hahaha. Na sicher doch, ich und einen Brief schreiben.« Sen lachte verbittert. »Ich kann mich nicht mal erinnern, wann ich zuletzt einen Stift in der Hand hatte. Ich kann keinen Liebesbrief schreiben. Ich kenne die ganzen schönen Wörter und Ausdrücke nicht.«

»Ich denke, da könnte unser kleiner Intellektueller helfen«, sagte Siang, packte mich im Nacken und schüttelte mich freundschaftlich durch.

»Nein, ich kann das auch nicht«, protestierte ich. »Außerdem ist das deine Freundin. Ich empfinde doch gar nichts für sie.«

»He, das ist eine tolle Idee, Siang«, erwärmte sich Sen für diesen Einfall. »Lass Da was Nettes hinkritzeln. Großartige Idee!«

Sen wandte sich lächelnd an mich. »Komm schon, zier dich nicht so. Ich weiß, dass du belesen bist und gut schreiben kannst.«

»Du musst deinem großen Bruder helfen, Da«, warf Yi ein. »Ich würde ja auch deinen Stuhl reparieren, wenn er kaputt ist, weil ich eben Tischler bin.«

»Also schön, ich helfe dir gerne«, gab ich nach. »Was willst du ihr denn sagen?«

»Du schreibst erst mal was, und dann sehe ich, ob's mir passt.«

»Aber schreib auf jeden Fall, dass Sen in den Dong Jing springt, wenn sie seine Liebe verschmäht«, riet Mo Gong.

Wir lachten.

Am folgenden Nachmittag lagen alle auf Mo Gongs Bett und lauschten still, während ich den Brief vorlas, an dem ich die ganze Nacht gefeilt hatte.

Liebe, liebe Huang,

ich weiß nicht, wo ich beginnen und wie ich enden soll.

Ich bin nur ein dummer Junge, der tief im stillen Teich seiner Liebe zu dir versunken ist.

Ich bin ein alberner Mann, Tag und Nacht gepeinigt vom Feuer der Liebe, das doch jeden Tag nur noch heißer lodert.

Ich möchte dir diese zärtlichen Worte ins Ohr flüstern, die auszusprechen ich mich nicht getraue: Ich liebe dich.

Nur der Fluss Dong Jing kennt mein Verlangen nach dir, und nur der Berg Ching sieht meine Tränen. Wärst du die Schäferin auf der grünen Weide, so wollte ich gern bei dir sitzen wie ein furchtsames Lamm. Deine Augen, so warm und liebevoll, entblößen meine Seele. Ich kann ihnen nicht entfliehen, nur vor ihnen auf die Knie sinken und gestehen, dass ich dich liebe, so sehr liebe.

Wenn du nur wüsstest, dass ich für dich von Klippen springen würde, tausend Fuß tief, und ans Ende der Welt reisen würde, um dich zu suchen, wenn es dich dorthin verschlüge.

Vielleicht möchtest du mich nun fragen, warum ich glaube,

du könntest meine Liebe erwidern. Ich will ehrlich und aus tiefster Seele antworten, dass ich nur ein sehr armer Mann mit einem sehr reichen Herzen bin, erfüllt von Liebe für dich allein. Ich weiß, dass der größte Edelstein der Welt von einem Mädchen, das so rein ist wie du, kein Lächeln erkaufen kann. Nur ein Herz voll aufrichtigster Liebe könnte je das deine gewinnen.

Für mich spricht nichts als mein Traum, der nur dir gilt, und ein starker junger Körper. Ich verspreche dir, dass ich gut für dich sorgen würde; mit meinen geschickten Händen und starken Beinen würde ich den steinigen Weg des Lebens bezwingen und dir auf ewig als dein ergebener Diener huldigen …

Mit einem Berg von Liebe

SEN

Niemand rührte sich. Es war fast so, als wären sie alle eingeschlafen.

Nach mehreren Minuten erst richtete Mo Gong sich auf und sagte ernst: »Da, darf ich dir einen Kuss geben? Ich habe noch nie etwas so Bewegendes gehört. Ich hab eine richtige Gänsehaut bekommen.«

Er beugte sich vor, doch ich wich ihm aus und wäre beinahe vom Bett gefallen.

»Ach, der Brief könnte ruhig länger sein«, sagte Siang. »Irgendwann musst du so einen auch mal für mich schreiben.«

»Ich glaube, Sen kriegt grad einen Steifen«, scherzte Yi. »Er ist so still.«

Sen lag da und ließ sich von dieser Bemerkung nicht stören.

»Wie findest du ihn, Sen?«, fragte ich.

»Er ist so gut, dass sie nie glauben wird, ich hätte ihn geschrieben«, sagte Sen schließlich.

»Das ist doch kein Problem«, erwiderte ich erleichtert. »Du schreibst ihn einfach in deiner eigenen Handschrift ab, dann wird sie's schon glauben.«

»Da hat Recht. Natürlich musst du hier und da einen kleinen Fehler einbauen. Was könnte überzeugender sein?«, warf Mo Gong ein, der wusste, was sein Freund mit einem Federhalter so zustande brachte.

Nachdem die anderen gegangen waren, saß ich in jener Nacht noch allein mit Sen in der Werkstatt. Sen schrieb mühselig im schwachen Kerzenschein den Brief ab. Ich sah die Schweißtropfen, die sich auf seiner Stirn bildeten. Viele Wörter schrieb er auch unabsichtlich falsch, doch der Brief las sich immer noch gut und wirkte durch die Fehler nur noch rührender.

»Wo hast du denn in so jungen Jahren gelernt, so tolle Briefe zu schreiben? Du musst ja ganz schön verdorben sein«, sagte Sen, legte den Federhalter beiseite und räkelte sich.

»Ich habe ein paar Liebesbriefe dafür hergenommen, die ich in Romanen gelesen habe. Ich habe nur für den Fluss und den Berg einen anderen Namen eingesetzt, und das war's.«

»Danke, Da. Morgen kommt er zur Post«, sagte Sen.

»Viel Glück.«

»Da?«

»Was?«

»Eines Tages wird sie dahinter kommen, und dann verliebt sie sich vermutlich in dich und will dich heiraten.«

»Wenn das passiert, wird sie mich nicht heiraten«, erwiderte ich. »Sie wird mich umbringen.«

In den nächsten Tagen interessierte Sen sich ganz besonders für den alten Postboten, der jeden Morgen mit dem Fahrrad die Runde durch den Ort machte. Doch es kam nichts zurück. Allmählich hegte er den Verdacht, dass der Brief verloren gegangen sei oder die als Absender angegebene Adresse – Yis Werkstatt – in einer so versteckten Gasse liege, dass der Postbote sie nicht kannte. Wir wurden alle nervös. Der Brief erschien uns wie das Resultat eines gemeinsamen Kraftaktes. Als Siang im Scherz meinte, dass Lehrer Huang sich vermutlich mit dem Brief den Hintern abgewischt habe, stießen wir ihn zu Boden und traten auf ihn ein, bis er zu weinen begann.

Eines Sonntags machten wir uns schließlich wieder auf die Suche nach Sens Mädchen. Wir rauchten den ganzen Weg zur Mittelschule und hofften, dass sie dort vielleicht mit der übrigen Schulmannschaft Basketball trainierte. Welch ein Anblick! Als wir über die niedrige Mauer spähten, sahen wir ein Dutzend große, schlanke Mädchen auf dem staubigen Basketballplatz herumrennen; im Rhythmus der Pfeife ihres Trainers streckten sie die Arme aus und warfen die Beine in die Luft. Die kleine Huang befand sich ungefähr in der Mitte. Ihre Gesten waren besonders weich und rund, und ihr langes Haar war zu einem großen Knoten hochgesteckt. Zum ersten Mal konnten wir ihren langen, fein geschwungenen Hals bewundern.

»Sen, ich glaube, du hast genau den richtigen Zeitpunkt erwischt. Sieh dir nur diese Beine an.« Mo Gong sabberte förmlich.

»Was hast du jetzt vor? Sie nur anstarren?«

»Ist das nicht schön genug?«

»Schätze schon, erst mal jedenfalls.«

Nun beugte sie sich vor und streckte uns ihr Hinterteil entgegen. Wir konnten unsere Erregung nicht verbergen. Was für ein glücklicher Mensch musste erst der Trainer gegenüber sein. Die Rückendehnungsübung dauerte ziemlich lange. Unsere fünf Köpfe nickten im Takt des Aufwärmtrainings auf und ab.

»Sie sieht heute wirklich wunderschön aus«, sagte Sen verträumt. »Glaubt ihr, sie hat meinen Brief gekriegt?«

»Vielleicht«, antwortete ich.

»Keine Chance, das sicher festzustellen«, sagte Sen.

»Vielleicht könnten wir rauchen und ihr damit ein Signal geben. Letztes Mal hat sie den Rauch doch auch gesehen, deswegen hat sie kurz angehalten und dir einen liebevollen Blick zugeworfen«, schlug Mo Gong vor.

»He, das ist gar keine schlechte Idee.«

Ich holte eine Packung Flying Horse hervor, reichte sie herum und zündete alle mit einem einzigen Streichholz an, ohne mir dabei die Finger zu verbrennen.

Dichter blauer Rauch stieg über unseren Köpfen auf.

Die Mädchen waren vollauf mit dem Training beschäftigt. Fräulein Huang schaute nicht in unsere Richtung, nicht ein einziges Mal. Wir pafften noch kräftiger und stießen den Rauch gleich wieder aus.

Keine Reaktion.

»Was habt ihr Jungens da zu suchen?«, donnerte eine tiefe Männerstimme in unserem Rücken. Als wir uns erschrocken umdrehten, sah ich den Kopf des gut aussehenden Sportlehrers Huang, der mit viel Glück der Schwiegervater unseres Freundes werden konnte. Groß und durchtrainiert stand er in einem weißen Trainingsanzug vor uns und starrte uns missbilligend an. Stumm rückten wir zusammen wie verängstigte Mäuse, die ihr Nest nicht mehr finden, und stoben dann in alle Himmelsrichtungen auseinander.

»Halt. Du da, der Große«, rief Lehrer Huang und zeigte auf Sen. »Komm zurück.«

Sen rannte weiter, wie wir alle.

»Ich werde dich schon nicht beißen. Bleib stehen.«

Wir blieben alle stehen, denn wir trauten der gebieterischen Stimme des Mannes, der einmal den goldenen Pokal für die stolze Provinz Fujian gewonnen hatte.

»Komm her, du da, den Großen meine ich. Ich erkenne dich wieder«, sagte er.

Tapfer kehrte Sen zur Mauer zurück wie ein Gefangener, der gleich zum Tode verurteilt werden sollte.

Als sie einander gegenüberstanden, war Sen einen Kopf kleiner. Ich sah Lehrer Huang die Hand in die Tasche stecken und einen Umschlag herausholen. Dann beugte er sich vor und flüsterte Sen etwas ins Ohr.

Sen nickte ein paar Mal und nahm dann den Umschlag entgegen. Sie gaben sich die Hand. Er kam zu uns zurück, bleicher, als ich ihn je zuvor gesehen hatte.

Lehrer Huang lächelte uns kurz zu, sah dann stirnrunzelnd in die untergehende Sonne und ging.

Wir umkreisten Sen wie einen Helden, der ein Blutbad überlebt hatte, begierig auf eine genaue Wiedergabe der geflüsterten Botschaft.

»Was wollte er denn von dir?«

»Hat er dir mannhaft die Hand geschüttelt, nachdem er dir Geld gegeben hat, damit du dich von seiner Tochter fern hältst?«

»Will er, dass du seine Tochter heiratest?«

»Was hat er gesagt, was Nettes vielleicht?«

Sen ging weiter und zündete sich noch eine Zigarette an. »Der Brief ist gar nicht geöffnet worden«, erklärte er. »Er hat gesagt, wenn ich das noch mal versuche, prügelt er mich windelweich.«

»Bist du denn jetzt nicht sauer?«

»Nee, immerhin hat er mich nicht behandelt wie den letzten Dreck. Er war wirklich anständig.« Den Rest des Tages sprach Sen kein Wort mehr.

造

10

Nach der Hälfte des Semesters organisierte ein junger Lehrer namens Sing das jährliche Pingpong-Turnier der Grundschule, bei dem man sich für das Turnier der Volkskommune und schließlich für die Provinzmeisterschaften qualifizieren konnte. Er war ein netter Kerl mit grau meliertem Haar. Ich hatte ihn schon immer wegen seiner vielseitigen Talente bewundert – Kalligraphie, Basketball, Schreiben, und obendrein spielte er alle möglichen Musikinstrumente.

Wenn wir uns begegneten, grüßte er stets freundlich. Er war sogar der einzige Lehrer, der hin und wieder mit mir scherzte. Eines Nachmittags kam er in meine Klasse, setzte sich neben mich und legte mir den Arm um die Schultern. »Würdest du gern an dem Schulturnier teilnehmen? Ich weiß, dass du recht gut spielst.«

»Ich fürchte, dass ich aus politischen Gründen vielleicht nicht mitmachen darf«, erwiderte ich unsicher.

»Darum kümmere ich mich schon. Sieh du nur zu, dass du pünktlich zum Spiel erscheinst.«

»Ist gut.« Mein Herz hüpfte vor Freude.

Was Pingpong anbetraf, so gab es nur einen anderen Jungen, der so gut spielte wie ich. Wenn ich nicht erschien und ihn herausforderte, würde er den Titel einstreichen, und zwar mit links.

An jenem Abend lieh ich mir den Schläger meines Bruders aus und spielte drei Runden in dem Turnier im Speisesaal der Schule, der vorübergehend zur Tischtennishalle umfunktioniert worden war. Ich schnitt die Bälle an, ich schmetterte. Binnen zwei Stunden hatte ich alle anderen Spieler geschlagen. Am nächsten Abend sahen Sen, Siang, Mo Gong und Yi durchs Fenster zu, wie ich meinen Feind Han und einen weiteren Gegner besiegte und somit in der Kommune für die Schule antreten durfte. Als am nächsten Morgen in der Pause das Ergebnis verkündet wurde, drehte sich die gesamte Schule nach mir um. Nach so vielen Jahren hatte ich endlich wieder einmal das Gefühl, hierher zu gehören. Stolz winkte ich und verbeugte mich unter allgemeinem Applaus.

Meine Dankbarkeit Lehrer Sing gegenüber war grenzenlos.

Unsere Grundschule im Wettbewerb der gesamten Gemeinde zu vertreten brachte mich der Teilnahme an der Provinzmeisterschaft schon recht nahe. Und diese Provinzmeisterschaft war für mich wie die Olympischen Spiele. Ich empfand Stolz und Demut zugleich.

Lehrer Sing verfasste selbst eine Petition, damit ich für einen Monat von der Schule frei bekam und an der Mittelschule trainieren konnte, zusammen mit anderen Spielern unserer Mannschaft. Unter den neidischen Blicken meiner Mitschüler und begleitet von meinen vier Freunden schleppte ich mein Gepäck zur Mittelschule Gelber Fels und ließ mich draußen an einem Tisch eintragen.

Mo Gong trug mein Gepäck zu dem mir zugewiesenen Stockbett. Sen sagte, sie würden mich jeden Tag besuchen kommen, damit wir uns in meinen Trainingspausen sehen konnten.

Mama war nicht besonders glücklich über die ganze Sache, weil ich so lange in der Schule fehlen sollte, doch ich versprach ihr, dass ich alles nachholen würde, sobald ich wieder da war. Sie wusste, dass es gut für mich war, unsere Kommune zu repräsentieren. Das war eine Ehre, die nicht vielen Kindern aus Familien wie der meinen zuteil wurde.

Die Kommune entsandte extra einen Koch in die Küche der Mittelschule, der nur für die zwei Dutzend jungen Sportler kochte. Er war ein stämmiger Kerl mit einem strahlenden Lächeln. Drei gute Mahlzeiten täglich bereitete er für uns zu und noch eine Brotzeit am Abend, wenn wir lange trainierten. Es gab immer Fleisch, Fisch und verschiedene Sorten Brot. Frisches Obst konnten wir uns eimerweise nehmen, und Fruchtsaft floss in Strömen. Es war das reinste Schlaraffenland. Zu Hause gab es jeden Tag getrockneten Yams und nur sehr selten Fleisch, also aß ich, soviel ich konnte, ohne gierig zu erscheinen. Es war, als sei jeden Tag Neujahr. Von mir aus hätte das Training ewig weitergehen können.

Ab und zu kam ein Funktionär der Kommune vorbei und sah uns beim Training zu. Sie hielten uns politische Vorträge über die Bedeutung des Turniers. Hätten diese Vorträge nach dem Mittagessen stattgefunden, wären wir dabei alle eingenickt.

Sen und Mo Gong besuchten mich oft, und ich gab ihnen immer Obst zum Essen oder zum Mitnehmen für Yi und Siang. In einem fort erzählten sie den anderen Zuschauern, dass ich ihr bester Freund sei. Einmal gab es eine Schlägerei, weil ein Junge draußen vor dem Fenster schlecht über mich sprach und mich als Sohn eines Großgrundbesitzers beschimpfte. Mo Gong verpasste ihm einen Schlag auf die Nase, die daraufhin heftig blutete.

Der Cheftrainer verkündete eine zweitägige Pause, nach der wir uns alle wieder zum abschließenden Training und zur Fahrt nach Putien einfinden sollten. Zur großen Freude meiner Kumpel packte ich meine Sachen zusammen und ging nach Hause. Ich brachte ihnen Brot und hart gekochte Eier aus dem Trainingslager mit, die sie in fünf Sekunden verputzten.

»Bevor du zu der Meisterschaft fährst, würden wir alle gern

morgen bei Mo Gong einen feierlichen Schwur ablegen«, sagte Sen. »Was hältst du davon?«

»Du meinst, so wie in uralten Zeiten, als sich die Banditen in den Finger schnitten und das Blut in den Wein tropfen ließen und es dann zusammen austranken, um Blutsbrüder zu werden?«, fragte ich aufgeregt.

»Genau so«, erwiderte Sen. »Wir haben schon die ganze Zeit darüber geredet, seit du weg bist. Da, hättest du denn gern, dass wir uns ewige Bruderschaft schwören?«

»Und so was sagen wie: ›Waren nicht am selben Tage geboren, möchten doch im selben Augenblicke sterben.‹« Mo Gong zitierte aus einem bekannten Klassiker über eine Bande von Gesetzlosen, die sich in den Bergen versteckten, eine verschworene Bruderschaft wurden und gegen die Reichen und Selbstgerechten kämpften.

»Ich bin dabei«, sagte ich. »Was müssen wir dafür tun?«

»Ein Festessen vorbereiten, mit starkem Schnaps.«

»Hier, ich habe noch fünf Yuan vom Taschengeld aus dem Trainingslager.«

»Sehr gut.«

Am nächsten Tag ging ich zu Mo Gongs Elternhaus, einem zweistöckigen Gebäude, das vollkommen leer war, weil seine Eltern wieder einmal in einer anderen Provinz unterwegs waren und Schuhe verkauften. Siang hatte mit meinen fünf Yuan auf dem Markt zwei quicklebendige junge Enten gekauft und noch drei Pfund Schweinefleisch von zu Hause mitgebracht. Yi beschaffte Gemüse, und Sen wagte sich sogar nach Hause und reichte uns, die wir unter dem Küchenfenster warteten, etwas dringend benötigtes Schweineschmalz heraus. Yi besorgte die Nudeln, und wir legten alle zusammen, um Schnaps und Zigaretten zu kaufen.

Während seiner Lehrjahre hatte Yi auch kochen gelernt. Er war der Einzige, der überhaupt etwas davon verstand. Ich hatte wieder einmal die Aufgabe übernommen, das Gemüse zu putzen, die Schalotten zu schälen und genau nach Anweisung des Küchenchefs zu schneiden. Mo Gong scheuchte die Enten über den Hinterhof, dass der Staub nur so wirbelte, und Siang wetzte derweil das Messer, um ihnen damit die Köpfe abzuhacken.

»Da, ich möchte, dass du ein paar Regeln für uns aufschreibst«, sagte Sen und kniete sich neben mich.

»Ich überlege mir was«, erwiderte ich.

Als das Essen endlich auf den Tisch kam, zusammen mit Essstäbchen, Löffeln und Schüsseln, kamen wir nicht umhin, überrascht den Kopf zu schütteln. Die beiden Enten, gut durchgegart mit Knoblauch, Ingwer, Wein und Yis Sojasauce nach Geheimrezept, lagen auf einem großen Teller, die mageren Köpfe neben sich. Daneben stand ein tiefer Topf mit dampfenden Schweineschultern, zart und saftig. Ein königliches Festmahl erwartete uns, und unsere Mägen knurrten vor Vorfreude.

Es erschien mir eher wie ein normales, fröhliches Essen mit der Familie denn wie ein zeremonieller Schwur einer Bande selbst erklärter Gesetzloser. Was hatte die Zivilisation seit den Zeiten der großen Kaiser und Dynastien nur aus uns gemacht!

Wir setzten uns nach dem Alter geordnet – Sen, Mo Gong, Yi, Siang, und dann ich – im Uhrzeigersinn um einen runden Holztisch. Sen öffnete die erste Flasche Schnaps, einen Reisbranntwein aus der Region mit kräftigem Aroma, und goss jedem ein Glas ein. Mit ernstem Blick deklamierte er: »Das Schicksal hat uns zusammengeführt. Von nun an sind wir Brüder, nicht im Blute, doch im Geiste.«

»Was ist jetzt mit dem Schwur und so weiter?«, fragte Mo Gong.

»Das war doch nur in alten Zeiten so. Wir müssen uns nicht unbedingt in den Finger schneiden«, erklärte Sen. »Aber ich habe Da gebeten, ein paar Regeln niederzuschreiben, an die wir uns alle getreulich halten sollten.«

»Was passiert, wenn einer von uns sich nicht dran hält?«

»Das.« Sen ließ seine große Faust auf den Tisch niedersausen. »Dafür sorge ich schon.«

»Was, wenn du derjenige bist?«

»Dann würde der zweite Anführer übernehmen und mich genauso bestrafen lassen. Also, wie lauten die Regeln, Da?«, fragte Sen.

Ich holte ein Blatt Papier heraus und las feierlich vor: »Kein Verrat. Keine besseren Freunde als die Gruppe. Wir teilen alles Leid und alle Freude. Keine Eifersucht. Und wir alle sind gleich.«

»Stimmen alle zu?« Sen sah jedem von uns tief in die Augen.

Wir nickten.

»Und es ist euch allen Ernst damit, ja?« Sen polterte wie ein älterer Bruder.

Wir nickten wieder.

»Das ist eine sehr ernste Sache. Jeder, der sich nicht an diese Regeln halten kann, sollte jetzt gehen«, rief er. »Ich will hier drin keine Verräter haben.«

Der dramatische Auftritt verfehlte seine Wirkung nicht. Alle waren still und nachdenklich. Zum ersten Mal wurde uns bewusst, dass es hier nicht nur darum ging, zu essen, zu trinken, zu rauchen und Spaß zu haben. Jetzt war es mehr als das. Wir waren an Regeln gebunden. Dieser Augenblick erfüllte mich mit Kraft, Mut und Zuneigung. Ich hatte das Gefühl, ich sei soeben ein paar Zentimeter gewachsen.

»Und jetzt auf ex«, sagte Sen und warf besonders mir einen langen Blick zu. »Da, du musst mitmachen.«

»Aber ich habe noch nie so was Starkes getrunken«, protestierte ich. »Kann ich nicht erst mal nur dran nippen?«

»Das ist gar nicht so stark, siehst du?« Sen kippte das ganze Glas auf einmal hinunter. Plötzlich verzerrte sich sein Gesicht zu einer Fratze. Dann wurde er rot, bis zum Hals hinunter. Er sperrte den Mund auf, so weit er nur konnte, streckte die Zunge heraus, wedelte mit der Hand vor dem offenen Mund und schnappte keuchend nach Luft. Nach einer langen Pause, als der Schnaps sich offenbar gesetzt hatte, sagte Sen: »Siehst du, ich hab's auch geschafft.« Seine Stimme war rau wie Schleifpapier. Wir hielten uns die Hand vor den Mund und verkniffen uns das Lachen.

Dann taten alle, reihum im Uhrzeigersinn, es ihm nach.

Als ich an die Reihe kam, hielt ich mir die Nase zu, schloss die Augen und leerte das große Glas mit einem Zug. Wie ich vorhergesehen hatte, brannte das Zeug den ganzen Weg über, den es irgendwohin in meinem Leib zurücklegte. Ich konnte mir den Schnaps gut vorstellen, wie einen Strom aus flüssigem, heißem Stahl, der jeden Zentimeter in mir verglühen ließ. Das Wunder reinen Alkohols. Mir wurde sofort schwindlig.

»Na, wie fühlt sich das an? Hier, iss ein bisschen Suppe«, sagte Sen und hielt mir den Löffel vor den Mund. Yi und Mo Gong stützten mich, und Siang schob mir ein Stück Ente in den Mund, um den üblen Nachgeschmack zu vertreiben.

»Wie Feuer.« Ich hustete ein paar Mal, schluckte die Suppe hinunter und kaute die Ente. Mein Kopf schmerzte, und alles begann um mich herum zu tanzen. Das ganze Haus schien sich im Kreis zu drehen.

»Und nun, Brüder«, sagte Sen, »wird gegessen.«

Sie machten sich über die Ente her. Ich nahm mir lieber eine Zigarette.

»Rauch jetzt besser nicht, das wäre zu viel des Guten nach diesem Schnaps«, hörte ich Yis weise Stimme sagen. Doch ich zündete sie mir trotzdem an. Es war himmlisch.

Während des Festmahls saß ich benommen da und sah zu, wie die anderen lachten, redeten, scherzten, tranken und rauchten. Sie stellten etwas von dem Essen für mich beiseite, und dann legten wir uns alle für den Rest des Tages schlafen.

Als ich in der Dunkelheit erwachte, tat mein Kopf so weh, als sei mir ein Ziegelstein draufgefallen; bei jeder Bewegung brandeten Wogen von Schmerz darin auf. Ich riss ein Streichholz an, entzündete eine Kerze und sah meine frisch verschworenen Brüder wie einen Wurf junger Hunde schnarchen, warm aneinander gekuschelt. Sen sabberte auf Yis Gesicht, und Siang hielte eine leere Flasche umklammert, die Beine über Mo Gongs Schulter gelegt. Das Essen war beinahe unberührt. Offensichtlich hatten sie nicht viel länger durchgehalten als ich. Ich hatte Hunger und hätte wetten mögen, dass es meinen Freunden ähnlich ergehen würde. Also stellte ich das Essen warm und räumte auf, während ich eine Kanne grünen Tee aufsetzte. Dann weckte ich sie; sie blinzelten, als sei es unmenschlich, zu dieser Stunde geweckt zu werden.

»Essen wir. Habt ihr denn keinen Hunger?«

Sie nickten, kratzten sich am Kopf und gähnten.

»Erst mal etwas heißen Tee, damit ihr wieder aufwacht, Brüder!«

»Danke. Es tut mir Leid, dass dich der Schnaps so umgehauen hat. Ich wusste ja nicht, dass er so stark ist – den könnte man ja mit einem Streichholz explodieren lassen. Hat uns alle ziemlich umgehauen.«

Wir mussten über uns selbst lachen. Doch in diesem Moment war Lachen nicht eben das Beste. Jede Bewegung ließ neue Schmerzen durch unsere Köpfe und Hälse schießen.

»Ich glaube, die haben Schießpulver in den Schnaps gemischt. Man hat uns betrogen, Sen.« Noch mehr Lachen. Noch mehr Schmerzen.

Zwei Tage später saß ich mit dem Rest der Pingpong-Mannschaft hinten auf dem Traktor der Kommune, der uns mit wehender roter Fahne obendrauf die schmale Straße von Gelber Fels entlangchauffierte. Kinder rannten hinter uns her, und alle blieben stehen und drehten sich nach uns um. Ich winkte nur zweimal; einmal, als der Traktor an unserem Haus vorbeikam, und ein weiteres Mal, als ich meine Brüder entdeckte, die ganz im Süden der Stadt rauchend auf einem Hügel saßen. Dann beschleunigte der Traktor auf der ungeteerten Straße, und wir waren auf dem Weg nach Putien.

Im Wettkampf versagte ich. Nachdem ich binnen zweier aufreibender Tage vier blutige Anfänger geschlagen hatte, verlor ich im Halbfinale gegen einen Jungen, der zwei Jahre jünger war als ich. Er spielte nicht wesentlich besser, aber sein Vater und drei Trainer plus eine ganze Mannschaft kichernder Freundinnen standen mit Wasser, Saft und heißen Handtüchern bereit. Sein Trikot war bunt und gut geschneidert wie das eines Profis, während ich in einem schlecht sitzenden, verwaschenen Pulli spielte, der selbst dann nach altem Schweiß stank, wenn ich gar nicht schwitzte.

Sie lachten tatsächlich laut auf, als ich meinen ersten Ball schlug, und hielten meine Technik wohl für etwas provinziell, doch ich lieferte meinem Gegner einen harten Kampf. Sie jubelten, wenn er einen Punkt machte. Bald verlor ich die Konzentration. Ich wünschte, wenigstens mein plappernder Trainer wäre hier, um mich gegen diese hellhäutigen Stadtmenschen anzufeuern, doch er war bei einem wichtigeren Spiel, dem Halbfinale unserer Mittelschulmannschaft. Ich verlor im fünften Spiel, aber nur knapp. Mein Trainer sagte später, er hätte bei mir sein sollen, die anderen Spieler hätten haushoch verloren. Das richtete mich wieder etwas auf, doch ich war nicht wirklich zum Champion geboren. Meister wurde schließlich ein Junge, der erst kürzlich aus einer Provinzmannschaft ausgeschieden war, eine Naturgewalt, die ich voll Bewunderung beobachtete. Seine Geschwindigkeit, sein Stil und alles andere an ihm überzeugten mich endgültig, meine Sachen zu packen, in unser abgelegenes, ländliches Nest zurückzukehren und es nie wieder zu versuchen.

In der Schule stieg meine Beliebtheit nicht eben sprunghaft an, doch ich spürte sehr wohl, dass die Leute mich anders ansahen. An dem Morgen, als ich wiederkam, verkündete Lehrer Sing meinen »Sieg«. Ich war der erste Vertreter der Grundschule in unserer Kommune, der je das Halbfinale erreicht hatte – das hatte nicht einmal ich gewusst. Die ganze Schule, bis auf den Rektor, jubelte.

Mittlerweile hatte mein Vater sich zu einem richtigen Akupunktur-Experten entwickelt. Großvater hatte kurz vor seinem Tod noch einen leichten Schlaganfall erlitten, und da kein Geld für einen Akupunktur-Arzt vorhanden war, hatte mein Vater Bücher über diese uralte Heilkunst studiert, oft bis spät in die Nacht hinein; manchmal hatte er sogar die Standardwerke der traditionellen chinesischen Kräuterheilkunde mit ins Bett genommen. Nach Großvaters Tod stellte Papa seine Kenntnisse einigen engen Freunden und Nachbarn umsonst zur Verfügung. Bald schon hatte sich die Nachricht von seinem Können verbreitet. Er empfing Patienten bei uns zu Hause und machte manchmal sogar Hausbesuche.

Ar Duang war die Frau eines kleinen Händlers. Ihre Haut war so rau wie ein Schildkrötenpanzer, und sie sprach einen ausgeprägten Fuzhou-Dialekt. Jeden Morgen um sieben klopfte sie an unsere Tür und brachte uns einen Eimer frisches Obst, was ihr Mann eben an jenem Tag auf dem Markt verkaufte. Ihr Sohn hatte vor kurzem einen Schlaganfall gehabt, und sein rechter Arm und das rechte Bein waren gelähmt. Papa behandelte ihn. Mama stritt sich mit Ar Duang, sobald sie mit den frischen Früchten auftauchte. Mama meinte, wir könnten das nicht annehmen, doch sie konnte sich nie durchsetzen, denn Ar Duang war eine zähe Person, die schon viel von der Welt gesehen und sich in den Kopf gesetzt hatte, Vater auf ihre Weise zu bezahlen. Sie drückte meiner zierlichen Mama einfach das Obst in die Hand, drehte sie herum, schob sie, den Korb voraus, in die Küche und setzte sich dann auf eine Tasse Tee zu Papa. Ich sah gern zu, wie der blaue Rauch ihrer Zigarette in zarten Spiralen durch die Sonnenstrahlen zur Decke emporstieg. Sie schlug ein Bein über das andere wie ein Mann und erklärte Vater, wie oft sie nachts hatte aufstehen und ihren Sohn waschen oder füttern müssen, denn ihre Schwiegertochter weigerte sich einfach.

»Meine Schwiegertochter hat sich mit ihm ein schönes Leben gemacht, und jetzt will sie den Mist nicht selber wegräumen«, klagte sie. »Was sagen Sie dazu, Doktor Chen? Geben Sie doch meinem Sohn die nächsten Tage mal eine kräftigere Dosis von diesen Nadeln, dann sehen wir schon, ob es besser wird.« Sie feilschte wie ein Händler, schlug erst das eine Bein über, dann das andere.

»Das kann ich nicht tun. Das ist MSG: Wenn man nicht das rechte Maß einhält, kann man alles verderben.«

»MSG.« Sie nickte verständnisvoll.

Diese Unterhaltung war immer dieselbe, obgleich das Obst, das sie uns brachte, jeden Tag variierte.

Die Familien der Patienten begrüßten Vater wie einen von Buddha persönlich gesandten Erlöser. Doch für die Patienten selbst war seine Anwesenheit immer eine zweischneidige Sache. Sie wollten gesund werden, fürchteten sich aber vor den Nadelstichen. Manchmal bat Papa mich, die Reaktion eines Patienten genau zu beobachten. Er führte die Nadeln ein und bewegte sie, um die abgestorbenen Nervenbahnen zu aktivieren. Zunächst geschah gar nichts. Die versammelte Familie seufzte und sorgte sich, dass der Patient Arme oder Beine nie wieder würde gebrauchen können. Doch eines Tages schrie der Patient plötzlich auf, weil er den Schmerz wieder spürte, und alle lächelten erleichtert.

Papa lebte für solche Augenblicke. Danach, auf dem Heimweg, lachte und redete er in einem fort, während ich die schmalen Wege entlangradelte.

Dank Vaters Fürsorge konnten einige Patienten wieder ohne fremde Hilfe zur Toilette gehen oder essen. Als sein guter Ruf sich weiterverbreitete, wurde er sogar mit dem Lastwagen zu Patienten an entfernteren Orten kutschiert. Vater hütete sich, Geld dafür zu verlangen, denn er hatte ja keine offizielle Zulassung zum Praktizieren. Doch die Leute gaben uns Getreide, Reis, Bananen, Fisch, Krabben und alle möglichen anderen Nahrungsmittel, um ihn für seine Dienste zu entlohnen. Ein Patient besorgte sogar einer meiner Schwestern eine vorübergehende Anstellung in der Konservenfabrik.

Papa war ein glücklicherer Mensch geworden. Obwohl er noch einige Male ins Arbeitslager geschickt wurde, behandelte man ihn nun anders. In einem der Lager am Ching-Berg hieß der überwachende Kader Mon Hai, ein stämmiger Mann mit einem unansehnlichen Muttermal über dem rechten Auge. Eines Abends schickte er nach Vater, er solle ihn in seiner Hütte aufsuchen. Zu Papas großer Überraschung bot ihm der Kader eine Zigarette an. Vater verbeugte sich. Normalerweise wurden die Lagerinsassen nur in Mon Hais Hütte bestellt, damit er sie bis spät in die Nacht belehren oder demütigen konnte.

»Ich möchte dich um einen Gefallen bitten«, sagte Mon Hai mit ungewöhnlich leiser Stimme, nachdem er Fenster und Tür geschlossen hatte.

»Was immer Sie wünschen, mein Herr, ich bin zu meiner Umerziehung hier.«

»Nein, nein, nein, bitte setz dich. Ich brauche dich aus einem anderen Grund – sagen wir mal, in einer privaten Angelegenheit.« Der Kommunist lächelte und enthüllte dabei Goldkronen auf den Schneidezähnen. »Mein Vater ist gestern Nacht gestürzt, er hatte einen Schlaganfall. Er liegt noch immer im Koma, und der Arzt sagt, er sei gelähmt.«

»Das tut mir Leid.«

»Weißt du, was der Arzt noch gesagt hat?« Mon Hai zündete meinem Vater eine Zigarette an.

»Was denn?«

»Dass du der Einzige in der ganzen Gegend bist, der ihn heilen könnte.«

»Nein, nein, ich bin nur ein Amateur. Das ist nichts weiter als ein Hobby, wirklich. Ich habe versucht, meinen inzwischen verstorbenen Vater zu heilen, doch ich würde mich selbst nie als Arzt oder etwas Ähnliches bezeichnen. Sie sollten sich wirklich nach jemand Besserem umsehen«, murmelte er nervös.

»Heißt das etwa Nein?«

»Nein, Kader, gewiss nicht. Sie verstehen nicht«, erwiderte Vater.

»Was ist es dann?«, fragte Mon Hai. »Geld? Das ist kein Problem. Mein Bruder leitet die Düngemittelfabrik und schwimmt im Geld.«

»Nein, es geht nicht ums Geld.« Vater schüttelte den Kopf.

»Ich weiß, was es ist. Du hast Angst.«

Vater schwieg.

»Das ist nur allzu verständlich. Ich hätte an deiner Stelle auch Angst, aber bitte, fürchte dich nicht. Betrachte mich einfach wie einen deiner anderen Patienten.«

Na klar. Papa tat immer noch der Rücken weh, wo Mon Hai ihm einen Tritt verpasst hatte, weil er in einem anderen Lager zu langsam gearbeitet hatte. Der Zustand von Mon Hais Vater schien sehr ernst zu sein, und wenn ihm irgendetwas zustieße, würde man Vater dafür verantwortlich machen.

»Ich möchte das wirklich lieber nicht tun, Kader.«

»Schau mich an, Doktor, ich habe auch ein Herz.« Wie zum

Beweis entblößte er die Brust. »Ich entschuldige mich für das, was ich dir angetan habe.«

»Nein, nein. Das ist wirklich nicht nötig.«

»Ich hätte dich nicht treten sollen.« Seine Augen wurden feucht. »Es tut mir Leid. Ich werde es wieder gutmachen.«

Papa schwieg und sah zu, wie dieser Bär von einem Mann sein Innerstes offenbarte. »Selbst wenn ich mich bereit erkläre, ihn mir anzusehen, hätte ich dazu gar keine Möglichkeit. Wir dürfen doch das Lager nicht verlassen.«

»Darum kümmere ich mich schon.«

Vater wurde befohlen, am nächsten Morgen in seiner Baracke zu bleiben, während die anderen Insassen aus ihren Betten stolperten und sich zu dem kalten Berg aufmachten, um weitere Hügel abzutragen und Täler zuzuschaufeln. Um neun Uhr kam ein Mann mit einem Motorrad, holte Vater ab und fuhr ihn zu Mon Hais Haus, ein paar Kilometer entfernt.

Es stellte sich heraus, dass es nur ein leichter Schlaganfall war. Mon Hais Vater war erst fünfundsechzig und in guter Verfassung. Papa schaffte es innerhalb von zwei Monaten, dass er wieder laufen konnte und nur leicht hinkte.

Im Umerziehungslager musste Vater fortan kaum noch einen Finger krumm machen. Man hatte ihm befohlen, im Lager zu bleiben und Geständnisse zu schreiben, doch in Wirklichkeit las er seine medizinischen Lehrbücher und wurde täglich zu seinem Patienten hinausgefahren. Er durfte nach Anbruch der Dunkelheit dreimal wöchentlich zum Abendessen nach Hause kommen. Die restliche Zeit verbrachte er in der Hütte des Kaders, wo Mon Hai sich volllaufen ließ und Papa mit Lob überschüttete. Dort erfuhr mein Vater, dass das gute Essen, der Schnaps und die Zigaretten, die Mon Hai mit ihm teilte, alle von den Insassen kamen; sie bestachen Mon Hai, damit er ihnen leichtere Arbeit zuwies und sie nicht bestrafte. Einmal enthüllte Mon Hai in seinem Suff sogar, dass er ab und zu mit der jungen Frau eines frisch gebrandmarkten Konterrevolutionärs schlief, der in diesem Lager seiner Aufsicht unterstand. Außerdem gestand er, dass das auf eigenen Wunsch der jungen Frau geschah, die auf diese Weise dafür sorgen wollte, dass der arme junge Mann das Lager überleben und seinen kleinen Sohn kennen lernen würde.

Vater juckte es in den Fingern, es diesem Hurensohn heimzuzahlen, deshalb bot er ihm an, ihn mit Hilfe der Nadeln von seiner Trunksucht zu befreien, doch er lehnte ab.

Eines Tages wurde Mon Hai eilig von der Baustelle zurückgebracht, die er einmal pro Woche eine Stunde lang inspizierte. Zwei kräftige junge Männer trugen ihn abwechselnd auf dem Rücken zurück ins Lager.

»Chen, komm schnell«, sagten sie zu meinem Vater. »Mon Hai ist verletzt.« Ein Felsbrocken war den Abhang hinuntergerollt und hatte Mon Hais Bauch getroffen, bevor er schließlich in einem Graben landete.

»Doktor, ich glaube, jetzt könnte ich ein paar von deinen Nadeln gebrauchen«, sagte Mon Hai und blickte Vater vom Bett aus mit schmerzverzerrtem Gesicht an.

»Das glaube ich auch«, erwiderte Papa.

Während der folgenden Wochen verpasste mein Vater Mon Hai doppelt so viele Behandlungen, wie nötig gewesen wären. Er wählte dafür längere, dickere Nadeln aus und ließ sie heftiger kreisen; Mon erklärte er, dass er so schneller wieder gesund würde. Mon Hai bebte vor Angst, wenn er zusah, wie Vater die Nadeln vorbereitete und sie mit Alkohol desinfizierte. Er wand sich aus Furcht vor den Schmerzen, bis die Nadeln tatsächlich in seiner Haut steckten, und dann waren seine hysterischen, entsetzlichen Schreie kilometerweit zu hören.

Vor jeder Sitzung bettelte Mon Hai um mehr, um dann während der Behandlung zu fluchen und sich in seiner Pein hin und her zu werfen. Nach jedem Besuch meines Vaters vergoss er Tränen der Dankbarkeit. Seine Schmerzen besserten sich rasch, und Gang Chen wurde im ganzen Lager offen als »der Doktor« bezeichnet.

In jenem Jahr wurde Vater sehr früh aus dem Arbeitslager entlassen und bekam obendrein einen hervorragenden Bericht darüber ausgestellt, wie sehr seine antikommunistische Denkweise sich gebessert hatte. Der Bericht war in großen Lettern von dem wieder genesenen Mon Hai unterzeichnet, der von der Bevölkerung von Gelber Fels ironischerweise zu einem der herausragendsten Mitglieder der Kommunistischen Partei gewählt wurde. Sein Konterfei erschien auf einer Mauer vor der Zentralverwaltung der Kommune, um kaum eine Woche später von einem kalten Winterregen wieder abgewaschen zu werden.

11

Zhang Tie Shan, ein Armeerekrut aus dem Norden Chinas, schrieb bei einer Prüfung an der Universität eine große Null auf sein Blatt und dazu die folgenden Worte: »Um eine Revolution zu machen, braucht man diese Fragen nicht zu beantworten.«

Über Nacht wurde er in ganz China zum Helden, der den wahren Geist der Revolution verkörperte. Die Schule versank im Chaos. Alle rannten sinn- und planlos herum und taten gar nichts. Alle trugen rote Armbinden mit der Aufschrift »Kleiner Gardist«. Die Lehrer konnten praktisch nichts an dieser Situation ändern, denn sie fürchteten, als stinkende Intellektuelle oder Konterrevolutionäre gebrandmarkt zu werden.

Der Unterricht in unseren fünften Klassen setzte sich aus drei Teilen zusammen: Arbeit, Politik und Selbststudium. Wir gruben den Spielplatz um und machten daraus Gemüsebeete, damit die Kinder unter der glühenden Sonne arbeiten konnten und ihre Köpfe leer, aber rein würden. Wir mussten alle Geräte selbst beschaffen, um die Beete zu wässern und zu jäten und das Gemüse zu ernten, und die Geräte dann den Lehrern besonders günstig verkaufen; von diesem Geld kauften wir noch mehr Samen und pflanzten noch mehr Gemüse an.

In den Politikstunden lasen die Lehrer ihren Schülern aus der

Zeitung vor. Wenn sie uns dann zum Selbststudium allein ließen, wurden die Stühle zu Hürden. Wir sprangen eifrig darüber und zählten die Minuten, bis wir nach Hause gehen konnten.

Jeden Tag nach der Schule las Papa mir aus Werken der klassischen chinesischen Literatur vor, die wir unter dem Schweinestall vergraben hatten, und morgens lernte ich Bambus-Flöte spielen. Papa sagte, ein wahrer Gelehrter müsse sich mit Poesie, Schach, Kalligraphie und Musik auskennen. Die Flöte war das billigste Instrument. Papa hatte sie mir vom Markt mitgebracht. Jeden Morgen bei Sonnenaufgang stand ich auf, holte die dünne Flöte unter meinem Kissen hervor, schlich mich auf den Hinterhof hinaus und lief die Stufen zum Dong Jing hinunter. Ich wusch mir das Gesicht mit kaltem Flusswasser und hielt den Stuhl zurück, weil ich dann mehr Kraft zum Flötespielen hatte. Jeden Tag brach ich die morgendliche Stille in Gelber Fels, stand am Fluss und spielte unschuldige Volksweisen. Die Töne wurden vom Wasser zurückgeworfen, überflogen die endlosen grünen Felder und verebbten zu einem Echo, als sie die Berge am Horizont erreichten. Ein gelegentliches Muhen von den Büffeln zeigte mir, dass zumindest irgendwer mir zuhörte.

Eines Tages kam Vater nach einem Monat im Arbeitslager nach Hause und eilte auf den Hinterhof hinaus, wo ich gerade übte.

»Mein Sohn, du spielst ja schon wunderbar«, sagte er überrascht. Er nahm mich in die Arme und drückte mich begeistert an sich. »Ich wollte meinen Ohren kaum trauen, als ich durch die Felder kam. Ich konnte dich schon von weitem hören.«

»Papa, gefällt es dir wirklich?«, fragte ich.

»Ob es mir gefällt? Es ist phantastisch. Ich glaube, wenn du hier und da noch ein wenig daran feilst, bist du bald so weit, dass du irgendwo mit einer Amateurgruppe auftreten und später sogar in einem richtigen Orchester spielen kannst.«

»Möchtest du denn, dass ich Musiker werde?«

»Nun, in der Schule tut sich ja nun sowieso nichts, solange dieser Zhang-Irgendwer so in Mode ist. Es ist großartig, dass du eine solche Begabung hast. Damit bist du den anderen gegenüber im Vorteil.«

Von da an übte ich noch fleißiger – zum großen Ärger meiner Familie – und trieb mich immer öfter in der Nähe des Übungsraumes herum, wo das Orchester und die Schauspieler unserer Volkskommune probten. Abends lud ich meine Freunde ein, mich zu diesen Proben zu begleiten. Sie kamen mit und zogen sich an den Fensterbrettern hoch, um einen Blick auf die hübschen jungen Schauspielerinnen zu werfen, die einander neckten und mit ihren melodiösen Stimmen kicherten. Yi saß immer am Fuße der Mauer und rauchte schweigend.

In diesem Ensemble gab es einen hervorragenden und sehr arroganten Flötisten aus Putien, der als Dirigent für das Orchester angestellt war. Er war ein Meister seines Fachs und konnte sogar Waldhorn spielen. Jeden Morgen aß er mindestens fünf kostbare Eier. Zum Mittagessen ein halbes Huhn. Und zum Abendessen reichlich Schweinefleisch und weitere fünf Eier. Er behauptete, es koste all seine Energie, Waldhorn und Flöte zu spielen, deshalb brauche er die Nährstoffe. Manchmal kamen hungrige Kinder vorbei, um an seinem Waldhorn zu riechen, das nach Eiern duftete.

Ich imitierte seine Technik und spielte die Musik nach Gehör nach. Bei Yi lauschten meine Freunde nun meinem Flötenspiel und rauchten schweigend. Spiel doch dies oder jenes noch einmal, sagten sie oft und versuchten, die Melodie mitzusummen. Yi liebte ein Lied ganz besonders, das von einer sehr hübschen Schauspielerin der Kommunentruppe gesungen wurde; diese junge Frau hatte man aus einem weit entfernten Dorf extra hierher geholt. Yi wollte dieses Lied immer wieder hören, bis er die Melodie auch ganz allein summen konnte.

»Du magst diese Schauspielerin wirklich, was, Yi?«, fragte Sen ihn eines Tages, als Yi wieder einmal in seiner Melodie versank.

»Sei doch nicht albern«, erwiderte Yi verlegen. Er hielt den Blick starr auf eine Türzarge gerichtet, die er gerade hobelte.

»Da ist doch was im Busch«, flüsterte Sen mir zu, doch er bohrte nicht weiter nach.

Eines Sonntagnachmittags saßen wir Tee trinkend und rauchend bei Yi, als es an der Tür klopfte. Das tat normalerweise niemand. Man kam entweder herein oder eben nicht.

Yi öffnete.

Vor der Tür stand die Schauspielerin mit einem roten Schal um den Hals, den sie gegen die Kälte bis über den Mund hochgezogen hatte. Beim Anblick dieser Göttin verschlug es uns die Sprache. Aus der Nähe sah sie noch anziehender aus. Ihre Brüste waren üppig und straff, ihre Augen groß und lebhaft.

»Wollt ihr mich denn nicht hereinbitten?«, fragte sie.

Yi trat beiseite, verbeugte sich tief und erwiderte mit rotem Kopf: »Bitte, komm doch herein.«

»Hallo, deine Freunde habe ich schon mal gesehen. Freut mich, euch kennen zu lernen.« Sie war groß, wohlgeformt, anmutig und selbstsicher. Sie lächelte, wobei sich ihre zwei niedlichen Grübchen noch vertieften.

Wer war sie? Unsere Herzen pochten heftig: Wir mussten es unbedingt erfahren.

»Jungs, darf ich euch dieser Dame vorstellen?«, sagte Yi, der seine Gesichtszüge schon wieder etwas beherrschte. »Fei ist die Tochter meines Tischlermeisters.«

Die Tochter des Meisters! Kein Wunder, dass unser armer kleine Yi ununterbrochen von ihr schwärmte. Wir hatten geglaubt, sie sei ein dürres, flachbrüstiges kleines Landei, das beim Lächeln ihre gelben Zähne zeigte. Wir mussten uns in den Arm kneifen, um uns davon zu überzeugen, dass wir nicht träumten.

»Ich denke, wir gehen dann mal«, sagte Siang und stupste Mo Gong an.

»He, meinetwegen braucht ihr nicht zu gehen. Ich wollte nur Yi besuchen. Eigentlich würde ich euch gern alle zu einer unserer Vorstellungen einladen, wenn wir so weit sind.« Sie strahlte Lebendigkeit und Energie aus. Unsere Herzen wurden von Sehnsucht erfüllt.

»Hier, die habe ich dir mitgebracht, Bruder Yi.« Sie öffnete eine Tasche voll breiter gelber Tabakblätter. »Ich dachte, die könntest du gebrauchen.«

»Die sind ja aus dem Garten meines Meisters!« Yis Augen leuchteten auf, als er einen Stuhl für sie heranzog. »Seit wann bist du denn Schauspielerin?«

»Ich habe schon immer gern gespielt, gesungen und getanzt, aber Papa hat es mir nie erlaubt, solange er noch lebte. Er fand es feudalistisch und verwerflich. Jetzt bin ich frei, es zu tun.«

»Das freut mich für dich. Es tut mir Leid, dass ich euch verlassen habe und zurück nach Hause gegangen bin, nachdem der Meister so plötzlich gestorben ist«, sagte Yi.

»Nein, mir tut es Leid, dass du gehen musstest.« Fei errötete, doch sie überspielte es mit einem Lächeln. Sie sah Yi an, und in ihrem Blick lag etwas wie schwesterliche Liebe.

Beide schwiegen einen Moment lang.

»Kannst du zum Abendessen mit Großvater bleiben?«, fragte Yi. »Er würde sich bestimmt freuen, dich zu sehen, wenn er wiederkommt.«

»Nein, ich muss mich sputen. In der Kommune ist die Zeit streng geregelt. Wir leben nur nach der Uhr. Heute Abend ist Kostümprobe, da darf ich nicht zu spät kommen, aber ich werde dich bald wieder besuchen kommen, Bruder.« Sie schenkte uns ein warmes Lächeln und ging, wie sie gekommen war; ihr roter Schal flatterte im Wind. Yis Blick folgte ihr, bis sie am Ende der schmalen Gasse verschwand. Zum ersten Mal kam uns die kleine Hütte leer vor.

»Ich glaube, das gibt mal mindestens eine Verlobung, Yi.« Sen brach das Schweigen.

»Zigaretten?« Er warf uns jedem eine zu.

»Sei nicht albern«, sagte Yi und schüttelte den Kopf.

»Was ist denn mit dir los?«, fragte Mo Gong. »Ich würde sie auf der Stelle heiraten. Sie ist das …« – er suchte das richtige Wort – »… das herrlichste Mädchen, das ich je gesehen habe.«

»Aber sie ist nicht mehr das Mädchen von früher«, erwiderte Yi kühl.

»Wie meinst du das?«, fragte Sen.

»Sie hat jetzt eine strahlende Zukunft als Schauspielerin vor sich. Vielleicht wird sie bald ins offizielle Provinzensemble aufgenommen. Söhne von Parteikadern werden sie umschwärmen. Ich bin doch nur ein nichtsnutziger Tischler.« Er streckte die Hände aus und lachte. »Fühlt doch mal. Sie würde vor meiner Berührung davonlaufen. Ich würde ja selbst vor meiner Berührung davonlaufen, so verdammt rau sind meine Hände.«

»Aber sie ist dir doch versprochen, von deinem verstorbenen Meister, ihrem eigenen Vater«, warf ich ein.

»Das war damals, und heute ist heute.« Yi hörte sich schon wieder an wie ein alter Mann. »Ich habe ihren Vater sehr geschätzt, daher werde ich sie nie in Verlegenheit bringen. Es ist schon traurig genug, dass ihr Papa gestorben ist. Ich sollte ihr helfen, anstatt ihr zur Last zu fallen.«

Zwei Wochen später kam Fei wieder vorbei und brachte uns fünf Karten für das Theater der Kommune. Yi, schick zurechtgemacht mit einer neuen Jacke, bat uns, nicht allzu viele Possen zu reißen, wenn wir sie sahen. Wir saßen während der gesamten Vorstellung da wie fünf gelangweilte Erwachsene und unterhielten uns steif und ernst über das Stück. Fei war eine Herzensbrecherin. Bald würde sie ein großer Star sein. Das merkte man an den Reaktionen des Publikums.

Nach der Vorstellung warteten wir draußen, während Yi sich von Fei verabschiedete. Sie brauchten ziemlich lange.

Als wir nach Hause kamen, holte Yi zwei Flaschen Schnaps hervor und sagte: »Ich brauch was zu trinken.«

Dies war keine ausgelassene Party. Wir tranken still, genossen das brennende Gefühl und das dumpfe Pochen in den Schläfen. Alle fühlten sich gut und weigerten sich dennoch, laut einzugestehen, dass ein Engel uns berührt hatte. Stumm wünschten wir ihr alles Gute.

Als ich mich zunehmend mehr für Musik interessierte, entwickelte ich eine besondere Vorliebe für die Geige. Zum ersten Mal hörte ich eine, als ich unter der Sommersonne Reiskörner aus den matschigen Reisfeldern klaubte. Die Kommune hatte am Rande der Felder einen knisternden, rauschenden Lautsprecher aufgestellt und spielte darüber ein schlichtes Geigensolo ab. Die Musik sollte die Landarbeiter ermuntern, und ich verliebte mich Hals über Kopf. Die Musik war sinnlich und zart und liebkoste meine Seele, wie noch kein anderes Instrument je zuvor. Ich stand da, den tropfenden Reis in der Hand, verloren in der Schönheit der Melodie.

»An die Arbeit«, drängte ein Bauer hinter mir. Seine Stimme war das absolute Gegenteil der Violine. Ich bückte mich wieder und arbeitete weiter, während die Melodie tief in meiner Seele widerhallte.

Ich wollte dieses Instrument erlernen, aber wie? Die nächsten paar Tage schloss ich mich in meinem Zimmer ein und träumte vor mich hin. Ich überlegte, ob ich an eine der nationalen Zeitungen schreiben und um eine Spende für einen armen Jungen bitten sollte, der nicht einmal wusste, wie eine Geige aussah. Vielleicht würden sie meinen Brief abdrucken und irgendjemand mir eine Geige schicken.

»Wie läuft's mit dem Brief, Traumtänzer?«, fragte Sen, der sah, wie ich den Kopf nachdenklich auf die Hände stützte.

»Nicht gut«, erwiderte ich.

»Warum bittest du nicht Yi, dir eine Geige zu machen? Du brauchst nur einen Ahornbaum zu finden. Ich helfe auch mit«, sagte Sen ernst.

»Sen, das ist doch ein Witz. Ich kann kein Instrument bauen. Ich mache Türen und Stühle und Tische. Das ist ein westliches Instrument. Amerikaner spielen so was«, protestierte Yi.

Tagelang quälte ich mich vor einem leeren Blatt Papier. Das war schwieriger als ein Liebesbrief. Schließlich gab ich diese Idee auf.

Vater begann eine regelrechte Kampagne, um eine gebrauchte Geige für mich zu suchen. Es sprach sich unter seinen Freunden und Patienten herum. Eines Tages brachte ein alter Mann mit einem langen Bart eine Tasche vorbei und erklärte meinem Vater, darin sei eine erdnussförmige Holzschachtel mit einem langen Stiel.

»Das hört sich ja ganz nach einer Geige an. Wo haben Sie die her?«, fragte Vater ihn.

»Mein Sohn hat sie von der Marine mit nach Hause gebracht. Eine Hülle war auch dabei, aber die benutzt sein Bruder jetzt als Kissen.«

Vater dankte ihm und bot an, sie zu bezahlen. Der alte Mann deutete auf sein Bein und schüttelte den Kopf. »Ich müsste Sie bezahlen, Doktor. Sie haben meine Schmerzen da unten kuriert.«

Ich war begeistert. Das einzige Problem war, dass an dem Ding keine Saiten waren. Papa bat einen anderen Freund, ihm welche aus Fuzhou zu schicken. Ich wartete Tag und Nacht und fertigte inzwischen mit Yi einen Kasten für das Instrument an. Nach einem Monat endlich kamen die Saiten: So ward in Gelber Fels die erste Geige geboren, viele Jahre vor ihrer Zeit. Nachbarn und Freunde bestaunten das seltsame Instrument kopfschüttelnd. Niemand wusste etwas darüber, schon gar nicht, wie man es spielte.

Wieder einmal vollbrachte Vater eine Meisterleistung. Diesmal kontaktierte er einen jungen Mann namens Soong, der aus Putien stammte. Er war der Sohn eines christlichen Zahnarztes, der im Gefängnis gestorben war. Die Familie war wegen ihres unerschütterlichen Glaubens an Gott zu Konterrevolutionären abgestempelt und in ein winziges Dorf in der Nähe von Gelber Fels verschickt worden.

Vater hatte bei einem Hausbesuch von ihm gehört; der Patient war ein Nachbar von Soong, der sich schon oft über die seltsame, fremdländische Musik beschwert hatte, die der junge Mann nachts spielte.

Papa besuchte Soong und erzählte, der junge Mann habe sich gern bereit erklärt, mir die Grundlagen beizubringen, wenn ich es auf mich nehmen wollte, während der Sommerferien jeden Tag dort hinzulaufen.

Die fünfte Klasse wurde ohne die erwarteten Abschlussprüfungen und Zeugnisse beendet. Alle wurden versetzt. Doch ob ich an die Mittelschule gehen durfte, blieb ein Geheimnis. Politik war angesagt; Noten zählten nichts mehr. Mein Schicksal war noch nicht entschieden, es schwankte im Wind wie ein Grashalm am Ufer des Dong Jing.

Eine Geige, ein Strohhut, eine kurze Hose, ein Hemd mit abgeschnittenen Ärmeln und bloße, schmutzige Füße. So war ich für meine erste Geigenstunde im Dorf Heng Tang ausgestattet. Ich würde etwa eine Stunde dorthin brauchen, wenn ich zwischendrin ein bisschen rannte und nicht stehen blieb, um mit den Gänsen am Dong Jing zu spielen.

Der schmale Feldweg flimmerte unter der Sommersonne, und meine abgehärteten Füße krümmten sich bei jedem Schritt auf der brennend heißen Erde zusammen. Ich ging möglichst auf Zehenspitzen auf dem kärglichen Gras am Wegrand und tauchte ab und zu die Füße ins kühle Wasser des Flusses. Manchmal sausten Radfahrer auf dem Weg zum Markt an mir vorbei, mit großen Haufen Gemüse auf dem Gepäckträger. Ein alter Gänsehirt, der seine Bambuspfeife schmauchte und die Füße in den Fluss baumeln ließ, winkte mir zu. Er warf einen Beutel winziger getrockneter Fische ins Wasser, und Hunderte weißer Gänse glitten herbei, um sich auf ihr Futter zu stürzen.

Als ich an einem verlassenen, mit Unkraut und Wildblumen überwucherten Tempel vorbeikam, gewann mein Aberglaube die Oberhand. Ich hielt inne und blickte über die Schulter zurück. Im Umkreis von vielen hundert Metern war niemand zu sehen, nur ein streunender Hund, der vorsichtig einen Haufen Dung am Straßenrand beschnüffelte. Ich holte eine Flying Horse hervor, zündete sie an, paffte ein paar Mal und hielt sie dann in den Händen wie ein Räucherstäbchen. Ich kniete nieder, mit dem Gesicht zum eingestürzten Eingang des Tempels, schloss die Augen und murmelte rasch die Gebete herunter, die ich von Mama gelernt hatte. Ich bat um eine strahlende Zukunft als Musiker. Ich unterbrach mich, um an der Zigarette zu ziehen, damit sie weiter brannte, dann bat ich noch um Gesundheit für die ganze Familie.

Wieder sah ich mich um. Es wäre mir sehr peinlich gewesen, hier mitten im Nirgendwo dabei ertappt zu werden, wie ich mit dem Kopf auf den glühend heißen Boden schlug. Als ich mich vergewissert hatte, dass niemand in der Nähe war, machte ich vor dem Buddha da drin drei tiefe Kotaus.

Das Dorf Heng Tang schmiegte sich an den Fuß des Hu-Gong-Berges. Wenn der Himmel bewölkt war, trieb es wie eine Fata Morgana zwischen den Wolkenschwaden. Wenn es regnete, verschwand es vollkommen. Im Sommer war es unter dem dichten Blätterdach der Dattelpflaumen verborgen, doch im Frühling erblühte das Dorf wie ein wild wachsender Garten.

Endlich erreichte ich Herrn Soongs Zahnarztpraxis in einem alten Tempel am Rande des Dorfes.

»Du bist Da, nicht wahr?« Soong begrüßte mich herzlich und nahm dazu seine Chirurgenmaske ab. Er war gerade mit einem verweinten kleinen Jungen fertig, der nun von seiner Mutter getröstet wurde.

»Herr Soong. Woher wussten Sie, dass ich es bin?«

»Die Geige.« Er lächelte und enthüllte dabei die weißesten Zähne, die ich je gesehen hatte. Sein Beruf brachte das wohl mit sich. Er gab mir die Hand und bat mich dann in sein Zimmer. »Diese Kiste gefällt mir. Selbst gemacht?«

»Ein guter Freund von mir hat sie gemacht«, erklärte ich, wobei ich mich ein wenig für das primitive Design schämte.

»Sieht sehr solide aus.« Er lächelte strahlend weiß. Ich erwiderte das Lächeln, verbarg jedoch dabei die Zähne, denn ich hatte sie leider nicht geputzt, bevor ich aufgebrochen war. Ich beobachtete ihn, wie er sich die Hände wusch und den weißen Kittel aufhängte. Er war etwa Mitte zwanzig, hellhäutig und gut aussehend, mit langem Haar, das ihm bis zum Kragen reichte. Er trug eine eng anliegende Hose mit Schlag und ein seidenes Hemd. Jeder Zoll ein Stadtmensch.

»Ein barfüßiger Geigenspieler?«, bemerkte er und lächelte mich an. »Sehen wir mal, was du da hast.«

Ich holte die Geige heraus, und er zupfte darauf herum, stimmte die Saiten, spannte den Bogen fester und steckte dann die Geige zwischen Hals und Schulter. Er schloss die Augen, und eine friedvolle Melodie strömte aus meinem Instrument. Seine Finger eilten über die Saiten, auf und ab, und der Bogen hüpfte und brachte knappe Töne hervor. Ich staunte über seine Künste und verliebte mich aufs Neue in die Musik, doch da hielt er plötzlich inne. »Eine großartige Geige hast du da.« Er legte sie vorsichtig beiseite. »Zigarette?«

Ich schüttelte den Kopf.

»Möchtest du Künstler werden?«

Ich nickte, doch ich wusste nicht, worauf er hinauswollte.

»Dann nimm dir eine.« Er warf mir eine Filterzigarette zu und zündete sie mir mit einem Feuerzeug an. Ich zog daran und inhalierte tief. »Ich bin kein Lehrer. Du sollst mich auch nicht Lehrer oder so etwas nennen, aber ich könnte einen Freund wie dich gebrauchen.« Er schaute aus seinem kleinen Fenster und dann auf einen Haufen künstlicher Gebisse auf seinem chaotischen Schreibtisch. »Es ist so langweilig hier. Falls du Zahnarzt werden möchtest, kann ich dir auch das beibringen. Ich habe reichlich Zeit, und alle diese Zähne da müssen zurechtgefeilt werden, damit sie in die Münder meiner Patienten passen.«

»Ich möchte erst Geige spielen lernen«, erwiderte ich, »aber während der Pause kann ich Ihnen gern bei der Arbeit helfen.«

»Nicht nötig, war nur ein Scherz.«

Ich brauchte nicht lange, um ihn ins Herz zu schließen.

In den kommenden Tagen spazierte ich in seinem Zimmer herum, die Geige zwischen Schulter und Hals geklemmt, und übte mit dem Bogen. Diese Übung tat ziemlich weh, mein Hals schwoll an, und meine Schulter war wundgescheuert, doch er sagte immer wieder, ich käme gut voran. Er zeigte mir Fotos steinerner Büsten von Beethoven und Mozart und erzählte mir Geschichten über sie, erstaunliche Geschichten.

Als ich ein wenig in mich zusammensank, fragte er: »Würdest du das auch vor einem Publikum von tausend Leuten tun, wenn du auf der Bühne eines großen Konzertsaals dein Solo spielst?« Natürlich nicht. Ich richtete mich auf und ließ nie wieder den Kopf hängen.

In meinen Pausen feilte ich mit ihm die Gebisse zurecht, und er erzählte mir von seiner Familie. Sie waren alle fromme Christen und somit im vorwiegend buddhistischen China eine Minderheit. Sein Vater war ein berühmter Zahnarzt gewesen, der für seinen Glauben gegen die Kommunisten gekämpft hatte, ins Gefängnis gekommen und vier Jahre später dort verstorben war. Seine Geschwister, sämtlich talentierte Musiker, wurden aus ihrer Villa in Putien geworfen und aufs Land verbannt, genau wie ihr Vater zuvor. Seine Mutter war mit ihm nach Heng Tang gekommen. Ihre frühere Villa war aufgeteilt worden und diente nun als Hauptquartier der Roten Garden. Sie selbst lebten in einer Lehmhütte mit zwei Zimmern und einem lecken Strohdach. Das Haus war ursprünglich ein Stall gewesen, und es roch immer noch so.

Soong hatte die Zahnheilkunde von seinem Vater gelernt, und bereits mit achtzehn Jahren war er ein guter Zahnarzt. Die kommunistischen Führer schätzten ihn sehr. Er war persönlich verantwortlich für all die Goldzähne in ihren Mündern. Als Angestellter der Kommune arbeitete er fünf Tage die Woche, vier Stunden täglich. Während der restlichen Zeit war er ein tagträumender Künstler.

Seine Nachbarn beschwerten sich über die unheimliche, westliche Musik, die er auf der Geige und »dem Blasebalg« spielte, einer kleinen Orgel, die zischte, wenn er auf die Pedale trat. Steine und verschimmeltes Obst flogen durch sein Fenster, doch das hielt ihn nicht davon ab. Er setzte einen Schalldämpfer auf seine Geige und spielte weiter.

Ich übte gewissenhaft und machte rasche Fortschritte, wie Mama und Papa stolz feststellten. Als Dank für Soong bat Mama mich manchmal, ihm Obst und Fleisch mitzubringen, und Vater schickte ihm Zigaretten und Schnaps, die er wiederum von seinen Akupunktur-Patienten geschenkt bekommen hatte. Soong bereitete das Essen zu, das ich mitgebracht hatte, und lud mich zum

Abendessen ein, und danach durfte ich oft auf seinem Fahrrad nach Hause fahren. Manchmal, wenn seine Mutter seine Brüder besuchte, brachte ich mehr Essen mit und blieb das ganze Wochenende über bei ihm. Dann gab es keine Geigenstunden oder andere Musik. Stattdessen gingen wir auf die Jagd.

Der Sommer lockte große Schwärme von Woo Ya genannten Vögeln aus den Bergen in das hügelige Dorf. Das waren große Vögel mit schwarz-weißem Gefieder, die ihre Nester in den prächtigen Dattelpflaumenbäumen bauten. Soong und ich schlichen uns nachts auf den Berg. Er trug eine Jagdflinte und ich eine Taschenlampe und einen großen Beutel aus Baumwolle. Wir gingen den gewundenen Pfad entlang, bis Soong stehen blieb und mich bat, die Taschenlampe auf einen Vogel zu richten, der nur ein paar Schritte entfernt saß. Dann zielte er und schoss. Peng! Der Vogel plumpste auf den Boden. Jeder wog mehr als ein halbes Pfund, und schon nach zwei Stunden flehte ich Soong meist an, den Jagdausflug zu beenden, weil mir die Tasche zu schwer wurde. Als krönenden Abschluss sprang er stets noch in einen Gemüsegarten und stahl die notwendigen Zutaten für unser nächtliches Festmahl. Bei ihm angekommen, zeigte ich ihm den mitgebrachten Schnaps, den wir dann in seiner Küche tranken, während wir die Vögel rupften.

»Aber lass die Köpfe dran. Sie schmecken toll, wenn man sie mit Knoblauch, Ingwer und Wein kocht«, sagte er. Für mich war das nichts, denn ich wollte nichts essen, was mich so anstarrte.

Soong, der Zahnarzt, wurde zu Soong, dem Meisterkoch. Er schälte sich aus seinem Hemd, und die gerupften Vögel, die mit den Köpfen dran irgendwie noch lebendig wirkten, kamen mit reichlich grünem Gemüse in einen großen, dampfenden Topf. Wir aßen und redeten, oft bis zum Morgengrauen.

Gegen Ende des Sommers sagte Soong: »Da, ich kann dir nicht mehr viel beibringen. Von jetzt ab musst du weiter üben und einfach allein zurechtkommen. Außerdem geht die Schule bald wieder los, oder?«

»Ich weiß nicht, ob ich zur Mittelschule gehe.«

»Wie meinst du das? Natürlich gehst du. Du bist doch noch jung.«

»Ich habe den Bescheid noch nicht bekommen. Ein paar andere schon.« Ich ließ den Kopf hängen.

»Komm schon, junger Mann. Mach dir keine Sorgen, du kannst immer noch zu mir kommen und Zahnarzt werden. Heutzutage lernen die Kinder in der Schule doch sowieso nichts mehr.« Er lächelte. »Aber ich möchte, dass du mich am Wochenende besuchen kommst, dann nehme ich dich mit nach Putien und stelle dich den tollsten jungen Musikern der Stadt vor.«

»Versprochen.«

Schließlich erhielt ich den Bescheid, dass ich nach sorgfältiger Überlegung des Schulausschusses der Kommune keine Gelegenheit bekommen sollte, meine Schulbildung fortzusetzen. Es war mir auch nicht gestattet, dies an anderen Schulen in anderen Kommunen zu tun.

Gründe wurden nicht genannt. Das war auch nicht nötig.

Einer von Vaters Patienten verriet uns heimlich, dass der Ausschuss aus einem einzigen Grund so entschieden hatte. Meine Vorfahren und meine Familie hatten schon genug Schulbildung genossen; es war Zeit, dass das für uns aufhörte.

Ich war wieder traurig und fühlte mich isoliert. Alle aus meiner Grundschule waren an die Mittelschule versetzt worden, sogar die schlechtesten Schüler. Ich durfte nicht hin, weil mein Vater die Universität besucht hatte, genau wie mein Großvater. Was war das bloß für eine Logik? Warum musste ich die Bürde meiner Eltern tragen?

Ich schlich düster herum und gab ausweichende Antworten,

wenn Freunde mich fragten, in welche Klasse ich käme. Meine engsten Freunde standen geschlossen hinter mir. Yi erbot sich, mich zum Tischler auszubilden, und Mo Gong sagte, er werde seine Eltern bitten, mich ins Schuhgeschäft einzuführen. Sen schlug sogar vor, wir sollten Bienenkörbe bauen, Bienen züchten und den Honig verkaufen. Doch die Mittelschule war das Letzte, woran sie dachten. Sie wollten mich bei sich haben, nicht in der Schule.

Meine älteste Schwester Si, die zu einer wunderhübschen und sehr wortgewandten Dame herangewachsen war, ging mit mir zum Komitee der Mittelschule und wollte sie überreden, mich doch aufzunehmen, obwohl die Kommune dagegen entschieden hatte. Die Schule unterstand anderen Gesetzen und hatte in der Vergangenheit schon ein paar Mal Beschlüsse der Kommune abgeändert.

Ich brachte alles mit, was für meine Erfolge sprach: einen Pingpongschläger, meine Flöte, die Geige, Zeugnisse und Rollen mit Kalligraphie-Arbeiten. Oft musste ich aus dem Stand auf der Flöte und vor allem auf der Geige vorspielen, wenn jemand etwas hören wollte. Auch das Schulkomitee hatte so ein Instrument noch nie gesehen. Sie klatschten Beifall, und ich fühlte mich benutzt, wie ein Stoffhündchen, doch die Antwort blieb die gleiche: großartiger Bewerber, aber gegen den Stempel Landbesitzer war eben nicht viel auszurichten. Ich hätte schon tags darauf in der Pingpongmannschaft der Schule spielen können, und sie hätten mich gern als ersten Geiger im Schulorchester gehabt, aber: Wir bedauern. Die Mitglieder des Komitees waren mit denen des Schulausschusses der Kommune befreundet. Es würde wesentlich mehr brauchen als einen guten, selbst als einen begabten Schüler, um die Berge der Bürokratie zu versetzen.

Vater sprach mit meiner Cousine Yan darüber, mich in ihren abgelegenen Schuldistrikt auf der Insel Milon zu schicken. Sie sagte, sie werde es versuchen, aber sie hatte zur Zeit einen schweren Stand bei ihrem Schulausschuss, und auf lange Sicht sei das ohnehin nicht gut für mich.

Mama betete Tag und Nacht und versprach Buddha drei Hühner und vier Ferkel, falls irgendeine Mittelschule mich annahm. Ich selbst versprach noch tausend Kotaus dazu. Und plötzlich nahmen die Dinge eine unerwartete Wendung. Papas steter Gast, der Zuckerrohrbauer, erwähnte ganz beiläufig, er habe am Abend zuvor etwas besonders gutes, frisches Zuckerrohr zur Mittelschule geliefert, weil der alte Vater des allmächtigen Rektors einen Schlaganfall erlitten habe. Der Rektor war besorgt und beunruhigt und wusste nicht, was er tun sollte.

Vater kam in mein Zimmer gerannt und unterbrach mich beim Geigeüben, was er noch nie zuvor getan hatte. Er sagte: »Sohn, ich glaube, du wirst bald zur Schule gehen.«

»Warum? Das ist ja toll!« Ich war so aufgeregt, dass ich beinahe meine Geige fallen gelassen hätte.

Papa erzählte mir vom Vater des Rektors; er war sich sicher, dass man ihn spätestens morgen um Hilfe bitten würde. Papas Zuversicht war schon immer sein Trumpf gewesen. Ich glaubte ihm.

Den ganzen Tag über lächelte Mama, kicherte und sagte ständig: »Buddha hat es mal wieder geschafft.«

Als wir an jenem Tag beim Abendessen saßen, kam ein junger Lehrer von der Mittelschule zu uns gelaufen und wollte Vater unter vier Augen sprechen. Vater führte ihn ins Hinterzimmer. Fünf Minuten später kam er wieder heraus und sagte, er müsse sofort zum Vater des Rektors, denn der Zustand des Patienten sei immer noch kritisch.

Wir lächelten, denn wir hatten ihn wohl verstanden. Als er schon an der Haustür war, bat er den jungen Mann, ihn noch einen Moment zu entschuldigen, und kehrte zu uns zurück. Er beugte sich herab und flüsterte mir sanft ins Ohr: »Ich lasse meine Nadeln im Beutel, bis der Rektor ja sagt.«

Ich nickte und spürte, wie mir heiße Tränen in die Augen stiegen.

Er kam spät nach Hause. Mit guten Neuigkeiten. Ich würde in einem Monat in Gruppe vier der ersten Klasse der Mittelschule aufgenommen. Die Verzögerung war nötig, wegen der ausdrücklichen Anordnung der Kommune, dass ich unter keinen Umständen aufgenommen werden sollte. Man würde mich hineinschmuggeln, sobald sich die Wogen etwas geglättet hatten. Ich bedankte mich bei Papa und schlich mich dann auf den Dachboden, kniete nieder und machte sensationelle eintausendundfünf Kotaus. Die fünf Extra-Kotaus waren nur zur Sicherheit, falls ich mich bei all dem hastigen Auf und Ab irgendwo verzählt haben sollte.

In jener Nacht schleppte ich meinen schmerzenden Leib ins Bett und lag mit offenen Augen da, viel zu aufgeregt, um einzuschlafen. Ein Mittelschulabzeichen, höhere Mathematik, Englisch, die Schulmannschaft, das Orchester. Und keine Schlangen wie Quei, Wang und Han mehr.

Die Mittelschule, für mehrere Bezirke zusammen, war zehnmal so groß wie meine Grundschule. Die Möglichkeiten waren verlockend. Auf einmal war der Albtraum Grundschule vorbei.

12

»Du bist doch der Kerl, der Geige spielt, wie ich gehört habe.«

»Ja, was willst du?« Ich blickte von einem Stapel Schulbücher auf und sah einen gut gekleideten Jungen lässig auf mich zukommen. Seine Klamotten waren säuberlich übereinander geschichtet. Er trug bunt gemusterte Schuhe und Strümpfe, eine Seltenheit in Gelber Fels, und wurde von zwei breit grinsenden kleineren Jungs flankiert.

»Nichts, nichts, nur mal vorbeischauen.« Er streckte mir die Hand hin. Als der Ärmel ein wenig hinaufglitt, glitzerte eine goldene Armbanduhr in der Morgensonne, die in unser Klassenzimmer schien. »Ich heiße I-Fei. Wie wär's mit einer Zigarette in der Pause?«

»Klar, I-Fei.«

»Du kannst ihn auch ›Armbanduhr‹ nennen«, bemerkte einer seiner Begleiter lachend.

I-Fei rammte ihm einen Ellbogen gegen den Kopf und trat ihn in den Hintern.

»Entschuldigung, Entschuldigung«, sagte der Junge und verzog, mir zugewandt, das Gesicht.

Schon wieder so einer, dachte ich.

Von der Englischstunde begriff ich gar nichts. Ich hatte einen ganzen Monat Unterricht versäumt. Grammatik und Aussprache hörten sich völlig verrückt an. Meine Gedanken schweiften ständig zu dem Kerl ab, der sich mir eben vorgestellt hatte, I-Fei. Ich vergaß immer wieder seinen Namen. Die erste Viertelstunde Englischunterricht verbrachte er damit, auf seine goldene Uhr zu spucken und sie sorgfältig zu polieren. Andauernd zog er sie auf. Dann hielt er das Zifferblatt so in die Sonne, dass er einen anderen Jungen damit blendete.

Dem Englischlehrer gefiel nicht, was er da sah. Er bat I-Fei, aufzustehen und ein paar einfache Sätze vorzulesen. I-Fei holperte und haspelte sich hindurch, doch sein Englisch hörte sich an wie ein seltsamer chinesischer Dialekt. Die ganze Klasse brüllte vor Lachen, vor allem ein großes Mädchen mit drallem Busen, das ganz hinten saß. Sie lachte so heftig, dass sie das Gesicht in den Händen verbergen musste. Es war nicht zu übersehen, dass I-Fei hier sehr beliebt war. Der Lehrer schaffte es nicht, ihn bloßzustellen, und bei all der Aufmerksamkeit schwoll ihm offenbar nur noch mehr der Kamm.

I-Fei pfiff mir zu, als die Stunde vorüber war, und bedeutete mir mit einem Kopfnicken, ihm zu folgen; dann schwang er sich mühelos aus dem unverglasten Fenster. Seine beiden Anhänger sprangen ihm nach wie zwei Äffchen. Warum nehmen sie nicht einfach die Tür?, dachte ich, klappte meine Bücher zu und verstaute sie in meinem Pult. I-Fei zwinkerte mir von draußen aus zu, also kletterte ich ebenfalls aus dem Fenster.

Es war das reinste Zigaretten-Picknick. Eine ganze Gruppe jüngerer Mittelschüler saß an einer Mauer aufgereiht, und sie qualmten vor sich hin wie kleine Schornsteine. Wer keine Zigarette hatte, jagte den Rauchern hinterher, um während der kurzen Pause wenigstens einen Zug abzubekommen und die Sucht zu beschwichtigen. I-Fei holte eine volle Packung meiner Lieblingsmarke Flying Horse hervor und ließ mich selbst eine Zigarette nehmen.

»Nur zu, nimm dir mehr, Da.«

Ich sah ihn an und schüttelte den Kopf.

»Freunde teilen alles miteinander.« Er starrte mich prüfend an.

»Ja, so ist es.« Ich nahm auch ein paar für meine Freunde, die bei Yi auf mich warteten. Einer von I-Feis Gefolgsleuten sprang herbei und schnappte sich auch eine. I-Fei gab ihm einen Klaps aufs Handgelenk und trat ihn wieder in den Hintern. »Verzieh dich, du Schnorrer«, rief er.

Langsam zog ich eine noch ungeöffnete Packung derselben Marke aus meiner Innentasche und sagte: »Lass mich den Gefallen erwidern, Freund. Wenn du mein Freund sein willst, rauch auch eine von meinen.«

Auf I-Feis Gesicht machte sich ein Lächeln breit, und er klopfte mir auf die Schulter. Er zog eine Zigarette aus meiner Packung und zündete zuerst meine, dann seine mit einem roten Feuerzeug an.

Er wurde mein bester Freund in der Klasse. Seine pompöse Art verdankte er seiner Herkunft. Sein Vater war der Bürgermeister von Han Jian, der zweitgrößten Stadt des Bezirks. Seine Mutter war die Vorsitzende des Frauenverbandes in einer staatlichen Fabrik für Kurzwaren. Beide waren erfahrene kommunistische Kader. Seine Eltern waren zu sehr mit ihrem eigenen Leben beschäftigt und hatten ihn hierher zu seiner Tante abgeschoben, was ihn zu einem großen Fisch in einem kleinen Teich machte. Er lebte von einem sehr großzügigen monatlichen Unterhalt und kam ab und zu auf einem brandneuen Fahrrad zur Schule, um damit vor den Mädchen anzugeben. Die Lehrer duldeten ihn schweigend, weil seine Mutter die Verteilung von Zucker und Öl in der Region kontrollierte. Sie war sozusagen Zucker und Öl in Person. Einige der schlecht bezahlten Lehrer bettelten I-Fei manchmal um Lebensmittelkarten für Öl und Zucker an, damit sie sich einen seltenen Luxus leisten konnten, der ihnen bei ihren lächerlichen Lebensmittelrationen ansonsten versagt blieb.

An seinem ersten Tag in der Mittelschule Gelber Fels sah man, wie der Rektor in seinem Büro I-Fei eine Zigarette anzündete, um den VIP-Schüler persönlich zu begrüßen. Das blieb sein Lieblingsscherz über diese Schule. Nach I-Feis Meinung sollten ihm alle anderen Lehrer die Hände maniküren.

Er pickte sich an der Schule die Leute heraus, die ihm interessant erschienen, und verbündete sich mit ihnen. Selbst die coolen Jungs in den höheren Klassen grüßten ihn wie einen alten Freund. Er schleppte mich überall mit hin und stellte mich als seinen guten Freund vor. Wir waren gleich groß und ähnlich gebaut; bald trugen wir auch die gleiche Frisur. Ich bat Mama sogar um Socken, ein gewaltiger Schritt für jemanden, der bisher immer barfuß unterwegs gewesen war.

Mama sagte mir immer wieder, ich sollte lauter Einsen schreiben und mich bemühen, die Lehrer zu beeindrucken, doch die Mittelschule war ein einziges Chaos. Einmal hatte ich unseren Englischlehrer nach der Stunde aufgesucht, um mit ihm zu besprechen, wie ich das Versäumte nachholen könnte. Er war etwa fünfundsechzig und starker Raucher. Ich sagte ihm, das Fach interessiere mich sehr. Er holte eine hässliche, verkohlte Pfeife hervor, stopfte etwas Tabak hinein und zündete sie an. Paff, paff. Der Tabak knisterte. Plötzlich bekam er einen Hustenanfall. Er erstickte beinahe, sein Gesicht lief rot an, und seine Brust pfiff wie ein löchriger Blasebalg. Ich dachte, er würde gleich vom Stuhl fallen, doch er hielt sich am Schreibtisch fest.

»Wie heißt du?« Er hatte eine krächzende Stimme. Seine Augen starrten mich an wie tote Austern.

»Chen Da«, sagte ich. »Soll ich Ihnen die Schulschwester holen?«

Er schüttelte den Kopf. Paff, paff. »Chronisch. Das hier hilft auch nicht gerade.« Er blickte auf die Pfeife.

Darauf können Sie wetten. Das wird Ihr Tod sein, ist es vielleicht schon, dachte ich. Dann spürte ich die Schachtel Zigaretten in der hinteren Hosentasche. Damit musste ich aufhören.

»In welche Klasse gehst du?«

»Gruppe vier, erste Klasse.« Er hatte mich dort schon dreimal gesehen.

»Und du willst diese Stunden nachholen?«

»Ja, bitte.«

»Ich habe eine kranke Frau. Noch kränker als ich.«

Dann kann sie es schon mal nicht an der Lunge haben, dachte ich.

»Lungenkrebs.«

»Das tut mir Leid für Sie.«

»Da gibt's noch mehr.« Paff, paff. Ich konnte förmlich hören, wie der bittere Rauch seine Lunge mit blubberndem Eiter füllte. Kein schönes Geräusch, dieses Gezische und Gekeuche.

»Mein Sohn ist im Gefängnis.« Seine Austernaugen fixierten mich. »Diebstahl.«

»Tut mir Leid.«

»Und meine Tochter.«

Ich hatte genug gehört. Ich wäre gegangen, wenn diese Austernaugen nicht so um Aufmerksamkeit gebettelt hätten.

»Sie geht noch zur Grundschule.«

»Das ist doch schön für sie.«

Seine Austernaugen weiteten sich. »Sie ist sechzehn.«

Eine Sekunde später war ich draußen. Der Lehrer brauchte dringender Hilfe als ich.

Mitten im Physikunterricht schlenderte I-Fei lässig hinaus, rauchte eine Zigarette und kehrte zurück. Der Lehrer starrte ihn an, sagte aber nichts.

»Das ist hier erlaubt?«, fragte ich ihn nach der Schule.

»Keiner kann dich dran hindern. Du könntest dagegenhalten,

dass Wissenschaft dich korrumpiert und zu einem Bourgeois macht, und dann können sie nichts mehr machen. Wenn doch, müssten sie verteufelt aufpassen, was sie sagen.«

»Du meinst, die Schüler kontrollieren hier die Lehrer?«

»Könnte man wohl so sagen. Neulich haben Freunde von mir ein paar Klassen über uns den Lehrer aus dem Klassenzimmer geworfen. Am Ende musste er sich noch bei den Schülern entschuldigen.«

Kein Wunder, dass sich die Lehrer so gar nicht für meine Schwierigkeiten interessierten.

Als das Semester zur Hälfte herum war, gehörte ich der Tischtennismannschaft und dem Schulorchester an. Dreimal in der Woche trainierte ich nach der Schule Pingpong, und an den anderen Tagen spielte ich Flöte und mühte mich mit der Geige ab, denn die Proben für eine großartige Aufführung mit sieben Akten standen bevor.

Die Schulkameraden waren fasziniert von meiner Geige. Sie nannten sie »das Schulter-Dings«. An den Fenstern des Probenraums klebten stets neugierige Gesichter. Jetzt gab es dort noch etwas zu sehen, neben den hübschen Gesichtern der Schauspielstars unserer Schule.

Bald kannte man mein Gesicht an der ganzen Schule, die zweitausend Schüler hatte. I-Fei sprach überall von mir als »dem Kerl mit der Geige«. Doch eines Tages erwähnte er, dass wir nicht mehr so viel Zeit zusammen verbrächten und sein Leben ziemlich langweilig geworden sei.

»Warum bewirbst du dich nicht als Schauspieler? Du siehst doch ganz gut aus«, schlug ich ihm vor.

»Ich kann nicht schauspielern. Das ist peinlich.«

»Ich habe noch eine Idee«, sagte ich. »Neulich war ich im Lagerraum, und da habe ich ein gutes Akkordeon mit Knöpfen rumliegen sehen, das niemand benutzt. Vielleicht könntest du lernen, wie man mit diesen Knöpfen umgeht, und dann wärst du auch dabei. Sie hätten gern mehr westliche Instrumente im Orchester. Was glaubst du, wie ich da reingekommen bin?«

Er blickte auf seine Füße hinab und scharrte im Staub. »Ich hab doch keine Ahnung von Musik.« Ein beschämendes Eingeständnis.

»Wir finden jemanden, der es dir beibringt. Ich wette, bis wir mit dem Einstudieren fertig sind, kannst du im Hintergrund mitspielen.«

Er wurde ganz aufgeregt. »Aber wer soll mir das beibringen?«

»Ich weiß schon jemanden.«

Ich überredete Herrn Ma, den Kunstlehrer, der für die Schulaufführung zuständig war, und holte noch am selben Nachmittag das verstaubte Akkordeon für I-Fei aus dem Lager. Er verbrachte den ganzen Abend damit, es zu putzen und zu polieren, bis es glänzte wie ein Schwert.

Am folgenden Nachmittag kehrte er mit dem Fahrrad wieder zur Schule zurück, das Akkordeon auf den Gepäckträger geschnallt, und fuhr ungeduldig im Kreis herum, bis die Probe endlich vorbei war. Sobald ich herauskam, quetschten wir uns zu zweit auf das Rad und fuhren nach Heng Tang.

Soong freute sich über unseren Besuch. Seine Mutter war wieder einmal nicht da.

»Noch ein Schnellkurs«, sagte er. »Zufällig kenne ich mich ein bisschen mit diesem Instrument aus, aber nicht so gut wie mit der Geige.«

Er zeigte I-Fei die Grundlagen. Bald drückte der ungeschickt auf den losen Knöpfen herum.

Auf dem Heimweg von seiner ersten Stunde führte I-Fei sich auf wie ein Zocker, der ganz groß abgeräumt hat. »Ich mag Lehrer Soong wirklich gern.«

»Er ist ein netter Kerl.«

»Ich will auch so schnell spielen lernen wie er. Und ich muss irgendwas tun, um mich zu revanchieren.«

»Ihm eine Frau suchen?«

»Nur Öl oder Zucker. Die kann er bestimmt auch brauchen.« Beides waren Kostbarkeiten.

»Fällt dir sonst noch was ein?«

»Ich glaube nicht. Mal sehen.«

Zwei Wochen später trat I-Fei dem Orchester bei. Er saß in dem zwanzigköpfigen Ensemble direkt hinter mir und war unsicher, was Tonart und Partitur betraf, aber clever genug, um spät einzusetzen und früh aufzuhören, so dass man ihn nie bei falschen Tönen ertappte. Aus der Ferne wirkten seinen Bewegungen flüssig und im Takt. Doch aus nächster Nähe hörte ich nur ein zischendes Geräusch aus dem löchrigen Gehäuse, der Lunge des Englischlehrers nicht unähnlich. Jeden Tag vor der Probe brachte ich ihm den Abschnitt bei, der drankommen würde. Den summte er vor sich hin, bis ich es nicht mehr hören konnte. Er schien seine wahre Berufung gefunden zu haben.

Ich war stolz auf ihn und sehr gern mit ihm zusammen. Er fühlte sich gut, weil er nun zu unserer angesehenen Gruppe gehörte.

»Hast du's schon gehört?«, fragte I-Fei mich eines Tages wütend, als wir den Probenraum betraten.

»Was?«, fragte ich.

»Da draußen war ein Kerl, der über dich hergezogen ist; er hat dich als Sohn eines Landbesitzers beschimpft und so weiter.« I-Feis Gesicht glühte.

»Wer war das?«

»Eine dürre kleine Ratte aus Gruppe eins, Han oder so heißt er. Willst du denn nichts dagegen unternehmen?« Er stemmte die Hände in die Hüften.

»Ach, das ist mein alter Erzfeind aus der Grundschule.«

»Und du lässt zu, dass er dich so runtermacht?«

»Um den kümmere ich mich später.«

»Nicht später.« Er starrte mich eindringlich an. »Jetzt.«

»Ich will hier keine Szene machen.«

»Aber ich. Gehen wir.«

»Nicht jetzt. Das verstehst du nicht.«

»Ich verstehe sehr wohl. Die haben dich früher fertig gemacht, aber jetzt ist Schluss damit.«

Er schob mich hinaus und auf eine kleine Menschenmenge zu.

»Bleib ganz ruhig, klar?«, zischte I-Fei mir zu. »Und tu, was ich dir sage.«

»Was hast du vor?« Die alte Angst, von der Schule zu fliegen, meldete sich zurück.

Er antwortete nicht. Ich sah ihn direkt auf Han zugehen, der zu lachen aufhörte und sich nach I-Fei umdrehte.

»Du hast hinter meinem Rücken schlecht über mich geredet, du Hurensohn«, brüllte I-Fei, spuckte Han an und schwang die Fäuste.

»Gegen dich hab ich gar nichts gesagt«, erwiderte Han. »Ich habe den da gemeint.« Er zeigte mit dem Finger auf mich.

»Gar nicht wahr, ich hab's doch selber gehört.« I-Fei rückte näher an ihn heran; seine Augen quollen hervor. Er schubste Han. Han schubste zurück.

»Komm schon, Da«, schrie I-Fei. »Diese Ratte hat zugegeben, dass er über uns beide hergezogen ist. Wie kannst du es wagen!«

Rauschend stieg mir das Blut zu Kopfe. Der alte Schmerz rührte sich wieder. Ich zitterte und bebte.

»Komm schon, Da!«

Plötzlich war ich völlig furchtlos und rammte Han die Faust gegen die Schläfe. Er stolperte ein paar Schritte zurück. I-Fei duckte sich und stieß den rechten Fuß zwischen Hans unsichere Beine. Han landete im Dreck. Die Menge johlte.

Meine Beine flogen nur so, als ich ihm gegen Brust und Bauch trat. Han kreischte. I-Fei drückte seinen Kopf auf den Boden. Dann sprang ich auf ihn und prügelte drauflos, bis ich weinte und meine Arme schmerzten. Wir ließen ihn los. Han rappelte sich hoch wie ein überfahrener Hund und hinkte von dannen, das Gesicht von Schmutz, Schweiß und Tränen verschmiert.

»Warum weinst du?«, fragte I-Fei erstaunt.

»Bin glücklich.« Ich wischte mir die Tränen ab. »Danke.«

»Jetzt traut er sich nicht mal mehr, dir unter die Augen zu kommen.«

An jenem Abend rief Herr Ma uns in sein Zimmer und tadelte uns streng. Ich sagte, es sei meine Schuld gewesen, I-Fei behauptete, er sei schuld. Herr Ma sagte, wenn die bevorstehende Kostümprobe des Revolutionsdramas nicht wäre, würde er uns beide aus dem Ensemble feuern. Wir mussten uns das Lachen verkneifen, als wir sein Zimmer verließen.

Zum Neujahrsfest war alles für die Aufführung fertig. Über die Feiertage waren wir bereits für fünfzehn Vorstellungen gebucht, vornehmlich in den kleinen Dörfern, die zur Volkskommune Gelber Fels gehörten. In unserem Stück ging es um ein Mädchen von einer Mittelschule, das am Anfang ein richtiger Bücherwurm war, doch dann halfen ihm die Roten Garden, sich dem revolutionären Lager anzuschließen. Sie wurde selbst Rotgardistin und schwor ihrer Freundschaft mit einem Konterrevolutionär ab, der versuchte, ihren jungen Verstand mit intellektuellen Studien zu korrumpieren. Insgesamt wirkten rund fünfzig Leute mit, darunter auch Lehrer. Das Stück war nicht unbedingt großartig, aber in einem Dorf, in dem vielleicht einmal im Jahr eine der reisenden Kinotruppen einen Film zeigte, war jede Form von Unterhaltung ein Grund zum Feiern, vor allem, wenn sie in die Neujahrstage fiel.

Ein paar Tage vor Neujahr wurden wir noch eingeladen, im Dorf Ding Zhuang aufzutreten, wo mein entfernter Cousin Wen

Qui lebte, bei dem ich mich damals versteckt hatte. Nun war es Zeit für ein fröhlicheres Wiedersehen.

Am Morgen schickte das Dorf Traktoren, die uns abholen sollten. Wir sangen den ganzen Weg entlang, auf dem Anhänger zusammengedrängt. Als wir ankamen, rannten kleine Kinder uns neugierig nach. »Die Musikleute sind da!«, schrien sie.

Am Ort der Aufführung angekommen, war es Aufgabe des Orchesters, all die Vorhänge aufzuhängen, schichtweise übereinander, und die Kulissen aufzubauen. Ding Zhuang hatte eine Bühne im Freien, ein Stück nackter Boden vor einem großen Platz. Ein paar Bambusstämme waren an den vier Ecken aufgestellt. I-Fei und ich kletterten hinauf und befestigten die Vorhänge daran, während die anderen die schweren Kulissen nach hinten auf die Bühne schleppten und uns die Vorhänge brachten. Die Lehrer brüllten uns an, als wir zum Spaß auf den Spitzen der biegsamen Stämme schaukelten. Dann halfen wir den Elektrikern, die Scheinwerfer aufzubauen.

Draußen auf dem Dorfplatz hatten die Dorfbewohner sich schon lange ihre Plätze gesichert, indem sie ihre Stühle aufgestellt oder seit gestern dort kampiert hatten. Diese Kinder hatten schon seit einer Ewigkeit nicht mehr so viel Spaß gehabt. Im Hauptquartier der Dorfverwaltung, wo wir untergebracht wurden, bereitete eine große Küche ein Bankett für uns vor.

»Drei große, fette Schweine und haufenweise anderes Essen«, erklärte der Dorfvorsteher stolz. »Ihr werdet alle reichlich zu essen bekommen.« Er reichte auf einem Tablett Zigaretten für alle herum, auch an die Schüler. Herr Ma starrte uns missbilligend an wie ein strenger Vater und nahm sie uns alle wieder ab.

An diesem Nachmittag besuchte ich mit meiner Geige meinen Cousin Wen Qui.

»Herzlich willkommen. Mit dir hatte ich nun wirklich nicht gerechnet.« Wen sah ein paar Jahre älter aus und trug nun einen stoppeligen Schnurrbart. »Ich wusste nur, dass du jetzt auf die Mittelschule gehst.« Er strahlte vor Freude. Seine Frau tätschelte mir liebevoll die Schultern.

»Ja, ich gehe auf die Mittelschule, und ich spiele jetzt Geige.«

»Ein Musiker, wie dein Vater. Das ist sehr schön. Komm, spiel uns was vor.«

Ich spielte eine einfache Melodie, und sie lauschten schweigend.

»Ich sehe, du schlägst dich gut durch, wenn du jetzt sogar in der Propagandamannschaft der Schule bist und so weiter. Das erinnert mich an die alten Tage, als du dich hier versteckt hast«, sagte mein Cousin wehmütig.

Seine Frau bekam feuchte Augen, doch sie lächelte und hielt meine Hände zwischen ihren.

»Wie geht es in der Schule?«

»Na ja, heutzutage nimmt niemand die Schule richtig ernst. Deshalb habe ich ja damit angefangen.« Ich zupfte noch ein paar Töne und legte dann die Geige beiseite.

»Es ist schwer, davon zu leben, wenn man nicht außergewöhnlich begabt ist.«

Ich schwieg.

»Aber es macht Spaß, zu singen und zu tanzen und jede Menge gutes Essen zu bekommen – und vermutlich jede Menge Zigaretten. Das habe ich ja auch alles schon erlebt.« Wen Qui sah seine Frau an, die sein Lächeln erwiderte. »Aber du solltest trotzdem versuchen, in der Schule so viel wie möglich zu lernen.«

»Wozu soll das gut sein?«

»Wozu das gut sein soll? Wissen. Niemand kann dir das wegnehmen. Die Zeiten werden sich ändern, und dann bereust du, was du versäumt hast«, antwortete er.

Ich erwiderte nichts. Ich war in der Erwartung hergekommen, mit diesem Paar, das ich besonders mochte, über meine aufregenden Pläne für den Winter zu sprechen, meine Musik und meine Freunde. Er hatte mir soeben einen Eimer eiskaltes Wasser über den Kopf gegossen.

»Das sagt er dir deshalb, weil uns so viel an dir liegt«, fügte seine Frau sanft hinzu. »Du bist wirklich ein intelligenter Junge. Vergeude deine Begabung nicht.«

»Es ist wunderbar, ein solches Hobby zu haben, aber nimm die Schule wieder ernst und lerne fleißig. Du wirst mir noch dankbar sein, wenn du erst erwachsen bist.«

An jenem Abend sah ich Wen und seine Frau nicht im Publikum. Wie er gesagt hatte – in seiner Jugend hatte er all das schon erlebt. Ich glaubte ihm und liebte sie beide.

Nach der Vorführung kam das Bankett, und danach machten I-Fei und ich einen Spaziergang einen dunklen Feldweg entlang.

»Was willst du machen, wenn du erwachsen bist?«, fragte ich.

»Weiß noch nicht«, erwiderte I-Fei. »Ich könnte für meine Mutter arbeiten und der Mann für Öl und Zucker werden. Aber Papa will, dass ich Fahrer werde.«

»Warum?«

»Da verdient man am meisten Geld, mehr kriegen nur Fleischer.« Unter der Hand, versteht sich.

»Willst du nicht zur Universität?«

»Ich will doch kein stinkender Intellektueller werden. Ich stamme aus einer Familie von Revolutionären. Was willst du denn mal werden?«

»Ein Geigensolist, der vor Tausenden von Fans in einem großen Konzertsaal spielt. Ich will mit dem Flugzeug reisen, gute Anzüge und Krawatten tragen, und ich will Verehrerinnen, die mir zu Füßen liegen.«

I-Fei konnte gar nicht mehr aufhören zu lachen. Ich schlug ihm mit der Faust in den Rücken, das wirkte. Doch ich musste ihm zustimmen, dass das ein alberner Traum war.

»Dabei könnte ich dir nicht weiterhelfen«, sagte er ernst. »Wenn du Lehrer werden willst oder so, könnte mein Vater dir vielleicht eine Stelle besorgen.«

»Ich brauche deine Hilfe nicht. Ich werde fleißig lernen und es ganz allein schaffen.«

»Lernen? Spinnst du?«

Ich nickte.

Er bot mir eine Zigarette an. Zum ersten Mal lehnte ich ab.

»Was ist denn mit dir los?«

»Nichts. Ich mag nur gerade keine.«

Er zündete sich selbst eine an. Ich nahm sie ihm aus dem Mund und warf sie fort. Er wollte mich schlagen, doch ich hatte schon ein paar Schritte Vorsprung. Wir rannten zum Hauptquartier zurück. Den ganzen Weg über spürte ich die Blicke von Wen und seiner Frau auf mir ruhen, lächelnd und hoffnungsvoll.

13

Am neunten Tag des neunten Monats im Jahre 1976 starb der Große Vorsitzende Mao wie ein ganz gewöhnlicher Mensch. Abergläubische Bauern sagten, neun sei die Zahl der Kaiser, und der Himmel habe gewollt, dass er wie ein Kaiser starb. Es konnte natürlich bloßer Zufall sein, doch die Sonne über Gelber Fels versteckte sich nach seinem Tod zehn Tage lang hinter dichten Wolken. Es hieß, sie trauere über den Verlust eines großen Anführers, doch Vater glaubte, der Himmel sei betrübt, weil Mao nicht schon früher gestorben war. Aber ein Anführer, egal wie miserabel, war eine beinahe übernatürliche Figur. Der Konfuzianismus hatte die Leute gelehrt, dem Kaiser bedingungslos zu gehorchen. Maos Herrschaft hatte diese Tradition nur noch gestärkt. In den Tagen nach seinem Tod versammelten sich die Leute in kleinen Trauben auf den Feldern, unter den Bäumen, und flüsterten leise und geheimnisvoll, als solle das ganze Land bald von einer Katastrophe heimgesucht werden.

Meine Eltern schärften mir ein, jetzt besonders vorsichtig mit dem zu sein, was ich sagte. Wir, die Feinde Maos, dürften nicht den Eindruck erwecken, dass diese Neuigkeit uns freute. Die Kader der Kommune würden jeden Einzelnen von uns zu Brei schlagen, bevor das System Zeit hatte, sich zu ändern. Wir könnten zu leichten Zielscheiben ihrer Wut und Trauer werden. Chaotische Zustände könnte es geben, sogar einen Bürgerkrieg, mahnte Vater.

Die Anführer und Kader der Volkskommune Gelber Fels hielten ausgedehnte Zusammenkünfte ab, während deren einige von ihnen so lange geweint haben sollen, bis sie schließlich zusammenbrachen. Sie hatten das Gefühl, die goldenen Zeiten seien vorüber und ihre Zukunft vollkommen ungewiss.

Auf der Straße trugen alle eine schwarze Binde am rechten Arm. Tag und Nacht geisterten die traurigen, weinenden Laute der Musik von Mao-Trauerfeiern in jeder staubigen Ecke von Gelber Fels herum, aus eilends aufgestellten Lautsprechern. Es hörte gar nicht mehr auf.

Die Bauern erzählten auf einmal alle möglichen unheimlichen Geschichten, die ich noch nie zuvor gehört hatte. Sie sagten, Mao sei ein teuflischer Sohn des Himmels, der von dort entkommen war, um Chaos und Zerstörung in diese Welt zu tragen, wofür er nun in seinen nächsten neun Leben werde büßen müssen. Kein Wunder, dass er keine Nachkommen gezeugt habe. Die Leute behaupteten sogar, des Nachts Lachen gehört zu haben, aus alten buddhistischen Tempeln, jenen Tempeln, die Maos Revolutionäre zerstört hatten. Zum ersten Mal in meinem Leben hörte ich die Leute über Geister sprechen, als seien sie ein Teil unseres Alltags, der zum Leben erwachte, wenn wir alle schliefen. Nur die Schlaflosen konnten hören und sehen, was die Geister zu sagen hatten.

Doch Buddha war nicht der Einzige, der lachte. Ich sah die unbändige Freude in den Augen meiner Eltern. Lange nachdem wir Kinder schlafen gegangen waren, hörte man sie noch im Dunkeln flüstern und lachen. Einmal belauschte ich sie, als sie hinter der geschlossenen Tür ihres Schlafzimmers über die Ländereien und Häuser sprachen, die wir verloren hatten. Als sie meine zögernden

Schritte draußen vernahmen, öffnete Papa langsam die Tür, zwinkerte mir zu und bat mich zu gehen.

Maos Begräbnis war eine landesweite Angelegenheit. Die Menschen von Gelber Fels stellten sich zu Tausenden in langen Reihen auf dem großen Platz auf, ganz in Schwarz und Weiß gekleidet.

Als sei die Kluft zwischen den Familien der Kommunisten und der ehemaligen Landbesitzer durch Maos Tod noch tiefer geworden, wurde mir vom Schulausschuss verboten, an der Zeremonie teilzunehmen. Landbesitzerfamilien waren nicht erwünscht. Ich war traurig, verwirrt und fühlte mich gedemütigt. Nach dem Schulwechsel hatte ich geglaubt, ich hätte mich allmählich in das System eingefügt. Jetzt sagten sie mir, dass ich nicht mit den anderen um den schrecklichsten aller Anführer trauern durfte, den einzigen Anführer, den ich kannte. In meinem Herzen gab es keinen anderen Führer, der mir so viel bedeutete, egal, wie gut oder schlecht er gewesen sein mochte. Man hatte mir gesagt, ich solle gar nicht versuchen, ihn zu verstehen, denn er sei einfach weiser, nein, der Weiseste von allen. Ich sollte ihm nur folgen und ihn von ganzem Herzen lieben. Als kleiner Junge hatte ich einmal die Parole »Lang lebe der Vorsitzende Mao!« so oft gebrüllt, dass ich am nächsten Tag keine Stimme mehr hatte. Obgleich die Generation meiner Eltern ihn hasste, hatte ich ihn auf meine eigene Weise ins Herz geschlossen. Ich wusste es nicht besser. Der Kult um ihn hatte sich mir schon so tief eingeprägt, dass es mich schmerzte, von solch einem Ereignis ausgeschlossen zu werden. Ich wollte mich von ihm verabschieden, vom toten Vorsitzenden Mao, doch ich besaß nicht einmal eine schwarze Armbinde.

Ich blieb zu Hause, während die Menge die Straße entlang zum großen Platz marschierte. Vater sagte, da sei doch nichts Besonderes dran, und er würde an einer solchen Veranstaltung nicht einmal teilnehmen, wenn sie ihn dafür bezahlten. Wie langweilig, meinte er. Der fette Klops hätte schon vor langer Zeit sterben sollen. Mama bat ihn rasch, davon aufzuhören. Er grinste höhnisch in sich hinein. Dann kochte er sich eine große Kanne Tee, drehte sich eine dicke Zigarette und machte es sich mit einem alten Medizinbuch, seinem liebsten Zeitvertreib, im Schaukelstuhl gemütlich. Er war ein glücklicher Mann.

Zehn Minuten vor Beginn der Trauerfeier kam einer von Vaters Patienten auf dem Weg dorthin bei uns vorbei, und Vater gab ihm einen Tee aus.

»Ich kann wirklich nicht so lange auf dem Platz herumstehen«, sagte er. »Meine Füße würden mich umbringen.« Er sah mich an, ganz düster und traurig, und sagte: »Junger Mann, du kannst meine schwarze Armbinde haben und dich auf meinen Platz stellen.«

Ich sprang auf, schnappte mir seine Binde und rannte, so schnell ich konnte, zu dem Platz, der von bewaffneten Milizionären mit ernsten Mienen bewacht wurde. Ich schlich mit gesenktem Kopf durch den Eingang und kam mir vor wie ein Dieb, der jedem bekannten Gesicht ausweichen musste.

Ich bahnte mir einen Weg durch die Reihen von Menschen und bemerkte überrascht, dass einige sogar rauchten und Witze rissen, während sie auf den Beginn der pompösen Trauerfeier warteten. Als ich endlich die Leute aus dem Dorf unseres Besuchers fand und mich ihnen am Rande des staubigen Platzes anschloss, saßen ein paar Bauern im Gras daneben und dösten vor sich hin. Da waren weinende Kinder und zahnlose Alte. Ihre Liebe und Hingabe rührten mich, doch dann hörte ich, was einer der ruhenden Männer neben mir sagte: dass seine Brigade ihre Teilnahme hier als einen Tag Feldarbeit zählen und sie pro Kopf bezahlen würde, die Kinder eingeschlossen.

Papa behielt Recht. Die Zeremonie war lang und langweilig. Maos Lebensgeschichte, die endlose Liste seiner Ehrentitel, Trauermusik und Schweigen. Sie sagten uns, dass in diesem Moment das ganze Land schwieg, dass sogar die wichtigsten Maschinen abgestellt waren. Die Züge wurden angehalten. In meiner Vorstellung war das ganze Land still und traurig, bis auf meinen Vater. Ich konnte ihn vor mir sehen, wie er auf seinen dampfend heißen Tee blies und nach jedem Zug an seiner Zigarette lose Tabakstückchen ausspuckte, während er die Beine baumeln ließ. Ich lächelte, denn ich musste immerzu an ihn denken.

Eines Tages, bald danach, sah ich auf dem Heimweg von der Schule eine große Menschenmenge, die sich auf dem Marktplatz versammelt hatte. Ein junger Mann mit einem großen Pinsel malte riesige Schriftzeichen auf eine weiße Mauer: NIEDER MIT DER VIERERBANDE!

Wer war denn die Viererbande?

Ich ging näher heran und stellte mich an den Rand der Menge, um zuzusehen. Der junge Mann schrieb die Namen nacheinander dazu, zur allgemeinen Überraschung.

Jiang Qing (ehemals bekannt als Madame Mao), Yiao, Zhang und Wang.

Das konnte nicht sein. Warum wurde Maos Witwe auf einmal so gehasst, während Maos Leichnam noch kaum erkaltet war? Maos Frau hatte das Land regiert, seit Mao krank geworden war. Jemand wollte die Macht übernehmen, dachte ich erschrocken. Vielleicht würde es tatsächlich einen Krieg geben, wie Papa gesagt hatte. Ich rannte nach Hause und überbrachte ihm atemlos die Neuigkeiten.

»Bist du sicher?«, fragte er. »Du könntest ins Gefängnis kommen, wenn du falsche Gerüchte verbreitest.«

Ich erklärte ihm, dass ich mir das nicht ausgedacht hatte. Er schnappte sich Mama und schloss die Tür hinter ihnen. Wieder hörte ich sie flüstern und lachen.

An jenem Abend bestätigten die Motorradfahrer, die den

ganzen Tag lang für dreißig Fen pro Fahrt Leute zwischen Putien und Gelber Fels hin- und hertransportierten, die ungeheuerliche Nachricht. Sie erzählten, dass die Leute in Putien die Namen der Viererbande auf die Straßen schrieben und dann durchstrichen. Manche machten sogar Puppen und verbrannten sie. Um neun Uhr an jenem Abend gab es im knisternden Staatsradio eine Sondersendung der Zentralregierung; darin wurde der Sturz der Bande bestätigt, die sich aus einigen führenden Mitgliedern von Maos Kabinett gebildet hatte.

Bald hörten wir, dass der Parteichef des Bezirks Putien verhaftet und eingesperrt worden war und dass eine andere Gruppe von Führern die Macht übernommen hatte. Zwei Tage später verschwanden weitere Kader in die Berge. In den Monaten darauf folgten massenhafte Hinrichtungen ehemals bedeutender Funktionäre. Unter anderem wurde der arrogante Polizeichef von Putien exekutiert. Sie schossen ihm in den Kopf und verurteilten seinen Sohn zu lebenslanger Haft wegen Korruption, Vergewaltigung und Unterschlagung.

Eines Tages sah ich auf dem Heimweg von der Schule eine große Menschenmenge vor dem Haus des Parteichefs der Kommune Gelber Fels. Über das Geschnatter der Leute hinweg war das Weinen eines Jungen zu hören. Ich blieb stehen, sprang auf den Schemel eines Gemüsehändlers und versuchte zu erkennen, was dort vor sich ging. Zwei Polizisten bestrichen die Haustür mit Leim und klebten weißes Papier darauf. Sie versiegelten das Haus, wie sie es vor ein paar Jahren mit den Häusern der Landbesitzer und Konterrevolutionäre gemacht hatten. Und der Sohn des Parteichefs wischte sich mit dem Ärmel das Gesicht, während er neben einem Fahrrad stand, das mit seiner Habe bepackt war.

Ich fragte einen alten Mann neben mir, was hier passiert sei. Er sagte, dass sie den Parteichef heute hatten verhaften wollen, aber feststellen mussten, dass er schon am frühen Morgen entkommen war und seinen Sohn zurückgelassen hatte. Und jetzt versiegelten sie sein Haus und schickten seinen Sohn fort, zu seinem Großvater, der in den Bergen lebte.

Tja, dachte ich mir, der Parteichef, dieser fabelhafte Kerl, war jetzt ein flüchtiger Verbrecher und hatte seinen Sohn zurückgelassen. Ich hatte nicht vergessen, dass er derjenige gewesen war, der mich in der Schule angespuckt und sich mit meinem Lehrer La Shan verschworen hatte, um mich in der dritten Klasse aus der Schule werfen zu lassen. Er hätte es bestimmt nie für möglich gehalten, dass ihm so etwas passieren könnte. Ich dachte an La Shan und hoffte insgeheim, er möge schließlich genauso zum Gejagten werden wie der Parteichef, bei dem er sich immer so eingeschmeichelt hatte.

Papa überraschte diese Neuigkeit nicht. Er sagte, bald könnten wir auch wieder tun, was alle anderen taten – zur Schule gehen und Arbeit finden. Ich nickte ungläubig, während Papa immer wieder sagte: »Mein Sohn, du könntest einer der Glücklichen sein.«

Vor dem Einschlafen träumte ich davon, ein richtiger Künstler zu werden, der vor Tausenden von Menschen in einem riesigen Konzertsaal spielte. Tagsüber übte ich mit meinen Schulkameraden für eine weitere langatmige Aufführung, die den Sturz der Viererbande glorifizierte.

Diesmal wählte Herr Ma, der die Theatergruppe leitete, I-Fei und mich sogar als Schauspieler aus. Ich sollte den ehemaligen Kulturminister Yiao darstellen, und I-Fei Madame Mao, beides Mitglieder der Viererbande. Wir trugen Masken mit einer Öffnung für den Mund. Vormittags gingen wir zur Schule, und nachmittags machten wir uns auf den Weg, um in kilometerweit entfernten Dörfern aufzutreten, so dass wir oft erst nach Mitternacht nach Hause kamen. Wir wurden in schmalen Booten die Flüsse entlangtransportiert, um die Dörfer am Wasser zu erreichen, und die Kommunen in den Bergen schickten ihre lärmenden Traktoren, um uns abzuholen und heimzufahren. Für jede Vorstellung stopfte ich mir einen künstlichen dicken Bauch unters Hemd und schlüpfte in glänzende Lederschuhe, die mir zwei Nummern zu groß waren. Ich hatte kaum Text. Es war I-Feis Rolle, die das Publikum jedes Mal zum Lachen brachte, wenn er die Bühne betrat. Er trug eine langhaarige Perücke, ein eng anliegendes rotes Kleid, hohe Absätze und hatte einen faszinierenden, katzenhaften Gang einstudiert, bei dem er seine dünne Taille und die schmalen Hüften verdrehte. Er hielt eine Zigarette in der Hand, hatte geziert den kleinen Finger gebeugt, und schob sich ab und zu die falschen Brüste hoch, wenn die Schwämme in seinem Kleid ein wenig zu tief sackten. Er sprach mit leicht krächzender Fistelstimme. Ältere Schüler betatschten hinter der Bühne seinen Po – er sah aus wie eine wirklich attraktive, reife Frau.

Diese Rolle machte ihm so viel Spaß, dass er sogar außerhalb der Schule anfing, wie Madame Mao zu gehen und zu sprechen. Als ich ihn fragte, wie es ihm gelang, eine Frau so gut zu imitieren, sagte er, dass er sich als kleiner Junge mit den Kleidern und Schuhen seiner Mutter verkleidet und ihren Gang nachgeahmt habe. Damals war er oft stundenlang allein im Haus eingeschlossen, während seine Mutter sich um ihre revolutionäre Arbeit als Präsidentin des Frauenverbandes kümmerte.

In der Schule kam ich mit Hilfe der anderen zurecht. Ich hatte nun alles, was mir in der Grundschule gefehlt hatte: Ich war beliebt, hatte Freunde, und niemand hackte auf mir herum. Doch die Lehrer sahen mich an, als gehöre ich nicht hierher. Ich hinkte in allen Fächern hinterher. Sie versuchten nicht einmal, mir zu helfen. Meist ließen sie mich einfach in Ruhe und vergaßen mich. Sie dachten, ich gehöre zu der miesen Sorte, die sie auflaufen lassen sollten, also erkundigten sie sich nie nach meinen Hausaufgaben und stellten mir im Unterricht keine Fragen. Sie wussten, dass ich sowieso nicht vorbereitet war. Ich war immer mit I-Fei zusammen, wenn wir wegen der Proben früher gingen oder zu spät kamen. Das war eine Zeit lang ein wunderbares Gefühl, denn nun war ich endlich, was ich schon in der Grundschule so gern hatte sein wollen. Hier gab es keine Feinde an allen Ecken, die jeden Tag Gemeinheiten ausheckten. Ich war mein eigener Herr und brauchte keine Angst zu haben, musste mir keine Sorgen machen oder mich prügeln. Ich fühlte mich sicher und geborgen.

Doch bald erfüllte mich die Schule mit einer gewissen Leere. Ich hatte früher so gern gelernt und es genossen, der Klassenbeste zu sein. Ich wusste, wie es war, sich im anerkennenden Lächeln der Lehrer zu sonnen, die zu achten mich meine Familie gelehrt hatte. Obwohl es eine schöne Zeit für mich war, hatte ich das Gefühl, zugleich etwas Kostbares mit Füßen zu treten.

Im Unterricht diskutierten die ernsthafteren Lehrer die Möglichkeit, das Universitätssystem des Landes wieder aufzubauen. Seit der Kulturrevolution waren alle Universitäten entweder geschlossen worden, oder sie nahmen über ein völlig korruptes Auswahlverfahren nur noch eine kleine Anzahl von Studenten aus politisch erwünschten Familien auf. Die Lehrer beendeten ihren Vortrag meist mit der Erklärung, dass selbst Musiker Prüfungen bestehen mussten, um an der Musikschule aufgenommen zu werden. Dabei warfen sie immer einen Blick in meine Richtung.

Je mehr sie von der Universität sprachen, desto fester wurde mein Entschluss, Künstler zu werden, weil ich so schlecht in der Schule war. Ich war davon überzeugt, auf akademischem Gebiet ein hoffnungsloser Fall zu sein. Trotzdem musste ich mit meinem Leben etwas anfangen.

Eines Tages im Winter kam Mo Gong atemlos zu uns nach Hause gerannt und erzählte mir, dass die Schauspieltruppe des Bezirks ein öffentliches Vorsprechen und -spielen für Schauspieler und Musiker abhielt. Ich war so begeistert, dass I-Fei und ich gleich am darauffolgenden Tag mit seinem Rad nach Putien fuhren, damit ich mich zum Vorspielen eintragen konnte. Während der nächsten Tage grub Vater ein paar alte Noten aus, traditionelle und klassische Musik, die zwanzig Jahre lang verboten gewesen war, und sagte: »Mit der Musik der Roten Garden ist es vorbei. Such dir für das Vorspielen etwas hiervon aus.« Er verstand meine Gefühle und schätzte meine Leidenschaft für die Musik. Schließlich war er derjenige, der mich darauf gebracht hatte.

Seine Freunde brauchten nur die geringste Bitte zu äußern, und schon drängte er mich, ein paar Stücke auf der Geige zu spielen, welche seine Freunde immer noch staunend »das westliche Instrument« nannten. Er machte sie mit der Geige vertraut, erklärte die Beziehung zwischen den vier Saiten und führte stolz den erstaunlichen Tonumfang eines so kleinen Instruments vor, indem er die Saiten mit den Fingern anzupfte. Manchmal bat er mich, ihn bei seinen gelegentlichen Auftritten auf diversen Hochzeiten zu begleiten, bei denen wir klassische Stücke spielten. Ich war vermutlich der Erste, der die tausend Jahre alten Melodien auf einem solchen Instrument spielte. Bei diesen Auftritten übertönten die traditionellen Instrumente – Gongs, Trommeln und Flöten – meist ohnehin meine kleine Geige.

Soong hatte mich vor der Versuchung gewarnt, alles auf der Geige spielen zu wollen. Der überzeugte Purist hatte mich gefragt, wie ich diese dämliche traditionelle Musik auf einem Instrument spielen konnte, auf dem so viele großartige Meisterwerke erklungen waren. Er sagte, das würde meinen Stil ruinieren, doch ich hörte nicht auf ihn. Ich wollte meinem Vater eine Freude machen. Er war stolz auf mich, weil ich als einziges seiner fünf Kinder ein Instrument spielte, so wie er in seiner Jugend. Wir standen einander sehr nahe.

Da die klassischen, romantischen chinesischen Stücke wieder in

Mode kamen, genau wie mein Vater es vorhergesehen hatte, konzentrierte ich mich für das Vorspielen auf die Flöte, nicht auf das westliche Instrument. Drei Tage lang übte ich nur drei kurze, klassische Stücke, während Papa mir zuhörte und mich verbesserte. Er war in seinem Element. Er kannte jedes Fingertrillern, jedes Sanfterwerden des Atems, mit dem man die wahre Seele eines Stückes erfassen konnte. Er zeigte es mir, und ich arbeitete daran, bis die Melodie wie von selbst aus mir strömte. Ich wäre nie darauf gekommen, seinen raueren, kraftvolleren, weniger subtilen, weniger blumigen Stil nachzuahmen. Er erinnerte mich an uralte Zeiten, als die Kaiser an ihren prunkvollen Höfen mit Flöten aus Jade unterhalten wurden und die Leute zu Pferde mit langen Schwertern kämpften. Ich wünschte, ich hätte nur ein Zehntel so gut spielen können wie er.

Am Tag des Vorspielens brachte meine Schwester Si mich bei Sonnenaufgang mit dem Motorrad nach Putien, wo wir uns in eine lange Schlange selbst ernannter Künstler einreihten und unser mitgebrachtes Frühstück aus kaltem, getrocknetem Yams verzehrten. Mit jedem Schritt klapperten meine Zähne heftiger. Alle fünf Minuten musste ich für zwei Sekunden zu der stinkenden Toilette rennen. Si sah, wie nervös ich war, und sagte, ich sei noch sehr jung, und wenn es diesmal nichts wurde, könne ich es ja später noch einmal versuchen. Ich dachte an meine Freunde und an I-Fei. Wenn sie hier gewesen wären, hätten sie mir eine schöne Zigarette angezündet, mir in den Hintern getreten und versucht, mich zum Lachen zu bringen. Mich verlangte nach einer Zigarette, doch die Vorstellung, während meines Auftritts einen Hustenanfall zu bekommen, ließ mich dieses Bedürfnis rasch vergessen.

Um mich zu beruhigen, schloss ich die Augen und richtete innerlich ein paar Worte an sämtliche Götter, vor denen ich schon tausend Mal zuvor meine Verbeugungen gemacht und gebetet hatte. Nun bereute ich es, dass ich für die Kotaus für meine Geschwister Geld von ihnen genommen hatte. Die Götter würden mir womöglich heute eine Quittung verpassen, die ich niemals vergessen sollte. Wieder betete ich darum, dass sie die Bestrafung für meine Gier noch ein wenig aufschieben mögen.

Als meine Nummer aufgerufen wurde, klopfte mir meine Schwester auf den Rücken, und ich ging langsam in den Saal. Dies war ein kleines, altes Theater. Meine Schritte hallten darin wider. Vor mir saßen sechs der prominentesten Musiker und Fachleute unserer Provinz.

Lehrer Dong, ein großer Fisch, der in einer kleinen Stadt gestrandet war, war der einzige Hochschulabsolvent unter ihnen, mit einem Abschluss in Musikwissenschaft am Konservatorium von Fuzhou. Seine Brille saß ganz unten auf seiner Nasenspitze, und er sah mich ohne den kleinsten Funken Interesse aus seinen matten Augen an. Ding, die berühmte Opernsängerin aus Putien, feilte sich die Fingernägel. Der Flötist Min, die erste Flöte der Provinz, der für seinen langen Atem und seine ungewöhnlich großen Hoden berühmt war, lümmelte sich schlaff auf dem Lehnstuhl. Der Trommler Jia las eine alte Zeitung, und Direktor Liao, ein bärtiger Mann, rauchte Pfeife und kämpfte recht erfolglos gegen die Langeweile an.

Ich fühlte mich klein und nichtswürdig.

»Was willst du vorspielen?«, fragte der Flötist Min. »Doch nicht schon wieder Flöte?«

Ich hoffte, das sei ein Scherz.

Ich nickte und gab den Titel meines Stücks an.

»›Eine Reise nach Gu Su‹«, nuschelte ich. Meine Zähne klapperten immer noch. Hunderte von Leuten drückten sich an den Fenstern die Nasen platt und sahen den Bewerbern zu. Es fiel mir schwer, die Szenerie eines malerischen Sees mit Trauerweiden in einer mondhellen Nacht heraufzubeschwören, wie mein Vater mir geraten hatte, wenn ich dieses Stück spielte. Das romantische, melodiöse Solo erzählte von einem einsamen jungen Mann, der in einer zauberhaften Nacht an einem See spazieren ging und die Liebe suchte.

Aber ich konnte nur an den besorgten Blick meiner Schwester denken, die stinkende öffentliche Toilette, die Gesichter am Fenster und die hängenden Augen des Musiklehrers. Ich schloss die Augen und zwang den ersten Ton aus meiner alten Flöte. Die Flöte hörte sich vertrocknet und verdorrt an, also begann ich von vorn. Ein Berg türmte sich vor mir auf. Ich hatte das Gefühl, überhaupt keine Luft zu bekommen. Nach nur einigen wenigen langen Takten spürte ich meine Lunge pfeifen. Mein Herz raste wie eine Ratte im Käfig.

Aus den Augenwinkeln sah ich, wie der Flötist Min unangenehm berührt mit der Nase zuckte. Er musste völlig angewidert sein. Ich war überzeugt, es schon mit der ersten Note vermasselt zu haben. Doch ich zwang mich, die Augen wieder zu schließen, und versuchte, an den friedvollen Dong Jing zu denken, an dessen Ufer ich jeden Morgen geübt hatte, an die grünen Felder, die sich dahinter erstreckten, und an die Farben des Berges bei Sonnenaufgang. Bald erwachte in mir der Drang zu siegen. Ich erinnerte mich an sämtliche Kniffe und Feinheiten, die mein Vater mir in den vergangenen drei Tagen beigebracht hatte. Als die letzte Note verklungen war, öffnete ich die Augen und sah, dass alle in der Jury sich eifrig Notizen machten.

Der Flötist Min blickte als Erster auf. Er lächelte mir zu und sagte: »Gut gemacht. Der Anfang ist ein bisschen misslungen, aber du hast das Stück ungewöhnlich gut interpretiert.«

Ich errötete und wusste nicht, was ich darauf sagen sollte.

»Wer unterrichtet dich?«, fragte er.

Ich überlegte kurz. »Mein Vater«, antwortete ich dann.

»Wie heißt er?«

»Ar Gang.«

»Ich habe schon von ihm gehört. Ein Akupunktur-Arzt, nicht wahr?«

»Ja.«

»Komm her. Ich möchte etwas mit dir besprechen.«

Ich hörte, wie ein weiterer Name aufgerufen wurde, und ein Mädchen kam herein, eine Ballett-Tänzerin mit auswärts gedrehten Füßen wie eine Ente. Ich trat neben Mins Stuhl. »Ein entfernter Cousin von mir hat sich mal von deinem Vater behandeln lassen«, erklärte er. »Wie ich gehört habe, soll er sehr gut sein. Ich wusste gar nicht, dass er auch Flötist ist. Und jetzt will ich dir mal etwas über dieses Vorspielen verraten. Wir haben schon genug Flötisten. Spielst du noch ein anderes Instrument?«

»Geige.«

»Nützt nichts. Wir greifen jetzt die alten Sachen wieder auf – du weißt schon, all das Zeug, das die Viererbande verboten hat. Wenn du ernsthaft in das Ensemble willst, dann bewirb dich als Schauspieler.«

»Meinen Sie, ich hätte eine Chance?«

Er trat zurück und musterte mich kritisch. »Du würdest höchstens eine größere Nebenrolle kriegen.«

»Was heißt das?«

»Das heißt, du siehst nicht gut genug aus für eine Hauptrolle. Hast du schon mal gespielt?«

»Eigentlich nicht.«

»Geh nach Hause und triff eine Entscheidung über deine Karriere. Das hier ist kein Freizeitvergnügen. Du musst dir das gut überlegen und mit deinen Eltern sprechen, du musst mit ganzem Herzen bei der Sache sein. Wenn du dann noch interessiert bist, stehe ich dir gern zur Verfügung. Aber keine Instrumente. Wir brauchen nur gute Schauspieler mit dem klassisch guten Aussehen für all diese klassischen Stücke. Verstanden? Übrigens, ich komme vielleicht mal bei deinem Vater vorbei, wenn ich nächstes Mal dort bin. Arthritis.«

Ich dankte ihm und verließ den Saal.

Meine Schwester erwartete mich lächelnd. Sie sagte, ich hätte meine Sache gut gemacht. Ich erzählte ihr von meiner Unterhaltung mit dem Flötisten.

»Möchtest du denn Schauspieler werden?«, fragte sie auf dem Heimweg, während sie gegen die steife Meeresbrise kräftig in die Pedale trat.

Ich schwieg kurz. »Ich weiß nicht.«

»Du willst vor Tausenden von Leuten Geige spielen?«

Ich nickte.

»Du brauchst kein Schauspieler zu werden, wenn es nicht das ist, was du willst.«

Während des restlichen Heimwegs war ich schweigsam. Ich würde kein Künstler werden, auch kein Tischler oder Schuhmacher. Ganz gewiss kein Bauer. Eine Weile war ich ganz verunsichert. Die Zeit hatte für mich alles verändert, und ich hinkte immer hinterher, so schien es, als jage ich meinem eigenen Schatten nach. Was einmal richtig gewesen war, war nun nicht mehr richtig. Ich wünschte mir, die Zukunft zu kennen, und hoffte zugleich, die Vergangenheit möge sich nicht wiederholen.

An jenem Abend sagte Vater, dies sei wahrscheinlich ein guter Zeitpunkt, sich wieder ernsthaft der Schule zu widmen. Er hatte gerade von meiner Tante in Shanghai erfahren, dass ihr Sohn sich jetzt schon auf die Aufnahmeprüfung für die Hochschule vorbereitete; diese Prüfung durfte jeder machen, unabhängig von Alter, Rasse oder familiärem Hintergrund. Die Studenten wurden einzig nach den Prüfungsergebnissen ausgewählt. Er fügte hinzu, ich sei der Einzige in der Familie, der noch zur Schule ging und somit von so wunderbaren Neuigkeiten profitieren könne.

Schweren Herzens ging ich zu Bett. Ich dachte ständig daran, wie gleichgültig die Lehrer mich behandelten. Ich hatte mich als schlechter Schüler gezeigt. Nein, ich war ein schlechter Schüler. Inzwischen lag ich meilenweit hinter den anderen zurück. Es war wirklich nicht fair. Als ich noch ein guter Schüler war und mit besten Noten meiner Grundschule Ehre machte, konnten sie die guten Noten nicht gebrauchen. Jetzt, da sie sie wollten, stand ich ganz unten. Ich wünschte, ich hätte bei dem Vorspielen alle ausgestochen und könnte Künstler werden, dann hätte ich mir keine Gedanken über mein Leben mehr machen müssen. Obwohl ich noch so jung war, hätte ich schon meine Familie unterstützen können. Ich war nicht sicher, ob ich überhaupt noch Flöte üben sollte. Vielleicht sollte ich etwas anderes tun. Aber was?

Am nächsten Tag räumte ich alle Noten weg, packte die kleine Beethoven-Büste ein, die neben dem Bett stand, und legte sie darunter. Ich lockerte die Saiten meiner Geige und schloss den hölzernen Geigenkasten. Dann suchte ich all die Schulbücher zusammen, die ich schon seit langem nicht mehr mit zur Schule nahm. Sie waren noch neu, unberührt und verstaubt. Ich wischte sie ab und legte sie säuberlich auf den Tisch neben meinem Bett. Langsam blätterte ich das Physikbuch durch. Es war voller fremdartiger Symbole und neuer Formeln in seltsam aussehenden Zeichen und Wörtern, die ich nicht verstand. Es sah nicht so aus, als könne ich einfach die Augen schließen und mich durchbeißen. Die einzige Formel, die ich erkannte, war H_2O. Verzagt und verzweifelt klappte ich die Bücher wieder zu. Die Zeit hatte mich im Stich gelassen, oder vielmehr ich hatte mich im Stich gelassen. Wie ein Messer fuhr mir die Reue tief in die Seele.

Schließlich schlug ich doch das Englischbuch auf. Auf die erste Seite hatte ich das Gesicht meines keuchenden Englischlehrers gezeichnet, mit seinen toten Augen und dem krummen Rücken. Die Zeichnung hatte ihn wirklich gut eingefangen. Ich lachte kurz auf und blätterte um. Da stand eine Liste der sechsundzwanzig Buchstaben des englischen Alphabets. Ich stand auf, schloss meine Zimmertür, damit mich ja niemand hörte, und verrenkte mir fast Zunge und Lippen bei dem Versuch, diese Buchstaben auszusprechen. Ich kam nur bis zum F. Neben dem G hatte ich ein Huhn gezeichnet, weil das chinesische Wort für Huhn dem englischen G am nächsten kam. Aus dem H wurde Liebe Farbe. Bei den übrigen Buchstaben halfen mir die Symbole und chinesischen Wörter, die ich daneben gekritzelt hatte, überhaupt nicht. Da war also ein weiteres Fach für mich gestorben. Ich knallte das Buch zu und starrte lange auf meine Geige, bis ich schließlich einnickte.

»He, was ist denn das?«, fragte I-Fei am nächsten Morgen scherzhaft, kurz vor der ersten Stunde. »Ist das etwa eine Schultasche, oder habe ich Halluzinationen?«

»Wir müssen wirklich mal ein bisschen lernen«, entgegnete ich ernsthaft.

»Dafür haben wir keine Zeit, Da. Du weißt doch, dass heute Nachmittag eine wichtige Probe ist. Du siehst ein wenig geknickt aus nach deinem großen Vorspielen.«

»Ich weiß auch nicht. Vielleicht sollten wir für die Proben keinen Unterricht mehr schwänzen.«

»Und was dann?« Er holte eine Filterzigarette aus der Jackentasche und zündete sie an. »Nimm dir auch eine.« Er warf mir die ganze Schachtel zu.

»Die Stunden mitmachen und versuchen, etwas zu lernen. Das ganze Land spricht von den Hochschulen. Mein Cousin in Shanghai macht gerade ein Tutorium zur Vorbereitung auf die Aufnahmeprüfung.«

»Und du willst auch auf die Universität?« Er sah mich überrascht an.

»Wie meinst du das?«

»Ich meine, wann hast du denn das letzte Mal Hausaufgaben gemacht?«

»Es ist immer noch genug Zeit.«

»So viel Zeit gibt es gar nicht, dass wir das wieder aufholen könnten. Wir sind in allem zwei Jahre hinterher. Und das hier ist noch dazu eine lausige Schule. Die Lehrer sind unfähig. Bloß gut, dass ich nicht auf die angewiesen bin.«

»Klar, du kannst ja immer noch Fahrer werden.«

»Aus dir mache ich auch noch einen. Das wäre wirklich mal eine Herausforderung für meinen Vater«, sagte er lächelnd. »Hier, rauch eine.«

Ich schob seine Hand fort.

Es klingelte. Die erste Stunde war Englisch.

»Gehen wir rein, I-Fei.«

»Geh du schon vor, lass mich die erst fertig rauchen«, erwiderte er kühl, verwundert und auch ein wenig verärgert über meine neue Haltung.

Ich schwang mich auf dem üblichen Wege ins Klassenzimmer, nämlich durchs Fenster, und landete direkt auf meinem Stuhl. Der Lehrer lehnte an seinem Pult und versuchte, wieder zu Atem zu kommen. Die Brille rutschte ihm auf die Nasenspitze, und seine glänzenden Knopfaugen schweiften umher, sahen jedoch nichts. Jungen und Mädchen ratschten immer noch laut. Der Lehrer hatte sich hier keinerlei Respekt verschafft. Es war ihm gleichgültig, er konnte es auch nicht ändern. Er wog zwei Stückchen Kreide in den Händen. Das eine hielt er wie eine Zigarette, das andere würde der aufsässigste Schüler an den Kopf geworfen bekommen. Man konnte sich darauf verlassen, dass es einen genau auf die Nasenspitze treffen würde.

»Welchem Umstand verdanken wir denn diese Ehre, Herr Da?«, fragte der Lehrer.

Ich zog den Kopf ein. Ich war schon lange nicht mehr zu seinen Stunden erschienen.

»Gar keine Probe heute?« Der Lehrer warf die Kreide nach mir. Sie traf mich am Kopf.

Die ganze Klasse lachte.

Ich blieb ruhig.

»Wenn ich das gewusst hätte, hätte ich heute etwas ganz Besonderes für Sie vorbereitet, zum Beispiel das Abc.« Er lachte mit den anderen, und wie immer endete das für ihn in einem Hustenanfall, bei dem sein Gesicht ganz blau anlief. Er stützte sich auf den Tisch, bis der Anfall vorbei war.

Ich war verlegen und schämte mich, aber ich war auch wütend.

Huste doch noch ein bisschen, du Idiot, dachte ich.

Draußen vor dem Fenster schnitt I-Fei mir eine Grimasse und winkte mir zu.

»Ja, warum gehst du nicht einfach wieder und rauchst noch eine mit deinem Kumpel da draußen?« Der Lehrer kam wieder zu Atem, warf das andere Stück Kreide nach I-Fei und traf ihn an der Stirn.

Wieder Lachen.

Ich spürte, wie mein Gesicht erst rot, dann weiß wurde. Ich beschloss, diesen Raum zu verlassen und nie wieder zu betreten. Als ich über die Schwelle trat, hörte ich ihn sagen: »Dann können wir ja mit dem Unterricht anfangen.«

I-Fei hatte schon eine Zigarette für mich angezündet. Stumm tat ich einen langen Zug, sobald ich außer Sichtweite des Lehrers war.

»Hab ich's dir nicht gesagt?«, triumphierte I-Fei. »Da ist kein Platz für uns. Wir können genauso gut die schlechten Schüler bleiben, die wir immer waren.«

»Ich war nicht immer so«, entgegnete ich und blies den Rauch aus.

»Ich weiß«, sagte I-Fei. »Wenn du damals nur gewusst hättest, was du heute weißt.«

»Du weißt also Bescheid.«

»Du bist mein bester Freund. Die Leute haben mir alles Mögliche erzählt, nachdem wir diesen Han verprügelt hatten.«

»Ich war mal ein sehr guter Schüler.«

»Aber du warst ein jämmerlicher Waschlappen«, erwiderte er.

»Das war nicht meine Schuld«, gab ich barsch zurück.

I-Fei wechselte das Thema. »Mal angenommen, du wärst ein guter Schüler. Glaubst du wirklich, die Hochschule würde dich aufnehmen?«

»Du meinst wegen meiner Herkunft?«

Er nickte.

»Aber meine Tante hat gesagt, das sei denen egal.«

»Und das glaubst du?«

»Warum sollte ich es nicht glauben?«

»Weil mein Vater gesagt hat, das sei nur zum Schein. Da wird trotzdem mit zweierlei Maß gemessen. Diese Gesellschaft wird sich so schnell nicht ändern.« Er schüttelte den Kopf und warf mit einem Stein nach einem vorbeifliegenden Vogel, als wir die Schule für heute verließen.

Fortan schleppte ich unglücklich meine Schultasche zur Schule, voll schwerer, unberührter Bücher für lauter Unterrichtsstunden, in denen ich nichts begriff. Ich fragte mal diesen und mal jenen Mitschüler im bescheidenen Bemühen, alleine etwas aufzuholen. Doch je mehr ich lernte, desto klarer wurde mir, wie viel ich versäumt hatte, und desto niedergeschlagener wurde ich. Ich schämte mich zu sehr, um darüber mit meinen Eltern oder einem der Lehrer zu sprechen, von denen mich die meisten ohnehin schon abgeschrieben hatten.

Doch meinen Eltern war nicht entgangen, dass ich jetzt mehr Zeit in meinem Zimmer verbrachte, abends eine Kerosin-Lampe anzündete, mir die Schulbücher ansah und ab und zu vorsichtig versuchte, ein paar englische Wörter auszusprechen. Oft hörte ich Sen und Mo Gong vor meinem Fenster pfeifen, um mich herauszulocken, doch ich beherrschte mich.

Eines Abends hielt das Pfeifen länger an, und ich wusste, dass sie nicht mehr warten konnten.

»Aus dir ist ja ein verdammter Bücherwurm geworden«, sagte Mo Gong. »Du kannst doch nicht einfach das Fenster zumachen und uns nicht antworten.«

»Was ist denn los, Bruder?«

»Na ja, Yi geht fort.«

»Wohin denn?«

»Sein Großvater geht in Pension, und Yi übernimmt seinen Büroposten in der Fabrik.«

Wir gingen zu Yis Werkstatt, wo uns schon ein reichlich gedeckter Tisch erwartete. Sen, Siang und Yi eilten herbei, hoben mich hoch und warfen mich ins Sägemehl.

»Hier ist es aber sauber«, rief ich Yi zu und klopfte mir die Jacke ab. »Du willst wirklich von hier verschwinden?«

»Ja. Ich hatte gehofft, dass du ins Bezirksensemble kommst, dann hätten wir zusammen in Putien arbeiten können.«

»Du musst wohl erst mal alleine gehen«, erwiderte ich.

»Feiern wir den ersten Durchbruch eines unserer Brüder«, sagte Sen. »Yi, dass du uns ja nicht vergisst. Ich bin immer noch der Älteste.«

»Er wird ein hellhäutiges Mädchen aus der Stadt heiraten, die droht, ihn zu verlassen, wenn er diese dreckigen Freunde behält«, neckte Siang.

»Da wir gerade vom Heiraten sprechen«, sagte Sen. »Da, du solltest für Yi einen Brief an die Tochter seines alten Meisters schreiben – Ping, weißt du noch? Und berichte ihr von den guten Neuigkeiten.«

»Vielleicht auf Englisch«, sagte Mo Gong. »Ich habe gehört, wie du diese ulkigen Geräusche von dir gegeben hast.«

»Ach, halt die Klappe«, sagte ich gutmütig.

»Sei nicht so schüchtern. Wir wollen doch, dass du erfolgreich bist. Ich will, dass wir auf dich stolz sein können – wenn überhaupt auf einen von uns –, weil du zur Universität gehst«, sagte Sen. »Für den Rest von uns ist es sowieso gelaufen. Du bist unsere einzige Hoffnung.«

»Ich könnte schon was zusammenschreiben. Hoffentlich geht der Schuss nicht nach hinten los, wie beim letzten Mal«, erwiderte ich.

»Du brauchst keinen Brief zu schreiben«, sagte Yi. »Essen wir.«

Sein Großvater hatte das Essen für uns gekocht. Er freute sich, dass seine Fabrik Yi als seinen Nachfolger angenommen hatte, dass sein Enkel genau das tun würde, was er sein Leben lang getan hatte. Die Arbeit war leichter als das Tischlern. Er musste nur ein sauberes, ordentliches Inventar des Lagerhauses führen. Auf Wiedersehen, Sägemehl, tschüs, schwingende Eier!

»Aber warum denn?«, fragte Sen.

»Sie hat mich gestern besucht«, gestand Yi.

»Was hast du mit ihr angestellt?«, fragte Sen begierig.

»Yi, du Hund!«

»Sie hat mir erzählt, dass sie das Ensemble der Kommune verlässt und wieder in ihr Dorf zurückkehrt, um zu heiraten.«

»Was!?«

»Ja, ihre Mutter hat sie dem dortigen Parteichef versprochen. Sie hat uns Süßigkeiten und Zigaretten gebracht, zum Feiern.« Yi öffnete die Schachtel mit ihren Geschenken. Nachdenklich lutschten wir die Bonbons und rauchten die Zigaretten.

»Glaubst du, sie will den Parteichef zum Mann?«, fragte ich.

»Das bezweifle ich. Ich habe den Kerl kennen gelernt, als ich dort gearbeitet habe.« Yi zog nach einem Schluck Tee an seiner

Zigarette. »Er ist etwa vierzig und hat ein vernarbtes Gesicht. Seine Frau hat aus ungeklärten Gründen Selbstmord begangen. Sie hat sich erhängt. Drei Kinder hatten sie. Einmal wollte er mit einer jungen Lehrerin aus dem Dorf schlafen. Als sie ihn abgewiesen hat, wurde sie gefeuert.«

»Hört sich nach einem Verbrecher an.«

»Nah dran. Er war ein echter Dorftyrann. Es würde mich nicht überraschen, wenn er erst mit der Frau meines Meisters geschlafen und sie dann gezwungen hätte, ihm die eigene Tochter zu versprechen.«

»Das hört sich aber böse an.«

»Sie hat gestern geweint und mir nichts gesagt, aber ich bin selbst draufgekommen.«

»Willst du denn gar nichts unternehmen?«

»Ich weiß nicht«, sagte Yi trübselig.

»Man könnte doch ein Gerücht streuen, das diese Verlobung irgendwie beendet«, schlug ich vor und dachte daran, wie mein Vater meiner Cousine Yan geholfen hatte, ihren unerwünschten Verehrer loszuwerden.

»Er würde euch alle ins Verderben stürzen«, sagte er. »Er hat keine Feinde, denn er hat alles Mögliche getan, um sie sich vom Hals zu schaffen. Er ist in dieser Ecke des Landes der kommunistische Willkürherrscher. Wenn sich nicht irgendwas ändert, wird er das für immer bleiben.«

Die Party endete damit, dass wir uns im weichen Sägemehl herumbalgten. Ich versprach Yi, am nächsten Tag mit ihm zur Fabrik zu gehen und ihm mit seinem Gepäck zu helfen. Wir unterhielten uns bis Mitternacht über unsere Zukunft. Ich erzählte ihnen, dass ich zur Universität gehen wollte. Sie lachten und sagten, wenn ich dieses viersaitige Ding meistern könne, dessen Namen sie immer noch nicht recht aussprechen konnten, dann dürfte ich wohl damit kein Problem haben. Dies waren meine wahren

Freunde. Unter ihnen herrschte eine großzügige Haltung, kein Neid. Als ich im Dunkeln pfeifend allein nach Hause ging, sah ich einen Stern über dem Wipfel unserer uralten Pinie östlich von Gelber Fels, der besonders hell leuchtete. So war auch ich, nur ein Funkeln in der Nacht.

造

14

Der westliche Rand von Gelber Fels war ganz Fluss und uralte Lychee-Bäume, deren Zweige tief ins Wasser hingen. Im Sommer stakten Schiffer mit Strohhüten sich langsam ihren Weg zwischen den grünen Zweigen hindurch. Die Lychees, reif und saftig, leuchteten flammend rot wie die Bäckchen einer Bauersfrau auf einem farbenfrohen Gemälde, und sie ließen die Zweige noch tiefer hinabhängen. Nur Zikaden störten die Stille.

Als ich noch klein war, hatte ich oft die Hose ausgezogen und war in den Fluss gesprungen. Ich schwamm unter Wasser, bis ich die Lychee-Bäume erreichte, schoss dann hoch wie ein kleiner Fisch, schnappte mir eine rote Frucht und ließ mich zurück in den Fluss fallen. Der dösende alte Mann, der die Lychees bewachte, fuhr hoch und warf blindlings mit Steinen nach mir. Ich konnte den Atem so lange anhalten, bis ich die Boote erreicht hatte, die am anderen Ufer vertäut lagen. Dort kam ich dann heraus, nackt, die Frucht in einer Hand und meine Hose in der anderen, und floh in die Felder.

In die Biegung des Flusses, wo schon weniger Häuser standen und die Bäume dafür dichter wurden, schmiegte sich ein dreistöckiges weißes Gebäude mit einem roten Ziegeldach. Eine hohe Mauer schirmte es ab. Es war eine kleine Welt für sich. Der Eingang war stets verschlossen. Nur die Wipfel von Papaya-Bäumen waren von draußen zu sehen. Das kleine weiße Haus gehörte zwei Zwillingsschwestern, den Weis, die Baptisten waren und nie geheiratet hatten. In einer Stadt, in der Buddha den Ton angab, war das kleine weiße Haus am Fluss ein Symbol für etwas Fremdartiges, doch zugleich Heiliges.

Ich erinnerte mich daran, wie ich vor Jahren einmal versucht hatte, ein Loch in die hohe Mauer zu bohren, damit ich sehen konnte, was sie Geheimnisvolles verbarg. Das tiefe Knurren eines wütenden Hundes hatte mich davonstieben lassen wie einen gerupften Hahn. Ich bekam nie die seltenen Rosen zu sehen, die die Schwestern angeblich züchteten, oder die verlockenden Papayas an den Bäumen. Die Leute sagten, dass die Zwillinge im Sonnenschein die Bibel läsen und im Mondschein beteten. Sie führten ein stilles Leben und ließen ein Hausmädchen für sie einkaufen und putzen. Gelegentlich bekamen sie am Wochenende Besuch. Im Ort erzählte man sich flüsternd, dass sie heimlich an irgendeiner Art von Zeremonie teilnähmen. Ihr Vater war einer der ersten chinesischen Baptisten-Priester in Putien, und die Zwillinge waren in einer baptistischen Klosterschule amerikanischer Missionare aufgewachsen. Die Amerikaner brachten ihnen Englisch bei, und die beiden wurden Englisch-Professorinnen an einer Lehrerakademie in Fuzhou. Als diese Hochschule geschlossen wurde, zogen sie sich aufs Land zurück, wo ihr Vater den ersten Sonntagsgottesdienst in der Geschichte von Gelber Fels abgehalten hatte. Während der Kulturrevolution hatte man ihnen die Köpfe geschoren und sie auf der Dorfstraße vorgeführt als amerikanische Agenten, die die Saat westlicher Religion ausstreuten, um die Leute zu korrumpieren. Doch als die Kulturrevolution vorbei war, erklärte die Regierung die Weis zu religiösen Oberhäuptern und setzte sie an die Spitze einer Scheininstitution von Religionsvertretern, die im Ausland die Illusion erwecken sollten, in China herrsche ein gewisser Grad an Religionsfreiheit.

Die weißhäuptigen Zwillingsschwestern genossen im Ort eine Sonderstellung. Sie kamen echten Westlern noch am nächsten. Die wenigen, die ihr Haus jemals betreten durften, hatten hinter jenen verschlossenen Toren einen Blick auf ein rätselhaftes Leben erhascht.

Der alte Gemüsemann behauptete, er habe die Schwestern in »der Sprache der roten Haare« reden hören, vermutlich Englisch, als er eines Tages seine Lieferung dort machte. Es hörte sich sanft an, wie Gesang, sagte er. Die alte Putzfrau behauptete beharrlich, dass die Zwillinge nur mit Messer und Gabel äßen. Das verwirrte die Leute hier. Es brachte schrecklich viel Unglück, am Esstisch ein Messer zu benutzen. Vielleicht lag es an diesem anderen Gott, an den sie glaubten; vielleicht half er ihnen, die Folgen all dieser schlimmen Dinge abzuwehren, die sie taten.

Der blinde Wahrsager, Herr Mai, wollte auf der Handfläche einer der Schwestern die Gegenwart von Jesus Christus gespürt haben, als sie ihm in seinen schweren Tagen etwas zu essen gebracht hatten. Dann gab es da noch die unausweichliche Frage nach Buddha. Die Putzfrau, schon ein wenig blind und fast taub, hatte jeden Winkel des Hauses gefegt und sich alles ganz genau angesehen, und sie sagte, da sei absolut keine Spur von Buddha, kein Räucherwerk und kein Schrein. Doch die Schwestern sangen recht oft, sei ihr aufgefallen. Eine spielte Orgel, und die andere sang dazu fremdartige Weisen, jeden Abend bei Sonnenuntergang. Ihre zittrigen, hohen Stimmen strömten über die hohe Mauer hinweg und klangen unter den dichten Lychee-Bäumen nach. Die Leute blieben stehen und lauschten. Im Laufe der Jahre verschmolz die liebliche westliche Musik irgendwie mit der Stille unseres Ortes und wurde Teil der Sonnenuntergangstradition von Gelber Fels. Doch eines Tages hörte das Singen auf.

Es ging das Gerücht, eine der Schwestern sei krank. Man sah den angesehenen Bezirksarzt ins Haus eilen, und während der darauffolgenden Tage gaben sich ihre kirchlichen Freunde mit ernsten Gesichtern die Klinke in die Hand. Das westliche Ende des Ortes wurde stiller ohne ihren Gesang, und gedämpfte Schwermut hing über den dichten Baumwipfeln.

Eines Abends, es war schon dunkel, hörten wir ein sachtes Klopfen an der Haustür.

Vater öffnete. Draußen stand die weißhäuptige Frau Professor Wei, eine der Zwillingsschwestern. Als Vater sie erkannte, trat er einen Schritt zurück.

»Darf ich hereinkommen?« Ihre Stimme klang freundlich und offen.

»Aber natürlich.« Papa hielt die Tür weit auf und ließ sie ein.

Sie verbeugte sich und lächelte uns herzlich an. Wir legten unsere Essstäbchen beiseite und verbeugten uns ebenfalls vor ihr. Sie war eine zierliche Frau Ende sechzig, die sich aufrecht und würdevoll hielt, so dass sie größer erschien als bloße ein Meter fünfzig. Ihr weißes Haar war zu einem Zopf geflochten und hinten zu einem Knoten geschlungen, adrett und elegant.

»Was kann ich für Sie tun, Frau Professor?«, erkundigte Vater sich höflich. Er bedeutete uns Kindern, das Zimmer zu verlassen. Wir eilten hinaus und drückten dann die Ohren an die geschlossene Tür.

»Bitte verzeihen Sie, dass ich Sie so spät noch störe.« Sie holte ein Taschentuch hervor und fuhr fort: »Meine arme Schwester hat einen schweren Schlaganfall erlitten, und nun ist ihr Mund auf einer Seite verzerrt. Ich habe so viel Gutes von Ihnen gehört. Würden Sie ihr bitte helfen?«

»Ich fühle mich geschmeichelt.« Papa rieb sich freudig die Hände wie ein Kind. »Ich werde überaus gern alles tun, was in meiner

Macht steht.« Er war immer bester Laune, wenn er anderen helfen konnte.

»Mutter«, rief er nach meiner Mama, als wüsste er, dass wir hinter der geschlossenen Tür jedes Wort mithörten, »bring mir die blaue Jacke und eine Taschenlampe. Ich muss noch einmal weg.«

Mama kam hastig mit seiner Jacke angerannt, in der all seine Akupunktur-Nadeln steckten. Ich reichte ihm die Taschenlampe, die er unter dem Kopfkissen aufbewahrte.

»Gott segne Sie. Sie sind ein gütiger Mann, genau wie man mir erzählt hat. Ich weiß gar nicht, wie ich Ihnen danken soll, Doktor Chen.«

»Bitte nennen Sie mich nicht ›Doktor‹, nur Ar Gang.« Vater strahlte. Er wusste allerdings nicht, was er mit dem »Gott segne Sie« anfangen sollte.

»Das hat Zeit bis morgen früh. Ich wollte meiner armen Schwester nur Hoffnung machen. Wenn Sie sich bereit erklären, sie zu behandeln, wird sie heute Nacht schon friedlicher schlafen.«

»Sie muss so bald wie möglich behandelt werden«, sagte Papa.

»Ach, wie kann ich Ihnen allen danken!« Sie drehte sich um und verbeugte sich noch einmal vor uns.

Wir erwiderten die Verbeugung.

Nachdem Vater gegangen war, erzählte ich den anderen, dass er einen Fehler gemacht hatte.

»Was für einen Fehler denn?«, fragte Mama.

»Na ja, als Professor Wei sagte: ›Gott segne Sie‹, da hätte Papa etwas Höfliches erwidern sollen. Das hat sie bestimmt erwartet.«

»Und was hätte er sagen sollen?«, fragte Mama weiter.

»Buddha segne Sie!«

Alle lachten.

Wir waren so stolz auf Vater. Diese Patientin würde ihm neue Höhen erschließen. Sicher lief es ihm heiß und kalt über den

Rücken, wenn sie ihn mit Doktor ansprach. Das war ein Meilenstein in Vaters Karriere. Darüber würde man noch lange sprechen.

Die andere Zwillingsschwester hatte einen leichten Schlag erlitten. Vater sah schon bald Fortschritte. Er berichtete uns, dass sie nach zwei Wochen intensiver und schmerzhafter Behandlung den ersten verständlichen Laut von sich gegeben habe. Sie war eine zähe und kooperative Patientin.

Ich fragte Papa jedes Mal aus, wenn er von seinen Besuchen dort zurückkam. Ich fragte nach den Papayas, den Messern und Gabeln und den wilden Rosen im Garten. Papa sagte, das sei alles wahr. Die Papaya-Bäume kamen aus dem philippinischen Bergland; der Vater der Weis hatte dort als Missionar gearbeitet und die Pflanzen mitgebracht. Die Früchte schmeckten köstlich. Ja, sie hatten mit Messer und Gabel gegessen, und Papa sagte, sie haben darauf bestanden, dass er mit ihnen auch Papaya esse. Die wilden Rosen rankten sich durch den ganzen weitläufigen Garten. Professor Wei erzählte ihm, dass dies ein Garten im englischen Stil sei und dass sie Hunderte verschiedener Blumen von dort mitgebracht hätten, zusätzlich zu allem, was dort schon wuchs.

Doch nach der englischen Sprache erkundigte ich mich am begierigsten. Sprachen sie sie zu Hause? Vater sagte, der Patientin falle der hiesige lispelnde Dialekt in ihrem derzeitigen Zustand schwer, deshalb, ja, sprachen sie oft Englisch. Er sagte, sie hätten eine große Bibliothek, bis zur Decke angefüllt mit Büchern.

Um sich bei Vater zu bedanken, wollten die Schwestern ihn unbedingt für seine Arbeit bezahlen, doch davon wollte er nichts hören. Also fragten sie ihn, ob sie ihrerseits nicht etwas für uns tun könnten. Vater erzählte, die Zwillinge hätten ihn angefleht, sich eine Möglichkeit einfallen zu lassen, denn sonst hätten sie ein schlechtes Gewissen.

Eines Abends sagte ich zu Papa: »Vielleicht könnten sie mich in ihrer Freizeit in Englisch unterrichten.«

Er blickte von seinem Medizinbuch auf und sah mich eine Sekunde lang nachdenklich an. »Das ist eine wunderbare Idee. Aber vielleicht ist dein Niveau ein wenig zu niedrig für sie. Sie haben an der Universität unterrichtet, das weißt du doch?«

»Aber vielleicht macht es ihnen nichts aus«, bettelte ich.

»Ich kann es ja versuchen. Mein Sohn, wie kommst du auf diese Idee?«

»Na ja, sie haben doch einen Weg gesucht, sich bei dir zu bedanken.«

»Ja, aber ich will wissen, wie du darauf gekommen bist.« Er legte sein Buch weg.

»In der Schule reden alle von der Universität. Ich habe keine Zukunft. Ich bin nicht gut in der Schule, und ich hinke ein paar Jahre hinterher. Andere Fächer sind leichter aufzuholen, und ich tue mein Bestes, aber niemand kann mir mit Englisch helfen.«

»Was ist mit deinen Englisch-Lehrern?«

»Die haben mich verspottet, als ich wieder in ihre Stunden gegangen bin. Außerdem ist ihre Aussprache fürchterlich. Jedes Mal, wenn mein Lehrer auf Englisch vorliest, hört er sich an, als ersticke er an einer Gräte. Er spuckt und wird ganz rot. Ich glaube nicht, dass Engländer so sprechen.«

Papa lachte. »Gut, mein Sohn, wenn du mit Professor Wei lernen darfst, erwarte ich, dass du dir mindestens so viel Mühe gibst wie damals mit der Flöte«, sagte er ernst.

Ich nickte.

Bevor ich in dieser Nacht schlafen ging, blies ich die Lampe aus, kniete mich auf das Kissen und verneigte mich vor Buddha, um seine Hilfe zu erbitten. Zum ersten Mal wusste ich nicht, worum genau ich bitten sollte. Ich vergrub das Gesicht in dem weichen Kissen, bis ich beinahe erstickte. Stumm sagte ich mir das Wort »Universität« vor, doch ich spürte, wie ich jedes Mal vor Scham errötete, weil ich überhaupt daran zu denken wagte. Die Hochschule war für die wenigen Glücklichen, die nicht nur extrem intelligent waren, sondern auch besonders fleißig. Was war ich dagegen?

Ich träumte davon, auf einen abgelegenen Bauernhof geschickt zu werden, wo ich einen felsigen Hügel abgraben musste, bis ich zusammenbrach. Mitten in der Nacht wachte ich schweißgebadet auf.

造

15

Als dic Sommerferien näher rückten, kam Vater eines Tages mit der guten Nachricht nach Hause, dass Professor Wei mich gern in Englisch unterrichten würde; allerdings ging sie zunächst einmal für ein paar Monate nach Fuzhou, um ihre Schwester zu begleiten, die eine Rehabilitationskur bei irgendwelchen berühmten Ärzten machen wollte. Sie würde mich unterrichten, wenn sie wiederkam.

Ich war zugleich glücklich und nervös. Nun hatte ich den ganzen Sommer Zeit, mich vorzubereiten, so dass ich vielleicht nicht ganz so dumm erscheinen würde. Ich stellte einen Lernplan auf, der mir kaum noch Zeit für Musik oder irgendetwas anderes ließ.

Es war mir egal, wie schlecht ich in den Prüfungen am Ende des Schuljahres abschnitt. Bei der Englisch-Prüfung ging ich einfach hinaus, zu I-Feis Überraschung. Er hatte schon einen guten Schüler vor dem Fenster postiert, der uns durch die Prüfung bringen sollte, für den Preis von zwei Schachteln Zigaretten.

»Was ist denn mit dir los?«, fragte I-Fei, der mir nachgerannt kam. »Willst du denn nicht bestehen?«

»Doch.«

»Und? Ich habe da draußen einen kleinen Helfer. Der weiß einfach alles. Ich habe dir doch erzählt, dass er einen zerknüllten

Durchschlag der Prüfungsaufgaben in der Mülltonne des Lehrers gefunden hat. Das ist eine todsichere Sache.«

»Ich will nicht mehr abschreiben. Das ist sinnlos.«

»Du bekommst null Punkte.«

»Aber nächstes Jahr bin ich viel besser.«

»Wie denn?«

»Ich bekomme im nächsten Schuljahr Unterricht von Professor Wei.«

»Du kannst nicht mal das Alphabet richtig, wie kannst du dann Unterricht bei einer Professorin bekommen? Das ist doch ein Witz.« Er warf mir eine Packung Zigaretten zu, nachdem er sich eine angezündet hatte. Ich warf sie ihm zurück.

»Ich bin kein guter Schüler, weil ich nicht gelernt habe. Ich habe mit dir Stunden geschwänzt. Ich habe mich nur um diese dämlichen Proben und Theateraufführungen gekümmert. Ich bin sicher, dass ich mit Hilfe der Weis viel besser werde.«

»Himmel, soll ich jetzt vielleicht an allem schuld sein?«

»Ich gebe dir nicht die Schuld. Ich selbst bin schuld.«

»Wenn du schuld bist, bin ich es auch, denn wir haben viel zusammen gemacht. Vielleicht sollte ich mich ja von dir fern halten, damit du wieder ein guter Schüler wirst.« Er hob seine Zigaretten auf und ging.

»He, du dummer Hund«, rief ich ihm nach. »Komm zurück.«

Ich rannte ihm nach. »Du bist immer noch mein bester Freund in der Schule.«

»Bester Freund?« Er blieb stehen und blickte kurz zu mir zurück. »Du hast dich verändert. Das gefällt mir nicht. Du willst nicht mehr rauchen, du willst nicht mehr die Schule schwänzen. Tu dies nicht und tu das nicht. Ich muss jeden Tag früh nach Hause gehen und auf mein Moskitonetz starren. Es wird langsam richtig langweilig in diesem Kaff.«

»Tut mir Leid, aber ich muss mich ändern. Ich kann es mir nicht leisten, nur herumzualbern, so wie du. Deine Eltern können dir eine Zukunft schaffen, meine nicht. Gib mir doch eine Zigarette.«

Er fischte mir eine heraus. Ich zündete sie mit seinem Feuerzeug an. »Ich hatte gehofft, wir könnten zusammen lernen, so wie damals mit deinem Akkordeon. Das hast du wirklich toll gemacht.«

Wir setzten uns. »Nur dank deiner Hilfe.«

»Na, dann machen wir es jetzt genauso, nur dass du eben diesmal für die Schule lernst.«

Er schüttelte den Kopf und blies Rauchringe in die Luft.

»Lernen interessiert mich nicht. Wenn ich gern lernen würde, könnte Vater mir zehn Lehrer besorgen, die mich tagtäglich unterrichten. Manche von denen würden mir auch noch die Füße waschen. Ich hasse Lernen.«

»Aber warum denn?«

»In den Büchern gibt es keine Mädchen.«

»Es wird Mädchen geben, viele schöne Mädchen, wenn du erst zur Hochschule gehst. Meine Cousine hat gewartet, bis sie fast dreißig war, um dann einen Zwerg mit einem ulkigen Gesicht zu heiraten. Warum? Weil er auf der Universität war.«

»Du träumst zu viel. Normalerweise schafft es nur einer von hundert auf die Universität, aber sie machen sie gerade erst auf, nachdem die Hochschulen zehn Jahre lang geschlossen waren. Da draußen laufen jetzt zehn Jahrgänge Mittelschulabsolventen herum, die alle auf einmal an die Universität wollen. Deine Chance liegt mehr bei eins zu tausend. Du hast also praktisch keine.« Er warf die Zigarette fort.

»Meinst du, ja?«

»Ja.«

»Vielleicht unterschätzt du mich«, sagte ich.

»Überschätz dich bloß nicht.«

»Wir werden ja sehen, I-Fei. Vielleicht hast du Recht, aber ich werde in den nächsten Jahren mein Bestes geben, egal, was du sagst.«

Wir gingen schweigend bis zur Weggabelung, wo wir uns verabschiedeten und sich jeder auf den Heimweg machte. Bevor er ging, klopfte ich ihm auf die Schulter und sprang von hinten auf ihn los, wie wir es immer taten, wenn einer von uns wütend auf den anderen war. Diesmal funktionierte es nicht. Er schob mich weg und schnitt mir eine hässliche Grimasse, dann ging er. Ich stand da und sah ihm nach, bis er verschwunden war.

Ein paar Tage später kam I-Fei mit dem Rad zu mir nach Hause und machte kurz Halt, um mir zu erzählen, dass er Gelber Fels endgültig verlassen würde und sich an eine andere Mittelschule versetzen ließ. Vielleicht würde er ja auch bald Fahrer werden. Er tat sehr geheimnisvoll und schaute an mir vorbei. Ich bat ihn, eine Weile zu bleiben und über die alten Zeiten zu schwatzen, doch er sagte, bis zu seiner Mutter sei es sehr weit. Und so ging er fort, ohne jedes Zeichen von Bedauern. Ich war tief verletzt. Er war ein treuer Freund gewesen, und ich hatte seine Gesellschaft genossen. Die Schule würde ohne ihn nicht mehr dasselbe sein.

Der Juni war ein harter Monat für die Bauern in Gelber Fels. Endlose Reisfelder wurden golden. Die heiße Sonne verbrannte sie, grillte und buk den Reis, bis er reif war und die Hülsen sich mit Millionen kleiner weißer Kissen füllten. Die Erntezeit stand bevor, doch an der Pazifikküste lauerten Taifune wie bösartige Ungeheuer, nur ein paar Kilometer entfernt. Sie brachten schwere Regengüsse und konnten innerhalb von Stunden die Reisfelder zerstören. Jeden Tag hofften die Bauern voller Angst, dass der Reis noch ein wenig weiter reifte. Sie waren dem launischen Küstenklima ausgeliefert. Das lange Warten war für sie etwa so, als sollten sie einem schlafenden Drachen die Zähne ziehen. War die Wettervorhersage schlecht, arbeiteten sie ununterbrochen, um den Reis zu ernten, bevor sie alles an die Naturgewalten verloren.

Eines Tages, als dichte Wolken um den Ching-Berg hingen, die aussahen wie flatterndes Frauenhaar im Wind, warnte die Kommune über Lautsprecher die Bauern vor einem nahenden Taifun. Plötzlich herrschte das reinste Chaos. Der Anführer der Brigade hämmerte an jede Tür und drängte die Bewohner, auf die Felder zu gehen und den Reis zu ernten. Alles, selbst der noch unreife Reis, sollte lieber geerntet werden, als in den Fluten zu verderben.

Meine älteste Schwester war in Han Jian, wo sie vorübergehend in einer Konservenfabrik arbeitete – ein Verstoß gegen die Regeln der Kommune: Während der Erntezeit dufte niemand außerhalb des Ortes arbeiten. Papa bat mich, für sie einzuspringen, also weckte Mama mich am nächsten Morgen, noch bevor es hell wurde. Mein Bruder Jin und meine beiden Schwestern Huang und Ke saßen schon am Esstisch, stopften sich schüsselweise gebratenen Reis in den Mund und spülten ihn mit der Suppe hinunter, die Mama seit Mitternacht gekocht hatte. Mein Bruder, der mit seinen zweiundzwanzig Jahren bereits ein erfahrener Landarbeiter war, konnte sogar drei große Schüsseln leer essen, bevor er zur Arbeit ging. Alle arbeiteten vierzehn Stunden am Tag, und Jin hasste es, auf dem Feld Hunger zu haben. Er rülpste ein paar Mal, zündete sich eine Zigarette an und setzte seinen Strohhut auf, bereit zum Abmarsch.

Ich hatte mir so viel Essen in den Mund gestopft, wie um vier Uhr morgens hineingehen wollte. Mama hatte mich gewarnt, dass ich bis ein Uhr mittags nichts mehr zu essen bekommen würde. Im Halbschlaf roch ich den frisch gekochten Reis, als gehöre er noch zu einem schönen Traum.

»Folge mir, kleiner Bruder.« Nachdem auch ich zufrieden gerülpst hatte, gab Jin mir eine Sichel, und los ging's, barfuß hinaus in die dunklen Felder.

Der Himmel war am Rand weißlich, als habe jemand den Deckel über der Erde ein wenig angehoben. Schweigend gingen wir durch die Wiesen, noch ganz feucht vor Tau. Schlurfend kämpfte ich gegen die Müdigkeit an, denn eigentlich sollte ich zu dieser Stunde noch in süßem Schlummer liegen, statt so entsetzlich früh geweckt zu werden. Blind stolperte ich hinter meinem Bruder her, dem Führer der Gruppe, der gelassen pfiff, summte und rauchte, als sei dies ein ganz gewöhnlicher Tag.

»Da wären wir. Wir müssen bis Sonnenuntergang etwa fünf ›mu‹ (etwa vier Quadratkilometer) Reis schneiden.« Er wies auf die endlosen Nassreisfelder, die sich in dem weißlichen Dunkel abzeichneten. »Wir vier gehen in Reihen nebeneinander vor. Ich nehme die breiteste, Ke und Huang die beiden Reihen neben mir. Du, kleiner Bruder, arbeitest langsam und machst Pause, wenn du nicht mehr kannst. Probier mal, ob du das Stück da schaffst.« Er zeigte auf den Rand eines riesigen Feldes und lächelte mir zu.

»Kein Problem. Gib mir ruhig mehr«, sagte ich.

Jin zeigte mir, wie ich die hohen Halme ganz unten abmähen und hinter mir aufstapeln sollte. Er ermahnte mich, im Dunkeln gut auf meine Finger aufzupassen. Ich betrat das schlammige, nasse Feld und machte dabei ein matschig platschendes Geräusch, das ein paar Frösche und Ratten aufscheuchte. Moskitos und andere Insekten schwirrten mir ständig um Nase, Augen und Ohren, und ich musste immer wieder nach ihnen schlagen. Ich spürte, wie die kleinen Würmer und Aale sich unter meinen Zehen hervorschlängelten. Ich schloss die Augen und versuchte, an etwas Schönes zu denken. Die Geige.

Ich packte große Büschel Halme und mähte wie ein Wilder. Meine Schwestern hielten ab und zu inne, um nach mir zu sehen, und sie waren mit meiner Arbeit zufrieden. Bald stieg die Sonne über dem Horizont empor, und die endlosen Felder begannen im Morgenlicht zu dampfen. Das übrige Land schlief noch.

Die kniehohen Reispflanzen mit ihren scharfen Blättern stachen mich in Gesicht und Nacken, wenn ich mich bückte. Die flaumbesetzten Blätter brauchten nur meine Haut zu streifen, um dort einen roten Fleck wie von einem Kuss zu hinterlassen. Bald war die Sommersonne nicht mehr sanft, sondern sengend. Schweißperlen standen mir auf der Stirn und rannen hinab. Meine Haut begann zu jucken, als bissen mich Tausende schleimiger Krabbeltierchen, voller Wut, weil ich mit meiner Sichel in ihre Welt eindrang. Ich knöpfte mein durchgeschwitztes Hemd auf, schälte mich heraus und wischte mir damit das zerschnittene, schweißnasse Gesicht, bevor ich es hinter mich schleuderte. Ich musste die Zähne zusammenbeißen, um bei dieser Berührung meiner brennenden Haut nicht laut aufzuschreien. Meine Geschwister sollten schließlich nicht denken, dass ihr kleiner Bruder nicht zur Landarbeit taugte. Als ich meinen schmerzenden Rücken streckte und mich fühlte wie der bucklige alte Händler von nebenan, der schon gar nicht mehr wusste, wie der Himmel aussah, stellte ich fest, dass sie mir bereits fast dreißig Meter voraus waren; unermüdlich beugten sie sich über den Reis, der wohl erst unter einem Regenbogen enden würde.

Meine Geschwister waren mit der Landarbeit aufgewachsen. Ich hatte gesehen, wie sie über hundert Pfund Dung auf dem Rücken trugen, der als Dünger auf die Felder kam. Ihre knochigen Beine hatten unter der Last gezittert, doch sie wagten nicht, langsamer zu gehen, aus Angst vor den Rügen der Kommune-Kader, die besonders hart mit ihnen umsprangen. Sie alle hatten mit zusammengebissenen Zähnen durchgehalten. Bruder Jin trat sich einmal einen rostigen Nagel in den rechten Fuß. Die Wunde heilte erst nach zwei Monaten. Huang war schon unter der stechenden Sonne so sehr ausgetrocknet, dass sie zusammengebrochen war. Und alle klagten sie über ständige Rückenschmerzen, doch sie mussten sich weiterschleppen, denn die Kommune gewährte ihnen keinen Urlaub. Man hätte ihre Nahrungsmittelrationen einbehalten, bis sie die versäumte Zeit wieder abgearbeitet hatten.

Meine Geschwister waren groß, dünn und braun wie die Kokosnüsse geworden.

Während ich so dastand und sie beobachtete, empfand ich Achtung und Furcht. Eine Zukunft als Landarbeiter erstreckte sich vor mir wie die erbarmungslosen Felder. Ich würde endlose Stunden in der grausamen Sonne schuften, um ein kümmerliches Dasein zu fristen und von Reisbrei und eingemachtem Gemüse zu leben. Ich würde Hunger leiden, mindestens drei Monate im Jahr, während deren selbst die vergammelten Süßkartoffeln auf dem Esstisch Kostbarkeiten waren.

»Mach mal eine Pause, Bruder«, rief Jin mir zu. Seine Stimme klang fast piepsig in diesem gigantischen Feld. »Du brauchst dich nicht zu hetzen.«

»Und zieh das Hemd wieder an, sonst bringt die Sonne dich um«, fügte Ke hinzu, die sich aufgerichtet hatte, um nach mir zu sehen.

»Ich komm prima zurecht, wirklich.« Doch ich dachte nur: Lasst mich nach Hause gehen. Ich hatte es jetzt schon gründlich satt. Ich ließ die Sichel fallen und bohrte mir die Fäuste in den Rücken, genau wie es mein Vater nach einem schweren Tag immer machte. Ich seufzte über den schmalen Streifen Reis, den ich noch vor mir hatte, wie er so stolz dastand und träge nickte, wenn eine Brise ihn streifte. Langsam beugte ich den Rücken, der beinahe zu brechen schien; ich hob die Sichel auf, stützte diesmal die Ellbogen auf die Knie wie eine Schwangere und mähte, Halm für Halm. Ich wünschte, die Sonne möge rascher sinken, damit wir alle nach Hause gehen und uns ausruhen konnten, doch sie verharrte einfach reglos, ein höhnischer Feuerball am wolkenlosen Himmel. Dann wünschte ich mir, der Reis würde von ganz allein umfallen.

Ich dachte an die großartige Zukunft, die Mao China versprochen hatte, die Maschinen und die Modernisierung. Wo war all das, wenn man es wirklich brauchte? Ich hatte prächtige Propagandafotos gesehen von den guten alten Russen, die ihr Getreide und ihren Reis mit grandiosen Mähdreschern ernteten. Papa hatte Recht. Er sagte, wir bestellten das Land genau so wie seit Tausenden von Jahren, mit dem einzigen Unterschied, dass wir jetzt weniger dafür bekamen.

Ich sah die Gesichter meiner Freunde vor mir. Ich dachte daran, welches Glück der O-beinige Yi doch hatte, der irgendwo in seinem Büro saß und Einzelteil für Einzelteil aus der Inventarliste strich und saftiges Fleisch zu Mittag bekam. Er würde sich dort zweifellos auch seinen bitteren Tee kochen. Dann war da Siang, der seine Zigaretten wohl auf der Veranda seines prächtigen Hauses rauchte, wo immer ein kühles Lüftchen wehte, selbst in der Mittagshitze, wenn die ganze Welt unter der gleißenden Sonne zu erstarren schien. Verdammter Glückspilz. Ich wünschte seinem alten, revolutionären Großvater, der ihm all das ermöglicht hatte, ein langes Leben. Dann sah ich Bilder von Sen vor mir, den seine Mutter mit einem Knüppel jagte, während er davonflitzte wie ein Hund; mit einer Hand hielt er seine Hose fest, in der anderen trug er die Schüssel Schweineschmalz, die er gerade stibitzt hatte. Mo Gong gaffte vermutlich gerade wunderschönen Mädchen nach, die am Schuhstand seines Vaters vorbeiflanierten. Er schielte lüstern allen beweglichen Teilen nach. Sein berühmtes Motto lautete, es gebe an einem weiblichen Körper immer etwas zu sehen, und das musste nicht unbedingt ein hübsches Gesicht sein.

Plötzlich wurden meine Gedanken vom Erscheinen einer gigantischen grünen Frosch-Mama unterbrochen. Sie starrte mich an und ließ die lange Zunge vorschnellen. Ihre Augen quollen freundlich und neugierig hervor und rollten in feuchten Augenhöhlen. Ein weißer Hautsack baumelte an ihrem Hals, und ihre Schenkel sahen fleischig genug aus, um des heutigen Abendbrottisches würdig zu sein. Wir starrten einander eine volle Minute lang an, bevor ich die Sichel nach ihr warf. Das dumme Ding legte einen Weltrekordsprung hin und landete auf meiner Brust. Die nassen Schwimmhäute und die klebrige Haut des Frosches ließen mich erschauern, doch ich packte ihn und wickelte ihn in mein abgelegtes Hemd. Er wog mindestens ein halbes Pfund. Ich konnte den Duft seiner saftigen Schenkel schon beinahe riechen, in feiner Sojasauce, mit frischem Knoblauch und reichlich Ingwer, um den fischigen Geschmack zu mildern. Ich würde meinem Bruder die Hälfte davon abgeben, zu der Flasche Schnaps, die er jeden Abend vor dem Schlafengehen trank. Den brauchte er, um seine Knochen zu beruhigen, sagte Mama.

Die Sonne stand hoch über mir, und mein Rücken brannte. Selbst der nasse Matsch des Feldes war lauwarm, und die stolzen Reishalme ließen sich in dieser Hitze ein wenig hängen, als wären sie schläfrig. Der Tag war erst halb vorüber, doch ich war völlig erschöpft. Mein Rücken schmerzte, meine Beine zitterten, mein Gesicht war zerkratzt, und meine Hände bestanden nur noch aus wunden Blasen. Ich fühlte mich so elend, dass ich nicht einmal spürte, wie die Wände meines leeren Magens einander anknurrten. Um das Brennen in meiner Kehle zu löschen, hätte es einer ganzen Brigade der Feuerwehr bedurft. Ich war wütend, fühlte mich gedemütigt und erbärmlich. Ich konnte nicht darum betteln, von dieser Pflicht entbunden zu werden. So etwas tat man bei den Chens einfach nicht. Wir alle arbeiteten schwer zusammen und spielten zusammen. Mama und Papa würden es nicht gutheißen, wenn ich mittendrin aufgab. Ich hielt noch ein paar Meter durch, und dann platzten die Blasen auf. Das wunde Fleisch darunter war rot und brannte fürchterlich. Ich hörte meine Schwester nach mir rufen.

»Kleiner Bruder, komm essen.«

Meine Mutter stolperte am Rand des Feldes herbei, mit unserem Mittagessen an einer langen Bambusstange. Ihr Gesicht unter dem Strohhut war rot. Ich war so froh, sie zu sehen.

»Komm, wasch dir die Hände und iss, kleiner Bauer.« Mama lächelte mich an, als ich mich zu ihr schleppte. Ihr wunderschönes Lächeln war das höchste Lob, das sie uns aussprechen konnte. Meine Geschwister versammelten sich um Mama, die Wasser aus einem Eimer goss und feuchte Handtücher verteilte.

»Du machst das gar nicht schlecht. Mit deiner Hilfe schaffen wir es noch vor Sonnenuntergang.« Mein Bruder strahlte und schlug mir auf den Rücken.

Ich schrie auf, bevor ich mir noch auf die Zunge beißen konnte.

»Was ist denn? Hast du dir den Rücken verbrannt?«, fragte Huang.

Ich schwieg.

»Ich habe dir doch gesagt, dass du das Hemd anlassen sollst«, tadelte sie.

»Es war ganz durchgeschwitzt.«

»Lass mich mal deine Hände sehen«, sagte Jin. Ich streckte sie ihm entgegen. Aus den Blasen sickerte immer noch Flüssigkeit. »Nach dem Essen nimmst du deine Sichel und gehst nach Hause, klar? Oje, das muss ja höllisch wehtun.«

Mama und meine Schwestern machten sich Sorgen. Meine Mutter reinigte meine blutigen Hände rasch mit einem nassen Handtuch.

»Tut mir Leid, dass ihr euch Sorgen macht. Aber ich kann mein Stück noch fertig machen.«

»Nein, geh nach Hause und kümmere dich um deine Hände.«

Ich schämte mich, es kam mir vor, als würde ich sie im Stich lassen.

»So ging's mir auch, ganz am Anfang.« Jin streckte die Hände aus. »Und sieh sie dir jetzt an. Sie sind hart wie Eisen. Geh nach

Hause und arbeite fleißig für die Schule. Vielleicht kannst du dann eines Tages zur Universität gehen und brauchst keine so schwere Arbeit mehr zu tun. Du kannst es wenigstens versuchen. Wir anderen sind dafür schon zu alt.« Er sah meine Schwestern an.

Auf dem Heimweg schlich ich schweigend hinter Mama her, beide Hände vorsichtig vor mir ausgestreckt.

»Willst du immer noch Landarbeiter werden?«, fragte Mama.

Ich schüttelte den Kopf.

»Dann lerne fleißig. Du kannst über deine Zukunft noch entscheiden, deine Geschwister nicht mehr. Du hast Glück. Wenn sie solche Blasen hätten wie du, müssten sie trotzdem dort bleiben, bis der letzte Halm gemäht ist. Das ist ihr Leben.«

Diese Worte sollte ich lange nicht vergessen.

Der Geruch der Erde und ein vager Duft hingen über den endlosen, grausamen Feldern. Ich würde ihn nicht vermissen, falls ich nie wieder dorthin zurückkehren sollte. Die Schönheit der Natur und der erdige Duft zur Erntezeit hatten mich immer ganz sentimental werden lassen. Nun sahen die Felder aus wie ein Friedhof, voller hungriger Geister, die nach meinen Armen und Beinen grapschten. Ich wollte nicht, dass meine Jugend und meine Zukunft hier begraben wurden.

Während ich hinter Mama her nach Hause ging, merkte ich, dass ich unbedingt mit dem Unterricht bei Professor Wei beginnen und wieder zur Schule gehen wollte. Irgendwo gab es für mich eine andere Zukunft als Hacke und Sichel. An der Schule gab es wohl kein Hindernis, das ich nicht überwinden könnte. Ich war nie fester entschlossen als in jenem Augenblick. Ich war vom Glück begünstigt. Wie Mama und Jin gesagt hatten, hatte ich noch eine Chance. Rücken und Hände taten mir weh, doch ich empfand nur Dankbarkeit für meine Familie und den Willen, in der Schule zu bestehen.

Da ich also nicht dazu taugte, an Sis Stelle auf den Feldern zu arbeiten, ließ Papa sich eine andere Möglichkeit einfallen. Ich sollte für den Rest des Sommers Sis Arbeit in der Konservenfabrik übernehmen, während sie für die Erntezeit nach Hause kam. Glücklich machte ich mich mit einem geborgten alten Fahrrad, einer kleinen Satteltasche voll Reis und einer größeren mit Süßkartoffeln auf den Weg. Etwas Kleidung zum Wechseln trug ich in einer weiteren Tasche auf dem Rücken. Die Straße nach Han Jian war schmal und verlief in vielen Windungen die Pazifikküste entlang. Weiße Wellen schossen den Strand hinauf; wie riesige Schlangenzungen schnellten sie rhythmisch aus dem Meer hervor und rollten sich wieder ein. Ab und zu war ein Segel zu sehen, das in der Sonne schimmerte. Die frische Brise schmeckte salzig. Ich liebte die menschenleere, einsame See.

Das alte Fahrrad klapperte auf der unebenen Straße, die von schweren Regengüssen zerfurcht und dann von der Sonne steinhart gebacken worden war. Die Abdrücke verschieden großer Schuhe und nackter Füße, die sich durch den Regen gekämpft hatten, sahen aus wie Miniaturmodelle von hohen Bergen und tiefen Tälern. Auf halbem Wege machte ich Rast im Brücken-Dorf, genau zwischen Han Jian und Gelber Fels; in beide Richtungen waren es von hier aus zwei Stunden. Dies war ein kleines, einsames Dorf, das von der Spitze der Bucht aus übers Meer hinausblickte.

Auf der schmalen, gepflasterten Straße, an der sich ein Dutzend kleine weiße Häuser drängten, liefen einige Frauen, die Körbe auf dem Kopf trugen. Sie musterten mich misstrauisch. Ein paar kleine Kinder spielten im Schmutz mit Muschelschalen, während zwei alte Frauen neben ihnen dösten. Ich blickte mich um, doch ich konnte nirgends einen Mann entdecken. Kein Wunder, dass dieses Fischerdorf im Volksmund das »Witwen-Dorf« genannt wurde. Die Männer waren Wochen und Monate mit ihren Fischerbooten unterwegs. Viele kehrten zurück, manche nicht.

Ich stieg vom Fahrrad und schob es die kurze Dorfstraße entlang, am Fenster des Barbiers vorbei. Es überraschte mich nicht, drinnen eine Dame zu sehen, die einer anderen Dame die Haare schnitt. Auf einem Stuhl, der auf Kundschaft wartete, saß eine Katze. Danach kam ich am Fischladen vorbei. Er war leer, bis auf eine Dame; sie rauchte eine Wasserpfeife, die sprudelte wie ein Bach. Auf einem großen Holzschild an der Tür stand: FRISCHE KRABBEN, AUSTERN, MUSCHELN. WEITERE WARE KOMMT BEI EBBE.

Die Dame lächelte mich an, das hochgesteckte Haar in Rauchwolken gehüllt.

Dies war ein ulkiges Dorf, mit schmalen Lücken zwischen den Häusern, durch die man das Meer sehen konnte. Am Ende der Straße scheuchten meine Reifen ein paar Hähne auf, die mich gurgelnd beschimpften und dann davonstoben, um sich auf einem abgestorbenen Baum niederzulassen. Das waren die einzigen lebenden männlichen Geschöpfe, die mir begegneten. Brücken-Dorf endete an einem uralten Bogengang. Dahinter lag eine steinerne Brücke über den Dong Jing, der hier schon ganz trübe war. Der jungfräuliche Fluss hatte seine Reinheit irgendwo unterwegs verloren und eine andere Farbe angenommen, nachdem die See ihn verführt hatte. Er flirtete, tanzte mit den mächtigen Wogen, blinzelte ihnen zu, bevor er sich schließlich kopfüber in die starken Arme des Pazifik stürzte, einem ungewissen Schicksal entgegen. Die Brücke war etwa achtzig Jahre alt. Großvater hatte als Kind hier noch mit der Fähre über den Dong Jing übergesetzt, wenn er die Pachtgelder und Mietzinsen für das Ackerland einsammelte, das wir in der Gegend um das Delta besessen hatten.

Am Kopf der Brücke standen zwei Reihen steinerner Statuen der himmlischen Wächter in alter Kriegstracht, mit Schwertern in den Händen. Sie waren fünf Meter hoch und wandten sich stumm und erhaben zur See. Einer der steinernen Männer hatte im Zweiten Weltkrieg bei einem Bombenangriff der Japaner den Kopf eingebüßt. Der neben dem Kopflosen lehnte sich an seinen Nachbarn, denn die Roten Garden hatten ihn auf dem Höhepunkt der Kulturrevolution gestürzt; für sie symbolisierten die Wächter blinden Aberglauben. Sie hatten sie alle ins Meer werfen wollen, doch an jenem Tag wurde ein nervöser Rotgardist zu Tode gequetscht, als dieser steinerne Mann gegen seinen Nachbarn fiel. Die übrigen Rotgardisten waren geflohen und hatten sich nie wieder auch nur in die Nähe dieser Riesen gewagt. Stumm hatten sie die Japaner und die Roten Garden geschlagen. Sie waren unsere Götter des Landes und der See.

Ich lehnte mein Fahrrad an den Fuß einer Statue, setzte mich auf ihren Zeh und holte ein Stück Reiskuchen aus meinem Beutel. Ich war jetzt genau an der Stelle, von der Großvater mir erzählt hatte. Von hier aus konnte man am besten eine der vierundzwanzig schönsten Aussichten Putiens genießen, die als »Morgensonne auf dem Meer« bekannt war. In dieser Gegend erzählte man sich, dass an einem besonders klaren Morgen im Mai die Sonne als Feuerball ein paar Mal auf dem Horizont auf und nieder hüpfte, bevor sie richtig aufging. Im Augenblick erschien dieser Teil des Meeres tief rot.

Als ich aufs Meer hinausblickte, dachte ich an das berühmte Trugbild und die vielen Boote, die einmal den Männern vom Brücken-Dorf gehört hatten. Möwen kreischten wie ein Echo des einsamen Dorfes. Zwei Reiskuchen später – es musste wohl etwa drei Uhr nachmittags sein, denn die Sonne warf nun einen Schatten über die Schulter des steinernen Mannes, und der Seewind hatte aufgefrischt – hob ich das alte Fahrrad auf und hängte mich an ein Motorrad mit einem großen Haufen Heu hintendrauf, der mir Windschatten bot.

Han Jian war eine kleine Hafenstadt mit zwei langen, miteinander verschlungenen Straßen. Das Schwanzende des Ortes lag auf einem Hügel, der Kopf tauchte ins Wasser. Aus der Entfernung sahen die Straßen aus wie zwei Schlangen, die den Hügel hinabkrochen, um aus dem Meer zu trinken. Dies war nicht die Bezirkshauptstadt, wie Putien. Die Atmosphäre war entspannt und kommerziell. Wohlhabende Pensionäre aus Hongkong und dem südasiatischen Ausland streiften durch die Straßen und fächerten mit großen Kokospalmenblättern gegen die sommerliche Hitze an. Die Männer trugen ihre bunten Polyesterhemden offen, so dass man ihre hängenden Brustwarzen sehen konnte, und unterhielten sich quer über die schmalen, geschäftigen Gassen in ihrem Putien-Dialekt. Manche behaupteten, das viele Kanton-Sprechen habe ihren Akzent ruiniert, doch Vater sagte, sie hätten zu lange in der reichen Großstadt Hongkong gelebt und sprächen deshalb so, als hätten sie Silbermünzen im Mund.

Während ich zwischen den Fußgängern, Motorradfahrern, Händlern, Kindern und Lastwägen herumradelte, die schwer beladen mit Obst und anderen Nahrungsmitteln zum Hafen fuhren, wurde ich richtig aufgeregt. Ich würde den ganzen Sommer lang in der Nähe dieser Stadt bleiben, ohne die wachsamen Blicke meiner Familie und frei, zu tun, was immer ich wollte. Ich hielt bei einem Zigarettenkiosk an und kaufte mir eine Packung Flying Horse, die ich später mit der gelassenen Zufriedenheit eines Mannes mit festem Einkommen rauchen würde.

Si erwartete mich am Tor ihrer Fabrik am Stadtrand. Ich hatte sie zwei Monate nicht mehr gesehen. Sie trug jetzt eine hübsche Kurzhaarfrisur.

»Der Stadt-Look«, sagte ich und lächelte sie an.

»Gefällt es dir?«, fragte Si.

Ich nickte und strich meinen eigenen Schopf glatt, bevor wir durch den grandiosen Eingang der Fabrik traten.

Wachen mit Gewehren über der Schulter patrouillierten vor den Toren. Sie prüften den Firmenausweis meiner Schwester und ließen uns ein.

»Wozu die Gewehre?«, fragte ich.

»Die Menschen stehlen doch immer irgendwas. Der Generaldirektor war beim Militär.«

Eine Gruppe junger Leute auf Fahrrädern sauste an uns vorbei, johlte und rief meine Schwester beim Namen.

»Wer waren die?«

»Freunde von mir, die haben jetzt Feierabend.«

Als wir ihren Produktionsbereich erreichten, die Wasseraufbereitung, wurde ich begeistert von ihrem Chef und ihrem besten Freund begrüßt. Der Abteilungsleiter war ein stämmiger Mann, dem ein Arm fehlte. Man erzählte sich, der Arm sei in eine Säge geraten und in einen heißen Ofen gefallen, und der Mann habe hilflos mit ansehen müssen, wie er verbrannte. Ihr bester Freund war ein fetter, zwanzigjähriger Junge, dessen Gesicht behaart war wie das eines Wolfs. Als er mich anlächelte, wurden seine Augen zu zwei schmalen Schlitzen unter seinen buschigen Brauen. Er zwickte mich ins Ohr und klopfte mir auf den Rücken.

»Warum sind die so nett zu dir?«, fragte ich Si, nachdem wir das Büro verlassen hatten.

»Das Dickerchen ist ein guter Kumpel, loyal, aber stur. Und dem Chef habe ich erst kürzlich zwei Stangen Flying Horse gekauft. Das wird für einen Monat oder so reichen, dann musst du ihm eine neue Stange kaufen. Hier sind alle korrupt. Bestechung ist der einzige Weg, seinen Arbeitsplatz zu sichern. Alle machen es so, vom Generaldirektor bis zum Abteilungsleiter und dem Vorarbeiter.«

Sie zeigte mir meinen Schlafplatz, eine kleine Pritsche in einem winzigen, fensterlosen Kabuff hinter einem Heizungsraum. Es gab keine Toilette, und das Licht auf dem Gang hatte die unangenehme Angewohnheit, nach Belieben zu flackern oder sich eine Weile auszuschalten. Die dunkle, rußige Decke hing voller Spinnweben. Ich brauchte meine Phantasie nicht sonderlich anzustrengen, um hinter diesen alten Fässern und ausrangierten Maschinenteilen Ratten, Kakerlaken und bösartige hungrige Katzen lauern zu sehen.

Si erklärte mir, dass manchmal noch ein Mädchen in dem Raum gegenüber übernachtete. Dieses »manchmal« ließ mich sogleich einen Erkundungsgang um das wackelige Gebäude machen. Der Boden war von hohem Gras und ekelhaftem Unkraut überwuchert, von der Sorte, die alle möglichen unaussprechlichen, bösen Dinge barg und jeden Ort schäbig aussehen ließ. Ich sah mich schon dort liegen, allein unter einer fadenscheinigen Decke zusammengekauert, während Wind und Blitz und Donner draußen in der dunklen Nacht tobten.

Si wusste, dass ich nicht der Mutigste war, wenn es ums Alleinsein im Dunkeln ging. Als ich noch klein war, musste Großmutter immer bei mir bleiben, bis ich in meinem Kinderbettchen eingeschlafen war, damit die kopflosen blauen Geister mich nicht holten. Es gab nicht eine einzige Geistergeschichte, die ich nicht gehört oder gelesen hatte. Das Traurige war, ich glaubte sie alle. Die Dunkelheit brachte diese schrecklichen Gestalten zurück, bis ich mich bibbernd und schwitzend unter der Decke verkroch.

Si sagte, sie habe Glück, dass sie einen Platz gefunden hatte, wo sie umsonst schlafen konnte, und dass ich mich ja zu dem Dicken legen könnte, wenn es nicht anders ging. Sie musste sich beeilen, damit sie einen Lastwagen der Fabrik erwischte, der auf seiner Lieferroute nach Gelber Fels fuhr. Der Preis für die Fahrt war eine Packung Flying Horse für den Fahrer. Als ich mich von ihr verabschiedete, kam ich nicht umhin, sie für ihr Geschick im Umgang mit Menschen zu bewundern. Sie wirkte fern von Gelber Fels hübscher und viel fähiger. Die Leute hörten ihr zu und schätzten sie. Ich konnte kaum glauben, dass sie mehr Packungen Flying Horse verbrauchte als ich.

Am nächsten Tag meldete ich mich in dem düsteren Wasseraufbereitungsbüro. Der Chef war nicht da. Dickerchen spielte mit ein paar Mädchen Karten. Er stand auf und holte mich dazu, damit ich mit ihnen Poker spielte.

»Ich bin zum Arbeiten hier, Dickerchen«, protestierte ich.

»Das ist doch Arbeit, du Bauernjunge«, erwiderte Dickerchen lächelnd. »Wir warten hier, behalten den Wasserturm da draußen im Auge und messen alle Stunde den Wasserstand, bei jedem Wetter. Das ist alles.«

»Weiter nichts?«

»Nein. Du brauchst nur herzukommen und dich einzutragen. Einmal pro Woche schiebst du Nachtschicht und schläfst hier. Für diese Nacht bekommst du von der Fabrik das Essen umsonst.«

»He, das ist ja himmlisch«, sagte ich.

Alle lachten.

Bald erfuhr ich, dass die Verwaltung nur mit Leuten aus wichtigen Familien besetzt war. Dickerchens Vater war ein alter Revolutionär, der in den Fujian-Bergen gekämpft hatte. Die Mutter von Dickerchen war schon seine dritte Frau, und Dickerchens Vater hielt man oft für seinen Großvater. Die kleine Frau, Ying, war mit einem Veteranen verheiratet, der nun stellvertretender Parteichef von Han Jian war. Das hübsche Mädchen, Ning, saß morgens immer an der Tür des Büros und wartete auf die Post, dann verschwand sie und kehrte später mit rotem Gesicht zurück, wenn sie einen Luftpostbrief von ihrem Schatz in Hongkong erhalten hatte.

Die Frauen saßen herum, schwatzten über ihre Männer und strickten Pullover. Sie summten in furchtbar schiefen Tönen Schlaflieder, während ich vor Langeweile in meiner Ecke verrottete und dem Treiben draußen auf der Straße zusah. Ich erbot mich freiwillig, auf den Wasserturm zu klettern, selbst wenn ich nicht damit an der Reihe war.

»Mir ist so langweilig«, sagte Ning eines Tages und bog den

zierlichen Rücken. »He, ich habe gehört, du spielst Flöte. Stimmt das?«

»Nicht besonders gut«, sagte ich.

»Wenn du zwanzig Minuten für uns flötest, darfst du den restlichen Vormittag draußen spielen.«

»Bekomme ich da nicht Ärger?«

»Warum denn Ärger? Weil du uns ein bisschen unterhältst?«

»Ist das denn nicht irgendwie verboten?«

»Wir machen hier die Regeln. Wenn das jemandem nicht passt, stellen wir ihm das Wasser ab.«

Von da an spielte ich ihnen also auf der Flöte vor, was sie hören wollten. Dann durfte ich mit Dickerchen auf seinem Fahrrad in die Stadt fahren und Filme anschauen. Selbst der Chef lümmelte auf seinem Stuhl hinter dem leeren Schreibtisch herum, nippte an seinem Tee und trommelte im Takt meiner Musik mit den Fingern auf dem Tisch.

Eines Tages nahm er mich beiseite und erklärte mir, dass meine Schwester schon zu lange fort sei und er uns wohl nicht mehr länger decken könne. Die Fabrikleitung würde nie erlauben, dass ein Vierzehnjähriger hier arbeitete, und er könne dafür Schwierigkeiten bekommen.

Nachdem ich in mein Kabuff zurückgekehrt war, schaute ich deprimiert auf den Kalender. Ein Monat war vergangen, es war Zeit für eine Stange Flying Horse.

Ich ging in die Stadt, kaufte sie ihm, brachte sie bei ihm zu Hause vorbei und erklärte, er habe sie im Büro vergessen. Das funktionierte. Am nächsten Tag nahm er mich wieder beiseite und sagte, er werde mich dabehalten, solange Si in der Kommune zu Hause gebraucht wurde.

Ich hatte mich irgendwie an meine Unterkunft gewöhnt. Jeden Abend ging ich den langen, finsteren, schmalen Weg zum Heizungshaus hinüber und den quietschenden Gang entlang, bevor es völlig dunkel wurde. Ich nahm einen Nachttopf mit und stellte ihn unters Bett. Ich hatte ein kleines Messer unter dem Kopfkissen versteckt, das ich bei jedem lauten Geräusch hervorholte. Einmal hörte ich um vier Uhr morgens ein lautes Krachen und verbrachte den Rest der Nacht mit dem Messer in der Hand unter der Bettdecke, zusammengekrümmt wie eine Garnele in der Bratpfanne. Am nächsten Morgen sah ich, dass ein großes Stück von der Decke auf den alten Boiler herabgefallen war. Die Ratten mussten da oben ein wildes Fest gefeiert haben.

Während all dieser einsamen Nächte hörte oder sah ich nie etwas von meiner geheimnisvollen Nachbarin. Ich hoffte, sie würde eines Tages auftauchen und dem Haus ein wenig Leben einhauchen. Alles war mir lieber, als allein zu sein, doch schließlich kam diese Nacht. Es nieselte, und der Seewind frischte auf. Dicke, dunkle Wolken brauten sich am westlichen Horizont zusammen. Ich aß früh zu Abend, ging ins Bett und las eine alte Geschichte über einen Kriegsherrn. Die Angst vor einem aufziehenden Sturm hielt mich bis nach Mitternacht wach. Als ich gerade in einem Traum versank, hörte ich durch die dünne Wand brüllendes Lachen auf dem Gang. Die Wand bestand nur aus Brettern, die mit alten Zeitungen beklebt waren, um die Ritzen zu verdecken, so dass die Schalldämpfung gleich null war. Schon ein Niesen brachte sie zum Wackeln. Da waren ein Mann und eine Frau. Der Mann nuschelte zusammenhanglos mit schwerer Zunge, und das Mädchen kicherte und machte grobe Scherze. Schwankende Schritte ließen den Flur beben.

Flink kroch ich aus dem Bett und zog ein Stück Klebeband von einem Loch in der Wand, das ich meine Wachluke nannte, und sah von hinten einen kräftigen Mann, der einen Arm um das Mädchen gelegt hatte. Seine andere Hand lag auf ihrer Brust. Im matten Schimmer der Fünfzehn-Watt-Lampe erschien er als großer, bäriger Kerl und sie wie eine schattenhafte, zierliche Gestalt. Sie taumelten gegen die Wand und blieben vor der Tür gegenüber stehen, während das Mädchen nach ihrem Schlüssel kramte. Der Mann machte eine plötzliche Bewegung, und das Mädchen gab ihm einen Klaps aufs Handgelenk, wie eine Mutter, die ihren frechen Sohn ermahnt. Sie verschwanden durch die Tür, und das Licht ging aus. Das muss ihr Mann sein, dachte ich und dankte Buddha dafür, dass er mich von einer elenden Nacht allein im Gewitter errettet hatte.

Bald darauf hörte ich Geräusche. Unerträglichen Lärm, wie Wasser, das von einer hohen Klippe stürzt. Ich hörte das laute Stöhnen eines verzweifelten, hilflosen Mannes und einen lauten Schmerzensschrei von dem Mädchen. Der Mann tat etwas Rhythmisches, und das Mädchen schrie im Takt. Sie keuchten laut, und das Bett quietschte. Etwas wurde vom Tisch gestoßen und krachte zu Boden. So ging es etwa vier oder fünf unerträgliche Minuten lang, und dann stieß der Mann einen Schrei aus. Es hörte sich an, als schlage er das Mädchen. Plötzlich war es vorbei. Ich konnte wieder die Regentropfen auf das Dach trommeln hören. Mein Herz raste, und die Schreie meiner Nachbarn hallten in meinen Ohren wider. Ich kniete vor der Wand, verwirrt, besorgt und neugierig. Ich fragte mich, ob ich mit irgendeiner Waffe aus meinem Zimmer stürzen und ihr zu Hilfe kommen sollte.

»Und jetzt raus hier«, hörte ich das Mädchen sagen.

»Nein, bitte. Ich will nicht gehen.«

»Verschwinde, du Säufer.«

Ich hörte eine Flasche zerbersten, und dann stolperte der Mann auf den Gang hinaus. Ich presste ein Auge an das Loch in der Wand. Er hinkte und rieb sich mit der Hand das Gesicht. Ich konnte nur seinen Rücken erkennen, und den hinkenden Gang. Das Mädchen knallte die Tür zu, und ich hörte, wie sie keuchend nach Luft schnappte.

Irgendetwas stimmte hier nicht, aber ich durfte mich da nicht einmischen. Ich schlüpfte wieder ins Bett und dachte darüber nach, was dieses verzweifelte Stöhnen und Schreien wohl zu bedeuten hatte. Ich wünschte, meine Brüder aus Gelber Fels wären hier, um es mir zu erklären. Der Sturm wurde stärker und ließ meine Wände wackeln. Wenn so etwas geschah, drückte ich mich sonst immer mit dem Rücken gegen die Wand, krümmte mich zusammen und verbarg mich von Kopf bis Fuß unter der Decke, doch in jener Nacht war ich zu sehr von diesem Rätsel gefesselt, um mich zu fürchten. Ich blieb noch lange auf und wartete darauf, dass der Mann zurückkehrte und das Mädchen wieder schrie, doch ich hörte nur den Regen und das Schnarchen des Mädchens, leicht und gleichmäßig.

Wie das unschuldige Gesicht eines Kindes kroch die Morgensonne am nächsten Tag über das verrammelte Fenster, als habe es in der vergangenen Nacht nicht einen einzigen Tropfen geregnet. Ich sah auf den Wecker. Es war sieben Uhr. Ich sprang aus dem Bett und drückte mir die Nase an dem Loch in der Wand platt, um Ausschau nach meiner Nachbarin zu halten. Kein Laut von drüben. Ich öffnete die Tür und blickte den Gang auf und ab. Keine Spur von einer zerbrochenen Flasche. Ich schlenderte pfeifend durch den Flur, die Hände in den Taschen, und ging langsamer, als ich am Zimmer des Mädchens vorbeikam. Es war still, genau wie zuvor. Dann öffnete ich das Fenster am Ende des Gangs, und die Sonne strahlte auf den Fußboden. Erst jetzt sah ich ein paar schimmernde Glassplitter, die gestern noch nicht da gewesen waren. Es war also kein Albtraum gewesen. Da war ein Mädchen gewesen, ein Mann und eine Flasche. Als ich näher hinsah, entdeckte ich auf dem staubigen Boden Spuren eines Besens. Sie hatte also versucht, die verräterischen Scherben zu beseitigen. Wahrscheinlich war sie gegangen, während ich noch schlief.

Als ich zur Arbeit kam, konnte ich nicht anders, als allen davon zu erzählen, was sich in der Nacht in meinem Heizungshaus abgespielt hatte. Meine Zuhörer – Ying, Ning und das Dickerchen – lachten sich halb tot über mich.

Dickerchen lächelte sein dämliches Lächeln, bei dem seine Augen in den Falten seines Gesichts verschwanden. Die beiden Frauen erröteten und tauschten einen wissenden Blick, dann wandten sie sich ab und tuschelten.

»Was ist denn los? Hättet ihr da nicht auch Angst gehabt?«, fragte ich Dickerchen.

Er schüttelte den Kopf und sagte: »Draußen, nicht hier.« Er sah zu den Frauen hinüber und errötete ebenfalls.

Ich folgte ihm hinaus.

Er ließ sich auf der Zementtreppe nieder, die zum Wasserturm führte, und bedeutete mir, ich solle mich neben ihn setzen.

»Möchtest du eine?« Er nahm sich eine Flying Horse aus der Packung, und auch eine für mich.

»Was ist denn, hab ich was Komisches gesagt?«, fragte ich.

Er nickte. »Das ist peinlich, so vor den Frauen.«

»Komm schon, sag's mir. Was ist denn daran so peinlich?«

Er nahm ein paar lange, tiefe Züge und sagte: »Weißt du, was ein Mann und eine Frau machen, wenn sie nachts allein sind?«

Ich verstand ihn nicht. Ich rauchte und schüttelte den Kopf.

»Sag bloß, du hast noch nie gesehen, wie ein Bulle eine Kuh besteigt und dieser lange Schwanz immer rein und raus geht.«

Ich merkte, wie mir vor plötzlicher Erkenntnis der Mund offen stehen blieb. »Aber sie hat geschrien!«, sagte ich.

»Das tun sie«, sagte er nickend, »vor Lust.«

Ich spürte, wie sich in mir etwas regte. »Also haben sie diese Kuh-Sache gemacht?« Ich war überwältigt. Ich hatte doch tatsächlich von vorn bis hinten mit angehört, wie Menschen diese Kuh-Sache machten. Das war nicht sehr nachbarschaftlich. Der kleine Junge nebenan wäre beinahe mit einem Messer herbeigestürzt, um sie zu verteidigen. Ich fühlte mich beschämt und seltsam bewegt.

Dickerchen nickte und lächelte erleichtert, weil ich es begriffen hatte.

»Ist dabei immer eine Flasche im Spiel?«

»Oh, was das sollte, weiß ich auch nicht.«

»Das Mädchen hat ihn einen Säufer genannt.«

»Die müssen sich ja prächtig amüsiert haben.«

»Wie meinst du das?«

»Schnaps und Frauen gehören zusammen, wie eine Banane, die in Honig getränkt ist.« Er schmatzte genießerisch mit den Lippen. Das Dickerchen schien ein richtiger Experte zu sein. Ich fragte mich, warum wir dieses Gespräch nicht schon früher geführt hatten.

»Hast du es denn schon mal gemacht?«

Sein feistes Gesicht erstrahlte. »Das kannst du glauben.«

»Wirklich? Mit wem denn und wie?«

Er schüttelte den Kopf und starrte auf seine Zigarette.

»Willst du es mir nicht erzählen?«

»Es ist schon lange her, und ich will deinen unschuldigen jungen Kopf nicht verderben.«

Ich bat und bettelte.

»Es ist nicht gut, wenn du so was weißt, und außerdem hast du von deiner Nachbarin schon genug gehört. Nächstes Mal besorg dir ein Fernglas oder bohr ein Loch in ihre Wand und schau zu.«

»He, halt die Klappe. So etwas würde ich nie tun.«

»Und, hast du das Gesicht des Mannes gesehen?«

»Nein, aber ich weiß noch, dass er gehinkt hat.«

»Gehinkt?«

»Ja, warum?«

»Zeig mir, wie er hinkt.«

Ich stand auf und hinkte herum, wobei ich den rechten Fuß ein wenig nachzog, wie einen Besen.

»War er dick oder dünn?«

»Dick in der Mitte, dünn an beiden Enden, wie eine Olive.«

»Groß?«

»Ja.«

»Und ein bisschen betrunken?«

»Er hat genuschelt, als hätte er Münzen im Mund.«

»Das kann doch gar nicht sein.«

»Was kann nicht sein?«

»Nichts.«

»Nichts? Ich habe alle deine Fragen beantwortet. Und jetzt willst du meine nicht beantworten? Na, vielen Dank.«

Er schüttelte nur den Kopf.

Den ganzen Tag lang konnte ich meinen beiden Kolleginnen nicht ins Gesicht sehen. Ich tat so, als lese ich die Zeitung, und versteckte mich dahinter. Ein paar Mal sahen sie mich an und lächelten wissend. Ich schaute immer schnell weg, wenn sich unsere Blicke begegneten.

In der Kantine der Fabrik hielt ich mich von dem Tisch fern, wo die beiden mit den anderen Frauen zu Mittag aßen, senkte den Kopf tief über die Schüssel und schlang mein Essen hinunter. Als ich ging, hörte ich hinter mir Lachen. Sie mussten über mich gelacht haben, denn ich hörte Nings Stimme. Sie erzählte allen von meiner naiven Frage. Ich floh wie ein verurteilter Verbrecher.

An diesem Abend ging ich mit einem sehr seltsamen Gefühl in meinen Heizungsraum. Ich starrte lange auf die Tür meiner Nachbarin. Ihre Schreie, ihre sündigen, nun lustvollen Schreie hallten in meinen Ohren wider. Ich versuchte mir vorzustellen, wie sie wohl aussah, und wünschte, ich wüsste mehr über sie. Der Gedanke, tatsächlich ein Loch in ihre Wand zu bohren, schoss mir durch den Kopf. Nur eine dünne Wand trennte mich von dem Geheimnis. Was für ein Zigeunerleben führte sie? War sie schön oder nicht? War sie verheiratet oder ledig? War dieser Mann ihr Liebhaber oder ihr Ehemann?

Ich würde es nie erfahren. Es gab niemanden, den ich fragen konnte. Ich bohrte noch ein paar Löcher in meine eigene Wand und wartete geduldig darauf, dass sie wieder erschien. Ihre Tür wurde zum Schrein meiner Phantasie, und beim geringsten Anzeichen jeglicher Bewegung im Haus hing ich wie festgenagelt an meinem Guckloch.

Eines Nachmittags, als wir gerade Poker spielten, hörten wir Leute schreien und brüllen wie bei einem Basketballspiel. Wir legten die Karten beiseite und gingen hinaus, um nachzusehen, was da los war.

»Scheiße, dieser Mistkerl schon wieder.«

Ich sah, wie unser einarmiger Abteilungsleiter von einem großen, rotgesichtigen Mann um den Wasserturm gescheucht wurde, der wie ein Betrunkener brüllte und schäumte und mit einer Flasche herumfuchtelte. Und er hinkte.

»Wer ist das?«, fragte ich drängend.

»Der Leibwächter des Parteichefs dieser Fabrik.«

»Warum ist er hinter unserem Chef her?«

»Er ist betrunken. Wahrscheinlich hat unser Chef mit ihm getrunken.«

»Warum hält ihn denn niemand zurück?«

»Der geht auf jeden los, der ihm in die Quere kommt. Er ist ein Tier. Fürchtet sich vor niemandem in der ganzen Fabrik.«

»Wo ist er hergekommen?«

»Der Parteichef ist vom Militär gekommen und hat den Leibwächter mitgebracht. Er trinkt in jeder wachen Stunde, und du gehst ihm besser aus dem Weg«, erwiderte Dickerchen.

Der arme Abteilungsleiter wurde immer noch den Weg hinauf- und hinuntergescheucht, aber der Leibwächter wurde allmählich müde. Er lief langsamer und hinkte dann auf unser Büro zu, so dass ich seinen Schmerbauch, seinen dicken Hintern und den kleinen Kopf aus nächster Nähe bewundern konnte. Als er an mir vorbeikam, drehte er uns den breiten Rücken zu, und plötzlich stand mir das Bild des Mannes im Heizungsraum, mit der Hand an der Brust des Mädchens, wieder deutlich vor Augen. Ich hätte beinahe laut aufgeschrien und schlug die Hände vor den Mund. Das war derselbe Mann. Es gab keinen Zweifel. Ich hatte ihn in den Heizungsraum hinein- und wieder hinaushinken gesehen. Ein solches Hinken konnte nur echt sein. Ich war zutiefst angewidert. Wie konnte eine Frau überhaupt mit so einem Hund schlafen? Seine Augen, rot und schmutzig wie schlammiges Wasser, waren trübe. An seinen Lippen hing weiße Spucke. Was für ein Ekel. Ich konnte ihn mir nicht nackt auf meiner zierlichen, unsichtbaren Nachbarin vorstellen. Der riesige Bauch musste allein schon siebzig Pfund wiegen, und seine Brustwarzen waren so dick, dass sie aussahen wie die Zitzen einer trächtigen Sau. Allein von seinem fetten Hintern hätten vier Leute satt werden können.

Schließlich war die Jagd zu Ende. Der Leibwächter brach mitten auf der Straße zusammen – genauso musste schon manche Verfolgung für ihn geendet haben. Sein Gesicht landete im Schmutz, und der Fleischberg von einem Körper lag da wie ein toter Büffel. Fliegen umkreisten ihn und saugten klebrigen Schweiß von den Speckrollen in seinem Nacken. Niemand wollte ihn anfassen. Unser Chef machte sich atemlos davon, nachdem er dem reglosen Kadaver noch einmal die Zunge herausgestreckt und uns gewunken hatte.

Zehn Minuten später zog ein altersschwacher Elektriker einen Wasserschlauch herbei und spritzte den Leibwächter ab. Der erwachte sofort und schüttelte wild den Kopf, wie ein Hund, der sich trocken schüttelt. Er richtete sich mühsam auf, wuchtete sich auf die Füße und hinkte an der Wand entlang von dannen, wobei er nasse Fußabdrücke hinterließ.

»Verschwinde hier, ehe du noch von einem Lastwagen überfahren wirst, du verlauster Hurensohn«, schrie der alte Elektriker.

Als Mitbegründer dieser Fabrik und alter Revolutionär war er der Einzige hier, der sich das traute.

Der Leibwächter verzog sich hinkend und mit nur noch einem Schuh in den Schatten der großen Schlote. Alle sahen zu, wie er wieder an die Arbeit ging; der Elektriker rollte den Schlauch auf, bis zum nächsten Mal. Alles ging wieder seinen gewohnten Gang.

An jenem Abend kehrte ich in meine Kammer zurück und betrauerte meine unschöne Entdeckung. Ich starrte auf die Tür und empfand Mitleid mit meiner Nachbarin. Sie war vergewaltigt worden, lustvoll. Ich war Zeuge. Nicht gerade ein Augenzeuge, doch ich hatte reichlich zu hören bekommen. Ihre Tür wurde nun zum Schrein einer Heldin. Ich wollte aus lauter Mitgefühl Wildblumen davor niederlegen.

Nach jener Nacht war der Heizungsraum nie wieder derselbe. Wenn die Dunkelheit anbrach, bestand immer Aussicht auf Dramen und Mysterien, doch eine solche Szene gab es nie wieder, und auch das Mädchen kam nie zurück.

16

Die Han-Jian-Konservenfabrik produzierte achtzig Prozent der Pilzkonserven, die in den Regalen der Supermärkte in den USA und der restlichen korrupten westlichen Welt standen. Die Fabrik war ein Goldesel. Die US-Dollar, die sie einbrachte, machten Herrn Tui, den glubschäugigen Generaldirektor, zum wichtigsten Mitglied der Kommunistischen Partei in der Provinz Fujian, und das seit man dem kleinen Hersteller vor ein paar Jahren die Pilzproduktion zugewiesen hatte.

Herr Tui, der außerdem noch den Posten des Parteisekretärs der Konservenfabrik bekleidete, fuhr in einem russischen Wagen von 1950 mit getönten Scheiben herum. Jeden Morgen sah man seinen Leibwächter hinter dem Auto herrennen, während er gleichzeitig versuchte, sich das Hemd anzuziehen, weil sein wütender Chef ihn wieder einmal zurückgelassen hatte. Der traf ihn nämlich unweigerlich nach einer weiteren durchzechten Nacht völlig verkatert an. Herr Tui wohnte mit seiner Familie in einem großen, neuen Haus, das die Fabrik bezahlt hatte, doch er war als Eigentümer eingetragen. Er hatte sich einen Koch aus dem Norden kommen lassen, der alles extra scharf wie in der Heimatprovinz des Chefs, Shangdong, zubereitete. Schnaps floss in diesem Haushalt in Strömen, und jede Mahlzeit war ein Festbankett. Die

Parteiführer diskutierten bedeutende politische Angelegenheiten, unterstützt von Pekingente, Spanferkel, französischem Kognak und Filterzigaretten aus Hongkong. Im Hintergrund liefen ununterbrochen Liebeslieder, ebenfalls aus Hongkong, um ihnen bei der Lösung ihrer verzwickten politischen Probleme zu helfen. Das offizielle Gehalt des Generaldirektors betrug hundertfünfzig Yuan, was etwa zwanzig Dollar entsprach. Doch den eigentlichen Reichtum scheffelte er auf die altmodische Art, indem er von den Pilzzüchtern satte Prozente abschöpfte. Für jede Tonne frischer Pilze, die an die Fabrik verkauft wurden, kassierte er zehn Prozent von den Züchtern, und dieser Anteil finanzierte sich wiederum aus den völlig überhöhten Preisen, die die Fabrik für die Pilze bezahlte. Die glücklichen Züchter verehrten ihn wie einen Gott, einen lüsternen kleinen Gott, der sexuelle Gefälligkeiten forderte. Die Bauern hielten ihre Mädchen jederzeit auf Abruf bereit, denn sonst blieben die Pilze liegen und verdarben zu Hunderttausenden. Ein paar wütende Pilzbauern hatten sich über dieses Verhalten bei den lokalen Behörden beschwert, doch die lokalen Behörden waren praktisch der Direktor selbst, und die meisten Berichte landeten auf Herrn Tuis Tafel. Jene unliebsamen Bauern standen bald darauf vor dem Bankrott. Ein paar Pilzzuchten waren sogar niedergebrannt worden.

Zu geschäftigen Zeiten reihten sich ganze Berge von Pilzen an den Zementgruben auf. Die ganze Fabrik roch wie eine riesige Pilzsuppenküche. Alles, was ich in der Fabrik trug, meine Unterwäsche eingeschlossen, verriet jedem meinen Aufenthaltsort. Die meisten Angestellten folgten dem guten kommunistischen Beispiel ihres Direktors und fanden eigene Wege, die Fabrik zu bestehlen, um ihren Lohn aufzubessern. Für eine recht verbreitete Methode brauchte man Familie. Man lud Verwandte ein und stahl sich im Schutze der Dunkelheit zu den Gruben, wo die frischen Pilze gelagert wurden. Man packte sie ein, brachte sie durch einen

Seiteneingang hinaus und ließ die Verwandten ganz früh am nächsten Tag die Pilze wieder an die Fabrik verkaufen, bevor sie gelb wurden. Ein Bruder unseres einarmigen Abteilungsleiters wohnte eigentlich in der Fabrik, während er eine fiktive, aber höchst einträgliche Pilzzucht betrieb. Die Fahrer der Fabrik luden ständig Pilze bei sich zu Hause ab und verkauften sie ihr dann ebenfalls zurück.

Wir waren eine große, glückliche Familie in der Fabrik. Die Angestellten, etwa vierhundert an der Zahl, wohnten in Werkswohnungen und brauchten überhaupt nicht zu arbeiten. Sie ließen die Fabrik Aushilfen einstellen, wie meine Schwester und mich, Tausende von uns, während sie alle zu Hause blieben, Poker spielten und den Lebensmittel- und Fischmarkt plünderten. Einige Abteilungsleiter und Vorarbeiter benutzten ihre Aushilfen als Köchinnen oder Babysitter, während andere die jungen Frauen zum Sex zwangen, die in diesem sorglosen Pilzparadies ein bisschen Geld verdienen wollten. Die eigentlichen Angestellten sah man jeden Morgen auf dem Motorrad zum Tor hinausfahren, um auf dem Markt den frischesten Fisch einzukaufen, direkt vom Boot, während die armen Aushilfen zum Tor hineinkrochen, um die Frühschicht anzutreten. Bald hielten die Aushilfen die Fabrik am Laufen, während die Angestellten nur ab und zu vorbeikamen, um sich ihren Lohn abzuholen.

Zu meiner Überraschung erfuhr ich eines Tages, dass es fünf Festangestellte in der Wasseraufbereitungsabteilung gab, die nie erschienen, und dass der Abteilungsleiter auch nur deshalb gelegentlich auftauchte, weil sein Bruder im Pilzgeschäft war. Zur Abteilung gehörte noch eine weitere Aushilfe, die man noch nie gesehen hatte. Man sagte, sie arbeite beim Abteilungsleiter zu Hause und gebe seinem Sohn Nachhilfe in Mathematik.

Eines Tages fragte ich meinen Chef im Scherz, ob ich nicht seinem Sohn das Flötespielen beibringen sollte. Er antwortete, nein danke, sein Sohn nehme Geigenunterricht. Na ja, es war ein netter Versuch, meinen Lebensstil zu verbessern.

Eine meiner größten Sorgen, tagein, tagaus, betraf das Essen. Meine Vorräte an getrockneten Süßkartoffeln und Reis, die ich von zu Hause mitgebracht hatte, schwanden zusehends. Ich maß den Reis immer sorgfältig ab, bevor ich ihn in der Kantine kochte. Die Portionen wurden immer kleiner. Wieder war ich den ganzen Tag lang hungrig. Ich ging meinen Kollegen in der Kantine aus dem Weg, weil sie nicht sehen sollten, dass ich billige Süßkartoffeln aß, während sie weißen Reis hatten, der dick und köstlich aussah.

Es gab noch einen weiteren Grund dafür, mich zu verstecken. Ich hatte heimlich Pilze in meinem Zimmer gekocht, die meine drei Hauptmahlzeiten ausmachten. Bald hatte ich sie so satt, dass ich mich beim leisesten Geruch dampfender Pilze übergab. Doch alles, was ich in der Fabrik zu sehen bekam, waren Pilze. Ich roch Pilze und sprach über Pilze. Jeden Tag schmuggelte ich ein kleines Bündel davon unter meinem Hemd hinaus, wenn ich durch das schwer bewachte Tor schlüpfte. Ich kochte, briet, röstete und dämpfte die verdammten Dinger, bis mir die Ideen ausgingen. Ich versuchte es mit Salz, Zucker, Essig und Wein. Schließlich, nachdem ich sie dreißig Tage lang dreimal täglich gegessen hatte, schmeckten sie immer gleich. Mit dem Geld, das ich sparte, indem ich Pilze aß, kaufte ich oft Reis auf dem Markt. Er schmeckte so gut, dass ich manchmal richtig prasste, mir zwei Pfund Reis kochte und dann ein einsames Eckchen suchte, wo mich niemand sehen konnte – und dann schlang ich alles hinunter, ohne Sauce. Die anderen hätten mich für einen verhungernden Äthiopier gehalten, mit meinem großen Kopf, dem dürren Hals, den hervorstechenden Rippen und dem Melonenbauch. Ich war überzeugt, so jämmerlich auszusehen, dass meine Kollegen irgendwann eine Spendensammlung für mich veranstalten würden.

Dickerchen war der Einzige, dem meine Essgewohnheiten auffielen. Er schlug vor, dass wir nach Feierabend angeln gingen, dann müsste ich mir wegen des Essens keine Gedanken mehr machen. Wir fingen Karpfen und große gelbe Fische in dem Fluss etwa anderthalb Kilometer von der Fabrik entfernt. Nun gab es jeden Tag Fischfilets mit Pilzsauce. Ich probierte es mal auf Hunan-Art, mit reichlich Gewürzen und Pfeffer, doch das trieb mir Tränen in die Augen, und das Zeug brannte Löcher in meine Magenwand. Ich hielt mich an die schlichtere Kanton-Art und dämpfte den Fisch mit etwas Ingwer und Knoblauch und Salz. Mein Atem roch unangenehm fischig, also aß ich mehr Knoblauch, um den Geruch zu überdecken, mit katastrophalen Folgen. Die Leute starrten mich an und machten einen großen Bogen um mich. Nur gut, dass ich nicht mehr lange bleiben würde, sonst wäre ich womöglich noch in den Hügeln jagen gegangen, um etwas Abwechslung auf den Tisch zu bringen.

Eines Tages verkündete ich Dickerchen, dass ich nach Hause gehen würde, weil die Schule wieder anfing. Er bat mich, noch bei ihm zu Hause vorbeizuschauen, bevor ich abfuhr.

Als Si eines frühen Morgens kam, um mich abzulösen, war sie so braun gebrannt, dass ihre Zähne weiß schimmerten wie die Mondsichel am dunklen Himmel.

»Ich bin froh, dass du nicht meinen Job verloren hast.«

Ich lächelte und erklärte ihr, dass ich ihr Fisch zum Abendessen vorbereitet hätte, und Reis sei auch noch reichlich da. Sie war sehr stolz auf mich. Kurz bevor ich ihr Fahrrad nahm und mich auf den Heimweg machte, nahm ich sie beiseite und erzählte ihr leise von dem Mädchen und dem Mann. Ich zeigte ihr ein Stück von einem Baumstamm, das ich am Straßenrand gefunden hatte, und sagte ihr, sie solle damit jede Nacht ihre dünne Tür verkeilen und das Messer unter dem Kopfkissen verstecken, so wie ich es getan hatte.

Si sah mich mit einem merkwürdigen Blick an und dankte mir. Vermutlich glaubte sie, die vielen einsamen Nächte seien mir nicht bekommen. Ich fühlte mich wie ein großer Bruder, der seine unschuldige kleine Schwester an so einem schrecklichen, gefährlichen Ort nicht allein lassen wollte. Langsam stieg ich auf das Fahrrad und fuhr zu Dickerchen, um mich zu verabschieden.

Es überraschte mich nicht, dass er mich schon an der Tür erwartete. Zu seinen Füßen standen zwei große Beutel.

»Hier, die müssen wir noch auf dein Rad laden«, sagte Dickerchen.

»Was ist das?«

»Weißt du, mein Freund, der Fahrer hat das gestern Abend hier abgeliefert. Ganz frisch. Bring sie deiner Familie mit und bestell schöne Grüße.«

Ich stellte das Fahrrad ab und öffnete eine der Taschen. Sie war voller roter Lychees, prall und saftig. Es roch darin wie im Obstgarten von Gelber Fels, den ich so weit hinter mir gelassen hatte. Die Taschen mussten jeweils an die fünfzig Pfund wiegen. »Ich kann das nicht mitnehmen.«

»Klar kannst du. Du bist Angestellter der Fabrik, also stehen sie dir zu.« Er lachte. »In dieser Stadt stehlen doch alle.«

»Ich habe aber keine Lust, mich von einem Haufen Sicherheitsleute der Fabrik bis nach Hause jagen zu lassen.«

»Das werden sie schon nicht. Wir sind hier nicht auf dem Fabrikgelände. Außerdem könntest du die doch sonst woher haben, und ich könnte sie nie allein aufessen. Sie würden nur schlecht werden.« Er rollte die Ärmel auf und packte mit an. Als ich meine dürren Arme weit ausbreitete, um ihn zum Abschied brüderlich zu umarmen, kam ich nicht ganz um ihn herum. Dickerchen würde immer dick bleiben. Er sah verwirrt aus, ein wenig verloren und traurig. Ich bat ihn, mich bald und oft zu besuchen.

Auf dem ganzen Heimweg hatte ich Gegenwind, doch ich

wagte nicht, eine Pause zu machen, aus Angst, mit der Diebesbeute erwischt zu werden.

Meine Eltern und Geschwister freuten sich sehr, mich wieder zu sehen, und die Lychees waren eine schöne Überraschung. Mama war etwas unsicher, doch Papa sagte, wir hätten zwei Möglichkeiten: Entweder wir aßen sie, oder wir warfen sie weg. Wir setzten uns um den Tisch und schlemmten.

Zehn Pfund von den Lychees brachte ich meinen vier Freunden mit, die mich so stürmisch umarmten, dass ich keine Luft mehr bekam.

Wir aßen und schwatzten. Mo Gong war auf der Suche nach einer neuen Romanze. Ich erzählte ihnen von meiner nächtlichen Begegnung, und danach waren alle still. Genau wie ich wussten sie nicht, ob sie das erregend oder abstoßend finden sollten.

Yi, der gerade auf Urlaub von seiner Arbeit in der Stadt war, erzählte uns das letzte Kapitel seiner hoffnungslosen Romanze mit der Tochter seines Meisters. Sie hatte sich geweigert, für die arrangierte Hochzeit mit dem Parteichef des Dorfes nach Hause zu kommen, und war stattdessen mit einem anderen Schauspieler aus dem Ensemble der Kommune durchgebrannt. Er war ein junger, gut aussehender Mann, dessen Vater nach Hongkong geflohen war und nun in Kowlong ein Hotel besaß. Das junge Paar baute sich gerade ein großes Haus an einem See. Wir freuten uns alle, dass dieser Engel seinem Käfig entkommen war und nun frei auf den eigenen Schwingen dahinflog.

»Sie war wohl einfach nicht für dich bestimmt, Yi.«

Er schüttelte lächelnd den Kopf und drehte sich eine Zigarette, dick und rund wie immer.

Und genau wie immer war es ruhig in Gelber Fels. Ich war froh, wieder zu Hause zu sein, doch ich empfand auch eine leise Leere, weil ich die geschäftige Stadt Han Jian hatte verlassen müssen. Doch bald wurden all die jungen, lebhaften Gesichter von dort zu bloßen Erinnerungen, als gehörten sie einem anderen Zeitalter an. Diese Menschen waren glücklich, in einer komplizierteren Welt zu leben. Ich vermisste sie, aber dafür brauchte ich mich jetzt nicht mehr so früh in mein Zimmer zu schleichen. Ich hatte meine Koje auf dem Dachboden wieder.

Bevor ich an jenem Abend schlafen ging, starrte ich lange auf mein Englischbuch und fragte mich, wann Professor Wei mit meinem Unterricht beginnen würde. Mein Herz schlug schneller beim Gedanken an die Universität und daran, dass ich eines Tages vielleicht erwachsen werden und zu den jungen Leuten außerhalb der engen Grenzen von Gelber Fels gehören würde; dass ich dieses verschlafene Nest verlassen könnte, in dem es nicht einmal Strom gab.

Spät im August trieben die Lotosblüten auf der ruhigen Oberfläche des Dong Jing dahin. Die Wolken schienen fern und hoch, und auf den gelbgrauen, abgeernteten Feldern senkten die Büffel die Hörner und zogen schwere Pflüge. Sie stemmten die massigen Schultern gegen das Gewicht und warfen die eingeebnete Erde auf, die neue Saat erwartete. Sie muhten – ein Laut, der für die Bauern ein Vorzeichen war, dass es am nächsten Tag regnen würde. Ihre Brüder ein paar Äcker weiter stimmten ein, und bald muhte die ganze Büffelgemeinde wie Wölfe, die den Vollmond anheulten.

Eines Morgens weckte Mama mich und sagte, ich solle ein sauberes Hemd anziehen, weil Professor Wei jetzt gern mit meinen Stunden anfangen würde. Ich hüpfte aus dem Bett wie ein junger Fisch, der im Sonnenschein in flachem Wasser herumspringt. Ich wusch mir das Gesicht mit Seife, putzte mir dreimal die Zähne mit einer doppelten Ladung Zahnpasta und kämmte mein Haar in saubere Furchen, mit einem Scheitel auf der rechten Seite. Meine Geschwister lachten mich aus, als ich ins Esszimmer kam, doch ich erklärte ihnen, dass ich mich nach meinem Aufenthalt in der großen Stadt Han Jian sehr wohl mit feinen Manieren auskannte. Leute mit Klasse zogen sich ordentlich an und benahmen sich stets würdevoll.

Vorsichtig aß ich mein Frühstück, damit der Haferbrei nicht auf mein frisches Hemd kleckerte und mir das eingelegte Gemüse nicht zwischen den Zähnen hängen blieb. Dann putzte ich mir noch einmal die Zähne und schlüpfte in Plastiksandalen, die förmlichste Fußbekleidung, die meines Wissens je die Straße von Gelber Fels berührt hatte.

Mit dem Englischbuch in der Schultasche ging ich die verwaiste Gasse entlang und nicht die breite Straße, aus Angst, von meinen Freunden verspottet zu werden, die meist Posten an der Brücke bezogen und einfach jeden auslachten, der vorbeikam. Wenn sie mich entdeckten, würden sie mein Haar zerzausen und mich zum Rauchen überreden, bis ich stank wie ein Räucherhaus.

Je näher ich dem westlichen Ende von Gelber Fels kam, desto beklommener wurde ich. Meine Stimme würde bestimmt zu laut oder zu provinziell klingen. Selbst meine Zehen kamen mir komisch vor, wie sie so aus den Sandalen ragten. Ich hatte Gegenwind gehabt, und mein Haar sah inzwischen zweifellos aus wie ein Vogelnest. Ich fuhr leicht mit den Fingern darüber. Es fühlte sich ganz falsch an. Ich kniete mich an den Fluss und begutachtete mein verzerrtes Spiegelbild. Ein paar Strähnen standen ab. Ich klatschte sie mit etwas Wasser wieder an und riss weit den Mund auf, um sicherzugehen, dass keine Essensreste zwischen meinen Zähnen hingen. Dann rannte ich den restlichen Weg, bis ich vor dem Ehrfurcht gebietenden Tor der Weis stand. Ich schöpfte erst einmal Atem, bevor ich vorsichtig anklopfte.

Drinnen hörte ich das tiefe Knurren eines Hundes. Er schnüffelte hinter dem Tor herum und wurde ganz aufgeregt, als er meine Witterung aufnahm. Er schien sagen zu wollen: »Herzlich willkommen bei den Weis, dein Hintern gibt bestimmt ein schönes

Mittagessen ab.« Ich trat einen Schritt zurück und pinkelte mir vor Angst beinahe in die Hose.

Den Ruf dieses Hundes kannte ich sehr wohl; er lauerte immer hinter der Mauer, bereit, jeden mit seinen spitzen gelben Zähnen zu töten. Diebe hielten sich nicht deshalb von dem Anwesen fern, weil da ein paar alte Damen Tag und Nacht beteten, sondern weil dieses Untier dort patrouillierte. Tagsüber jagte er Vögel im Garten. Nachts war er hinter den Katzen her, die wiederum hinter den Ratten her waren. Er war der Herr im Haus.

»Psst … sei etwas höflicher.« Eine sanfte Frauenstimme ertönte hinter dem Tor. Der Hund knurrte noch ein wenig und bellte verstimmt. Ich trat einen weiteren Schritt zurück. Mit Höflichkeit hatte das hier nichts zu tun; er wollte mich fressen.

»Was bist du heute für ein böser Hund, geh in deine Hütte.« Diesmal klang die Stimme schon fester. Oh ja, wie wär's mit Einsperren? Widerstrebend schlurfte er von dannen.

Das Tor ging auf, und die weißhäuptige Frau Professor Wei lächelte wie eine voll erblühte Lilie.

»Come in, please«, sagte sie.

Hastig suchte ich nach einer Erwiderung. Ich kannte »Sit down, please.« Unser Lehrer sagte das jedes Mal, wenn ich vor ihm stand, mich am Kopf kratzte und keine seiner Fragen beantworten konnte. Professor Wei erwartete irgendetwas von mir, doch ich wusste nicht, was. Ich wusste nicht, ob ich vor- oder zurücktreten sollte, nicken oder den Kopf schütteln, bis sie mich mit einer Geste hereinwinkte.

»Tank you, tank you.« Damit hatte ich die einzigen englischen Wörter aufgebraucht, die ich kannte. Rasch warf ich einen Blick nach links und rechts, um nach dem berüchtigten Tier auszuschauen, das vermutlich bereits die Zähne wetzte und sich gründlich Appetit auf meinen mageren Hintern machte.

»Das heißt nicht ›Tank you‹. Richtig heißt es ›Thank you‹, mit der Zungenspitze zwischen den Zähnen«, sagte sie, während ich ihr in den Garten folgte.

Da hatte ich also das erste Mal meinen großen Mund aufgemacht und ihr schon getankt, anstatt ihr zu danken. Das fing ja fein an. Sie hätte mich ebenso gut sofort wieder auf die andere Seite der Mauer schicken können, wo ich hingehörte.

Doch sie lächelte und zeigte dabei ein kleines Grübchen in ihrem runzligen Gesicht, wie ein süßes Mädchen, das unter aufgeschminkten Falten versteckt war. »Dein Haar gefällt mir. Heutzutage frisieren sich die Kinder nicht mehr so ordentlich wie früher.« Ich errötete. Diesmal hatte ich sie verstanden, denn sie sprach nun Chinesisch.

Wäre der Fluss da draußen nicht gewesen, hätte mein Haar so wüst ausgesehen wie ein sprießendes Zwiebelbeet. Ich war dankbar. Der erste Eindruck war immer wichtig. Ich fragte mich, was sie wohl gesagt hätte, wenn ich weniger perfekt frisiert erschienen wäre. Dann hätte ich in ihren Augen sicher gar nichts Positives mehr an mir gehabt. Sie tat dies nur, weil sie meinte, sie und ihre Schwester schuldeten meinem Vater einen Gefallen. Das war alles. Es würde mich nicht überraschen, wenn sie mir nach der ersten Stunde sagte, mir sei ebenso wenig etwas beizubringen wie dem Hund da draußen. Vermutlich verstand er mehr Englisch als ich, weil er immer von seiner Hütte aus lauschte.

Ein schmaler Weg aus Kieseln verschiedenster Farben und Formen führte zum Garten. Der war riesig, mit hübschen Bäumen und Wildblumen, die den ganzen Boden bedeckten. Es gab auch hängende Bäume und einen Pavillon, der von roten Blüten überwuchert war. Am tiefer gelegenen Ende hatte sich klares Wasser zu einem natürlichen Teich gesammelt, auf dem junge Lotosblüten trieben. Obwohl der Garten so weitläufig war, strahlte er eine gewisse Disziplin aus, sauber und ordentlich wie Professor Wei selbst.

Sie führte mich zu dem weißen Haus hinter dem Garten. Ich beobachtete ihre winzige, kaum einen Meter fünfzig große Gestalt, die sich sanft vor mir herbewegte, und bewunderte sie für all das Wissen, das sie unter diesem weißen Schopf angesammelt hatte. Sie war ein wandelndes Englisch-Wörterbuch.

Bilde mich, betete ich. Lehre mich, erleuchte mich. Mache etwas aus nichts.

Der rote Kachelboden sah aus, als sei er zweimal täglich gekehrt und gewischt worden, 365 Tage im Jahr, die letzten hundert Jahre lang. Die antiken Möbel waren poliert und glänzten im Sonnenlicht, das das Wohnzimmer durchflutete. Der Gesamteindruck war elegant, schlicht und reinlich. Ich blieb auf der Schwelle stehen, starrte auf meine offenen Sandalen hinab und dachte an den schmutzigen Weg, den ich gerade außerhalb der Mauer zurückgelegt hatte. Schmutzig oder nicht, ich würde nicht in diesen Sandalen da hineingehen. Doch wenn ich sie auszog, würden meine bloßen Füße vulgär und hässlich aussehen auf diesen Fliesen, die bisher nur von hellen, weichen Zehen ohne Hornhaut berührt worden waren. Ich würde überall schmutzige, schweißnasse Abdrücke hinterlassen. Die Putzfrau würde mich umbringen.

»Komm doch herein, nur keine Sorge wegen dem Fußboden, komm und setz dich hierher.« Sie deutete auf ein gemütliches Sofa.

Nur gut, dass sie Chinesisch sprach, sonst hätte ich das womöglich als Aufforderung verstanden, die Sandalen auszuziehen und auf den Knien herumzukriechen, damit ich den Boden nicht mit meinen schmutzigen Füßen berührte. Auf Zehenspitzen durchquerte ich das Wohnzimmer, damit ich so wenig Spuren wie möglich hinterließ. Als ich mich auf das Sofa setzte, war ich überrascht, wie tief ich darin versank. Es umfasste meinen Hintern so bequem wie noch kein Stuhl, auf dem ich je zuvor gesessen hatte. Ich fühlte mich zärtlich gehalten von etwas Weichem, Samtigem. Ein Gefühl unverdienter Behaglichkeit breitete sich in mir aus.

Professor Wei zog sich einen Sessel heran und setzte sich neben mich. Ich richtete mich auf wie eine Marionette, an deren Fäden jemand zieht. Sie legte eine Hand auf meine, damit ich nicht vom Sofa aufsprang.

»Ich habe mich sehr gefreut, als ich von deinem wunderbaren Vater gehört habe, dass du bei mir Englisch lernen möchtest. Welch eine schöne Idee!« Sie warf das silbrige Haar zurück, und ein weicher Glanz trat in ihre Augen. Dann veränderte sich ihre Stimme ein ganz klein wenig. »Heutzutage tun die Kinder da draußen nur schlimme Sachen, sie rauchen, spielen um Geld, prügeln sich, und, schlimmer noch, schon in so jungen Jahren reden sie über Mädchen.«

Ich rutschte unbehaglich auf dem Sofa herum und spürte die Packung Flying Horse in meiner hinteren Hosentasche; ich würde mir eine Zigarette anzünden, sobald ich hier herauskam. Der Drang zu rauchen war so stark wie eh und je.

»Aber ich bin überzeugt, so ein Junge bist du nicht.« Professor Wei musterte mich mit scharfem Blick und tätschelte mir das Knie, als wolle sie mir gratulieren. Ich saß schweigend da und nickte nervös.

»Nun, zeig mir doch mal, wie gut dein Englisch schon ist, dann arbeite ich einen Plan für dich aus.« Sie schlug ein Bein über das andere, legte die Hände übereinander auf die Knie und machte es sich in ihrer Zuhörerrolle bequem.

Der Augenblick der größten Peinlichkeit war gekommen. Ich nestelte an meiner Schultasche herum und fischte das unbenutzte Englischbuch heraus. Ich bereute, dass ich die zweite Seite nicht herausgerissen hatte, die mit Karikaturen meines Englischlehrers bekritzelt war.

»Lies mir das Alphabet vor.«

Das war kein schlechter Ausgangspunkt.

Ich mühte mich, so gut es ging, mit meiner rostigen Aussprache, und wurde zunehmend unsicherer. Beim G war ich rot im Gesicht, beim H schwitzte ich bereits, zitterte beim I, und beim J wurde mir ganz schwindelig. Die englischen Laute schienen meine Luftröhre zu verschließen, und meine Lippen waren staubtrocken. Ich erstickte beinahe an diesen seltsamen Lauten, die mir die Stimmbänder verdrehten. Professor Wei gebot mir gerade noch rechtzeitig Einhalt.

»Das ist schwierig, nicht wahr?«

Ich nickte, rot und entsetzlich verlegen.

»Du sollst diese Buchstaben nicht nach deiner Vorstellung aussprechen. Ein paar dieser Laute hast du dir gerade eben ausgedacht, nicht wahr? Jetzt sprich mir nach.« Sie senkte die Lider und las jeden Buchstaben langsam vor.

»A, B, C, D, E.« Sie hielt inne und sah mich an. »Du hast das E wie ein A ausgesprochen. Versuch es noch einmal.« Ihre Stimme klang wie Musik in meinen Ohren. Ich fragte mich, wie anders mein Leben verlaufen wäre, hätte mein glubschäugiger Lehrer in der Schule nur ein Zehntel so viel Stil besessen wie sie.

Ich imitierte die Bewegungen ihrer Lippen. Bei E hörte sie auf, legte den Kopf schief und lauschte stumm, während ich den Buchstaben so oft versuchte, bis ich ihm alles abgepresst hatte. Dann nickte sie widerstrebend. Wir machten weiter.

Für den letzten Buchstaben, das Z, brauchten wir geschlagene drei Minuten. Wie sehr ich mir auch die Kehle verrenkte, ich konnte ihn nicht herausbringen. Sie sah mich geduldig an, mit leicht gerunzelter Stirn, wie ein Arzt, der überlegt, welches Medikament er verordnen sollte. Ich kam mir absolut hilflos und dumm vor.

»Das war genug für heute.« Sie erklärte mich zum Versager. Sie wollte mich nie wieder hier haben. Wegen meiner schmutzigen Füße und meiner Dummheit, da war ich sicher. Sie würde sich eine schwache Ausrede einfallen lassen, um mich nicht zu verletzen, doch sobald ich weg war, würde sie sich auf Englisch sagen: Was für ein schrecklicher Junge! Nicht nur ungebildet, sondern auch nicht zu unterrichten. Ein geborener Bauer. Meine Gedanken liefen Amok.

»Du bist sehr, sehr klug, das sehe ich schon nach unserer ersten Stunde.« Sie faltete die zierlichen Hände, die immer noch wunderschön waren, unter ihrem eleganten Kinn. »Ich setze große Hoffnungen in dich«, fuhr sie fort. »Wenn du nur jeden Tag herkommen würdest.« Ihre Augen leuchteten, als sie mich ansah. Sie bat mich tatsächlich wieder zu kommen, ich konnte es nicht fassen. Hoffnung erfüllte mich wie einen eben noch sinkenden Ballon. Ich würde wieder fliegen.

»Auf Wiedersehen, Da.«

Ich suchte nach den richtigen Worten, fand keine und verbeugte mich mehrmals.

Ich griff mir meine Tasche und floh rückwärts zum Tor, von wo aus mein alter Freund, der Hund, mich anstarrte. Er hechelte zornig. Du hast Glück, dass du so lange geblieben bist und immer noch atmest, schien er sagen zu wollen. Sein Blick war jetzt eher verächtlich. Er hatte meine schreckliche Aussprache gehört, so schlecht, dass sie ihm den Appetit verdorben hatte. Er, der Verteidiger der Eleganz, wollte mich am liebsten umbringen, weil ich eine so schöne Sprache ruinierte.

Du Versager, komm ja nicht wieder. Seine Ohren stellten sich auf, seine Augen wurden schmal.

»Sei ein braver Hund, zurück in deine Hütte«, mahnte Professor Wei sanft. Das Monster zog den buschigen Schwanz ein und warf mir einen letzten, hasserfüllten Blick zu, bevor es sich in seine Hütte trollte. Was für ein Biest. Würde ich mich jetzt jeden Tag mit diesem Griesgram herumschlagen müssen? Wann würde das enden? Wenn ich endlich meinen Hintern an ihn verlor?

Ich schlich vorsichtig hinter dem Monster her, schoss zum Tor hinaus und stieß einen tiefen Seufzer der Erleichterung aus, als ich eine Zigarette hervorholte. Doch zuerst sah ich mich gründlich um, damit Professor Wei von ihrem luftigen Fensterplatz droben nicht noch eine Todsünde zu sehen bekam. Ich hätte ja gewartet, wenn das möglich gewesen wäre, doch meine Stimmbänder schrien vor Verlangen, endlich rot und blau geraucht zu werden, und mein Herz hüpfte vor Erregung, weil ich diesen entscheidenden Tag überstanden hatte. Ich musste mich beruhigen, oder ich würde noch in den kühlen Fluss springen. Ich war überwältigt von einer Mischung aus Freude und Traurigkeit. Dies war ein neuer Anfang in meinem langweiligen, hoffnungslosen Leben, doch ein langer, steiniger Weg lag vor mir, ich musste ganz unten anfangen.

17

Die Schule ging nun ohne I-Fei weiter, und ich nahm auch nicht mehr an den Proben teil. Meine Klassenkameraden starrten mich an wie einen Dinosaurier. Die meisten von ihnen hassten mich, weil ich arrogant, hochtrabend und ein Künstler mit Starallüren war. In der Grundschule hätten sie sich noch zusammengetan und mich zu Brei geschlagen, doch die Zeiten hatten sich geändert. Ich war jetzt der große Boss, der ganz hinten saß, zornig, unwissend, ein tief gefallener Star von gestern, der feindselig um sich blickte und dem man am besten aus dem Weg ging. Sie zeigten mir die kalte Schulter. Der Rest der Schule tat einfach so, als sei ich gar nicht da. Ich beobachtete das ruhig und verächtlich. Ein paar kleinere Jungen in der Klasse glaubten, ich sei mit dem schönsten Mädchen aus dem Schauspielensemble ausgegangen. Sie zwinkerten mir zu, wenn sie an unserem Fenster vorbeikam. Ich sagte nichts und ließ sie im Ungewissen, um mir das letzte bisschen Respekt zu bewahren, das ich bei meinen Mitschülern genoss.

Dia war einer der Jungen, die mir etwas herzlicher begegneten, denn er hatte die Lücke erkannt, die I-Fei hinterlassen hatte. Er war ein dünner Kerl, der eher zu hüpfen denn zu gehen schien. Sein Haar sah immer aus wie eine chaotische Wiese, die seit einer Ewigkeit niemand gemäht hatte, und er hatte Affenohren. Er lebte in einem ärmlichen Dorf fünfzehn Kilometer westlich von Gelber Fels; jeden Morgen bei Sonnenaufgang machte er sich zu Fuß auf den Weg zur Schule, und abends kam er erst gegen acht Uhr nach Hause. Dia war eines der Kinder, die an der Schule als Wanderer bekannt waren, im Gegensatz zu jenen, die in den Schlafsälen der Schule nächtigten. Er war der einzige Mensch, den ich kannte, der noch dickere und längere Tabakrollen drehte als Yi. Und er benutzte dazu altes Zeitungspapier. Manchmal, wenn ihm die alten Zeitungen ausgingen, rannte er überall in der Schule herum und sammelte jeden Fetzen Altpapier auf, den er finden konnte.

Dieser dünne kleine Kerl trug den ganzen Tag über eine große Schultasche mit sich herum. Den meisten Platz darin beanspruchten die zwei Brotzeiten, die er sich mitbringen musste; den übrigen Platz teilten sich Bücher, ein Beutel mit übel riechendem, selbst gezogenem Tabak und eine hässliche Pfeife, die er aus einem Aststück selbst gebastelt hatte. Seine Nikotinabhängigkeit war legendär. Ich kannte sonst niemanden, der nicht nur vor und nach jedem Essen rauchte, sondern auch während dem Essen eine Pause machte, um ein weiteres dickes, langes Tabakröllchen einzuschieben.

Je mehr Zeit ich mit Dia verbrachte, desto weniger war mir nach Rauchen zumute. Er war ein besonders anschauliches Beispiel dafür, was mit Rauchern geschah. Im Alter von fünfzehn Jahren hatte er chronischen Husten und spuckte klebriges grünes Zeug aus wie ein uralter Mann. Das Pfeifen seiner Lunge in der knochigen Brust, an der man alle Rippen zählen konnte, war deutlich zu hören. Seine Zähne waren dunkel verfärbt, und er wirkte bleich und leblos. Wenn seine Augen einmal aufleuchteten, dann nur deshalb, weil sich die Flamme des Streichholzes darin spiegelte.

»Wie kannst du nur so viel rauchen?«, fragte ich ihn einmal, als wir uns schon besser angefreundet hatten.

»Pack dich mal an der eigenen Nase.« Dia starrte mich verwirrt an. »Was passt dir denn nicht an mir?«

»Na ja, dieser beschissene Tabak und das Zeitungspapier, das du dafür nimmst, werden dich ziemlich bald umbringen.«

»Ich hab nicht vor, bald zu sterben, Da. Mein Großvater hat sich mit vier seine erste Zigarette gedreht, und es geht ihm immer noch prächtig. Er hat Vater mit fünf Jahren das Rauchen beigebracht, und der atmet auch noch. Ich habe überhaupt erst mit sieben angefangen. Die Dias sind lebende Legenden. Wir werden noch lange leben.«

»Ja, und zwar laut keuchend.«

»Das ist gar nicht witzig.«

»Ich weiß. Von morgen an bringe ich dir was von dem Zigarettenpapier meines Vaters mit. Dann musst du wenigstens nicht mehr dieses Altpapier nehmen.«

»Ich rauch auf gar keinen Fall mit diesem blütenweißen Scheiß. Dann schmeckt's doch nach überhaupt nichts mehr. Die alte Druckerschwärze auf dem Papier gibt dem Tabak erst die richtige Würze.«

»Ja, das könnte man auch von Patronen sagen.«

Eines Tages versteckte ich seinen Tabaksbeutel unter einer dicken Schicht welker Blätter, um festzustellen, wie lange er es ohne einen Zug aushielt. Er hielt es gar nicht aus. Dia rannte herum und warf welke Blätter um sich wie ein wildes Tier, bevor er auf mich losging und mir auf die Brust hämmerte, bis ich ihm den Beutel wiedergab. Er musste einfach rauchen. Nachher tat er mir sehr Leid, wie er da hinter einem Baumstamm saß und verzweifelt paffte, als würde morgen die Welt untergehen. Er hatte Tränen in den Augen.

»Mach nie wieder solche Scherze.«

»Ich wollte dir doch damit nur etwas Gutes tun. Es tut mir Leid.«

Jeden Morgen nach seinem Fünfzehn-Kilometer-Marsch schaute er als Erstes bei mir zu Hause vorbei und bekam Tee eingeschenkt. Danach schlich er sich auf eine Zigarette auf unseren Hinterhof hinaus, um erfrischt wieder zu erscheinen. Dann gingen wir zusammen zur Schule. An manchen Wochenenden bot ich ihm meine Pritsche an, damit er bei uns übernachten konnte. Er zierte sich stets tapfer, nahm die Einladung aber schließlich immer an. Wenn er bei mir übernachtete, redeten wir bis spät in die Nacht über unser Leben und unsere Zukunft. Er war kein anspruchsvoller Gast; alles, was er brauchte, war ein Stuhl, damit er sich wie eine Katze auf das Fensterbrett des Dachbodens hochziehen, draußen auf dem Dach rauchen und die funkelnden Sterne anschauen konnte.

Die Halbjahresprüfungen nahten schneller, als mir lieb war. Dies war das erste Mal, das ich ihnen überhaupt Beachtung schenkte. Die Schule war jahrelang vernachlässigt worden, ernsthafte Prüfungen hatte es gar nicht mehr gegeben. Allein die Vorstellung war uns fremd und rätselhaft. Die besseren Schüler freuten sich und tuschelten aufgeregt darüber, wie sie den Stoff wiederholen und gute Noten schreiben würden. Die Verlierer legten den Kopf aufs Pult und trommelten mit den Fingern darauf herum; sie hassten die Musterschüler für jedes ihrer Worte.

Der Lehrer beantwortete begeistert jede Frage, die die Musterschüler stellten, und rang sich sogar ab und zu ein Lächeln ab, wenn sie von einem der hübschen Mädchen in der Klasse kamen. Doch als ich die Hand hob und fragte, nach welchem Englischbuch wir geprüft würden, brach die ganze Klasse in haltloses Gelächter aus. Das war mal ein Witz. Die Musterschüler tuschelten und lachten. Der Lehrer, der meine Demütigung sichtlich genoss, lehnte sich auf dem Stuhl zurück.

»Was glaubst du denn?«, fragte er gedehnt und warf ein Kreidestückchen von einer Hand in die andere.

Noch mehr Lachen.

»Ich weiß es nicht.«

»Seit wann interessierst du dich überhaupt für Prüfungen? Solltest du zu dieser Tageszeit nicht bei den Proben sein?« Mit spöttischem Grinsen blickte er auf die Uhr. »Nur zu deiner Information, du wirst nach Buch vier geprüft. Bist du sicher, dass du dieses Buch auch hast?«

Noch mehr Gelächter.

Ich spürte Dias Blick. Er war der Einzige, der Mitleid mit mir hatte. Alle anderen hielten mich vermutlich für einen Säufer, der gerade erst in der blendenden Sonne erwacht. In ihren Augen war ich menschlicher Abschaum, der mit dem Anbruch der neuen Zeit in die Gosse gespült worden war und keinen blassen Schimmer hatte, wie er da wieder herauskommen sollte. Die Talente, die ich besaß, wie Flöte und Geige spielen, waren Talente von gestern. Heute ging es um die Universität, und wer die Hürde schaffte und zu dem einen Prozent der Glücklichen gehörte, die tatsächlich studieren durften, der war der Held des Tages. Mir haftete noch immer der schale Muff des Gestern an. Die meisten von ihnen würden sich freuen, wenn ich so richtig auf die Schnauze fiel und mir dabei möglichst noch ein paar Knochen brach.

Ich spürte I-Fei, meinen Helden von gestern, draußen vor dem Fenster; er winkte mir mit seiner Zigarette zu. Einen Augenblick lang wollte ich aus dem Fenster springen, eine rauchen und den Unterricht, die Prüfungen und diese unausstehlichen Leute einfach vergessen. Warum konnten die Menschen nicht mehr wie Tiere und andere natürliche Kreaturen sein? Die lachten einander nicht aus oder machten sich gegenseitig fertig. Kleine Vögel sangen Tag für Tag auf demselben Zweig dasselbe Liedchen, und Ameisen trugen Nahrung auf dem Rücken herum und reichten sie einfach an die nächste Ameise in der Reihe weiter, unabhängig von deren Geschlecht, Aussehen, Herkunft oder Beliebtheit.

Die Prüfungen überraschten mich kaum. Ich starrte gute fünf Minuten auf die Aufgaben, kritzelte irgendetwas hin und gab sie ab. In der Mathematik-Prüfung konnte ich die Hälfte der Fragen locker beantworten, doch der Rest war mir ein Rätsel. In Physik schaffte ich nur ein Drittel. Geschichte und Geographie waren die Fächer, bei denen man am schlechtesten raten konnte, und das bisschen Englisch, das ich von der Professorin gelernt hatte, mein Geheimnis, war kaum die Spitze des Eisbergs. Chinesisch war das einzige Fach, in dem ich mich hervorragend schlug. Ich hatte die Klassiker mit meinem Großvater studiert.

Am Ende der Prüfungswoche fühlte ich mich, als hätte ich an den Olympischen Spielen teilnehmen sollen und am Ende doch nur den Boden aufgewischt, nachdem alle anderen gegangen waren. Ich war traurig, wütend und verloren. Was sollte ich bloß mit meinem Leben anfangen?

Ich dachte an die Büffel, die die Pflüge über die endlosen Felder zogen. Die Landwirtschaft, so hatte der Vorsitzende Mao einmal gesagt, war die Lebensader unseres Landes. Wenn ich weiterhin der Schlechteste in der Klasse blieb, würde sie wohl auch zum Lebensinhalt des Genossen Chen Da werden.

18

Dia und ich fanden eine neue Stelle hinter der Schulmauer, wo wir uns trafen und unterhielten, während er seine Lunge mit dunklem Tabak vergiftete. Er erzählte mir auch das Geheimnis des Dia-Tabaks. Seit seines Großvaters Zeiten besaß die Familie auf dem Hinterhof ein Feld von der Größe eines Basketballfeldes, auf dem sie breitblättrigen Tabak anbaute. Der volle, bittere Geschmack wurde der Tatsache zugeschrieben, dass der junge Dia jeden Morgen die Tabakpflanzen mit dem Inhalt dreier Nachttöpfe wässerte, welche die Dia-Männer im Laufe der Nacht gefüllt hatten. Die dickflüssige, stinkende Pisse nährte die jungen Pflanzen und fügte ein besonderes Aroma hinzu, das bei anderen Anbaumethoden fehlte. Daher wirkte der Dia-Tabak wie ein doppelläufiges Gewehr, mächtig und potent. Dies war und blieb der einzige Tabak, der die Dia'sche Nikotinsucht befriedigen konnte, was keine geringe Aufgabe war.

Eines Nachmittags kam ich früher zu unserem Treffpunkt als gewöhnlich. Die großen Blätter der Guajave beschatteten diesen Ort wie ein schützender Schirm. Ich machte ein kleines Nickerchen auf ein paar alten Zeitungen und bedeckte mein Gesicht mit dem Englischbuch. Die vier Unterrichtsstunden des Vormittags hatten mir jegliche Lust am Leben ausgetrieben, und die umherschwirrenden Fliegen störten mich nicht im Geringsten. Es war mir egal, dass Ameisen überall auf meinen schweißfeuchten, nackten Füßen herumkrabbelten. Mein Körper lag matt auf dem unebenen Boden und spürte die kühle rote Erde.

An diesem Vormittag hatten sowohl der Mathematik- als auch der Englischlehrer mich ein wenig länger angestarrt als sonst. Wie erwartet lag Sarkasmus in ihren Blicken und Verachtung in ihrer Stimme. Ich ärgerte mich sehr darüber, dass sie mich nicht wieder in den Stunden willkommen hießen, die ich stets geschwänzt hatte; obendrein machten sie noch gehässige Bemerkungen, die die anderen Schüler in Hohngelächter ausbrechen ließen.

Während ich schnarchend träumte, juckte es mich plötzlich unerträglich um Mund und Nase. Ich öffnete ein Auge und sah Dia auf mich herablächeln, der mich mit einer Weizenähre kitzelte. Ich schnappte mir den kleinen Mistkerl und rang ihn nieder. Er wand sich unter mir hervor, klammerte sich an meinen Rücken, und wir waren mitten in einem Ringkampf. Unser Treffpunkt lag an einem Abhang, den wir nun hinunterkugelten, bis wir im weichen Korn landeten. Wir klopften uns gegenseitig ab und kletterten wieder zu unserem Platz hinauf.

»Rauch eine mit.« Dia setzte sich hin und drehte mir eine ganz dicke.

»Nein, danke. Schon gar nicht, nachdem du mir von der Pisse erzählt hast.«

»Du wirst aber was zu Rauchen brauchen, ich muss dir nämlich was sagen.«

Das klang schlimm. Ich sah ihm in die Augen, und er senkte den Blick. Ich nahm die Zigarette und ließ mir Feuer geben. Sofort spürte ich einen kräftigen Kick. Die Dia-Pisse wirkte tatsächlich Wunder. Ich spuckte aus wie ein alter Fischer. »Was ist denn?«

»Die Noten für die Halbjahresprüfung hängen aus.« Seine Stimme war tonlos.

»Wie sind unsere so?« Ich spürte, wie mein Herz Buddha um Gnade anflehte. Lass sie annehmbar sein, versprach ich ihm, und ich gebe dir noch heute Abend weitere tausend Kotaus.

»Na ja, meine sind erbärmlich.«

»Und?«

»Deine sind wirklich schlecht.«

Die Kotaus konnte ich mir also sparen. Ich war ganz unten angekommen, und ich hatte es verdient. Ich sog den bitteren Rauch ein. Zum ersten Mal fühlte sich das Inhalieren richtig gut an. Ich spürte, wie es mir zu Kopf stieg; es war beruhigend und brachte ein angenehm taubes Gefühl mit sich. Ich lehnte mich matt an die rote Lehmmauer, wie ein Stück zerquetschter Tofu. In meinem Leib war kein Quäntchen Kraft mehr.

Ich war ein Versager, ich brachte Schande über mich und meine Familie. Ich sollte meinen Nachnamen ändern und nie wieder nach Hause kommen, um etwas zu essen zu erbetteln. Vielleicht würde ich von nun an auf der Straße leben, wie Mo Gong und Siang. Mein Versagen lastete schwer auf mir, und ich verachtete mich selbst.

»Das ist noch nicht alles«, fügte Dia mit einem vorsichtigen Seitenblick auf mich hinzu.

»Wie meinst du das?«

»Jemand hat alle deine Prüfungsergebnisse vor unserem Klassenzimmer an die Wand geklebt. Jetzt weiß es die ganze Schule.«

»Dieser Hurensohn! Das muss unser Klassenlehrer gewesen sein.« Ich knirschte mit den Zähnen und schlug mit den Fäusten auf den Boden. Jetzt war ich das Gespött der gesamten Schule. Alle meine Feinde, alte und neue, würden über meinen Absturz jubeln. Ich war nicht nur der Sohn eines Großgrundbesitzers, sondern auch noch dumm und faul. Kluge Menschen konnten über Ersteres hinwegsehen, über Letzteres jedoch nicht. Ich hatte Schande über meinen gesamten Stammbaum gebracht. Mein geschätzter Urgroßvater stand ganz oben, und ich war die lose, verrostete Schraube ganz unten, derjenige, der den Ruf der Familie ruiniert hatte. Dia rüttelte mich an der Schulter, um festzustellen, ob ich noch lebte, und reichte mir einen weiteren Sargnagel Marke Dia. Meine Hände zitterten vor Zorn und Scham; die einzige Hoffnung, sie irgendwann wieder zu beruhigen, lag in dem Kraut, das mein Freund mir anbot.

Ich lag da und ließ die Nachmittagssonne mein Gesicht liebkosen. Die Schulklingel ertönte wie der Schrei eines Geistes. Ich konnte das Grinsen schon sehen, mit dem meine verhassten Kameraden mich erwarteten. Ich bedeutete Dia, schon zum Unterricht zu gehen, während ich reglos liegen blieb und verzweifelt auf den Sonnenuntergang wartete, damit die Dunkelheit mein Gesicht verberge.

Dia ließ mir seinen Tabaksbeutel da und versprach, später nach mir zu sehen. Ich brachte ein schwaches Nicken zustande, als er sich rückwärts davonmachte. Meine Hoffnungen, eines Tages zur Universität zu gehen, waren zunichte gemacht. Ich war ein wandelnder Leichnam. Mir waren weder Würde noch Scham oder Achtung geblieben, nur noch Reue, tonnenweise Reue. Ich hatte mein Leben nicht selbst in die Hand genommen, und nun würde ich auf ewig dafür büßen.

Als der Himmel sich endlich verdunkelte, sammelte ich meine Bücher auf und ging den schmalen Trampelpfad nach Hause, um die Straße zu meiden. Ich begegnete alten Bauern mit erdverkrusteten Pflügen auf der Schulter, die sie nach einem langen, arbeitsreichen Tag hinter ihren Büffeln her nach Hause schleppten. Der schmale Weg zwischen den grünen Weizenfeldern war nicht breit genug für die schlammbespritzten Tiere und mich, so dass ich in ein nasses Feld waten musste, um sie vorbeizulassen. Das tat ich ein paar Mal, doch stumme Tiere waren mir immerhin lieber als ein Dutzend schreiender Jungen und Mädchen, die sich am

Leiden eines anderen Menschen ergötzten. Den Büffeln machte ich gerne Platz.

Als ich zur Hintertür hereinschlich, war Mama nicht überrascht oder böse, weil ich zu spät kam und ganz dreckig war. Sie machte mir eine Schüssel Reis und beobachtete mich schweigend. Sie wussten es. Dia musste es ihnen gesagt haben.

Ich setzte mich auf die letzte der Stufen, die in den Fluss hinunterführten, und nahm mir viel Zeit zum Füßewaschen; ich ließ sie ins warme Wasser baumeln und die winzigen Fische daran knabbern. Ich suchte nach einer Möglichkeit, dem katastrophalen Thema meiner Halbjahresprüfung auszuweichen. Das war gar nicht einfach.

Meine Familie von erschöpften jungen Landarbeitern würde keinerlei Verständnis dafür haben, dass der einzige Schüler im Haus beschämende Leistungen heimbrachte. Sie schufteten sich in den Feldern krumm und buckelig, bekamen Schwielen an den Händen und verloren ihren Traum von Jugend. Ich hatte meine Zeit mit Rauchen und Rumhängen vergeudet, anstatt die großartige Gelegenheit zu nutzen, die mir geboten wurde. Das war eine Sünde, die sie sich niemals hätten erlauben können.

Mit hängendem Kopf und gesenktem Blick stolperte ich ins Esszimmer. Die ganze Familie verfiel in Schweigen, als ich eintrat.

Stille.

Ich hatte es wahrlich verdient. Ich schlüpfte auf meinen Platz, starrte auf meine Essstäbchen und aß ganz vorsichtig, damit sie nicht gegen die Schüssel klapperten und jemanden reizten. Das Schweigen lastete mit jeder Sekunde schwerer auf mir.

Papa schöpfte einen großen Löffel voll grüner Bohnen in meine Schüssel. Das war ein gutes Zeichen. Das Oberhaupt der Familie hatte in Taten gesprochen. Ich warf ihm einen raschen Blick zu. Er erwiderte ihn.

»Man sagt, du hast einen neuen Rekord aufgestellt.«

Ich blieb stumm.

»Es wird Zeit, dass du etwas daran änderst. Dein Bruder hier möchte sich freinehmen, damit er für die Aufnahmeprüfung der Universität lernen kann, aber die Kommune erlaubt es nicht. Selbst wenn sie ihn ließen, könnten wir wahrscheinlich nicht auf seine Nahrungsmittelration verzichten.«

Er deutete auf den Reis, der in meiner Schüssel kalt wurde. Ich starrte darauf, und vor Schuld und Sorge drehte sich mir der Magen um. Ich wünschte mir den Tod. Wenn ich der Ältere gewesen wäre, müsste ich jetzt da draußen buckeln. Ich sah mit eigenen Augen die Plackerei, die meine Geschwister tagtäglich erduldeten. Sie waren um die zwanzig. Sie hatten keine neuen Kleider und kein Geld, nur ihre Körper, die Schmerzen litten, wie sie nur ältere Menschen kennen sollten. Doch das Schlimmste war ihre Überzeugung, zu einem Leben als Landarbeiter verurteilt zu sein, nur einen Landarbeiter heiraten zu dürfen, um eine weitere Generation bescheidener Landarbeiter hervorzubringen, und so weiter bis in alle Ewigkeit. In ihrem Geist würde niemals die Sonne aufgehen. Auf sie wartete nur moderne Sklaverei auf den kommunalen Feldern, für die sie nur wenig Entlohnung erwarten durften. Ich hingegen tat nichts, außer zur Schule zu gehen. Und was hatte ich geleistet? Ich hatte in den Prüfungen erbärmlich abgeschnitten.

»Du hast noch anderthalb Jahre, um das zu schaffen; Hacke und Schaufel warten im Schweinestall auf dich, nur für alle Fälle.«

Das klang, als bekäme ich Bewährung. Keine Besserung, und man würde mich zu lebenslänglicher Arbeit auf den Feldern der Kommune verurteilen. Nach diesem Urteilsspruch sah ich alle der Reihe nach an und spürte, wie mir eine riesige Last von den Schultern genommen wurde. Alle Gesichter am Tisch zeigten einen Ausdruck von Tadel und Kritik, gemischt mit ein wenig Ermutigung und sogar Hoffnung; ein breites Spektrum. Ich liebte meine Familie.

Bevor ich an diesem Abend schlafen ging, bat ich meine Mutter, mich ab sofort jeden Morgen um fünf Uhr zu wecken. Ich versprach ihr, dass ich die kostbaren Morgenstunden vor dem Frühstück, wenn mein Kopf noch frei war, dazu nutzen würde, die Nase in meine bisher ungeöffneten Bücher zu stecken. Sie nickte nachdenklich, halb im Zweifel über die Aufrichtigkeit dieser Absicht.

Ich ging in mein Zimmer und kniete gute zehn Minuten lang vor dem provisorischen Buddha-Schrein; ich wusste nicht, worum ich ihn in all seiner Güte bitten sollte. Ich fühlte mich entsetzlich. Ich verging fast vor Schuldgefühlen, weil ich so viel von der kostbaren Zeit bis zur landesweiten Aufnahmeprüfung vergeudet hatte. Ich schlug mit dem Kopf auf den Boden und schwor, von nun an hart zu arbeiten. Schließlich wurde mir schwindlig, und ich legte mich mit einem breiten Lächeln schlafen. Ich war sicher, dass Buddha, mein lächelndes, pausbäckiges spirituelles Leuchtfeuer, mich diesmal gehört hatte. Ich hatte den Kopf ja auch hart genug aufgeschlagen.

Beim ersten Morgengrauen hörte ich ein leises Klopfen an meiner Tür und sah Mama die Nase durch den Türspalt stecken.

Ich bewegte leicht die Finger, um ihr zu bedeuten, dass ich sie gehört hatte. Sie schloss die Tür und ging wieder in die Küche hinunter, um Frühstück für die Familie zu machen. In meinem Zimmer war es noch dunkel und kalt, die frische morgendliche Brise vom Meer wehte zum offenen Fenster herein. Die Vögel begannen gerade zu singen, noch nicht allzu laut, denn auch sie waren eben erst erwacht, und die Insekten in den umliegenden Feldern beendeten ihr nächtliches Jazzkonzert. Ein paar Unermüdliche summten immer noch zum Quaken der Frösche vor sich hin. Ihre Stimmen verebbten und wurden immer dünner, als das Licht ihr Reich eroberte. Ich konnte sie gähnen hören.

Der Schlaf gewann, Träume klopften an meinen Kopf. Ich

rollte mich zu einer kleinen Kugel zusammen, und der Kokon meiner Decke fühlte sich an wie ein samtiges Nest, in dem mein Traumschiff sanft auf den Wellen des Schlafes schaukelte. Ein Hoch auf den faulen Herbstmorgen. Möge die Sonne auf ewig warm und die Luft immer so kühl bleiben. Und wenn bitte jemand den Brigadeführer erschießen könnte, der auf der Straße den Gong schlug, um seine Arbeiter auf die Felder zu treiben.

Klopf, klopf.

Mama war wieder da. Sie kannte ihren Sohn und traute mir nicht, solange ein Kissen in meiner Nähe war. Diesmal steckte sie den ganzen Kopf herein und trommelte mit den Fingern an die Holzwand, eine ernsthafte Warnung. Ein Glied nach dem anderen, rührte ich mich vorsichtig und schleppte mich aus dem Bett wie eine rostige alte Maschine. Ich hörte jedes Einzelteil meines verschlafenen Körpers knirschen und knacken. Ich schlüpfte in die kühlen Sandalen, die ich ordentlich ans Fußende des Bettes gestellt hatte. Meine Zehen rollten sich ein und zuckten. Ein gutes Zeichen. Die Kälte weckte immerhin schon meine Füße. Ich zog ein Hemd über, stolperte auf den Hinterhof hinaus und die steinernen Stufen zum Fluss hinunter. Ich hockte mich hin und spritzte mir das eisige Wasser des Dong Jing ins Gesicht. Ein richtiger Schock. Nun war ich wach.

Ich stieg die Stufen wieder hinauf, holte meine Schultasche und legte alle Bücher auf einen kleinen Tisch auf dem Hof. Noch achtzehn Monate bis zur Aufnahmeprüfung, und mir würde nichts anderes übrig bleiben, als jede wache Stunde mit Lernen zu verbringen. Ich musste vier Jahre Arbeit in achtzehn Monate hineinquetschen. Mein Leben war erst einmal auf Eis gelegt. Keine Freunde, keine Filme, kein stundenlanges Ratschen. Ich würde auch nicht mehr passiv im Unterricht sitzen und darauf warten, dass der unfähige Lehrer meinen Verstand fütterte. Ein Großangriff auf all die

Bücher, die ich nie aufgeschlagen hatte, war vonnöten. Ich würde diese Bücher atmen und darin leben.

Doch mit welchem sollte ich anfangen? Verwirrt blickte ich auf den Stapel hinab. Ich brauchte einen Plan, ein System, sonst würde ich nie gegen die große Konkurrenz bestehen. Nur einer von hundert Schülern schaffte es auf die Universität. Ich konnte eigentlich ebenso gut den Büchern und meinem Leben auf Wiedersehen sagen und die Reisfelder begrüßen.

Ein weiser Mann hatte einmal gesagt: Zur Universität gehen oder nicht, das macht so viel Unterschied wie echte Lederschuhe tragen oder barfuß gehen. Für mich ging es eher um Leben und Tod.

In all den Büchern, die ich gelesen hatte, waren die Studenten groß und gut aussehend, trugen westliche Anzüge, Krawatten und Brillen, das Haar reichlich geölt und in der Mitte säuberlich gescheitelt. Alle Mädchen träumten von ihnen, sie hatten einen gesellschaftlichen Freibrief. Wenn sie aus einer reichen Familie stammten, waren sie immer die Rebellen, die mit dem aufregendsten, hübschesten Mädchen durchbrannten. Wenn sie aus einer armen Familie kamen, heirateten sie am Ende ein reiches Mädchen, aber sie waren immer noch Rebellen. Das stand ihnen einfach zu.

Mädchen, Geld, und das alles ohne Dung zu schaufeln oder Felder zu pflügen. Sie bewegten nur ein wenig die Finger, und schon entstanden die romantischsten Gedichte, die den Leuten zu Herzen gingen. Sie waren die intelligenten, privilegierten Gewinner. Alle anderen erwartete von Geburt an nur Schlamm und Jauche, harte Arbeit auf den Feldern zusammen mit den Kühen und Büffeln.

Eine kühle Brise strich über die Felder. Ich schauderte bei der Vorstellung, immer so früh aufzustehen, die Hosen hochzukrempeln und in die klammen Felder zu waten, um Unkraut zu jäten.

Generationen lang hatten unzählige Menschen so gelebt. Ich würde lieber sterben. Rasch schlug ich das Englischbuch auf und ging das erste Problem an, das mir begegnete.

Ein großer, offizieller Anschlag über das neue Universitätssystem hing gut sichtbar an der Wand des Kommune-Hauptquartiers aus. Hunderte junge Leute waren kilometerweit gelaufen, nur um stundenlang davor zu stehen; sie konnten nur halb glauben, was da schwarz auf weiß geschrieben stand. Manche schrieben alles auf ein kleines Stück Papier ab und brachten es anderen mit, als könnten sie ihrer bloßen Erinnerung nicht trauen. Unter den Bewohnern von Gelber Fels herrschte heillose Verwirrung.

Erst vor wenigen Monaten war der Vorsitzende Mao noch guter Dinge gewesen, in seinem Krankenbett, in der liebevollen Obhut junger Krankenschwestern, die es als patriotische Heldentat ansahen, ihre Pflichten mit seinem Vergnügen zu vereinbaren. Schule war schlecht, Revolution war gut. Die jungen Leute hatten sich daran gewöhnt. Es gefiel ihnen so. Sie schlugen Lehrer zusammen, brannten Schulen nieder, marschierten einfach aus dem Unterricht und tranken und rauchten, wie es ihnen gerade passte. Es gab keine Prüfungen, keine Noten, keine guten und keine schlechten Schüler. Alle waren schlecht, also waren auch alle gleich gut. Alles war gut, das hatte Mao schließlich gesagt.

Jetzt stand diese Welt wieder auf dem Kopf. Die Verkündigung erklärte überhaupt nichts. Sie unterschied nicht zwischen den politisch guten und den politisch unzuverlässigen Familien. Da stand nur, dass alle an der Prüfung teilnehmen durften und allein die Ergebnisse über die Aufnahme an einer Universität entschieden.

Eines Tages nahm der Brigadeführer der Kommune meinen Bruder beiseite und fragte ihn, was er von dieser neuen Linie halte. Bruder Jin antwortete, er wage gar nicht zu glauben, dass das auch für ihn gelte. Der Brigadeführer, Mitglied der Kommunistischen

Partei, gab meinem Bruder einen Klaps aufs Knie und erklärte, das sei sehr klug von ihm gedacht. Er fügte hinzu, falls Jin glaube, es laufe tatsächlich so, wie es da stand, wäre er schlicht naiv. Die Landbesitzer waren immer noch die Landbesitzer, und die hatten keine Zukunft. Als der Brigadeführer ging, machte Jin eine obszöne Geste hinter seinem Rücken.

Wenige Tage später gab es Gerüchte, dass ein paar Kommune-Kader gemeinsam einen offenen Brief an die Provinzregierung von Fujian geschrieben hätten, um ihrer Empörung über diese Zulassungsregelung Ausdruck zu verleihen; das Schicksal der Kommunistischen Nation stehe auf dem Spiel. Sie schrieben, sie sorgten sich um die Revolution, nicht um eigene Belange. Sie schrieben auch, dass es einer Sabotage der revolutionären Sache gleichkomme, Kinder aus unzuverlässigen, »schwarzen Familien« studieren zu lassen.

Innerhalb eines Monats kam die Antwort des Bildungskommissars von Fujian, in einem Brief, der in der Tageszeitung von Fujian veröffentlicht wurde. Er bestätigte die neue Linie so, wie sie verkündet worden war. Die »roten Familien« fühlten sich ausgegrenzt, im Stich gelassen. Sie fühlten sich betrogen und würden alles tun, um die schwarzen Familien von der Teilnahme an der Aufnahmeprüfung abzuhalten.

Mein Cousin Tan, der Sohn des Bruders meiner Mutter, hatte den großen Schritt gewagt und sich für die allererste Prüfung angemeldet. Er hängte seine Geräte an den Nagel, schwänzte die Feldarbeit und machte sich über seine alten Bücher her. Er schloss sich auf dem Dachboden ein, mit einem Wecker als einziger Gesellschaft. Er schlief nur drei Stunden pro Nacht und aß gelegentlich, was ihm durch die Luke zum Dachboden heraufgereicht wurde. In zehn Tagen verlor er fünf Pfund, und an seinem schmalen Kinn wuchs ein langer, stoppeliger Bart.

Das hatte schlimme Folgen. Der Brigadeführer war erbost, als er den Grund für Cousin Tans Verschwinden erfuhr. Er kam zu ihm nach Hause gerannt und schimpfte und fluchte, bis das ganze Dorf den Lärm mitbekam und sich vor dem Haus versammelte. Dann warf der Brigadeführer einen Stein in Tans Fenster und zwang ihn, herauszukommen. Tan hatte die Sonne nicht mehr gesehen, seit er vor mehreren Tagen auf dem Dachboden verschwunden war, und stand nun blinzelnd im Sonnenlicht, während die Menge brüllte, als wage eine Ratte am helllichten Tag über die Straße zu spazieren. Der Brigadeführer beschimpfte ihn als Sohn eines Landbesitzers und erklärte ihn für verrückt. Er demütigte ihn und teilte ihm eine Arbeit zu, die ebenso gut bis zum nächsten Frühjahr hätte warten können. Tan brach in Tränen aus und schwor, wenn er jemals an der Universität aufgenommen werden sollte, würde er den Zulassungsbescheid nehmen und dem Mistkerl in den Hintern schieben. Der Brigadeführer drohte damit, Tans Familie die Nahrungsmittelrationen vorzuenthalten, wenn er je wieder ohne Erlaubnis fehlte.

Während der nächsten Tage wurden ihm schwere, überflüssige Arbeiten zugeteilt, während die übrigen Landarbeiter der Brigade untätig zu Hause saßen. Zu dieser Jahreszeit gab es auch nicht viel zu tun. Tan musste seine Bücher unter der Kleidung verstecken und in ausgedehnten Pinkelpausen lesen.

Die Angelegenheit drang bis zum Bildungskommissar des Bezirks Putien vor. Dieser schrieb an den Brigadeführer, er solle sich beruhigen. Endlich bekam mein Cousin doch ein wenig freie Zeit zugestanden. Doch der Brigadeführer behielt die Essensration für Cousin Tan ein, entgegen dem Befehl des Kommissars. Er schwor, dass er die Revolution am Arsch kriegen würde, bevor sie ihn am Arsch kriegte, ein wahrer Märtyrer der revolutionären Sache.

Plötzlich sprach alle Welt nur noch von der Universität. Die Leute standen in Trauben zusammen und tauschten den neuesten Tratsch darüber, wer sich in den Prüfungen am besten schlagen würde. Die Brücke, auf der meine Freunde sonst immer saßen und sich über Frauen und Glücksspiel unterhielten, war zum Forum geworden, in dem sie lebhaft diskutierten, wer denn nun als nächstes Mathe- oder Englisch-Wunderkind gelten konnte. Anekdoten und Geschichten über einige legendäre Lehrer unserer Mittelschule machten in Gelber Fels die Runde.

Da war der dicke Mathematiklehrer Du, mit den buschigen Augenbrauen und einem Muttermal, das so hässlich und unübersehbar war wie eine dunkle Wolke an einem sonnigen Tag. Vor der Kulturrevolution hatte Herr Du jedes Jahr am Tag vor der nationalen Aufnahmeprüfung kurzfristig eine Versammlung aller Schulabgänger einberufen. Jedes Mal hatte er eine tragbare Tafel aufgeklappt und ihnen die komplizierten Lösungen für ein paar schwierige Mathematik-Aufgaben präsentiert, die seiner Vorhersage nach die meisten Punkte einbringen würden. Er sprach kurz, aber gewichtig, etwa zehn Minuten lang. Die Versammlung war vorüber, wenn er sich eine Zigarette anzündete. Nervöse Schüler schrieben hastig alles ganz genau ab und lernten die Lösungen auswendig. Dus Erfolgsquote lag durchweg bei acht von zehn Aufgaben. Schwächere Schüler waren zu Tränen gerührt, wenn sie genau diese Fragen in der echten Prüfung auftauchen sahen.

Dann war da noch der Geschichtslehrer Herr Wa, auch nicht eben ein Bild von einem Mann. Er erinnerte erschreckend an einen Menschen aus der Urzeit, nur ohne die dichte Körperbehaarung. Um uns ein lebendes Abbild des urzeitlichen Pekingmenschen zu zeigen, brauchte er nur ein wenig den Rücken zu krümmen, langsam vor der Klasse auf und ab zu gehen und dabei die langen Arme zu beiden Seiten baumeln zu lassen. Sein Kopf bestand nur aus Stirn und Kinn. Seine Augen funkelten wild unter der steilen Klippe seiner Stirn hervor, und seine kleine Nase drückte sich platt über Zähne, die so groß waren, dass er kaum den Mund zubekam. Er stotterte und spuckte ganz fürchterlich beim

Sprechen. Seine dröhnende Stimme klang so, wie die frühen Menschen sich angehört haben mussten, als sei der besänftigende Einfluss der Evolution völlig an ihm vorübergegangen.

Und dann waren da natürlich die Superschüler, die vor der Revolution die Universität besucht hatten und über ein solides Grundwissen in allen Fächern verfügten. Dazu gehörte auch mein Cousin Tan und ein Nachbarsjunge namens Li. Die Kandidaten benutzten zur Vorbereitung alte Prüfungsaufgaben; diese beiden Jungs schafften sie mit links. Für die Jüngeren, wie mich, waren sie Helden.

Als der Prüfungstermin näher rückte, hörte das Gerede von Legenden auf. Alle beobachteten schweigend die Kandidaten, die nervös ihrer großen Prüfung entgegensahen.

Am ersten Tag der Prüfungen eilten blasse Schüler zu den Prüfungsorten, still und aufgeregt. Herr Du berief eine Versammlung ein. Der Pekingmensch ebenfalls. Diese Versammlungen standen allen offen. Tausende Schüler drängten sich auf dem Sportplatz der Mittelschule und lauschten den beiden lebenden Legenden über knisternde Lautsprecher. Die Atmosphäre war so weihevoll wie bei einer religiösen Zeremonie, und die Herzen von frommer Inbrunst erfüllt.

Um punkt neun Uhr vormittags legte ich die Bücher weg und schloss mich der Menge an, die zusah, wie die uniformierte Bezirkspolizei auf dreirädrigen Motorrädern mit den Prüfungsunterlagen in die Stadt gerattert kam. Die Straße versank in Schweigen, während die Polizisten sich laut hupend einen Weg durch das Gedränge bahnten. Stunden später würden einige der hier Versammelten als Gewinner dastehen und viele als Verlierer. Ich hielt mir mit beiden Händen den Kopf und schlich mich nach Hause in mein Zimmer. Meine Knie wurden schwach beim bloßen Gedanken an die Ärmsten, die ihren Prüfungsbogen aufschlugen und feststellten, dass sie nichts wussten. Ich könnte einer von ihnen sein. So war es mir jedenfalls bei den Halbjahresprüfungen ergangen. Hoffnungslos steckte ich den Kopf in die Bücher, um dann doch zum Fenster hinauszustarren.

Ich brach zu meiner fünfzehnten Stunde bei Professor Wei auf. Ich hatte mir angewöhnt, mich stets zu kämmen und gründlich zu schrubben, bevor ich zu ihr ging. Wenn man kein Hirn hatte, ließ sich das nicht ändern, doch schlechte Manieren waren unverzeihlich. Außerdem hatte ich Angst, der Hund würde auf mich losgehen, wenn ich auch nur ein wenig anders aussähe als beim ersten Mal. Er musste mich ja nicht mögen. Ich wollte nur, dass er sich an mich gewöhnte, doch das war anscheinend schon zu viel verlangt. Er musste sich jedes Mal auf die Zunge beißen, wenn meine schmutzigen Füße vor seinen Augen herumschlurften.

Professor Wei öffnete die Tür mit dem gleichen Lächeln, das sie mir nun schon vierzehnmal geschenkt hatte. Der Hund bedachte mich mit dem üblichen bösartigen Blick, schläfrig, gelangweilt und gemein. Schon wieder dieser Versager. Wenn ich irgendetwas anders machte als sonst, etwa ein wenig schneller ging oder mit den Fingern schnippte, runzelte er die Stirn wie ein alter Mann und knurrte warnend. Mach mich ja nicht sauer, du kleiner Mistkerl, schien er sagen zu wollen. Er gab hier den Ton an.

Doch diesmal begrüßte mich Professor Wei nicht, wie üblich, mit ihrem melodiösen englischen »good afternoon«. Sie ging ein wenig schneller, als sie mich durch den Garten führte, und verlor kein Wort über meine Haare. Ich spürte, dass etwas nicht in Ordnung war, aber was? Ich hatte die Sohlen meiner Sandalen sauber geschrubbt, bevor ich ihr Wohnzimmer betrat. Der Teppich glänzte in der Nachmittagssonne wie immer. Mein Platz auf dem Sofa fühlte sich so samtig und weich unter meinem dürren Hintern an wie eh und je.

Professor Wei saß steif vor mir, mit eisigem Blick und schmalen Lippen. Irgendetwas hatte sie furchtbar geärgert.

»Eine Freundin hat dich in der Schule rauchen gesehen. Stimmt das?« Sie kam sofort auf den Punkt. »Ich bin entsetzt, so etwas zu hören.«

Das war ich auch. Wer war ihre kleine Freundin? Ich rauchte schon seit einer Ewigkeit, doch der Frau Professor hatte ich es bisher verheimlicht. Ich wollte sie nicht verletzen. Was sich außerhalb der Sicherheit ihrer friedvollen Mauern abspielte, war gewiss zu rau für ihr zartfühlendes, liebevolles Herz. Sie würde in Ohnmacht fallen, und zwar nicht nur einmal, wenn sie die Liste meiner schrecklichen Übeltaten zu Gesicht bekäme. Doch nun hatte jemand ihr die schlimme Nachricht überbracht. Sie hatte vermutlich die ganze Nacht lang geweint und zu ihrem Gott gebetet. Ich rang mit der Versuchung, sie anzulügen. Sie erschien mir so vertrauensvoll und leichtgläubig, doch der Gedanke an ihren westlichen Gott, diesen Jesus Christus, der unsichtbar über unseren Köpfen schwebte, ließ mein Herz einen Schlag aussetzen. Vielleicht konnte ich sie täuschen, aber nicht ihren Gott. Wenn ich eines nicht brauchen konnte, dann eine weitere Sünde auf meiner langen Liste.

»Mein Freund in der Schule bringt mich manchmal dazu«, sagte ich schwach. Eine halbe Lüge war besser als eine ganze. »Nur so zum Spaß.« Doch so etwas wie Spaß gab es nicht, wenn es um Nikotin ging. Entweder war man süchtig danach oder nicht. Ich hoffte, dass sie das nicht wusste.

»Zigaretten sind eine schlimme Sache und ein Fluch der Menschheit. Es hat mir das Herz gebrochen, zu erfahren, dass du rauchst. Gott hat dich gesund erschaffen, damit du ein nützlicher Mensch sein kannst. Du darfst nicht alles zerstören«, predigte sie. Nun, da ich gestanden hatte, sprach sie schon ruhiger. Ihr Lächeln kehrte zurück. Sie glaubte mir jedes Wort. Welch eine Erleichterung! Ich entspannte mich und sank wieder im Sofa zurück, bereit für den Unterricht, als sie plötzlich meine Schultasche packte und verlangte: »Lass mich in deine Tasche sehen. Ich glaube, du hast Zigaretten dabei.«

Ich klammerte mich ganz fest an die Tasche; ihre schnelle Bewegung hatte mich überrascht. »Ich schwöre es, ich rauche nur ab und zu zum Spaß!«

»Zum Spaß! Du willst mir erzählen, es sei nur zum Spaß? Deine Zähne sind doch schon völlig verfärbt. Hältst du mich für so naiv? Ist schon gut. Ich halte dich für einen hoffnungslos Süchtigen. Hier!« Sie steckte die Hand in meine Schultasche und brachte eine Handvoll Flying Horse zum Vorschein. Sie bebte vor Zorn und schien zutiefst angewidert von dem Tabak in ihrer Hand.

Mein Gesicht färbte sich rosa, rot und weiß zugleich. Eine gewitzte Frau, fürwahr! Ich hatte sie grob unterschätzt. Ich war ganz zittrig vor Verlegenheit.

»Aha! Die kleine alte Dame weiß alles.« Sie lächelte mich durchtrieben an. »Wie wäre es, wenn du jetzt diese giftigen Zigaretten nimmst, sie für mich in den Abfalleimer wirfst und dir die Hände mit viel Seife wäschst? Dann können wir mit dem Unterricht anfangen.«

Ich befolgte ihre Order wie eine Marionette, noch immer wie betäubt.

Als ich vom Händewaschen zurückkam, saß sie auf ihrem üblichen Platz und war wieder vollkommen friedlich, als sei nichts geschehen.

Wir machten uns an den Unterricht, wie schon so viele Male zuvor, doch ich konnte mich kaum konzentrieren. Ich musste immer wieder an diese neue Frau denken, die in der netten Professorin Wei zum Vorschein gekommen war. Wer war sie? Ich hatte noch viel zu lernen.

19

Ich machte nur langsam Fortschritte. Mathematik, Physik und Chemie fielen mir schwer. Ich hinkte im Stoff um einige Jahre hinterher, und die Formeln schienen irgendwie länger geworden zu sein, seit ich sie zuletzt gesehen hatte. Der Lehrer erzählte etwas von Analysis und Matrizendarstellungen, während ich mich immer noch damit plagte, geometrische Gleichungen zu verstehen. Ich ging trotzdem in den Unterricht. Der Lehrer und die Musterschüler behandelten mich wie Luft. Jedes Mal, wenn ich die Hand hob, entstand ein peinliches Schweigen. Schon wieder so eine dämliche Frage. Mein Mathematiklehrer verdrehte dann die Augen gen Himmel und gab mir widerstrebend Gelegenheit, meine Frage zu stellen. Dann bat er stets seinen Schützling, den Kopf, sie zu beantworten.

»Der Kopf« war der Spitzname, den wir dem Klassensprecher gegeben hatten, wegen seiner riesigen, glänzenden Stirn. Er war außerdem Präsident der Kommunistischen Jugend. Er war einer von denen, die bei öffentlichen Versammlungen übertriebene Reden schwangen und bei der Parade am Nationalfeiertag Parolen brüllten. Er ging stets mit steifem Genick und watschelnden Entenfüßen einher. Verächtlich blickte er auf seine weniger geachteten Klassenkameraden herab, und er galt als der größte Snob der ganzen Schule. Bei den anderen, ebenso überheblichen Musterschülern war er sehr angesehen, bis er eines Tages dabei erwischt wurde, wie er einen Liebesbrief an ein Mädchen aus unserer Klasse schrieb. Nun spielte er in einer anderen Liga – er war ein Weiberheld und ein Snob.

Wenn der Kopf mit seiner Erklärung fertig war, klatschte der Lehrer gemächlich, nickte und lächelte. Eine weitere hervorragende Vorstellung seines jungen Schützlings. Der Lehrer selbst war kühl und distanziert. Er vermied es, mit mir zu sprechen, einem so erbärmlichen Schüler. Einmal war genug, aber immer wieder? Rasch verlor ich das Interesse an seinem Unterricht. Meine Gedanken schweiften auf gefährliche Pfade ab. Mir flatterten lauter Ideen durch den Kopf, wie man ein so bösartiges menschliches Wesen am besten quälen konnte. Es wäre nur angemessen gewesen, ihn und seinen Schützling mit nacktem Hinterteil an die alte Pinie am Eingang der Schule zu binden und sie um Gnade winseln zu lassen, während der kalte Seewind in ihre Haut biss. Ich hasste sie, und ich hasste mich selbst.

Vater schlug vor, ich solle zusammen mit ein paar Nachbarn lernen, die gerade mit der Mittelschule anfingen. So könnte ich mich langsam vorarbeiten und wäre bald auf dem gleichen Stand wie die anderen in meiner Klasse.

Jon war ein kleiner Kerl an meiner Mittelschule, ein Mathe-Genie. Ich ging zu ihm nach Hause, und wir arbeiteten ein paar Abende lang die Fragen durch, bis wir schließlich aufgaben. Seine Eltern stritten sich nach Feierabend permanent im Nebenzimmer. Sein Vater war ein alter Griesgram, der über alles und jeden meckerte. Seine Mutter war äußerst temperamentvoll und konnte fluchen wie ein Matrose. Und das tat sie auch, jeden Abend. Man hätte meinen können, sie würden sich gegenseitig umbringen, doch das taten sie nicht. Sie lebten glücklich und zufrieden und fingen am nächsten Tag den Streit wieder von vorn an. Von dem dauernden verbalen Schlagabtausch und dem gelegentlichen Klirren irgendwelcher Gerätschaften bekam ich Kopfschmerzen. Also zog ich weiter.

Ich schleppte meine Schulbücher zu einem anderen Nachbarn, Gan, der an einer Grundschule unterrichtete. Er war bereit, mit mir Naturwissenschaften und Mathematik zu wiederholen. Die ersten paar Abende waren ein voller Erfolg. Ich war ein Naturtalent in Mathe, und mit seiner Hilfe kam ich rasch weiter. Als ich gerade anfing, ein bisschen Spaß daran zu haben, lungerte seine jüngere Schwester, ein großes, dürres Mädchen, das ein paar Jahre jünger war als ich, immer öfter bei uns im Studierzimmer herum. All meine Träume von Ruhe und Frieden zerplatzten. Sie holte sich ihre Bücher und setzte sich mir gegenüber. Sie spielte an ihrem Haar herum und bewunderte sich in einem Handspiegel, wobei sie vor sich hin murmelte wie ein Kleinkind. Dann saß sie nur gelangweilt da. Ich vergrub mein Gesicht in den Büchern und arbeitete an den Aufgaben, als bemerke ich sie gar nicht. Ab und zu ertappte ich sie dabei, wie sie mich anstarrte. Wenn sich unsere Blicke trafen, biss sie sich immer auf die Lippe und rannte aus dem Zimmer. Am nächsten Abend brach das totale Chaos aus. Sie brachte ein paar ihrer lärmenden Freundinnen mit. Sie tuschelten und lachten in einem fort. Und sie hatten Münder, die einfach ohne Unterlass schwatzten und schwatzten. Und die ganze Zeit sahen sie zu Gan und mir hinüber. Dann kam sie zu uns, um sich einen Bleistift zu leihen, gleich darauf brauchte sie Papier. Gan war ein geduldiger Mann und ein liebevoller Bruder. Verständlich, denn er musste mit diesem Kind leben. Er sprach und erklärte einfach weiter. Für ihn war alles in Ordnung. Das hatte nichts mit ihm zu tun. Ich bekam sogar den Eindruck, dass er das ganze Getue vermissen würde, wenn sie einmal nicht da sein sollte, Gott bewahre.

Mein vorheriges Studierzimmer mochte dem Nahen Osten

vergleichbar gewesen sein, doch dies hier war gewiss nicht die Schweiz. Mein Hirn funkte SOS. Noch am selben Abend verließ ich dieses Haus und schwor mir, niemals zurückzukehren. Am nächsten Tag kletterte ich in unseren Abstellraum im Keller hinunter, der mit Spinnweben dekoriert war und Hunderte unbekannter, tödlicher, krabbelnder Biester beherbergte. Mit der Taschenlampe in der Hand trat und zerrte ich an beinlosen, armlosen Möbelstücken herum. Dies war meine Höhle; hier wartete ein Schatz auf mich. Ich dachte dabei an Großvaters alte Lampe. Das war ein riesiges, berüchtigtes Ding mit verschlungenen bronzenen Verzierungen, das er einmal von einem seiner Glücksspiel-Kumpane geschenkt bekommen hatte, damit niemand mehr im Dunkeln mogeln konnte. Sie war wegen ihres gewaltigen Appetits in die Abstellkammer verbannt worden – an einem einzigen Abend verbrauchte sie eine ganze Flasche Lampenöl, und der Ruß hinterließ schwarze Flecken auf den weißen Moskitonetzen.

Ich leuchtete mit der Taschenlampe im Dunkeln herum; in einer Ecke glitzerte meine alte Freundin wie ein Leuchtturm. Als ich vorsichtig darauf zuging, stieß ich mit dem großen Zeh an irgendetwas Rundes, das davonrollte, bis es mit einem lauten Scheppern an die Wand prallte. Ich leuchtete hinüber, und da stand eine alte, elegante Kanne, geformt wie ein kurzer, flacher Kürbis. Das war Großvaters alter Schnapskrug. Er lag stets auf seinem Schoß und schlief neben seinem Kopfkissen. Wenn die Kanne voll war, nippte Großvater glücklich daran, war sie leer, pfiff er hinein.

Ich sammelte die beiden Erbstücke ein und schlängelte mich wieder hinaus, ohne allzu viele von den Spinnweben zu zerreißen, die den Raum bewachten.

»Was hast du denn damit vor?«, fragte Mama. Sie hatte an der Tür auf mich gewartet.

»Na ja, ich muss abends allein in meinem Zimmer lernen, also brauche ich eine gute Lampe und eine Teekanne.« Ich drückte meine Schätze an mich.

Solange ich nur lernte. Mama hätte Einwände erheben können, doch das tat sie nicht. Sie kannte meine Art, Probleme anzugehen. Wenn ich lange genug um etwas herumgeschlichen war, würde ich dieser Sache schließlich meine ganze Aufmerksamkeit widmen. Mama war eine kleine Göttin, die der große Gott in unser Leben entsandt hatte. Sie verstand meine Laster und versuchte, mir so viele davon zu vergeben, wie in ihrer Macht stand.

Ich ließ die alten Schätze ein paar Stunden lang im Fluss einweichen und schrubbte sie dann mit dem wilden Gras, das am Ufer wuchs. Die Lampe glänzte in der Nachmittagssonne, doch in dem Schnapskrug hing immer noch das schwere Aroma von Alkohol. Großvater hatte mir erzählt, dass der Krug die Arbeit eines sehr begabten Töpfers aus den Fujian-Bergen war. Er hatte für seine Gefäße stets den heimischen Ton verwendet, und wenn der Krug lange genug mit Schnaps gefüllt blieb, saugten sich die Poren seiner Wände damit voll. Dann konnte man bis in alle Ewigkeit Wasser in den Krug gießen, und es würde Schnaps herauskommen. Ich hoffte, dass die Poren noch nicht allzu vollgesogen waren, denn sonst würde ich die ganze Nacht seltsame Dinge sehen, in den schmalen Hals des Krugs pfeifen, und die Universität würde für immer ein Traum bleiben.

An diesem Abend schloss ich nach dem Essen ganz offiziell meine Tür ab, zündete meine große Lampe an und füllte den alten Krug mit dunklem, dampfendem Tee. Ich vergewisserte mich, dass ein Nachttopf in der Nähe war, denn ich erwartete größere Mengen als sonst. Ich war zu allem bereit.

Doch als ich das Physikbuch zur Hand nahm, dachte ich an Chemie. Wenn ich Chemie durchblätterte, schrie das Mathematikbuch um Beachtung. Ich kämpfte gegen die Versuchung des grünen Englischbuchs an, das mittlerweile mein besonderer Liebling war, und dann waren da noch Bücher über Geschichte, Geologie und Philosophie, die ganz unten in dem Stapel stöhnten und jammerten wie Stiefkinder. Nur chinesische Geschichte war kein Problem. Meine Ergebnisse in der Zwischenprüfung machten mich in diesem Fach locker zum Klassenbesten. Ich hantierte mit all diesen Büchern herum wie mit Einzelteilen auf einem Fließband, bis ich sie schließlich fallen ließ und den Kopf in die Hände stützte.

Vier Jahre Arbeit, und nur ein Jahr bis zur wichtigsten Prüfung meines Lebens. Nicht eben ideal. Vermutlich konnte ich etwa die Hälfte des Stoffes bewältigen und halbwegs erfolgreich abschneiden, aber alles würde ich nie und nimmer schaffen. Und die Horrorgeschichten darüber, wie schwierig die Prüfungsfragen waren, geisterten mir durch den Kopf. Man musste den Stoff wirklich gut beherrschen. In jedem Fach standen stets die verwirrendsten, kompliziertesten Fragen auf dem Prüfungsbogen. Die Regierung sorgte schon dafür, dass dreißig Prozent der Kandidaten in Ohnmacht fielen, wenn sie nur die Fragen sahen. Weitere vierzig Prozent wurden von ihrer Unwissenheit zur Verzweiflung getrieben. Die restlichen neunundzwanzig Prozent kletterten immerhin die Klippe hinauf, doch nur ein Prozent würde es mit blutenden Händen schließlich bis ganz nach oben schaffen. Das war Gleichheit. Das war sogar Demokratie, verglichen mit dem alten System. Es war hundertmal besser als die kommunistische Sklaverei.

Schließlich entschied ich mich für Englisch. Darin kam ich gut voran, wurde mir gesagt. Es gab die üblichen Vokabeln, Grammatikübungen, Lückentexte und Konversationen. Die simplen Konversationen waren albern, regten aber doch zum Nachdenken an. Ich fragte mich oft, warum die Engländer einander mit Wendungen wie »good morning«, »good afternoon« und »good evening« begrüßten. Einfach alles »gut«. Wenn ich auf der staubigen Hauptstraße von Gelber Fels herumliefe und die Leute mit einer »Guten irgendwas«-Floskel begrüßte, würden sie mich für verrückt halten. Manche würden mir womöglich sogar ein paar Zähne ausschlagen und mich aus der Stadt jagen. Die Menschen hier waren damit zufrieden, einander zu fragen: »Hast du schon gefrühstückt (oder zu Mittag oder zu Abend gegessen)?« Schließlich war an einem Tag gar nichts Gutes dran, bevor man nicht etwas im Magen hatte.

Dann war da noch das ständige »thank you« für dies und »thank you« für jenes. Wenn Frau Professor Wei »thank you« zu mir sagte, weil ich nicht rauchte, bekam ich eine Gänsehaut. War das das Gleiche, wie jemandem nicht dafür zu danken, dass er etwas getan hatte?

Ich dachte über das Wort für danke in meinem eigenen Dialekt nach. Wir sagten »bua«, um Wertschätzung und Dankbarkeit auszudrücken. ›Bua‹ war die Bezeichnung für ein Bambuskörbchen. In den alten Zeiten war es üblich, etwas zu essen in einen solchen Korb zu legen, sich vor den lokalen Herrscher hinzuknien, den Korb über den Kopf zu heben und darzubieten, um ihm für seine kluge Regierung zu danken. So wurde aus bua, dem Gegenstand, bua, danke. Wenn man sehr dankbar war, sagte man ein sehr großes bua.

Einmal machte ich ein Experiment mit Dia und erklärte ihm, dass ich ihm ein kleines bua geben würde, wenn er seine stinkende Selbstgedrehte nicht in meinem Zimmer rauchte. Er sah mich lange und ernst an, als sei ich verrückt geworden, und zündete sich trotzdem eines seiner U-Boote an.

Doch all das faszinierte mich. Ich dachte oft über die Leute nach, die Englisch tatsächlich Tag für Tag sprachen. Welch eine kontrollierte Art zu sprechen! In meiner Vorstellung waren alle Männer liebenswürdig, trugen einen Oberlippenbart und einen Zylinder, außerdem eine Taschenuhr und einen Spazierstock. An ihren Armen hielten sich Damen fest, mit einer schlangengleichen

Taille, langem Kleid, gelbem Haar und blauen Augen. Sie gingen nicht, sie schlenderten einher, während die Säume ihrer Kleider über den Boden fegten und die Spazierstöcke der Herren im Takt ihrer Schritte klapperten. Clark Gable und Vivien Leigh. London. New York. Ich hatte keine Ahnung, dass dies die Ära von Hippies, Drogen und Rock 'n' Roll war, dass Gable längst der Vergangenheit angehörte und Leigh in einem Rollstuhl saß und sogar auf den Zehen Falten hatte.

Die brennende Frage, die ich meiner Professorin einfach nicht zu stellen wagte, war, wie die Engländer fluchten. Taten sie das überhaupt? Wie naiv von mir. Später sollte ich herausfinden, dass man ein dickes Wörterbuch nur mit all den Flüchen füllen konnte, die diese großartige Sprache kannte.

Mamas Klopfen weckte mich. Es war fünf Uhr morgens, und ich lag im Bett, das Englischbuch noch immer auf dem Schreibtisch. Die Lampe hatte eine ganze Flasche Öl aufgebraucht. Die Teekanne war leer. Ich konnte mich nicht daran erinnern, mich ausgezogen oder das Licht gelöscht zu haben.

»Wie bin ich denn gestern Nacht ins Bett gekommen?«, fragte ich Mama, die nun den Kopf zur Tür hereinsteckte.

»Dein Vater hat gesehen, dass um zwei Uhr immer noch Licht bei dir brannte, und hat dich am Schreibtisch vorgefunden, mit dem Gesicht auf dem offenen Buch.«

Ich musste eingenickt sein.

»So spät bleibst du nicht mehr auf. Du ruinierst dir noch deine Gesundheit.«

»Aber Mama, ich muss einfach länger lernen, damit ich aufholen kann.«

»So wirst du gar nichts aufholen. Du brauchst regelmäßige, gesunde Arbeitszeiten.«

Von dieser derart anstrengenden Unterhaltung brummte mir der Kopf. Ich schlüpfte wieder unter die warme Decke und gönnte mir noch ein Viertelstündchen, bevor ich die Decke beiseite strampelte und mir eisiges Flusswasser ins Gesicht spritzte.

Eines Nachmittags auf dem Weg zu Professor Wei prasselte der Regen auf das dichte Blätterdach über dem schmalen Pfad. Das Geräusch war so laut und durchdringend, dass es sich anhörte, als schösse jemand mit einem Maschinengewehr auf die Blätter. Das ersparte mir die Mühe, den Kopf über den Fluss zu halten und meine Haare nass zu machen. Ich kämmte gerade den Wust auf meinem Kopf mit den Fingern, als ich die dicken Wolken sah, die sich am westlichen Horizont zusammenballten. Ein Gewitter war im Anzug.

Ich schlitterte den nassen Weg entlang und war froh, endlich Professor Weis Tor zu erreichen. Es stand offen, und als ich die Stufen zum Haus hinaufrannte, hörte ich ihre Stimme an einem Fenster im zweiten Stock. Sie winkte mir zu. Ich lächelte zurück.

Selbstverständlich stand der Hund auch im Regen da und begrüßte mich mit seinem bösartigen, finsteren Blick. Er stemmte die Hinterpfoten fest in den Boden, als wolle er mich gleich anspringen. Er gab ein kehliges Grollen von sich, eine schwache Drohung, die ich schon gewohnt war, und versperrte mir den Weg. Heute lag etwas anderes in seinen Augen, ein irgendwie wissender Blick. Hilfe suchend blickte ich zu dem Fenster im zweiten Stock hoch. Professor Wei war verschwunden. Hier waren nur ich und der Hund, und er hatte die Trümpfe in der Hand. Ich wünschte, ich hätte ein Gewehr. Die Stelle zwischen seinen Augen sah zu verführerisch aus.

Er schien meine Gedanken zu riechen und schüttelte trotzig den Kopf. Ich wurde über und über mit Wasser bespritzt. Nun schüttelte ich selbst den Kopf. Nicht ganz so viel Wasser. Das clevere Biest wollte sehen, wie ich bibberte, nieste und schließlich auf Knien um Gnade winselte, woraufhin er näher kommen und seine Zähne in den saftigsten Teil von mir schlagen würde. Ein Abendessen im Regen war besser als überhaupt kein Abendessen.

Plötzlich zerriss ein Blitz den dunklen Himmel, unmittelbar gefolgt von einem ohrenbetäubenden Donnerschlag, kaum einen Kilometer entfernt. Das Getöse ließ mich in die Knie gehen. Ich schloss die Augen, steckte mir die Daumen in die Ohren und wartete auf den bevorstehenden Angriff des Donners und des Hundes, doch nichts geschah. Der Donner lief in vereinzelte Feuerwerksknaller aus und verstummte. Ich öffnete die Augen und sah den Hund durch den Matsch auf seine Hütte zukriechen, den Schwanz zwischen die Hinterbeine geklemmt. In diesem Moment verlor ich jeglichen Respekt vor ihm und hätte mich am liebsten dafür erschossen, dass ich mich so lange von ihm hatte tyrannisieren lassen.

Professor Wei begrüßte mich mit einem Handtuch, als ich zum ersten Mal wie ein echter Mann auf ihre Tür zukam, furchtlos und würdevoll. Ich spürte den schwachen Blick des Hundes, nun, da der Donner ihn bezwungen hatte. Ich hatte dem Tosen widerstanden. Ich nahm das Handtuch und rubbelte mir den Kopf trocken. Professor Wei holte mir ein trockenes Hemd, und schon fühlte ich mich wieder wohl. Doch kein Gefühl konnte stärker sein als die Süße des Sieges. Der Hund war für immer von meiner Angstliste gestrichen. Tja, dies war eben doch die Welt der Menschen, Kumpel.

»Du siehst heute aber fröhlich aus«, stellte Professor Wei etwas überrascht fest.

»Danke, ich freue mich, hier zu sein«, erwiderte ich auf Englisch.

»Vielleicht hast du ja schon etwas gehört«, sagte sie, nun wieder auf Chinesisch.

»Was meinen Sie damit?«

»Nun ja, ich habe von einer Freundin in Putien etwas erfahren.

Wenn du für die Aufnahmeprüfung Englisch als Hauptfach wählst, brauchst du überhaupt keine Prüfung in Naturwissenschaften oder Mathematik abzulegen.«

»Tatsächlich?« Ich zwickte mich so kräftig in den Oberschenkel, dass ich beinahe vom Sofa gesprungen wäre. Ich versuchte, mir ein Leben ohne Mathe, Chemie und Physik vorzustellen. Das wäre wie endlose Flitterwochen. Am liebsten wäre ich aufgesprungen und hätte eine ganze Arie geschmettert. »Aber warum?«

»Nun ja, nach Ansicht der Regierung belegen zu wenig Studenten Englisch als Hauptfach an allen großen Universitäten. Ich denke, du solltest eine große Uni ins Auge fassen, sagen wir, in Beijing.«

Beijing! Nur die Allerbesten kamen dorthin. Aber ja doch, Madame, wenn Sie meinen!

»Glauben Sie wirklich, dass ich so gut sein werde?«

»Ja, das wirst du, wenn du hart arbeitest. Du hast bereits immense Fortschritte gemacht.«

»Wirklich?«

»Ich werde dich mit Englisch voll stopfen, bis es dir zu den Ohren herauskommt.«

Stopfen Sie mich voll, bitte. Ich habe mich noch nie leerer gefühlt.

»Sieh mal her.« Sie holte eine Tasche voller Bücher und Unterlagen hervor. »Das hier sind die Übungen und alle englischen Vokabeln, die du können musst, um die Prüfung zu bestehen.«

Hastig trat ich hinzu und berührte mit zitternder Hand den Stapel. Dies war meine Erlösung.

Es wurde spät. Draußen tobte noch immer das Gewitter, und der Himmel blieb dunkel. Mein Herz pochte vor Aufregung. Ich konnte es kaum erwarten, nach Hause zu rennen und meiner Familie die wunderbare Neuigkeit mitzuteilen.

»Möchtest du noch ein wenig bleiben und mit mir zu Abend essen?«, fragte Professor Wei. Ihre Schwester war gerade verreist.

Plötzlich sah ich meinen Magen vor mir, ausgedorrt wie die Sahara unter der sengenden afrikanischen Sonne. Rasch verbannte ich das Bild aus meinem Kopf und sagte: »Danke für die Einladung, aber ich esse immer spät zu Abend.«

Wem wollte ich etwas vormachen? Ich konnte immer essen, überall und alles.

»Du siehst aber hungrig aus.« Sie konnte durchaus direkt sein, wenn es ihr gerade passte.

Ein hungriger Mann war schließlich ein hungriger Mann. Vermutlich sah man es mir an, entweder am hohlen Bauch oder den hungrigen Augen. Vielleicht war es auch mein blasses Gesicht. Aber es wäre höchst ungehörig von mir gewesen, zum Abendessen zu bleiben. Ich sollte derjenige sein, der seiner Lehrerin etwas zu essen mitbrachte, nicht umgekehrt. Mama würde mich für gierig halten. Sie hatte uns gelehrt, dass man, wie arm man auch sein mochte, niemals nach dem Essen anderer Leute schielen sollte. Und nicht nur das. Mein Ruf als Gentleman stand auf dem Spiel. Ich fürchtete, mein enormer Appetit könnte mit mir durchgehen, so dass ich mir auch noch ihre Portion einverleibte. Ich sah mich schon eine ganze Schüssel Reis in Rekordzeit hinunterschlingen, während sie wie ein Kaninchen an einer Karotte knabberte. Dann hätten wir beide Grund, uns zu schämen.

»Nein, vielen Dank. Meine Familie wartet auf mich.«

»Ich weiß, was du denkst. Aber hier zu essen ist nichts, dessen du dich schämen müsstest. Unser Glaube nennt das Teilen. Meine Freunde aus der Kirche essen ständig bei mir, Gott sei's gedankt.« Sie neigte den Kopf vor ihrem Gott, sogar mitten im Gespräch.

Nach dem Wetter zu urteilen, würde ich noch eine ganze Weile hier sein. Da wäre es noch ungehöriger, neben ihr zu sitzen und ihr beim Essen zuzusehen. »Dann esse ich gern etwas mit, danke schön.«

Die zierliche Dame klatschte erfreut in die Hände und sagte: »Ich danke dir.«

Bald kam das Hausmädchen herein, um ihr mitzuteilen, dass das Abendessen fertig sei; wir gingen ins Esszimmer. Von dort blickte man auf den Blumengarten hinaus, und ein paar Blüten lächelten uns noch hartnäckig durch den Regen zu. Das Fensterglas dämpfte das Geräusch des Regens, und vom Dach plätscherte ein kleiner Wasserfall herab. Der Raum war schlicht und mit eleganten Korbmöbeln eingerichtet. An der Wand hing ein Bild von einem weißen Mann mit gütigen Augen, langem Haar und einem weißen Gewand. Das musste Jesus Christus sein. Gegenüber hing ein viel kleineres Bild des Vorsitzenden Mao mit seinem Buddha-Gesicht. Es war unübersehbar, wer hier der Chef und wer der Ministrant war.

»Neue religiöse Freiheit«, erklärte sie, während ich mich umsah. »Solange ich ein Bild von Mao aufhänge, darf ich auch ein Gottesbild an der Wand haben, sagen sie.« Die Zeiten des Religionsverbots waren vorüber. Frau Professor Wei war eine große Kämpferin für mehr Freiheit in Glaubensdingen.

Das Essen bestand aus einfachem, kurz gebratenem Gemüse aus dem Garten und gekochtem Huhn mit viel Reis. Das Mädchen hatte das Essen schon auf dem Tisch angerichtet, und es duftete himmlisch. Mein Magen knurrte vernehmlich. Ich musste die Muskeln in meinem Bauch ganz fest zusammenkneifen, damit er wieder aufhörte.

»Ein junger Mann wie du sollte drei Schalen Reis essen.« Sie deutete auf die riesenhafte Schüssel. Sie hatte nicht schlecht geschätzt. An einem guten Tag hätte ich sie gewiss nicht enttäuscht.

Sie nahm die Kelle und löffelte dampfenden Reis in meine Schale. Frau Professor Wei, die Gastgeberin, strahlte mich an. Sie häufte Essen vor mir auf, so hoch wie der Ching-Berg, während ihre Portion aus zwei Löffelchen Reis bestand. Ich kam mir vor wie ein Bergsteiger, beladen mit Taschen und Zelten, bereit zum Gipfelsturm.

»Nun lass uns beten.« Sie schloss die Augen und neigte den Kopf über den Tisch. Ich zog ein wenig den Kopf ein und ließ die Augen halb geöffnet. Ich sah, wie ihre Lippen sich schnell bewegten und sie die Worte verschluckte. Ich verstand überhaupt nichts. Ihr Gott starrte mich an, und ich schloss sofort die Augen.

»Nun haben wir Gott für das gedankt, was uns heute gegeben wurde. Iss nur reichlich. Ich bin gespannt zu sehen, ob ein junger Mensch so viel auf einmal essen kann.« Der Schalk blitzte aus ihren Augen. Ich kam mir vor wie ein Hahn kurz vor dem Kampf.

Und reichlich essen, das konnte ich. Bald schrumpfte der Berg zusammen. Sie aß ihren Reis Körnchen für Körnchen und beschäftigte sich eher damit, noch mehr Essen in meine Schüssel zu schaufeln. Sie erzählte mir, wie ihre Freunde aus der Kirche hier zusammenkamen und wie sehr sie sich immer freute, junge Leute um sich zu haben. Sonntags kochte sie stets Unmengen von Essen; ihr Haus stand allen offen.

Als ich bei der dritten Schüssel angelangt war, baumelte die sinkende Sonne unter einer dicken Wolke hervor. Sie häufte die letzten Reste des Mahls in meine Schüssel. Ich hatte noch nie jemanden gesehen, der es so sehr genoss, einem anderen beim Essen zuzusehen.

»Du hast einen gesunden Appetit. Es freut mich sehr, dass du alles aufgegessen hast. Dann gibt es morgen keine Reste.«

Ich dankte ihr vielmals für das köstliche Abendessen. Professor Wei lehnte in ihrer Tür wie eine liebevolle Großmutter und winkte mir nach. Erst nachdem ich um die Ecke war, gestattete ich mir einen gewaltigen Rülpser. Ohne das Rauschen der Blätter im Wind hätte sie mich womöglich trotzdem gehört.

Die Nachricht von der Aufnahmeprüfung machte meinen Eltern große Sorgen. Denn das bedeutete, dass ich die Naturwissenschaften aufgeben würde. War das voreilig? Die Regierung änderte in solchen Dingen oft ihre Meinung. Immerhin war dies ein Land, in dem es mehr Abwechslung in der Verfassung gegeben hatte als auf dem Esstisch. Sie unterhielten sich angespannt. Ich hielt es für angebracht, jetzt die Schlüsselbegriffe anzubringen.

»Dank dieser neuen Linie könnte ich mich für das Englisch-Studium an einer Universität in Beijing bewerben.«

Das zeigte Wirkung. Sie verstummten und sahen mich zweifelnd an. Doch Papa dachte kurz darüber nach und nickte dann zustimmend. »Das hört sich gut an.« Er war derjenige, der mich zum ersten Geigenspieler in der Geschichte von Gelber Fels gemacht hatte, wie schlecht ich auch spielen mochte, und er war bereit, mich Englisch studieren zu lassen und mich nach Beijing zu schicken. Er würde für den Rest seines Lebens jedes Quäntchen meiner Fortschritte bei einer Tasse Tee mit seinen Freunden teilen.

Papa war der Träumer. Mama sorgte für die praktische Umsetzung, indem sie mich jeden Morgen um fünf Uhr weckte und das Moskitonetz ausschüttelte; sie sah zu, dass ich zwischendrin keine allzu langen Nickerchen hielt oder meine Zeit mit Tagträumen vergeudete.

»Wäre das nicht ein wenig abgehoben und exotisch für uns?«, fragte Mama. Allerdings, das wäre es. Schlamm und Jauche, Hacke und Schaufel, das wäre für uns wohl angemessener, doch ich wollte etwas Besonderes sein.

Papa schüttelte den Kopf, mir immer einen Schritt voraus und bereits überzeugter, als ich es war.

»Warum denn nicht?«, erwiderte er. »Vielleicht wird er eines Tages ein Englisch sprechender Diplomat oder repräsentiert unser Land bei den Vereinten Nationen.«

Vater war immer ein wenig zu ehrgeizig und liebte seinen

jüngeren Sohn dafür, dass er genauso war. In seiner Stimme lag so viel Gewissheit und Überzeugung, dass ich richtig Angst bekam.

»Bist du sicher, dass du in Beijing Englisch studieren willst?« Papa wandte sich zu mir um und stellte die Frage, deren Antwort er schon kannte.

Nichts hörte sich besser an für einen Bauernjungen, verkrüppelt von politischem Unsinn, für ein Kind mit der Aussicht, ein Leben lang im Schmutz zu wühlen und weit unterhalb der Armutsgrenze zu leben. Machte er Witze? Das wäre mein größter Traum, dafür wäre ich gestorben.

Ich brachte ein nervöses Nicken zustande. Die Ehre, die er mir mit dieser Frage erwies, verunsicherte mich. Es war, als werde ich gefragt: »Möchtest du Herrscher über ein ganzes Imperium werden?«

Die Antwort war ein eindeutiges, nervöses: »Ja. Wo, bitte, steht der Thron?«

20

An dem Tag, als die Prüfungsergebnisse verkündet wurden, schloss Cousin Tan sich wieder auf dem Dachboden ein. Der Druck war so groß, dass er seit Tagen nichts gegessen und zudem seit den Prüfungen unter einer leichten Depression gelitten hatte. Er hatte es schon mit Alkohol versucht. Das half nicht. Dann hatte er immerzu geschlafen, während der Vorarbeiter draußen vor seinem Fenster lachte und ihn als einen Verrückten verspottete. Wir alle waren besorgt. Dann, eines Tages, war Tan plötzlich herausgekommen und hatte sich in die Feldarbeit gestürzt. Er hatte kein Wort über die Prüfung verloren und war jedes Mal verstummt, wenn die Rede auf die Universität kam. Er war ein zorniger Stummer, der ganz in seiner eigenen Welt lebte. Er hatte abgenommen und sah aus wie vierzig, obwohl er erst Anfang dreißig war.

Sein hervorragendes Abschneiden erschütterte ganz Gelber Fels. Tan weinte, als die Ergebnisse unter der Tür seines Bunkers durchgeschoben wurden. Zunächst weigerte er sich, den Umschlag zu öffnen. Als er es schließlich doch tat, stieß er einen gellenden Schrei aus und tanzte hinunter zu seiner strahlenden Familie. Tan war wie für das Studentenleben geschaffen. Er war ein wenig verschroben, trug eine dicke Brille und las einfach alles, bis hin zu den mikroskopisch klein gedruckten Gebrauchsanweisungen auf der Rückseite von Kunstdüngerpackungen. Er schrieb Gedichte und versuchte sich ab und zu auch an Prosa. Er war verträumt und romantisch. Obwohl er bereits weit über das übliche Heiratsalter hinaus war, hatte er sich schon vielen Ehestiftungsversuchen mit diversen kläglichen Landpomeranzen verweigert. Seine Traumfrau gab es nur in Büchern. Wenn man bedachte, dass er aus einer Landbesitzerfamilie stammte und keinerlei Zukunftsaussichten hatte, hätte er sich eher glücklich schätzen sollen, wenn ihn überhaupt mal eine Frau in Betracht zog. Doch das kümmerte ihn nicht im Geringsten. Er hatte seinen Frieden mit sich selbst geschlossen. Warum also heiraten? Man wartet besser, bis man sich das leisten kann, sagte er immer, was meinen Onkel zur Weißglut trieb; der meinte nämlich, dass er längst von einer Schar kleiner Quälgeister umgeben sein sollte.

Zwei Tage nachdem die Ergebnisse verkündet worden waren, verfiel Tan wieder in tiefste Depression. Er sagte, die guten Noten würden am Ende nur seine Enttäuschung vergrößern. Die seien ja doch bloß Fassade. Der politische Hintergrund würde wieder einmal den Ausschlag geben. Ein so tiefer Fall aus Schwindel erregender Höhe würde ihn zerbrechen. Wieder liefen Gerüchte um, dass Bewerber aus den falschen Familien trotz bester Ergebnisse bei der Zulassung zuallerletzt berücksichtigt würden. Wenn alle Plätze vergeben waren, würden sie mit leeren Händen dastehen; dies war nur eine weitere Methode, die schwarzen Familien fertig zu machen. Tan zog sich auf seinen Dachboden zurück und starrte den ganzen Tag lang aus dem Fenster.

Am Ende des Sommers wurde Tan der erste Hochschulstudent in Gelber Fels seit der Kulturrevolution. Amoy-Universität, Hauptfach Finanzwirtschaft. Als das Zulassungszertifikat mit seinem Namen darauf ins Haus flatterte, war die ganze Stadt wie vor den Kopf geschlagen. Die Universität von Amoy lag auf der wunderschönen subtropischen Insel Amoy und war die beste in ganz Fujian. Dort wurden die Kader unserer Provinz ausgebildet. Eine richtige Eliteschule. Tan passte sehr gut dorthin.

Diesmal hatte die ganze Familie Tränen in den Augen. Lange Jahre des Leidens hatten nun ein Ende. Die Sonne war aufgegangen, und auch in der Nacht würden die Sterne leuchten. Tan war überglücklich und verschenkte Zigaretten wie ein Bräutigam. Ich musterte seinen leicht gebeugten Rücken und seine müden Augen. Es hätte mich nicht überrascht, wenn einige der Professoren jünger waren als er. Vielleicht würde er ja auch Professor werden und eine seiner Studentinnen heiraten. Ich freute mich sehr für ihn.

Sein Schicksal nahm eine dramatische Wendung. In den folgenden drei Tagen erhielt Tan drei Heiratsanträge von den begehrtesten Mädchen der Stadt. Sie stammten aus guten Familien, und ihre kräftigen Körper konnten Felder pflügen wie die Ochsen. Ihre Familien erklärten sich sogar bereit, auf den üblichen Brautpreis zu verzichten. Einer der Bauern versprach sogar noch zwei Kühe zusätzlich zur Aussteuer. Kein schlechtes Geschäft, scherzten wir. Cousin Tan lachte ihnen allen ins Gesicht und lehnte das Angebot dankend ab. Er war unser aller Hoffnung. Wir feierten ihn mit einem großen Festmahl, bevor er abreiste. Er ermunterte meinen Bruder, es ebenfalls zu wagen, und ermahnte mich, mich auf mein Hauptfach zu konzentrieren, einen sinnvollen Studienplan aufzustellen und zu befolgen.

An jenem Abend saß ich in meinem Zimmer vor einem großen Stapel Bücher; ich wies jedem Fach eine bestimmte Stundenzahl zu. Um all das an einem Tag zu bewältigen, und zwar jeden Tag, musste ich um fünf Uhr aufstehen und erst um halb elf schlafen gehen, und ich durfte mir nur kurze Pausen fürs Mittag- und Abendessen gönnen. Keine Vergnügungen, kein Herumalbern mit meinen Freunden, keine Tagträume, nur härteste Paukerei. Mein

Herz hüpfte vor Aufregung über diese Herausforderung; die Augen wollten mir nicht zufallen. Ich versuchte mir vorzustellen, wie wohl an der Universität die Räume aussahen, besetzt mit klugen Professoren und langbeinigen Stadtmädchen in aufreizenden Röckchen. Die Sterne funkelten am klaren Nachthimmel, und der Mond schien zum Fenster herein. Ich hatte mich entschieden. Die Universität war das einzig Wahre für mich. Ich würde dieser Hölle von einem Kaff entkommen. Wenn Tan das hinbekam, konnte ich es auch.

Beijing. Das Wort zerfiel in vier Teile, die wiederum zerfielen und wie Sterne auf mich herabfunkelten, als ich einschlief.

Plötzlich hatte die Schule wieder einen Sinn. Die Universität war das Ziel, und wenn uralte Lehrer wie Herr Du und der Pekingmensch die Straße auf und ab stolzierten, ernteten sie viele bewundernde Blicke und Begrüßungen. Erst vor wenigen Jahren waren sie dieselbe Straße entlanggetrieben worden, beschämt, mit hohen Hüten und Schildern um den Hals, auf denen ihre Namen in verschmierter roter Tinte standen. Ihre Köpfe waren kahlgeschoren und die Hände auf den Rücken gefesselt. Kinder warfen mit Ziegelsteinen nach ihnen, Erwachsene spuckten ihnen ins Gesicht. Sie waren stinkende Intellektuelle. Damals gab es in dieser Gesellschaft keinen Platz für sie.

Herrn Dus frühere Ehefrau, die ihn vor einigen Jahren verlassen hatte, flehte ihn nun an, zu ihm zurückkehren zu dürfen. Du wollte sie nicht. Er heiratete eine junge Lehrerin, die der Magie seiner großen mathematischen Begabung verfallen war. Genie und jugendliche Schönheit: Damit konnten die Leute von Gelber Fels leben. Es wurde ernsthaft darüber debattiert, ob er in dieser neuen, kraftraubenden Ehe länger leben oder früher sterben würde. Es bildeten sich verschiedene Lager, die zu unterschiedlichen Schlüssen kamen. Vor allem aber war er der geniale, hoch verehrte Lehrer, der die Antworten auf zwei sehr wichtige Fragen in der nationalen Mathematik-Prüfung richtig vorhergesehen hatte. Er hatte ein wenig Freude an seiner neuen Frau verdient.

Der Pekingmensch hatte mit seiner Pekingfrau keinerlei Probleme, doch auch er war nun vom Glück begünstigt. Er wurde mit einer Mitgliedschaft in der Kommunistischen Partei geehrt. Er bezeichnete sich selbst als Fossil, das die Partei nun ausgegraben habe. Die Mitgliedschaft war jedoch ein zweischneidiges Schwert, und er wusste nicht recht, ob er ablehnen oder annehmen sollte. Als zynischer Historiker hatte er seine Zweifel an der Partei. Doch er war klug genug, ein solches Angebot nicht zurückzuweisen. Die Kulturrevolution konnte jederzeit wieder aufflackern, und dann wäre er, der Pekingmensch, derjenige, der den Parteibeitritt abgelehnt hatte, und damit die Partei selbst, wenn nicht gar das gesamte Land. Dann würde er seine Nationalität ändern müssen, sonst könnte man ihn in einem Käfig verrotten lassen. Man munkelte, er habe während des feierlichen Schwurs geweint. Viele hegten den Verdacht, das seien Tränen der Trauer gewesen, nicht der Freude. Der arme Kerl. Was meinen glubschäugigen, keuchenden Englischlehrer anging, der setzte sich zur Ruhe, nachdem seine Frau bettlägerig und inkontinent geworden war. Kein großer Verlust für die Schule, das konnte ich bezeugen.

Die Prüfungen am Ende des Herbstes ragten drohend vor uns auf, und fleißige Schüler verkrochen sich hinter verschlossenen Türen, um bis spät in die Nacht zu pauken. Diejenigen Schüler, die im Wohnheim der Schule untergebracht waren, klemmten sich die Bücher unter den Arm und suchten sich ein ruhiges Plätzchen zum Lernen.

Erbärmliche Schüler wie mein Freund Dia schlichen herum wie verlorene Seelen. Obwohl Dia immer noch seine dicken Zigaretten drehte, war er inzwischen motiviert genug, um auch über die Universität und das gute Leben danach zu reden, doch es reichte nicht, damit er seinen dürren Hintern hochbekam. Meinen Bemühungen begegnete er mit Sarkasmus, und Mitschülern, die nicht seine Freunde waren, mit Bitterkeit. Wie üblich kam er jeden Tag zu mir nach Hause, saß auf unserer Hintertreppe und hörte zu, wenn ich laut auf Englisch las, oder er rauchte, während ich für andere Fächer lernte. Ich versuchte ihn mit einzubeziehen, doch er war viel eher bereit, mir eine ganz dicke Zigarette zu drehen, als mit mir zu lernen.

»Was willst du denn mit deinem Leben anfangen?«, fragte ich ihn. Er lehnte sich zurück und gähnte.

»Keine Ahnung.«

»Warum lernst du dann nicht mit mir?«

»Ich kann nicht. Ich bin einfach nicht der Typ für so was. Schätze, ich stecke hier fest.« Ich hörte eine gewisse Traurigkeit heraus, die er nicht eingestehen wollte. Er wich meinem Blick aus. »Verdammte Scheiße, vor ein paar Jahren hat sogar mein Vater gesagt, dass Bücher schlecht sind und dass ich ihm Seiten rausreißen soll, damit er sich damit Zigaretten drehen kann. Er hat gesagt, ich sollte Tischler, Schmied oder so was werden oder einfach nur rumhängen. Den Lehrern war's egal. Und der Scheiß-Vorsitzende Mao hat allen gesagt, sie sollen ihre Lehrer zum Teufel jagen, die Schulen niederbrennen und auf alles pfeifen. Die Universität war schlecht und der ganze Mist. Und jetzt auf einmal haben sie ihre Meinung geändert, und die Dummen sind wir, die ihren tollen, dämlichen Lehren gefolgt sind.«

Er blickte hilflos drein, dann verbannte er anscheinend diese Gedanken und begann sein revolutionäres Lieblingslied zu singen. Es hieß »Unsere Hoffnung sind die grünen Felder«. Die Selbstgedrehte baumelte aus seinem Mund, und er sang ein wenig schief. Er bemitleidete sich selbst und war verletzt, und damit stand er unbewusst für die verbitterte Klasse, die sich so offensichtlich über die Kulturrevolution gefreut hatte und nun deren abruptes Ende gar nicht gut fand. Diese veränderte Welt war ein bisschen zu viel, und sie kam zu früh.

Die Schule verkündete, dass die Lehrer anhand der Herbstprüfungen entscheiden würden, auf welche Hauptfächer sich die Schüler im Abschlussjahr konzentrieren sollten. Ich gab die lecken Bereiche meines Schiffes ganz auf, die Naturwissenschaften, und steuerte die guten Teile eine neblige Küste entlang.

Die Lehrer bemerkten, dass ich nicht mehr zu den naturwissenschaftlichen Stunden kam, zeigten sich jedoch nicht besorgt. Sie fassten das als Zeichen meiner endgültigen Kapitulation auf. Dia hockte auch in diesen Stunden noch herum, weil er nicht sicher war, was er als Hauptfach nehmen sollte. Jeden Tag erzählte er mir weiter, was die seltsamen Lehrer so gesagt hatten. Naturwissenschaften seien die Zukunft; die geisteswissenschaftlich orientierten Schüler waren dem Untergang geweiht, denn da gab es viel weniger Studienplätze. Der naturwissenschaftliche Unterricht bekam eine Art Kultstatus. Die Schüler verließen diese Stunden mit roten Gesichtern, aufgeregt und begeistert. Sie glaubten, mit ihrem mageren Wissen die Welt erobern zu können. Sie waren die wirklich coolen Typen, die wahrhaft Talentierten, und wir, die Geisteswissenschaftler, waren nur der Bodensatz, der es in der Oberliga eben nicht brachte. Ich hasste sie alle, vor allem den Kopf, der jetzt das Ass der Abschlussklasse war, von der nur ein geringer Teil zu den Geisteswissenschaften übergelaufen war. Dia folgte mir, ohne große Überzeugung.

Dieses Phänomen war mir nur recht. Weniger Leute bedeuteten weniger Konkurrenz. Ich hatte einige Nachforschungen angestellt. Die meisten Naturwissenschaftler würden am Ende in Labors, in der landwirtschaftlichen Forschung, als Ingenieure in der Industrie oder, schlimmer noch, als Geologen enden, die in der abgelegenen Wüste ganz am Rande des riesigen China nach Öl suchten. Doch Studenten der Geisteswissenschaften stand eine

Zukunft an Universitäten und in Regierungsämtern offen. Ich rechnete mir aus, dass ich im schlimmsten Fall immer noch die anderen führen würde, während sie für mich arbeiteten, und wenn ich erfolgreich Englisch studierte, konnte ich vielleicht eines Tages sogar ein hohes Tier in der internationalen Diplomatie werden, wo Champagner, Zigaretten, Limousinen, Hotels und exotische Schönheiten an der Tagesordnung waren. Von diesem Traum wurde mir richtig schwindlig.

Zwei Wochen lang ging ich nicht mehr zu Professor Wei, sondern wiederholte stattdessen den Stoff anderer geisteswissenschaftlicher Fächer. Jeden Morgen stand ich um fünf Uhr auf und schleppte meine müden Knochen erst um elf Uhr zu Bett. Die Lehrer hielten für jedes Fach Wiederholungsstunden ab. Ich schwänzte sie alle und verzog mich in mein Versteck im Weizenfeld vor der niedrigen Schulmauer, um auf eigene Faust meine Bücher durchzuackern.

Zu Mittag aß ich getrocknete Süßkartoffeln; manchmal machte ich eine Pause, breitete eine kleine Decke auf dem weichen Gras aus und machte mit Dia ein Nickerchen in der wärmenden Sonne. Die Schulmauer hielt den Seewind ab, und das reifende Getreide tanzte in der Brise und sang ein geschäftiges Liedchen. Dia belegte die ganze Decke. Wenn ich eine halbe Stunde später wieder aufwachte, schnarchte er immer noch vor sich hin. Ich schlug die Bücher wieder auf und nahm ein unberührtes Kapitel nach dem anderen in Angriff.

Ich liebte die endlosen Weizenfelder, die nun golden wurden, als Neujahr immer näher rückte. Hier war es ruhig. Ich saß im Schneidersitz wie ein Mönch und breitete meine Bücher auf dem Boden aus. Einige Kapitel über Geschichte waren so schön, dass ich sie mir immer wieder laut vorlesen musste. Da ging es um eine andere Zeit mit völlig anderen Menschen. Es gab so viel, was ich über mein eigenes Land, mein eigenes Volk nicht wusste. Die

Geographie besaß ihren besonderen Charme. Sie verlieh meiner Phantasie Flügel. Die ganze Welt eröffnete sich mir auf diesen Seiten. Der Amazonas, der Nil, der Himalaja und die dreizehn amerikanischen Kolonien. Das rötliche Laub von New England. Ich saß auf einem kleinen Flecken von Gelber Fels, doch ich trug die ganze Welt in mir.

Dieses neue Wissen erfüllte mich mit Freude. Ich las und las, bis die Sonne still hinter den Horizont sank und das Tageslicht grauer Dämmerung wich. Dann stupste ich meinen treuen Freund an, der mich den ganzen Nachmittag lang ignoriert hatte. Er rieb sich die Augen und folgte mir nach Hause wie ein Mann, der seit drei Tagen nicht mehr geschlafen hat. Er nörgelte herum, ich hätte ihn wecken sollen. Nun habe er einen weiteren kostbaren Nachmittag verloren.

Die Abschlussprüfungen zum Ende des Schuljahrs im Herbst dauerten drei volle Tage. Bei jeder Prüfung betrat ich lässig und mit leeren Händen das Klassenzimmer und suchte mir einen Platz weit von den anderen entfernt. Es gab nur mich und die Aufgabe. Ich wollte den Lehrern zeigen, dass dieser wieder auferstandene Schüler keine Chance zum Abschreiben hatte. Die Lehrer beobachteten mich argwöhnisch. Ich schrieb schnell und beantwortete alle Fragen in Schönschrift. Eine ordentliche Präsentation machte schon ein Drittel der Note aus, hatte Vater mich ermahnt. Ich gab mein Bestes. Dies war ein entscheidender Moment: Ich erklärte hiermit meine Absicht, am Rennen um einen Studienplatz teilzunehmen, und wenn jemand damit ein Problem hatte, dann kümmerte mich das keinen Deut. Ich war schon einmal ganz unten gewesen, war auf Knien herumgekrochen. Jetzt humpelte ich immerhin schon mit. Bald würde ich rennen. Ich wollte der Welt zeigen, dass ich nicht dazu geboren war, andere auf mir herumtrampeln zu lassen.

Ich gab meine Prüfungsarbeiten immer früh ab. Die Lehrer

blieben ruhig, zügelten ihre Neugier und übersahen mich geflissentlich. Doch wenn ich den Raum verließ, spürte ich förmlich, wie sie nach meinen Bögen grapschten und sich die Antworten ansahen. Ich wusste, dass sie erstaunt den Kopf schütteln würden. Und das war nicht nur Einbildung, denn mein getreuer Dia berichtete mir stets brühwarm, was sich abgespielt hatte, nachdem ich gegangen war.

»Der Lehrer hat sich deinen Bogen geschnappt und so gemacht.« Er rollte mit den großen Augen und ließ sie dann in theatralischem Staunen erstarren. »Ich glaube, du bist richtig gut.«

»Das hoffe ich.«

»Ganz sicher, Kumpel.« Dia rannte mir voraus, schnitt mir den Weg ab, hielt die Daumen hoch und sagte: »Ich bin verdammt stolz auf dich, Mann. Du bist ein echter Angeber, aber ich find's toll.«

Die Ergebnisse dieser Prüfungen waren sehr wichtig, weil die Aufnahmeprüfung für die Universität schon in sieben Monaten stattfand. Wenn man es diesmal nicht schaffte, konnte man ebenso gut nach Hause gehen, die Ackergeräte wetzen und sich noch rechtzeitig zur Frühlingsernte einem stolzen Landarbeiterleben verschreiben.

Der heulende Wind würde einem ein schönes Willkommen bereiten, wenn man barfuß im eiskalten Matsch versank. Ich hatte noch sehr gut in Erinnerung, wie es war, mit einer stumpfen Hacke den harten, kalten Boden zu bearbeiten. Die Erde auf den abgeernteten Weizen- und Saubohnenfeldern musste erst weich gehackt werden, damit man Reis anpflanzen konnte, bevor der Winter zu weit fortgeschritten war. Der kalte, beißende Wind hatte mir ins Gesicht gepeitscht, so dass ich kaum die Augen offen halten konnte, und Gesicht und Hände waren blutig aufgesprungen. Meine Füße waren in den nassen Furchen versunken und das kalte Wasser war über meine Knöchel geschwappt, es stach und brannte wie tausend kleine Nadeln. Niemand in ganz Gelber Fels trug zur Feldarbeit Schuhe. Man ging barfuß, sommers wie winters. Die Bauern waren stolz auf ihre großen, schwieligen, unempfindlichen Füße. Sie hatten schon seit Generationen so gearbeitet. Warum etwas daran ändern?

Zu sagen, dass ich sie bewunderte, wäre untertrieben gewesen. Ich fürchtete ihren Heldenmut. Nach drei Tagen auf dem kalten Feld schwor ich mir, dass ich lieber ein Mönch werden wollte, der den lieben langen Tag nur von den Nonnen im nächsten Kloster träumt, als ein unverpacktes, tiefgefrorenes Hühnchen wie die verdammten Bauern von Gelber Fels.

Ich schwitzte mich durch die Herbstprüfungen, und die Ergebnisse warfen mich um.

Am öffentlichen Nachrichtenbrett in der Schule stand mein Name in jedem geisteswissenschaftlichen Fach ganz oben. Vor allem auf meine Englischleistungen konnte ich sehr stolz sein. Ich hatte einundneunzig Prozent der Punkte erreicht und lag damit Kopf an Kopf mit einem Kerl, der das Englischgenie genannt wurde; Cing mit dem großen, runden Kopf war seit der ersten Klasse einer meiner Rivalen.

Stumm dankte ich Frau Professor Wei, meiner Geheimwaffe.

Dia posaunte meinen Sieg herum wie ein Zuhälter, der sein Mädchen anpreist. Er hing auf der Mauer herum, rauchte eine seiner Dicken und rief allen Vorübergehenden zu, sie sollten sich die Ergebnisse ansehen, und vor allem meine. Als »der Kopf« vorbeikam, zeigte Dia ihm persönlich meine Glanzleistungen. Der arrogante Naturwissenschaftler schnaubte verächtlich und erklärte Dia, dass in der Geschichte dieser bescheidenen Mittelschule noch nie jemand auch nur von einem Englischstudium zu träumen gewagt habe. Das war ein Studium für die privilegierten Stadtkinder, nichts für Bauernjungen wie uns, die nach Jauche stanken. Das war ein elegantes Fach für Leute mit Klasse: Es hatte mit der mysteriösen westlichen Kultur zu tun, mit dem Kapitalismus; es ging darin um Amerika. Der Kopf wusste, wie man eine empfindsame Seele verletzte. Dia spuckte ihm vor die Füße, fluchte wie ein Seemann und trottete zu mir zurück wie ein geprügelter Hund.

»Ist das wahr, dass noch nie jemand von unserer Schule Englisch studiert hat?«

»Ja, das stimmt. Warum?«, fragte ich.

»Du musst mich stolz machen. Ich hab mich da draußen so für dich gefreut, und der Kopf hat mich völlig fertig gemacht. Jetzt fühle ich mich total erledigt.«

»Ich will dich mal was fragen: Hat jemals in der Geschichte dieser bescheidenen Schule jemand Geige gespielt?«

Er blinzelte und legte den Kopf schief, dann schüttelte er ihn langsam. Ein breites Grinsen erhellte seine traurige Miene. »Stimmt, du bist der Erste.« Er richtete sich auf und drückte mich fest an sich.

»Du könntest es schaffen, Mann«, entfuhr es ihm aufgeregt, »und du musst es schaffen, für mich und diese Scheiß-Schule hier. Wenn du dann deine Sachen packst und dich in den Zug nach Beijing setzt, schnapp ich mir ein Gewehr und schieße dem verdammten Kopf mitten in seinen glänzenden Schädel, diesem Mistkerl.«

»Du musst mit mir lernen. Vielleicht, nur vielleicht, hast du ja auch eine Chance«, sagte ich.

»Vergiss es. Du bist das wahre Genie. Erst vor ein paar Monaten musste ich dir die Lösungen durchs Fenster zuflüstern, weißt du noch? Damals hattest du keine Ahnung. Jetzt hast du hart gearbeitet, und du hast sehr gut abgeschnitten. Ich weiß, das ist noch nicht die große Prüfung, aber sie beweist, dass du es kannst. Mir liegt das einfach nicht. Aber du musst weitermachen. Ich tue alles für dich, trage deine Bücher, drehe dir Zigaretten, hole Wasser, einfach alles. Ich würde dich sogar heiraten, wenn du ein Mädchen wärst und was für mich übrig hättest. Ich will nur bei dir bleiben, lass mich nicht im Stich. Ich bin schrecklich einsam, seit du dich so verändert hast.«

»Tut mir Leid. Du kannst bei uns übernachten, wann immer du willst«, bot ich ihm an. »Du weißt ja, dass meine Mutter dich gern hat, meine ganze Familie hat dich gern. Wir haben immer ein, zwei Schüsseln für dich übrig.«

Er nickte, beinahe zu Tränen gerührt. Ich drehte ihm eine dicke Zigarette aus seinem Tabaksbeutel, und er war so glücklich wie ein Goldfisch.

Herr Ka, mein neuer Englischlehrer, war ein dunkelhäutiger junger Mann mit einem Schopf feiner Locken.

Er rief mich zu sich in sein Büro. »Gratuliere«, sagte er. »Endlich bist du aufgewacht.« Er warf ruckartig den Kopf zurück. Seine Locken störten ihn.

»Ich habe von verschiedenen Leuten sehr gemischte Berichte über dich gehört, aber was sie sagten, ist nicht mehr wichtig«, fuhr er fort. »Mir gefällt das, was ich jetzt sehe. In dir steckt Potenzial.«

Eine brillante Eröffnung. Er hatte mich auf der Stelle für sich eingenommen. Nun hieß es »wir« gegen »die«.

»Es liegt noch viel Arbeit vor uns, um dich dahin zu bringen, wo du hinwillst.« Er konnte sich gut abstrakt ausdrücken. »Ich gebe dir, was ich habe, und helfe dir mit dem, was du noch brauchst. Weißt du, was ich meine?«

Ich hatte keine Ahnung, rutschte auf dem Stuhl herum und nickte zweifelnd.

»Als Erstes müssen wir uns darum kümmern, dass du in den Kommunistischen Jugendverband aufgenommen wirst. Ich habe mir deine Akte angesehen, das ist ja erbärmlich. Du warst nicht mal in der Grundschule bei den Kleinen Roten Garden.«

Ich wollte nicht schon wieder an meine schreckliche Grundschulzeit erinnert werden.

»Jemand hat dir ganz übel ein Bein gestellt. Das war nicht richtig.« Er kniff die Augen zusammen und schaute aus dem Fenster.

Das war allerdings nicht richtig gewesen! Es war vielmehr kriminell. Ich war der Einzige an der ganzen verdammten Schule, der den Kleinen Roten Garden nicht hatte beitreten dürfen, weil ich aus einer schwarzen Familie kam und obendrein selbst als Konterrevolutionär verdächtigt wurde. Ich hatte noch immer Albträume davon.

»Es ist an der Zeit, dass sich jemand für dich einsetzt. Ich werde dir die Mitgliedschaft verschaffen, bevor du deinen Abschluss machst. Dann steht es besser um deine Aufnahme an einer erstklassigen Uni, wie die, an der ich studiert habe. Du willst doch wegen einer solchen Kleinigkeit nicht hintanstehen müssen, oder?«

»Nein, Herr Lehrer, und vielen Dank, Herr Lehrer.«

»Kein Problem. Ich hatte die gleiche Unterredung mit Cing, einem weiteren begabten Kandidaten. Ihr beide seid meine einzige Hoffnung für diesen Jahrgang. Ich werde mich persönlich um eure Entwicklung kümmern. Gemeinsam werden wir unser Bestes tun.«

Das erinnerte mich an die Anfeuerungsreden unseres Tischtennistrainers. Sie hatten nichts zu bedeuten, aber man fühlte sich danach richtig gut. Eine Art Nationalhymne ohne Musik.

Herr Ka tat das, was unter den Lehrern als »Angeln« bekannt war: Er heimste die Lorbeeren ein für Schüler, die es an die prestigeträchtigen Universitäten schafften. Damit wertete er seinen eigenen Status auf, erntete eine Beförderung und bekam mehr Gehalt. Viele Lehrer der Mittelschule Gelber Fels ließen immer wieder die Namen ehemaliger Schüler fallen, die nun studierten, und hoben ihren Anteil an diesem Erfolg hervor. Mit diesen Namen würzten sie den Unterricht, Unterhaltungen nach dem

Essen, beim Tee und selbst im Bett mit ihren Frauen. Sie glaubten, sie hätten diese Kinder zu Studenten gemacht, und sonnten sich in deren Ruhm.

Für Herrn Ka ging es um mehr. Er war neu und musste sich erst einmal einen Namen machen. Er stand vor einer großen Herausforderung. In der Geschichte der Schule war noch nie einer ihrer Absolventen an einer guten Universität zum Englischstudium zugelassen worden. Er war der richtige Mann zur richtigen Zeit, um das Richtige für den richtigen Schüler zu tun.

Ein paar Tage später erschien ein rotes Plakat an der Schulwand. Kaum jemand beachtete es. Darauf stand, dass mir im Nachhinein der ruhmreiche Titel eines Kleinen Rotgardisten verliehen wurde und dass ich außerdem in den Kommunistischen Jugendverband aufgenommen worden sei. Einen Augenblick lang fühlte ich mich wie der Pekingmensch, die Leere dieses Titels kitzelte mich. Der Kommunismus war ein Gebrauchsartikel geworden, mit einem Preisschild versehen, und sein Wert sackte jedes Mal ein wenig tiefer, wenn er auf dem Flohmarkt verhökert wurde. Bald würde die Mitgliedschaft zur Handelsware werden, die überall günstig angeboten wurde, mit einem kalten Getränk als Dreingabe.

Ich suchte Herrn Ka in seinem Büro auf, um mich zu bedanken. Er klopfte mir auf die Schulter und packte mich mit kräftigen Händen.

»Gratuliere, junger Genosse. Du bist die Zukunft des Kommunismus.« Er zwinkerte mir zu. Dann, in einer ausgesprochen unkommunistischen Geste, warf er mir eine Flying Horse zu und sagte: »Das muss gefeiert werden.« Er hielt ein Streichholz an die Zigarette, bevor ich ablehnen konnte. Wir rauchten schweigend und starrten aus dem Fenster.

Frau Professor Wei jauchzte wie eine Sopranistin, als ich ihr die Ergebnisse mitteilte. Sie war im siebten Himmel und freute sich aufrichtig für mich. Gott segne sie.

Die Schulbehörden formierten die gesamte Abschlussklasse neu, die aus über fünfhundert Schülern bestand. Wir waren nun in sechs naturwissenschaftliche und zwei geisteswissenschaftliche Klassen eingeteilt. In N-Eins, wie die erste Klasse der Naturwissenschaftler kurz genannt wurde, steckten die besten Schüler dieser Richtung, darunter auch der Kopf und die anderen Snobs. Die übrigen N-Klassen ließ man vergammeln. Die Schüler bestreikten die Schule, warfen mit Steinen nach N-Eins-Leuten, und ein paar Snobs wurden sogar zusammengeschlagen, weil sie mit ihrer Exklusivität geprahlt hatten. Doch die Segregation blieb bestehen.

G-Eins, oder Geisteswissenschaften Eins, bot ebenfalls das Beste auf, was die Mittelschule Gelber Fels zu bieten hatte, darunter der altehrwürdige Pekingmensch und diverse geisteswissenschaftliche Meisterschüler. Das war nicht eben viel, aber mehr gab es eben nicht. Cing mit dem Apfelkopf saß auf dem hintersten rechten Platz, ich auf dem linken. Der arme Dia wurde G-Zwei zugeteilt, wo er den Großteil des Vormittags einfach verschlief, ohne dass ein Lehrer ihn störte, wie er sagte. Es war ihnen egal. Die Schüler rauchten im Unterricht und lümmelten mit den Füßen auf dem Tisch herum. Die Lehrer suchten sich ein sonniges Plätzchen und lasen Romane.

G-Zwei war das Sibirien der Mittelschule Gelber Fels. Dort trugen die Schüler ihre alltäglichen intellektuellen Divergenzen mit den Fäusten aus. Der Schulrektor hatte schon scherzhaft in Erwägung gezogen, Hand- und Fußfesseln auf dem Anklagepodest zu deponieren, für den Fall, dass die Sache aus dem Ruder lief. Dia galt dort als guter Schüler und wurde bald zum Anführer. Ihm gefiel das sogar ganz gut, und in meiner Gegenwart ließ er seine Gefolgschaft gern einmal links liegen. Mir gefiel diese Veränderung. Als guter Schüler in einer schlechten Klasse wurde er allmählich verantwortungsbewusster. Ich freute mich für ihn und versuchte, unseren umtriebigen Englischlehrer für Dias Fall zu gewinnen, damit er nach G-Eins versetzt wurde, doch der wollte lieber abwarten, bis Dia tatsächlich Fortschritte zeigte, schwarz auf weiß. Ich fütterte Dia mit den Krumen vom Tisch des Pekingmenschen, und damit fehlte ihm nicht mehr viel. Er musste nur der Tatsache ins Auge sehen, dass er wahrscheinlich in der Verliererfalle steckte.

Cousin Tan kam auf einen kurzen Besuch nach Hause. Sein Haar war länger, und seine Schuhe hätten geglänzt, wenn er sich die Mühe gemacht hätte, sie zu putzen. Seine eingefallenen Wangen hatten sich gerundet, und er stellte in seiner Brusttasche ein paar säuberlich aufgereihte Kugelschreiber zur Schau. Er schlug die Beine übereinander, klopfte lässig mit dem rechten Fuß auf den Boden, plauderte locker und ließ ständig Uni-Jargon einfließen. Er hatte Semesterferien und war so frei wie ein Vogel. In unserem Wohnzimmer war er umgeben von der ganzen Familie.

»An der AU bekommen wir nur bestes Fleisch.« AU stand für Amoy-Universität.

»Sogar zum Frühstück?«, wollte ich wissen.

Er nickte. »Gepökeltes.«

Welch ein Luxus. Von so etwas hatte ich noch nie gehört, doch ich glaubte ihm.

»Aber ich esse aus gesundheitlichen Gründen kein Pökelfleisch zum Frühstück.« Er schüttelte ganz sacht den Kopf. Dieses Kopfschütteln sollten wir eher spüren denn sehen. Die Bewegung war um mindestens fünfzehn Grad dezenter als die eines typischen Bauern aus Gelber Fels.

Beim Gedanken an einen Teller dampfendes Fleisch lief mir das Wasser im Munde zusammen, so dass ich ein paar Mal schlucken musste. Die erhabenen Ziele, die ich mit einem Studium verband, wurden zu niederen Gelüsten. Mein ganzer Körper sehnte sich nach Fleisch. Als Eintopf, als Braten, gekocht, gebraten, geräuchert oder gepökelt. Wo war der Unterschied? Das verdammte Fleisch schmeckte immer gut, egal, was man damit anstellte.

»Wir haben einen ganzen Monat mit MF verbracht«, erklärte er beiläufig.

Die ganze Familie zuckte die Achseln. MF? Was war denn das? Meeresfrüchte?

»Militärische Fortbildung, die machen alle AU-Studenten«, erklärte Cousin Tan.

»Seht euch nur mal meine Hände an.« Er streckte uns die Hände hin. »Sind ganz schwielig geworden. Seht nur, wie hart die Gewehre sie gemacht haben.«

Weder AU noch MF haben seine Hände so rau gemacht, dachte ich. Das war SF, Scheiß-Feldarbeit.

»Ich habe gehört, du bereitest dich auf Englisch als Hauptfach vor«, sagte er und befühlte die Schwielen an seiner rechten Hand.

»Ja, was hältst du davon?« Mama hatte mich gedrängt, ihn um Rat zu fragen; ich war ganz Ohr.

»Was soll ich sagen?« Er schlug das andere Bein über und lehnte sich zurück. »Ich habe an der AU ein paar Englischstudenten kennen gelernt. Das waren alles reiche Kinder aus Großstädten wie Fuzhou und Amoy. Du weißt schon, die Sorte mit teuren Klamotten und Uhren, schicken Fahrrädern und Unmengen Taschengeld. Sie sind sehr künstlerisch und romantisch.«

Seine Augen wurden schmal, als starre er auf ein flüchtiges Trugbild, ganz nah, aber unerreichbar. »Da war ein hübsches, schlankes Mädchen, mit Jeans und allem, die war so begabt, dass sie flüssiger Englisch sprach als ein paar der Professoren. Sie war aus HK, weißt du.« Hongkong. »Ich würd's nicht mit Englisch versuchen. Es gibt so viele Nachteile. Diese Studenten haben alle große, ausländische Kassettenrecorder, mit amerikanischen Sprachkassetten und so. Hast du überhaupt schon mal einen Kassettenrecorder gesehen?« Er schüttelte den Kopf. »Natürlich nicht.«

Ich glaubte immer noch nicht, dass es möglich sein sollte, den

Klang einer menschlichen Stimme festzuhalten, die etwas gesagt hatte. Das war ja, als wenn man Wasser auffangen wollte, das bereits vergossen war.

»Die Aussprache von diesen Typen ist wunderbar, perfekt. Das ist eben Begabung. Man muss dafür künstlerisch und musikalisch begabt sein. Ich glaube nicht, dass jemand an der MGF (Mittelschule Gelber Fels) dir das beibringen könnte. Und selbst wenn, scheiterst du an unseren dicken Lippen und lahmen Zungen. Ich an deiner Stelle würde mir etwas anderes überlegen, zum Beispiel Agrarmanagement.«

Ich sah, wie mein Vater das Interesse an der Unterhaltung mit diesem neugeborenen Stadtmenschen verlor. Er drehte eine dicke Zigarette und bot sie meinem Cousin an. Ich wusste, dass Papa das scherzhaft meinte. Er musste wissen, dass sie so etwas an der AU niemals rauchen würden. Cousin Tan lehnte ab, holte eine Schachtel feine Wing-Zigaretten hervor und bot sie meinem Vater und meinem Bruder an.

»Was ist das?«, fragte Papa.

»Ach, das ist die beliebteste Marke auf dem Campus. Selbst der Vorsitzende meiner Fakultät an der AU raucht nur diese.«

Papa schüttelte den Kopf wie ein echter Bauer, kräftig nach beiden Seiten hin. »Nicht meine Sorte. Die ist zu leicht, davon muss ich nur niesen.« Er brach die Zigarette durch und ließ sie zu Boden fallen. »Bleibst du zum Mittagessen?« Papas Art, jemandem den Abschied nahe zu legen. Mama sah ihn mit warnendem Stirnrunzeln an.

»Nein, nein. Ich muss nach Putien, bin mit ein paar AU-Kommilitonen verabredet, wisst ihr.«

Klar, wir wussten. Kontakte pflegen. Das gehörte zur High Society. Bei uns gab es sowieso kein Fleisch zum Mittagessen. Wir sahen zu, wie er sich das lange Haar mit den Fingern kämmte, sehr aufrecht die schmale Straße von Gelber Fels hinabging und die

Leute mit einem gnädigen Winken grüßte, wie ein siegreicher Napoleon.

Nachdem er gegangen war, zog ich mich in mein Zimmer zurück und verbrachte zwei Stunden damit, den Mut wieder zu finden, den er mir so sanft und achtlos genommen hatte. Er mochte protzig geworden sein, doch das gefiel mir immer noch besser, als ihn auf seinem Dachboden eingesperrt zu sehen. Er besaß nun die Freiheit, seinen Allüren freien Lauf zu lassen. Darum ging es ja schließlich. Ich war von neuem fest entschlossen, in seine Fußstapfen zu treten – ich musste ja nicht gleich so werden wie er.

»Willst du immer noch Englisch als Hauptfach anstreben?«, fragte Vater später.

»Ja, ich bin sogar noch sicherer als vorher.«

»Warum?«

»Weil ich glaube, dass an der AU nur ein Haufen Verlierer und Playboys rumläuft. Ich fürchte mich nicht vor diesen Stadtmenschen. Die sind verweichlicht, ich bin hart. Die haben auch so schon alles, selbst ohne das Studium. Ich nicht. Ich werde mich halb tot schinden und jedes einzelne von diesen aufgeblasenen, verzogenen Muttersöhnchen schlagen. Meinst du nicht auch, dass ich das schaffe?«

Papa lächelte und nickte zuversichtlich. Er blies einen makellosen Rauchring aus. Ich fing ihn mit dem Zeigefinger auf und schnitt ihn entzwei.

造

21

Feuerwerk erfüllte die schmale Hauptstraße von Gelber Fels mit dickem Qualm. Es war wieder einmal Zeit für das chinesische Neujahrsfest. Die Feldarbeit kam zum Erliegen, und die halbe Stadt stürzte sich ins Glücksspiel. Die Wohlhabenden rauchten ihre Flying-Horse-Zigaretten und spielten um Bargeld; die Verzweifelten rauchten ihre dicken Selbstgedrehten und boten sogar ihre Ehefrauen als Einsatz an – der Geist des Teilens, ganz unten. Ein Mann aus einem Dorf zwanzig Kilometer westlich von Gelber Fels hatte angeblich in einer einzigen Runde seine Frau gleich zwölfmal verloren. Als sie davon erfuhr, warf sie ihn aus dem Haus, ließ ihn von der Kommune verhaften und sagte sich ein für alle Mal von einem so schamlosen Verlierer los.

Der Brandgeruch der Knallfrösche drang durch das Fenster, und der Krach, der sich nach heftig aufeinander geschlagenen Bambusrohren anhörte, weckte mich im Morgengrauen. Ich schlug die Augen auf; draußen war es noch dunkel. Abergläubische Einwohner hofften, mit den Knallfröschen Teufel und Dämonen zu vertreiben. Keine Neujahrsfeier konnte beginnen, ohne dass ganz früh am Neujahrsmorgen jede Menge Geister verjagt wurden.

Ich starrte in die letzten Sterne, die noch im Osten funkelten. Zu gerne hätte ich mich unter die dicke Baumwolldecke verkrochen, um weiterzuschlafen, bis die Sonne zum Fenster hereinschien; ich hätte so köstlich von langen, weichen Nudeln mit saftigem Fleisch, Austern und gebratenen Eiern geträumt, die mich am Frühstückstisch erwarteten. Ich nickte wieder ein, wurde jedoch gleich darauf von einer weiteren Salve krachender Knallfrösche wieder geweckt.

»Aufstehen, ich bin so weit.« Das war meine Mutter an der Tür. Ihre Stimme war leise, aber bestimmt. Es hatte sich so eingebürgert, dass ich ihr bei ihrem jährlichen großen Kotau-Ritual half. Ich fragte mich, wie sie zurechtgekommen war, bevor sie mich als selbst ernannten Ministranten an ihrer Seite gehabt hatte. Und was war eigentlich mit meinen vier kräftigen Geschwistern? Mutter musste schon seit Mitternacht damit beschäftigt gewesen sein, die Essensopfer zuzubereiten und vor jedem ihrer Dutzend Götter aufzubauen. Sie war also die ganze Nacht lang aufgeblieben und vielleicht nur zwischendrin kurz eingenickt.

»Noch eine halbe Stunde«, verkündete ich unter der Decke hervor.

Es herrschte kurzes Schweigen. Dann sagte sie: »Ich möchte dieses Jahr ganz früh anfangen, denn du und dein Bruder, ihr sollt viel Glück haben.«

Aus irgendeinem Grund glaubte Mama, je früher man sich morgens vor die Götter kniete, um ihnen zu danken, desto mehr Glück würde es bringen. Dies würde ein wichtiges Jahr für uns werden. Das war ihre Art, dafür zu sorgen, dass Jin und ich es auch so weit brachten wie Tan. Seit dem Tag, als Tan uns von seinem Studentenleben und dem vielen Fleisch erzählt hatte, das sie zu essen bekamen, hatte Mama immer wieder Bemerkungen fallen gelassen. Die häufigste war: »Wenn du so gern Fleisch isst, solltest du versuchen, auch an die Universität zu kommen, wie Cousin Tan.« Sie war eine kluge Frau, und ihre kleinen Andeutungen funktionierten bei mir besser denn je. Nur sie konnte erkennen, dass eine hochtrabende Vorstellung wie die, zur Universität zu gehen, sich auf das einfache Wörtchen Fleisch reduzieren ließ. Sie erwähnte es, wann immer ich hungrig den Kopf durch die Küchentür steckte, auf der Suche nach Essen; dann rollte das Wort in Wogen durch meinen leeren Magen und machte mich noch hungriger. Wenn mir das Lernen langweilig wurde, leckte ich mir die Lippen und stellte mir den teuflisch guten Geschmack von Fleisch auf meiner Zunge vor. Dann plagte ich mich seufzend weiter, genau wie die Rinder von Gelber Fels, die an das köstliche Heu dachten, das sie nach einem langen Tag des Pflügens erwartete.

Das Wort Glück trieb mich aus dem Bett. Mamas Weisheit würde ich gewiss nicht anzweifeln. Außerdem sahen all die gütigen Götter sicher zu. Ich legte meine Festtagskleider an, die fein säuberlich auf meiner Bank bereit lagen, und ging leise hinunter, um die übrige Familie nicht zu wecken.

Nun war es Zeit, sich vor jenen niederzuwerfen, die mein jämmerliches Schicksal in ihren unsichtbaren Händen hielten. Ich dehnte Knie und Rücken zur Vorbereitung auf die kommende Tortur, dann rieb ich mir Stirn und Schläfen mit den Daumen. Ich wusste, dass mir der Kopf wehtun, die Knie schmerzen und vielleicht der Rücken schier brechen würde, doch ich war bereit, es trotzdem zu tun. Ich sagte mir, wenn ich nicht klug genug war, die Tore der Universität erstürmen zu können, so war doch immerhin mein Schädel dick genug, um mich durch Kotaus hineinzubringen. Nichts konnte mich mehr aufhalten, wenn ich erst einmal ein Dutzend Götter im Rücken hatte.

Nachdem ich mich durch alle zwölf Götter verbeugt hatte, schleppte ich mich erschöpft ins Wohnzimmer und sank auf einen Stuhl. Inzwischen waren auch meine Geschwister auf, und ich legte meine wunde Hand auf die Stuhllehne, damit sie ihren finanziellen Beitrag hineinfallen ließen; das war mein Lohn für Hunderte von Kotaus, die ich für sie gemacht hatte, während sie die

Morgenstunden des Neujahrstages verschliefen. Sie lächelten mich an, und ich krümmte immer wieder die Finger, um mehr Spenden einzufordern. Ich fühlte mich wie ein Boxer, zerschlagen und blutig, der eben für seine Geschwister in den Kampf gezogen war. Ich war jeden Fen wert, den sie mir gaben, und noch viel mehr als das.

Als ich die Nudeln gegessen hatte, die traditionellerweise als erstes Mahl des Jahres aufgetragen wurden, gab ich das Kotau-Geld für fünf Schachteln Flying Horse unter Liangs Ladentisch aus und machte mich auf zu Yis Werkstatt.

Die Bande war schon versammelt. Sie zerzausten mir die Haare und zogen mich an Ohren und Nase.

»Verdammte Scheiße, du siehst aber blass und schwach aus. Was ist denn mit dir los, du Student?« Mo Gong hielt die Willkommensrede. Sen, Yi und Siang durchsuchten meine Jackentaschen, verteilten die Zigaretten und genossen lachend die erste gute Zigarette des Jahres.

»Die habe ich euch mitgebracht, um mich bei euch zu entschuldigen, weil ich euch so vernachlässigt habe.«

»Halt die Klappe und nimm dir selber eine.« Sen warf mir eine Packung Wing mit Filter zu. Ich zündete eine an. Es war schön, wieder da zu sein.

Hier hatte sich nicht viel verändert. Das Werkzeug hing immer noch an den rauen Lehmwänden. Überall lagen Spuren von Sägemehl. Ein Bündel Tabakblätter baumelte noch in einer dunklen Ecke, wo es vor der Sonne geschützt war. Und es roch immer noch wie in einem Schlafsaal in der Schule, nur dass jetzt ein leicht modriger Geruch hinzukam. Der Schuppen stand leer, seit Yi seine Stelle in der großen Stadt angetreten hatte. Er wurde nur ab und zu aufgeschlossen, wenn Yi mal wieder da war. Mo Gong, Sen und Siang hatten sich viel auf der Straße herumgetrieben. Alte Gewohnheiten waren eben schwer abzulegen. Sie spielten, stahlen, fuhren mit dem alten Fahrrad herum und waren immer noch Ausgestoßene. Sen klopfte mir auf die Schulter und setzte sich neben mich auf Yis alten Schemel. »Bruder, du hast wirklich jede Menge Spaß verpasst, während du dich in diesen Büchern vergraben hast.«

»Was zum Teufel habt ihr denn angestellt?«, fragte ich.

»Sieh's dir an.« Mo Gong warf ein dickes Bündel Geld auf die Werkbank. Das sollte wohl alles erklären. Ich hatte noch nie so viel Geld auf einem Haufen gesehen. Der Fleischer von nebenan trug jeden Abend ein dickes Bündel auf die Bank der Kommune, doch dieser säuberlich aufgestapelte Haufen war doppelt so dick.

»Wo habt ihr das her? Habt ihr es gestohlen?« Ich wollte meinen Augen nicht trauen.

Die vier verstrubbelten mir schon wieder die Haare und zwickten mich in Ohren und Nase. Ich machte mich los, bevor sie ernsthaften Schaden anrichten konnten. Sie trugen alle das gleiche Buddha-Lächeln im Gesicht, schweigend und geheimnisvoll.

»Wir haben Yi zehn Tage besucht und es gewonnen«, erklärte Sen.

»Wie denn?«

»Na ja, wir haben in der Nähe von Yis Fabrik eine Hütte gemietet und zwei Spieltische aufgestellt. Die Hälfte seiner Kollegen ist vorbeigekommen, nur so zum Vergnügen. Diese reichen Städter! Wir haben sie nach allen Regeln der Kunst ausgenommen. Yi hat so getan, als kenne er uns nicht, und wir drei haben die beiden Tische bespielt. Bevor sie dahinter kommen konnten, sind wir abgehauen, und das haben wir nun davon. Neunhundertdreißig Yuan!«

Ich zitterte. Diese Summe war so groß, das war schon beinahe kriminell. Ich wusste, dass meine reiche Cousine Yan zweiunddreißig Yuan im Monat verdiente. Meine Freunde hatten gerade in ein paar Tagen den Lohn von zweieinhalb Jahren eingeheimst! Das war definitiv Diebstahl.

»Du glaubst mir nicht, oder?«, fragte Sen lächelnd.

»Aber das ist so viel. Damit könnte man ein Haus mit acht Zimmern bauen.«

Die vier nickten. Sie hatten vermutlich nicht mehr aufgehört zu lächeln, seit sie das Geld eingesackt hatten. Warum auch nicht, wem ginge es denn anders? Wenn das mein Geld gewesen wäre, hätte ich alle paar Sekunden daran geschnüffelt, es den ganzen Tag lang angelächelt und es unter mein Kissen gelegt, um davon zu träumen.

»Aber wir wollen keine Häuser bauen. Hier«, Sen nahm zwei Fingerbreit Scheine von dem Stapel und warf sie mir zu. »Sieh mal, das ist unser Geld. Wir sollten es klug einsetzen und alle ausnehmen.«

»Was meinst du damit, es ist unseres?«

»Das Geld gehört uns, dir genauso wie mir. Du bist immer noch unser Bruder. Wir werden das Geld als Einsatz nehmen, ein bisschen spielen, und bald sind wir alle reich und können uns vielleicht sogar ein paar Ehefrauen kaufen«, sagte Mo Gong mit blitzenden Augen. Er zwinkerte mir zu. Erst Geld, dann eine Frau. Mo Gong war vollkommen offen, was seine Ziele im Leben betraf.

Ich war gerührt, dass sie mich mit einschlossen. Wir waren durch unseren Schwur gebunden, doch wenn Geld ins Spiel kam, veränderte das alles. Mir war nicht wohl dabei. Wir sollten doch aus Freundschaft und Liebe zusammenhalten, nicht des Geldes wegen. Niemand hatte eine Klausel über Geld in unsere Abmachung geschrieben. Wir waren eine spirituelle Bruderschaft, keine finanzielle.

Sie hatten sich irgendwie verändert. Diese Jungs waren keine Kinder mehr. Sie trugen nun alle stoppelige Bärte, ihre Stimmen waren tiefer und heiserer. Sie waren Erwachsene, mit erwachsenen Wünschen und Vorstellungen. Sie hatten die große Stadt gesehen und dort mit den großen Jungs um Geld gespielt. Nun hatten sie diese Riesensumme. Was kam wohl als Nächstes? Vielleicht war schon die Polizei hinter ihnen her.

»Seid ihr sicher, dass dieses Geld sauber ist?«, fragte ich mit strenger Miene.

»Cleveres kleines Kerlchen.« Mo Gong packte mich im Genick und drückte mir einen feuchten Schmatz auf die Stirn. »Mach dir nur keine Gedanken. Geld ist immer sauber.«

Er hob den Stapel auf und drückte auch ihm einen Kuss auf. »Wir sind reich. Auf in die Felder. Die Verlierer warten nur darauf, dass wir sie plündern.«

»Diesmal sind wir die großen Haie«, sagte Sen. »Ab sofort kümmern wir uns nur noch um die vollen Hände. Um Kleingeld spielen wir gar nicht mehr. Da, du kommst mit, und wenn es nur für ein oder zwei Tage ist. Dann kannst du dich ja wieder ans Lernen machen.«

»Du musst mitkommen. Verbring einfach mal wieder ein bisschen Zeit mit uns, ja?«, bat Siang. »Und wir haben ein paar Liebesgeschichten, die du unbedingt hören musst.«

Die Versuchung war groß. Heute war Neujahr. Niemand konnte etwas dagegen einwenden, wenn ich mir einen Tag freinahm. Gott hatte diesen Tag geschaffen, damit die Menschen ihn genossen. Ich hatte es verdient. Vier Augenpaare erwarteten meine Antwort.

Ich biss mir auf die Lippe. »Ich muss wirklich jeden Abend lernen, wenn ich es auf die Universität schaffen will, ehrlich. Ich würde sehr gern mitkommen und sie ausnehmen oder einfach nur mit euch rumhängen und angeben, aber ich kann wirklich nicht.« Das war der Pakt, den ich mit meiner Familie und mit Buddha geschlossen hatte. Ich sollte mich daran halten.

Sie blickten enttäuscht drein.

Sen war ein Mann der Vernunft. »Na ja, wir sind ja jetzt alle erwachsen. Wenn du unbedingt lernen musst, dann mach. Aber lass uns heute Abend zusammen was trinken.«

»Ich komme, mit so viel Essen, wie ihr nur verdrücken könnt. Ihr macht inzwischen das große Geld, und heute Abend feiern wir.«

»Und wehe dir, wenn du dich nicht wirklich mit deinen Büchern beschäftigst. Dann schlage ich dir den Schädel ein«, drohte Mo Gong liebevoll. Er hätte einen tollen Polizisten abgegeben.

Yi und Siang traten mir in den Hintern, als ich ging.

Auf dem Heimweg dachte ich über sie und das Geld nach. Früher war alles einfacher. Es hatte keine Universität gegeben, von der man träumen konnte, und meine Freunde waren nur kleine Strolche aus der Nachbarschaft gewesen, die sich in den Straßen von Gelber Fels herumtrieben. Sie waren mit ein paar Zügen an einer Zigarette zufrieden, und über einen guten Witz konnten sie tagelang lachen. Tabak war süß gewesen und Schnaps reizvoll. Nun schlug ich ihre Einladung zu einem Abenteuer aus, um meine langweiligen Bücher zu wälzen, während sie sich aufmachten, die gesamte Stadt auszunehmen. Seufzend betrat ich das Haus und kroch hinauf in mein Zimmer, wo meine Bücher geduldig auf mich warteten. Ich schloss die Augen, bevor ich das erste Buch aufschlug, um das erste Kapitel in Angriff zu nehmen, das für heute auf dem Plan stand. Ich fühlte mich friedvoll. Die Reize des Neujahrsfestes gehörten nach dort draußen, auf die Straße von Gelber Fels.

Ich wollte Englisch studieren, also verhielt ich mich wie ein Englischstudent. Ich verzierte die Wände meines Zimmers mit englischen Wörtern und Wendungen. Ich machte mir auch Kärtchen mit englischen Wörtern auf der einen Seite und der chinesischen Übersetzung auf der anderen. Ich trug einen dicken Packen davon ständig mit mir herum, murmelte vor mich hin und versuchte, mir die Wörter zu merken. Auf diese Weise wollte ich ganz in eine englische Welt eintauchen. Das tat ich beim Einkaufen, Gehen, Essen und wenn ich ein großes Geschäft zu verrichten hatte.

Einmal blieb ich bei einem Erdnuss-Stand stehen, um mir gebratene Erdnüsse mit braunem Zucker zu kaufen, die mochte ich besonders. Ich beugte mich über den Wagen des alten Mannes und zeigte auf die kleinste Tüte, die ich mir leisten konnte, wobei ich immer noch ein englisches Wort vor mich hin murmelte. Der verschwitzte alte Verkäufer sah mich verwirrt an und fragte mich, was ich denn möchte. Ich sagte, ich wolle eine Tüte Erdnüsse. Was war daran so schwer zu verstehen? Er behauptete, ich hätte etwas Seltsames gesagt. Ich entschuldigte mich und erklärte, das sei Englisch gewesen. Er reichte mir die Erdnüsse und sagte, ich sei verrückt.

An jenem Neujahrstag beherzigte ich Vaters steten Rat, die alten Lektionen zu wiederholen, bevor ich mich den neuen zuwandte. Welchen besseren Zeitpunkt als heute konnte es geben, die alten Vokabelkarten des letzten Jahres durchzugehen? Ich suchte alle zusammen. Die Karten waren überall in meinem Zimmer verstreut – unter dem Kopfkissen, auf dem Fensterbrett, in Schachteln. Es waren Hunderte.

Ich legte sie auf den Tisch, die chinesische Seite nach oben, und zermarterte mir das Hirn, um für jede das richtige englische Wort zu finden. Zu meiner großen Freude und Erleichterung lief mein Verstand wie geschmiert. Eine Zeit lang hatte ich befürchtet, dass mein Gehirn schon zu einem Fossil versteinert sein könnte, nach all dem Schnaps, in dem ich es getränkt, und all den Zigaretten, die ich geraucht hatte. Aber nein, mein Gehirn pulsierte immer noch, lebendig und sprudelnd. Ich konnte mich an neunundneunzig Prozent der seltsamen englischen Schreibweisen richtig erinnern,

Monate nachdem ich sie gelernt hatte. Ich fiel auf die Knie und bot meinen vielen Göttern einen tiefen, schmerzhaften Kotau dar, der mir bestimmt ein Dutzend Wörter aus dem Schädel schlug. Bis Mittag war ich mit dem Wiederholen fertig und erstattete Mama Bericht, die auf ihrem Küchenstuhl eingenickt war. Es war Sitte, am Neujahrstag erst den Göttern für ihre Wohltaten zu danken und dann den Menschen, denen man etwas verdankte. Ich musste unbedingt eine Neujahrsverbeugung vor meiner Heiligen, Professor Wei, machen.

Ich berührte Mama an der Schulter und weckte sie. Sie lächelte schuldbewusst. »Bin ich etwa eingeschlafen?«

»Aber nein.«

»Doch, bin ich.« Sie rieb sich die Wangen und schüttelte den Kopf. »Gehen wir auf den Hof.«

Mamas Auffassung von Tugendhaftigkeit wertete Schlafen als schweres Vergehen. In ihrem Leben zählte nur Arbeit, Arbeit und noch einmal Arbeit. Sie blieb nur dann lange liegen, wenn sie sich im Bett herumwälzte und sich wegen ihres schmerzenden Magengeschwürs die Seele aus dem Leib schrie. Das geschah zweimal im Jahr, wenn es einen Wetterumschwung gab. Dann versammelte sich die ganze Familie bedrückt um ihr Bett.

Ich folgte Mama auf den Hinterhof hinaus, wo die hungrigen Hühner uns sogleich in der Hoffnung auf ein Mittagessen umzingelten.

»Du nimmst den da.« Sie zeigte auf den größten Hahn. Er betrachtete mich mit einem gelehrten Gackern. Ich nannte diesen Hahn Chef, weil er sich schon als Küken aus dem Rest der Schar hervorgehoben hatte. Nur das Beste für Frau Professor Wei.

Ich pfiff nach ihm, und er kam vertrauensvoll zu mir, wenn auch etwas ungelenk. Chef war mein Freund und Held. Vergangenen Sommer hatte ich ihn für die Ehre des Chen'schen Hühnerhofs gegen die Nachbarshähne in den Ring geschickt. Er hatte nicht nur alle seine männlichen Gegner besiegt, sondern nach seinem Siegeszug auch noch ihre sämtlichen Hennen beglückt. Ich hätte Anspruch auf alle Eier gehabt, die daraufhin in der Nachbarschaft gelegt wurden. Chefs legendärer Sieg war allen unvergesslich, die Zeugen seiner Glanzleistung geworden waren. Doch er hatte dafür auch einen Preis bezahlt: Er hatte ein großes Stück seines roten Kammes eingebüßt. Das unterstrich noch sein verwegen gutes Aussehen. Bald musste er nicht mehr um die Hennen kämpfen. Sie kamen bereitwillig zu ihm.

Doch heute sollte Chef, der Zuchthengst, ein Geschenk für meine geliebte Lehrerin werden. Keine Fehden mehr mit den anderen Hähnen, kein Herumlaufen zwischen unseren Blumen, Beeten und Obstbäumen. Sein einziger Gegner dort war der Hund. Doch auch in dieser Beziehung war Chef der geeignetste Kandidat. Er konnte nämlich schneller rennen und höher springen als der Hund und brauchte sich keine Sorgen zu machen. Mit ein wenig Glück würde sein scharfer Schnabel dem Hund die Augen auspicken. War das nicht eine schöne Vorstellung für das neue Jahr? Dann bräuchte ich vor dem bösen Hund keine Angst mehr zu haben. Ein blinder Wachhund war praktisch ein toter Wachhund. Ich musste unbedingt ein gutes Wort für Chef einlegen, damit Professor Wei seinen großen Auftritt auf dem Esstisch noch ein wenig hinausschob.

Als Chef seinen Kopf unter meine Hand schob, tätschelte ich ihn zärtlich, dann packte ich seine Flügel und schnürte sie zusammen. Inzwischen schnappte Mama sich eine fette Henne und verschnürte auch ihr die Flügel. Ich sperrte das Pärchen in einen Bambuskorb mit kleinen Fensterchen, fügte noch zwei Flaschen feinen Schnaps aus der Region hinzu und machte mich auf den Weg.

In unserer Nachbarschaft standen lebende Hühner ganz oben auf der Geschenkliste. Schnaps gehörte dazu, damit man das

Fleisch runterspülen konnte. Wollte ein Mann ein Mädchen heiraten, so musste er zwei Hühner mit roten Bändern verschnüren und mitbringen, wenn er ihre Familie aufsuchte und um ihre Hand anhielt.

Ich verbeugte mich lang und tief vor Professor Wei und wünschte ihr ein »Happy New Year«. Die beiden Hühner machten einen furchtbaren Radau. Ich musste zweimal gegen den Käfig treten, um sie zum Schweigen zu bringen.

Professor Wei erwiderte den Gruß mit ihrer sanften Stimme und fragte: »Was haben denn diese Hühner zu bedeuten?«

»Ich hoffte, Sie könnten ihnen ein bisschen Englisch beibringen und bessere Manieren.«

»Für die Manieren wird der Hund schon sorgen«, sagte sie lächelnd, »und Englisch – wir werden sehen. Das wäre wirklich nicht nötig gewesen.«

»Mama und Papa haben gesagt, Sie haben aus mir einen guten Schüler gemacht. Wir sind Ihnen dankbar.«

»Das warst du ganz allein, Da«, erwiderte sie. »Alles steckt in dir drin, und natürlich hat Gott dich gesegnet.«

Ich nickte zustimmend, nicht recht sicher, welchen Gott sie nun meinte, einen der hiesigen oder den ihren. Doch wir fanden beide die Vorstellung tröstlich, dass irgendwo da oben jemand unser Leben lenkte. Das war genug, um an jenem wunderbaren ersten Tag des Jahres ein Lächeln auf unsere Gesichter zu zaubern.

Während wir uns unterhielten, schlich der Hund mit verächtlichem Blick heran. Er steckte die schwarze, zuckende Nase in eines der Käfigfenster, um wie ein Zollbeamter den Inhalt des Korbs zu inspizieren. Plötzlich jaulte er schmerzerfüllt auf und sprang zurück. Er kauerte sich nieder und beobachtete misstrauisch den Korb. Ein kleiner Tropfen Blut quoll aus seiner Nasenspitze, wurde immer größer und lief ihm schließlich seitlich am Maul herab. Er winselte und stupste mit der Pfote an seine Nase. Unterdrückte

Wut mischte sich mit Angst vor den fremden Tieren in dem Bambuskorb, die ihn verletzt hatten.

Ja! Ich ertappte mich dabei, wie ich über Chefs ersten Sieg jubelte, bevor er noch eine Kralle auf sein neues Territorium gesetzt hatte. So ist es richtig, alter Recke. Nächstes Mal nimmst du dir die Augen vor. Dann gehört dieses wunderbare Stückchen Paradies auf ewig dir, und du kannst eine Dynastie von Chefs hervorbringen, alle mit diesem sexy schiefen roten Kamm und den prächtigen Federn, mit denen du so gern bei deinen Freundinnen angegeben hast. Das war doch etwas, wofür es sich zu kämpfen lohnte.

»Einen mutigen Hahn hast du da«, bemerkte Professor Wei. Niemand hatte je den Hund so rasch bezwungen. »Ich werde ihn wohl behalten, damit er mir die Vögel verscheucht.«

»Oh, das kann er bestimmt sehr gut«, sagte ich zuversichtlich. »Eine Henne ist auch dabei. Ich dachte, die beiden könnten hier eine nette kleine Familie gründen.« Ich grinste den jämmerlichen Köter hämisch an, der sich immer noch zusammenkauerte.

»Es wird ihnen hier bestimmt gut gefallen, und ich verspreche, ich werde sie nie aufessen.«

Ich war sehr glücklich über ihr Versprechen, löste die Schnüre von den Flügeln, und die beiden rannten fröhlich davon, ohne den alten Hund auch nur eines Blickes zu würdigen.

»Sie können natürlich mit ihnen machen, was immer Sie wollen. Sie brauchen mir das nicht zu versprechen«, sagte ich.

»Nun, da ich sie gesehen habe, bin ich ganz sicher, dass ich sie nur als Haustiere hier behalten will. Sieh sich einer nur diese Federn an.« Sie betrachtete Chef, der überall bewundernde Blicke auf sich zog. »Was ist denn mit seinem Kamm passiert?«

»Der ist auf den Schlachtfeldern des Zweiten Hahnen-Weltkriegs geblieben.«

Sie lachte.

»Warte hier. Ich möchte dir etwas für deinen Vater mitgeben.« Sie verschwand in ihrem weißen Haus und kehrte mit zwei strampelnden, quakenden Enten mit verschnürten Flügeln wieder.

»Die kann ich nicht annehmen. Papa würde das nie erlauben.«

»Sei doch nicht albern. Dein Vater hat meine Schwester von ihrer Krankheit geheilt. Ich wollte irgendwann im Lauf des Tages jemand damit zu euch hinüberschicken, aber nun bist du ja da. Bitte nimm sie für mich mit.«

Ich trug die Enten in dem Bambuskorb nach Hause. Ich wünschte, ich hätte ihr ebenfalls versprechen können, sie am Leben zu lassen, doch morgen konnten sie schon als Peking-Enten oder gebackene Enten enden. Jeder Teil ihrer fetten Leiber würde eine wichtige Rolle auf unserem Esstisch spielen. Papa mochte die Leber am liebsten. Ich die saftigen Schenkel. Meine Schwestern liebten besonders die fettige Haut. Bruder Jin bekam immer die Flügel, und Mama nagte gern die Knochen ab. Auf Entensuppe hatten wir alle Appetit, zu jeder Jahreszeit.

Ich pfiff den gesamten Heimweg vor mich hin, und die Enten quakten.

Zu Hause lächelten Mama und Papa ratlos auf die Enten hinab.

»Du hättest dieses Geschenk nicht annehmen dürfen«, sagte Mama.

»Aber Professor Wei hat gesagt, die seien dafür, dass Papa ihre Schwester behandelt hat.«

»Nächstes Mal läufst du einfach weg«, sagte Papa, doch er schien sich zu freuen. »Und jetzt lass sie frei, damit sie noch ein, zwei Tage auf dem Hof herumlaufen können.«

Ich gehorchte und band die Enten los.

»Aber lass die roten Schleifen an den Flügeln«, fügte er hinzu.

Ich blickte zu ihm auf und unterdrückte ein Lächeln.

Papas Ego war so groß wie der Ching-Berg. Er wollte alle sehen lassen, dass diese Enten Geschenke waren; es war, als ließe man das

Preisschild an einem kostspieligen Geschenk. So würden sich neugierige Nachbarn und Freunde nach den beiden lärmenden Geschöpfen erkundigen, und Papa war regelrecht gezwungen zu erklären, woher diese Geschenke kamen. Die Neugierigen würde das so beeindrucken, dass sie noch zwei Tage lang von den edlen Spendern sprachen, wodurch Papa sich noch ein wenig länger in dem Ruhm sonnen konnte, der Arzt der Schwestern Wei zu sein.

»Wasch dir die Hände, und dann komm zu mir ins Wohnzimmer«, sagte Vater mit breitem Lächeln.

»Ist gut.« Ich schrubbte mir die Hände, die nach Entenfüßen rochen, und rannte ins Wohnzimmer.

Vater hatte eine große Kanne starken Tee gebraut. Er hatte es sich in seinem alten Rohrstuhl bequem gemacht, die Füße auf einem Hocker. Die Neujahrsgäste waren schon nach Hause gegangen, und die geruhsame Familienzeit war angebrochen. Mein Bruder saß in der Ecke und zündete sich gerade eine Zigarette an, während Papa ihm eine Tasse dampfenden Tee einschenkte und dann noch eine für mich.

»Heute ist Neujahrstag, und wir haben für deinen Bruder eine neue Entscheidung getroffen. Er wird sich freinehmen, um sich auf die Aufnahmeprüfung für die Universität vorzubereiten. Was hältst du davon?« Papa klang zuversichtlich. Wenn er einmal eine Entscheidung gefällt hatte, war die Sache für ihn schon zu achtzig Prozent geschafft. Wenn er fest an uns glaubte, so meinte er, konnte er uns in die Lage versetzen, den Ozean zu durchschwimmen und Berge zu bezwingen. Kein Hindernis war unüberwindlich, kein Ziel zu hoch gesteckt.

Ich sah meinen Bruder an, der still vor sich hin rauchte, dann meinen Vater. »Papa, warum erfahre ich das erst jetzt? Ich mache ihm gleich Platz in meinem Studierzimmer; ich kann bestimmt eine Menge von ihm lernen.«

Vater war erfreut über meine Antwort und krempelte sich die

Ärmel hoch. »Also, wir haben eine Strategie für euch zwei. Da, du bist noch frisch dabei. Du wirst deinem Bruder helfen. Ihr stellt einen Stundenplan auf und lernt zusammen.«

Ich war überrascht. Zwischen Jin und mir kamen zwei Schwestern, und er war in die erste Klasse gegangen, als ich noch in Windeln herumkrabbelte und mich auf dem Hof mit den Hühnern ums Essen balgte. Und nun sollte ich ihm helfen. Mein Herz schwoll vor Stolz. Mit harter Arbeit und Entschlossenheit hatte ich mir Papas Respekt verdient.

»Das ist toll«, sagte ich und wandte mich an meinen Bruder. »Ich habe alle Bücher, die wir brauchen.«

»Ich bin mir da nicht so sicher, ich habe schon so lange kein Buch mehr angerührt.« Jin klang pessimistisch. Er war in vielerlei Hinsicht mein Gegenteil. Immer gelassen und weise, drängte er sich niemals darum, im Mittelpunkt zu stehen. Wenn es um größere Entscheidungen ging, mussten wir ihn immer ein bisschen anschieben. Ich hoffte auf den Sieg, während er die Niederlage fürchtete.

»Du kannst es schaffen«, sagte Vater zu Jin. »An der Mittelschule warst du das Mathematik-Genie deiner Klasse. In den nächsten sieben Monaten widmest du all deine Zeit den anderen Fächern. Nur keine Sorge, mein Sohn, dieses Jahr habe ich bestimmt Glück.« Papa blickte zu den zwei quakenden Enten hinaus.

Das war reiner Aberglaube. Alles kam wohl paarweise.

Papa war ein Amateur-Wahrsager. Es gab viele Tricks und Kniffe, wie man die Zukunft vorhersagen konnte. Seine Spezialität war es, in Gesichtern zu lesen. Das Erste, worüber er jeden Morgen mit meiner Mutter sprach, war seine Gesichtsfarbe.

Mit einem Spiegel in der Hand sagte er zum Beispiel: »Rosig. Ich frage mich, welche guten Dinge uns heute begegnen werden.«

Mama sah genau hin und bemerkte nüchtern: »Ich sehe da nichts Rosiges.«

»Da.« Papa verzog das Gesicht, um den Poren ein wenig Farbe abzuquetschen. »Da ist ein bisschen Rosa, hm?«

Mama musste ihm schließlich doch zustimmen, sonst hätte er den ganzen Vormittag lang in seinen Spiegel gestarrt.

»Sagt dir das wieder mal dein Teint?«, fragte ich.

»Ja, die Farbe ist gut, und mein rechtes Auge zuckt wie verrückt«, erwiderte Vater und deutete auf sein Gesicht. »Mein Sohn, dies ist die Chance deines Lebens. Ich dachte schon, ihr würdet nie auch nur von einem Studium träumen dürfen. Nun hat Mao das Zeitliche gesegnet, und ihr bekommt die Chance, es zu versuchen. Den Chen-Männern hat es noch nie an Talenten gemangelt, höchstens an Gelegenheiten.«

Er wandte sich meinem Bruder zu, zündete ihm eine weitere Zigarette an und sagte: »Jin, dein Vorteil ist, dass du schon reifer bist. Da, du hast die nötige Energie. Arbeitet zusammen, wie es sich für Brüder gehört, gleicht eure Nachteile aus, und ihr werdet beide gewinnen. Ihr müsst nur hart arbeiten. Jin, wenn du schon als Junge auf den Feldern arbeiten konntest wie ein Mann, um diese Familie zu ernähren, dann gibt es keine Universität auf der ganzen Welt, in die du es nicht schaffen könntest. Wir stehen voll und ganz hinter dir. Und du, Da, solltest etwas anderes als die Universität deiner Träume nicht einmal in Betracht ziehen. Beijing. Shanghai. Wo immer du hinwillst. Junger Mann, du weißt ja gar nicht, wie viel Glück du hast. Sieh dir deine Schwestern an. Sie durften nicht einmal die Grundschule bis zum Schluss besuchen.« Vater beendete seine Ansprache mit blitzenden Augen.

Die Unterhaltung wandelte sich von einem Vater-Sohn-Gespräch zum letzten Befehl des Admirals. Der Feind stand praktisch schon vor der Haustür. Auf sie mit Gebrüll, meine Söhne.

Jin drückte ruhig seine Zigarette aus und sagte zu mir: »Weck mich morgen, wenn du aufstehst. Lass mich ein Gefühl dafür bekommen, wie es so aussieht, und dann setzen wir uns noch mal zusammen und reden darüber. Treib mich an, wenn du siehst, dass ich nachlasse, kleiner Bruder. Wir arbeiten zusammen.«

»Klar.«

Vater füllte unsere Tassen auf und leerte seine symbolisch in einem Zug. Er hatte genug gesagt. Nun lag es bei uns.

»Ex!« Ich prostete meinem Bruder mit der Teetasse zu und stand auf. Als ich die Tür öffnete, stand Mutter direkt dahinter; wahrscheinlich hatte sie die gesamte Unterhaltung belauscht.

Ich ging in mein Zimmer und setzte mich an meinen Schreibtisch, der mit Bücherstapeln bedeckt war. Ich kam mir vor wie auf einer heiligen Mission. Vor dieser Ansprache war die Universität der romantische Wunschtraum eines jungen Mannes gewesen. Nun war sie eine Tatsache, beladen mit Emotionen. Wenn ich versagte, war ich eine Enttäuschung für die gesamte Familie, bis hin zu unseren ältesten Ahnen, deren Grabsteine längst zu Staub zerfallen waren. Wenn ich obsiegte, setzte ich unserem Schicksal neue Segel. Hier ging es um Stolz, Erniedrigung, Rache, Würde und die Verteidigung der Familienehre.

Ich schauderte beim Gedanken daran, wie oft Mutter ganz beiläufig Bemerkungen über all die guten Dinge eingestreut hatte, die Cousin Tans Familie widerfahren waren, seit er an der AU studierte. Viele Heiratsanträge, freundlichere Nachbarn, und sein Vater hatte sogar den fabelhaften AU-Campus besuchen dürfen.

Ich wusste, sie wünschte sich all das sehnlichst; Bruder Jin sollte auch solche Anträge bekommen, und sie wollte die Mutter sein, die all diese Mädchen genau unter die Lupe nahm und wohl begründete, taktvolle Absagen verteilte, während sie sich insgeheim an der Enttäuschung weidete, vor allem bei den Familien, die in der Vergangenheit auf sie gespuckt hatten. Sie war nicht grausam oder gehässig, doch wenn man viel erlitten hat, sieht man die Dinge anders.

Ich stellte zwei Listen auf. Auf einer stand alles, was mein Bruder mit mir zusammen nachholen musste. Auf der anderen standen meine eigenen guten Vorsätze zum neuen Jahr. Keine Filme, kein Theater, kein Sport, keine Freizeit mehr bis zum Tag X. Heute würde mein letzter freier Abend mit meinen Freunden sein.

Unter meinem Fenster pfiff jemand furchtbar schief ein beliebtes Volkslied. Die Nachtigall war Siang, der Abgesandte der Bande.

Ich klappte mein Buch zu, ging in die Küche und holte den Fresskorb, den meine Mutter für meine Freunde vorbereitet hatte. Als ich sie darum bat, musste ich ihr versprechen, dass dies mein letzter Abend mit den Jungs war, dass ich von nun an die Tür hinter mir schließen und mich in meinen Büchern vergraben würde.

»Ein miserabler Pfeifer«, bemerkte Mama. »Warum kommen sie nicht einfach herein?«

»Weil sie Angst vor dir haben.«

»Aber warum?«

»Weil du ein guter Mensch bist«, erwiderte ich.

»Wie seltsam.«

»Na ja, meine Freunde fürchten sich nicht vor schlechten Menschen, mit denen haben sie ständig zu tun, oder sie prügeln sich mit ihnen. Aber wenn sie einem guten Menschen wie dir begegnen, wissen sie nicht, wie sie sich verhalten sollen. Sie werden schüchtern und bleiben lieber im Dunkeln.«

Mama schüttelte den Kopf und wischte sich die Hände an der Schürze ab.

Als ich bei Yi zur Tür hereinkam, sprang niemand vor, um mich zu Boden zu werfen oder mich beim Kragen zu packen. Es war still. Vier Köpfe hingen unter einer dicken Rauchwolke zwischen Knien herab.

»He, Brüder, das Essen ist da. Was herrscht denn hier für eine Grabesstille?«

»Wir haben die Hälfte von unserem Geld verloren«, sagte Sen leise. Seine Augenbrauen waren zu einem haarigen Strich zusammengezogen.

»Wie denn?« Meine gute Laune verflog. Fünfhundert Yuan, einfach futsch. »Das gibt's doch gar nicht. Ihr seid die besten Spieler diesseits des Äquators und östlich der westlichen Welt.«

»Am Anfang lief es ganz gut, wir sind durch ihre Taschen gefegt wie ein Taifun. Und ich meine tiefe Taschen. Dann hat sich irgendwer rausgeschlichen und uns bei der Kommune verpetzt. Nur gut, dass wir uns ins Zuckerrohr geschlagen haben, sonst säßen wir nämlich jetzt in der Zelle.«

»Aber die Polizei kennt unsere Namen«, sagte Siang. »Es ist nur noch eine Frage von Stunden, bis sie vor unserer Tür stehen.«

»Was? Wer hat euch gemeldet?«, fragte ich.

»So ein Kerl aus irgendeinem Dorf. Den knöpfen wir uns früher oder später schon noch vor.«

»Dann lasst uns erst essen und dann davonlaufen«, schlug ich vor.

»Ich glaube nicht, dass wir noch Zeit zum Essen haben. Aber wir brauchen ein bisschen Geld, wir sind pleite«, erwiderte Sen.

»Was ist denn mit der anderen Hälfte von dem Geld?«, fragte ich.

»Draußen im Feld. Wir haben's vergraben. Wir holen es später. Ist nur gerade ungünstig«, antwortete Sen.

»Hier.« Ich leerte meine Hosentasche und bekam etwa zehn Yuan zusammen. »Es ist nicht viel, aber nehmt das erst mal.«

»Das ist ganz schön viel Geld«, protestierte Yi.

»Keine Sorge. Ich kann es sowieso nirgends ausgeben«, sagte ich und drückte Sen das Geld in die Hand. Er nahm es zögernd.

»Danke, Da, du bist ein echter Freund. Wir geben es dir wieder«, sagte er mit gesenktem Kopf.

»Nichts zu danken, und für euch ist das noch zu wenig. He,

wenn ihr wartet, laufe ich schnell nach Hause und hole noch mehr.« Ich wollte es mir von meinem Bruder leihen.

»Nein, nein, wir hauen jetzt ab«, sagte Sen.

»Müsst ihr wirklich gehen?«

Alle vier Köpfe nickten einhellig.

»Hört mal, wenn wir jetzt gehen, sind wir in ein paar Stunden in Putien. Wir können bei Yi bleiben und uns dort was Neues aufbauen. Wenn wir's nicht tun, landen wir im Knast.«

»Bitte, esst erst was, sonst verhungert ihr noch.« Ich öffnete den Korb. Der Duft von gebratenem Fisch, geröstetem Schweinefleisch, Nudeln und Neujahrs-Reiskuchen erfüllte den Raum.

»Hier, nehmt einfach die Hände. Esst.«

Vier Paar Hände rangelten um die besten Stücke. Bald schleckte Mo Gong den leeren Fleischteller ab, und Siang rülpste. Sen wischte sich die fettigen Finger an den Haaren ab, eine alte Gewohnheit von ihm, während Yi in seinen Zähnen herumstocherte. Ein perfektes letztes Abendmahl.

Alle vier tätschelten mich mit fettigen Händen, bevor sie aufbrachen. Sen flüsterte mir zu: »Sei fleißig, du Student. Wir wollen stolz auf dich sein.«

Ich trug den leeren Korb nach Hause und kam mir selbst vor wie auf der Flucht. Meine Freunde waren in der Dunkelheit verschwunden. Ich hörte nur noch das Klappern des uralten Fahrrads.

造
22

Am ersten Schultag nach den Neujahrsferien erschien Dia in einer nagelneuen, armeegrünen Mao-Jacke. An einer der Taschen fehlte bereits ein Knopf. Er stand vor unserer Haustür und war selig wie ein Bräutigam.

»He, frohes neues Jahr, und wie zum Teufel hast du deine Braut rumgekriegt?«

Dia rieb sich das rote Gesicht. »Die da?« Er strich ein paar Falten auf seiner Jacke glatt. »Meine Mutter hat sie für meinen großen Bruder gemacht, und dieser Idiot hat sie in kochendem Wasser gewaschen. War mal zwei Nummern größer. Jetzt darf ich sie anziehen. Ich habe den Knopf abgerissen, damit sie ein bisschen lockerer aussieht.«

Ich musterte ihn noch ein paar Sekunden, um ihn länger leiden zu lassen. »Du siehst echt dämlich aus, aber ich liebe dich trotzdem, Mann. Warum hast du mich denn in den Ferien nicht mal besucht?«

»Ich hatte zu viel zu tun. Meine Mutter wollte, dass ich mit ihr zum Tempel gehe und für mein Glück bei der Uni-Aufnahmeprüfung bete. Weißt du, was ich ihr gesagt habe?«

»Was? War es witzig?«

»Ja, ich fand es zum Totlachen. Ich habe ihr gesagt, um mich an eine Uni zu schaffen, an eine anständige, müsste schon Buddha selbst die Prüfung für mich schreiben.«

Ich dachte an die tausend Kotaus für Buddhas Gunst und geriet in Versuchung, Dia einen Tritt zu verpassen, weil er meinen guten alten Buddha beleidigt hatte.

Er klopfte mir auf die Schulter und rief: »Was denn, findest du das etwa nicht witzig? Mein Vater lacht jetzt noch darüber. Vermutlich erzählt er es gerade irgendwo im Dorf herum und raucht dabei seine riesige Pfeife. Ach, und dann war ich noch bei einem Wettrauchen.«

»Hast du gewonnen?«

»Ob ich gewonnen habe?«

»Entschuldigung. Hast du so richtig abgesahnt?«

»Ich habe nicht gewonnen.« Er verzog angewidert das Gesicht, weil ich so schlecht geraten hatte.

»Dann bitte ich noch mal um Entschuldigung. Wer hat denn dann gewonnen?«

»Was glaubst du wohl? Großvater!«

»Großvater?«

»Es war unglaublich«, erzählte Dia und redete sich zusehends in Fahrt. »Großvater kam in diese verrauchte, vernebelte Bude, der Älteste im Wettbewerb. Du weißt schon, er ist etwas wacklig auf den Beinen. Ich habe mich neben ihn gesetzt, um ihn ein bisschen zu unterstützen. Die ganzen jungen, aggressiven Typen haben über diesen Tattergreis gelacht, aber die waren schon ziemlich bald draußen. Rausgeraucht! Hahaha. Haben's nicht vertragen. Großvater hat einfach weiter seine Pfeife rauchen lassen wie einen Fabrikschlot. Er hat ganz vergnügt dreingeschaut, und ich habe ihm ständig starken Schnaps nachgeschenkt, gegen den Durst. Zum Schluss hat er den ersten Preis gewonnen, einen ganzen Jahresvorrat an Streichhölzern.«

»Tolle Geschichte, Dia. Du solltest jedes Jahr mit ihm zu den

Olympischen Raucher-Spielen fahren. Selbst wenn er blind im Rollstuhl säße, würde er diese Jüngelchen fertig machen.« Ich schüttelte den Kopf, schulterte meine Tasche, und wir machten uns auf den Weg zur Schule.

»Na ja, Papa macht sich ein bisschen Sorgen. Er meint, wenn Großvater weiter so raucht, wird er eines Tages bei einem Wettrauchen als alter Olympionike sterben.«

»Ich glaube nicht, dass einem Dia jemals so etwas passieren wird. Ihr keucht zwar schrecklich, aber ihr geht nicht so schnell ein.«

»So sind die Dia-Männer, du hast es erfasst.« Dia schlug sich stolz auf die Brust. »He, und wenn er dabei den Löffel abgibt, wäre das ein weiterer Rekord in seinem langen, ruhmreichen Raucherleben. Rauchend zu sterben. Wäre das nicht etwas, was man sich auf den Grabstein schreiben könnte?«

»Ach, halt die Klappe.«

Wir entschieden uns für den schmalen Pfad zwischen grünen Weizenfeldern, noch feucht vom schmelzenden Raureif. Die Morgensonne glänzte durch den Nebel. Die Bäume, die Straße und die endlosen Felder wirkten verschwommen wie auf einem impressionistischen Gemälde.

»Ich schäme mich, wenn ich so neben dir herlaufe«, bemerkte Dia plötzlich.

»Warum?«

»Ich habe gehört, dass du dich in deinem Zimmer eingeschlossen und dir beim Lernen förmlich den Schädel eingeschlagen hast und dass du dir nicht mal an Neujahr freigenommen hast. Das stimmt doch, oder nicht, du Teufelskerl?«

»Reine Erfindung. Ich hatte einen tollen Feiertag.«

»Stimmt gar nicht. Ich weiß es aus sicherer Quelle.«

»Auf die würde ich mich nicht hundertprozentig verlassen«, neckte ich ihn.

»Warte.« Dia rannte voran. »Ich hab was gehört, das dich vielleicht interessiert.«

»Was?«

»Es geht um deine Freunde.«

»Was ist mit ihnen?«

»Hast du denn noch nichts gehört?«

»Nein, nichts, seit sie an Neujahr abgehauen sind.«

»Du machst wohl Witze.« Dia hielt mich mitten auf dem schmalen Weg auf.

»Ich schwöre bei Buddha«, sagte ich. »Erzähl mir schon, was du gehört hast.«

»Also gut, ich geb dir einen Tipp. Geld.«

»Geld? Was für Geld denn?« Ich erschrak. Selbst Dia wusste von ihrem Vermögen.

»Und du weißt das wirklich noch nicht? Also gut, es wird gemunkelt, dass Siang etwa tausend Yuan gestohlen hat, in der Schuhfabrik, die sein Vater leitet. Deswegen ist er auch mit seinen Freunden untergetaucht.«

Diese Nachricht traf mich wie ein Schlag. Siang ein Dieb? Auf der Flucht? Ich erinnerte mich an die freudigen Gesichter meiner Freunde am Neujahrstag. Sie waren so glücklich gewesen. Diese tausend Yuan mussten sie einfach »ehrlich« gewonnen haben. Siang würde niemals stehlen. Meine eingeschworenen Freunde würden mich nicht darüber belügen, wo sie dieses Vermögen herhatten. Das hätte ich ihnen angesehen. In ihren Augen hatte keine Angst gestanden. Dieses Geld hatten sie verdient, durch Wagemut und ihr Geschick darin, am Spieltisch ein kalkuliertes Risiko einzugehen.

»Du glaubst mir nicht, wie?«, fragte Dia.

»Nein, ich glaube dir nicht. Sie haben mir etwas ganz anderes erzählt.«

»Was? Sie haben dir von dem Geld erzählt?«

Ich bemerkte, dass ich mich verplappert hatte. »Vergiss es, Dia. Diese Unterhaltung hat nie stattgefunden, klar?«

»He, immer langsam. Ich bin dein bester Freund. Vertrau mir. Die Kommune untersucht jetzt die ganze Angelegenheit, und sie können nicht beweisen, dass Siang tatsächlich das Geld hat, das er gestohlen haben soll.«

Oje, vielleicht hatte ich ihn soeben verraten. Zum Glück hatte ich es nur Dia erzählt, dem ich meine dunkelsten Geheimnisse anvertrauen konnte. »Was hast du sonst noch gehört?«

»Dass sie das Geld gestohlen haben, um damit zu zocken. Aber es geht auch das Gerücht um, dass der Buchhalter oder sonst einer von den Angestellten der Fabrik die tausend Yuan gestohlen hat. Irgendwer hat gewusst, dass Siang ein Vermögen besitzt, und hat ihn reingelegt. Er war ein leichtes Opfer. Es ist ja bekannt, dass er oft in der Schuhfabrik rumhängt und mit dem Kassenwart befreundet ist.«

Meine Besorgnis wuchs. Da draußen war eine Verschwörung im Gange, um Siang und seine Freunde zu ruinieren und vielleicht auch mich.

»Hat irgendjemand angedeutet, dass ich auch darin verwickelt bin?«

»Nein, alle wissen, dass du neuerdings ein Heiliger bist und jetzt zum Kommunistischen Jugendverband der Schule gehörst. Du hast dir einen ziemlichen Ruf erworben als Spitzenkandidat für die Universität.«

»Woher wisst ihr in eurem kleinen Dorf über so viel Bescheid, was hier passiert?«

»Mein Nachbar, der Kahlkopf. Ich hab dir doch von ihm erzählt, weißt du noch? Er ist der Kommandeur der Kommune-Miliz. Gestern Abend war er betrunken und hat vor meinem Vater die ganze Sache erzählt und damit angegeben, dass er die Untersuchung leitet.«

»Was tut er denn jetzt?«

»Nichts, was dich betrifft«, erwiderte er. »Keine Sorge.«

Ich war noch nie so erleichtert gewesen. Ich sandte Buddha ein stummes Dankeschön, dass ich am Neujahrstag nicht mit ihnen zum Spielen in die Felder gegangen war. Wie leicht hätte ich in diese Sache verwickelt werden können. Buddha hatte über mich gewacht.

Ein düsterer Schatten drückte meine Laune. Meine Freunde steckten in Schwierigkeiten, und ich sollte etwas unternehmen, doch ich hatte keine Ahnung, was. Ich glaubte wirklich, dass sie nach Putien gefahren waren und Yis Kollegen ausgenommen hatten. Sie hatten sich ihren Reichtum mehr oder weniger selbst erarbeitet und wurden nun zu Unrecht verdächtigt. Das war sicher nicht schwer zu bewerkstelligen gewesen. Sie waren von der Gesellschaft verstoßen. Wahrscheinlich hatte jemand von ihrem Gewinn erfahren, das Geld aus der Schuhfabrik geklaut und sie als Schuldige hingestellt, um jeden Verdacht von sich abzulenken. Natürlich würde die ganze Stadt glauben, dass Siang es getan hatte. Es war Neujahr, Glücksspielsaison, und er kam zufällig genau an dem Tag wieder nach Hause, als das Verbrechen geschah. Wahrscheinlich besuchte er noch seinen Vater in der Fabrik, jemand sah ihn dort und hörte von dem Geld, das sie in Putien gewonnen hatten. Bingo. Perfektes Motiv, perfektes Timing!

»Komm wieder zu dir und rauch erst mal eine.« Dia holte mich auf die Erde zurück und reichte mir einen Original-Dia-Stumpen, genau das Richtige, um mich zu beruhigen. Ich griff nach dem Rettungsring und sog einen Mund voll dunkelblauen Rauch tief in meine Lungen. Das Nikotin ließ meinen Puls rasen.

»Ich muss etwas unternehmen«, murmelte ich.

»Nein, musst du nicht, Mann. Du kriegst nur Ärger.«

»Was meinst du denn, was ich tun sollte?«

»Setz dich auf deinen mageren Hintern und kümmere dich um

deine Bücher. Vergiss nicht, du weißt von gar nichts.« Dia sah mich vielsagend an.

Mit dem bitteren Rauch schluckte ich meine Angst hinunter. »Ich weiß von nichts«, wiederholte ich ein paar Mal. Dann fühlte ich mich sicherer.

Dia war ein ausgefuchster, fauler Kerl ohne Illusionen. Aber er war loyal bis zum Letzten. Was mich anging, so machte diese eine Tugend alle seine Sünden wett. Er war mein Held und mein Kumpel, aber manchmal nervte er mich wahnsinnig. Ich zerzauste ihm die Haare. Er streckte die Hand aus und verwuschelte meine, und dann jagten wir einander die steile Treppe der Schule hinauf.

Ich hörte, wie Dias Lungen bei jedem Schritt pfiffen. Er musste ein paar Mal innehalten, um wieder zu Atem zu kommen. Ich hielt auch an und beobachtete ihn voller Mitgefühl. Der ganze Stolz eines Dia-Mannes: rauchen, keuchen und ein langes Leben genießen. Das war eine so dämliche Überzeugung. Wahrscheinlich würde er jung sterben.

Wir gingen jeder in sein Klassenzimmer, nachdem wir uns für die erste Pause verabredet hatten. Gute Freunde waren am ersten Schultag immer wie eine Familie.

Das Klassenzimmer war halb leer, als ich hereinkam. Es hatte sich einiges verändert. Die zerbrochenen Fensterscheiben waren repariert, und die Wand war mit grobkörniger weißer Farbe frisch gestrichen. Darauf prangte in riesiger Schrift eine Parole, die zu fleißigem Lernen aufforderte, ein Zitat des verstorbenen Vorsitzenden Mao. Einige Schüler waren in ihre Bücher vertieft. Ein paar streckten auch den Kopf aus dem Fenster und rauchten ihre Selbstgedrehten. Es herrschte eine Ernsthaftigkeit, die ich vorher nicht gespürt hatte. Ein Schüler las sich sogar eine der Englischlektionen laut vor. Noch vor einem Jahr hätte man ihm dafür die Zähne ausgeschlagen. Ich setzte mich auf meinen alten Platz, ganz hinten in der Ecke. Die Ecke diente nicht länger dem Zweck, dass ich von hier aus einfach zum Fenster hinaushüpfen konnte, wann immer ich wollte. Sie war meine Insel. Hier fühlte ich mich sicher; ich konnte alles und jeden im Auge behalten, doch mich konnte niemand sehen.

Welche Ironie, dieses Streben nach intellektuellen Höchstleistungen mit einem Wort des Vorsitzenden Mao zu überschreiben. Wenn Mao gewusst hätte, was seine Kleinen Roten Garden hier taten, hätte er wie ein einsamer Wolf in seinem eisigen Sarg aufgeheult und sich die verräucherte Lunge aus dem Leib gebrüllt. Mao, der Diktator, war mit den Teufeln im Bund. Er wollte China in permanentem Aufruhr halten, um ewig herrschen zu können. Er folgte einer schlichten Logik: Frieden und Muße bringen Unruhe und Auflehnung gegen die Herrschenden hervor, während Angst und Krisenhaftigkeit ihren Herrschaftsanspruch stärken. Das war der Grund dafür, weshalb Mao seit der Machtübernahme der Kommunisten 1949 nicht aufgehört hatte, viel vorgeblichen Rauch von vorgeblichen Feuern aufsteigen zu lassen. Ein politischer Schachzug war auf den anderen gefolgt. Und die Knochen von Millionen zornigen Geistern säumten seinen langen Weg. Er hatte sich nicht um die junge Generation geschert, der er befohlen hatte, die Schulen zu verlassen und aufs Land zu gehen, um sich von den armen Bauern auf ihren schlammigen Feldern umerziehen zu lassen. Sie sollten nur unwissend bleiben, damit sie nicht dahinter kommen konnten, was für ein Schurke er in Wirklichkeit war.

Den jungen Leuten gefiel das sehr. Da der große Boss sie nicht in der Schule haben wollte, packten sie ihre Sachen, zogen zu Millionen aufs Land und sangen dabei noch ihre Rotgardistenlieder und winkten mit ihren Roten Büchlein. Doch bald mussten sie feststellen, dass sie von den Bauern nichts weiter lernen konnten als mörderisch schwere Arbeit und Anbaumethoden, die Tausende von Jahren alt waren. Also begannen sie, die Bauern zu beleidigen und ihre Töchter zu stehlen, und sie gingen nicht mehr zur Arbeit. Sie taten den lieben langen Tag nichts anderes als rauchen, trinken, um Geld spielen und sich verlieben. Dort draußen gab es auch nichts anderes zu tun. Die einsamen ländlichen Gegenden wurden für sie zur Falle. Sie streiften durch die Hügel, doch es war zu spät, sie durften nicht mehr in die Städte zurückkehren, aus denen sie gekommen waren; die Anzahl und Verteilung der Bevölkerung wurde in China streng kontrolliert. Ein Stadtbewohner durfte sich jederzeit von seinem Wohnort abmelden, seine Privilegien aufgeben und aufs Land ziehen, aber umgekehrt ging das nicht. Die jungen Leute weinten, und einige nahmen sich das Leben. Nun begriffen sie, was ihr Anführer Mao damit gemeint hatte, seine Wurzeln auf dem Land zu finden. Er hatte das wortwörtlich gemeint. Geh dorthin, heirate jemanden, bring einen Wurf ungebildeter Bauern hervor und komm ja nie wieder in die Stadt, um mir lästig zu werden.

Um punkt acht Uhr jeden Morgen wankte der alte Glöckner zu der bronzenen Glocke, die an einer alten Pinie hing. Der Glockenton war weithin zu hören. Auf dem Gang drückte der Pekingmensch seine Zigarette aus und schlurfte zu unserem Klassenzimmer. Er grinste wie ein Gorilla über die neue Parole an der Wand. Er bemühte sich ein paar Sekunden lang, sich das Lachen zu verbeißen, doch seine schmalen Lippen konnten sich einfach nicht vor seinen großen Zähnen halten.

»Wer hat das da hingeschrieben?«, fragte der Pekingmensch. »Soll das vielleicht ein Scherz sein?«

In der Klasse war es ganz still.

»Als Mao dazu aufrief, fleißig zu lernen, glaube ich nicht, dass er damit den Stoff meinte, den wir jetzt durchnehmen«, stotterte er. »Ihr solltet wissen, dass er damit sein Kleines Rotes Buch meinte, aber ich bezweifle, dass irgendeine Universität euch dafür Punkte geben würde.«

Die ganze Klasse brach in Lachen aus. Nur der Pekingmensch konnte die erste Stunde des Jahres auf diese Weise eröffnen. Seine Worte waren recht gewagt, denn Maos Geister trieben noch immer ihr Unwesen, doch der Pekingmensch war furchtlos und zornig. Vor nicht allzu langer Zeit hatte man ihn noch verprügelt und ins Arbeitslager gesteckt.

Er schnippte mit den Fingern, und die Klasse beruhigte sich. »Ich will euch etwas über das Studium der Geschichte erzählen.«

Wir waren ganz Ohr.

»Als ich zur Universität ging, wohnte ich mit einem Medizinstudenten zusammen. Jeden Abend vor dem Schlafengehen steckte dieser Kerl die Hand in eine Holzkiste unter seinem Bett und murmelte vor sich hin. Tagein, tagaus. Schließlich konnte ich meine Neugier nicht mehr zügeln und fragte ihn, was er da tue. Wisst ihr, was er mir erzählt hat? Er hatte eine Sammlung menschlicher Knochen in dieser Kiste. Er wollte die Knochen blind erkennen können, um ein guter Arzt zu werden. Was sind die Knochen der Geschichte?« Er hielt inne und sah uns an. »Von diesem Tag an tat ich das Gleiche mit historischen Fakten: mit den Daten und Namen von Dynastien, mit all den wichtigen Kleinigkeiten, die das Studium der Geschichte ausmachen. Ich machte mir Lernkarten, stapelweise, und verwahrte sie unter meinem Bett neben meinen stinkenden Schuhen. Bevor wir nachts das Licht löschten, beschäftigte er sich mit seinen Knochen und ich mich mit meinen Karten. Das war eine tolle Zeit. Wir haben beide mit Auszeichnung bestanden.«

Der Pekingmensch sagte uns nicht, wir sollten es auch so machen; er regte uns nur an, forderte uns heraus, seinem Beispiel zu folgen. »Also, wie ich gehört habe, wollt ihr hier die geisteswissenschaftliche Prüfung machen. Wir haben nicht mehr viel Zeit. Jahrtausende Geschichte müssen gelernt und wiederholt werden. Ich bin hier, um euch die Richtung zu weisen, aber rudern müsst ihr schon selbst. Gibt es irgendwelche besonderen Wünsche, bevor wir anfangen?«

»Wie viele Fragen haben Sie bei der letzten nationalen Aufnahmeprüfung richtig geraten?«, fragte ein Junge.

Genau das wollte ich auch wissen.

»Ich würde sagen, ich habe alle richtig geraten, denn ich habe sie schließlich unterrichtet.«

»Nein. Ich meine in den letzten Tagen davor, als Sie Ihre besonderen Stunden abgehalten haben«, beharrte der Junge.

»Ach, das. Drei von den fünf Aufsatzthemen. Ich habe meiner letzten Abschlussklasse die genauen Antworten zwei Tage vor der Prüfung gegeben. Das war mein Geschenk an sie. Die Klugen unter ihnen sind nach Hause gegangen und haben sie auswendig gelernt; das waren diejenigen, die aus der Prüfung kamen und von einem Ohr zum anderen grinsten. Aber was ich errate, ist nur ein kleiner Bonus. Manchmal rate ich richtig, manchmal nicht. Ihr müsst nach Hause gehen und euch dieses dicke Buch hier einverleiben.« Er hielt das Lehrbuch hoch wie eine Bibel. »Verdaut das, es muss ein Teil von euch werden. Jedes Wort hier drin, jede Tatsache, ist ein Baustein eures Traums von einem Universitätsabschluss. Ihr jungen Leute gehört dorthin.« Sein Blick wanderte zu mir, und mein Herz erwärmte sich sogleich um zehn Grad. »Denkt daran, die nächsten paar Monate müsst ihr mit diesen Büchern schlafen, essen, gehen und sprechen. Und diejenigen von euch, die hinterherhinken, sollten auch noch von ihnen träumen.«

All das gab ich in der Pause Dia weiter, und er war wie verzaubert. Das war genau die Art von Motivationsansprache, die ihn packte. Er hüpfte aufgeregt den leeren Flur entlang und verfluchte den Lehrer, der ihn in G-Zwei gesteckt hatte, das Sibirien der intellektuellen Anregung. Er hatte sich in der ersten Stunde einen guten Platz erkämpft, um dann unablässig im Gestank des Jungen vor ihm zu sitzen, der den ganzen Vormittag lang furzte.

»He, beruhige dich. Wie der Pekingmensch gesagt hat, du musst eben selber fleißig lernen. Er kann uns nur dazu anleiten.«

»Du hast ja keine Ahnung, wie schlimm es mit diesen Verlierern ist. Mir wird schon schlecht, wenn ich nur daran denke.«

Dias Haltung überraschte mich. Er hatte sich verändert und sah sich selbst nicht mehr als einen Verlierer. Aus ihm sprach neue Hoffnung.

»Weißt du was, lass uns heute Abend mal zusammen lernen und schauen, wie gut das funktioniert.«

»Wie denn?«

»Na ja, ich habe einen Plan.« Ich flüsterte ihm den Plan ins Ohr, und er lächelte.

An diesem Abend nach dem Abendessen sagte ich Mama, dass ich bis spät in die Nacht in der Schule lernen wolle. Ich bat sie um einen Haustürschlüssel und bekam noch einen Beutel voller Essen für Dia, der seinen Eltern gesagt hatte, er werde heute bei uns übernachten.

Die Schule war abgeschlossen, also suchten wir uns eine niedrige Mauer und kletterten hinüber. Wir zogen die Köpfe ein und schlichen rasch zu unserem Klassenzimmer. Der Nachtwächter war ein Mann im mittleren Alter, der schon seit vielen Jahren verheiratet war, aber keine Kinder hatte. Ein Mönch auf dem Ching hatte da ein Geheimrezept. Er drängte den Nachtwächter, jeden Abend ein Glas Reisschnaps zu trinken, bevor er seine Frau aufsuchte. Der Mann hatte eine angeborene Abneigung gegen Alkohol. Der Geschmack von Schnaps machte ihn wahnsinnig, doch seine Gattin, eine große, kräftige Frau, klemmte angeblich seinen Kopf in ihrer wabbeligen Armbeuge fest und schüttete ihm den Schnaps gewaltsam die würgende Kehle hinunter. Der Mann war dabei ein paar Mal in Ohnmacht gefallen, doch das war seiner Frau egal. Für sie zählte nur das, was passierte, wenn der Schnaps bei ihrem besiegten Mann endlich Wirkung zeigte. In guten

Nächten hörte man sie schon mal um Mitternacht Wiegenlieder singen.

Diese Schnapskur gab es jeden Abend. Durch das Fenster konnte man die Silhouette des kleinen Mannes vor einem Schnapsglas sehen und eine Frau, die vor ihm aufragte wie ein Berg. Man erzählte sich, dass der Mann Albträume bekam, wenn es dunkel wurde.

Dia blieb am Fenster des Wachmannes stehen. Er war neugierig, was da drin vor sich ging, doch dafür war jetzt keine Zeit. Ich verpasste ihm einen Tritt in den Hintern, wir schoben das Fenster unseres Klassenzimmers hoch wie zwei Diebe und setzten uns.

Ich hatte vor, jeden Abend mit Dia für Geschichte zu lernen. Das würde viel Öl einsparen, das meine riesige Lampe zu Hause sonst verbrauchen würde, und Dia konnte sich beim Lernen die Lunge mit seinen Selbstgedrehten zukleistern, was meine Mutter hasste wie die Pest. Wir würden unsere Bücher mit Kerzen beleuchten.

Ich hatte ihm Geld gegeben, um welche zu kaufen, und er packte sie nun aus. Die vier Kerzen erzeugten ein mystisches Licht, weich und beruhigend. Er rieb sich die Augen und nuschelte etwas darüber, dass er mit diesen winzigen Kerzen nicht besonders gut sehe. Ich gab ihm einen leichten Schlag auf den Kopf und erzählte ihm eine Geschichte von einem Gelehrten, der so arm, aber so wissbegierig war, dass er ein Loch in die Wand zu seinem Nachbarn bohrte, damit er in dem Lichtstrahl lesen konnte, der hindurchfiel. Im Winter saß er neben einem großen Schneehaufen und nutzte das silbrige Licht, das die eisige Schneefläche des Nachts reflektierte.

»Schon gut, schon gut, genug von diesen Märchen. Ich brauch erst mal was zu rauchen.«

Wieder gab ich ihm einen spielerischen Klaps, während er seinen dicken Stumpen an einer Kerze anzündete.

In den Winterferien war ich mit dem Stoff in Geschichte fertig geworden. Dazu gehörte chinesische Geschichte bis zu den Anfängen, Weltgeschichte und die dämliche Geschichte der Kommunistischen Partei. Diese Themengebiete waren alle in einem tausend Seiten dicken Band enthalten. Anfangs war ich verblüfft, wie viele Dynastien China schon gehabt hatte. Die Namen all der Kaiser und ihrer Nachfolger reihten sich endlos aneinander, wie die Wogen des Dong Jing. Allmählich entwickelte ich eine Methode, sie mir zu merken. Ich trug sie in einen Stammbaum ein und gab ihnen ulkige Namen, wie die, die ich sonst meinen Hunden, Hühnern und Enten verlieh. Ich trug diese Listen ständig mit mir herum, selbst wenn ich auf die Toilette ging. In meinem Lernplan zählte jede Minute.

»Hast du das Buch wenigstens schon einmal ganz durchgelesen?«, fragte ich nun Dia.

»Ich versuch's ja, aber ich kann mir einfach nichts merken. Ich weiß nur noch, wie viele Frauen der erste Kaiser der Tan-Dynastie hatte und dass eine davon schließlich die Macht übernahm und das Land regierte. Weißt du, ich habe mich richtig in sie verliebt. Ich glaube, ich brauche auch so eine Frau, die mein jämmerliches Leben in die Hand nimmt.«

Ich konnte nicht anders, als über ihn zu schmunzeln. Ich wünschte, alles, was wir in der Schule lernten, wäre so interessant. Unser Held, der Pekingmensch, hatte sich bestimmt prächtig amüsiert, als er das Privatleben all dieser korrupten Kaiser studierte. Vermutlich wäre er gern einer von ihnen gewesen. Der Kaiser stand über dem Gesetz. Er konnte so viele Ehefrauen haben, wie er wollte. Viele dieser Frauen wurden nach einer Nacht verstoßen und irgendwo ganz hinten in seinem Palast eingesperrt, durften ihn nie wieder verlassen und mussten sich mit den Eunuchen begnügen.

»He, das ist gut«, sagte ich. »Immerhin hast du dir schon etwas gemerkt. Stell dir doch das ganze Buch als Geschichte vor, die von uns handelt und den ganzen Leuten, die vor uns in diesem Land gelebt haben. Das wird sicher lustig.«

»Ach nein, mir machen nur die Sachen über Frauen Spaß. Wenn ich in diesen feudalen Zeiten gelebt hätte, hätte ich mich beim Palast als Eunuch beworben.«

»Damit sie dir die Eier abschneiden?«

»Das wär's mir wert. Ich wäre für all die abgelehnten Damen ganz hinten im Palast zuständig und könnte jede einzelne von ihnen jeden Tag genießen.«

»Komm, lass uns lernen. Wir sind nicht hier, um über Mädchen zu reden. Du liest jetzt das erste Kapitel, und ich frage dich nachher darüber aus.«

Dia senkte den Kopf und zwang sich, in das Buch zu schauen. Ich stellte meine beiden Kerzen in eine andere Ecke und begann, die Kapitel zu wiederholen, die ich schon konnte. Normalerweise machte ich mich guter Dinge an die Arbeit, doch wenn ich dann an die bevorstehende Prüfung dachte, erschien mir auf einmal jedes kleine Detail in dem dicken Buch ungeheuer wichtig. Schließlich merkte ich mir vor lauter Panik noch die winzigsten Nebensächlichkeiten. Ich kannte sogar das genaue Geburtsdatum jedes Herrschers. Mein Bruder, der gerade erst mit dem Lernen anfing, war völlig erschüttert, als er feststellte, dass ich mich sogar an den Namen eines kleinen Dorfes erinnern konnte, in dem ein Kaiser einmal in der bescheidenen Hütte eines blinden Bauern übernachtet hatte, als er aus dem Palast gejagt worden war. Das hatte in einer Fußnote gestanden.

Die Nacht war still und kühl.

Zunächst konnte ich noch Dias Füße auf den Boden trommeln hören. Er rauchte ein paar Zigaretten, und dann zog das Buch mich ganz in seinen Bann. Dia war vergessen. Ein paar Mal versuchte er, mit seinem unmelodischen Pfeifen auf sich aufmerksam zu machen. Ich ignorierte ihn, das war eine Frage der Disziplin. Als ich endlich eine Pause einlegte und mich nach ihm umdrehte, schnarchte er friedlich in einer kleinen Pfütze Spucke, die ihm aus dem Mund gelaufen war. Seine Kerzen waren umgefallen und ausgegangen.

Kopfschüttelnd ging ich hinüber. Ich riss mir einige lange Haare aus und schob sie in seine Nasenlöcher. Er runzelte ein paar Mal die Stirn und fuhr dann plötzlich hoch. »Scheiße, ich bin eingenickt.«

»Wie viele Seiten hast du geschafft?«

»Drei.«

»Mehr nicht?«

»Ich brauche elektrisches Licht. Diese Kerzen machen mich ganz schläfrig.«

»Du Hornochse! In deinem Dorf gibt es nicht mal Strom. Warum sagst du dann so was?«

»Ich bin ein neuer Dia-Mann, und Kerzenlicht reicht mir eben nicht. Ich finde, jetzt können wir es riskieren. Beim Nachtwächter brennt kein Licht mehr.« Dia sprang auf und knipste das Licht an.

»Das hat schon etwas zu bedeuten, weißt du?«, bemerkte Dia.

»Was hat etwas zu bedeuten?«

»Dass ich nur mit diesem großen Licht lernen kann.«

»Allerdings hat das etwas zu bedeuten. Es bedeutet, dass du dringend eine Tracht Prügel brauchst.«

Die nächsten drei Stunden lernten wir ruhig. Ich sah ihn ein paar Mal ein Gähnen unterdrücken. Er zwickte sich in die Nase, wackelte mit seinen Affenohren, und einmal schlug er sich sogar mit dem Rohrstock. Ich war stolz auf ihn. Wenn ich ihn jeden Tag zu solcher Disziplin anhalten konnte, würde er es vielleicht schaffen.

»Und jetzt wirst du geprüft«, verkündete ich.

»Nein, jetzt ist Feierabend«, gab Dia zurück. »Es ist schon elf. Der Strom wird abgeschaltet.«

»Wir fangen doch gerade erst an.«

»Gnade! Wie lautet die Frage?«

Ich stellte ihm drei einfache Fragen. Er lag nur einmal daneben. Dann fragte er mich ab. Ich beantwortete alles richtig.

Er war außer sich über seine gute Leistung, und wir fragten uns weiter gegenseitig ab. Als ich wieder einmal dran war, fiel Dia auf die Knie und sagte: »He, Schluss jetzt. Ich kann nicht mehr. Studieren ist nur was für dich, Mann.«

»Komm schon. Ein bisschen noch.«

»Nein, ich sterbe auf der Stelle. Wenn ich jetzt nicht die Augen zumachen darf, liege ich gleich tot am Boden.«

Ich war total bei der Sache. Nichts konnte mich aufhalten. Dia ließ sich zu Boden fallen und begann zu schnarchen, während ich umherging und wiederholte, was ich eben gelernt hatte. Ich erzählte mir die Geschichten immer wieder, bis ich sie mir gut gemerkt hatte. Die große Prüfung war nur noch Monate entfernt. Ich hatte Angst davor und war zu aufgeregt, um zu schlafen.

Plötzlich hörte ich ein Klopfen am Fenster. Draußen war es stockdunkel. Wer konnte das sein?

Rasch machte ich das Licht aus und warf mich zu Boden. Ich zwickte Dia ins Ohr, um ihn zu wecken. Der Strahl einer Taschenlampe drang durch das Fenster und schwenkte ein paar Mal durch den Raum.

Eine tiefe Stimme rief: »Raus da, bevor ich mein Gewehr hole.«

»Wach auf«, flüsterte ich Dia ins Ohr. Er schlief wie ein Toter. Ich musste etwas tun. Ich trat ihn. Er rappelte sich hoch wie ein aufgescheuchtes Tier.

»Der Nachtwächter ist da.«

»Scheiße, hauen wir ab.«

Wir sammelten im Dunkeln unsere Sachen ein und kletterten

wie die Ratten zum Fenster hinaus. Der Lichtkegel verfolgte uns, bis wir es über die Mauer geschafft hatten, wo wir zu Boden fielen und nach Luft schnappten wie gehetzte Tiere.

»Er sagte, er würde auf uns schießen, wenn wir nicht verschwinden. Glaubst du das?«, fragte ich Dia.

»Ach was, die einzige Kanone, die der hat, baumelt zwischen seinen Beinen, und die funktioniert auch nicht besonders gut, wie seine Frau dir versichern wird.«

Wir lachten den ganzen Weg bis zu mir nach Hause. Es war eine anstrengende Nacht gewesen, aber ich war zufrieden, denn ich hatte viel gelernt und mir auch alles genau merken können. Und Dia machte Fortschritte. Der Schreck mit dem Schulwächter war rasch vergessen.

Am nächsten Tag während der morgendlichen Pflichtübungen auf dem Hof betrat der Rektor das Podest. Da war etwas im Gange. Er erschien nie, außer, es gab einen besonderen Grund dafür.

»Gestern Nacht waren zwei Einbrecher auf dem Schulgelände. Wir haben nur den Namen des einen. Den anderen kriegen wir auch noch heraus. Sie sind über die Mauer eingedrungen. Es hat mich sehr wütend gemacht, davon zu erfahren.« Er hielt stirnrunzelnd inne.

Meine Beine zitterten, und meine Knie gaben fast nach. Ich konnte keine öffentliche Abstrafung mehr brauchen. Stumm flehte ich den Rektor an, es einfach zu vergessen. Dia warf mir einen verstohlenen Blick zu. Die ganze Schule war nun auf dem Platz versammelt und rätselte, wer denn die Einbrecher gewesen sein mochten.

»Wie gesagt, ich war sehr wütend, bis ich erfuhr, was diese beiden in einem unserer Klassenzimmer wollten. Sie haben gelernt! Ich sagte dem Nachtwächter, wie sehr mich diese Nachricht bewegt hat. Was für eine wunderbare Geschichte. Wenn ich meine Schüler dazu bewege, bis drei Uhr nachts zu lernen, dann muss ich wohl Rektor einer sehr viel versprechenden Schule sein. Diese Jungs gehen mit gutem Beispiel voran, von denen könnt ihr alle noch etwas lernen.«

Ich war völlig verblüfft über diese unerwartete Wendung. Dia lächelte jetzt.

»Diesen beiden jungen Männern möchte ich noch sagen, lernt fleißig, aber achtet auf eure Gesundheit und klettert bitte nicht über die Mauer. Ihr könntet euch die Beine brechen oder Schlimmeres. Ich spreche euch ein großes Lob aus, möchte euch aber bitten, nicht mehr nachts zur Schule zu kommen. Ab sofort ist die Schule bis Mitternacht für euch geöffnet, aber nicht länger. Das ist meine Botschaft an euch. Und jetzt alle wieder an die Arbeit.«

23

Jeden Morgen stand ich mit der Sonne auf. Dann schlurfte ich ins Zimmer meines Bruders und weckte ihn. Stets lagen ein paar Bücher neben ihm. Er war wieder einmal beim Lernen eingeschlafen, voller Sorge wegen der Prüfung. Und jeden Morgen sprang er aus dem Bett, rieb sich die roten Augen und starrte mich an, als sei ich verrückt geworden. War ich auch.

Ich ging durch die quietschende Tür auf den Hinterhof hinaus, trottete die Stufen zum Fluss hinab und kniete mich an das klare, kühle Wasser, um mich darin zu betrachten. Ich war dünner geworden, seit ich jeden Tag bei Sonnenaufgang aufstand und erst um elf Uhr zu Bett ging. Ich spritzte mir Wasser ins Gesicht und wischte es mit den Ärmeln ab. Sechs Stunden Schlaf jede Nacht. Ich brauchte viel kaltes Wasser, um die Augen offen zu halten.

Es war Ende April. Der Duft des Sommers hing schwer in der Luft. Unser Hinterhof war ein farbenprächtiger Garten mit roten Rosen, gelben Gagai-Blüten und weißen Lilien. Mama hatte Lima-Bohnen angepflanzt, die in den üppigsten Schattierungen erblüht waren und sich nun nach oben über die hölzernen Tür- und Fensterrahmen rankten. Ich suchte mir eine Stelle, wo die dichten Blätter mich vor der sengenden Sonne schützten, stellte meinen

Lieblingskorbsessel dort auf und knabberte an ein paar Schoten, während die Brise mir sanft durchs Haar strich.

Jeden Morgen nach dem Aufstehen machte ich mich an die Politik, das langweiligste der fünf Fächer, die in der großen Prüfung verlangt wurden. Es ging darin nur um die verquere Philosophie der Kommunistischen Partei. Ein paar der Theorien waren so abstrus, dass man sie bestenfalls als Wortverdreherei bezeichnen konnte.

Es war, als begeistere sich ein Staubsaugervertreter über diese grandiose Revolution, die sich gerade in der Staubsauger-Industrie ereignete, obwohl es die gar nicht gab. Und das Gerät, das er einem verkaufen wollte, war nicht annähernd so gut, wie er behauptete. Es war nichts als langatmige Selbstbeweihräucherung, gemischt mit ein paar Lügen. Oft hätte ich das Buch am liebsten in den Fluss geworfen. Was sollte das sein? Marxismus, verquickt mit Maos überragenden Ideen? Das war nur irgendein fremdländischer Brei, aufgekocht mit ein paar heimischen Gewürzen, bis ein Gericht dabei herauskam, das sich Kommunismus nach China-Art nannte. Blabla mit Sauce.

Einige der aufgeworfenen Fragen und dargebotenen Erklärungen waren so an den Haaren herbeigezogen, dass mir schlecht wurde. Zum Beispiel, warum Mao am Anfang der Revolution seine Armee aufs Land geschickt hatte, anstatt eine Revolte in der Hauptstadt anzuzetteln. In dem Buch stand, dass Mao eben den Marxismus an die besonderen Gegebenheiten in China angepasst habe. Das war Blödsinn. Mao war schlicht um sein Leben gerannt. Er hatte nicht einmal Zeit gehabt, sich den Hintern abzuwischen. Die nationalistische Armee war hinter ihm her, und er hatte sich in die Wälder schlagen müssen. Damals war es ihm gewiss nicht um den Marxismus gegangen.

Ich hätte mich beinahe übergeben, als ich ein ganzes Kapitel über die Großartigkeit eines seiner Aussprüche lesen musste: »Alle echten Kenntnisse stammen aus der unmittelbaren Erfahrung.« Klar doch. Nun, er hatte ja auch reichlich unmittelbare Erfahrung genossen, angefangen damit, dass er sein hässliches Landei von erster Ehefrau hatte sitzen lassen, um mit einer schicken Schauspielerin aus Shanghai ins Bett zu steigen, während seine Soldaten in ihrem Versteck im Norden Shangbeis an Baumwurzeln nagten und sich den Arsch abfroren.

Doch die Realität war nun einmal die Realität. Politik blieb ein wichtiges Fach, das ein Fünftel der insgesamt fünfhundert möglichen Punkte in der Aufnahmeprüfung ausmachte. Ich biss in den sauren Apfel und bemühte mich, meine Gefühle im Zaum zu halten.

Jin suchte sich eine andere Stelle unter dem Lima-Bohnen-Blätterdach, trank seinen Tee und rauchte, während er den Kopf in seine Bücher steckte. In den drei Monaten intensiven Lernens kam Jin erstaunlich schnell voran. Ich vermittelte ihm alles, was ich wusste, und beriet ihn nach bestem Wissen. Er brauchte gar nicht viel Hilfe und auch keinen ermunternden Zuspruch.

Zehn Jahre lang, seit seinem dreizehnten Lebensjahr, war Jin ein echter Bauer gewesen. In allen Fragen der Landarbeit war er Experte. Er war ein ruhiger Mensch, der sich manche Schliche nur angeeignet hatte, um zu überleben. Als er die Mittelschule abbrechen musste, um auf den Feldern zu arbeiten, hatten die anderen Bauern ihn ausgelacht und ihn die schwersten Arbeiten verrichten lassen. Manchmal bürdeten sie ihm sogar doppelt so viel auf wie normal. Meine Eltern waren nicht da, um ihn zu beschützen. Und selbst wenn, sie hätten nicht viel ausrichten können. Sie waren Landbesitzer, schlechte, schuldige Menschen, die sich mit niemandem anlegen durften. Sie sollten nur mit gesenktem Kopf Sklavenarbeit leisten, bis zu ihrem Tod. Meine älteste Schwester Si, die zur gleichen Zeit wie er den Dienst in der Landwirtschaft antreten musste, kam oft weinend nach Hause und klagte über die unfaire Behandlung. Doch Jin weinte oder klagte nie. Er wurde nur noch ruhiger und entschlossener. Er musste der Mann im Hause sein. Immer öfter hing er mit den anderen Jungs herum und begann mit fünfzehn zu rauchen und zu trinken. Bald wurde er ein geachteter Landarbeiter, der auch die schwersten Arbeiten geschickt ausführte. Er konnte größere Lasten auf den Schultern tragen als alle anderen und dabei weite Strecken bergauf laufen, ohne eine Pause. Manchmal musste er immer noch gegen unfaire Behandlung und Diskriminierung ankämpfen, doch er hatte sich gut entwickelt, und wir alle waren stolz auf ihn.

Nun war seine Denkweise geradezu militant. Wenn er die Knochenarbeit auf den Feldern geschafft hatte, sollte die Schule kein Problem für ihn sein. Er wollte auf die Universität. Das war seine einzige Chance auf eine Zukunft. Cousin Tan hatte den Weg für ihn bereitet, und ich ging direkt hinter ihm und schob und schubste.

Während wir lernten, schufteten unsere drei Schwestern in der Sonne, denn sie mussten auch noch die Arbeit meines Bruders übernehmen. Jeden Abend kamen sie verschwitzt und erschöpft nach Hause. Mein Bruder und ich kamen ihnen an der Tür entgegen, um sie zu begrüßen und ihnen zu danken. Sie lächelten dann nur und fragten uns, wie viel wir heute gelernt hätten. Wir erzählten es ihnen, und sie freuten sich für uns. Ihre Augen strahlten vor Hoffnung und Zuneigung. Bruder Jin konnte es kaum erwarten, wieder auf dem Feld zu arbeiten, sobald die Prüfung vorüber war. Der Gedanke, dass jemand anders seine Last für ihn trug, war ihm unerträglich. Er wusste, wie furchtbar die sommerliche Hitze einem zu schaffen machte, wie schlimm die Rückenschmerzen waren; und egal, wie dick die Schwielen an den Händen schon waren, bei der Reisernte mit den uralten, stumpfen Sicheln holte man sich jedes Jahr wunde, offene

Blasen. Dies war das Leben in Gelber Fels, dem wir zu entrinnen versuchten.

Seine Kollegen im landwirtschaftlichen Kollektiv begegneten Jin mit Sarkasmus. Er bekam dieselben höhnischen Sprüche zu hören wie Cousin Tan zuvor. Dass er alt genug sei, an einer Universität zu unterrichten. Dass sein familiärer Hintergrund politisch unzuverlässig sei. Dass er zu dumm sei, um es zu schaffen. Jin war auf die Mittelschule gegangen, als man ihn rauswarf. Dieser Spott traf ihn nicht. Seine Freunde schauten jeden Abend bei uns herein, um nach ihm zu sehen und ihm alles Gute zu wünschen.

Nach einem leichten Frühstück – drei Schüsseln Reisbrei für Jin und zwei für mich – lernten wir gemeinsam Geologie und Geschichte an einem langen Tisch im Esszimmer, mit Blick auf den blühenden Garten. Wir erstellten Listen und Schaubilder auf unserer provisorischen Wandtafel oder breiteten sie über den gesamten Boden aus. Wir studierten jedes Detail der langen Geschichte Chinas und brüteten über jeder exotischen Stadt der Welt.

Manchmal bot Jin mir während unserer Fünf-Minuten-Pause am Nachmittag eine Zigarette an, und wir sprachen von unseren Träumen und Sehnsüchten. Seine waren eher bodenständiger Natur, meine hingegen etwas flatterhaft und abgehoben. Er wollte an einer soliden Hochschule mit einer guten Wirtschaftsfakultät nicht weit von zu Hause studieren, Leiter einer Fabrik werden, ein hübsches, vernünftiges Mädchen heiraten und eine Familie gründen. Ich wollte nach Beijing, die Perle Chinas, fünfzig Stunden Zugfahrt von zu Hause entfernt, und dort Englisch studieren. Danach würden die Möglichkeiten schier unbegrenzt sein.

Jin nickte immer belustigt und gab seinem kleinen Bruder freundliche Ratschläge, ohne mich je zu entmutigen.

»Du bist noch sehr jung, die ganze Welt gehört dir«, sagte er stets. »Träum nur, soviel du kannst.«

Einmal sagte er mir, er glaube, ich könnte alles schaffen und mich überall an die Spitze bringen, wenn ich mich mit aller Kraft einer Sache widmete. Es rührte mich, das aus dem Munde meines stillen, zurückhaltenden Bruders - acht Jahre älter als ich – zu hören. Er sagte, dass ich mich schon als kleines Kind an Dinge herangewagt habe, die für die meisten unerreichbar waren, zum Beispiel Pingpong-Meister werden, Flöte und Geige spielen lernen. Er hatte nichts von alledem getan. Ich hatte nie gemerkt, dass er mich beobachtet hatte und insgeheim stolz auf mich gewesen war. Wir hatten früher nie viel miteinander geredet. Er war zu sehr mit seiner Rolle als Mann im Haus beschäftigt gewesen und ich mit der meinen als das Nesthäkchen.

Mama brachte uns täglich das Mittagessen herein, Reis mit ein wenig Fleischsuppe. Ich wusste, dass wir kein Geld hatten, also fragte ich sie, woher sie das Geld für Fleisch nahm. Sie schwieg zunächst, doch dann erklärte sie, wir bräuchten das zum Lernen und ich solle mir keine Gedanken darüber machen, sondern nur weiter so fleißig sein. Ich wusste, dass die Familie vermutlich Schulden anhäufte, nur um uns gut zu ernähren, die wir nichts zum Unterhalt beitrugen. Jin und ich sprachen darüber und beschlossen, es Mama auszureden. Das sei uns zu schwer und üppig. Wir wollten lieber einfache Suppe mit Gemüse aus unserem Garten und viel Reis. Der April war die Zeit, da Grün und Gelb sich nicht begegnen konnten, womit man in Gelber Fels die Zeit unmittelbar vor der neuen Ernte umschrieb, wenn die letzte Ernte schon fast aufgezehrt war. Und wir wussten auch nicht, wo Mama all den langkörnigen weißen Reis hernahm. Inzwischen sollte es eigentlich dreimal am Tag nur noch billige Süßkartoffeln geben, doch darüber wollten wir uns damals keine Gedanken mehr machen.

Ich sagte Jin, dass ich nach der Prüfung ein wenig Geld verdienen wolle, um die Schulden abzubezahlen, die die Familie unseretwegen gemacht hatte, doch er entgegnete, das Beste sei, dass ich weiterhin fleißig lernte und es auf die Universität schaffte. Das würde der Familie mehr bedeuten als alles andere. Also pflügten wir uns durch die Bücher wie die Büffel, Furche um Furche. Abends lernte dann jeder für sich sein Lieblingsfach. Er nahm die Mathematik in Angriff, ich machte meine Englischübungen. Um uns bis elf Uhr wach zu halten, tranken wir Unmengen von Tee und benutzten oft den Nachttopf.

Eines Abends warf Jin aus Versehen seine Teekanne um. Er kam mit gesenktem Kopf zu mir herauf und erklärte, das sei ein schlechtes Omen, er würde es diesmal wahrscheinlich nicht an die Universität schaffen. Ich sagte ihm, dass das albern sei und meine vielen Kotaus in seinem Namen dieses kleine Missgeschick wettmachen dürften. Wir lachten und fühlten uns gleich besser.

Ich kam zu dem Schluss, dass ich viel Zeit sparen konnte, wenn ich nicht mehr zur Schule ging. Es stand alles in den Büchern. Ende April waren wir mit dem eigentlichen Unterricht ohnehin fast durch.

Bald tat Dia es mir gleich und stellte fest, dass die Lernzeiten ohne Unterbrechungen ihm sehr gut bekamen. Ab und zu besuchte er mich, doch meistens blieb er zu Hause und schloss sich in seinem Zimmer ein. Das ganze Dorf hielt ihn für verrückt. Das fand er lustig. In den Augen der Dorfbewohner war Dia nur einer von diesen harmlosen, rauchenden Dia-Männern, die still ihren Tabak im Hof züchteten, irgendwann ein nettes Mädchen heiraten und einer weiteren Generation von Rauchern ein Nest bauen würden. Nicht so dieser Dia. Er wollte als Träumer gelten in einem Dorf, in dem Träumer das Gespött der Leute waren. Er sagte, er wolle aussehen wie Einstein und genau so genial und verrückt sein, also trug er das Haar lang und wirr. Da er den ganzen Tag im Haus saß, wirkte er sehr bleich neben seinen bäuerlichen Nachbarn, die jeden Tag in der heißen Sonne und ihr ganzes Leben lang in jenem namenlosen Dorf schufteten. Manche glaubten schon, Dia litte an einer unheilbaren Krankheit.

Trotz meiner straff organisierten Tage schaffte ich es, Yi in seiner Fabrik einen kurzen Brief zu schreiben. Ich bat ihn, mir das Verschwinden meiner Freunde zu erklären und die Wahrheit über das Geld zu erzählen. Dann legte ich einen weiteren versiegelten Brief an Siang bei, in dem ich ihn bat, das Geld zurückzugeben, falls er es tatsächlich aus der Schuhfabrik gestohlen haben sollte. Ich erklärte lang und breit, wie ich dazu kam, ihn auch nur ansatzweise zu verdächtigen. Ich wolle ihm gegenüber nur ehrlich sein, schrieb ich, er brauche vernünftigen Rat, und nichts, was er jemals anstellen mochte, würde etwas an unserer Freundschaft ändern; natürlich bat ich auch gleich um Verzeihung, falls ich damit völlig danebenlag. Es war, als werfe man einen Stein in einen See. Meine Freunde waren heimatlos geworden und vielleicht schon längst in einer anderen Provinz mit anderen Dingen beschäftigt.

Der Sommer kam, mit seiner unerträglichen Hitze und Myriaden von Mücken. Die goldenen Reisfelder wurden abgeerntet, und die Insekten verloren ihr Zuhause. Sie kamen in unsere Häuser geflogen wie Kampfflugzeuge, tief und schnell. Selbst im matten Schein von Großvaters Öllampe konnte ich ihre spitzen, stachelbewehrten Köpfe sehen, die auf meine verletzlichen, salzigen Poren herabstießen. Die kleineren kribbelten nur auf der Haut. Die größeren stachen einen wie mit langen, spitzen Nadeln. Mama hatte uns beiden riesige Fächer aus Palmwedeln gemacht, mit denen wir ständig um uns schlugen, während wir versuchten, uns auf die Bücher zu konzentrieren. Nur noch ein Monat bis zu den Prüfungen. Ich lief mit einem Kloß im Hals herum und konnte an nichts anderes mehr denken.

Jin und ich sprachen nicht mehr über unsere Träume, sondern fragten uns in allen Fächern gegenseitig ab, je genauer, desto besser. Wir steigerten uns so hinein, dass wir uns sogar durch den Vorhang zwischen den beiden Abtritten weiter ausfragten, wenn wir einmal gleichzeitig auf die Toilette mussten. Jede Minute zählte.

Bald machten wir unseren Tag um zwei weitere Stunden länger, um eine Stunde vor Sonnenaufgang und eine in der Nacht. Wir schliefen nur noch vier Stunden und hatten kaum noch Appetit. Papa machte sich Sorgen und hielt uns einen kleinen Vortrag. Wir hörten nicht auf ihn. Die Prüfung war schon in wenigen Wochen. Was sollte diese kurze Zeit uns schaden?

Wenn Jin müde war, starrte er ins Leere, tief in Gedanken versunken. Seine Wangen waren eingefallen, sein Gesicht fahl, und er trug jetzt einen stoppeligen Bart. Jedes Mal, wenn ich von einem Buch hochsah und einen kurzen Blick auf ihn warf, tat er mir schrecklich Leid. Er war ein Mann, der sich verzehrte auf seiner Mission, einen Ausweg aus dieser Hölle zu finden. Er würde nur diesen einen Versuch wagen. Wenn er versagte, wollte er die Bücher verbrennen und auf ewig ein Bauer bleiben. Jede Minute seiner Zeit war so kostbar. Vor dem Einschlafen betete ich jeden Abend für uns, egal, wie anstrengend der Tag gewesen war.

Ich wollte nur noch ausschlafen. Doch wenn ich aufwachte und mir kaltes Flusswasser ins Gesicht spritzte, stürzte ich mich doch in einen weiteren Tag Büffelei. Wenn ich müde wurde, schloss ich die Augen, lehnte mich zurück und stellte mir vor, ich säße im Zug nach Beijing, umgeben von den frischen Gesichtern junger Studenten. Draußen zogen die schönsten Landstriche vorüber, wir ließen Fuzhou, Hanzhou, Shanghai, den Jangtse und den Gelben Fluss hinter uns und erreichten schließlich die Hauptstadt Chinas, Beijing. Dann lief ich hinaus auf den Bahnsteig, sah die Fahne meiner Universität hoch oben im Wind flattern und rannte in die Arme meiner neuen Lehrer.

Nach diesem Adrenalinschub ging es weiter. Ich dachte an Rinder, große, starke Rinder, die ohne Unterlass pflügten und sich nie beklagten. Die Bücher waren die endlosen Felder. Diese Vorstellung half mir. Ich fühlte mich wie elektrisiert und lernte mit Feuereifer weiter. Die Stunden vergingen im Nu, und schon war wieder Schlafenszeit. Während dieser Wochen erschien uns kein Tag kürzer oder länger als der andere. Wir dachten an nichts sonst mehr. Wir lebten in unserer eigenen Welt, und dort galt nur das Verlangen, sich zu beweisen.

Wir sprachen einander Mut zu. Ich hatte mich Jin noch nie so nahe gefühlt, und ihm ging es genauso. Wir waren zwei Marathonläufer, die sich gegenseitig antrieben. Wir erinnerten einander ständig daran, dass wir uns der Ziellinie näherten: Schnell, schnell, sonst ist es ein für alle Mal zu spät.

Unmittelbar nach der Kulturrevolution war die Universität plötzlich der große Renner. Der Dichter, Wissenschaftler und Scheiß-Kommunist Guo Muo Ruo bezeichnete diese Zeit als »Frühling der Wissenschaft«. Verschrobene Wissenschaftler wie Chen Jin Nuen wurden zu Volkshelden. Chen Jin Nuen hatte zwanzig Jahre lang an einer einzigen mathematischen Formel gearbeitet und sie endlich bewiesen. Er war ein Junggeselle Ende vierzig, ein wenig verrückt und kränklich, der in einem erbärmlichen Kämmerchen gehaust hatte, voll gestopft mit Papier. Er vergaß zu essen, zu schlafen und war oft so tief in Gedanken, dass er gegen einen Baum lief und sich aufrichtig entschuldigte, weil er gar nicht merkte, dass es nur ein Baum war.

Tausende Frauen schickten ihm Heiratsanträge – schöne Schauspielerinnen, Ärztinnen, Lehrerinnen und Krankenschwestern. Die Präsidentin des Kommunistischen Frauenverbandes an dem Institut, wo Herr Chen arbeitete, nahm es auf sich, all diese Briefe zu lesen. Sie suchte zwanzig Finalistinnen aus und erkor dann, zusammen mit einem echten Komitee, eine freundliche, liebevolle Krankenschwester zu seiner Ehefrau. Nun wurden täglich drei Mahlzeiten für ihn bereitet, und er nahm zwölf Pfund zu. Schließlich durfte er in eine großzügige Vierzimmerwohnung an einem Park ziehen. Nun genoss er das Leben und ging Arm in Arm mit seiner neuen Frau spazieren, mit der er eigentlich nichts anfangen konnte, weil er schon wieder mit dem nächsten mathematischen Problem beschäftigt war.

Er wurde auf Vortragsreise geschickt, und seine Geschichte rührte das Publikum zu Tränen. Millionen junger Menschen wollten so sein wie er. Er war ein chinesischer Einstein. Schüler ahmten sogar Chens Lebensweise nach, blieben die ganze Nacht lang auf und erschienen am nächsten Morgen mit rotgeränderten Augen, heiser und bleich in der Schule. Sie liefen geistesabwesend herum, stießen gegen Tische und Stühle und murmelten Entschuldigungen.

Im Radio erzählte man uns von jungen Helden, die viele Hürden überwunden hatten und an prestigeträchtigen Universitäten aufgenommen worden waren. Heldentum, Ruhm, Reichtum und bequeme Arbeit erwartete den, der über diese Schwelle trat. Ein Universitätsstudium bedeutete gutes Geld – und das zu erreichen war so selten wie ein Sechser im Lotto.

In China lief das so: Von dem Moment an, da man an einer Universität aufgenommen wurde, wie schlecht sie auch sein mochte, kümmerte sich die Regierung um alles. Man brauchte keine Studiengebühren zu zahlen. Man bekam die Zugfahrkarte, großzügige monatliche Reisrationen, ein Bett, alle Bücher, die man brauchte, und die Garantie auf einen Arbeitsplatz, einen angesehenen Büroposten. Es war das beste Studentenleben der Welt.

Doch für Jin und mich war es noch mehr als das. Wir wollten da draußen etwas beweisen. Die Familie Chen war die letzten vierzig Jahre lang durch den Schmutz gezogen worden, und Mama und

Papa waren durch die Hölle gegangen, um uns großzuziehen. Nun war es an der Zeit, ihnen etwas zurückzugeben und sie mit Stolz zu erfüllen.

Die drei Prüfungstage im Juli markierte ich auf meinem Kalender mit roten Flaggen. Jeden Tag, wenn ich die Flaggen sah, spürte ich den Kloß in meinem Hals. Mein Blut begann zu kochen, mein Herz raste, und die Erschöpfung verpuffte, ich war wieder voller Energie. Dann sauste ich zurück zu meinen Büchern und las noch ein paar Stunden.

Schließlich waren es nur noch zehn Tage bis zur großen Prüfung. Jin konnte kaum mehr schlafen. Egal, wie früh er aufstand und wie hart er arbeitete, er konnte keine Ruhe finden. Er starrte in sein Moskitonetz hinauf und lauschte dem Kriegsgeschrei der Mücken. Papa musste Schlaftabletten besorgen, damit er sich ein wenig beruhigte. Manchmal saß er auch nur still da und starrte unverwandt in sein Buch, während es in seinem Kopf arbeitete. Ich wusste, unter welchem Druck er stand.

Er fing an zu jammern, er habe alles vergessen. Ich machte ihm Tee und sagte ihm, dass wir die viele Arbeit nicht umsonst auf uns genommen hätten. Wir hatten nicht genug geschlafen, unsere Freunde nicht gesehen und seit Wochen kaum das Haus verlassen. Schließlich stellte ich ihm ein paar knifflige Fragen, und seine Antworten waren perfekt. Ich klopfte ihm auf die Schulter, und er ging wieder an die Arbeit. Inzwischen waren wir einander verbunden wie zwei Soldaten in der Schlacht. Mein Wort hatte für ihn mehr Gewicht als alles, was die anderen sagten. Doch im Hinterkopf spukte ständig die Angst herum, den Prüfungsbogen aufzuschlagen und keine einzige Antwort zu wissen. Ich hatte Albträume, in denen mein Verstand plötzlich einfach aussetzte. Zitternd und schweißgebadet fuhr ich aus dem Schlaf.

Wir machten tapfer weiter. Hier ging es um die Familie. Hier ging es um sehr viel. Es ging für Jin um persönliche Rache – man hatte ihn aus der Mittelschule geworfen, und er wollte es an die Hochschule schaffen. Ich versicherte ihm, dass sie ihn dort mit offenen Armen erwarteten. Ich feuerte ihn an, und er feuerte mich an. Er sagte, ich könne es bis nach oben schaffen, bis nach ganz oben. Ich dankte ihm, gestärkt von seinem Vertrauen in mich. Nicht mehr lange, und diese ganze Sache würde vorüber sein.

造

24

Fünf Tage vor der Prüfung bekam Gelber Fels buchstäblich einen Stromschlag versetzt: Elektrizität. Von diesem Tag an würde uns Strom aus Wasserkraft vierundzwanzig Stunden am Tag zur Verfügung stehen. Nicht, dass Gelber Fels das Wunder der Elektrizität nicht schon erlebt hatte; in den vergangenen zehn Jahren war eine begrenzte Menge Strom, vier Stunden pro Nacht, von einem kleinen Generator bei der Kommune erzeugt worden. Er war laut, wenig effizient und so teuer, dass sich nur ein Fünftel der Bevölkerung den Strom leisten konnte, doch alle konnten den alten Generator rattern hören. Er verlieh dem stillen nächtlichen Leben ein wenig Aufregung, wie er da dampfend heißes Wasser in einen Teich direkt vor dem Kraftwerk spie. An kalten Tagen konnten wir nackt in diesen Teich steigen und ein heißes Bad nehmen. Obwohl das Wasser nach Öl stank und manchmal ein fettiger Film auf der Oberfläche trieb, warteten stets eine Menge Leute in verschiedenen Stadien der Entkleidung, bis sie an der Reihe waren. Manchmal, wenn der Leiter des Kraftwerks betrunken war, richtete er einen starken Scheinwerfer auf die badenden Eindringlinge und verscheuchte sie. Vor Schreck rannten sie nackt davon, die Kleider in der Hand.

Der alte Generator wurde ein so wichtiger Bestandteil des Lebens in Gelber Fels, dass man oft eine Mutter zu ihren Kindern sagen hörte: »Wo wart ihr denn? Der Generator ist schon angelaufen.« Er wurde jeden Abend um sieben in Gang gesetzt, und die Leute richteten ihren Tagesablauf danach. Und wenn er um elf wieder abgeschaltet wurde, gehörten die Kinder selbstverständlich ins Bett: Das war der Zapfenstreich, nach dem die kleine Stadt Gelber Fels wieder in ihre vorsintflutliche Stille und Dunkelheit fiel. Zu dieser Stunde sollte nur noch der Mond scheinen.

Nun würde sich alles ändern. Obwohl es bis zur Prüfung nur noch fünf Tage waren, entschied Vater, dass es gut für uns wäre, wenigstens eine Glühbirne zu haben. Jin und ich sollten uns eine Fünfzehn-Watt-Birne teilen, die von der Decke baumelte. Am ersten Abend starrten wir die Birne eine volle Minute lang an, nachdem wir sie angeknipst hatten. Dann schüttelten wir ungläubig den Kopf und lächelten einander an. Großvaters qualmende Öllampe würden wir nun nicht mehr brauchen. Ich konnte endlich mit meinem Fächer herumfuchteln und die todbringenden Moskitos verscheuchen, ohne Angst zu haben, ich könnte das Licht runterwerfen.

Während die heiligen Tage langsam näher krochen, veränderte sich die Atmosphäre in unserem Haus. Mama betete noch inbrünstiger und stand noch früher auf, um längere Gebete zu sprechen. Die Mahlzeiten wurden üppiger. Es stand immer Fleisch auf dem Tisch, nur für Jin und mich. Wir haderten nicht mehr mit Mama wegen der ungleichen Verteilung bei Tisch, wir schlangen nur das Essen hinunter und machten uns wieder ans Lernen. Unsere Schwestern sprachen mit gedämpfter Stimme und gingen auf Zehenspitzen an unseren Zimmern vorbei. Doch die größte Veränderung machte mein Vater durch. Er ging doch tatsächlich los, kaufte eine Schachtel Flying Horse und brachte sie mir spätnachts auf mein Zimmer. Es bedurfte keiner Worte. Er wollte wirklich unbedingt, dass ich es schaffte.

Das erinnerte mich an die Geschichte von einem Vater, der eines Tages seinen Sohn auf den Schultern herumtrug. Ein weiser Mann fragte den Sohn: »Warum reitest du deinen Vater wie ein Pferd?«

Der Sohn lächelte und sagte: »Vater tut das in der Hoffnung, dass ich eines Tages ein Drache werde und ihm Ruhm und Ehre bringe.«

Zwei Tage vor der Prüfung versammelte sich ganz Gelber Fels, um den neuesten Klatsch zu hören und die Kandidaten zu beobachten. In jeder dritten Familie nahm jemand an der Prüfung teil. Es gab nur wenige öffentliche Ereignisse, die bei den Leuten hier so viel Beachtung fanden. Ein Milizionär aus der Kommune stolzierte mit einem Megaphon die Straße auf und ab, schwang Lobreden auf die Prüfung und brüllte Ermunterungen. »Bleibt gelassen, seid tapfer, fasst euch ein Herz und seid bereit, sowohl Sieg als auch Niederlage anzunehmen.«

Die Parolen dröhnten auch aus den Lautsprechern, die man vorn auf einen schlammbespritzten Traktor montiert hatte. Die Leute lauschten schweigend, während der Traktor lärmend vorbeiratterte. Es herrschte Krieg, und die jungen Leute zogen in die Schlacht.

Fliegende Händler füllten ihre Vorräte an Essbarem auf und mieteten Standplätze in der Nähe der Prüfungsstätten. Die Mittelschule und auch die Grundschule von Gelber Fels, wo einige Prüfungen abgehalten werden sollten, wurden von Hunderten kurzzeitig eingestellter Hilfsarbeiter gefegt, gewischt und gewienert. Alle Tische bekamen Nummern, und Lehrer wurden aus den Ferien zurückbeordert, um Aufsicht zu führen. In der Kommune gab es insgesamt mehrere tausend Prüfungskandidaten, die sich alle in Gelber Fels einfinden würden, dem örtlichen Zentrum der Gelehrsamkeit, um die Prüfung abzulegen, die über ihre Zukunft entschied. Es hieß, der Pekingmensch werde seine letzten Vorhersagen zu den Fragen in Geschichte verkünden. Da der Eingang der Schule versiegelt war, würde er in der Versammlungshalle der Kommune Hof halten. Sein großer Moment war endlich gekommen. Eine Stätte von großer politischer Bedeutung wurde zu seinem Schrein umfunktioniert.

Zum ersten Mal seit Monaten schlenderte ich die Straße entlang, auf dem Weg zur Kommune. Jin schämte sich unter all diesen viel jüngeren Prüflingen. Er blieb zu Hause und machte ein Nickerchen. Nur Absolventen der Mittelschule von Gelber Fels wurden eingelassen. Hunderte mussten draußen vor der Halle bleiben. Der Pekingmensch hatte die Regeln aufgestellt; er war einem archaischen Stammesdenken verhaftet, seinen eigenen Leuten gegenüber loyal und hundsgemein zu allen anderen.

In der Halle entdeckte Dia mich sofort. Er sah kränklich aus und trug immer noch seine Einstein-Frisur. Seine Augen waren gerötet, die Augenwinkel gelb verkrustet - das war bei Einstein wohl nicht so gewesen.

Wir umarmten uns lachend.

»Du lebst also noch. Und, für welche Universität bewirbst du dich?«, fragte ich ihn.

»So, wie es bei mir läuft, wird's vermutlich der Studiengang Agrarwirtschaft auf meinem Hinterhof. Am Ende studiere ich ja doch Tabakanbau. Da, ich glaube, ich mache die naturwissenschaftliche Prüfung.«

»Bist du verrückt? Du hast nur noch zwei Tage! Und du hast keine Ahnung von Naturwissenschaften.«

»Von Geisteswissenschaften aber auch nicht.«

»Du hast nicht die Zeit, es dir jetzt noch anders zu überlegen, Dia. Hast du denn nicht zu Hause gelernt, so wie ich?«

»Schon, aber das hat mich geschafft. Am Anfang war ich so gut! Ich habe achtzehn Stunden lang gelesen, die ganze Nacht hindurch. Natürlich habe ich dann tagsüber geschlafen und bin nachts aufgeblieben. Dann habe ich Hunger gekriegt, also habe ich mir was gekocht. Nach dem Essen bin ich müde geworden, also wollte ich ein Nickerchen machen. Aber stattdessen habe ich zwölf Stunden durchgeschlafen, und dann war ja schon wieder Nacht. Ich war total durcheinander. Ich konnte Tag und Nacht nicht mehr auseinanderhalten.«

»Und jetzt lernst du auf die naturwissenschaftliche Prüfung?«

»Ich weiß gar nicht, was ich mache, ich bin am Ende.«

Ich gab ihm einen Klaps auf seinen Wuschelkopf, und er schüttelte die Mähne wie ein Löwe. »Also gut. Ich mache doch die Geisteswissenschaften.«

»Gut. Suchen wir uns erst mal gute Plätze.«

Wir setzten uns eng gedrängt zwischen unsere verschwitzten Klassenkameraden auf den Fußboden. Auf der Straße konnte man einen Fisch grillen, und die Temperatur in der Versammlungshalle hätte in einem Bäcker Sehnsucht nach seinem Ofen erweckt. Hunderte warteten begierig darauf, dass der Pekingmensch mit seinem alljährlichen Ritual begann. Alle waren ernst, alle spürten den Erwartungsdruck ihrer Freunde, ihrer Familien und der Gesellschaft. Die Menge der Schüler, sonst so laut und ausgelassen, saß still da, als erwartete sie einen Urteilsspruch.

Der Pekingmensch spazierte herein, in einem Hemd, das zwei Nummern zu klein war und einige Zentimeter seines haarigen Wanstes sehen ließ, und einer zu lang geschnittenen, sehr lose sitzenden kurzen Hose. Seine Beine waren noch krummer, als sie in langen Hosen wirkten. Das erklärte seinen typischen schwankenden Gang.

Die Menge atmete tief durch. Gleich würden wir zum ersten Mal tatsächlich mit der Prüfung in Berührung kommen; die raue Wirklichkeit brach an.

Der Pekingmensch war schweigsam und ernst. Er starrte mit dem Blick eines Erlösers, eines Wunderheilers auf uns herab. Ich kenne euren Schmerz, und ich bin gekommen, ihn von euch zu nehmen.

In seinen Augen stand jenes wilde Funkeln, das man bei modernen Menschen so selten sieht. Er öffnete zweimal den Mund, brachte aber kein Wort heraus. Ein Stotterer war eben ein Stotterer. Beim dritten Versuch schaffte er es. Ein kräftiger Laut hallte im Saal wider; es hörte sich an wie der Schrei einer urtümlichen Kreatur, doch unsere Herzen begriffen. Es war ein Schlachtruf.

»Meine Schüler!«, rief er. »Ihr zieht in den Krieg, und ich bin gekommen, euch eure Waffen zu geben!«

An jedem anderen Tag hätte unser brüllendes Gelächter über eine derart alberne Verkündung die Wände wackeln lassen, doch nicht heute. Heute glaubten wir ihm. Es herrschte Krieg, wir gegen den Rest der Welt, und es gab uns ein gutes Gefühl, den Pekingmenschen auf unserer Seite zu wissen. Am liebsten wäre ich aufgestanden, um vor unserem behaarten Kommandeur, dem Affenkönig, zu salutieren.

»Ich habe nach langer und reiflicher Überlegung meine Entscheidung getroffen.« Er verdrehte die traurigen Augen und richtete dann den Blick wieder auf uns.

»Hier sind meine diesjährigen Favoriten.« Er klappte eine tragbare Tafel auf. Darauf standen vier lange Aufsatzfragen. Die Menge kritzelte wild drauflos. Man hörte nur den Gefechtslärm von Federn gegen Papier und das laute Atmen des Pekingmenschen, bei dem anscheinend irgendwo ein Ventil nicht richtig schloss, wohl ein weiteres Organ, das die Evolution übersprungen hatte.

Dann erklärte er ausführlich die Fallen, die in jeder Frage steckten, und navigierte uns hindurch, geschickt wie ein alter Seebär in schwierigen Gewässern. Er wich aus, schlug Haken, drehte sich gewandt. Seine Argumentation war klar, sein Vortrag überzeugend. Allmählich legte ein Lächeln sein Gesicht in Fältchen. Wenn er lächelte, senkten wir normalerweise den Blick, damit uns der Anblick seiner riesigen gelben Zähne erspart blieb. Doch diesmal war das Lächeln tröstlich, auf seltsame Weise. Für uns waren diese Zähne Waffen.

»Jede dieser Fragen könnte fünfundzwanzig Prozent der Punkte einbringen. Brennt euch die Antworten ins Gehirn. Wenn einer von euch aus dieser Prüfung kommt und ihm diese Fragen nicht gestellt wurden, genau wie sie hier stehen, dann sollt ihr mich nicht mehr euren Lehrer nennen. Und jetzt geht.« Er stützte sich auf die Ellbogen und nickte mit dem riesigen Kopf, um unsere erbärmlichen Seelen auf die raue See zu entlassen. Wir eilten aus der Halle an die frische Luft. Fünf Minuten länger da drin, und die Ersten hätten herausgetragen werden müssen.

Hunderte andere, die draußen gewartet hatten, wollten von uns hören, was sich drinnen abgespielt hatte. Ich wich ein paar Fragenden aus, die mit Geldscheinen wedelten; ich wollte mich von Dia, meinem gequälten Freund, verabschieden und ihm viel Glück wünschen. Er klopfte mir auf die Schulter und drückte mir fest die Hand. Wir verstanden uns und gingen schweigend auseinander. Als ich um die Ecke bog, sah ich Dia seine Notizen einem Kerl diktieren, der draußen gewartet hatte, um diese Informationen zu kaufen. Der Mann gab ihm einen Yuan dafür. Dia steckte den Schein ein und wandte sich einem anderen begierig Wartenden zu. Dia würde diese Fragen verkaufen, bis sie keiner mehr wollte. Und das tat er auch, zehnmal im Ganzen.

Am Tag vor der Prüfung wimmelten Tausende von Kandidaten auf der Straße von Gelber Fels, die sich schon mal ansehen wollten, wo die Prüfungen stattfanden, damit sie sich in der Verwirrung und Hektik am folgenden Tag nicht etwa verliefen. Nervös starrten sie über die Absperrungen aus gelben Bändern. Wer sich gut vorbereitet hatte, ruhte sich heute noch einmal aus. Die drei langen Prüfungstage würden, gelinde gesagt, anstrengend sein. Ich entdeckte den »Kopf«, diesen Snob, der geistesabwesend einen

Basketball vor sich herdribbelte. Stumm wünschte ich ihm Pech: Möge er seinen Prüfungsbogen aufschlagen und überhaupt nichts wissen.

Andere saßen nur herum und unterhielten sich, um die Zeit totzuschlagen. Han, mein Erzfeind aus der Grundschule, gehörte nicht dazu. Er hatte zwar gelernt, doch der ganze Stoff sickerte nur so aus seinem Dickschädel heraus, behauptete seine Mutter. Heute saß er vor einem Stapel Bücher und wusste nicht, welches er lesen sollte. Seine Mutter sagte, er könne nichts essen, nicht sprechen und nicht schlafen. Auch ihm wünschte ich alles Schlechte und hoffte, dass er in der Prüfung in Ohnmacht fallen und nie wieder aufwachen möge.

Seit dem frühen Morgen schauten Vaters Freunde und die Nachbarn bei uns vorbei, um uns viel Glück zu wünschen. Ar Duang, dessen Sohn einer von Vaters Patienten war, brachte einen großen Korb voll Obst mit und bestand darauf, dass wir alles aufaßen, damit wir einen klaren Kopf bekämen. Jin setzte sich zu den Gästen ins Wohnzimmer und ließ es sich gut gehen. Ich wusste, dass er gut abschneiden würde. Er lächelte und wirkte entspannt. Ich war um fünf Uhr aufgestanden und hatte mir besonders sorgfältig das Gesicht gewaschen. Mama und ich hatten vor jedem einzelnen Gott in ihrem Schrein gebetet und Kotaus gemacht. Sie hatte gerade erst einen neuen Gott ausgegraben, den Gott der Weisheit, und sie wollte, dass ich mich vor allem seiner Obhut anvertraute. Ich hatte ihm etwa zehn mächtige Kotaus geliefert, und ich war gewiss, dass sich jeder einzelne auszahlen würde.

Auf diesen Tag hatte ich lange gewartet, doch nun, da er endlich gekommen war, hatte ich Angst. Ich hatte während der letzten Monate durchschnittlich fünfzehn Stunden am Tag gelernt. Damit war es nun vorbei. Der Kloß in meinem Hals wurde noch größer. Als Mama fragte, wie ich mich fühle, nahm ich meine ganze Zuversicht zusammen und entgegnete, wenn ich bei den

Kotaus noch härter mit dem Kopf aufschlüge, könnte mir dabei das Wissen herauspurzeln.

Sie lächelte.

Ich war der Einzige aus Gelber Fels, der sich für das Hauptfach Englisch beworben hatte; nur acht andere in der ganzen Kommune hatten Englisch gewählt. Deshalb beschloss die Nationale Prüfungskommission, uns zusammenzufassen, so dass wir neun die ganze dreitägige Prüfung in der Stadt Putien ablegen konnten, wo unser Hauptfach Englisch geprüft wurde.

Mama machte mir liebevoll einen großen Teller gebratener Reisnudeln mit Lauch, Austern und Eiern zum Frühstück und dazu noch Fleischsuppe. Sie sagte, so frisch wie die Reisnudeln sollte ich in allen Prüfungen sein. Papa steckte mir ein Bündel Scheine zu, zusammengerollt und von einem Gummiband gehalten, insgesamt etwa zehn Yuan. Das musste nun wirklich das letzte bisschen Geld sein, das die Familie noch besaß, wenn er es nicht sogar geborgt hatte. Ich sah meinen Vater an. Sein runzliges Gesicht erstrahlte in einem unendlich gütigen Lächeln. Er suchte die richtigen Worte, fand sie jedoch nicht, also drückte er mir die Schulter und wandte sich dann ab. Meine Augen wurden feucht.

Die gesamte Familie sah schweigend zu, wie ich meine Bambusmatte zusammenrollte, einen Beutel Reis, meine Essstäbchen, zwei Taschen voller Bücher und etwas Kleidung einpackte. Meine jüngste Schwester Huang pumpte die Reifen eines geliehenen alten Fahrrads auf. Sie würde mich nach Putien kutschieren. Es kam mir vor, als sollte ich in den Krieg ziehen, so weit weg, dass meine Familie nicht bei mir sein konnte. Tief drinnen war ich traurig, doch ich zeigte es nicht. Ich war ja schon sechzehn. Ich schulterte mein Gepäck, streckte die Brust raus und schenkte allen ein breites Lächeln. Damit wollte ich ihnen zeigen, dass ich bereit war, mich tapfer dem Feind entgegenzustellen.

Kurz bevor ich hinaus auf die Straße trat, machte ich noch einmal kehrt und rannte nach oben zu meinem Fenster. Ich kniete nieder und bat meinen Großvater, mich nach Putien zu begleiten und über mich zu wachen, während ich meine Antworten niederschrieb. Er hatte mich so sehr geliebt und so viel von mir erwartet. Er war es gewesen, der mich die ersten Kalligraphie-Striche lehrte, der mit seiner Hand die meine führte. Jetzt brauchte ich ihn mehr denn je. Ich sagte ihm, dass ich seinem Namen Ehre machen werde und dass all die Leiden am Ende seines Lebens nicht vergeblich waren, denn sie hatten mir Kraft gegeben und würden das Fundament meines Erfolges sein.

Auf dem Weg nach Putien unterhielten Huang und ich uns ein wenig, dann holte ich meine Lernkarten hervor, um die unregelmäßigen Verben zu wiederholen. Ich kannte sie schon bis zum Erbrechen, doch ich hatte schreckliche Angst, dass mich mein Gedächtnis plötzlich im Stich lassen und das gesamte Wissen sich mit einem Schlag verflüchtigen könnte. Wir erreichten die Mittelschule am Stadtrand von Putien nach drei Stunden anstrengender Fahrt im Gegenwind. Die Schule war vorübergehend zur Unterkunft für Prüfungskandidaten aus dem ganzen Land umfunktioniert worden. Ich folgte den Hinweisschildern und fand meinen Namen an der Tür zu einem düsteren Klassenzimmer. Ich richtete mich ein und schickte meine Schwester noch vor Sonnenuntergang nach Hause.

Es war der reinste Zirkus. Mindestens tausend Schüler waren für die nächsten drei Tage hier untergebracht. Die Küche war völlig überfüllt. Ich hatte meinen Reistopf nachmittags in den Dampfkocher gestellt; beim Abendessen brauchte ich eine halbe Stunde, um ihn zu finden. Ich aß meinen kalten Reis mit gedörrtem Fisch auf der Wiese im Pausenhof und starrte zu den Sternen hinauf. Vor dem Schlafengehen hatte ich eigentlich noch lernen wollen, doch daran war nicht zu denken. Es gab kein Licht, keinen Platz, und ich war ständig von einem Schwarm Moskitos eingehüllt. Wie die Stadtbewohner selbst, so waren auch die Mücken hier ein fieses Pack. Ihre Rüssel bohrten sich wie Nadeln in die Haut, und ihre juckenden Stiche blieben einem lange erhalten.

In meinem Zimmer gab es eine Fünfzehn-Watt-Birne, zwei winzige Fenster, nackten Erdboden, schmutzige Wände und dreißig Schlafgenossen. Wir waren einander völlig fremd, doch es war so eng, dass sich unsere Rücken berührten. Wie wir so dalagen, sahen wir wohl aus wie ein Floß, von alten Tauen zusammengehalten. Der Junge links von mir kam aus den Bergen und hielt offenbar nichts davon, sich allzu häufig zu waschen. Schweiß war noch der angenehmste der üblen Gerüche, die von ihm ausgingen. Der winzige Kerl zu meiner Rechten furzte die ganze Nacht über und hatte Durchfall. Und die Moskitos summten pausenlos. Als ich am nächsten Morgen aufwachte, war ich am ganzen Leib mit Stichen übersät, ich fand sogar zwei auf einem Augenlid.

Endlich graute der Morgen. Ich schlich mich zu einem ruhigen Plätzchen und kniete zu einem kurzen Gebet nieder, dann kämpfte ich mich durch die Küche, wo ich meinen Reistopf diesmal auf Anhieb fand. Der Trick dabei war, ihn spät in den Dampfkocher zu stellen und früh wieder herauszuholen. Langsam aß ich die Hälfte von dem Reis, den ich gekocht hatte, die andere Hälfte ließ ich übrig.

Die erste Prüfung war Chinesisch. Ich war bereit.

Um halb acht führte ein Mann uns neun mit Hauptfach Englisch über anderthalb Kilometer weit. Wir erreichten den Schauplatz unserer Prüfung, oben auf einem Hügel, und warteten vor dem Gebäude wie Leichtathleten an der Startlinie, bereit, beim Klingeln der Glocke loszusprinten. Reiche Kinder kamen mit ihren wichtigen Papis in Autos, die eine Staubwolke hinter sich herzogen. Die Jungen aus der Stadt hatten langes, gründlich eingefettetes Haar und modische Klamotten; die Mädchen hatten lange, seidige Beine, nur teilweise bedeckt von fließenden Röcken. Ich trug ein gelbes Hemd mit abgeschnittenen Ärmeln, einen Strohhut, eine kurze Hose und war barfuß. Niemand sah mich an, es war, als hätten sie mich innerhalb einer Sekunde abgeschätzt und mich sofort als ungebildeten Bauerntölpel abgestempelt, der sich hierher verirrt hatte. Doch da stand ich, mit bloßen Füßen, und war mir meines Wissens sicher. Schließlich verbot mir niemand, an der Prüfung teilzunehmen, nur weil ich schäbige Kleider und keine Schuhe anhatte. Vor der Prüfung waren wir alle gleich. Außerdem trug ich meinen besten Feiertagsstaat.

Noch eine Viertelstunde bis zum Beginn der Prüfung. Ich sah die ängstlichen Mienen Hunderter Kandidaten, die sich mit mir hier versammelt hatten. Weiß gewandete Krankenschwestern liefen herum für den Fall, dass jemand zusammenbrach; ein Krankenwagen stand schon bereit. Die Polizisten trugen geladene Waffen, um mögliche Unruhen im Keim zu ersticken. Ich fragte mich, warum. Sahen wir denn aus wie ein Haufen Plünderer?

Ich war durstig, schwach, müde und musste schon wieder auf die Toilette, obwohl ich erst vor fünf Minuten dort gewesen war. Ich schloss die Augen und betete stumm, während die Zeit quälend langsam verstrich. Großvater, liebster Großvater, bitte hilf mir.

Die Glocke holte mich wieder in die Wirklichkeit zurück. Ich rannte in das Prüfungszimmer, setzte mich auf den Platz mit meiner Nummer und schloss wieder kurz die Augen, bevor ich den versiegelten Bogen mit den Fragen aufriss. Mir war speiübel. Meine Hände zitterten.

Der Aufsicht führende Lehrer, ein kahlköpfiger Mann mit Brille, nickte mir freundlich lächelnd zu.

»Ihr könnt jetzt anfangen«, sagte er.

Ich erbrach das Siegel mit meinem Stift. Als ich die erste Frage las, stieg mir mit plötzlichem Rauschen das Blut in den Kopf. Mein Verstand setzte aus, und ich musste die Zähne zusammenbeißen und mich am Tisch festhalten, bis das Gefühl vorüberging. Kein Wunder, dass einige Leute im Krankenwagen weggebracht werden mussten. Ich wollte nicht zu ihnen gehören. Langsam wich die Dunkelheit. Ich las die Frage, las sie noch einmal und schrieb die erste Antwort des Tages nieder.

Die Prüfung dauerte vier Stunden und schloss mit einem langen Aufsatz, der fünfundvierzig Prozent der Punkte zählte. Als ich den Raum verließ, lächelte ich in mich hinein. Als Erstes suchte ich mir ein ruhiges Eckchen, kniete nieder und dankte all den gütigen Göttern, die mir durch diese erste Prüfung geholfen hatten.

Ich sah vollkommen Fremde aufgeregt miteinander schwatzen. Ich wollte mich darauf nicht einlassen. Es war vorbei.

Ich blieb oben auf dem Hügel unter einem großen Baum, knabberte etwas gedörrten Fisch, trank Wasser und ging meine Lernkarten für Geschichte noch einmal durch. In meiner Nähe saß ein Wachmann. Ich gab ihm eine Flying Horse und bat ihn, mich zu wecken, falls ich einschlief, damit ich auf keinen Fall zu spät zur Prüfung kam. Um zehn Minuten vor zwei packte ich das Geschichtsbuch wieder ein und sah nach dem Wachmann. Er schnarchte wie ein Büffel, seine Lippen zuckten. Offensichtlich hatte er einen erotischen Traum. Zu viele junge Mädchen, die die Prüfung ablegten, trugen zu viele aufreizende Röcke.

Ich grinste von einem Ohr zum anderen, als ich den Bogen mit den Fragen in Geschichte aufschlug. Der Pekingmensch hatte zwei der vier Fragen richtig vorhergesagt. Jede würde mir fünfzehn Prozent der Punkte für die gesamte Prüfung einbringen. Ich stieß einen animalischen Freudenschrei aus, als ich den Raum verlassen hatte, und tanzte die Stufen hinunter. Andere Schüler starrten mich an, als wäre ich verrückt. Lang lebe der Pekingmensch!

Ich wusste alle Antworten und hatte reichlich Zeit gehabt, jede Nuance der Fragen auszuloten, wie der Pekingmensch es uns beigebracht hatte, analytisch und klar formuliert. Ich wollte ein Bild von ihm rahmen und über meinem Bett in der Universität aufhängen, damit ich zu ihm beten konnte. Er war fast ein Gott. Zumindest sollte man ihn zur lokalen Gottheit der Mittelschule von Gelber Fels ernennen und ihm alles schenken, was er sich im Leben wünschte.

An diesem Abend aß ich gleich doppelt so viel wie tags zuvor. Ich hatte schon fast die Hälfte geschafft, nur noch drei Fächer lagen vor mir.

Ich flog nur so durch den zweiten Tag, wie ein flinkes Segelboot. Mittags schickten meine Eltern meine Schwestern Ke und Huang, um mir etwas Obst zu bringen. Sie gingen in meinen Schlafsaal. Da dort niemand wusste, wo ich war, stiegen sie kräftig in die Pedale und radelten den steilen Hügel hinauf, wo sie herumfragten und schließlich auch auf den Wachmann stießen.

»Der barfüßige Junge?«, fragte er meine Schwestern. Sie nickten, und er brachte sie zu meinem Fleckchen unter dem Baum.

Ich freute mich so, sie zu sehen. Sie hatten Tränen in den Augen, so schrecklich hatten sie sich gesorgt, weil sie mich nicht finden konnten. Jetzt sahen sie mich in der Mittagshitze sitzen und lernen. Der Anblick schmerzte sie, denn sie liebten mich. Ich erzählte ihnen, dass ich alles mit links geschafft hatte. Sie lachten, als sie sahen, wie ich mich über die bisherigen Prüfungen freute. Ich erkundigte mich nach Jin. Sie sagten, er mache seine Sache gut. Auf ihr Drängen hin aß ich hastig eine halbe köstliche Wassermelone. Voller Freude gingen sie wieder.

Die Englischprüfung kam als Letztes, und sie überraschte mich nicht. Ich kannte jede Vokabel und jedes unregelmäßige Verb. Es gab eine lange Übersetzung, eine Geschichte mit einem magischen Ring. Ich war noch in keiner Prüfung so zuversichtlich gewesen. Die große Tasche voller Übungen, die Professor Wei mir gegeben hatte, deckte all diese Fragen ab und noch weit mehr. Ich hätte sie am liebsten umarmt und ihr gesagt, sie sollte auch zur

Göttin erhoben werden und dass ich ihr Bild einrahmen und jeden Tag anbeten würde.

Als ich zum letzten Mal aus dem Prüfungszimmer ging, fiel mir eine Last von den Schultern. Ich war frei.

Selbst die Städter waren mir jetzt beinahe sympathisch. Ich hätte jeden in die Arme schließen mögen, als ich plötzlich meinen Bruder entdeckte, der nach mir suchte. Ich rannte zu ihm hin, und wir schüttelten uns wie verrückt die Hände.

»Wie ist es dir ergangen?«, fragte er.

»Hätte nicht besser sein können«, sagte ich atemlos.

Er war gekommen, um mich abzuholen und dieses Erlebnis, das wir zusammen gemacht hatten, in allen Einzelheiten durchzukauen. Wir vergaßen unsere Müdigkeit, redeten, lachten, rauchten und redeten wieder. Wir verglichen unsere Antworten und kamen zu dem Schluss, dass wir beide etwa fünfundachtzig Prozent richtig hatten. Wir waren in Ekstase.

Im schwindenden Sonnenlicht fuhren wir nach Hause. Mein Bruder war mein bester Freund geworden. Wir hatten gemeinsam gekämpft und gesiegt. Dessen waren wir uns im tiefsten Herzen sicher.

Als wir an jenem Abend endlich nach Hause kamen, hatte die ganze Familie mit dem Essen auf uns gewartet. Mir war gar nicht bewusst, wie sehr ich sie vermisst hatte, bis ich sie dann wiedersah. Ich rannte rasch nach oben, um den Göttern zu danken, sprang in den Fluss und schwamm eine Runde, dann setzte ich mich mit der ganzen Familie an unseren großen Tisch, und wir redeten bis Mitternacht. In dieser Nacht war der Mond besonders groß und rund, er schien nur ein paar Meter über den Baumwipfeln zu hängen, so dass ich das Gefühl hatte, ich könnte die Hände ausstrecken und ihn berühren. Das zarte Mondlicht erfüllte mich mit Hoffnung und Wärme. Mit Dankbarkeit im Herzen und einem Lächeln auf den Lippen schlief ich ein.

Am nächsten Tag wachte ich auf, weil mich jemand schmerzhaft in Nase und Ohren zwickte. Ich versuchte aufzustehen, doch meine Beine wurden festgehalten. Ich schlug die Augen auf und erblickte meine vier Freunde, die hässliche Fratzen schnitten und versuchten, mich wach zu bekommen.

»He, was macht ihr denn hier?« Ich rieb mir die Augen.

»Wir gehen mit dir jagen, du Student«, erwiderte Siang. »Wie ich höre, hast du dich in der Prüfung gut geschlagen.«

»Ja, alle reden davon.« Mo Gong kniff mir noch einmal ins Ohr.

»Du kommst jetzt mit uns und machst dir einen schönen Tag.« Yi zog mir die Decke weg und legte sich neben mich.

Sen stupste mich mit dem Kolben seines Jagdgewehrs in den Hintern. »Wach auf. Wir haben viel nachzuholen. Wer weiß, wahrscheinlich bist du schneller von hier weg, als du gucken kannst.«

Es überraschte mich, dass meine Eltern sie in mein Zimmer hinaufgeschickt hatten, das im privaten inneren Reich unseres Hauses lag; es war auch erstaunlich, dass meine Kumpel anscheinend überhaupt nicht böse waren wegen des Briefs, den ich Yi vor ein paar Monaten geschickt hatte.

»Ich habe mich bei der Prüfung in Putien prächtig amüsiert«, sagte ich und schlüpfte in mein Hemd. »Ihr hättet mal die Mädchen sehen sollen, die neben mir saßen. Kurze Röcke und wirklich hübsche weiße Beine.«

»Immer langsam, Freundchen. Du hast die ganzen drei Tage lang neben einem hübschen Mädchen gesessen? Hat sie dich angelächelt?« Mo Gong war ein unverbesserlicher Romantiker.

»Ja, immer wenn sie eine Frage nicht beantworten konnte«, erwiderte ich.

»Und, hast du ihr geholfen?«

»Natürlich nicht.«

»Ach, Da, das war dämlich. Ansonsten könnten wir heute schon unterwegs sein, um sie zu besuchen. Wäre das nicht schön gewesen? Erfolg und Frauen. Na ja, dein Pech.«

»Ihr habt mir gar nicht zurückgeschrieben«, sagte ich zu Yi.

»Wir wussten ja nicht, dass du unter die Briefeschreiber gehen willst.«

»Wie meinst du das?«

»Ich weiß nicht. Was hast du denn gemeint?« Er lachte und hatte keine Ahnung, wovon ich sprach.

»Na ja, ich habe dir vor einiger Zeit einen Brief geschickt.«

»Einen Brief an Yi, und keinen an uns?«, neckte Sen. »Worum ging es denn in dem Brief?«

»Ja, was stand drin?«, fragte Yi.

»Das ist noch eine Sache, über die ich mit euch reden will. Ich habe den Brief geschrieben, weil ich mir Sorgen wegen einem Gerücht gemacht habe. Erinnert ihr euch noch an das Geld?«

»Ach ja, das Geld«, sagte Siang. »Weißt du, Da, jemand hat versucht, den guten Ruf meines Vaters zu ruinieren. Das Geld aus der Schuhfabrik ist ein paar Tage nach dem Diebstahl im Büro des Schatzmeisters abgegeben worden. Niemand hat ein Geständnis abgelegt, aber der Fall wurde abgeschlossen.«

»Wer hat das Geld zurückgegeben? Und wie?«, fragte ich.

Siang schüttelte den Kopf. »Jemand ist nachts in das Büro eingebrochen und hat das Geld wieder zurückgebracht. Kein Fen hat gefehlt, es gab keine Botschaft oder so. Die Untersuchung ist schon längst für beendet erklärt worden.«

»Da bin ich aber froh.«

Meine Freunde schwiegen. Es war Zeit, das Thema zu wechseln.

Ich verbrachte den Tag damit, in den dichten Wäldern auf Vögel zu schießen, Obst zu essen und zu rauchen. Sen hatte eine Flasche Schnaps mitgebracht, die wir kreisen ließen. Mo Gong war nach ein paar gierigen Schlucken etwas schwindelig. Wir schickten ihn die abgeschossenen Vögel einsammeln. Einmal stolperte er in ein Schlammloch und wäre beinahe darin versunken. Wir mussten ihn herausziehen. Dann wälzte er sich auf dem Boden, bis an seinem ganzen Körper welke Blätter klebten, tanzte herum wie ein australischer Ureinwohner und sang dazu seltsame Lieder, die sich anhörten wie japanische Volkweisen. Ich bewarf ihn mit noch mehr Blättern, und er tanzte noch verrückter herum. Sen reichte ihm die Flasche, und er trank sie aus. Sturzbetrunken begann er so heftig zu lachen, dass es sich wie Weinen anhörte. Dann brach er auf dem Boden zusammen, immer noch krampfhaft lachend. Wir mussten ihn treten, damit dieser Irrsinn aufhörte. Dann trugen wir ihn zur Mitte einer hölzernen Brücke und ließen ihn in den Dong Jing plumpsen. Er lachte immer noch, als er unterging.

Wir applaudierten und erwarteten, ihn wie einen Fisch hochschnellen und nach Luft schnappen zu sehen. Doch eine Minute verging, und dann noch eine. Wir sahen einander an.

»Keine Angst. Der will uns doch nur reinlegen.« Sen blieb seelenruhig.

»Er könnte nie so lange den Atem anhalten«, sagte ich.

»Er ist ein besserer Schwimmer als du.«

»Aber er könnte schon tot sein. Vergiss nicht, er ist betrunken.«

»Selbst ein Betrunkener ist immer zu dreißig Prozent klar im Kopf. Lass dich nicht von ihm drankriegen«, erwiderte Yi.

»Er stirbt da unten! Tut doch was! Ich springe jetzt da rein.« Ich zog mein Hemd aus und sprang ins Wasser. Sie drängten sich alle am Geländer.

Plötzlich schoss Mo Gong aus dem Wasser wie ein Fisch und stieß einen wilden Schrei aus. »Reingelegt!«

»Siehst du, hab ich ja gleich gesagt«, bemerkte Sen.

Mo Gong schwamm ans Ufer. »Ich habe alles gesehen. Da hat sich am meisten um mich gesorgt. Ihr drei überhaupt nicht. Wenn ich aufgetaucht wäre und euch drei immer noch grinsend da oben am Geländer gesehen hätte, hätte ich euch die Freundschaft gekündigt. Das fand ich wirklich nett von dir, Da. Deine Hose ist patschnass.«

Wir bespritzten ihn ausgiebig mit Wasser und stießen ihn wieder in den Fluss.

Der fröhliche Tag fand jedoch ein trauriges Ende. Siang, achtlos wie er war, verfehlte einen Vogel, und die winzige Kugel traf eine Frau, die zufällig vorbeiging, in die Schulter. Sie hatte es nicht einmal gemerkt. Sie hatte nur einen kurzen Stich gespürt, und ein einzelner Blutstropfen war hervorgequollen. Wir gingen alle hin, um uns zu entschuldigen. Die Frau packte Siang beim Kragen und drohte, sie werde ihn mit der Bambusstange erschlagen, die sie bei sich trug.

Als sie sich beruhigt hatte, fragten wir sie, ob es sehr wehtat. Sie schüttelte den Kopf.

Sen schlug ihr einen Handel vor. Er gab ihr hundert Yuan; die Frau nickte und verbeugte sich vor ihm, als sie ging, beinahe singend vor Freude.

»Das ist doch krank, Sen.«

»He, wir haben das Geld gewonnen. Wie wir damals versprochen haben, weißt du noch?«

»Wie viel?«

»Tausende.« Ihre Augen blitzten gerissen. Meine Freunde wurden langsam gefährlich.

Jins Laune änderte sich von Tag zu Tag. An manchen Tagen glaubte er, gut abgeschnitten zu haben, an anderen meinte er, er habe nur Löcher in ein sinkendes Boot gebohrt. Für den Augenblick stürzte er sich in die Landarbeit. An einem guten Tag summte und pfiff er, während er das Beet für die bevorstehende Bohnensaison im Herbst umgrub. An einem schlechten Tag blieb er viel zu lange im Bett liegen, die Decke über den Kopf gezogen, und dachte nur an all die Fragen, die er falsch beantwortet hatte. Er spielte mit dem Abakus in seinem Kopf herum und rechnete sich das Gesamtergebnis seiner Prüfungen aus. Doch je mehr er herumrechnete, auf desto schlechtere Noten kam er. Er machte sich unglücklich. Wir nannten das den Cousin-Tan-Faktor.

Abends saß er mit mir draußen auf dem Hof, und wir unterhielten uns. Mama und Papa hatten mir die Aufgabe zugewiesen, ihn aufzumuntern. Sie wollten nicht, dass er sich selbst verrückt machte. Ich holte unseren Abakus mit den Bambuskugeln hervor und spielte mit meiner Schätzung seiner Ergebnisse, soweit er sich daran erinnern konnte. Wenn er etwa siebzig Prozent sagte, schlug ich noch bescheidene fünf Prozent obendrauf. Zum Schluss sah es wirklich gut aus. Er staunte über meine Schätzung und fragte, wie ich zu diesem Ergebnis gekommen sei. Ich sagte ihm, er sei nur zu streng mit sich selbst, ging in die Küche und holte ihm ein Glas Schnaps. Er zierte sich immer, trank ihn aber schließlich doch. Das lockerte ihn ein wenig auf, und wir beide und die übrige Familie saßen da und redeten im Mondschein, bis spät in die Nacht hinein.

Bei mir war es genau umgekehrt. Die Schätzungen meiner eigenen Ergebnisse wurden immer besser. Die ganze Familie lachte über mich. Ich rechnete zwar einfach nach Gefühl, doch sie glaubten mir und freuten sich für mich. Niemand hielt mich zurück, wenn ich die Leiter meiner Träume erklomm.

Auf dem Betriebshof der Kommune bekam Jin den Spitznamen Fang Jin. Der stammte aus einer bekannten historischen Satire. Fang Jin hatte vor Hunderten von Jahren gelebt. Er war ein armer Bauer, der davon träumte, eines Tages die Prüfung zu bestehen, die die kaiserliche Verwaltung alle vier Jahre abhielt, um neue Beamte auszusuchen. Die besten Prüflinge bekamen manchmal sogar am Ende die Tochter des Kaisers zur Frau. Die weniger Hervorragenden wurden Gouverneure von Provinzen und Bezirken. Fang Jin hungerte sich fast zu Tode und lernte den lieben langen Tag in seiner bescheidenen Hütte. Er hatte die Prüfung schon fünfmal mitgemacht und war jedes Mal durchgefallen. Als er sie zum sechsten Mal ablegte, war er schon über vierzig, abgemagert, schwach und kränklich. Zur allgemeinen Überraschung bestand er, und zwar so gut, dass der Kaiser ihn zum Gouverneur des Bezirks ernannte. Diese Stellung versprach Ruhm und Reichtum. Doch als die Boten des Kaisers mit Pauken und Trompeten vor seinem bescheidenen Domizil eintrafen, erschien Fang Jin nicht, um diese Ehrung entgegenzunehmen.

Das ganze Dorf machte sich auf die Suche nach ihm. Er war ihr neuer Held. Als es schon dunkel wurde, fand man ihn endlich. Er rannte barfuß die Straße entlang und schrie: »Fang Jin hat bestanden! Fang Jin hat bestanden!« Die Leute stimmten in sein Freudengeschrei ein, doch er hörte gar nicht mehr damit auf, zum großen Ärger des kaiserlichen Boten, der erst dann wieder heimkehren durfte, wenn der Geehrte die Auszeichnung persönlich in Empfang genommen hatte. Man versuchte ihn zu beruhigen, doch Fang Jin schrie immer weiter. Schließlich wurde der Dorfarzt geholt. Fang Jin sei verrückt geworden, als er die gute Nachricht vernommen hatte, erklärte der Arzt.

Jin nahm den Spitznamen mit Humor. Er fand ihn sogar beruhigend.

Einen Monat später kursierten Gerüchte, alle Unterlagen seien ausgewertet und die Noten lägen vor. Der Notendurchschnitt war ziemlich schlecht. Die Kandidaten tauschten den neusten Klatsch aus. Zu diesem Zeitpunkt war Jin bereits alles egal. Mich brachte das nur dazu, jeden Abend inbrünstiger zu beten und den Kopf auf ein weiches Kissen zu schlagen als Zeichen des Gehorsams gegenüber all den Göttern, denen ich meine Wunschliste vortrug. Die Liste wurde mit jedem Mal länger, und die Versprechungen, die ich den Göttern machte, immer großzügiger. Ich steigerte mich von einem kleinen Ferkel für jeden bis auf fünf Ferkel und zwei

Kühe als Opfergaben, wenn alle Wünsche auf meiner Liste in Erfüllung gingen. Und ich wusste, wenn das geschah, würde ich vermutlich die Familie in den Bankrott treiben und all unsere weltlichen Besitztümer zu Geld für die Opfer machen müssen. Doch das hielt mich nicht davon ab. Ich dachte mir, wir könnten die Opfergaben ja auch in Raten liefern oder den Göttern sogar einen Schuldschein dafür ausstellen. Wenn dann alles abbezahlt war, würden wir noch einen hübschen Zinssatz draufschlagen. Damit hatten sie sicher kein Problem.

Es lag nicht in Vaters Natur, herumzusitzen und abzuwarten, bis unsere Noten eintrafen. Er wollte es jetzt wissen, also fuhr er seine Antennen aus und flüsterte den Wunsch jedem seiner Patienten ins Ohr, und das waren mittlerweile Hunderte. Die Patienten reichten die Nachricht an ihre Familien weiter, dann breitete sie sich in deren Freundeskreis aus, denn vielleicht kannte ja irgendwer irgendwen im Bildungsausschuss in Putien; diese Behörde war für die Benotung der Prüfungen zuständig. Keine zwei Tage später stand ein junger Mann vor unserer Tür und nannte uns den Namen eines Beamten, der in dem Ausschuss in Putien arbeitete. Er war ein guter Freund eines guten Freundes eines Familienmitglieds der Tante der Schwägerin eines Patienten. Papa schickte sofort einen jungen Lehrer von der Mittelschule Gelber Fels mit dem Auftrag nach Putien, die Noten sämtlicher Kandidaten aus dem Ort in Erfahrung zu bringen. Sein Name war Chung. Mit einem Brief von meinem Vater radelte er nach Putien, um diesem entfernten Freund die Ergebnisse zu entlocken.

Wir warteten und warteten. Chung kam an diesem Tag nicht mehr nach Hause. Um Mitternacht schickte er eine Nachricht von Putien aus, dass er immer noch warte und auf Kosten der Schule in einem Hotel übernachten müsse. Uns allen schlug das Herz bis zum Hals. Meine Familie, sonst so ausgelassen, war still. Wir machten uns Sorgen.

Am nächsten Morgen beim Frühstück fragten meine Schwestern mich wieder, wie ich meine Noten einschätzte. Ich legte noch einmal zwanzig Punkte drauf. Sie lachten, bis ihnen Tränen in die Augen traten. Ich wusste, dass sie mir glauben wollten. Sie liebten mich aufrichtig, und ihre Hoffnungen für mich waren so hoch gesteckt wie die Wolken, die am blauen Himmel hingen.

Im Laufe des Vormittags sickerte der Numerus clausus durch. Den legte die Regierung fest, um die erfolgreichen von den erfolglosen Kandidaten zu scheiden. Er richtete sich danach, wie viele Studienplätze in diesem Jahr zu vergeben waren: Wenn es nur hundert Plätze gab, wurde der Schlussstrich nach den besten hundert Noten gezogen. Allen, die über dieser Grenze lagen, wurde ein Studienplatz garantiert, während die übrigen Kandidaten leer ausgingen. Dieses Jahr lag der Numerus clausus bei dreihundert von fünfhundert insgesamt möglichen Punkten.

Diese Neuigkeit ließ uns erschauern. Wir mussten alle miteinander miserable Leistungen erbracht haben.

Beim Mittagessen saß die Familie ohne großen Appetit am Tisch. Jin stocherte nur in seinem Essen herum, und unsere Schwestern plapperten über unwichtiges Zeug. Papa fragte mich, was ich für ein Gefühl bei diesem Numerus clausus hätte. Er sprach nicht laut aus, dass ich meine eigenen Schätzungen vermutlich nach unten korrigieren musste, um nicht furchtbar enttäuscht zu sein, wenn die Noten enthüllt wurden, doch ich wusste, dass er genau das dachte. Ich blieb standhaft, doch diesmal erhöhte ich meine Schätzung nicht noch um die üblichen drei Prozent. Jin lächelte zerstreut, aber ich wusste, dass er sich Sorgen machte. Mama saß nicht mit am Tisch. Ich konnte mir schon denken, wo sie steckte. Sie sprach mit ihren guten Freunden. Sie hatte immer schon mit ihnen gesprochen und würde immer mit ihnen sprechen, solange sie lebte. Sie war sehr jung verwaist, und Buddha und all die anderen lokalen Gottheiten waren ihre Eltern. Das war Liebe in ihrer reinsten Form.

Kurz nach Mitternacht platzte der Abgesandte Chung zur Haustür herein, sein rotes Gesicht war schweißnass. Er war völlig außer Atem von der normalerweise dreistündigen Fahrt, die er soeben in zwei Stunden geschafft hatte.

Wir versammelten uns um ihn und beobachteten angstvoll seine keuchenden Atemzüge.

»Wasser«, krächzte er.

»Erst die Noten«, erwiderte Vater.

»Ich habe schrecklichen Durst.«

»Die Noten.« Vater war noch nie einem Freund gegenüber laut geworden.

Chung lächelte.

Wir standen da, das Herz schlug uns bis zum Hals.

»Jin zuerst.«

Chung schluckte. »Dreihundertfünfzig.«

Es herrschte ein seltsames Schweigen. Jin hatte es geschafft. Sein Gesicht wurde erst aschfahl, dann rot. Er war sprachlos.

»Was ist mit Da?«

»Wollt ihr's wirklich wissen?«

»Ja, ja. Wie viel?«

»Dreihundertachtzig!«

Ich spürte, wie das Blut mir direkt unter den Scheitel schoss. Die Muskeln in meinen Armen zuckten wie wild.

»Ich bin noch nicht fertig. Laut Statistik hat Da eines der besten geisteswissenschaftlichen Ergebnisse in der Provinz Fujian, die Großstädte Fuzhou, Amoy, Chuangzhou und Nan Ping eingeschlossen – von Hunderttausenden von Kandidaten.«

Es gab kein Jubelgeschrei oder Freudentänze, nur Tränen. Dies war ein Augenblick des glücklichen Triumphes für die gesamte Familie Chen. Meine Mutter lag in Vaters Armen; meine Schwestern umarmten einander schluchzend. Jin und ich schüttelten uns wie verrückt die Hände.

Ein bettelarmer Junge vom Land hatte all die Großstadtschnösel geschlagen. Ich lag etwa vierzig Punkte über meinem höchsten Schätzwert. Nun durfte ich Kotaus machen bis in alle Ewigkeit.

Ich wollte die Straße von Gelber Fels hinunterrennen und brüllen wie der legendäre Fang Jin, nur dass ich rufen würde: »Leb wohl, Gelber Fels! Hallo, Beijing! Und ich bin nicht verrückt!«

造

25

Mama bat mich, zum Haus ihres Bruders zu gehen und Cousin Tan die gute Neuigkeit zu überbringen. Ich nahm den schmalen Pfad durch die grünen Felder. Der frische Seewind ließ den jungen Reis tanzen und klärte meinen wirren Kopf, dem immer noch schwindelig war von den berauschenden Neuigkeiten. Ich atmete tief durch und begann zu rennen. Ich stand unter Schock und brauchte ein wenig Zeit für mich, zum Nachdenken. Mein Blick verlor sich in der Ferne, während meine Gedanken ins Land der Träume abdrifteten. Welche Universitäten würde mich nehmen? Sollte ich mich für eine entscheiden, die einen guten Namen hatte, oder für eine mit einer guten englischen Fakultät? Und in welcher Stadt? Shanghai oder Beijing? Ich rannte, und es kam mir so vor, als sitze ich im Beijing-Express, während die Landschaft draußen vorbeiflog und mir der Fahrtwind ins Gesicht wehte. Ich fragte mich, wie der Tiananmen-Platz wohl aussehen mochte.

Cousin Tan hielt zu Hause Hof mit ein paar Kommilitonen von der AU. Beim Eintreten hörte ich sorgloses Lachen. Sie tranken Tee. Ich wollte die Bombe platzen lassen und zusehen, wie diese AU-Bengels in Deckung gingen. Tan stand auf, als ich zur Tür hereinkam. Kluger Junge, ihm schwante etwas.

»Hast du schon etwas gehört?«, fragte er.

Ich stand da und versuchte, zu Atem zu kommen.

»Schlimme Neuigkeiten?«, fragte er besorgt.

Ich schüttelte den Kopf. Es sollte nicht so aussehen, als wolle ich bei ein paar AU-Studenten Eindruck schinden, die alle stolz ihr weiß-blaues Uni-Emblem zur Schau trugen.

»Jin hat dreihundertfünfzig Punkte«, sagte ich.

»Das ist ja phantastisch.« Tan runzelte ungläubig die intellektuellen Brauen. »Und du?«

Ich holte noch einmal tief Luft.

»Du hast es nicht geschafft?« Er lächelte mitfühlend und streckte die schwielenfreien Hände aus, um feinfühlig sein Beileid auszudrücken. Ich kannte diesen Blick.

»Ich habe dreihundertachtzig.«

Alle seine Freunde sprangen auf.

»Was hast du gesagt?« Tan wollte seinen Ohren nicht trauen.

»Dreihundertachtzig«, wiederholte ich.

Schweigen.

»Du machst wohl Witze«, sagte Tan, während er seine Gedanken völlig neu ordnen musste. »AU würde dich bestimmt für ihr berühmtes Englisch-Department in Betracht ziehen.«

»Ach, hör schon auf, Tan«, sagte einer seiner Kommilitonen. »Der gute Mann will doch nicht an einer Uni auf einer abgelegenen Insel in der hinterletzten Ecke des Landes studieren. Das ist genug für ein paar ältere Jungs, die Finanzwirtschaft studieren wollen, aber wenn er Englisch wählt, sollte und könnte er in eine große Stadt wie Beijing oder Shanghai gehen.«

»Ich werde alle Möglichkeiten abwägen«, sagte ich diplomatisch. »Ich bin sicher, dass die AU auch eine sehr gute Wahl wäre.« Ich wollte Tans Stolz nicht verletzen. Schließlich liebte und achtete ich meinen Cousin immer noch. Er hatte Jin und mir den Weg bereitet und uns Hoffnung gemacht, als wir nichts weiter waren als eine Familie von Landbesitzern, die nur darauf wartete, vom Kommunismus zermalmt zu werden.

Ich verabschiedete mich von ihnen und erklärte, ich wolle erst einmal ein langes Nickerchen machen.

Sie lachten und brachten mich bis zur Tür, unter Glückwünschen und Schulterklopfen. Cousin Tan zwickte mich liebevoll in den Nacken. Von einem Haufen echter Studenten wertete ich das als besondere Auszeichnung. Jetzt war ich einer von ihnen. Innerhalb eines einzigen Augenblicks war ich arriviert.

Ich nahm denselben Weg zurück nach Hause, denn ich wollte nicht auf der Straße angestarrt werden. Inzwischen musste sich die sensationelle Neuigkeit über die Chen-Brüder in Gelber Fels verbreitet haben wie ein Lauffeuer. Es war schon genug Anlass zur Bewunderung, wenn man ein Kind an der Universität hatte, aber gleich zwei auf einmal? Die Stadt würde lange nicht zur Ruhe kommen. Mittlerweile musste die Schockwelle die ganze Einwohnerschaft erfasst haben. Das konnte doch gar nicht wahr sein. Einige Leute in Gelber Fels würden einen derart beleidigenden Einfall in ihre Pfründe nicht dulden. Zwei Landbesitzerkinder zugleich, die diesen Hauptgewinn absahnten? Niemals. Es würde feindselige Protestbriefe hageln, anonym an den Bildungsausschuss gerichtet und voll unverschämter Lügen, mit denen man uns schaden und klein halten wollte. In diesem Moment knirschten sicher viele mit den Zähnen und schworen sich, ein Loch in unseren Ballon zu schießen, damit unser Traum eben ein Traum blieb. Ich wusste, dass uns das bevorstand und dass wir in der Öffentlichkeit möglichst bescheiden und unterwürfig auftreten sollten.

»Tut mir Leid, dass ich so gut abgeschnitten habe, das wollte ich nicht. Ich verspreche, nächstes Mal bin ich viel schlechter.« Wie verdreht war doch die Welt, in der wir lebten. Ich durfte mich nicht freuen, obwohl ich allen Grund dazu hatte, und ich durfte auch nicht traurig sein, wie damals, als mein Großvater gestorben war. Ich konnte es kaum erwarten, meine Bambusmatte und mein Moskitonetz einzupacken und von hier zu verschwinden.

Mama schloss die Haustür früher ab und bereitete ein einfaches Abendessen. Wir stellten den Esstisch auf den Hinterhof hinaus. Flüsternd deckten wir den Tisch und trugen das Essen auf. Meine Schwestern waren heute eher von der Arbeit nach Hause gegangen. Die jungen Reispflanzen konnten warten, doch diese Feier nicht.

Wir saßen dicht beieinander um den runden Tisch, alle sieben. Es war ein wenig eng, und wir traten einander unter dem Tisch und kämpften mit unseren Essstäbchen um die letzten Bissen wie damals, als wir noch Kinder waren. Wir flüsterten und lachten nur leise, falls uns von draußen jemand belauschte. Die Leute durften ruhig mitbekommen, wenn wir traurig waren, aber nicht, wenn es etwas zu feiern gab. Dann wurden sie neidisch, und aus Neid erwuchs viel Böses.

Papa grinste wie ein sorgloser Löwe und schmauchte sein Pfeifchen, während Mama immer noch schniefte, überwältigt von den Neuigkeiten. Sie war auf angenehmste Weise erschüttert. Beide Eltern erklärten, dies sei der schönste Tag in ihrem Leben. Sie waren so glücklich und so stolz. Die langen Jahre des Leidens hatten sich gelohnt.

Am nächsten Tag erschien Dia.

»Buddha sei's gedankt, du hast dich selbst übertroffen. Ein Nachbar hat es mir erzählt.«

»Und wie hast du abgeschnitten?«

»Wie ich abgeschnitten habe?« Dia stand auf und klopfte sich das T-Shirt ab. »Ich habe Schande über meine Familie gebracht, über viele Generationen zurück. All die toten Dia-Männer treten sich bestimmt gegenseitig in den Hintern und werfen sich vor, diesen Dia hier hervorgebracht zu haben.«

»Jetzt mal im Ernst, wie hast du abgeschnitten?«

»Zweihundertdrei, und dazu kam noch ein nettes Briefchen

vom Bildungsausschuss, ich soll nicht traurig sein und es noch einmal versuchen. Verflucht, das hat sich angehört wie die Nummer eines Gefangenen, nicht wie eine Note.«

»Das ist doch gar nicht so schlecht. Dir fehlen nur hundert Punkte; versuch's nächstes Jahr noch mal.«

»Nie im Leben. Die Universitäten stehen vielleicht offen, aber wir Dia-Männer sind alle hirntot. Wir rauchen zu viel, war schon immer so. Das Nikotin hat unsere Gehirne vergiftet, und jetzt bin ich eben der Letzte in einer langen Reihe, der das ein Leben lang ausbaden muss. Als Nächstes werden die Dia-Männer wohl nur mit einem Ei rumlaufen. Weil das Nikotin das andere weggeschrumpft hat. Scheiß auf die Raucherei, ich hab die Nase voll davon.« Er holte seinen üblichen Tabaksbeutel hervor und zwickte ein paar Blätter ab, um sich daraus eine Dicke zu drehen, als ihm plötzlich etwas auffiel. »Ich hab mein Papier vergessen. Könntest du vielleicht was von deinem Vater leihen?«

»Du hast doch gerade gesagt, dass du das Rauchen satt hast.«

»Das war gerade, jetzt ist jetzt. Ich muss eine rauchen, zur Beruhigung.«

Ich rannte los und kehrte mit ein paar Flying Horse zurück. Er warf sie mir ins Gesicht. »Die schmecken doch nach gar nichts. Gib mir die Zeitung.« Er riss ein Eckchen von der Tageszeitung ab, drehte sich eine Zigarette und verwandelte sich sofort in einen Schlot.

»Also, was hast du jetzt vor?«, fragte ich.

»Militär.«

»Militär?«

»Meine Mutter hat mich gleich da verpflichtet, als sie meine Note gehört hatte.«

»Und, was hältst du davon?«

»Ich find's gut, ich bin bereit, von zu Hause fortzugehen und ein richtiger Mann zu sein.«

»Sind wir doch alle. Ich bin stolz auf dich, vielleicht wirst du eines Tages noch General. Es gefällt mir, wie du deine Zigarette hältst, hat was von einem Offizier.«

»Ach, halt die Klappe. Weißt du, ich bin sehr stolz auf dich. Morgen werde ich in meinem Kaff als der Mann bekannt sein, der unter einem Dach mit Da dem Großen geschlafen hat, und das sollen sie auch auf meinen Grabstein schreiben, falls ich heute sterbe.«

Wir bekamen ein Bewerbungsformular, das wir ausfüllen sollten, zusammen mit einer Liste von Studienplätzen, die Bewerbern aus Fuijan an allen Universitäten offen standen. Für das Hauptfach Englisch gab es lächerlich wenige. Von oben angefangen, gab es nur einen Platz an der Ersten Fakultät für Fremdsprachen in Beijing und zwei an der Zweiten. Einen gab es an der Fakultät für Fremdsprachen in Shanghai und noch ein paar in anderen Städten wie Nanking oder Fuzhou und gleich zwanzig an der Amoy-Universität. Es gab noch andere verlockende Studienplätze für Außenhandel und internationalen Journalismus, für die man sehr gute Englischkenntnisse brauchte.

Der Studienberater der Schule erklärte mir, dass ich mit meiner Note zu den besten zwei Prozent aller Bewerber gehörte. Ich konnte mir jede Universität aussuchen, die ich wollte. Die Note meines Bruders qualifizierte ihn ebenfalls für eine der besseren Hochschulen. Er wollte Finanzwirtschaft studieren, und die Universitäten, die er in Betracht zog, lagen alle nicht weit weg von zu Hause. Er wollte in der Nähe der Familie bleiben. Doch alle unterstützten meine Entscheidung für die Fakultät für Fremdsprachen in Beijing, die Rosine im diesjährigen Kuchen. Ich war der Vogel, der so hoch und weit wie nur möglich fliegen sollte, und sie wollten, dass ich nach den Sternen griff, weil ich mir das zutraute. Und allmählich trauten auch sie es mir zu.

Ich reichte meine Bewerbung im Hauptquartier der Kommune ein, einem Büro in der Nähe des Gefängnisses, in das der Rektor meiner Grundschule mich damals hatte stecken wollen.

Die Beamtin lächelte mich an, als sie meinen Namen und die Hochschule sah, die ich ausgesucht hatte.

»Du bist also der Star, von dem alle reden. Ich habe von dir gehört. Mein Sohn soll einmal genauso gut werden wie du. Darf ich ihn dir vorstellen?«, fragte sie.

»Natürlich.«

Sie stand auf, ging ins Hinterzimmer und kehrte mit einem zwei Jahre alten Kind zurück.

»Gib ihm die Hand, mein Sohn.« Sie streckte die rundliche, klebrige Hand ihres Kindes aus, und ich schüttelte sie. Der Kleine war etwas schüchtern. Ich kniff ihn in die rosige Wange.

»Danke. Ich hoffe, er erinnert sich später einmal daran.«

Ich fühlte mich geschmeichelt. Über Nacht war ich der Sohn geworden, den sich alle Mütter wünschten.

Als ich gehen wollte, hielt sie mich zurück. »Hier, ich habe etwas für dich. Nimm die mit und verbrenn sie.«

Es waren ein Dutzend schlecht geschriebener Protestbriefe gegen Jin und mich.

Ich rannte um das Gebäude herum und setzte mich unter einen Baum. Rasch überflog ich die Briefe. Die lächerlichste Anschuldigung war die Behauptung, Jin und ich hätten gemogelt, indem wir während der Prüfung auf der Toilette unsere Antworten ausgetauscht hätten. Klar doch. Jin und ich hatten die Prüfung sechzig Kilometer entfernt voneinander abgelegt. Andere tobten, wir kämen aus einer Landbesitzerfamilie und hätten es nicht verdient, studieren zu dürfen, wärmten alte Klischees und anderen Unsinn auf. In einem Brief stand, mein Bruder habe schlechte Augen und ich triebe mich in übler Gesellschaft herum. Das stimmte, aber was tat das zur Sache?

Offensichtlich war es der Frau völlig egal, denn sie hatte mir ja alle Briefe übergeben. Ich war dankbar für diese freundliche Geste und zerriss die Briefe in kleine Fetzen, die ich in eine Latrine warf; dann ging ich wieder hin und bedankte mich bei ihr. Sie lächelte. Ich bückte mich, hob ihren Sohn vom Boden hoch und spielte eine Weile mit ihm. Ich kitzelte ihn am Bauch und erntete ein strahlendes Lächeln. Dann gab ich ihn der reizenden Dame zurück.

Zwei Tage später bekamen wir einen Brief von der Bezirksverwaltung, in dem stand, dass wir zu einer umfangreichen ärztlichen Untersuchung müssten. Das verdarb mir den Appetit, und ich schlief auch nicht gut. Vielleicht waren meine Augen zu schlecht oder meine Beine zu kurz. Ich hatte keine Muskeln und war nur Haut und Knochen. Mein Bauchnabel war zu tief, meine Brustwarzen standen zu weit auseinander, und meine Rippen dehnten sich beim Atmen wie ein Akkordeon. Weshalb sollte unser Land eine vierjährige Hochschulausbildung in eine so schwache Person investieren?

Wir fuhren auf dem dreckigen Traktor der Kommune hin und kamen ein wenig zu spät im Kreiskrankenhaus Putien an, weil wir einmal zum Tanken angehalten hatten, und der Fahrer hatte außerdem einen umgestürzten Baum beiseite räumen müssen und sich dann gute zehn Minuten lang mit dem Bauern gestritten, dem der Baum gehörte.

Die Krankenschwester untersuchte uns rasch und bat uns dann, unsere Kleidung abzulegen.

»Alles?«

»Ja, macht schon.«

Mein Bruder und ich wanden uns vor Verlegenheit. Schließlich standen wir in Unterwäsche da, dem letzten Fetzen unserer männlichen Würde.

»Was ist denn? Macht schon, runter damit, wir haben nicht den ganzen Tag Zeit. Draußen warten schon hundert Bewerberinnen auf mich.«

Das machte uns Beine. Wir drehten uns zur Wand und ließen die Hosen fallen. Dann starrten wir einander an, während uns Gänsehaut wie Ameisen über den ganzen Körper kroch. Das war das erste Mal, dass wir einander nackt sahen. Die kalten Hände der Schwester tasteten uns ab. Dann schälte sie sich mit angeekeltem Blick aus den Gummihandschuhen, warf sie in den Abfall und wusch sich die Hände.

Wir hatten bestanden.

»Also fehlt an uns nichts«, sagte Jin und zog sich die Hose hoch.

»Schätze schon. Mama und Papa haben uns schon richtig und vollständig hinbekommen.«

Wir lachten und waren im Nu aus dem Untersuchungszimmer verschwunden.

Dann begann das Warten. Die Aufnahmeleute der Universitäten flogen von allen größeren Städten her ein, um die Bewerber aus Fujian zu interviewen. Es dauerte ein paar Tage, bis alle Plätze vergeben waren. Der Bildungssausschuss fütterte sie mit lokalen Spezialitäten, organisierte Auftritte zu ihrer Unterhaltung und ließ in den Pausen eimerweise frisches Obst für sie herumreichen. Zum Schluss veranstaltete man sogar ein Bankett für sie.

Jin und ich gönnten unseren Schwestern ein wenig Urlaub und übernahmen ihre Feldarbeit. Es machte Spaß, mit Jin zu arbeiten. Er zeigte mir, wie man einen Pflug hinter einem Büffel gerade hielt und eine ordentliche Furche zog. Ich hob in einer tiefen Latrine menschlichen Dung aus und schaufelte ihn in Eimer, die Jin heraufzog. Dann trugen wir ihn kilometerweit zu den Feldern, wo er ausgebracht wurde. Jin ging schneller als ich und blieb zwischendrin stehen, um mir eine Zigarette zu drehen. Als ich ihn einholte, setzten wir uns am Wegrand in die Sommersonne, wischten uns den Schweiß von der Stirn und rauchten die Zigaretten. Dann ging es weiter.

Das war Knochenarbeit, aber wir taten sie leichten Herzens. Wir träumten, prahlten, stritten und sangen sogar, während unsere müden Füße nach Hause schlurften, als der Mond uns schon den Rücken beschien. Jin war ein völlig anderer Mensch, nicht mehr der distanzierte ältere Bruder, der mich immer geliebt hatte, doch nie Gelegenheit gehabt hatte, es mir zu sagen. Die Männerwelt in Gelber Fels war zu beengt gewesen, als dass er brüderliche Zuneigung hätte zeigen können, doch nun schien es, als sei ein Teil von ihm endlich frei. Er betrachtete mich als gleichberechtigt und achtete mich. Wir hatten zusammen geschwitzt und am Ende gesiegt. Wir waren noch nie so glücklich gewesen.

Es überraschte uns nicht, dass Jin einige Heiratsanträge von den Schönen in Gelber Fels und darüber hinaus bekam: Krankenschwestern, Lehrerinnen, Verkäuferinnen, Sekretärinnen und Schauspielerinnen. Jin zeigte keinerlei Interesse. Er wollte erst nach dem Studium an eine Heirat denken. Aber unsere Eltern und Schwestern amüsierten sich prächtig damit, die Liste durchzugehen und die Frauen unter die Lupe zu nehmen, als sei es ihnen ernst. Sie gerieten sogar richtig in Streit über die Vorzüge ihrer persönlichen Favoritinnen. Ein paar von den Mädchen machten einen großen Bogen, wenn sie an unserem Haus vorbeigingen, denn sie waren sich dieser Musterung nur zu bewusst.

Eines Abends kam ein hübsches kleines Mädchen, gerade sieben oder acht Jahre alt, zu uns gelaufen und sagte, ihr Vater wolle mich zu sich nach Hause zum Fernsehen einladen. Heute Abend gebe es eine ganz besondere Sendung. Die Einladung kam aus heiterem Himmel. Das Mädchen entpuppte sich als jüngste Tochter des Parteisekretärs unserer Volkskommune. Er war der Einzige in Gelber Fels, der einen kleinen Schwarzweißfernseher besaß, den er stolz auf einem Tisch im Vorgarten aufbaute. Abends lud er immer die kleine Gruppe lokaler Honoratioren zum Abendprogramm ein, das um sieben begann und um elf zu Ende war. Eine Einladung von ihm, dem Zauber seines Winzigbildschirms beizuwohnen, war etwa so, als verliehe er einem das Siegel seiner persönlichen Zustimmung. Am nächsten Tag würde die ganze Stadt wissen, wer dort gewesen war und warum.

Mama fand die Einladung offenbar sehr schmeichelhaft und bat mich, gründlich zu baden, mein bestes weißes Hemd anzuziehen und dazu Sandalen. Ich aß früh zu Abend und schlenderte dann über die Brücke zu seiner ummauerten Residenz. Vor dem Tor saßen, standen und hockten bereits etwa fünfzig Leute. Sie hatten sich in der Hoffnung hier versammelt, dass der Parteisekretär bei guter Laune sein und sie einlassen würde. Wenn nicht, würden sie völlig damit zufrieden sein, den ganzen Abend vor der Mauer zu sitzen und dem Fernseher zu lauschen wie einem Radio.

Die Menge teilte sich, als ich durch das Gewimmel schritt. Der Parteisekretär stand am Tor und verscheuchte die Fliegen mit einem getrockneten Palmblatt. Seine Hose bedeckte kaum den dicken Bauch. Er begrüßte mich begeistert.

»Heute Abend um neun kommt ein Theaterstück, und ich dachte, das würdest du vielleicht gern sehen«, sagte er.

»Vielen Dank für die Einladung. Ich liebe das Theater.«

»Das dachte ich mir.«

Ich trat ein; drinnen war es wie in einer anderen Welt. Da gab es Blumenkübel, einen Teetisch, und bequeme Sofas standen um ein Tischchen herum, auf dem der Fernseher prangte, dieses kostbare moderne Wunder. Ich sah zum ersten Mal einen.

Der Parteisekretär wies mir einen Ehrenplatz zu, während alle Anwesenden aufstanden, um mich zu begrüßen. Der Vizeparteisekretär, die Präsidentin des Frauenverbandes der Kommune, der Vorstand der Kommunistischen Jugend und ein paar attraktive Damen waren gekommen. All die Aufmerksamkeit war mir peinlich. Diese Leute hatten noch vor ein paar Jahren meinen Vater an den Daumen aufgehängt, meine Schwester eingesperrt, weil sie unsere Essensmarken verkauft hatte, sie hatten meinen Großvater in ein frühes Grab getrieben und ihm noch seine letzten Tage zur Hölle gemacht. Nun lächelten sie, gaben mir die Hand und lobten mich für meine gute Leistung. Das war ein seltsames, aber ausgesprochen gutes Gefühl.

Ich nahm Platz. Ein hübsches Mädchen, die älteste Tochter des Gastgebers, brachte mir eine Tasse dampfenden Tee auf einem eleganten Tablett und servierte sie mit freundlichem Lächeln. Sie setzte sich neben mich und erklärte die komplizierte Technologie des Neun-Zoll-Kastens. Es machte mich nervös, mit ihr zu sprechen, und es fiel mir nicht leicht, höflich Konversation mit ihr zu machen, ohne meinen Tee zu verschütten.

Der Fernseher flackerte den ganzen Abend über, der Empfang war schlecht, und als dicke Wolken über uns vorbeizogen, verschwamm das Bild noch mehr, und das Publikum konnte nur noch raten, was auf dem Bildschirm geschah. Dennoch war dieser Abend für mich ein großer Sprung nach vorn. Die Tochter schenkte mir immer wieder Tee nach, und ich rannte ständig zur Toilette. Ich ging mit den anderen, als der Bildschirm nur noch schwarzweißes Grieseln zeigte. Meine Mutter war extra aufgeblieben, um mich auszufragen, wie ich dort empfangen worden war. Sie wollte alle Einzelheiten hören. Ich erstattete ihr ausführlich Bericht, und sie lächelte befriedigt.

26

Jeden Morgen ging ich zum Postamt und sortierte mit der Postbeamtin die Briefe. Diese rundliche Dame war eine Ein-Frau-Show: Sie war Telefonzentrale, Briefträgerin und Telegrammbotin und saß außerdem noch am Schalter, verkaufte Briefmarken und verschnürte Pakete; zudem war sie Mutter zweier Kinder, die auf dem Lehmboden spielten und für sie die Tür bewachten. Wenn der Postwagen kam, schrie das älteste Kind, die Post aus Putien sei da. Dann ging seine Mutter hinaus, und ich half ihr, alles hereinzutragen. Wenn sie mit dem Fahrrad unterwegs war und die Post austrug, übernahm ihre Schwiegermutter die Aufsicht über die Kinder und die Telefonvermittlung. Das Postamt mochte schäbig sein, doch es war eine wichtige Nachrichtenzentrale: der Mittelpunkt all meiner Hoffnungen und Träume.

Ich saß jeden Vormittag auf der Vordertreppe, spielte mit den Kindern und hielt Ausschau nach dem Postlaster aus Putien. Jedes Mal, wenn er kam, raste mein Herz, und in meinem Kopf summte es vor freudiger Erwartung. Eines schönes Tages im Herbst brüllte das Kind wie immer, und seine Mutter und ich trugen die übliche große Ladung herein. Sie warf mir den Stapel Briefe zu, den ich nun regelmäßig sortierte, und ich blätterte sie rasch und aufmerksam durch.

Ein großes Einschreiben fiel aus dem Haufen. Der Absender kam mir bekannt vor.

Fakultät für Fremdsprachen, Universität Beijing.

Adressiert an den Genossen Chen Da.

Ich sprang auf und schrie nach der Postbeamtin. Sie reichte mir eine Schere, und ich schlitzte den Umschlag auf.

In einem einzigen schlichten Satz informierte mich dieser Brief, dass ich am Englisch-Department der Fakultät für Fremdsprachen in Beijing aufgenommen worden sei und mich innerhalb eines Monats am Institut einzufinden habe.

Ich rannte nach Hause, so schnell ich konnte.

Mama, Papa und die gesamte Familie versammelten sich eilig, um mir zu gratulieren. Wir lasen immer wieder den Brief und die beigelegten Informationsblätter über das Department und die Universität. Das Bild des Uni-Gebäudes wurde ein gehüteter Schatz.

Mein Traum war in Erfüllung gegangen. Ich würde nach Beijing fahren und Englisch studieren. Ich war der Erste in der Geschichte der Mittelschule Gelber Fels, der das geschafft hatte. Jetzt hatte ich eine Zukunft, eine strahlende sogar. In ein paar Jahren würde ich fließend Englisch sprechen und konnte für das Außenministerium arbeiten und mich in dieser schönen Sprache mit großen Leuten in einem eleganten internationalen Umfeld unterhalten. Andere gute Dinge würden daraus folgen, und ich würde für meine wunderbare Familie sorgen und ihnen alles geben können, das man ihnen verwehrt hatte.

Obwohl ich noch nie aus meinem Bezirk herausgekommen und Putien die größte Stadt war, die ich je besucht hatte, wuchsen meiner Phantasie Flügel, und sie flog in weite Ferne.

Ich erstellte eine Liste mit Leuten, die ich vor der Abreise besuchen musste. Professor Wei stand ganz oben. Sie war mit ihrer Schwester verreist gewesen, schon seit der Prüfung, doch nun war sie zurück.

Ich nahm zwei Enten mit und ging sie eines Nachmittags besuchen. Sie öffnete die Tür und wollte alles genau erfahren. Ich sagte, wir könnten uns doch drinnen unterhalten. Sie erwiderte, sie könne es keine Sekunde mehr erwarten.

Fakultät für Fremdsprachen, Beijing, sagte ich.

Sie sagte, sie könne es nicht glauben.

Sie hüpfte auf und ab wie ein kleines Kind und sagte, sie freue sich so sehr, dass sie mich in die Arme schließen und mir danken müsse, weil ich ein so guter Schüler gewesen sei.

Wir umarmten uns, und sie legte den Kopf auf meine Schulter. Ich spürte ihre Tränen auf meinem weißen Hemd. Sie war überglücklich.

Ich versprach, ihr zu schreiben und ihr von meinen Fortschritten zu berichten. Sie sah mich an und schüttelte langsam den Kopf, immer noch fassungslos. Sie legte die Hände an ihr zartes Gesicht, stand in der Tür und sah mir nach, als ich im Wald verschwand.

Natürlich war ihr bösartiger Hund immer noch wütend auf mich. Er schien sagen zu wollen: Ich bin der Einzige hier, der dich durchschaut. Du bist nichts als ein einfacher Junge vom Lande, und das wirst du auch bleiben. Ich dachte über mich nach, und zum ersten Mal musste ich dem Hund zustimmen. Ich würde immer ein einfacher Junge vom Lande bleiben, nicht mehr und nicht weniger.

Papa gab mir eine weitere Liste von Leuten, die ich aufsuchen sollte, die ältere Generation, seine Freunde und jene Verwandte, die er in den harten Zeiten aus den Augen verloren hatte. Ich besuchte sie alle und wurde herzlich und respektvoll aufgenommen.

Meine vier Freunde erschienen eines Tages wie aus dem Nichts, mit zwei Fahrrädern. Sie luden mich in ein teures Restaurant in Putien ein, das wir immer sehnsüchtig angestarrt hatten, während die köstlichen Düfte aus dem Küchenventilator drangen und wir versuchten, den Preis jedes dieser Düfte zu erraten.

Wir prahlten und erinnerten uns an die alten Zeiten. Mo Gong zog seine alten Lederschuhe aus und sagte, die würde ich in einer kalten Stadt wie Beijing brauchen können. Wir gingen zu einem Fotografen und ließen die Erinnerung auf ein Schwarzweißfoto bannen.

Inzwischen machten wir uns Sorgen über Jins Aufnahme. Er war etwas älter als der Durchschnitt der Studenten, und wir hegten den Verdacht, jemand könnte ihm einen Strick daraus gedreht haben. Bei seiner guten Note hätte er schon längst von den Universitäten hören müssen. Die ganze Familie war zwischen uns wie zerrissen. Ich war in Feierlaune, während er noch qualvoll wartete. Es war schon vorgekommen, dass Bewerber mit guten Noten aus Versehen übergangen worden waren. Er ging nun jeden Tag zum Postamt, genau wie ich, und wartete. Auch er spielte dort mit den Kindern und half der Dame bei der Arbeit.

Endlich, zwei Tage vor meiner Abreise, kam sein Brief.

Das war ein sehr glücklicher Moment für uns alle. Unsere Eltern, in den vielen leidvollen, entbehrungsreichen Jahren hart geworden, zeigten nur selten ihre Gefühle, doch nun sah ich Papa auf einen Stuhl sinken, das Gesicht in den zitternden Händen vergraben, und weinen. Auch Mama musste sich hinsetzen und vergoss wahre Sturzbäche. Alle schnieften.

Dreißig Jahre Demütigung hatten plötzlich ein Ende gefunden. Zwei Söhne waren im selben Jahr an führenden Universitäten aufgenommen worden. Mama und Papa hätten sich das niemals träumen lassen. Sie hatten die Familie schon fast abgeschrieben. Man hatte mich in der Schule so mies behandelt, dass ich viele Male fast aufgegeben hätte. Jin war mit zwölf aus der Schule geworfen und zur Landarbeit gezwungen worden, die keine Aussicht bot als die, Blasen an den zarten Händen zu bekommen, von den älteren Bauern angespuckt zu werden und Schwerstarbeit zu verrichten, die ihm zehn der besten Jahre seines Lebens genommen hatte. Es hatte viele Jahre lang keine Hoffnung gegeben, keine Träume, nur Tränen, Hunger, Schande und Dunkelheit.

Ich hielt meinen schluchzenden Bruder bei den Schultern. Doch das ging bald vorüber. Er war der Erste, der sich die Augen trocknete und breit in die Runde lächelte. Mit den Tränen war es nun vorbei.

Die nächsten zwei Tage verbrachte Jin damit, mir beim Packen zu helfen, während ich in der ganzen Nachbarschaft herumlief, mich verbeugte und bei allen bedankte. Mein Herz floss vor Dankbarkeit über, selbst gegenüber den gemeinsten Leuten in unserer Straße, die immer auf uns herabgeschaut hatten. Ich verabschiedete mich von allen. Sie waren gerührt und schüttelten mir herzlich die Hand. Sie sagten, sie würden sich um meine Eltern kümmern, während Jin und ich fort waren. Ich dankte ihnen wieder.

Am Tag meiner Abreise standen wir sehr früh auf. Mama richtete all die Kühe und Schweine her, die ich den Göttern und Buddha versprochen hatte. Sie hatte sie aus Mehl und Wasser geformt und rot angemalt. Ich machte tausend Kotaus und dankte den Göttern dafür, dass mein Traum wahr geworden war.

Mama gab mir einen bestickten seidenen Beutel mit Asche aus dem Räuchergefäß und etwas heimischer Erde. Sie bat mich, ihn nach Beijing mitzunehmen und dort zu verstreuen. Das würde mir den Schutz Buddhas und der Götter zu Hause sichern. Ich versteckte den Beutel tief in meiner hölzernen Reisetruhe.

Nach dem Frühstück überprüfte ich zum letzten Mal meine Zugfahrkarte. Papa, meine Schwestern und Jin hatten sich Fahrräder geborgt und kamen mit nach Putien, um mich zum Busbahnhof zu begleiten. An der Tür drückte ich Mama immer wieder an mich. Sie weinte, doch ein Lächeln strahlte durch ihre Tränen hindurch. Sie zog mich noch einmal an sich, dann schob sie mich sanft fort und nickte. Erst in diesem Augenblick erkannte ich, dass sie die schönste Frau auf der ganzen Welt war und dass ich sie vermissen würde, Tausende Kilometer entfernt in Beijing.

Als ich auf den Gepäckträger eines der Fahrräder hüpfte, kamen unsere Nachbarn herausgelaufen, um mir nachzuwinken. Liang, der Zigarettenmann, war nun schon sehr alt. Er hinkte bis zur Ecke, lächelte und verbeugte sich vor mir. Der Arzt war auch da und winkte mir mit seinem Gehstock zu. Ein paar Nachbarn waren bei meiner Mutter und trösteten sie. Ich warf einen langen letzten Blick auf die gepflasterte Straße von Gelber Fels, den Dong Jing und den Ching-Berg, der im Hintergrund aufragte.

Leb wohl, Gelber Fels. Ich bin dein Sohn, auf ewig.

Wir radelten mit unseren vier Fahrrädern los und lachten und schwatzten den ganzen Weg bis zum Busbahnhof. Ich hatte Papa noch nie so fröhlich und unbeschwert gesehen. Er scherzte und erzählte Geschichten aus meiner Kindheit. Mittags kamen wir an. Mein Bus stand schon bereit.

Jin begleitete mich bis nach Fuzhou, um mich zum Bahnhof zu bringen, denn ich hatte noch nie einen Zug gesehen. Ohne seine Hilfe wäre ich gewiss völlig verloren und würde nur noch dem abfahrenden Zug hinterherlaufen. Ich hatte auch noch nie in einem Bus gesessen. Das einzige Kraftfahrzeug, mit dem ich schon gefahren war, war der laute Traktor der Kommune.

Zusammen wuchteten Jin und ich meine schwere hölzerne Truhe auf den überladenen Dachgepäckträger des wackeligen, staubigen Busses. Dann quetschten wir uns auf die überfüllte Sitzbank, die für vier Leute vorgesehen, tatsächlich aber mit sechs Passagieren besetzt war. Meine Schwestern traten an den Bus und umarmten mich unter Tränen, und dann kletterte Vater die Stufen hinauf. Er strauchelte, und ich sprang auf. Er war ein großer Mann und drückte mich an sich wie ein Bär. Ich war wieder von derselben Wärme umschlossen, die ich als kleines Kind gefühlt hatte, wenn ich mich unter seinem gesteppten Mantel versteckte. Er nahm mein Gesicht in die Hände und biss sich auf die Unterlippe, bis sie ganz weiß wurde.

»Ich will dir noch etwas Obst holen, mein Sohn. Warte hier.«

Er stolperte aus dem Bus und rannte zu einem Obststand ein paar Meter weiter. Sein Rücken war krumm, seine Schritte langsamer, als ihm lieb war. Er kletterte über die Absperrung und wäre beinahe hingefallen.

Als er zurückkam, lief bereits der Motor. Papa stellte sich vor den Bus, um ihn aufzuhalten. Der Fahrer schrie ihn an. Papa rannte zu dem Fenster, an dem wir saßen, und reichte mir vier Birnen hindurch. Er war außer Atem und sah sehr müde aus. Seine Augen waren feucht, doch auf seinem runzligen Gesicht lag ein Lächeln. Ich konnte die Tränen nicht zurückhalten, die mir über die Wangen liefen, als wir von dem wimmelnden Busbahnhof abfuhren. Papa stand da und winkte mir nach. Ich verrenkte mir den Hals, bis ich ihn nicht mehr sehen konnte.

Ich liebe dich, Vater. Ich bin dein Sohn, auf ewig.

Danksagung

Ich danke den folgenden Menschen dafür, dass sie für mich da waren, während ich die vorliegenden Erinnerungen zum Leben erweckte:

Meiner wunderschönen Frau Sunni; sie hat mir gesagt, ich solle dieses Buch schreiben, mir gezeigt, wie das geht, und unerschöpflich als erste Lektorin gearbeitet. Dieses Buch ist unser drittes gemeinsames Kind!

Victoria, unserer Tochter, weil ich mit dir wachsen darf. Michael, unserem Sohn, für die lächelnden Augen deines Urgroßvaters.

Meiner Agentin Elaine Koster: Du bist ein Traum, ein Wunder und eine liebe Freundin. Du bist eine Superagentin. Danke dafür, dass du das Buch leidenschaftlich liebst und das alles möglich gemacht hast.

Bill Koster, Elaines andere Hälfte: Danke, dass du ihre Vision geteilt hast.

William und Alice Liu dafür, dass sie mich lieben wie einen Sohn. Wenn ich mir in den vielen turbulenten Monaten nicht so oft den halben Tag hätte freinehmen können, wäre dieses Buch nie entstanden.

Meiner lieben Schwester Ke Ke für dein blindes Vertrauen. Ich kann es kaum erwarten, dein Buch gedruckt zu sehen.

Meinem Bruder Jin und meinen Schwestern Si und Huang dafür, dass ihr euren kleinen Bruder so überschwänglich liebt. Aus vollem Herzen liebe ich euch alle.

Cindy, meiner Nichte, für die wilden Blumen, die mir die Sommertage versüßt haben.

Allen meinen Freunden, die in diesem Buch vorkommen, wo auch immer ihr sein mögt, das Buch spricht für sich. Ich vermisse euch alle.

Tom, Joe, Doris, Jeff, Diane, Sharon, Karen, Ken Holland und dem Rest der Hudson Valley Writers' Association. Danke, dass ihr in der Asche gestochert und als Erste an mich geglaubt habt.

Jean-Isabel McNutt von Random House: Du bist eine wahre Poetin, und deine Kunstfertigkeit ist überwältigend.

Dem übrigen Team von Random House, das mit Liebe und Begeisterung an diesem Buch gearbeitet hat.

Und schließlich meiner Lektorin Ann Godoff: Es vergeht kein Tag, an dem ich Gott nicht für Sie danke. Sie sind eine hervorragende, visionäre Büchermacherin, ein Mensch, wie man ihm nur selten im Leben begegnet. Danke, dass Sie diesen Traum wahr werden ließen.